第四届《安徽古籍叢書》編審委員會

主任委員

黄德寬

副主任委員

諸偉奇

丁　放

彭君華

委員（按姓氏筆畫順序）

卞　利　方錫球　牛繼清　王啓才

吴先伍　施立業　胡傳志　紀健生

陳　林　張玉才　曹小雲　曹天生

程德和　楊　軍　楊應芹　趙國華

鮑　恒　樊嘉禄

安徽古籍叢書萃編

唐詩評三種

上

清・黃生等 撰　何慶善 點校

黃山書社

图书在版编目(CIP)数据

唐诗评三种(上下) / (清) 黄生等撰 ; 何庆善点校. —合肥 : 黄山书社, 2014.1
(安徽古籍丛书萃编)
ISBN 978-7-5461-4316-3

Ⅰ. ①唐… Ⅱ. ①黄… ②何… Ⅲ. ①唐诗-诗歌评论 Ⅳ. ①I207.227.42

中国版本图书馆 CIP 数据核字(2014)第 005507 号

唐诗评三种(上下)

出 版 人　任耕耘
策　　划　任耕耘　赵国华　汤吟菲
执行策划　汤吟菲　徐娟娟
责任编辑　赵国华　徐娟娟　周挺启

装帧设计　未　氓
责任印制　戚　帅

出版发行　时代出版传媒股份有限公司(http://www.pressmart.com)
　　　　　黄山书社(http://www.hspress.cn)
　　　　　官方直营书店(http://hsssbook.taobao.com)
　　　　　营销部电话:0551-63533762　63533768
　　　　　(合肥市政务文化新区翡翠路 1118 号出版传媒广场 7 层　邮编:230071)
经　　销　新华书店
印　　制　安徽联众印刷有限公司

开本　880×1230　1/32　　印张　28.75　　字数　560 千字
版次　2014 年 9 月第 1 版　　2014 年 9 月第 1 次印刷
书号　978-7-5461-4316-3　　定价　320.00 元(上下)

序

黄德寬

值此《安徽古籍叢書萃編》編輯出版之際，欣逢新時期安徽古籍整理出版工作步入而立之年！三十年來安徽的古籍整理出版工作，很值得認真地進行一番回顧總結。

一九八一年，中共中央發布《關於整理我國古籍的指示》，成立了以李一氓同志爲組長的國家古籍整理出版規劃領導小組，正式拉開了新時期古籍整理出版工作的序幕。一九八四年，中共安徽省委決定建立安徽省古籍整理出版領導小組，由時任省人大常委會副主任魏心一同志挂帥，聯合了省新聞出版局等政府部門和安徽大學等高等院校、研究單位，正式啓動安徽省古籍整理出版工作。同年，安徽專業古籍出版單位黄山書社也宣告成立。安徽古籍整理出版工作由此翻開了嶄新的一頁。

三十年間，安徽省古籍整理出版工作堅持初衷，克服困難，在政府部門的支持和社會賢達的關心下，經過學者們的艱辛努力，取得了豐碩成果，其最有代表性的成果就是《安徽古籍叢書》的編纂出版。

《安徽古籍叢書》凝結了當代安徽傳統文化研究領域衆多學者與專家的心血和汗水。以吴孟復先生爲代表，組成《安徽古籍叢書》第一届編審委員會，賡續安徽先哲編刊地方叢書盛業，梳理文獻綫索，擬訂叢書子目，擘劃編纂體例。遵循嚴格的學術規範，《安徽古籍叢書》自一九八九年三月刊出第一種——《舊聞隨筆》，截至二〇一三年底，連同修訂再版，出版已突破百種，成爲我國當代古籍整理一個有影響力的品牌。

收入《安徽古籍叢書》的各類古籍，既有朱熹、戴震、俞正燮、凌廷堪、程瑶田、黄生、包世臣、楊仁山、吴汝綸等學術巨擘的著作，也有張孝祥、錢澄之、方苞、方文、施愚山、姚鼐、吴敬梓等文學名家的作品；此外，包拯、朱升、朱元璋、阮大鋮、姚瑩、方孝標、劉銘傳等皖籍著名歷史人物的著述也盡在其中。正是因爲歷代賢哲創造的精神財富，使得《安徽古籍叢書》一經出版即蜚聲海内外，産生了廣泛的社會影響。李一氓同志曾經撰文，欣喜地表示：

『現在有一個好現象，安徽要編印新的《安徽叢書》。』當代著名學者金克木、胡道静、張岱年、程千帆等先生稱道『這是安徽文化事業的一項盛舉』。法國漢學家戴廷傑也對《安徽古籍叢書》堅持嚴格的學術規範稱賞不已。

《安徽古籍叢書》的順利編輯出版，還因爲改革開放帶來的時代機遇。改革開放三十多年來，我國經濟文化繁榮昌盛，使得《安徽古籍叢書》能够得到有關方面的財力支持。上個世紀八十年代，《安徽古籍叢書》編纂在發軔之時，就不斷有項目入選國家古籍整理出版規劃，得到國家各方面的有力支持。最新公布的《二〇一一—二〇二〇年國家古籍整理出版規劃》中，包括《方以智全書》在内的新列《安徽古籍叢書》項目品種就多達四十八種。安徽古籍的整理編纂工作，正是在改革開放的大背景下，在全國古籍整理出版工作的大格局中，取得了突出的成就并展現着美好的未來。

《安徽古籍叢書》的編纂出版，安徽大學『省古籍整理出版辦公室』發揮了重要作用。古籍辦的同志們長期堅守在古籍整理出版崗位，甘於清苦，默默奉獻，辛勤耕耘，爲《安徽古籍叢書》的編纂和安徽古籍整理出版工作做出了突出的貢獻。二〇一〇年，在『全國專業古籍出版社社長年會暨全國優秀古籍圖書評獎會』上，時任國家新聞出版總署副署長鄔書林同志作題爲《無愧歷史　珍惜時代　出好精品》的講話，指出：『安徽是堅持地方古籍整理工作最好的省份。不少地方古籍辦幾乎都撤了，或名存實亡，安徽則堅持不輟，并做了大量工作。』

黨的『十八大』從戰略層面提出扎實推進社會主義文化强國建設，豐富人民精神文化生活，『建設優秀傳統文化傳承體系，弘揚中華優秀傳統文化』。《安徽古籍叢書》立足鄉邦文獻的整理編纂，因應了國家文化建設的宏偉規劃，是文化强省乃至文化强國建設事業的題中應有之義。這項事業遠非一兩代人所能完成，正如一九八一年中央三十七號文件所指出的，『整理古籍是一件大事，得搞上百年』。

《安徽古籍叢書》煌煌巨制，結構開放，歷時久遠。回顧過去，出版較早的圖書有些已經絶版；叢書版式、裝幀也屢經變更。爲適應集中展示、收藏和研究的需要，對已經出版的《安徽古籍叢書》進行階段性的集中梳理，適當遴選，統一版式，影印出版本套叢書是十分必要的。

作爲首套《安徽古籍叢書》選編本，我們希望通過這套書的出版發行，能使更多的讀者瞭解、認識和利用好《安徽古籍叢書》，有更多的皖籍、非皖籍專家學者參與到安徽地方歷史文獻的研究整理工作中來，讓《安徽古籍叢書》在未來不斷發展壯大。這是我們在新時期安徽古籍整理出版事業三十年之際的殷殷屬望！

二〇一四年六月

凡例

一、本編從二〇一〇年（包括二〇一〇年）以前出版的《安徽古籍叢書》中選取文獻資料價值大、校點整理質量上乘、學界仍有需求的圖書進行重印。

二、二〇一〇年以後出版者因市場上新書尚多，此次不復列入。早期所版《文學研究法》《舊聞隨筆》《桐城文學淵源考·撰述考》《桐城耆舊傳》《爾雅翼》等雖均爲叢書的中堅，因已有修訂新版，此次亦不復列入。《安徽古籍叢書附輯》整體不予列入。

三、所選圖書按初版時間先後順序編排。

四、采用原版掃描影印，不重新録排，儘量保存原書面貌。原書頁眉中的明顯編輯錯誤，逕改不出校；《竇山公家議校注》《康輶紀行 東槎紀略》兩種原書無頁眉，現統一補加。

五、重新設計製作封面，統一規格、工藝。一律采用大三十二開本，精裝。《説文假借義證》一書原版爲十六開，一個頁面放兩個中國頁，此次按統一開本重新排版，一個頁面放半個中國頁。

并新附《説文假借義證索引》於該書書末，以方便讀者檢索。《毛詩後箋》《吴汝綸全集》《田間詩學》《説文假借義證》等原書規模較大，爲方便讀者閲讀，現重新分册。另，《竇山公家議校注》保留原書西式裝訂方式。

六、收録叢書文獻由於各種原因，還存在這樣那樣的不足，請讀者批評指正。

第四届《安徽古籍叢書》編審委員會

二〇一四年六月

唐诗评三种

〔清〕黄生等撰　何庆善点校

黄山书社

安徽省古籍整理出版规划委员会

顾　　问　丁继哲　王惠鹏　杜维佑　李广涛　张立一　郑　锐　郑淮舟　胡　坦　胡云龙
　　　　　侯　永　崔剑晓　傅大章　潘锷镎

主　　任　魏心一

副 主 任　陈基余　赵应铎　陶有法　鹿世金

委　　员　刘景龙　吴孟复　金隆德　祖保泉　贾文昭　黎　洪

安徽省古籍整理出版基金会

理 事 长　崔剑晓

副理事长　丁继哲　杜维佑　胡　坦　潘锷镎

秘 书 长　朱　扬　汪慎琳

常务理事　马素英　卞兆龙　田照临　朱邦福　孙伯耀　吴存心　吴孝雨　汪石满　张其果
　　　　　张振明　季昌清　郑英保　郑贤明　钮　涟　钱　进　陶显斌　潘培咸　穆建科

安徽古籍丛书编审委员会

学术顾问　王子野　吴小如　吴作人　周一良　周绍良　金克木　宛敏灏　胡道静　殷焕先
　　　　　常任侠　蒋元卿　舒　芜

主任委员　吴孟复

副主任委员　刘永年　祖保泉　施培毅　贾文昭

委　　员　朱一清　朱世力　任弘毅　刘学锴　孙文光　纪键生　杨应芹　汪福润　沙宗复
　　　　　夏秀流　徐凌云　诸伟奇　梁垣祥　傅玉璋

按姓氏笔画排列

安徽古籍丛书编印缘起

我国历史悠久，典籍丰富。我省地处南北之交，学术尤擅其盛。数千年来，哲学、史学、文学、艺术、语言、科技，作者辈出，著述如林，或自名一家，或蔚然成派，多为中华民族文化之菁华，有裨于社会主义文化之建设。允宜及时整理，以广流传。

粤自明清，以至近世，南北郡邑已有《泾川丛书》、《龙眠丛书》、《贵池先哲遗书》、《南陵丛书》诸刻。一九三一年，复有《安徽丛书》编刊，所收皆皖人著作，分期影印。出至第六期，以抗战军兴而中止。盛业未竟，论者惜之。

今者，中央倡导整理古籍，我省领导对此尤为关心。省古籍整理出版规委员会几经商讨，决定编纂《安徽古籍丛书》。编纂宗旨是在历史唯物主义指导下，批判继承，古为今用，弘扬民族优秀传统文化，为建设有中国特色的社会主义服务。最其体例，约有数端：一、所收皆为历代皖人著作，时间一般以「五四」之前为限，根据内容，分类成辑。注意稿本、稀见本之搜辑与传布。二、整理方式包括辑、校、标点和注释、今译。校勘，力求采用善本为底本，校以他书，或加补辑、编次。标点，采用新式标点。注释，务求精确，但不作烦琐考证。整理中，尽量吸收国内外研究的新成果。三、先秦、两汉著作及文字、训诂之书，皆用繁体字；其余则多用简体字。版皆竖排，以期一律。四、凡热心于本丛书编印及捐资助刊者，得于书内题名。

安徽古籍丛书编审委员会

一九九四年六月修订

前言

《唐诗评三种》包括清黄生《唐诗评》和清吴修坞、吴智临的《唐诗续评》和《唐诗增评》。

《唐诗评》原名《唐诗摘抄》，是一部评品唐诗的文学鉴赏和研究专著。因其重点不在「抄」而在评，故正其名。本书与作者的另一本专著《杜诗说》，堪称「姊妹篇」。

《唐诗评》自清初一问世，就受到诗坛的重视和好评，纷纷称赞作者说诗「思精旨切」，「能发前人所未发」，将「诗家三昧，和盘托出」，人们争相奉此书为学习唐诗的范本，尊之谓「匠氏之绳墨，乐师之音谱」(以上引语见书前各家序言)。可见本书是一部颇有影响的好书。

《唐诗评》作者黄生(一六二二——一六九六?)，原名琯，又名起溟，字孟扶，号白山，皖南歙县人。明诸生，入清后，一直隐居治学。黄生多才多艺，小学方面造诣甚深，其《字诂》、《义府》二书，列入《四库》，论者谓此书不在方以智《通雅》之下。他工书画，善诗赋，有《一木堂诗稿》十二卷，《一木堂文稿》十八卷。他又致力于诗歌鉴赏和理论研究，除《唐诗评》、《杜诗说》外，尚有《手写并评选同时人近体诗》、《载酒园诗话评》以及总结诗歌创作经验的理论专著《诗麈》等书多种。这些撰著，皆有的放矢，有所为而作。据作者在序中介绍，《唐诗评》一书，乃是应学诗友人的请求而撰写的，其宗旨是通过对名篇佳作的选评，探讨怎样学习唐诗。因此这部书带有教材的性质。在选和评两方面，作者都遵循「务约、务精、务简易」的原则，力求突出重点，简约精当，举一反三，深入浅出。

先看黄生在选诗方面是怎样精心设计的。

黄生一向认为，「诗有古今诸体，初学未能遍攻，当先自近体始」，因为近体格律诗「有规律可循，有门径可指」(见《诗麈》)；他还认为，「近体必法唐人」，因唐人「穷工极巧，全在近体」，「篇什之富，才调之工，远过古诗」(见本书序)。基于以上认识，本书专选唐代近体诗五律、五绝、七律、七绝四种。其所选篇目，中晚唐比初盛唐为多。这是因为，近体格律诗是经过唐代数百年间无数诗人的创作实践，其体式才逐渐趋于成熟和定型，且越到后来越完备，韵律愈细，取作范本，更有绳墨可寻，更便于仿效学习。

本书选诗，还特别注意体现唐诗题材、风格和表现方法的灵活多样，让读者广开眼界，广为吸收。在本书所选的一百二十多位诗人的五百多篇作品中，内容题材非常广泛，写人，记事，描景，状物，在在齐全；从反映有关兴亡的国家大事，到描写一山一水，一颦一笑，皆巨细不捐，择优选入。从风格看，初唐的质朴，盛唐的豪迈，中晚唐的娟秀与细腻，以及各人的不同诗风，从选诗中都具体地反映出来。选诗中还重点突出诗人的各自写作特长，如对王维，重点选其描写自然田园的诗；对李益，则重点选其边塞诗；对王建，又重点选其宫词。至于李、杜两大家，杜甫侧重选其律诗，李白则侧重选其绝句。这都是各取其长。选诗中，不仅注意到题材不同表现方法有别的篇章，还有意选出同一题材写法各异的篇章，让读者便于比较。例如，书中选了李白两首闻笛诗，一是《与史郎中饮听黄鹤楼吹笛》：「一为迁客去长沙，西望长安不见家。黄鹤楼中吹玉笛，江城五月落梅花。」一是《春夜洛城闻笛》：「谁家玉笛暗飞声，散入春风满洛城。此夜曲中闻折柳，何人不起故园情？」批云：「二首闻笛思乡意同，但前首倒，后首顺；前首含，后首露，前首格高，后首调婉。并录之，可以观其变矣。」又如，同是写送别，在选入王维名篇《送元二使安西》（即《渭城曲》）之后，又选入贾至《送李侍御赴常州》：「雪晴云散北风寒，楚水吴山道路难。今日送君须尽醉，明朝相忆路漫漫。」批云：「此自送别佳作，然不免见压于『渭城』，要是风神韵度有逊耳。」从选诗的对比中，让读者悟出艺术手法的多种多样和艺术境界的高低不同。

还值得一提的是，黄生选诗，既重视传统名篇，又独具慧眼，从大量的非名篇中，寻金拾玉，选出精粹篇章。如杜甫的《江南逢李龟年》，旧选本多忽略失选，黄生激赏此诗「无限深情，俱藏裹于数虚字之内。见风韵于行间，寓感慨于字里」，选后感叹云：「杜有此七言绝，而选者多忽之，信识真者之少也！」又如，书法家张旭仅存诗六首，本书就选入《桃花溪》、《春草》、《山中留客》七绝三首，批云：「长史不以诗名，然三绝恰雅秀润，盛唐高手无以过也。」在清初诗坛，不少人言必称盛唐，而忽视或贬低中晚唐。黄生无此偏见，他从作品的实际出发评选。他钦佩许浑「晚唐能具盛唐笔意」（见《送客南归有怀》评语），选其诗二十多首，他赞扬马戴诗「幽澹雅润」，「若在盛唐，几与右丞争席」（见《春日寻浐川王处士》），又评张乔五律《寄处士梁烛》，谓与李白《赠杨征君》笔意相似，且「句法较胜」，「语脉尤厚」，并感慨说：「耳食之徒，便谓晚唐无有过于盛唐者，总是眼缝未开故也。」又赞扬赵嘏七律《送僧归庐山》「字字用意，句句有法，精警秀密」，并情难白禁地说：「诗至此，亦可以无恨矣！急拈出以示学晚唐者，急拈出以示不屑学晚唐者。」选家能不囿于世俗成见，自出心裁，从大量作品中实事求是地加以鉴别，选出佳篇，这是非常难能可贵的，这也正是本书的价值所在。

再看黄生是怎样评诗的。

评是本书最重要的部分，也是作者最下功夫之处。总的看来，黄生评诗，有如下几个特点：

一、能从一定的理论高度，审视具体篇章，指出其价值所在，使读者即木见林，由小见大。黄生认为，评赏作品，站的角度高，观察理解才能透彻。他拿看画作比：「看画之法，当置身空中，以目下视，然后峰峦之层叠，川谷之逶迤，咫尺可穷百里；若就平地观之，第能见一层耳。」（见《诗麈》）黄生评诗，正是「置身空中，以目下视」。他常从文学发展史角度审视作品。例如，评丁仙芝《江南曲》「长干斜路北，近浦是儿家。有意来相访，明朝出浣纱」「情真语直，痛快淋漓」；还指出本诗「乃郑卫遗音，前接国风，后为山歌《桂枝》之祖」。评王维《奉和圣制春望之作》：「风格秀整，气象清明，一脱初唐板滞之习。」评刘长卿五律《松江独宿》（名句有「明月天涯夜，青山江上秋」）「调轻而语细」，进一步指出此篇乃「变盛唐为中唐之始」。评晚唐孟贯五律《寄山中高逸人》「冷隽幽润」；又引申议论云：「晚唐人骨格本不高，若再行枯索之笔，便入打油，不复成诗矣。」因而此篇「当亟赏」。读者从以上这些评语中，不仅领会本篇旨趣，还进一步了解到某一时代的诗风和这些作品在文学史上的价值。

黄生还善于从一些具体篇章的创作实践中，总结概括出一般性的创作规律。王昌龄《从军行》：「秦时明月汉时关，万里长征人未还。但使龙城飞将在，不教胡马度关山。」黄山对后二句特别欣赏，评曰：「守边贵得良将……千古守边大议论，借征夫口中说出。」并就此进一步总结说：「中晚绝句，涉议论便不佳。此诗亦涉议论，而未尝不佳，何以故？风度胜故，气味胜故。」这是说，诗中议论不可抽象地说理，而应蕴藏「风度」和「气味」，也就是说，应当富有「理趣」，而不应堕入「理障」。这就对诗中议论问题提出了很好的看法，给人以很大的启发。又评王昌龄《西宫春怨》「西宫夜静百花香，欲卷珠帘春恨长。斜抱云和深见月，朦胧树色隐昭阳」「语脉深曲」，尤赞「斜抱云和」（琴瑟）四字，「句为之实，笔为之润，意为之厚」，还就此进一步总结说：「琢句欲实不欲虚，用笔欲润不欲枯，蓄意欲厚不欲薄……凡诗皆宜如此，在七言为尤要耳。」又如，评杜甫《奉和严郑公军城早秋》「已收滴博云间戍，又得蓬婆雪外城」二句：「滴博戍，蓬婆城，用番中地名衬贴，无奈字面生拗，插入『云间』、『雪外』四字，便增几许雅韵。」由此又进一步探讨诗中如何用地名：「诗中用地名不可率意。杜又有《观全蜀地图》诗『雪岭星桥外，松州剑阁东』，两川地名无限，何独指此四处？要是取其字面雅秀耳，此后人所当知也。」评者由此而及彼，读者自可闻一而知十。

黄生还常常把评论古诗和批评今人写作中的流弊联系起来，对比分析，起到了以古疗今的作用。如评沈佺期七律《和上巳连寒食有怀京洛》：「前六句，俱写怀京洛之意，而结处则为期望之词，所以慰其怀也。」接着说：「古人和诗，必答其意……今人只知和韵，而不知和意，务搜隐语僻事，为广押韵之助，彼此唯以斗韵相矜，于诗不复问矣。」又评常建名篇《三日寻李九庄》：「以景传情，只写景，不发意。一发意，诗景便狭故也。」接着指出：「近人诗，若干意多而景少，笔下安得深远？」又评李白《赠汪伦》：「直将主客姓名入诗，老甚！亦见古人尚质，得以坦衷直笔为诗。」接着深有感慨地说：「若今人，左顾右忌，畏首畏尾，其诗安得进步古人耶？」又评韩翃《寄徐州郑使君》云：「叙人作郡事，本易入俗，此君手偏韵偏雅，亦见唐时士大夫趣致洒落。」接着与今人对比：「今人致诗郡伯，不颂其德政，便以为轻己矣。」最后喟然叹曰：「世道不古，安望诗道之古乎！」从以上评语可看出，作者是站在一定的历史和时代高度评论作品的，故能上下贯通，由此及彼，思深旨切，发人深省。

二、能深入地揣摩诗心，领会诗旨，把握诗人用笔的来龙去脉，因而分析见骨。对诗歌的品赏，从某种意义上说，是属于艺术的再创造，品赏者必须设身处地「进入角色」，沉入诗人所描写的艺术境界中去，反复体味，才能探幽发微，如数家珍。黄生正是如此。他评杜甫《野老》是一首「漫兴之作」，揣摩老杜写作经过是：「偶因独立柴门，见江岸渔人网，估客舟，以及片云、画阁，即所见所闻以寓意，盖伤盗贼未宁，羁客久留，又经一秋也。诗成乃拈二字为题……细想此一诗，非『野老』二字，亦无可为题。此正如画家落款，有一定天然位置，毫忽不差，未易为浅人道也。」又如评张谓《同王征君湘中有怀》，极赏「八月洞庭秋，潇湘水北流」「起句浑峭」，因为头开得好，「以后但一直扫去」，一气呵成。他揣摩本诗开头诗人颇费心血：「比如欧阳永叔作《醉翁亭记》，起语凡数易，终不惬意，忽得『环滁皆山也』五字，便振笔疾书，一挥而就，想作者亦当尔尔。」

诗人构思的程序，往往是从章句段落安排中体现出来。故黄生评诗，特别注重从理清结构层次入手，推敲诗人构思原委。如评张继名篇《枫桥夜泊》乃用倒叙：「此已晓而追写昨夜之况也，故首句从晓景写起；次句即打转昨夜，先是枫火静中打搅，再是寺钟闹中打搅，一夜打搅，天将明矣，起视之，月落乌啼霜满天矣。不识章法之倒叙，此诗终于浑沌。」这是指如不作倒叙而作顺叙看，则「月落乌啼」破晓之景与结尾「夜半」相矛盾。这样理解颇具新意，也更符合诗人运笔初衷。对高适《送李少府贬峡中王少府贬长沙》一诗构思的分析，尤其入木三分。诗去：

嗟君此别意何如？驻马衔杯问谪居。巫峡啼猿数行泪，衡阳归雁几封书。青枫江上秋天远，白帝城边古木疏。圣代即今多雨露，暂时分手莫踌躇。

析云：

谪宦未免不乐，慰藉之语，自不可少。此诗先作问语，代写其意，极得开谈妙法。盖彼方不乐，我遽以「圣代雨露」之说告之，彼正有许多谪居远道、风景不佳、音信难达说话，未曾发泄，闻我之言，是愈加不乐也。此妙在将彼意中之语，先自代为剖明，言外云：非但尔不乐，即我言之亦代尔不乐。然后徐徐慰之，云虽如此说，然圣代即今多雨露，我知分手不过暂时，万勿以谪居为意。迁客闻之，有不欣然就道者哉？此虽律诗八句，其实是一席老练人情世故说话也。

这段分析，将诗人下笔时的苦心安排，剖析得一清二楚，令人仿佛感触到诗人脉膊的跳动，更觉本诗构思运笔之巧。

为了更透彻地揣摩诗心，品赏诗味，黄生有时还现身说法，用自己的实际生活体验来理解诗中描写。如许浑《游钱塘李隐居西斋》一诗有这样描写：「林间扫石安棋局，岩下分泉递酒杯。」后一句所写，一般人不知道是怎么回事。黄生解释说：「谓以酒杯承泉眼，俟其滴满，则递泻他器。」并说：「予尝亲为此事，故知此句之工。」这样评诗，仿佛是在导游，引导读者饱览诗苑无限风光，领略诗人笔下的奇情异趣。

要把握诗人的构思之巧，运笔之趣，关键还在于评论者对诗人及其作品的熟悉和涵泳默会。黄生评诗，一贯坚持孟轲所提出的「知人论世」和「以意逆志」的方法，深入了解诗人所处的社会环境以及生活起居、性情襟抱乃至写作动机，与诗人神交默契，心心相应。例如他评杜诗，仔细了解老杜，做到「恍若与杜公周旋于花溪草阁之间，亲陪其杖履，熟闻其謦欬」（见《杜诗说》）。这正是他能揣摩诗心，领会诗旨，分析见骨的根本原因。

三、在文字表现技巧方面，反复推敲，深入研究，引导读者分辨艺术上的高下得失。黄生评诗，重视诗的思想内容和诗人的人格修养，认为「诗以言志」，诗人「立品必高于流俗」，其诗才能高于流俗；但他同时认为，「主之者心也」，而「运之者手也」，思想内容要靠文字技巧来表现，在行文中必须有「生动之致」，方可传「渊永之味」（以上引文见《诗麈》）。因此他从多方面研究总结「极尽变化」的唐诗艺术技巧，以展现唐诗的高度艺术成就。

有比较才有鉴别。对比是黄生评诗常用的一种方法。他有时从横向方面，列举不同作家的同类作品做比较。例如，同是写送别，韩愈有句：「况与故人别，那堪羁宦愁。」灵一则云：「官柳乡愁乱，春山客路遥。」同是写思乡，贯休有句：「故园在何处，多年未得归。」司马札则云：「芳草失归路，故乡空暮云。」以上二例，皆前者直率，后者婉润，两相对比，后者更为含蓄有味。故黄生提示云：「句法最忌直率，直则浅，率则露。『婉润』二字，为近体之要诀。」他有时又列举意同而措辞不同或字面相似而含义不同的诗例作比较，以见唐诗艺术手法的诸多变化。前者如，同是写洞庭湖凭吊湘娥，贾至云：「白云明月吊湘娥。」李白则用两句：「日落长沙秋色远，不知何处吊湘君。」评云：「贾句『白云』、『明月』四字硬装，法妙；李用十四字，语爽。」各有千秋。又如，同是写久别重逢，李益云：「别来沧海事，语罢暮天钟。」项斯则云：「别来何限事，相见却无言。」一个叙说不休，一个相对无言，但感情都很直切，黄生评云：「二者相反，情事皆极逼真。」字面相似含义不同的，如韩翃写归乡之乐有句云：「风吹山带遥知雨，露湿荷裳已报秋。」李嘉祐写久守穷郡之愁亦有类似句云：「山当脾睨常多雨，地近潇湘畏及秋。」黄生列以比较云：「此句法相似，但彼乐此愁，兴象便迥然不同。」他赞叹：「唐人下笔，信有化工也！」

黄生有时又从纵的方面作比较，以见唐代诗人怎样创造性地继承前贤，以见诗史上承传变革之轨迹。例如他指出，沈佺期《古意》「卢家少妇郁金香」句，乃兼取梁武帝「卢家兰室桂为梁，中有郁金苏合香」（《河中之水歌》）二语；王昌龄《芙蓉楼送辛渐》「洛阳亲友如相问，一片冰心在玉壶」句，乃化用南朝宋鲍照「清如玉壶冰」（《代白头吟》）一语；张潮《江南行》「妾梦不离江上水，人传郎在凤凰山」句，乃取意于南朝梁沈约「梦中不识路，何以慰相思」（《别范安成》）二句；等等。黄生赞扬唐人诗句，比古人更「简练」，更「含蓄」，更「巧妙」，皆能「化用」古人，「后来居上」。

黄生评诗，还常拿绘画、古文作比较。如评李廓《送振武将军》描写射雁的诗句「霜鸿揿箭看」云：「昔人画射猎图，但作弯弓引满之状，评者谓，相其神力，直有应弦而倒之势。此论画三昧也。今『霜鸿揿箭看』亦是写命中神理。」又评王维描写岐王九成宫避暑「隔窗云雾生衣上，卷幔山泉入镜中；林下水声喧笑语，崖间树色隐房栊」云：「前二句想其层楼杰阁，迥出于云霄之表；后二句想其曲房幽室，掩映于水榭之中。右丞诗中有画，如此一诗，更不啻李将军仙山楼阁也。且『衣上』、『镜中』、『喧笑』，更画出景中人来」。又评杜甫《南邻》云：「浅深繁简之间，便是一篇极有章法之古文。」又评张籍「寄李渤」云：「一、二实说，三、四虚说；一、二零星说，三、四囫囵说：皆从古文得来法。」这样评诗，便使读者扩大了眼界，认识到，艺术的品类虽不同，但表现技法往往相通，可以互相借鉴，相辅相成。

特别值得一提的是，黄生对唐诗不同版本出现的异文异字，认真加以比较和考定。唐诗由于相隔时远，在传抄或镌刻中难免有讹误；有的诗文经后人妄改。因此同一首诗版本、出处不同，往往有的字句相异，而一字之差，又往往会影响到诗意的深浅和诗境的优劣。黄生广搜诸本，比照推敲，辨明真伪，择善而从。下面举几个例子：

沈佺期《和上巳连寒食有怀京洛》「行乐光晖寒食倍」，倍，俗本作「借」。黄辨之曰：「唐人上巳、寒食并出游宴乐，今二节并日，故曰『光晖倍』。若作『借』，则似寒食无行乐之事，特借上巳之光晖者。用字不甚相远，而意则迥别。」

李欣《送魏万之京》「关城树色催寒近」，树色，他本作「曙色」。黄辨：「曙字，《律选》作『树』，今从之。唯树色将凋，故曰『催寒』，若『曙』字，不但与首句『朝』字犯重，意亦费解。」

刘长卿《别严士元》「日斜江上孤帆影，草绿江南万里程」，程，他本作「情」。黄辨：「『程』实『情』虚，对上『影』字，宜实不宜虚也。」

张籍《蓟北旅思》「失意还独语，多愁自不知」，自不知，他本作「只自知」。黄辨：「有时独语却不自知，极尽失意人潦顿之状。后人不得其解，辄取改易，谬甚！」

曹松《南海旅次》：「心似百花闲未得，年年争发被春催。」闲，他本作「开」。黄辨：「花当春而思发，人当春而思归，故心之不闲，与花无异者也。『闲』字作『开』，误。」

从上举数例可看出，黄生评诗，不仅态度严肃，一丝不苟，而且学富才赡，识见过人，故能明辨真伪高下。

对于各种唐诗评注本，黄生也取审慎态度加以甄别，取其精华；而对于一些误解谬说，则一一加以批驳辨正。例如，王昌龄《送李浦之京》「小弟邻庄尚渔猎，一封书寄数行啼」二句，《三体唐诗》注谓「寄书于弟」，且赞此诗「孝友言外」。黄辨之曰：「『小弟』，王自称，因家中无人，故以书转寄邻庄之渔猎者。」他还举王季友「小弟丹青能尔为」旁证唐人自称「小弟」，批评《三体唐诗》评注者望文生义，「皆目听耳食者也」。又杜牧《宣州开元寺》首句「松寺曾与一鹤栖」，上书注「疑其与妇人同宿」。黄辨之曰：「一鹤贴松寺，衬语也。支遁林好鹤，故诗中僧家多用鹤事，如『巢空鹤未还』、『野田青鹤翻』，皆与此诗同意。」他严厉批评：「鹤岂可比妇人，殊凿！」即使是名家评注，黄生也不苟同。如宋黄庭坚评刘禹锡《竹枝词》：「词意高妙……道风俗而不俚，追古俗而不愧。」黄生辨析曰：「余谓『妙』则有之，『高』则未也。其妙处正在『俚』，谓『道风俗而不俚』，亦非诸词当语。诚可为后来山歌《挂枝》、《打枣》先鞭，何足以追古昔？……不知山谷所评，何相反如此？」这一类评语，都具有真知灼见，对读者正确理解唐诗深有启示。

四、评诗方式灵活多样，评语精粹生动。入选的诗，一般都加旁批和总评。总评置于篇后，着眼全篇；旁批则置于某句或某字旁边，多着眼于提示用字、造句之妙。

唐诗句法、字法千变万化，奥妙无穷，黄生对此有深入研究。他从大量作品中，探寻唐诗用字造句的规律，总结出诸如一字多用、虚字省用、套装句、倒剔句、走马对、参差对等等用字造句格式六十多种，用以「对号」旁批于有关字句。旁批一般虽只有三五个字，但却是「点睛」之笔，一经提示，会使读者更准确地理解其意。例如钱起《归雁》「潇湘何事等闲回，水碧沙明两岸苔」二句旁批：「套装句」。这就提示读者，下句并非回答上句，乃从属被套于上句，实际是问雁：潇湘水碧沙明两岸苔，如此好地方，何事轻易离开？杜甫《登岳阳楼》「昔闻洞庭水，今上岳阳楼」旁批：「交互对」。提示读者，上下句交互补充。实谓：昔闻洞庭水边有岳阳楼，今上岳阳楼观赏洞庭水。卢纶《塞下曲》：「月黑雁飞高，单于夜遁逃。欲将轻骑逐，大雪满弓刀。」后二句旁批：「倒叙」。提醒读者，此二句不能作顺叙看，乃是倒叙，实谓：尽管大雪满弓刀，守边将士仍然轻骑追逐夜遁逃的单于。这就突出了将士英勇无畏；若顺看却似畏寒不出，意思恰恰相反了。这一类例子很多，详见本书附录《黄生析唐诗句法字法举要》。

总评部分更是笔墨灵活，意趣满纸。兹撮录数则，以飨读者：

评孟浩然《过故人庄》：「全首俱以信口道出，笔尖几不着点墨。浅之至而深，淡之至而浓，老之至而媚。火候至此，并烹炼之迹俱化矣！」

评杜甫《野望》「纳纳乾坤大，行行郡国遥。云山兼五岭，风壤带三苗」后二句：「如画家写景，五岭，深远，故曰『兼』；三苗，平远，故曰『带』。兼、带本常用字，而用法与人不同，便觉有奇理奇趣。此属意匠经营之巧。」

评李益《喜见外甥又言别》「十年离乱后，长大一相逢，问姓惊初见，称名忆旧容」后二句：「初见而惊，惊其面善也；问其姓，姓果是；闻其称名，名益是，于是转忆其旧容，始知十年不见，今长大至此。事极纤细，情极逼真，难得十字道尽。」

评张继《枫桥夜泊》「姑苏城外寒山寺，夜半钟声到客船」：「近评诗者论此诗云：『姑苏城外寒山寺』云云，便可听，若云南京城外报恩寺云云，岂不令人喷饭？』此言亦甚有见，但其所以工拙处，尚未道破。客请语其故，予曰：无他，只『寒山』二字雅于『报恩』二字也。客欣然有省。」

评韦庄《建昌渡暝吟》「夕照临官渡，乡情独浩然。鸟栖彭蠡树，月上建昌船。市散渔翁醉，楼深贾客眠。隔江何处笛，吹断绿杨烟」：「通首写景，单衬第二句一『独』字，便是一篇血脉。盖思乡之情，苦无人知，今夜独宿于此，则见夕阳自临也，鸟自栖也，月自上也，渔翁自醉也，贾客自眠也，隔江自吹笛也，多少寂寞无聊之景，唯我一人独受之，此际乡情，宁不转深也哉？」

上举诸例，或短或长；或从大处着眼，一语破的；或从细处着手，析小见大；或严肃，或风趣；或取譬设喻，或有问有答……腾那变化，不拘一格，但都出语精当，恰中肯綮，而且笔端饱蘸感情。读此书，真如欣对良师益友，促膝聆听其面命耳提，令人在不知不觉中接受其观点，心领神会，豁然有悟。这也正是本书深得读者好评的原因之一。

《唐诗评》的确称得上是一本学习唐诗的精美教材。当然它也还存在一些美中不足之处。在选诗方面，由于偏重选取近体格律诗形式臻于成熟的中晚唐作品，因此所选初盛唐作品相对偏少；体式仅限于律诗和绝句，而唐代盛行的试帖诗、排律以及古体、杂体，均被排除在外，不能不说是缺憾。在评诗方面，对某些形式问题的分析，过于刻板，带有八股腔调。另外，黄生虽然非常强调评论自出机杼，但有时难以跳出传统的儒家诗教的窠臼。如解说韦应物《滁州西涧》，说「独怜幽草涧边生」是「喻君子在野」，「上有黄鹂深树鸣」是「喻小人在位」；「春潮带雨晚来急，野渡无人舟自横」二句「盖言宦途利于奔竞，而已则如虚舟不动」。这样解释实在穿凿附会。以上不足或失当之处，在全书中乃属白璧微瑕，而且为后来吴修坞的《唐诗续评》、吴智临的《唐诗增评》以及朱之荆的补注补评所弥补和修正。

《唐诗评》脱稿于康熙二十四年（一六八五），作者生前未能刻行。直至康熙六十一年（一七二二），始由徽州学人程志淳主持镌刻问世，称「是亦山房刻」。是为本书最早刻本。

本书的再次刊行本，是乾隆十五年（一七五〇）的「南屏草堂刻本」（以下简称「南屏本」）。主持人朱之荆，字树田，歙县人，生平不详。朱氏对《唐诗评》甚为推崇，称之谓「后学之津梁」，将此书「置诸案头，每清晨细玩味」。他以是亦山房刻本为底本，又从传抄本中辑佚增补七十余篇，还将自己学习研究的心得体会，附于黄生总评之后，作为补注补评。南屏本还增收了休宁人吴修坞为补充《唐诗评》而撰写的《唐诗续评》。该书专选初盛唐律诗、绝句和部分古体、杂体，共三百多首，使本书由初刻本五百多首增加到八百多首，内容几乎扩大一倍。

本书的第三次刊行本，是嘉庆四年（一七九九）的「浣月斋」刻本，由休宁人程鸿绪主持刻行。此刻本除照录南屏本外，又增入歙县人吴智临补充进评的唐代排律和试贴诗二百余首，内容又有所扩大。

这次本书重新整理，有以下几点说明：

（一）鉴于吴修坞的《唐诗续评》和吴智临的《唐诗增评》，均是学习和继承黄生《唐诗评》，且各有补充和心得，对读者学习唐诗，均有裨益，故一并收入，名为《唐诗评三种》。

（二）黄生《唐诗评》，以是亦山房本为底本，参校南屏本和浣月斋本及《杜诗说》、《诗麈》等书。凡属朱之荆从传抄本中补佚的诗，则在校记中一一点明。

（三）朱之荆对《唐诗评》的补注补评，颇多发明，颇有价值。凡黄氏未评及之处，则增评之；凡黄评过于简括之处，则申述之；对黄评欠妥之处，则商榷补正之；遇有他说与黄说相左者，则并录之，以供读者参考。有鉴于此，故将朱氏补评补注一并收入，置于黄评之后。为示区别，另起一行，并在开头加「朱补」字样。

（四）黄生等评唐诗，重视区辨不同版本或不同书籍中出现的异文异字，重视引用别人诗文作纵横比较，但对作者、篇名或书名等出处，往往未作详细说明。为扫除读者阅读障碍，便于博览对照，本书特在每篇后附以「校记」，对于不同书中出现的异文异字，对于评注中涉及到的有关出处或原文，尽可能查出注明。

参加本书整理工作的，有杨凤玲、何俊梅、沙际涛、何苗等。何苗在誊写、查阅资料方面，出力尤多。本书整理过程中，曾得到北京图书馆和安徽省图书馆有关同志的大力协助，特致谢忱！点校者才疏学浅，若能得到专家和读者指瑕、赐教，幸莫大焉。

何庆善　一九九四年夏于安徽大学

唐诗评三种目次

卷二　五言绝句（八十四首）

卷三　七言律（一百首）

卷四　七言绝句（一五五首）

唐诗续评

卷二　五言绝句（五十二首）

卷三　七言律（七十三首）

卷四　七言绝句（二十五首）

卷五 五言古（十二首）

卷六 七言杂体（二十五首）

［附］　汉魏五言古诗　（四十三首）

［附］　汉魏七言杂体　（三十八首）

唐诗增评

卷二　七言排律（八首）

卷三　唐人试帖诗（七十首）

唐诗评

黄 生撰
朱之荆补

黄生原序

诗至陈隋而淫靡极矣。李唐氏作，时则有若陈梓州子昂振兴古道，沈云卿、宋延清调合声律，一反之，一因之，皆救弊之善物也。自是诗家遂分二体：散行者曰古体；排偶者曰近体。于中又自分三种：曰律，断八句成篇者；曰排律，引四韵而伸之者；曰绝句，截四韵而半之者。顾唐贤古体，自李、杜、高、岑、王、孟、常建、李欣、王昌龄、刘慎虚、韦、柳数大家之外，高古之作，指不多屈，其穷工极巧，全在近体。盖一代风尚所趋，篇什之富，才调之工，远过古诗，亦势使然与。

近有友问诗于余，余曰：古诗必宗汉魏，近体必法唐人。此匠者之绳墨，射者之彀率也。子欲学诗，告之以绳墨、彀率而已矣。于是以唐人之近体先之，务约，务精，务显易，故中晚视初盛为多，名之曰「唐诗摘抄」云。

时康熙乙丑仲秋白山黄生书于洪源木樨香处

程志淳序

诗以道性情，固也，然言之无文，行而不远。故学者如牛毛，成者如麟角。良玉不琢，不能成其器；美材不学，不能就其文。诗至三唐，高奇、平淡、险怪、绮丽，包涵万象，无所不有，若大海汪洋，茫无畔岸，非得登岸而知津者以为指南，伥伥乎安知所之也？或曰：「唐人选唐，姚合、高仲武、元结、韦縠诸公，如《极玄》、《御览》、《河岳英灵》、《中兴间气》诸集，以当时之人，选当时之诗，所为亦精矣，非后学之金科玉律乎？」然此皆诸子得手之三昧，非肄业之津梁也。黄白山先生，吾乡之娴于诗者也，所选有《唐诗摘抄》，比年以来，乃得取而读之。其思精，其旨切，实可以开示学者。盖其用功也深，故其研索也密；其择之也审，故其说之也详。苟先明体制，次以炼局，炼句，炼字，落笔成章而言之，不合于道者鲜矣。

吾观宋元以降，作者代兴，惊风雨、泣鬼神者不乏，而唐音渐远，诗学日非，所谓比兴，非三唐之比兴；所谓风雅，非三唐之风雅，无温柔敦厚根于礼义之意，三百篇之旨不存。诗亡矣！诗非亡也，亡于诗学之不讲也。《书》曰：「诗言志，歌永言，声依永，律和声。」故气以律而清，词以律而隽，文以律而成。匪唯近体，即歌行、古风，莫不有律，如行师之有纪律焉。

故曰「师出有律」，匪是何以成章？此选《摘抄》之微旨也。以此而读《摘抄》，可以言诗，可以咏诗矣。因付之剞劂，以公诸同人，亦以表彰白山之遗教也。

时康熙辛丑孟春月紫峰程志淳书于是亦山房

刘葆真序

唐诗之选夥矣，然而句释字笺，常仅得其皮肤，未能通其腠理，无足云也。今《唐诗摘抄》一编，黄君白山评注于前，程君紫峰订证于后。其所取者皆五七言律绝，而古风、长排弗录，诚以律绝者学诗途径所自入，今人唱和应酬，即事吟咏，多有取于此也。顾兹之所选，绝不雷同附和，蹈常袭故，苟非四声调节一气连贯，而又有意外味耐人咀嚼者，即铿锵琳瑯，宁割爱勿登。其谨严也若此。且其间每章疏栉，又不拾人牙慧，不傍人墙壁，于时解概从乎略，而惟以意逆志，体味乎当日立言之旨，其中诗眼及章句字法，皆出吾心所独得，而发挥其意趣。盖皮肤略而腠理通，并作者之精神亦跃然呈露，如张僧繇之画龙点睛；又如九方皋相马，有得于牝牡骊黄之外。阅是编者，虽生平所习读，当觉顿开生面，其视诸选本实驾而上之。黄君可谓深于诗者矣！独是黄君已往遥遥数十年间，始得知音，参互考订，折中其说，序以行远，《摘抄》之注释，由是而长存可也。嗟乎！莫为之后，虽盛而弗传。程君之信好，亦可谓深于诗者矣！述古之功，岂浅鲜哉？

程君司铎涟水，辛丑之秋，余自都门南回，始会于淮之公馆，襄试事也，未暇深论，然倾盖如故，心切慕之，今特造门焉，首出《摘抄》，请序于余。余乐此邦之士，不独制艺之美，抑且诗歌之盛，皆本司铎之有以唱也，于是乎书。

时康熙壬寅孟冬年家同学刘葆真眉峰氏题于安东尊经阁

朱之荆序

余闻诸古今之论诗者，自《三百》、《离骚》而外，辄曰古诗必祖汉魏，近体必宗三唐。于是先取唐诗选本而阅之，于兹数年矣。然所阅诸本，或杂引故实而不及作法，或虚为敷衍而无有定评，惟和村吴子力行家藏抄本为佳，余珍之。旋复得白山黄氏《唐诗摘抄》一卷于力行，其所选者绝律四体，自序云：「务约，务精，务显易，故中晚视盛初为多。」及观其评注，乃欣然曰：此诚后学之津梁也，何不付之梓以公同志耶。余友邵子达夫者，究心于古者也，今春于坊间获紫峰程氏订正刻本，售以赠余。其评选与力行所示者，虽有繁简之殊，而意不相远也，遂合为一编，置诸案头，每清晨细玩味。又不揣固陋，偶有一得，即增于其后，以俟他年之论定焉。至于三唐以上，则有汉魏；四体之外，仍有各体；且四体莫盛于唐，其深厚高古，变化离奇，无所不具，又不啻如《摘抄》之所云者，亦不可以不讲也。于是取和村吴氏本细加增删，又冠以汉魏诗二卷另为一集。集诸家之说，间亦窃附己意，而融会以注焉，仍其名曰「摘抄」，以附于《唐诗摘抄》之后。非敢云选诗，亦以见余仰企前贤、就正将来之意云尔。

乾隆戊午仲秋月新安朱之荆书于西湖客馆

唐诗评卷一

五言律

和晋陵陆丞早春游望[一]

杜审言

独有唤法宦游人，偏惊物候新流水起。云霞出海曙，梅柳渡江春分疏句。淑气承四催黄鸟，晴光转绿苹实眼句。承三[二]。忽闻歌古调点明和意，归思欲沾巾。

尾联点题格。　起调甚高而响。　一、二唤起中二联。云霞是出海之曙色，梅柳乃渡江之春气，名「分疏句」。　前写早春之景，结处点明和诗意，见陆有作而已和之。唐人和诗，必发明此意，不然，则与己一人独作何异。　句中单字为眼，眼有虚实之别，此名「实眼句」。

[朱补]首联写自己，暗包陆丞，盖同是宦游人也。「物候新」，暗点早春。喝起中二联在一「惊」字，中二联写早春，中四字皆惊也。绾和诗作结。「归思」，应「游」字。「独有」、「偏惊」、「忽闻」是机括。

【校记】

[一]游望　《文苑英华》诗卷二四一作「有怀」。

［二］转绿苹　转，同上书作「照」。

赋得妾薄命［一］

杜审言

草绿长门掩［二］，苔青永巷幽。宠移新爱夺，泪落故情留下因句。啼鸟惊残梦，飞花搅独愁。自怜春色罢，团扇复迎秋。

起联写其地，次联正意。三、四二句，上二字因下，谓之「下因句」。三联写其情况。末联自安于命。「故情留」，言君虽弃己，已则不敢忘君。人臣致身之义，亦犹此也。

［朱补］此诗怨而不怒，深得风人之旨。合崔湜、刘长卿《长门怨》诸作观之，始知其妙。崔湜开口云「不忿君恩断」［三］，觉满肚怒愤矣。汉皇后罢斥，则居「长门」，宫人有罪，则囚「永巷」。

【校记】

［一］本篇底本无，据南屏本补。

［二］长门掩　掩，《全唐诗》卷六二注一作「闲」。

［三］崔湜　原作「崔灏」，误。此句乃出自崔湜《婕妤怨》。「忿」应作「分」。见《全唐诗》卷五四。

杂　诗［一］

沈佺期

闻道黄龙戍［二］，频年不解兵。可怜闺里月，偏照汉家营走马对。少妇今春意，良人昨夜情句中藏字。谁能将旗鼓，一为取龙城流水结？

全篇直叙格。　三、四即景见情，最是唐人神境。　五怀春，六梦远，然「怀」字「梦」字不说出，名「句中藏字法」。　凡起结二句，直下不对者名「流水起」、「流水结」。　三、四一气直走不停，名「走马对」。　结处即私情以见公义，最柔最婉。「边将皆承主恩泽，无人解道取凉州」，非不慷慨激烈，然温柔敦厚之意微矣。

［朱补］结联与起联相应，局法甚紧。

【校记】

［一］杂诗共三首，此为其三。

［二］黄龙戍　《全唐诗》卷九六注一作「黄花塞」。

立春日侍宴内殿出剪彩花应制［一］

宋之问

金阁装仙杏［二］，琼筵弄绮梅分装对起。人间都未识，天上忽先开流水对。蝶绕香丝住［三］，蜂怜采艳回双眼句［四］。今年春色早，应为剪刀催找法。

尾联点题。 仙杏、绮梅，并金阁所装［五］、琼筵所弄，乃「分装成对法」。 起联浓至，须得承联澹语济之，承联见是内殿所睹。 转联，形容剪彩如真，却借蜂蝶写出，此「脱开一步法」。 结联用「剪刀」字，点明是剪彩，然到底说得玲珑圆活，方见作者心手之妙。 结带绾立春，章法完密。 沈、宋为律家高曾，此首又延清第一杰作，章法、句法、字法无不臻妙［六］，允为后学规式。 三、四语对而意直，两句相承，名「流水对」。 五、六名「双眼句」。

［朱补］起联实点。三、四从「装」字「弄」字虚摹。五、六补「彩」字。七句「春色」字，收转梅、杏。末，点破「剪」字。

【校记】

［一］诗题《唐诗品汇》卷五七作《奉和圣制立春剪彩花应制》。

［二］仙杏 《文苑英华》诗卷一六九作「新杏」。

［三］双眼句 底本无，据南屏本补。

［四］采艳 《全唐诗》卷五二作「艳粉」。

［五］金阁 阁，底本误作「闺」，据南屏本改。

［六］章法句法字法 南屏本作「章句三法」。

送李给事归徐州觐省

孙逖

位列登青琐[一]，还乡服彩衣对起[二]。共言晨省日，便是昼游归走马对。倒申一、二。春水经梁宋，晴山入海沂反装句。实眼句。莫愁东路远，四牡正骈骈。

此起联总冒格。昼锦意写得跃然。山当贴梁宋，水当贴海沂，却反装成对。此人必有使事，便道归省，故结云云。三、四句法比流水更急，故以走马喻之。

[朱补]《汉书》：给事中，黄门侍郎，日暮入对，青琐门拜。张士贵，虢人，唐初授虢州，帝曰：「令卿衣锦昼游。」[三]

【校记】

[一]琐　原作「锁」，据《全唐诗》卷一一八改。

[二]服　《唐诗品汇》卷五九作「复」。

[三]此事见《旧唐书·张士贵传》。

宿云门寺阁

孙逖

香阁东山下，烟花象外幽。悬灯千嶂夕，卷幔五湖秋。画壁馀鸿雁[一]，纱窗宿斗牛呼应句。实眼句。更疑天路近，梦与白云游倒收。

尾联进步格。　中二联分承「象外幽」说，结更进一步，便有呼吸通帝座之意。　三、四乃上二字呼、下三字应句法。　写景欲阔大。初唐景语，无出三、四二句之上。　中二联写景，分一远一近。　前六句云云，足见寺阁之高矣，乃梦中直与白云为侣，更疑天路从此可升，其高更如何！七、八乃倒收法、进步法。　通篇形容寺阁之高，却不露高字，笔意可想。

［朱补］五句人多不解，有谓画壁损坏，只馀鸿雁在，不但不对，且无趣味。愚谓此联总言其高也，盖画壁之馀，惟鸿雁能过；纱窗之宿，只斗牛与亲也。　结「白云」字，巧合题。

【校记】

［一］馀　《全唐诗》卷一一八注一作「飞」。

过香积寺［一］

王　维

不知香积寺，数里入云峰。古木无人径，深山何处钟［二］？泉声咽危石，日色冷青松倒装句。薄暮空潭曲，安禅制毒龙。

尾联寓意。　起用「不知」二字，便见往时未到，今日方过，幽赏胜情，得未曾有［三］，俱寓此二字内。　中二联写景，分途中、本寺二境。　五、六是危石边泉声咽，青松上日色冷，成倒装句。　制毒龙，喻降心也。　幽处见奇，老中见秀，章法、句法、字法皆极浑浑。五律中无上神品。

［朱补］通篇从「过」字着想。次联承明「不知」字。末句收往「寺」字。　西方有池，毒龙居之。昔五百商人止宿池侧，龙怒，汎杀商人。盘陀王学婆罗门咒，就池咒龙，龙悔过向王，王乃舍之。　末句言我愿安禅于此，以制其心焉，即所谓惊猿害马，非山中实有是物也。

【校记】

［一］本诗《文苑英华》诗卷二三九列为王昌龄诗。

［二］深山　同上书作「空山」。

［三］此处疑有讹字。

晚春答严少尹与诸公见过［一］

王　维

松菊荒三径，图书共五车对起。烹葵邀上客，看竹到贫家交互对。鹊乳先春草［二］，莺啼过落花缩脉句。自怜黄发暮，［三］倍惜年华意在句前。

尾联见意。　上客因看竹到贫家，贫家惟烹葵邀上客，二句交互成对。　乳，去声，乳子也。用字最古。过，谓历其时，非历其地也。　五、六起下意，言鹊乳甫先春草，莺啼倏过落花，此年华之所以可惜也。分明有「甫」、「倏」二字在内，名「缩脉句」。　诸公皆有见过之作，诗中必有惜年华之语，故结处答其意，言诸公皆以年华为可惜，自怜暮景，故惜年华之心，比诸公更加一倍也。七、八二句，上仍有说话，谓之意在句先。

［朱补］起是已地，次联点见过，五、六写晚春，尾见意。见人之晚，如春之晚也，带定题中晚春，不是泛泛写怀。大凡见意，必须如此。《庄子》曰：「惠施多方，其书五车。」

【校记】

［一］诗题，《王右丞集》卷二、《全唐诗》卷一二六均无「答」字。

［二］鹊 《唐诗品汇》卷六一作「雀」。

终南山［一］

王维

太乙近天都，连山到海隅［二］。白云回望合，青霭入看无错综句。分野中峰变，阴晴众壑殊。欲投人处宿，隔水问樵夫［三］。

尾联补题。　首言高，次言大，三、四承高说，五、六承大说。此立柱应法。　回望处，白云已合，入看时，青霭却无，错综成句。此法与倒装异者，以押韵不动也。　七句《全唐诗话》作「故人投宿处」［四］近是。　题中无「游」字，结处补其意，然三、四「回望」、「入看」，已暗藏针线矣。

［朱补］终南山，一名太乙。　结见山远人稀。

【校记】

［一］《全唐诗》卷一二五注：「题下一有行字。一作终南行」。

［二］山　《文苑英华》诗卷一五九作「天」。到　《全唐诗》作「接」。

［三］隔水　水，《文苑英华》作「浦」。

［四］此句非出自《全唐诗话》，乃出自《唐诗纪事》，今本已改，见该书卷十六校记。

终南别业［一］

王　维

中岁颇好道，晚家南山陲。兴来每独往，胜事空自知不对而对［二］。行到水穷处，坐看云起时直述句。偶然值林叟［三］，谈笑无还期［四］。

全篇直叙。五、六句法径直，名「直述句」。此种句法不假造作，以浑成雅健为贵，故又名「浑成句」。玩「好道」二字，便知全篇不是徒然写景，盖略为人通一消息耳。意谓中岁虽颇参究此事，不免东投西奔，茫无着落，至晚年方知有安身立命之处。得此把柄，则行止洒落，冷暖自知；水穷云起，尽是禅机；林叟闲谈，无非妙谛矣。此诗若只作写景看过，白山道者不免为摩诘居士叫屈。三、四乃不对而对法。

【校记】

[一]诗题《河岳英灵集》卷上作「入山寄城中故人」，《全唐诗》卷一二六注一作「初至山中」。
[二]空自知　空，《全唐诗》注一作「只」。
[三]林叟　《全唐诗》作「邻叟」。
[四]无　《全唐诗》作「滞」。

送张五諲归宣城

王　维

五湖千万里，况复五湖西隔句叠字。渔浦兰陵郭，人家春谷溪，分装对。地名点缀。欲归江淼淼，未到草萋萋叠字句。忆想两字并用兰陵镇[一]，可宜猿夜啼[二]？

尾联见意。　叠上「五湖」字，名「隔句叠字法」。四用地名点缀。「忆」即「想」，「想」即「忆」，特地两字并用，以助句法之健。如王昌龄之「舟船」，李白之「风飔」，杜甫之「凉冷」、「愁畏」，皇甫曾之「采摘」，王建之「人客」，韩渥之「乘骑」，并是此法。自宋以来，未经拈出也。　一、二送，三、四宣城，五、六归途，七、八归况[三]。

[朱补]「可宜」者，岂可宜也，言因猿啼，益动相思之惨。

【校记】

[一]兰陵　《王右丞集》卷五作「南陵」，南屏本从之。

[二]猿夜啼　夜，同上书及《全唐诗》卷一二六作「更」。

[三]这几句评语底本无，据南屏本补。

送杨长史赴果州

王　维

褒斜不容幰，之子去何之？鸟道一千里，猿声十二时数目点缀。浑成句[一]。官桥祭酒路[二]，山木女郎祠[三]。别后同明月，君应听子规意在言外。

尾联寓意。　《水经注》：汉水南有女郎山，山上有女郎冢，下有女郎庙。言张鲁女也。　玩「去何之」三字，杨此行必有不得意者，故如此叫起，直若三峡哀猿，肝肠寸断。　中二联，承首句一直说下，却以尾联寓意，言「明月」我所同也，「听子规」君所独也；我见月时固思君，君听子规更复何以为情耶？说两地别情凄楚已极，却只以景语出之，寓意俱在言外，笔意高人十倍。

[朱补]道路险绝，兽犹无蹊，特上有飞鸟之道耳。　汉法，上客曰祭酒。　褒斜，入蜀所经之地。汉隶有《开通褒斜道碑》。　幰音显，车幔也。

【校记】

[一]猿声　《王右丞集》卷五作「猿啼」。

[二]祭酒路　路，《全唐诗》卷一二六作「客」。

[三] 山木　《王右丞集》作「山水」。

送邢桂州

王　维

铙吹喧京口，风波下洞庭对起。赭圻将赤岸地[一]，击汰复扬舲事。就句对。日落江湖白，潮来天地青景。顺因句。明珠归合浦，应逐使臣星套装结。撮用古事。意中悬度。

尾联寓意。　桂州在洞庭之南，故曰下。从京口经赭圻、赤岸，过洞庭，而后达桂州。许多路程，叙得不板。　赭圻、赤岸，击汰、扬舲，句中各自为对，名「就句对」。　三、四对法，不衫不履，故五、六振笔狠作一联，此补救之妙。江湖白，形容日之昏也；天地青，形容潮之白也，用意精绝。　因日落故江湖白，因潮来故天地青，名「顺因对」。　七、八言明珠应逐使臣星而归浦，名「套装结」。下一「应」字，乃意中悬度之词。　还珠与使臣星两事撮合作一处用，名「撮用古事」。

[朱补] 前半写其声势之大，后半预知其为官之好，兼有期望之意。　唐乐志：凡鼓吹，五曲部，三铙吹。　赭圻、赤岸，道路所经之地名。　汰，水波也。舲，船之有窗牖者。　唐之桂州，汉之合浦。邢时为州守，故结言珠当为君归合浦，讽以不贪也。　汉顺帝朝，孟尝迁合浦太守。合浦产珠，前守贪秽，珠徙他境；尝廉介不取，去珠复返还。　天文志：流星，天使也。

【校记】

［一］「地」字及下面「事」、「景」旁批，底本无，据南屏本补。

观　猎［一］

王　维

风劲角弓鸣［二］，将军猎渭城出猎［三］。草枯鹰眼疾，雪尽马蹄轻顺因句。猎时。忽过新丰市，还归细柳营猎归。地名点缀。回看射雕处［四］，千里暮云平猎后。

全篇直叙。　起法雄警峭拔。三、四音复壮激，故五、六以悠扬之调作转，至七、八再应转去，却似雕尾一折，起数丈矣。

［朱补］以「风劲」二字起下「草枯」、「雪尽」。末句写猎后之景如画。　汉高帝因太上皇思故丰里，乃迁丰民，移置丰县于骊山下，一为丰里旧制，故曰「新丰」。　周亚夫军细柳，地在渭水北。

【校记】

［一］诗题《唐诗纪事》卷十六作「猎骑」。

［二］劲　《全唐诗》卷一二六注一作「动」。

［三］「出猎」及下面「猎时」、「猎归」、「猎后」旁批，底本无，据南屏本补。

［四］暮云　《全唐诗》注一作「落雁」。

从岐王过杨氏别业应教[一]

王　维

杨子谈经处[二]，淮王载酒过。兴阑啼鸟缓[三]，坐久落花多。径转回银烛，林开散玉珂上因句。严城时未启，前路拥笙歌[四]。

对起完题。五、六承「坐久」，下三字因上二字，名「上因句」。末言因城未启，故笙歌拥于满路也。贵人出游，着不得寒俭语，然铺张太盛，又未免顾宾失主，此妙在过杨处只淡淡打发二语，而车骑笙歌之盛，却从归途写出，用笔之斟酌如此。

［朱补］杨雄作《太玄经》。雄嗜酒，好事者载酒肴从游学。借姓而用之。

【校记】

［一］本篇底本无，据南屏本补。

［二］处　《王右丞集》卷二作「所」。

［三］缓　《文苑英华》诗卷一七九作「唤」。《全唐诗》卷一二六作「换」。

［四］拥　《全唐诗》注一作「引」。

被出济州[一]

王　维

微官易得罪，谪去济川阴。执政方持法，明君无此心[二]。闾阎河润上，井邑海云深。纵有归来日，多愁年鬓侵[三]。

首句明非真有罪也，以官卑无援，故挤陷易及耳。三、四立言有体，而讽刺实深，谓大臣擅黜陟之柄，人主初不闻。世人只赏退之「臣罪当诛」、「天王明圣」，却无人称此。此在近体中尤不易得耳。

[朱补]「谪去」、「归来」紧应。

【校记】

[一] 诗题 《河岳英灵集》卷上作《初出济州别城中故人》。本篇底本无，据南屏本补。

[二] 无 《全唐诗》卷一二二作「照」。

[三] 多 《王右丞集》卷六作「各」。

望洞庭湖赠张丞相[一]

孟浩然

八月湖水平，涵虚混太清。气蒸云梦泽，波撼岳阳城[二]折腰句，上一下四。欲济无舟楫，端居耻圣明呼应句。倒叙联。坐观垂钓者[三]，徒有羡鱼情语含比兴[四]。

前后两截格。　天光与水相涵，故曰「混太清」。　前叙望洞庭，后半赠张，名「前后两截格」。五、六在呼应句中又是「正呼反应法」。五、六二句倒叙，谓生当圣明，以端居为耻；然仕进无阶，犹济川无楫，坐观他人仕进，如临渊羡鱼。然则今日能以舟楫相假者，非丞相吾何望乎？望人援手，不直露本意，但微以比兴出之，幽婉可法。其制题亦有意。俗本但作「临洞庭」，则后半作何着落？前人题目岂宜妄改。

［朱补］首点「湖」字，次句湖景，三、四接写次句，五、六自况，末寓意。首句「八月」见时，补题不足。

【校记】

［一］诗题《唐诗品汇》卷六〇作「临洞庭」。

［二］撼 《文苑英华》诗卷二五〇作「动」。

［三］坐观垂钓者 《文苑英华》作「坐怜垂钓叟」。

［四］徒 《全唐诗》卷一二二作「空」。

过故人庄

孟浩然

故人具鸡黍，邀我至田家。绿树村边合，青山郭外斜。开轩面场圃，把酒话桑麻。待到重阳日，还来就菊花。

尾联进步。 全首俱以信口道出，笔尖几不着点墨，浅之至而深，淡之至而浓，老之至而媚，火候至此，并烹炼之迹俱化矣。王孟并称，意尝不满于孟，若此作，吾何间然。 结句系孟对故人语，觉一片真率、款曲之意，溢于言外。

［朱补］一明点故人，二暗点「过」字，三、四写庄上之景，五、六庄上之事，七进一步，八「还来」字，内藏有别意，与前「至」字相关照。　「就」字，百思不到，若用「看」字，便无味矣。

大禹寺义公禅房［一］

孟浩然

义公习禅寂［二］，结宇依空林［三］。户外一峰秀，阶前众壑深折腰句。平时景［四］。夕阳连雨足，空翠落庭阴实眼句。当下景。看取莲花净，方知不染心［五］。

尾联寓意。与王右丞《过香积寺》作，几不相上下。但王作调平而气较浑，此作调高而语较峭，此处微输一筹。　王题是「过香积寺」，故起结俱就过者说；此题是「义公禅房」，故起结俱归义公，构法自别。

［朱补］一点义公，二点禅房，三、四、五、六接写禅房；七、八从「雨」字生下，缴转首句。

【校记】

［一］诗题起首《全唐诗》卷一六〇多一「题」字。《唐诗品汇》卷六〇无「大禹寺」。

［二］习禅寂　寂，《全唐诗》作「处」。

［三］结宇　《全唐诗》作「结构」。

［四］「平时景」及后面「当下景」二批语底本无，据南屏本补。

［五］方知　《全唐诗》作「应知」。

送张子容尉南海［一］

岑参

不择南州尉，高堂有老亲倒因起。楼台重蜃气［二］，邑里杂鲛人实眼句。海暗三山雨，花明五岭春呼应句。地名点缀［三］。此乡多宝玉，慎莫厌清贫妙于立言。寓意规箴。

尾联寓意。一、二上句因下句，名「倒因起」。起美其孝，结勉其廉，犹见古人交道，不作路歧握手套语。中二联承「南州」字来，结复用「此乡」字绾住，篇法甚紧密。不曰勿贪贿，而曰「勿厌贫」，此立言之妙。

［朱补］「不择」者，因亲老家贫，是为贫而仕者也，故末句云云，正与起联相照应。三、四言地之险僻，足「不择」意。五言其加惠，六言其文明。蜃嘘气成楼台。南海外有鲛人，水居如鱼，不废织绩。

【校记】

［一］张子容　《文苑英华》诗卷二七一、《全唐诗》卷二〇〇均作「杨瑗」。

［二］楼台　《文苑英华》作「县楼」。

［三］花明　同上书作「江明」。

［四］乡　同上书作「方」。

奉送李太保兼御史大夫充渭北节度使 即太尉光弼弟　岑参

诏出未央宫，登坛拜总戎［一］。上公周太保，副相汉司空明暗句。官名点缀。弓抱关西月［二］，旗翻渭北风层折句。地名点缀。弟兄皆许国，天地荷成功对结。寓词属望。

尾联见意。　五、六点所往之地。见地是诗中要法，如许大题目，诗中若不出地名，便非作手。　全首典质，得五、六二语雄秀，十分生色。　对结以意尽为佳。子美多用对结，唐人不尽然。　五、六弓与旗一层，抱月、翻风一层，关西月、渭北风又一层，名「层折句」。　三、四上公、副相暗说，太保、司空明说，名「明暗句」。

［朱补］《汉书》：御史大夫，秦官，位上卿，掌副丞相。李为御史，故称副相。

【校记】

［一］拜　《文苑英华》诗卷一七一、《全唐诗》卷二〇〇均作「近」。

［二］抱　《全唐诗》注一作「挽」。

晚发五渡[一]

岑参

客厌巴南地，乡邻剑北天对起。江村片雨外，野寺夕阳边倒剔句。芋叶藏山径，芦花间水田[二]。舟行未可住，乘月且须牵。

三、四倒剔句，谓「江村」字，本在「片雨」字之下，今倒剔于首也。

[朱补]起见心急路遥，所以晚发之故。中写五渡之景：三、四大景、远景，五、六小景、近景。七点「发」，八补「晚」。

【校记】

[一]本篇底本无，据南屏本补。诗题「渡」，《岑嘉州集》卷三作「溪」。

[二]间　《岑嘉州集》卷三、《全唐诗》卷二〇〇作「杂」。

七月三日在内学见有高道举征宿关西客舍寄严许二山人[一]

岑参

云送关西雨，风传渭北秋对起。层折句。孤灯燃客梦，寒杵捣乡愁倒装。滩上思严子，山中忆许由倒剔句。苍生今有望，飞诏下林丘。

玄宗立玄学，习老、庄、文、列四子，应此科者，谓之「高道举」。内学，或即京师所立之玄学。因见有高道举征，故致意二山人，谓诏书行亦将及耳。　七、八着严、许说高道举征事，却未明叙，此诗与题互见法也。

［朱补］严光不拜谏议大夫，钓于富春江七里滩。许由不受天下，隐于箕山。此比二山人以姓恰合。昔谢安隐东山，人曰：安石不出，如苍生何？　二人盖隐者，今被征举，必不终隐，以负苍生之望也。

【校记】

［一］本篇底本无，据南屏本补。诗题，《全唐诗》卷二〇〇作《宿关西客舍寄东山严许二山人时天宝初七月初三日在内学见有高道举征》。

送友人入蜀

李　白

见说蚕丛路，崎岖不易行领法。山从人面起，云傍马头生双眼句。极力形容。芳树笼秦栈，春流绕蜀城实眼句。升沉应已定，不必问君平翻用古事［一］。

尾联见意。　首联引起中二联，以后皆承「不易行」说。三、四极力形容蜀道之险。　因入蜀，故用君平事，曰「不必问君平」，此正事反用法。　此友必仕途不得意者，故述其行路难之意，而以升沉已定告之，见穷达有命，仕途淹滞不必介意。　三、四奇，故五、六可平；五、六平，故七、八必奇。太白五律多率易，结语尤甚，如此合作者，集中亦不多得。

［朱补］五、六二语，隐然有升沉之分，故七接「升沉」二字稳。　蚕丛，始开蜀之人也。　严君平，卜筮于成都。

【校记】

［一］问　《李太白全集》卷十八注「缪本作访」。

次北固山下［一］

王　湾

客路青山外，行舟绿水前对起。潮平两岸阔，风正一帆悬呼应句。海日生残夜，江春入旧年倒装句。正意反挑。乡书何处达倒叙，归雁洛阳边倒剔句。

尾联见意。　五、六以「残夜」反挑「早」字，以「旧年」反挑「新」字，名「正意反挑法」。　五、六奇秀不可言。当时主司榜之都堂，以为多士楷式，可称真赏音矣。　「何处达」，言无处达也。洛阳正在归雁边，乡书却从何处达，深见思乡之情；顺看即不然。此唐人句调，粗心人未易识也。倒剔句，亦名错装句。

［朱补］此因风气之异而起故园之思也。　首联写其地，三、四是行舟之景，五、六是住舟之景，七、八见当时情况。　海上之日，未旦先生；江南之春，于冬先动，故五、六云云。

【校记】

[一]此篇《河岳英灵集》题作《江南意》，诗云：「南国多新意，东行伺早天。潮平两岸失，风正数帆悬。海日生残夜，江春入旧年。从来观气象，惟向此中偏。」

江南旅情

祖　咏

楚山不可极，归路但萧条[一]。海色晴看雨，钟声夜听潮缩脉句[二]。剑留南斗近[三]，书寄北风遥折腰句，上一下四。为报空潭橘粘上，无媒寄洛桥[四]。

尾联寓意。　海色晴看似雨，钟声夜听如潮，缩「如」、「似」二字。　「北风遥」，明其书之难寄也，故七、八云云。　橘性不北植，以比己留滞南中无人荐拔，此即书中之意，但欲寄而未得耳。　八句重一「寄」字，后人以「赠」字易之，然唐人只欲句格之老，正不琐琐避忌，但后人不可为法耳。

[朱补] 咏本洛人，渡江而游吴越。斗为吴越之星，今我留于其地，则剑留于南斗近矣，特恨与洛日远，北风之书难寄耳。　古人身常佩剑，曰「剑留」，明人留也。

【校记】

[一]路　《文苑英华》诗卷二九二作「客」。

[二]钟　同上书及《唐诗品汇》卷六三作「江」。

［三］留　同上书作「流」。
［四］寄　同上书作「赠」。

苏氏别业

祖　咏

别业幽居处，到来生隐心。南山当户牖，沣水映园林地名点缀。大景。实眼句［一］。竹覆经冬雪［二］，庭昏未夕阴层折句。小景。寥寥人境外，闲坐听春禽。

起联总冒格。　一、二平直，三、四雄浑，五、六精工，七、八渊永。五律调法句称，无逾此篇。

［朱补］通篇以「生隐心」作骨。而所以生隐心，则在一「幽」字，故中二联极力写幽字。第七句束上四句，以应首句「生隐心」意，只在末句暗应。

【校记】

［一］映　《文苑英华》诗卷三一八作「在」。
［二］竹　《全唐诗》卷一三一作「屋」。

题破山寺后院［一］

常　建

清晨入古寺，初日照高林［二］。曲径通幽处［三］，禅房花木深切后院。寺中景。山光悦鸟性，潭影空人心寺外景。万籁此俱寂［四］，惟闻钟磬音。

全篇直叙。对一、二不对三、四，名「换柱对」。有右丞香积寺之摹写［五］，而神情高古过之；有拾遗奉先寺之超悟［六］，而意象浑融过之。「薄暮空潭曲，安禅制毒龙」［七］；「欲觉闻晨钟，令人发深省」［八］，方之此结，工力有馀，天然则远矣。

［朱补］「空」字去声。

【校记】

［一］后院　《文苑英华》诗卷二三四、《全唐诗》卷一四四均作「后禅院」。

［二］照　《文苑英华》作「耀」。

［三］曲径　《文苑英华》、《全唐诗》均作「竹径」。「切后院」等旁批，底本均无，据南屏本补。

［四］俱寂　《文苑英华》、《全唐诗》均作「都寂」。　惟闻　《河岳英灵集》卷上作「但馀」。

［五］此指王维《过香积寺》，见本卷。

［六］此指杜甫《游龙门奉先寺》，见《杜诗详注》卷一。

［七］此二句为《过香积寺》尾联。

［八］此二句为《游龙门奉先寺》尾联。

同王征君湘中有怀

张 谓

八月洞庭秋，潇湘水北流。还家万里梦，为客五更愁。不用开书帙[一]，偏宜上酒楼走马对。故人京洛满[二]，何日复同游错装句？

尾联见意。起句浑峭，以后但一直扫去。此如欧阳永叔作《醉翁亭记》，起语凡数易，终不惬意，忽得「环滁皆山也」五字后，便振笔疾书，一挥而就。想作者亦当尔尔。

[朱补]观水之北流，便有思洛意。「不用开书帙」，无心绪也；「偏宜上酒楼」，借酒解忧也。

【校记】

[一]帙 《全唐诗》卷一九七注一作「箧」。

[二]满 同上书注一作「客」。

登兖州城楼

杜 甫

东郡趋庭日，南楼纵目初对起。浮云连海岱，平野入青徐实眼句。远景。孤嶂秦碑在，荒城鲁殿馀近景。从来多古意振法，临眺独踌躇顺因结。

前后两截。前写登楼之景，后写怀古之情。中二联承「纵目初」；七、八又承五、六说。碑已不在，殿已无馀，此临眺时所以怀古情深也。本不在而言「在」，实无馀而言「馀」，此诗家之妙旨；言「在」而实不在，言「馀」而实无馀，此读者之善会［一］。　凡起调高，则收处宜平落以遗其声；起调平，则收处宜振起以激其响。　七句「从来」二字是振起之法也。

［朱补］「临眺」与「纵目」紧相应。　按子美父为兖州司马，因趋庭而得纵目也；初者，定省后始一出也。中二联皆是纵目之景，然三、四只写眺望之远，五、六更见吊古情深。　海，东海。岱，泰山。青、徐，二州名。　秦碑，始皇所立。鲁殿，恭王所造。　要知怀古非怀秦皇、鲁恭，因平时见峄山碑刻，及读王延寿《灵光殿赋》，至此吊其遗踪已就湮没，故七、八云云。　知本堂云：「踌躇」二字，非吊古人，乃伤己之身名易湮没也。　「连」字，即仄声「接」字。

【校记】

［一］此则摘自黄生《杜诗说》卷四。唯「实无馀而言馀」《杜诗说》作「本无馀而有馀」。

夜宴左氏庄

杜甫

风林纤月落［一］，衣露净琴张夜［二］。暗水流花径，春星带草堂实眼句。庄。检书烧烛短，说剑引杯长顺因句。宴［三］。　诗罢闻吴咏，扁船意不忘。

尾联拓开。　三、四就无月时写景，语更精切。　赵子常云：「闻吴咏而思昔游，是摆开说。」予谓宴会诗作如此结，可知席上宾主皆无足言矣，用意高傲，人却不知。　诗中写景则有风露星月，叙事则有琴剑诗书酒，而不见堆塞，其运用之妙如此。

［朱补］夜景有月易佳，无月难佳。　三妙在「暗」字，乃闻声而知之。　四妙在「带」字，与「江满带维舟」，一则形容维舟之孤，一则形容春星之密，俱各精绝。　次句「露」字，承首句「风」「月」来；三、四承月落；五、六承琴张。　盖风、月、露、水、星，皆以类相承；琴、书、剑、杯、诗，亦以类相承也。　罢字，即平声「成」字。　此客诗成，喉中作吴音，朗然高咏，想见可笑。　有三分诗七分读之意。

【校记】

［一］风林　《杜诗详注》卷四作「林风」。

［二］净　同上书作「静」。　旁批「夜」及「庄」、「宴」，底本无，据南屏本补。

［三］说剑　同上书作「看剑」。

春日怀李白

杜　甫

白也诗无敌［一］，飘然思不群对起。倒因句。足法［二］。　清新庾开府，俊逸鲍参军硬装句。人名点缀［三］。　渭北春天树，江东日暮云藏头句。即景见情。　何时一尊酒，重与细论文套装结［四］。

前后两截。　两句对起，却一意直下，杜多用此法。唯其「思不群」，所以「诗无敌」，又是倒因起法。

清新似庾开府，俊逸似鲍参军，径作五字，名「硬装句」。对渭北春天树，望江东日暮云，头上藏二字，名「藏头句」。五已地，六彼地。怀人诗，必见其所在之地；送人诗，必见其所往之地，诗中方有实境移不动。何时重与尊酒相对细酌论文，分装成句。六朝以来，通谓诗为文。一结绾尽一篇之意。

［朱补］庾信为开府之官，鲍照为参军之官。五、六两地折开，方叫得起末句。上四称其才，下乃春日有怀，论文应转前半。

【校记】

［一］无敌　敌，《杜诗详注》卷一注一作「数」。

［二］思　《全唐诗》卷二二四注一作「意」。

［三］俊逸　同上书注一作「豪迈」。

［四］细论文　同上书注一作「话斯文」。

晚出左掖

杜　甫

昼刻传呼浅，春旗簇仗齐对起。退朝花底散，归院柳边迷半景。分装对。楼雪融城湿，宫云去殿低全景。折腰句。上二下四。避人焚谏草正事反用，骑马欲鸡栖。

虚实相间。凡诗写景为实，叙事述意为虚。此首四联虚实相间。凡景中有事有意，名「半景」。

五、六即城楼宫殿字拆开，名「联字拆用法」。「融」即消，然却易「消」字不得。　前段写退朝之景，后段始是晚出左掖，乃上马归私宅也。六见夕阴，五见淤淖，然语工意浑，故称精绝。　「欲鸡栖」，鸡欲栖也，要知从《诗》「鸡栖于埘」字摘下［一］，故使句法老健。

［朱补］天子临朝传呼。漏刻浅者，昼将尽也。帝将入内，故整齐旗仗，已亦散而归省矣。　羊祜嘉谋说论，皆焚其草［二］。　焚且「避人」，其不欲人知也更深矣。是进一步用古之法。末句还「晚」字。

楼在城上，故雪融城湿。　殿高逼云，故去殿若低。

【校记】

［一］此句出《诗·王风·君子于役》，下句为「日之夕矣」。

［二］此事出《晋书·羊祜传》：「祜历职二朝，任典枢要……其嘉谋说议，皆焚其草，故世莫闻。」

春宿左省［一］

杜　甫

花隐掖垣暮暗藏春字［二］，啾啾栖鸟过。　星临万户动，月傍九霄多双眼句。　不寝听金钥［三］，因风想玉珂。　明朝有封事，数问夜如何粘上。顺因句？

前后两截。「春星带草堂」，月已落之景也。「星临万户动」，月未出之景也。　宿省时，但见繁星；及不寝竟夜，然后月朗，细读自见。「宫云去殿低」，「月傍九霄多」，皆形容宫殿之高耳。　五恐宫门已开，六恐朝士已集，及数问夜漏如何，极尽胸中有事，竟夜无眠光景。五、六本一意，看他句法不合掌。「不寝」即不寐，用「寐」字便不老。

［朱补］上四宿省之景，下四宿省之情。栖鸟，欲栖之鸟也，故云「过」。首联是从未宿时说起。五、六是腹中有事，枕上猜疑，写得逼肖。公「晚出」、「宿省」二诗，皆于结处见身分，盖公自道其官守如此。若泛泛然不见自己官守之所在，诗虽工焉能为有无哉［四］。「万户动」与「风连西极动」，二「动」宛相近，星动较奇。「九霄多」，言于宫禁独多也。掖垣，宫墙也。汉仪：密奏，皂囊封版，故曰「封事」。珂，贝类，可为马饰。

【校记】

［一］诗题，「春」下《文苑英华》诗卷一九一有「夜」字。

［二］「暗藏春字」，底本无，据南屏本补。

［三］不寝听金钥　寝、钥，《文苑英华》作「寐」、「锁」。

［四］此则摘自黄生《杜诗说》。

春夜喜雨

杜　甫

好雨知时节，当春及发生呼应起。不对而对［一］。随风潜入夜，润物细无声流水对。不对而对。野径云俱黑宕开[二]，江船火独明衬法。晓看红湿处，花重锦官城缩合。

起联总冒。「及」字，旧作「乃」，依钱本正之。及时之雨，其喜固宜，然非「知时节」三字，则喜意亦写不透。　雨细而不骤，才能润物，又不遽停，才见好雨。三、四紧着雨说，五、六略开一步，七、八再缩合。杜诗咏物多如此，后学之圆规方矩也。　五、六写雨境[三]妙矣，尤妙能见喜意，盖云黑则雨浓可知。六衬五，五衬三，三衬四。加倍写「润物细无声」五字，即是加倍写「喜」字。结语更有风味，春雨润物，无所不及，花其一耳。前概言发生之功，七、八拖一笔，独惬幽居之趣。三、四是诗人胸襟，七、八是诗人口角。本领深厚而下笔又饶有风韵者，杜公一人而已。

[朱补]首剔春字，次点春字，三点夜字，五明画夜字，六傍托夜字，五、六承「无声」来，只写夜字耳。　结想明日晓晴之景，倒剔夜雨。「重」，花因雨而重也。补出锦官城，见地。　成都府城，呼为锦官城，以江山明丽如锦也。　《初月》诗末句「暗」字[四]，此末句「湿」字，缩合处，并无着力瞻顾之痕。

【校记】

[一]及　《杜诗详注》卷十、《全唐诗》卷二二六均作「乃」。

[二]宕开　开，底本作「对」，据南屏本改。

[三]雨境　境，南屏本作「景」。

[四]《初月》诗见《杜诗详注》卷七，末二句为「庭前有白露，暗满菊花团」。

西郊

杜甫

时出碧鸡坊，西郊向草堂。市桥官柳细，江路野梅香［一］。傍架齐书帙，看题检药囊［二］。无人觉来往［三］，疏懒意何长！

尾联见意。　此诗以七句承明上文，而以八句发其意。碧鸡坊在城中，公偶以事入城，由此坊而出，来往并无人觉，诗但举来以见往，令人于言外得之，其味无穷。　去时无人觉，来时亦无人觉，在草堂中齐书、检药亦无人觉，自往自来，自作自止，无限舒畅。不言少俗人应接之繁，但言得遂己疏懒之意，较「眼前无俗物，多病也身轻」［四］二语更饶兴味。

［朱补］三、四承「西郊」二字，是西郊所见之景，言市桥只有官柳，江路只闻梅香，盖在西郊无人觉也。五、六承「草堂」二字，是草堂所作之事，言齐书只有一我，检药只有一我，盖在草堂无人觉也。帙，书衣也。题，药上标题。

【校记】

［一］路　《杜诗详注》卷九注一作「岸」。

［二］检　《全唐诗》卷二二六作「减」。

［三］觉　《全唐诗》注：「一作竞，一作与，荆公定为觉」。

［四］此二句出杜甫《漫成二首》其一，「眼前」应作「眼边」。见《杜诗详注》卷十。

天河

杜甫

常时任显晦，秋至最分明对起[一]。纵被浮云掩，终能永夜清走马句[二]。含星动双阙，伴月落边城实眼句[三]。牛女年年度，何曾风浪生。

全篇直叙。赋而比也。一、二所谓士穷见节义，世乱识忠臣也。三、四言谗邪蔽明[四]，君子之操终不改。五、六则仕途升沉之喻，七、八反言以比陆地之风波耳。五、六非「含星」「伴月」四字不能显题。杜善写难写之景，全以旁见侧出取之。

[朱补]天河从北极分两头，至于南极，随天而转入地下过，水之气也。边城，指秦州，此时公当在秦州，故六句云云。

【校记】

[一]**最**《文苑英华》诗卷一五七、《全唐诗》卷二二五作「辄」。《杜诗详注》卷七作「转」。

[二]**能**《全唐诗》注一作「当」，一作「输」。

[三]**落**同上书作「照」。

[四]**谗**底本误作「才」，据南屏本改。

题玄武禅师屋壁

杜甫

何年顾虎头，满壁画沧洲设问为辞［一］？赤日石林气，青天江海流硬装句。极力形容［二］。锡飞常近鹤应三，杯渡不惊鸥应四。似得庐山路，真随惠远游藏头句。对结。

全首直叙。以虎头赞画手，常意耳，着「何年」二字，便自说得大惊小怪。赤日射而石林竟如有气，青天在而江海忽若奔流，妙画通灵如此，信非虎头不能作也。五、六暗用高僧事，以度七、八之意。观画壁似得庐山路，对禅师真随惠远游。岂唯山水如真，人物亦相随入画矣。一边赞画，一边赞禅师，凡题有主人，诗必照顾之，此唐贤不易之法也。

［朱补］画不必是顾，壁亦不必是沧洲，硬派得妙。妙画而不知姓名者也，故直以虎头赞之。前半赞画，腰联带禅师入画中，结双绾之。《唐诗解》云：「鹤鸥亦画中所有，以在僧壁，故用二僧事。」愚玩「常近」、「不惊」四字，即不必有鹤鸥亦可，盖山水如真，疑有鹤鸥常来于此，自得于此，即如舟人、渔子入浦溆，亦是画上所无。顾恺之，小字虎头，善丹青。沧洲，仙人所居。日照石林而生气。梁僧诘公与白鹤道人并欲居潜山山麓，谋于武帝，帝俾各以物识其地，得者居之。道人以鹤止处为记，诘公以卓锡处为记。已而鹤先飞去，至麓，将上，忽闻空中飞锡声，诘公之锡遂卓于山麓，因各以所识处筑室焉。《高僧传》：「杯渡者，不知其姓名，常乘木杯度水，因名杯渡师。」晋僧惠远，居庐山东林，陶渊明从之游。

【校记】

［一］满壁画沧洲 《杜诗详注》卷十一注：壁一作「座」，沧一作「瀛」。

［二］海 同上书注：一作「水」。

登岳阳楼［一］

杜 甫

昔闻洞庭水，今上岳阳楼交互对起。吴楚东南坼［二］，乾坤日夜浮。亲朋无一字宕开，老病有孤舟歇后句。戎马关山北绾合，凭轩涕泗流两字并用。

前后两截。 前写登楼之景，后述登楼之怀。一、二交互，言昔闻洞庭水有岳阳楼，今上岳阳楼望洞庭水，遂直接三、四云云。吴在东，楚在南，而湖坼其间。三、四并极力形容之语。然三语巧，四语浑，必四先成，三觅对耳。 亲朋无一字相遗，老病有孤舟相伴，各藏后二字，名「歇后句」。题是「登岳阳楼」，诗中便要见出登楼之人是何身分，对此景、作此诗是何胸次，如此诗，方与洞庭、岳阳气势相敌。后人不达此旨，游历所至，胡题乱写，真苍蝇之声耳。

［朱补］洞庭万顷，天水相连动荡，恍若浮空。

【校记】

［一］诗题《文苑英华》诗卷三一二作「登岳阳楼望洞庭」。

［二］坼　同上书作「折」。

送贾阁老出汝州［一］

杜　甫

西掖梧桐树，空留一院阴。艰难归故里，去住损春心缩脉句。宫殿青门隔，云山紫逻深硬装句。人生五马贵，莫受二毛侵妙于立言。藏头句。

突然而起，取「出」字意。杜公起多有如此者，此二语尤觉醇深雅健。三、四谓艰难之时，幸归故里，去住之际，损我春心。五、六首藏「回看」「前望」四字，为「藏头句」。七、八于慰藉中点出官职。贾洛阳人，汝州去洛阳为近。前半写已别情，后半慰贾宦况。汝州南六十里有紫逻门。

［朱补］太守四马，行部加一马，故称「五马」。

【校记】

［一］本篇底本无，据南屏本补。题下有注「即贾至舍人」。

月　夜［一］

杜　甫

今夜鄜州月见地，闺中只独看。遥怜小儿女，未解忆长安流水对。两联交互。香雾云鬟湿，清辉玉臂寒硬装句。何当倚虚幌[二]，双照泪痕干意在言外。

子可言忆，内不可言忆，故题只云「月夜」。唐人制题之雅如此。通首一气贯注，次联独看之故，三联实写独看，七合首句，八应「独看」。次联言不忆见忆，是「句中藏句法」。末言干见不干，是「言外见意法」。「照」字应「月」字，「双」字应「独」字。

[朱补]有儿女，则不独矣，而「解忆长安」者，只有闺中一人也。五、六是对月忆远，久立无聊景象。已忆闺中，反言闺中忆己，对面着笔，更见深厚。

【校记】

[一]本篇底本无，据南屏本补。诗题《唐诗品汇》卷七作《夜月》。

[二]何当　《全唐诗》卷二二四作「何时」。

野　望[一]

杜　甫

纳纳乾坤大，行行郡国遥对起。下因联。云山兼五岭，风壤带三苗实眼句。远景大景。野树侵江阔，春蒲长雪消小景近景。倒押句。扁舟空老去，无补圣明朝意在言外。

纳，容也；纳而又纳，无所不容也。五岭三苗，皆在包涵之内，乾坤之大可知。行行直至于此，郡国之遥可知。三、四极目之景，应起句。五、六目前之景，起「扁舟」字。七、八又绾合次句。三、四如画家写景：五岭深远也，三苗平远也，深远故曰「兼」，平远故曰「带」。五、六江涨直侵野树，前此树故在岸也；雪消始长春蒲，前此蒲为雪所掩也[二]，倒押成句。扁船空老，无补圣明，明从国事起见，止作自咎之语，意在言外。

【校记】

[一]本篇底本无，据南屏本补。

[二]春蒲　「蒲」字脱漏，径补。

中宵[一]

杜甫

西阁百寻馀，中宵步绮疏。飞星过水白上因句，落月动沙虚倒押句。下因句[二]。择木知幽鸟，潜波想巨鱼比兴。实眼句。亲朋满天地，兵甲少来书博换结。意在言外。

首句补其地，次句点题，下六句极中宵之所思也：三流离之惨昭然；四兵乱之变有自；五智士不轻托足；六贤人隐于巇岩；七、八实系怨词，而曲曲谅之。　水白见飞星过，沙虚觉落月动，倒押成句。水白因飞星过，落月动因沙虚，名「两因句」。七、八以兵甲、亲朋字博换成句，本云兵甲满天地，亲朋少来书。「知」字「想」字，钩画出夜景来。

[朱补]《杜诗说》云：「五、六即『水深鱼极乐，林茂鸟知归』意。言外以物之得所，反形人之不得

所，'而人之不得所者，由亲朋不相存济也。'」两解不同，并存。《梁冀传》：窗牖皆有绮疏［三］。绮疏，镂为锦文也。

【校记】

［一］本篇底本无，据南屏本补。

［二］沙《杜诗详注》卷十七注一作「檐」。

［三］此见《后汉书》卷三四。

江月［一］

杜甫

江月光于水［二］，高楼思杀人。天边长作客，老去一沾巾三、四应次句。玉露团清影［三］，银河没半轮五、六应首句。谁家挑锦字，灭烛翠眉颦藏头句［四］。

首句点题，次句见地。「思杀人」三字，开下。三、四应次句，五、六应首句。因见月故灭烛，「灭烛」二字，暗绾「月」字，'只言「灭烛」，而望月之意自见，'只言「颦眉」，而怀人之意自见，高手妙手！结在章法是推开一步，在比兴正是透深一层，即男女之情，喻君臣之义，并前半「思杀人」、「一沾巾」，皆有着落矣。挑锦字用窦滔妻事。「思」字去声，即平声「愁」字意。

【校记】

［一］本篇底本无，据南屏本补。

［二］于　《全唐诗》卷二三一注一作「如」。

［三］团　《杜诗详注》卷十七作「溥」。

［四］灭烛　《全唐诗》注一作「烛灭」。

观李固请司马弟山水图三首其二［一］

杜甫

方丈浑连水，天台总映云对起。人间长见画，老去恨空闻走马对［二］。范蠡舟偏小［三］，王乔鹤不群折腰句。　此生随万物，何处出尘氛？

方丈、天台、蠡舟、乔鹤，皆妆点形容之语，以便说成句法。首联、三联，本是一处说话；次联、尾联，本是一处说话，以间叙成章法。　五、六言外见二人能出尘氛，而已徒随万物，为造化所囿，故承七、八云云。「随万物」，言同万物芸芸于天地间也，三字用得有学问。　「何处」，即何计；然不用何计，见尘氛举足皆是耳。「随万物」与「人间」应，言其不能去人间也。「恨空闻」，言空闻其地之胜，以老而不能往也。

［朱补］孙绰《游天台山赋》：「涉海则有方丈、蓬莱，登陆则有四明、天台。」　范蠡乘扁舟，泛五湖。王乔控鹤以冲天。　此题有三首，主人已见第一首，故此首只见已意。若题玄武画壁，则必归结

主人，杜律必不苟。　题中「弟」，一作「题」，然解者终未妥。

【校记】

[一] 本篇底本无，据南屏本补。

[二] 老去　《杜诗详注》卷十四注一作「身老」。

[三] 舟偏　同上书注一作「偏舟」。

野望[一]

杜甫

清秋望不极，迢递起层阴。远水兼天净，孤城隐雾深。叶稀风更落层折句。下因，山迥日初沉上因。独鹤归何晚，昏鸦已满林语含比兴。

以「望」字领起全篇，结处即景寓意。写景处不易到，寓意处尤不易到。「夜来归鸟尽，啼杀后栖鸦」，意亦犹此，而此较婉切矣。　鸦喻朝党附成群，鹤喻己孤立无偶。　中二联字法俱精，秋风自上而下，故曰「落」；「风更落」，则叶愈稀矣。迥，犹远也，山远则落照亦远，故曰「日初沉」。五倒因，六顺因。

【校记】

［一］本篇底本无，据南屏本补。

阙题［一］

刘慎虚

道由白云尽，春与青溪长。时有落花至，远随流水香博换句。闲门向山路，深柳读书堂。幽映每白日，清辉照衣裳。

此首是王、孟，下首是高、岑，盖东古诗手［二］，以之作律，值其馀事。「幽映」承「深柳」而下，「清辉」又承「幽映」而下。

【校记】

［一］本篇底本无，据南屏本补。

［二］东　疑为「江东」之误（作者江东人）。

寄江滔求孟六遗文［一］

刘慎虚

南望襄阳路，思君情转亲。偏知汉水广顺承一二，应与孟家邻。在日贪为善，昨来闻更贫。相如有遗草，一为问家人［二］。

「亲」字，即仄声「切」字。「汉水广」，「孟家邻」，俱有典，用来不觉。「为善」，指不肯枉道苟禄，言品峻则身必贫，品愈高则身尤更贫也。五、六不赞其文，而赞其品，方见生死交情，所重全在此，搜求遗草亦为此耳。

【校记】

［一］本篇底本无，据南屏本补。

［二］一为《河岳英灵集》卷上作「为一」。

林园秋夜作［一］

李嶷

林卧避残暑，白云常在天。赏心既如此，对酒非徒然。月色偏秋露，竹声兼夜泉实眼句。凉风怀袖里，兹意与谁传？。

出语高妙，取境幽适，是盛唐一名家，惜其诗不可多见。

【校记】

［一］本篇底本无，据南屏本补。

新年作

刘长卿

乡心新岁切领起，天畔独潸然。老至居人下，春归在客先。岭猿同旦暮，江柳共风烟。已似长沙傅，从今又几年！

尾联进步。　通首都写「乡心新岁切」五字。

松江独宿「松」当作「湘」，疑字误[一]

刘长卿

洞庭初下叶，孤客不胜愁。明月天涯夜，青山江上秋倒剔句。一官成白首，万里寄沧洲流水对。久被浮云系，能无愧海鸥？

前后两截。　调轻而语细，此变盛唐为中唐之始。前点题，后述意。「寄」字不惟见地远，亦见官卑。

[朱补]「下」同落，秋叶落也。三承二，四承一。

【校记】

[一]题下注系黄生所加。

集梁耿开元寺所居院　刘长卿

到君幽卧处，为我扫莓苔。花雨晴天落，松风终日来。路经深竹过，门向远山开。岂得长高枕应起句，中朝正用才。

尾联见意。　结是门面语，此人必宦途沉滞者，故为此言；若本意恬退，必无劝驾之意矣。

海盐官舍早春　刘长卿

小邑沧州吏，新年白首翁对起。一官如远客承一，万里极飘蓬流水对[一]。柳色孤城里承二[二]，莺声细雨中。羁心早已乱，何事更春风？

起联总冒。

【校记】

[一]万里　里，《刘随州集》卷三作「事」。

[二]二，底本误写作「三」，据南屏本改。

寻南溪常道士[一]

刘长卿

一路经行处，莓苔见履痕[二]。白云依静渚，芳草闭闲门硬装句[三]。过雨看松色，随山到水源。溪花与禅意，相对亦忘言因此见彼。

前后两截。　前写常所居，后点相寻之意。三、四言所居依静渚而闭闲门。「白云」、「芳草」字硬装。「亦」字，联自己说，乃因此见彼法。

【校记】

［一］诗题《文苑英华》卷二二六、《全唐诗》卷一四八作「寻南溪常山道士归隐」。

［二］莓　《全唐诗》注一作「苍」。

［三］芳　《全唐诗》及《刘随洲集》卷三均作「春」。

送道标上人归南岳

刘长卿

悠然依孤棹[一]，却忆卧中林。江草将归远，湘山独往深硬插句。白云留不住，绿水去无心分装句。藏头句[三]。　衡岳千峰乱见地。　禅房何处寻？

尾联见意。　远属草，深属山，「将归」「独往」四字硬入，名「硬插句」。　白云与绿水去本无心，留亦不住，分装成对。　似白云留不住，同绿水去无心，藏上一字。　尾联见已别后相忆之意。

［朱补］中二联承首句，结绾次句。不赞上人之高，而上人之高自见。

【校记】

［一］悠然　《全唐诗》卷一四八注一作「悠悠」。

［二］绿水　绿，《刘随州集》卷三作「渌」。

酬李侍御登岳阳楼见寄［一］

刘长卿

想见孤舟去，无由此路寻对起。暮帆遥在眼，春色独何心流水对。歇后句？绿水潇湘阔已地，青山鄂杜深明暗句。彼地。何当北风至虚字省用［二］，为尔一开襟。

绿水即潇湘，青山即鄂杜，上暗言其名，下明言其实，谓之「明暗句」。独何心，言何心相赏，歇后句。何当，言何时当。

【校记】

［一］本篇底本无，据南屏本补。

［二］何当　《刘随州诗集》卷一，《全唐诗》卷一四七均作「谁当」。

移使鄂州次岘阳馆怀旧居[一]

刘长卿

多惭恩未报，敢问路何长对起？万里通秋雁，千峰共夕阳实眼句。旧游成远道，此去更迷乡[二]。草露空山里博换[三]，朝朝满客裳[四]。

念及国恩，故不敢以行为恨。此真诗人之语。若《新年作》，未免涉怨矣。

【校记】

[一]本篇底本无，据南屏本补。

[二]迷　《全唐诗》卷一四七作「违」。

[三]空　同上书作「深」。

[四]满　同上书作「落」。

长门怨

刘长卿

何事长门闭，珠帘只自垂设问为词？月移深殿早，春向后宫迟。蕙草生闲地，梨花发旧枝。芳菲似恩幸[二]，看却被风吹[三]。

只写长门之景，情事一毫不题，末语稍露，然怨意尚在言外。视崔湜之《婕妤怨》[四]，崔灏之《长门怨》[五]，瞠乎其后矣。　　起作问语，一直贯下六句，至七、八，始答明其意。

【校记】

［一］本篇底本无，据南屏本补。

［二］似 《文苑英华》诗卷二〇四、《全唐诗》卷一四八均作「自」。

［三］却 同上二书均作「著」。

［四］崔湜《婕妤怨》：「不分君恩断，新妆视镜中。容华尚春日，娇爱已秋风。枕席临窗晓，帏屏向月空。年年后庭树，荣落在宫中。」见《全唐诗》卷五四。

［五］崔颢《长门怨》：「君王宠初歇，弃妾长门宫。紫殿青苔满，高楼明月空。夜愁生枕席，春意罢帘栊。泣尽无人问，容华落镜中。」见《全唐诗》卷一三〇。

送少微师西行［一］

钱起

随缘忽西去，何日返东林？世路无期别［二］，空门不住心倒叙联［三］。人烟一饭少，山雪独行深。天外猿啼处，谁闻清梵音？。

起联总冒。三四倒叙，言禅师心虽不住，而已则悲后会难期耳。入蜀故暗用「猿啼」字见地。

【校记】

［一］诗题《全唐诗》卷二三七注一作「送僧自吴游蜀」。

［二］无期　同上书作「宁嗑」。

［三］不住　同上书作「久息」。

秋下江宁［一］

钱　起

暮天微雨散，凉吹片帆轻。云物高秋节，山川孤客情硬装句。霜苹留楚水，寒雁到吴城语兼比兴［二］。宿浦有归梦，愁猿莫夜鸣怨及无情。

尾联见意。　苹喻家，雁喻己。　坚而重，犹具盛唐之骨，然气象自落中唐。　结是「怨及无情法」。

【校记】

［一］秋　《全唐诗》卷二三七作「早」。

［二］到　同上书作「别」。

送柳道士［一］

钱　起

去世能成道，游仙不定家。归期千岁鹤，行迈五云车呼应句。海上春应尽，壶中日未斜流水对。不知相忆处，琪树几枝花情中见景？

【校记】

［一］本篇底本无，据南屏本补。

送李遂之越

郎士元

未习风波事，初为东越游。露沾湖草晚［一］，月照海山秋辘轳句。梅市门何处设问为词？兰亭水尚流缩腰句［三］？西陵待潮信［三］，落日满孤舟意在言外。

尾联寓意。　三、四抽换，可得四联，名「辘轳句」。《梅福传》：「变姓名为吴市门卒。」因其游越，故属其往探彼地古迹。梅福门在何处？兰亭水可尚流也？结言外云：此时能不念我乎？

【校记】

［一］晚　《文苑英华》诗卷二七二作「晓」。

［二］尚　《全唐诗》卷二四八作「向」。

［三］西陵　底本误作「西兴」，据《文苑英华》改。

长安逢故人

郎士元

数年音信断，不意在长安。马上相逢久，人中欲认难流水对。一官今懒道，双鬓竟羞看。莫问生涯事，只应持钓竿。

前后两截。前叙久别乍逢，后叙自己近况。　三、四写尔时情事极肖。

［朱补］此人亦属泛交，偶尔相遇耳；若系深知，岂有数年不见遂几失认者。

送韩司直

皇甫曾［一］

游吴还适越，来往任风波。复送王孙去，其如芳草何走马对。痴语见趣！岸明残雪在［二］，潮满夕阳多。季子留遗庙，停舟试一过。

尾联见意。　王孙好游，何与芳草事，而若为怨之之词，特以痴语见趣耳。味此诗，作者似在越，此人本游吴，偶来越地，旋复还吴，故曰「复送」云云。因其游吴，故属其过季子遗庙。　《三体》注［四］：季子家在毘陵县暨阳乡，至今吏民祀事。

【校记】

［一］本诗作者说法不一，《文苑英华》诗卷二七二作皇甫曾，《唐诗品汇》卷六五作皇甫冉，《全唐诗》卷一四八作刘长卿，卷二四八又作郎士元。

［二］岸　《全唐诗》卷二四八注一作「江」。

［三］留遗庙　《全唐诗》卷一四八作「杨柳庙」。

［四］三体　指《三体唐诗》宋周弼撰，元释圆至注，清高士奇补注。分七绝、七律、五律三体。

送陆鸿渐山人采茶

皇甫曾

千峰待逋客，香茗复丛生。采摘知深处承二。两字并用，烟霞羡独行承一。硬装句。幽期山寺远，野饭石泉清呼应句。寂寞然灯夜［一］，相思磬一声断续句［二］。

尾联见意。　七、八以「磬一声」三字续上句，「相思」字另读，名「断续句」。　古来高士胸中别有寄托，偶然寓之于物，如子猷之竹，渊明之菊，皆非世情所解，陆山人之嗜茶，意亦如此。今作诗送行，起笔若径叙采茶事，便属钝笔，只「千峰待逋客」五字，便见此峰本与山人有深情，采茶特寄焉而已；以后叙去，全觉山人行径高奇，性情孤寂，其人其品，跃然出纸上矣［三］。如此仙笔，自非下劣凡夫所能梦见。

【校记】

［一］夜　《全唐诗》卷二一〇注一作「火」。

［二］磬一声　同上书注一作「一磬声」。

［三］出纸上　出，南屏本作「在」。

题赠云门邕上人[一]

皇甫曾

春山惟一室，独坐草萋萋博换起。身寂心成道就句对黏上，花开鸟自啼虚实相衬。一字双用[二]。细泉松径里，返景竹林西。晚与门人别，依依出虎溪。

前后两截。前赞上人，后写别景。四谓花自开、鸟自啼，一字双用法。此句妙在衬景，诗境便不可思议；若再就上人实写一句，味如嚼蜡矣。一、二本「春山草萋萋，独坐惟一室」，二字博换成句。起语云云，人知其身寂，而不知其心已成道，任他花自开，鸟自啼，而此中如如不动尔[三]。

[朱补]凡语句最忌道破，禅家与诗家同一关捩。如此诗，起句何等高妙。第三句说明，反索然无味，亏第四句用景一衬。

【校记】

[一]云门　《全唐诗》卷二一〇作「吴门」，又注一作「云林」。

[二]开　同上书作「闲」。

[三]尔　南屏本作「耳」。

晚至华阴

皇甫曾

腊尽促归心，行人及华阴接得紧。云霞仙掌出，松柏古祠深硬装句。远景。野渡冰生岸近景，寒川烧隔林。温泉看渐近[一]，宫树晚沉沉。

起联总冒。　近家之喜，纸上跃然。

【校记】

[一]看渐近　《全唐诗》卷二一〇作「程更远」。

送孔征士[一]

皇甫曾

谷口山多处[二]，君归不可寻硬装句。家贫青史在，身老白云深硬装句。扫雪开松径，疏泉过竹林。余生负丘壑[三]，相送一何心！

起二句，已见此人身分之高。中四皆高人之事。七以「负丘壑」三字，与上对映。八点明「送」字。

【校记】

[一]本篇底本无，据南屏本补。

[二]山多　《唐诗品汇》卷六五作「为幽」。《全唐诗》卷二一〇注一作「多幽」。

[三]余生　《全唐诗》作「馀生」。

云阳馆与韩绅宿别[一]

司空曙

故人江海别，几度隔山川。乍见翻疑梦，相悲各问年。孤灯寒照雨，深竹暗浮烟硬插句[二]。更有明朝恨，离杯惜共传缩脉句。

全篇直叙。　惜，莫惜也。　写情景俱到十分。

[朱补]起联叙从前之别，项联叙目前初会之情，腰联宿云阳之景，末联本题「别」字。

【校记】

[一]韩绅　《全唐诗》卷二九二注一作「韩升端」。

[二]深竹　同上书作「湿竹」。

题江陵临沙驿楼

司空曙

江天清更愁，风柳入江楼。雁惜楚山晚承上。折腰句。蝉知秦树秋起下。凄凉多独醉倒剔句，零落半同游倒叙联。岂获平生意[一]，苍然兰杜洲倒收。

前后两截。　惜，言无人共赏。　秦树，寓思帝京，盖昔与故人共仕京华，今同游半已零落，独醉每多凄凉、孤踪留滞芳洲之间，平生志意可复问耶！

【校记】

［一］获 《全唐诗》卷二九三作「复」。

贼平后送人北归

司空曙

世乱同南去，时清独北还对起。他乡生白发，旧国见青山。晓月过残垒，繁星宿故关。寒禽与衰草，处处伴愁颜。

全篇直叙。　四即「国破山河在」意，即楚国苍山古意，总写乱后事事非故，惟有青山似旧时而已。五言起之早，六言宿之晚。　刘文房《穆陵关》作［一］，独三、四二语居胜，全首雅润尚不及此篇。

【校记】

［一］此指刘长卿《穆陵关北逢人归渔阳》，全诗如下：「逢君穆陵路，匹马向桑乾。楚国苍山古，幽州白日长。城池百战后，耆旧几家残。处处蓬蒿遍，归人掩泪看。」见《全唐诗》卷一四七。

送曹三同椅游山寺［一］

司空曙

山踏青芜尽，凉秋古寺深。何时得连策［二］？此夜更闻琴交互句？穷水云同穴，过僧虎共林。殷勤如念我，遗尔挂冠心断续句。

连策，谓连辔。此时得连策，何时更得连策？此夜得闻琴，何时更得闻琴？名「交互对」。

［朱补］「穷」，我穷之也，是活字，与「过」字对。

【校记】

［一］此篇底本无，据南屏本补。诗题「同椅」《全唐诗》卷二九二注一作「原猗」，一作「桐猗」。

［二］连策 《文苑英华》诗卷二三五作「莲叶」。「交互句」，似系「交互对」之误。

经废宝庆寺［一］

司空曙

黄叶前朝寺，无僧寒殿开［二］。池晴龟出曝，松暝鹤飞回［三］。古砌碑横草［四］，阴廊画杂苔。禅宫亦销歇［五］，尘世转堪哀。

开者，无人自开之谓。起五字，便写得荒凉在目。「销歇」二字绾前六句、末句宕开一步。

［朱补］尘世之物，多不如僧寺之久；寺亦销歇，尘世有不销歇者乎？。

【校记】

［一］诗题《全唐诗》卷二九二作《过宝庆寺》，《文苑英华》诗卷二三五作《废庆宝寺》。本诗作者《文苑英华》作耿沣。本

篇底本无，据南屏本补。

［二］寒　《全唐诗》注一作「闲」。

［三］暝　《全唐诗》作「暮」。

［四］砌　《全唐诗》、《文苑英华》均作「井」。

［五］销　《全唐诗》注一作「衰」。

中峰居喜见苗发［一］

李　端

自得中峰住，深林亦闭关。经秋无客到，入夜有僧还背面对。暗涧泉声小，荒冈树影闲［二］。高窗不可望［三］，星月满空山呼应句。意在言外。

全篇直叙。「亦」字已起下句意。林深山静亦同「闭关」，盖因「经秋无客到」故。三、四言经秋竟无客到，入夜但有僧还，下句是背，上句是面。星月满山，佳景也，云何不可望？以离群索居，故难为情尔［三］。今苗惠然来思，真足音空谷，其跫然而喜也固宜。通篇但写未见之怀，而既见之喜，自在言外。用笔高出一层。

【校记】

［一］本诗诗题，《文苑英华》诗卷一六六作《云际中峰》，作者为祖咏。

[二]荒冈　冈，同上书作「园」。《全唐诗》卷二八五作「村」。
[三]不　《文苑英华》作「下」。
[四]尔　南屏本作「耳」。

度关山

李　端

雁塞月初晴[一]，狐关雪复平对起[二]。危楼缘广漠[三]，古窦傍长城。拂剑金星出，翻弓玉羽鸣顺因句[四]。谁知系卤者[五]，贾谊是书生呼应结。自占地步。

前后两截。前写题景，后写题意。意谓弓剑防边，自属下策；折冲尊俎，必赖文臣。

【校记】

[一]月　《唐诗品汇》卷六五作「日」。
[二]狐　《全唐诗》卷二八五注一作「孤」。　又注「复」一作「覆」。
[三]楼　《全唐诗》注一作「竿」。
[四]鸣　《全唐诗》注一作「轻」。
[五]卤　《唐诗品汇》作「虏」。

落第后归终南别业

卢纶

久为名所误，春尽始归山。落羽羞言命，逢人强破颜。交疏贫病里，身老是非间。不及东溪月，渔翁夜往还错装句。

尾联换意。三、四道心事极真。五、六写世情极透。名士落第时名顿减，故六云云。七、八另换一意，言不及东溪渔翁，在夜月中往还，自由自便，是非之所不到也。

［朱补］「身老是非间」，言任人论我文字之是非也。

偶宿山中忆畅当［一］

卢纶

深山夜雪晴，坐忆晚窗明［二］。读《易》罢三卷，弹琴当五更。薜萝枯有影，岩壑冻无声折腰句。此夕一相望振法，君应知我诚。

得力在「此夕」二字，振起一篇之意。一「诚」字，见非泛泛相忆，深惜此夕情景，不得知己与共也。

五、六写景真极，掩题读之，亦知为山中夜雪矣。

【校记】

［一］此篇底本无，据南屏本补。

[二] 晚窗 《全唐诗》卷二七八作「晓山」。

至德中赠内兄刘赞[一]

卢纶

时难访亲戚，相见喜还悲。好学年空在，从戎事已迟呼应句。听琴泉落处，步履雪深时。惆怅多边信，青山共有期倒收。

三谓无暇向学，徒有其年；四谓思欲习武，事已无及。乱世之感，古今如一。 五、六预拟归山后事，倒提于前，言虽入今人手，三、四后，决不知忽作五、六二景语，以诗中只知直叙，不知倒提法耳。

有志山居之乐，其如边信未宁何！

【校记】

[一] 本篇底本列，据南屏本补。

赠严维

耿沣

许询清论重，寂寞住山阴。野路接寒寺[二]，闲门当古林[二]。海田秋熟早，湖水夜渔深。世上穷通理，谁人奈此心意在言外[三]？

首尾相应。 穷通有命，却不肯安命，只是眼中看得破，心中忍不过耳。若严之自甘寂寞，此心泰然，其过常人，不亦远乎？ 三、四应「寂寞」字，五、六应「山阴」字。七、八言外云：然则严之高尚，岂易及哉！

［朱补］结言，谁能看破穷通之理，而甘此寂寞之心者，其惟严乎。

【校记】

［一］野路接寒寺 《文苑英华》诗卷二五四作「野客投荒寺」。

［二］当 《全唐诗》卷二六八注一作「傍」。

［三］奈 《文苑英华》作「能」。

秋晚卧疾寄司空拾遗曙卢少府纶［一］

耿 沣

寒几坐空堂，疏髯似积霜。老医迷旧疾，朽药误新方。晚果红低树，秋苔绿遍墙辘轳句。惭非蒋生径，不敢望求羊用古事反用其意。。

自比蒋生，反曰「惭非」，望其来此，反曰「不敢」，语意殊觉谦厚。后人不知此「反言见意法」。 三、四说庸医误事，甚透甚快。 蒋诩归杜陵，于竹下开三径，故人求仲、羊仲与之游。

【校记】

［一］本篇底本无，据南屏本补。

酬刘员外见寄

严维

苏耽佐郡时，近出白云司。药补清羸疾，窗吟绝妙辞。柳塘春水漫［一］，花坞夕阳迟。欲识怀君意，朝朝访楫师呼应句。意在言外［二］。

前后两截。　三、四不但写其才调，并文房丰神都为绘出。五、六作二景语，见己之对景相怀也。访楫师，望刘寄信也，言外云，何幸果有诗寄我。时刘在睦州，严居山阴，常有舟楫之便，故云。　漫，水广貌，坊本作「慢」，则与「迟」字合掌矣。「朝朝」一作「明朝」，亦非。　欧阳极赏五、六二语。严又有「柳塘薰昼日，花水溢春渠」二句［三］，亦同前意，而句法费力，逊此远矣。

［朱补］前段写刘近况，后段写寄已怀之意。　黄帝以云纪官。白云司，邢部也。

【校记】

［一］漫　《全唐诗》卷二六三作「慢」。

［二］朝朝　同上书作「明朝」。

［三］此二句出《酬王侍御西陵渡见寄》，见《全唐诗》卷二六三。

赠万经　严维

万公长慢世，昨日又隳官［一］。纵酒真彭泽，论诗得建安暗用人名。虚眼句。家山伯禹穴，别墅小长干地名点缀［二］。辄有时人至，窗前白眼看错装句。

首尾相应。七、八言窗前若有时人至，辄白眼看之也，与起「慢世」相应。欲作官，自不可慢世；既慢世，安得不隳官。曰「又隳官」，则其顿踬于宦途者屡矣。然高旷之士，纵情诗酒，自不能与俗人作缘，任人世诮其拙于仕进，而彼固履视一官者也。隳，音「灰」，毁也。《高唐赋》：「长吏隳官，贤士失志。」伯禹穴，在会稽。小长干，在建业。或问此时万何在？曰：在长干。何以知之？若在会稽，正是故乡，必不言及别墅也。

【校记】

［一］日　《全唐诗》卷二六三注一作「夜」。

［二］小　《文苑英华》诗卷二五五作「少」。

赠张建　韩翃

结客平陵下，当年喜侠游当年犹言及时［一］。传看辘轳剑，醉脱鹔鹴裘。翠羽双鬟妾，珠帘百尺楼硬装句。春风坐相待，晚日莫淹留粘上对结［二］。

全篇直叙。全首具文见意。张一游侠少年耳，若轻下赞语，便低却诗家架了。如此诗，极赞其服饰之美，姬妾之乐，若赞之不容口者，其实见得此人，惟衣服玩好是侈，声色是耽，非倚戚里之贵，即持门第之盛，于世曾何所补？但具其文而意自见也。

【校记】

［一］「当年」旁批底本无，据南屏本补。

［二］晚　《全唐诗》卷二四四注一作「晓」。

送故人归鲁

韩翃

鲁客多归兴，居人怅别情对起［一］。雨馀衫袖冷，风急马蹄轻顺因句。秋草灵光殿，寒云曲阜城硬装句。宫室点缀。知君亲觐后［二］，少妇下机迎意中悬度。正事反用。

起联总冒。此人必得意而归，故结句反用苏秦事比之。三、四状其归心之切，冒雨急行耳。

【校记】

［一］居人　《文苑英华》诗卷二七二作「故人」。　怅，《唐诗纪事》卷三〇作「怆」。

［二］亲觐　《唐诗品汇》卷六六、《全唐诗》卷二四四均作「拜亲」。

送寿州陈录事　韩翃

寿阳南渡口，敛笏见诸侯。片雨楚山暮［一］，千家淮水秋。开帘对芳草，送客上春洲。请问山中桂设问为词，王孙几度游？

全篇直叙。　汉封淮南王，实都寿春，故结用淮南赋中事，无深意，只借彼地景物故实点缀成诗，另是一体。

【校记】

［一］片雨楚山暮　《全唐诗》卷二四四作「五两楚云暮」。

送元诜还江东［一］　韩翃

过江秋色在［二］，诗兴与归心领起。客路随枫岸［三］，人家扫橘林小景［四］。潮声当昼起，山翠近南深大景。几日华阳洞，寒花引独寻意中悬度［五］。

起联总冒。　华阳洞，在句曲。　还乡则遂其归心，胸中自然快乐；归心而兼诗兴，则其乐更加一倍。

以后写途中之景，写乡园之景，觉随地皆是诗料，总为次句装衬，使读者通身亦自快乐。人皆知诗以道性情，而不知性情是何物，当于此等诗理会。此诗人自以其性情引后人之性情者也。

【校记】

［一］诗题《中兴间气集》卷上作「送太常元博士归润州」。

［二］过江秋色在 过，同上书作「渡」；在，作「里」。

［三］随 《全唐诗》卷二四四及上书均作「缘」。

［四］人家 《中兴间气集》作「家人」。「小景」、「大景」旁批底本无，据南屏本补。

［五］引独寻 《中兴间气集》作「独自寻」。

送金华王明府

韩 翃

县舍江云里，心闲境又偏领起。倒装句。家资陶令菊［一］，月俸沈郎钱人名点缀。黄蘖香山路，青枫暮雨天。时闻引车骑，竹外有铜泉意中悬度［二］。

起联总冒。《晋书·食货志》：吴兴沈克铸钱，谓之「沈郎钱」。境偏在地，心闲则在其人，故次句作倒装看。心闲意始重，且三、四可以直接。通篇只写「心闲境又偏」五字。送行诗不点送行意，专写其作县之乐，另是一种格法。三、四说来趣甚。

［朱补］沈郎所铸者小钱也。　铜泉未详。

【校记】

［一］「家资」句　《全唐诗》卷二四四作「家贫陶令酒」。

［二］有　同上书作「到」，并注一作「向」。

夜宴庾侍郎宅［一］

韩　翃

世故他年别，心期此夜同对起。千峰孤烛外，片雨一更中数目点缀。酒客逢山简，诗人得谢公人名点缀。自怜驱匹马，拂曙向关东错装结。

尾联见意。　别久乍逢，一乐也；夜雨开宴，二乐也；宾主俱胜，三乐也。具此三乐，正可开怀，奈何拂曙又向关东而去，自顾能无怅惘耶！　以山简目座客，以谢公目主人，写宾主极其可嘉，正反击自怜意，极其可恨也。

［朱补］愚谓起句「他年」，指后日而言，言别后之世事不可知，且尽今夜之欢也。结联应转。　山简每至高阳习家池饮，大醉而归，人歌曰：「日暮倒载归，倒着白接䍠。」

【校记】

［一］诗题「夜宴」前《全唐诗》卷二四四有「华亭」二字，并注一作「华州」。

题荐福寺衡岳暕师房［一］

韩　翃

春城乞食还，高论此中闲。僧腊阶前树［二］，禅心江上山呼应句。疏帘看雪卷，深户映花关倒装句。晚送门人出［三］，钟声杳霭间［四］。

全篇直叙。起句着暕师，次句着「房」字，三、四又著师，五、六又着房。结云云，既与师相别，但闻钟声杳霭，而其室遂远矣，此亦暗暗双绾。人知此诗风致之韶秀，而不知其章法之紧密也。

［朱补］「映」字，一作「闭」，闭字似与上句相称。与皇甫曾「晚与门人别」［五］，「门人」并自谓。唐时士大夫多拜高僧门下，谓之「门徒」，门人即门徒也。齐君房至灵隐寺，剪发具戒，法名镜空，语李玫曰：「我生五十有七矣，僧腊方十二，持钵乞食，尚九年在世。吾舍世之日，佛法其衰乎。」玫诘之，默然无答。僧家呼年岁为僧腊，以剃发之年为初年，即初腊也。

【校记】

［一］暕　《唐诗纪事》卷三〇作「禅」。又，《唐诗品汇》卷六六诗题作「题荐福寺衡阳岳师房」。

［二］树　《全唐诗》卷二四四注一作「草」。

［三］出　《全唐诗》、《唐诗纪事》均作「去」。

［四］霭　《全唐诗》作「暝」。

［五］此指皇甫曾《题赠云门邕上人》，见本卷。

春行

李　益

侍臣朝谒罢，戚里自相过。落日青丝骑，春风《白苎》歌硬装句。恩承三殿近［一］，猎向五陵多折腰句。归路南桥望，垂杨拂细波写景结。

全篇直叙。调法仿佛右丞《观猎》之作。玩五句，则知皇恩独偏戚里，戚里恃恩骄肆，俱在言外，然寓意却深。

［朱补］桓温携妓登楚山，奏《白苎歌》。结句景中寓情。

【校记】

［一］恩承　《唐诗品汇》卷六七作「恩从」。

送同落第东归［一］

李　益

东门有行客，落日满前山宕开。圣代谁知者，沧州今独还。片云归海暮，流水背城闲语兼比兴。折腰句。反语相映［二］。余亦依嵩颍［二］，松花深闭关。

尾联拓开。　次句即写景，不承上句，名「宕开法」。　五句状归客之急，六句反映之。结了题中「同」字意，在全诗却是拓开一步。　落第诗语致闲淡，不见有忿恨不平之意，可想其胸次之旷[四]。

【校记】

[一]落第　《全唐诗》卷二八三作「落第者」。

[二]闲　原误作「间」，据《全唐诗》改。

[三]嵩颍　《全唐诗》注一作「嵩岭」。

[四]胸　南屏本作「襟」。

喜见外弟又言别

李　益

十年离乱后，长大一相逢。问姓惊初见，称名忆旧容。别来沧海事，语罢暮天钟虚实对。流水对。明日巴陵道，秋山又几重。

全篇直叙。　初见而惊，惊其面善也；问其姓，姓果是；闻其称名，名益是，于是转忆其旧容，始知十年不见，今长大至此。事极纤细，情极逼真，难得十字道尽。　沧海事，言事如海之多也，以虚对实。项斯云：「别来何限意，相见却无言。」与五、六相反，然情事皆极逼真。　事多故话久至暮，此亦常语，却妙在押「暮天钟」三字，然亦是韵脚相逼而成。　凡诗有为韵所拘，不能作佳语者；亦有为韵所凑，反得佳语者，不可不知。

送王牧往吉州谒使君[一]

李嘉祐

细草绿汀洲用韵起，王孙耐薄游[二]。年华初冠带，文采旧弓裘[三]。野渡花争发，春塘水乱流。使君怜小阮[四]，应念倚门愁。

尾联见意。

[朱补]阮籍、阮咸，叔侄也，呼咸为「小阮」。王孙贾之母曰：「汝朝出而不归，我倚门而望；汝晚出而不归，我倚闾而望。」[五]言使君怜汝，应念汝母之望，而听汝即回也。

【校记】

[一]诗题《文苑英华》诗卷二七一「君」下有「叔」字。

[二]耐　《全唐诗》卷二〇六注一作「奈」。

[三]文采　《文苑英华》、《全唐诗》均作「文体」。

[四]怜　《全唐诗》注一作「矜」。

[五]此语见《战国策·齐策六》。

早行寄朱山人放

戴叔伦

山晓旅人去，天高秋气悲对起［一］。明河川上没，芳草露中衰［二］。此别又千里［三］，少年能几时流水对？心知剡溪路［四］，聊且寄前期［五］。

前后两截。前写早行，后叙寄朱意。迫于行役，不能相访，姑以前期寄之。

【校记】

［一］气　《唐诗纪事》卷二九作「风」。

［二］衰　《全唐诗》卷二七三注一作「滋」。

［三］千　《唐诗品汇》卷六七作「万」。

［四］心知　《全唐诗》注一作「青冥」。

［五］聊且寄前期　《全唐诗》作「心与谢公期」。

送汾城王主簿

韦应物

少年初带印，汾上又经过。芳草归时遍衬景，情人故郡多。禁钟春雨细，宫树野烟和。相望东桥别，微风起夕波。

尾联缴题。少年作宦郡中，又多知己，则其得意之况可知。　诗中语景，全从得意处衬贴。凡写得意，则字句之间，皆跃跃欲飞；写失意，便字句之间，觉惨惨不乐：此唐人之神境也。　和者，粘连之意。「疏钟和细溜」，「钟声和白云」，皆是此「和」字。

［朱补］王疑尝居汾阳，今复为其郡主簿。

送别覃孝廉　韦应物

思亲自当去［二］，不第未蹉跎。家住青山下，门前芳草多不对而对［一］。秭归通远徼，巫峡注惊波地名点缀。　州举年年事，还期复几何？

尾联见意。　通首皆慰其下第之感。　唐制每岁科举，故七、八云云。　三、四笔致甚佳。

【校记】

［一］自当　《唐诗品汇》卷六四作「当自」。

［二］芳草　《全唐诗》卷一八九注一作「流水」。

淮上喜会梁州故人　韦应物

江汉曾为客，相逢每醉还。浮云一别后，流水十年间比赋句。硬装句。欢笑情如旧，萧疏鬓已斑倒叙联。何因不归去设问为词［一］，淮上对秋山套装句［二］？前后两截。前叙往事，后说目前。五、六必作倒叙看，始见人老兴不老。结言何因在淮上对秋山而不归去？此一问中，感故人之寂寞，赞故人之高旷，俱有。

【校记】

［一］不　《全唐诗》卷一八八作「北」。

［二］对　《唐诗品汇》卷六四作「有」。

春园即事题中「春」字疑误［一］

陈　羽

水隔群物外错装句［二］，夜深风起苹［三］。霜中千树橘，月下五湖人。听鹤忽忘寝，见山如得邻虚眼句。明年还到此，共看洞庭春流水结。

尾联进步。　此太湖之洞庭也。起谓群物都隔于水外，的是湖中人家之景，居民至今以橘为业。五湖亦指震泽之五湖而言［四］。

【校记】

［一］题下按语系黄生所加。

［二］外　《全唐诗》卷三四八作「远」。

［三］苹　同上书作「频」。

［四］指　底本无，据南屏本补。

送殷华之洪州

陈　羽

离堂多楚调［一］，君奏《豫章行》倒因起。愁处雪花白，梦中江水清。叩舷歌月露［二］，避浪宿猿声。还作经年别，相思湖草生硬装。

尾联见意。　古乐府有《豫章行》。一、二上句因下句，名「倒因起」。借「豫章行」三字见地，起法严重不佻，见他笔力。　计湖草生时［三］，已是经年别矣，此时莫又不来，增我相思也。

［朱补］《豫章行》属楚调曲。因往洪州，故借此为词。洪州，豫章地也。

【校记】

［一］多　《全唐诗》卷三四八作「悲」。

［二］「扣舷」句　同上书舷，作「船」，露，作「色」。

［三］草　底本误作「水」，据南屏本改。

蓟北旅思[一]

张　籍

日日望乡国，空歌《白苎词》。长因送人处[二]，忆得别家时走马对。失意还独语，多愁自不知流水对[三]。客亭门外柳，折尽向南枝。

全篇直叙。张，吴人，《白苎》，吴歌，故次句云云。临别之时，家人必牵衣执手，属令早归，今非意留滞，所以三、四云云。七、八再足三句意。五、六笔意已枯，亏一结写景，复含不尽之意。有时独语都不自知，极尽失意人潦顿之状。《事文类聚》本如此，后人不得其解，辄取改易，谬甚！

【校记】

[一]诗题《全唐诗》卷三八四注一作「送远人」。

[二]因　《全唐诗》注一作「于」。

[三]自不知　《唐诗品汇》卷六七及《全唐诗》均作「只自知」。

夜宿黑灶溪

张　籍

夜到碧溪里，无人秋月明。逢幽更移宿，取伴亦深行虚眼句[一]。花下红泉色，云西乳鹤声。明朝记归处，石上自书名。

尾联见意。　「秋月明」上著「无人」字境已幽矣，然更有胜此者，于是与同伴探寻其处，更移宿焉。

五、六写幽致极尽。七、八明其为归途所经石上书名，盖因此境极佳，亦欲后来者知已曾宿此耳。对有不可不切者，有不可太切者，如六句「乳」字若作「白」字，其味即如嚼蜡；「云西」「西」字亦妙在换过「中」、「间」等字。

【校记】

［一］深行　《全唐诗》卷三八四作「探行」。

送戴从元往苏州［一］

张　籍

杨柳阊门路［二］，悠悠水岸斜。乘舟向山寺［三］，著履到渔家反装对［四］。夜月红柑树硬装，秋风白藕花。江天诗景在［五］，回日莫令赊丁宁见意。

尾联见意。　三、四自是苏州实景，对法却以反装见趣。七总缩上文，八勉其早归。

【校记】

［一］诗题《文苑英华》诗卷二七七、《全唐诗》卷三八四均作《送从弟戴玄往苏州》。

［二］路　《文苑英华》作「外」。

［三］舟　《文苑英华》作「船」。

[四]渔家　《文苑英华》作「人家」。

[五]在　《全唐诗》作「好」。　景，《文苑英华》作「境」。

送振武将军

李廓

叶叶归边骑，风头万里干断续起。金装腰带重，锦缝耳衣寒折腰句[一]。芦酒烧蓬暖，霜鸿捴箭看倒装句。黄河古城道[二]，秋雪白茫茫写景结。

全篇直叙。「叶叶」字略断，以下五字续之，「归边骑」三字另读。「缝」字，义平声，读去声。芦酒，即今萩酒。以嗗管就瓶中吸之。《鸡肋篇》言塞上人造嗗酒，老杜诗「芦酒还多醉」[三]盖谓此也。昔人画射猎图，但作弯弓引满之状，评者谓相其神力，真有应弦而倒之势。此论画三昧也。今六句云「霜鸿捴箭看」，亦是写命中神理，觉老杜「赤羽千夫膳」句[四]，笨钝之甚。只绘一幅出塞图，不加题跋，笔意最佳。

[朱补]七、八句法雄浑，求之初盛亦不可多得。「秋雪」字更妙，非塞上早寒，何以有此。

【校记】

[一]锦　《全唐诗》卷四十九作「铁」。

[二]城　同上书作「戍」。

［三］此句出《送从弟亚赴河西判官》。「还多醉」应作「多还醉」。

［四］此句出《故武卫将军挽词三首》之二，下句为「黄河十月冰」。

赋得古原草送别［一］

白居易

离离原上草，一岁一枯荣。野火烧不尽承次句，春风吹又生背面对。远芳侵古道，晴翠接荒城。又送王孙去，萋萋满别情。

本言别情，对芳草益觉难堪，却作「萋萋满别情」五字。王孙芳草，旧事用来不旧，正由炼句之妙耳。

【校记】

［一］本篇底本无，据南屏本补。诗题原作「草」，据《白居易集》卷十三改。

洛阳早春［一］

顾况

何地避春愁对起？终年忆旧游。一身千里外，百舌五更头数目点缀。倒应一二。客路偏逢雨，乡山不入楼顺应一二。故园桃李月，伊水向东流意馀言外。

起立二柱，中联一倒一顺分应之；七、八又总结其意。以「伊水」二字见地，伊水东流，明人不得东归，言外含不尽之意。

【校记】

［一］本篇底本无，据南屏本补。

［二］一身 《唐诗品汇》卷六六作「一家」。

题李凝幽居

贾　岛

闲居少邻并，草径入荒园。鸟宿池边树承首句，僧敲月下门层折句。过桥分野色承次句，移石动云根顺因句。暂去还来此，幽期不负言。

尾联见意。　鸟惟树宿，门或僧敲，此就「少邻并」句加染一笔。过桥者入园之景，移石者闲居之事，亦用细皴法。七、八乃答主人款留之语，见此中可乐，我暂去还来，决不负此幽期也。　张协诗「云根临八极」注［一］：「云触石而出，则石者云之根也。」

【校记】

[一]此句出张协《杂诗十首》其十。见《全晋诗》卷七。

寄山中长孙栖峤[一]

贾岛

此时气萧飒，琴院可应关？鹤似君无事，风吹雨遍山不对而对。双折句。松生青石上，泉落白云间浑成句。有径连高顶[二]，心期相与还。

尾联见意。起手忽然写此五字，若不知其所指，读四句而后知之，便是古文遥呼徐应之法。若只说他无事，语便直率，却借鹤陪说，笔趣何等有致。本意谓，君终日无事，故琴院长开，当此风雨萧飒之时，不知可应关否。将此意写得参差开合，较呆笔相去天壤。只写山中之景，而长孙之高自见。末语自家亦占地步。

[朱补]「相与还」言相与往还于高顶，犹言游玩于此也。诗中「还」字，多如此用。

【校记】

[一]山中　《全唐诗》卷五七三作「山友」。

[二]高顶　同上书作「嵩顶」。

题胡氏溪亭

朱庆馀

亭与溪相近，无时不有风。涧松生便黑，野藓看多红。雨足秋声后，山沉夜色中。主人能守静，略与客心同两见地步。

尾联见意。　三、四写景入细。

题毗陵上人院

朱庆馀

院深终日静，落叶覆秋虫句中藏字。盥漱新斋后，修行未老中。映松山色远，隔水磬声通。此处宜清夜，高吟永与同博换结。

虚实相间格。　次句中藏一「吟」字，若无此字，五字成何境界。　七、八「清夜」「高吟」四字博换。

与石昼秀才过普照寺

朱庆馀

问人知寺路，松竹暗春山倒因句。潭黑龙应在，巢空鹤未还呼应句。经年为客倦，半日与僧闲。更共尝新茗，闻钟笑语间。

全篇直叙。　状物之多曰「暗」，杨炯「雪暗雕旗画」，杜甫「出入暗金阙」，并是此「暗」字。　方笑语之间，不觉已闻晚钟，言外见惆怅将归之意。

［朱补］黄先生原抄本「问何」，注云「何字是」。旁无「倒因起」三字。

送僧游庐山［一］

朱庆馀

客行皆有为［二］，师去是闲游。野望携金锡［三］，禅栖寄石楼［四］。山深松翠冷，潭静菊花秋硬装句。几处题青壁设问为词，袈裟溅瀑流。

起联总冒。起处说得遍地无一闲人，可见便宜事多为方外人占去。以后只写闲游之景，六句只是一句耳。

【校记】

［一］诗题《全唐诗》卷五一五作「送僧」。

［二］为　《唐诗品汇》卷六九作「求」。

［三］金锡　同上二书均作「金策」。

［四］寄　《全唐诗》注一作「倚」。

送淮阴丁明府

朱庆馀

之官未及境，已有爱人心［一］。遣吏回中路应二，停船对远林应一［二］。鸟声淮浪静［三］，雨色稻苗深硬插句。语含比兴[四]。暇日公门掩，惟应伴客吟意中县度[五]。

前后两截。前说目前，后说到日邑吏来迎，中途遣回。未及境时，已恤下如此，则其莅任必爱民可知矣。鸟声静，喻政清。雨色深，喻惠溥。「淮浪」「稻苗」四字硬插。五、六预拟政成如此。政成则多暇日，惟应伴客高吟而已。三、四云云，已见其为人简静；合结处观之，则知此人作宦全无俗气。盖俗吏必不能爱人，爱人者决非俗吏也。

【校记】

[一]人 《文苑英华》诗卷二七八作「民」。

[二]船 《全唐诗》卷五一四作「舟」。

[三]鸟 《全唐诗》作「岛」。

[四]色 《全唐诗》注一作「气」。

[五]应 《唐诗品汇》卷六九作「闻」。

湖中闲夜遣兴

朱庆馀

钓艇同琴酒，良宵背水滨。风波不起处，星月尽随身流水对。浦迴湘烟卷，林香岳气春倒因句，谁知此中兴，宁羡五湖人自占地步！

尾联见意。　因风波不起，故水底星月明净，此意亦在眼前，却是「尽随身」三字未说到，故见奇创。浦迴因湘烟卷，林香因岳气春，名「倒因句」。　觉范少伯去人非远，是自占地步处。

［朱补］「同」字、「背」字俱妙，若换「载」字、「游」字，便无味矣。

将之上京别淮南书记李侍御

朱庆馀

心地偶相见［一］，语多为别难。诗成公府晚，路入翠微寒折腰句。逢石自应坐，有花谁共看交互对？身为当去雁［二］，云尽到长安。

全篇直叙。　一、二言我与李偶会于此，不觉一向倾倒，各出心地相见，今日叙别之难，为此故也。五、六交互，言己别后，逢石自应坐，谁共坐；李在此［三］逢花自应看，谁共看乎？言外除李外更无一人知己，此别实是万难分袂，但以己身为当去之雁，虽长安在天尽处，不能不到耳。　云尽，犹天尽也。「当去」二字，见此行有万不得已者。

［朱补］次句言为别难，所以语多也。

【校记】

［一］心地　《全唐诗》卷五一四注一作「此地」。

［二］身为当去雁　《文苑英华》诗卷二八八作「惟当随去雁」。

［三］李在此　底本无，据浣月斋本补。

孤山寺［一］

张　祐

楼台耸碧岑，一径入湖心倒装句。不雨山长润，无云水自阴。断桥荒藓合［二］，空院落花深。犹忆西窗月［三］，钟声出北林［四］。

尾联宽宕格。　三、四确是湖中山寺之景，移用它处不得。七、八乃追忆未到以前语。未到闻钟，已自神往，今幽胜果如前云云，其赏心可胜道耶！无限说话，俱在言外。

［朱补］孤山在西湖之上。山因临湖，常润非关雨；湖却傍山，常阴不为云也。

【校记】

［一］诗题《全唐诗》卷五一〇作「题杭州孤山寺」。

［二］合　同上书及《文苑英华》诗卷二三八均作「涩」。

［三］犹　《文苑英华》作「独」，又「月」作「夜」。

［四］出　《文苑英华》作「尽」，《全唐诗》作「在」，又注「出北林」一作「到北林」。

题万道人禅房　　张祐

何处凿禅壁唤起？西南江上峰错装句。残阳过远水，落叶满疏钟不对而对。世事静中去，道心尘外逢。欲知情不动，床下虎留踪呼应句。

全篇直叙。　唐人以钟声入诗，语辄入妙，如「钟过白云来」、「钟声和白云」、「晨钟云外湿」及「落叶满疏钟」，皆以虚境作实境，灵活幽幻，无理而有趣者也。　五着道人，六着自己。此诗起结，仿佛孟襄阳《义公房作》，但五、六不能更作景语，气力较弱，缘起手已将孟三、四意写入次句内，遂以三、四当彼五、六，至五、六遂不能复振耳。

题松汀驿[一]　　张祐

山色远含空，苍茫驿国东「[二]」。海明先见日，江白迥闻风呼应句。大景。鸟道高原去，人烟小径通小景。那知旧遗逸，不在五湖中。

尾联见意。

[朱补]前六句，极写其地之古淡。末二句，有欲隐于此之意。曰「旧遗逸」，借人形己；曰「不在」，见有现在者。

【校记】

［一］本篇底本无，据南屏本补。

［二］驿国　《全唐诗》卷五一〇作「泽国」。

寻陆鸿渐不遇

皎　然

移家虽带郭［一］，野径入桑麻。近种篱边菊，秋来未著花。叩门无犬吠，欲去问西家。报道山中去粘上，归来每日斜意馀言外［二］。

全篇直叙。　极淡极真，绝似孟襄阳笔意［三］。　此全首不对格，太白、浩然集中多有之，二公古诗手，不喜为律所缚，故但变古诗之音节，而创为此体也。　味其诗，分明一路行来，桑麻满径，疏篱小菊，门庭阒然。不必宾主接谈，已知定非俗士。唐贤不明赞人，而其人自高；今人专务赞人，而其人愈低。此亦岂宜借口时代，而谓非笔墨之故耶？　说未著花似无趣，然真趣在此。　即就西家答语作结，得古诗法，言外有兴尽而返，何必见戴之意。

【校记】

［一］虽　《全唐诗》卷八一五注一作「唯」。

［二］归来　同上书作「归时」，又注「每日」一作「日每」。

［三］孟襄阳　阳，底本漏，据南屏本补。

沈道士新亭［一］

皎　然

何处好攀跻？新亭俯旧溪。座中千里近，檐下四山低。小浦依林曲，回塘绕郭西。桃花春满地，归路莫相迷。

尾联见意。

［朱补］亭在高处。　三、四写大景，五、六写小景。结翻用桃源事。

【校记】

［一］《全唐诗》卷八一五「沈」前有「题」字。并注「沈」一作「雷」。

寄青龙寺原上人［一］

无　可

敛履入寒竹，安禅过漏声对起。高杉残子落［二］。深井冻痕生。罢磬风枝动［三］，县灯雪屋明顺因句。何当招我友虚字省用［四］，乘月上方行。

尾联点题。　通篇皆写夜景之幽，不得上人与共，故结句呼我友而告之。「友」字底本作「宿」，依《全唐诗话》正之。

【校记】

[一]诗题，《全唐诗》注一作「冬日寄僧友」。又注「原」一作「源」。

[二]残子　《全唐诗话》卷六作「残叶」。

[三]风枝　《全唐诗话》作「松枝」。

[四]友　《全唐诗话》作「宿」。

秋日寄厉玄先辈

无可

杨柳起秋色，故人犹未还。别离俱自老[一]，少壮岂能闲？夜雨吟残烛，秋城忆故山分装对[二]。何当一相见[三]，语默此林间。

【校记】

[一]俱自老　《唐诗纪事》卷七四作「何自苦」。

[二]故山　《全唐诗》卷八一三作「远山」。

[三]一相见　《唐诗纪事》作「同一见」。

题薛昌之所居

温庭筠

所得乃清旷，寂寥常掩关倒起。独来春尚在，相得暮方还。花白风霜晚［一］，柳青街陌闲。翠微应有雪，窗外见南山倒收。写景结。

前后两截。前叙事，后写景。人见其终日掩关，寂寥殊甚，不知彼之所得，乃清旷之乐。可为高士道，难与俗人言，故惟己与之相得，彼此素心晨夕耳。通首总写「清旷」二字，意已尽三、四二句，末只写景作结，更有馀味。

【校记】

［一］霜　《全唐诗》卷五八二作「露」。

早秋山居［一］

温庭筠

山近觉寒早，草堂霜气晴。树凋窗有日，池满水无声。果落见猿过，叶干闻鹿行。素琴机虑静［二］，空伴夜泉清断续句。

无机之至，素琴罢弹，此所以「空伴夜泉清」也。「素琴」略断，以下句续之，「机虑静」三字另读。

［朱补］后半分明写次联，另是一格。

【校记】

［一］本篇底本无，据南屏本补。

［二］静　《全唐诗》卷五八一作「息」。

寄题商洛王隐居［一］

许　浑

近逢商洛客，知尔住南塘领起。草阁平春水，柴门掩夕阳。随蜂收野蜜，寻麝采生香。更忆前年醉振起，松花满石床意在言外。

尾联见意。　次句领起中二联。结「更忆」二字一振，言外云：不知此乐能复继否？

【校记】

［一］商洛　《文苑英华》诗卷二六一、《全唐诗》卷五二八均作「南山」。

送僧归金山寺

许　浑

老归江上寺，不忘旧师恩倒因起。驻锡逢山色［一］，停杯见浪痕半景［二］。秋涛吞楚驿，晓月上荆门全景。为访题诗处，莓苔几字存丁宁见意？

尾联见意。　五、六大景，晚唐亦不易得。

【校记】

［一］半景　半，底本误作「早」，据南屏本改。

［二］杯　《全唐诗》卷五三一注一作「棁」。

送无梦道人先归甘露寺

许　浑

飘飘随晚浪［一］，帆影入鸥群套装起［二］。岸冻千船雪［三］，岩阴一寺云层折句。夜灯江北见，寒磬浦西闻倒装句［四］。鹤岭烟霞在，归期不羡君。

尾联缴题。　以首五字套入「帆影」二字下，名「套装联」。千船泊岸，以阻冻故，写景之真，非句法之妙亦衬不出。京口有黄鹤山，「鹤岭」指此。七、八明己亦将归，缴题中「先」意。钱仲文送人云：「知君不羡白云归。」［五］言外有羡归云者也；此云言外有继君归者也，俱妙在本意不直说破。　此诗通首秀润，起结更有妙处。

【校记】

［一］飘飘　《全唐诗》卷五二九注一作「飘飖」。

［二］帆影　同上书作「杯影」。
［三］岸　同上书注一作「萍」。
［四］浦　同上书作「水」。
［五］此句出钱起《送崔山人归山》七绝，见《全唐诗》卷二三九。

王秀才自越过访不遇题诗而回因以酬寄［一］

许　浑

南斋知数宿，半为木兰开因此见彼。晴阁留诗遍，春帆载酒回。烟深杨子宅，云断越王台宫室点缀。倒装句。自有孤舟兴，无妨更一来。

前后两截。前叙不遇之事，后写酬寄之意。次句一「半」字，便见一半实因待己，却偏不写待己意，此诗家妙趣，非呆笔所解。　越与「粤」通。杨子宅、越王台俱在广州。按焦氏《说楛》：汉议郎杨孚尝移洛阳五鬣松于宅畔，隆冬飞雪盈树，人以为异。许七律又有「河畔雪飞杨子宅，海边云断越王台」［二］。据此，则五、六同用此事。

［朱补］数宿者，宿过数次也。

【校记】

［一］过访　《全唐诗》卷五三一作「见寻」。

［二］此二句见《冬日登越王台怀归》。见《全唐诗》卷五三三。

将赴京师蒜山津送客还荆渚［一］

许　浑

尊前万里愁呼起［二］，楚塞与皇州。云识潇湘雨，风知鄠杜秋折腰句。三四承次句。潮平犹倚棹［三］，月上更登楼虚眼句。五、六承首句。他日沧浪水，渔歌对白鸥缩脉句［四］。

尾联转换。潇湘贴荆渚［五］，鄠杜贴京师，言两地各不相知，惟因云起识潇湘之雨，因风来知鄠杜之秋而已。此其尊前愁绪之难解，所以欲别还留，而有五、六云云也。七、八则言他日当与尔同作沧浪渔父，闻歌以对鸥，愿君无忘此意可耳。　汉扶风有鄠县、杜阳县。《西都赋》：「鄠杜滨其足。」

【校记】

［一］诗题，《全唐诗》卷五三〇注一作「津亭别萧处士」。

［二］呼起　呼，底本误作「叫」，据南屏本改。

［三］犹　《全唐诗》注一作「仍」。

［四］白鸥　同上书作「白头」。

［五］荆诸　南屏本作「楚塞」。

送客南归有怀

许　浑

绿水暖青苹，湘潭万里春。瓦尊迎海客，铜鼓赛江神。避雨松风岸[一]，看云杨柳津预提[二]，长安一杯酒，座上有归人意在言外。

尾联寓意。　许时寓家湘潭，故因送客而致意。前半写南中之景，五、六预写途中之景，以起下「归」字，名「预提法」。结点归人，而有怀意自在言外。说「座上有归人」，正是说座上有不归人，羡彼已得归，而恨己之不得归也。无限情事，俱含蓄不露。晚唐能具盛唐笔意者，惟此君而已。

【校记】

[一] 松风　《全唐诗》卷五三〇注一作「归松」。

[二] 杨柳　同上书注一作「漾柳」。

楚江怀古[一]

马　戴

露气寒光集倒起，微阳下楚丘。猿啼洞庭树，人在木兰舟。广泽生明月，苍山夹乱流[二]。云中君不降[三]，竟夕自悲秋。

尾联见意。　三、四二语，真脍炙古今。韦庄亦有「鸟栖彭蠡树，月上建昌船」[四]，句法与此同，何以不为人所称？此以景事衬对，句中便含有悲秋意故也；韦句地名亦不佳。马又有「水寒仙掌露，山远华阳人」［五］亦工。　结见怀古之意。

［朱补］怀古，即怀屈、宋诸贤也。屈原作《九歌》有云中君，云神也。

【校记】

［一］本题共三首，此为其一。

［二］山　《文苑英华》诗卷三〇八作「葭」。

［三］降　《全唐诗》卷五五五注一作「见」。

［四］此二句出《建昌渡暝吟》五律。见《全唐诗》卷六九八。

［五］露　底本误作「路」，据《全唐诗》改。

过野叟居

马　戴

野人闲种树，树老野人前隔句叠字。居止白云内，渔樵沧海边。呼儿采山药，放犊饮溪泉。自著养生论，无烦忧暮年。

全篇直叙。　此诗以一「闲」字领起一篇之意，种树采药、渔樵耕牧兼以著书，隐士家风，色色俱备，若见不闲，其实非第一闲人不能办此，言外令人欣羡不置也。

［朱补］次句言树较野人先老，则野人之老可知，故结云云，正应此句，预卜其后日之寿无涯也。

春日寻浐川王处士　马戴

碧草径微断，白云扉晚开对起。硬装句。罢琴松韵发，鉴水月光来。宿鸟排花动，樵童浇竹回。与君同露坐，涧石拂青苔错装句。

全篇直叙。　全篇幽澹雅润，句法、字法、章法，无不入妙。若在盛唐，几与右丞争席矣。　回，周回也。七、八言与君拂涧石同露坐也，言外有忘归之意。

［朱补］起句寻字，次句到门，中四处士家风，结点处士，以忘归意打转起联。

雰后寄白阁僧　马戴

苍翠霾高雪，西峰鸟外看倒装句。久披山衲坏，孤坐石床寒。盥手冰泉滴，然灯夜烧残呼应句。终期老云峤，斸药伴中餐。

尾联见意。　中餐，食不过午也。　字字着意，不肯一笔直率，故是晚唐之铮铮者。

［朱补］鸟外看西峰，但见苍翠霾于高雪之内。料应居此者久披云云，然此境清净，终期归老于此，煮药伴尔中餐耳。

寄终南真空禅师

马　戴

闲想白云外，了然清净僧流水起。松门山半寺，雨后佛前灯不对而对[一]。此境可长住[二]，浮生自不能缩脉句。一从林下别，瀑布几层冰[三]。

全篇直叙。「闲想」二字，一气直贯至第四句，与「此境」二字紧相呼应。诗家不喜用虚字，以其露筋骨故，若此又以数虚字作一篇之开合，不可不知。此境供尔可长住，浮生多累自不能，必言外有「共尔」字，「了然清净僧」五字方不虚设也。初时住此，后来别去，故追忆从前，而有五、六云云。七、八乃找明此意也。

【校记】

[一]雨后　《文苑英华》诗卷二二三、《唐诗品汇》卷六八、《全唐诗》卷五五五均作「夜雨」。

[二]住　《文苑英华》作「往」。

[三]层　同上三书均作「成」。

题兴善寺英律师院[一]

马　戴

虚室焚香坐[二]，禅心悟几生[三]。滤泉侵月起，扫径避虫行。树隔前朝在，苔滋废渚平。

我来风雨夜，像设一灯明［四］。

前后两截。前叙主僧，后题禅院。　赠律僧，三、四故叙其戒律中事。僧家有滤水囊，恐伤水中细微众生之命，故侵月起汲，此时群动未出故。　结处若不竟其所说，其实对此境界，实无可说；若有话说，即是自呈破绽也。

【校记】

［一］诗题《全唐诗》卷五五五作「题僧禅院」。

［二］焚香坐　《文苑英华》诗卷二三九作「燃香久」，《全唐诗》作「焚香久」。

［三］禅心　禅，《文苑英华》作「看」。

［四］设　《全唐诗》注一作「照」。

送柳秀才往连州看弟［一］

马　戴

离人非逆旅，有弟谪连州倒因起。楚雨沾猿暮，湘云拂雁秋辘轳句。蒹葭行广泽，星月棹寒流硬装句。何处江关锁？风涛阻客愁。

【校记】

［一］本篇底本无，据南屏本补。

江亭赠别［一］

马戴

长亭晚送君，秋色渡江渍开［二］。衰柳风难定，寒涛雪不分。猿声离楚峡，帆影入湘云合。独泛孤舟夜，山钟可卧闻虚字省用？

可，岂可也。

【校记】

［一］本篇底本无，据南屏本补。

［二］渍　原误为「坟」，据《全唐诗》改。

东归道中［一］

赵嘏

未明唤童仆，江上忆残春倒起。错装句。风雨落花夜应二，山川驱马人硬装句。应一。星星三镜发［二］，草草百年身叠字句。此日念前事，沧洲情更亲。

前后两截。前叙事，后发意。前言忆江上春色已将残，故催仆马急归，后言所以急归之意。盖百年易尽之身，向为名场仆仆，追思前事，殊觉无味，此日沧洲之情所以更亲也。「三镜发」，黑一，颁白二，衰白三。诗中叹老，最是常意，五、六特以句法入妙，「三镜」字，尤新创。

【校记】

［一］本题共二首，此为其一。

［二］三镜 《全唐诗》卷五四九作「一镜」。

越中寺居寄上元主人［一］

赵　嘏

迟客疏林下，斜溪小艇通。野桥连寺月，高竹半楼风硬装句。水静鱼吹浪，人闲鸟下空顺因句。数峰相向绿，日夕郡城东倒叙。写景作结。意在言外。

全篇直叙。　通篇总写寺居幽胜可赏，故迟客来此同之。「斜溪小艇通」，望其呼艇而至也。到底只写景作结，不必更作约客之语。日夕与数峰相向，明此地阒其无人，而迟客共赏之意，在言外矣。

三言月自桥边起，四言风从竹里来，写景固佳，句法又妙。　「人闲」，言无人也。一作「枝」，非。

［朱补］迟，待也。日夕，犹朝夕也。

【校记】

［一］诗题，《文苑英华》诗卷二三八、《全唐诗》卷五四九作「越中寺居」。

［二］人闲　人，《文苑英华》作「枝」。

寄石桥僧　　项　斯

逢师入山日，道在石桥边。别后何时见［一］，秋来几处禅？溪中云隔寺，夜半雪添泉［二］。生有天台约，知无却出缘［三］。

全篇直叙。

【校记】

［一］时　《唐诗品汇》卷六九、《全唐诗》卷五五〇作「人」，并注「何」一作「无」。

［二］雪　《全唐诗》注一作「雨」。

［三］知无却出缘　《全唐诗》注一作「应无再出缘」。

欲别　　项　斯

花时人欲别，每日醉樱桃。买酒金钱尽，弹筝玉指劳极力形容。归期无岁月，客路有风涛。锦段裁衣赠［一］，麒麟落剪力足上句。

全篇直叙。　唐人同年会宴名有九，五曰「樱桃」。三、四是极力形容次句意。　因归期云云，所以恋恋不能分手。七、八则极致临别之情也。七句意已尽，八句但足上文语，却是衬得好看。

［朱补］麒麟，锦段上花纹也。

【校记】

［一］段　《全唐诗》卷五五〇作「缎」。

送友人下第归省　　刘得仁

君此卜行日，高堂应梦归意中悬度。莫将和氏泪，滴着老莱衣两事合用。岳雨连河细，田禽出麦飞层折句。　到家调膳后，吟好送斜晖［一］。

全篇直叙。　起二句，陡然耸动得妙，使下第人闻之，不得不改容收泪，诗之善移人情如此。　莱子老作儿啼，人子苟可娱亲，无所不至，况可以我不第之况伤亲心乎？此意累言说不尽，却只拈两故事便得了透。人何可以无笔，又要知勉其孝思，总宽其失意，此又朋友之道也。

［朱补］卞和三献璞玉，三刖其足，和玉至后果为国宝。

【校记】

［一］吟好送斜晖　《文苑英华》诗卷二八四、《全唐诗》卷五四四均作「吟苦落蝉晖」。

听夜泉

刘得仁

静裹层层石［一］，潺湲到鹤林。流回出几洞，源远历千岑呼应句。寒助空山月，清兼此夜心折腰句。幽人听达曙，难罢一床吟［二］。

尾联缴题。「裹」字，今人不肯用。三、四紧着题，五、六开一步，七、八再收拢，此咏物一定之格。月已寒矣，泉声益增其寒，故曰「助」；泉声清矣，此心与之俱清，故曰「兼」。六句写夜泉，后二句缴听字，此以倒卷为章法也。

［朱补］「裹」，旧作「里」，今定作「裹」，盖潺湲之声裹于石也。潺湲，水声，写夜泉，已有「听」字隐于共中。

【校记】

［一］裹　《文苑英华》诗卷一六四、《全唐诗》卷五四四均作「里」。

［二］难罢一床吟　《全唐诗》作「相和藓床吟」。

山中夜坐

李　频

归家来几日，倏忽觉秋残。月满方塘白，风依老树寒双眼句。戏鱼重跃定，惊鸟却栖难语兼比兴。为有门前路，吾生不得安痴语见趣。

尾联见意。　六喻己不得安息之意，五喻不求名者潜跃自如，此反语相映法。　归，自京师下第归也。七、八意谓明年又将入京耳。人不能自安其生，故常仆仆奔走，此反归咎于道路，自嘲自笑，无理有趣。

送刘山人归洞庭

李　频

却共归云去［一］，高眠最上峰［二］。半湖乘早月［三］，中路入疏钟承首句。秋尽草虫急［四］，夜深山雨重承次句。当时同隐者［五］，分得几株松意馀言外［六］。

尾联寓意。　「重」字读平声，义去声。

［朱补］首句归，次句洞庭。三、四承首句，路上之景。五、六到山之景。

【校记】

［一］却共归云去　《文苑英华》诗卷二三二作「去意无人会」，《全唐诗》卷五八八作「君逐云山去」。「归云」，《唐诗纪

事》卷六十作「孤云」。

［二］高眠最上峰　《全唐诗》作「人间又绝踪」。《文苑英华》作「唯应道是从」。

［三］乘　《唐诗纪事》作「垂」。「承首句」及「承次句」批语，底本无，据南屏本补。

［四］草虫　《文苑英华》作「户虫」，《唐诗纪事》作「虫声」。

［五］当时同隐者　《全唐诗》作「平生心未已」。

［六］分得几株松　《全唐诗》作「岂得更相从」。

夏日题盩厔友人书斋

李　频

修竹齐高树，书斋竹树中。四时无夏日［一］，三伏有秋风。黑处巢幽鸟，阴来叫候虫。窗西太白雪，万仞在遥空。

尾联拓开。《水经注》：太白山，南连武功山，冬夏积雪，望之皓然。山在武功县，与盩厔相邻。书斋为竹树所荫，故三伏无暑气；况又太白之雪远映空中，其地之清凉可知矣。「黑处」「阴来」，言竹树之茂密如此。读起二句，已觉凉风欲来；读至七、八，则寒气森然逼人矣。三、四说明反浅。

［朱补］盩，音周。厔，音质。盩厔县，在京兆。水曲曰盩，山曲曰厔。

【校记】

〔一〕日：《全唐诗》卷五八十作「气」。

春宫怨

杜荀鹤

早被婵娟误〔一〕，欲妆临镜慵上图起。承恩不在貌，教妾若为容走马对？风暖鸟声碎，日高花影重顺因句。年年越溪女，相忆采芙蓉错装结。

尾联转换。「若为」，唐人方言，犹如何也，言不知所以为容也。「容」，即「女为悦己者容」「容」字。此感士不遇之作也。才人持才，不肯徼倖，苟得而倖获者，皆不才之人。是反为才所误，故为愤而自悔之词，借入宫之女为喻，反不若溪中女伴，采莲自适，亦喻不求闻达之士，无名场得失之累也。

【校记】

〔一〕「上图起」及后面「错装结」旁批，底本无，据南屏本补。

经废宅

杜荀鹤

人生当贵盛，修德可延之。不虑有今日，争教无破时？藓斑题字壁，花发带巢枝层折句。何况蒿原上，荒坟与折碑。

尾联进步。　学究语，似为宋人滥觞，然实阅世至言。在五言律中宜另具一眼。

送人宰吴县

杜荀鹤

海涨兵荒后，为官合动情。字人无异术，至论不如清。草履随船卖，绫梭隔岸鸣[一]。惟持古人意，千里赠君行。

全篇直叙。　为民父母，谁无爱民之心，只因黩货一念，遂至剥民脂髓，倾民身家而不顾耳。可见必洁己，然后能爱民。读前四语，凡为有司者，俱宜铭之左右。　临歧属付，已尽「至论不如清」五字，结言赠行无他物，惟尽古人忠告之道，是则朋友之情耳。

[朱补]三、四承次句。五、六承首句：五见民贫，且无生理，惟卖草履耳；六见人稀，且买绫罗者少，故织亦罕闻也。

【校记】

[一]岸　《全唐诗》卷六九一作「水」。

宿天竺寺

郑　巢

暮过潭上寺，独宿白云间。钟磬遥连树，星河半隔山实眼句。石中泉暗落，松外户初关折腰句。却忆终南里，前秋此夕还套装结。

尾联转换。　山寺一宵，景况清绝，却忆前秋此夕还终南，仿佛如此，不言此景可赏，但言与终南相似；又不明言与终南似，但言云云，看他笔端几许深曲！

送琇山人

郑　巢

古殿焚香外，清羸坐石棱。茶烟开瓦雪，鹤迹上潭冰。孤磬侵云动，灵山隔水登。白云归意远，旧寺在庐陵硬装句。

尾联倒缴。　前六句，俱预写到寺时之景之事，而以七、八倒缴出之，不必更作赠别语。只「白云归意远」五字，便是一篇送琇上人还庐山序也。

送李式[一]

郑　巢

潇湘路杳然，清兴起秋前。去寺多随磬，看山半在船。绿云天外鹤，红树雨中蝉。莫使游华顶，逍遥更过年。

全篇写「清兴」二字。

【校记】

[一]本篇底本无，据南屏本补。

送友人往江南[一]

纪唐夫[二]

落花兼柳絮，无处不纷纷写景起。远道空归去彼，流莺独自闻己。野桥喧碓水[三]，山郭入楼云层折句。故里《南陔》曲，秋期更送君[四]。

尾联见意。　起写别景，真欲黯然销魂。送别诗如此起法，除子美「西掖梧桐树，空留一院阴」外[五]，未见其比也。　此送下第之作，结故勉其秋期再来。秋宴本歌「鹿鸣」，此变言「南陔」者。《南陔》，笙诗[六]，因《鹿鸣》章「吹笙」字[七]，借用之耳。

【校记】

[一]往江南　《全唐诗》卷五四二作「归宜春」。

[二]本诗作者，底本误作张乔，据南屏本及《全唐诗》改。

[三]野　《全唐诗》作「墅」。

［四］更　《全唐诗》作「欲」。
［五］此二句出杜甫《送贾阁老出汝州》五律，见本卷。
［六］南陔　《诗·小雅》篇名。朱熹注：「此笙诗也，有声无词。」见《诗集传》卷九。
［七］鹿鸣　《诗·小雅》篇名，首谓「我有嘉宾，鼓瑟吹笙」。见《诗集传》卷九。

题灵山寺［一］

张　乔

树凉青岛寺［二］，虚阁敞禅扉。四面闲云入，中流独鸟归。湖平幽径近，船泊夜灯微［三］。一宿秋风里，烟波隔捣衣博换结。意馀言外。

尾联见意。结「秋风」「烟波」四字博换。一宿烟波里，则捣衣之声，风吹所不至，得以暂遣旅愁也。

【校记】

［一］题　《文苑英华》诗卷二三九作「游」。
［二］青　《全唐诗》卷六三八作「清」。
［三］灯　《文苑英华》作「香」。

寄处士梁烛

张　乔

贤哉君子风，诚与古人同呼［一］。采药楚云里，移家湘水东应。藏头。暗用古事。星霜秋水阔［二］，雨雹夜山空。早晚相招隐，深耕老此中虚字省用。设问为词。

尾联见意。此首章法与太白《赠杨征君》同［三］，彼以一、二、三、四倒叙见老，此以暗用庞公事见奇；此五、六更作景语，句法较胜；七、八同是不知早晚，彼「不知」字明在句中，此「不知」字暗藏句外，语脉尤厚。耳食之徒，便谓晚唐无有过于盛唐者，总是眼缝未开故也。庞德公不赴刘表召，以耕隐于鹿门山。

【校记】

［一］诚　《全唐诗》卷六三八作「讽」，并注一作「诵」。

［二］水　同上书作「野」。

［三］李白《口号赠杨征君》：「陶令辞彭泽，梁鸿入会稽。我寻《高士传》，君与古人齐。云卧留丹壑，天书降紫泥。不知杨伯起，早晚向关西。」见《李太白全集》卷九。

友人南游不回因此有寄

于武陵

相思春树绿，千里亦依依［一］。鄠杜月频满己。衬景［二］，潇湘人未归流水对。彼［三］。桂花风半落，烟草蝶双飞。一别无消息，水南车迹稀[四]。

全篇直叙。　起二句，可谓工于发端，晚唐人最难得如此。三、四接得又好。　水南，友人旧所居之地，因主人不在，故踪迹罕至此也。

[朱补]起思言别之时，即《毛诗》「杨柳依依」意。三、四言睽违已久，五、六言时已深秋。鄠音户。

【校记】

[一]亦　《全唐诗》卷五九五作「各」。

[二]「已」、「彼」旁批，底本无，据南屏本补。

[三]未　《文苑英华》诗卷二六〇作「不」。

[四]车　《全唐诗》注一作「踪」。

夜寻僧僧游山未归[一]

于武陵

数歇渡烟水，渐非尘俗间。泉声入秋寺，月色遍寒山[二]。石路几回雪，竹房犹闭关。不知双树客，何处与云闲[三]？

全篇直叙。　清极无尘。

[朱补]一、二寻僧，三、四写夜景，后半僧游山未还。

【校记】

［一］「夜寻僧」下《全唐诗》卷五九五有「不遇」二字。

［二］遍　原作「偏」，据《全唐诗》、《文苑英华》改。

［三］与　《全唐诗》作「伴」

客中［一］

于武陵

楚人歌《竹枝》，游子泪沾衣。异国久为客，寒宵频梦归［二］。一封书未返，千树叶皆飞折腰句。流水对。南过洞庭水［三］，更应消息稀。尾联进步法。

【校记】

［一］本篇底本无，据南屏本补。

［二］频　《全唐诗》卷九五九注一作「方」。

［三］过　《唐诗纪事》卷五八作「渡」。

别同志

郑　谷

所历共寒苦[一]，平生同与游。相看临远水，独自上孤舟流水对。天澹沧浪晚，风悲兰杜秋呼应句。提法。　前程吟此景，为子上高楼藏头句。

观题中「同志」二字与起二语，则知此友的系莫逆，分手之际，千难万难者也。只「相看」「独自」四字，尔时光景，至今犹使人掩卷不乐。　将结句之景先提于五、六，结云：尔到前程吟此景，我当为子上高楼，更说得缠绵真挚，觉道路虽分，精神不隔。　向因诗中二「上」字不入选，至今阅之，毕竟佳绝，安得以小疵弃之。

【校记】

[一]历　《唐诗品汇》卷六九、《全唐诗》卷六七四均作「立」。

送进士卢棨东归

郑　谷

灞岸草萋萋，离觞我独携。流年俱老大，失意又东西。晓楚山云满己，春吴水树低彼。辘轳句。到家梅雨歇，犹有子规啼意馀言外。

尾联寓意。　唐举子，通指进士，非指已出身也。　春、晓、吴、楚四烂熟字，安顿极新，炼字不如炼句，此之谓也。　八与「君应听子规」同意。不出「听」字，更深。

［朱补］本言晓山空，惟云满，春水高，觉树低，插入「吴」「楚」二字，妙绝。

长安夜坐怀寄湖外稽处士［一］

郑　谷

万里念江海，浩然天地秋。风高群木落，夜久数星流。钟绝分宫漏，萤微隔御沟［二］。遥知洞庭上［三］，苇露滴渔舟［四］。

首尾相应。　夜坐时所见所闻。秋气之可悲如此，因动念江海之士，远隔万里。既下「江海」字，则不得不下「天地」字，即不得不下「浩然」字，以衬其笔端。　有此二句，便觉挑灯夜坐之人，精神魂魄，一夜皆遍万里之内，如亲见洞庭处士孤蓬独宿也。

［朱补］从「怀」字虚喝一句起。次句补时，便撇开。首句至末方应。三、四承明次句。四明点「夜」字，五六写夜景，以起七、八。

【校记】

［一］怀寄　《唐诗品汇》卷六九作「寄怀」。

［二］沟　《文苑英华》诗卷二三一作「楼」。

［三］知　《全唐诗》卷六七四作「思」。

[四] 苐 《唐诗品汇》作「霄」，又「滴」作「满」。

老僧

郑 棨

日照西山雪，老僧门始开。冻瓶粘柱础，宿火陷炉灰实眼句。童子病归去，鹿麑寒入来。斋钟知渐近，枝鸟下生台呼应句。倒收。

全篇直叙。通首皆实，止一「知」字虚。知，我知之也，读此一字，觉诗翁与禅伯默然相对，并未道一字半字，已将西来大意觌面交付也。问如何是「西来大意」？曰：枝头鸟下放生台。

秋日送方干游上元

曹 松

天高淮泗白，料子趋修程唤法。汲水疑山动，扬帆隔岸行顺因句[一]。云离京口树[二]，雁入石头城藏头句[三]。后夜分遥念，诸峰霜露生断续结[四]。

尾联见意。起句悲澹，遂觉别境难堪。凡别景，最不宜胡乱写，须于景中见情始得。七、八后夜略断，以下五字续之，「分遥念」三字另读，云：后夜诸峰霜露生时，幸分遥念及我。

[朱补] 五上藏「同」字，六上藏「共」字。

【校记】

［一］隔 《文苑英华》诗卷二八三、《唐诗品汇》卷六十、《全唐诗》卷七一六均作「觉」。

［二］离 《全唐诗》作「迷」。

［三］雁 《全唐诗》注一作「岸」。

［四］霜露 《文苑英华》作「月雾」，《唐诗品汇》作「雾露」。

冬夜旅怀

刘 威

寒窗危竹枕，月过半床阴。嫩叶不归梦，晴虫成苦吟。酒无通夜力，事满五更心流水对。寂寞谁相似？残灯与素琴。

全篇直叙。 「嫩叶」疑是「懒蝶」之误。 晚唐人以尽情透露为安身立命之处，不尔不能称胜，然透者必浅，粗恶鄙俗皆有不可言者，如五、六语虽透而笔犹雅，犹可称晚唐佳句。 此时寂寞，惟与残灯、素琴相对而已，不曰「相对」，而曰「相似」，笔下妙有思致。

［朱补］「危」，疑作「欹」，与「攲」同。

除夜有怀[一]

崔 涂

迢递三巴路，羁危万里身。乱山残雪夜，孤烛异乡人流水对[二]。渐与骨肉远拗句，转于奴仆亲[三]。那堪正飘泊，明日岁华新。

尾联点缀。　戴叔伦「一年将尽夜，万里未归人」[四]，虽中唐，却逊此三、四二句。若韩翃「千峰孤烛外，片雨一更中」[五]，觉又胜此耳。五句全仄，名拗字句。五、六亦是必至之情。

【校记】

[一]诗题　《文苑英华》诗卷二九五、《全唐诗》卷六七九均作《巴山道中除夜书怀》。

[二]人　《文苑英华》作「春」。

[三]奴　《全唐诗》作「僮」。

[四]此二句出戴叔伦《除夜宿石头驿》，见《全唐诗》卷二七三。

[五]此二句出韩翃《夜宴庾侍御宅》，见本卷。

游仙

王贞白

我家三岛上，洞户枕波涛[一]。醉背云屏卧，谁知海日高。露香红玉树，风绽碧蟠桃。悔与神仙别[二]，思归梦钓鳌。

尾联见意。　不直说游仙，只作追忆语，便不入套，是李青莲笔意；而行间字里，珠温玉润，乃欲过之。

［朱补］前六句，皆言平日居于仙界；七、八言出与尘世相接，终不若归于三岛也。《列子》：龙伯之国有大人，一钓而连六鳌［三］。

【校记】

［一］枕　《全唐诗》卷七〇一作「眺」。

［二］神仙　同上书作「仙子」。

［三］此见《列子·汤问》。

寄友人

张蠙

恋道欲何如设问为词［一］？东西远索居倒起。长疑即见面，翻致久无书交互对。甸麦深藏雉。淮苔浅露鱼见地。折腰句。相思不我会，明月每盈虚虚字省用。错装结。倒收。

全篇直叙。　恋道，言怀道不仕也。常意其人入京求举［二］，则彼此聚首，可慰索居之怀，今恋道不出，意欲何如？「无书」，我无书寄彼也；无书者，长疑即见面也，岂知不面翻致久无书乎！必交互看语意始明。庾信《春赋》：「苔始绿而藏鱼，麦才青而覆雉。」五正用其语，于时为春；六反用其语，于时为秋。时序相易，则明月亦屡盈虚矣。我见月，必寄相思；尔观明月屡盈虚如此，岂不会我相思之意乎？

【校记】

［一］「恋道」句　《全唐诗》卷七〇一注一作「世道复何如」。

［二］意　南屏本作「忆」。

镜中别业［一］

方干

世人如不容，吾自纵天慵倒起。落叶凭风扫，香秔倩水舂承次句。花朝连郭雾，雪夜隔湖钟。身外能无事［二］，头宜白此峰意馀言外。

首尾相应。三、四承「纵天慵」形二语，言吾自纵天慵耳，不知世人何事如不容我，然此中佳景甚多，身外又复无事，则遂以为终焉之计，虽世人其如我何！「此峰」二字，结出题面，撑拄全诗甚有力。

【校记】

［一］本诗共二首，此为其二。诗题《全唐诗》卷六四八注一作「镜湖西岛闲居」。

［二］外　同上书注一作「在」。

君不来

方干

闲花未零落，心绪已纷纷。久客无人见，新禽何处闻倒装句？舟随一水远，路出万山分。夜月生愁望，孤光必照君断续结。

尾联倒缴。　心绪纷纷，怀君之久客也。三、四言消息之不通，五、六言道路之修阻，七、八言虽隔天涯，长同明月，意夜月孤光必照君，故望之不禁生愁耳。见月怀人，诗中常意，此处妙在下一「必」字，遂觉情事警动。前俱暗说，至末始缴出「君」字，又即以之押韵，遂足振起一篇之意。

冬日寄友人

喻凫

空为《梁父吟》暗用古事，谁竟是知音？风雪坐闲夜，乡园来旧心。沧江孤棹迥，落日一钟深两截。提法。君子久忘我缩脉结，此诚甘自沉虚字省用［一］？

首尾相应。　「梁父吟」三字，借隆中事，喻己怀才未试之意。「谁竟是知音」，明知我者惟君子也。今君子虽久忘我，我感君知己之诚，岂甘自没乎？五、六写君子所在，可思而不可去也。深，犹远也。沉，犹没也。

［朱补］温柔敦厚之意，悠然笔下。律诗如此，犹有风雅遗音，可以晚唐而易之耶！

【校记】

［一］虚字省用　底本无，据南屏本补。

婺州水馆重阳作

韦　庄

异国逢佳节，凭高独苦吟。一杯今日酒［一］，万里故乡心分疏句［二］。水馆红兰合，山城紫菊深。白衣虽不至翻用古事，鸥鸟自相寻。

起联总冒。

［朱补］渊明九日无酒，见白衣人至，乃太守王弘，转致庞通之愧，酒至即酣饮。

【校记】

［一］酒　《全唐诗》卷六九八作「醉」。

［二］乡　同上书作「园」。

延兴门外作

韦　庄

芳草五陵道，美人金犊车。绿奔穿内水，红落过墙华辘轳句。马足倦游客，鸟声欢酒家倒装句。王孙归去晚，宫树欲栖鸦。

全篇直叙。　全首写景，润而不枯，艳而不俗，声格在中唐之间。

章台夜思

韦　庄

清瑟怨遥夜，绕弦风雨哀。孤灯闻楚角，残月下章台倒叙。芳草已云暮，故人殊未来。乡书不可寄，秋雁又南回。

句调坚老，晚唐所罕。

建昌渡暝吟

韦　庄

夕照临官渡[一]，乡情独浩然。鸟栖彭蠡树，月上建昌船。市散渔翁醉，楼深贾客眠。隔江何处笛，吹断绿杨烟？

起联总冒。　三、四与马戴「猿啼洞庭树，人在木兰舟」本同一句法[二]，但却逊其神韵，要是地名欠佳耳。通首写景，单衬第二句一「独」字，便是一诗血脉。盖思乡之情，苦无人知，今夜独宿于此，则见夕照自临也，鸟自栖也，月自上也，渔翁自醉也，贾客自眠也，隔江自吹笛也，多少寂寞无聊之景，惟我一人独受之，此际乡情，宁不转深也哉？

［朱补］通首由将晚渐渐写至深夜。

【校记】

［一］夕　《全唐诗》卷六九八作「月」。

［二］此二句出自马戴《楚江怀古三首》其一，见本卷。

哭麻处士［一］

韦　庄

却到歌吟地，闲门草色中。百年流水尽，万事落花空。繐帐寒秋月［二］，诗楼冷夜虫［三］。少微何处堕？留恨白杨风！

少微，处士星。

［朱补］隐士戴逵卒时，月犯少微。

【校记】

［一］本篇底本无，据南屏本补。

［二］寒　《全唐诗》卷六九六作「扃」。

［三］冷 同上书作「锁」。

访友人不遇

李咸用

出门无至友，动即到君家。空掩一庭竹实景，去看何寺花流水对。虚景？短僮应捧杖虚事，稚女学擎茶流水对。实事。吟罢留题处，苔阶日影斜。

全篇直叙。全篇说得通家熟分，闲澹率真，情事逼肖。三与六是目前景事，四与五是意中景事，看他虚实相对之妙。诗中见出宾主二人俱各萧散高旷，相知在形迹之外。

［朱补］真朴至此，不复思盛矣；然宋人学之，即入率易道。此魔佛之别。

宿东岩寺晓起

薛莹

野寺寒塘晓，游人一梦分。钟残数树月，僧起半岩云硬装句。宿鸟惊初见，幽泉落不闻折腰句。吟馀倚前槛［一］，红叶下纷纷写景结［二］。

起联总冒。结暗见时［三］。

【校记】

〔一〕倚　《唐诗品汇》卷六九作「凭」。
〔二〕写景结　底本无，据南屏本补。
〔三〕结暗见时　底本无，据南屏本补。

送李山人往湘中

黄　滔

汉渚往湘川，乘流入远天。新秋无岸水，明月有琴船硬装句。露坐应通晓预提，萍居恐隔年意中悬度。岳峰千万仞，知上啸猿巅意馀言外。

前后两截。前写彼去之景，后致别情。　意已尽五、六，却以七、八找明其说，此又两截连倒叙法也。

言外云：相见难期，此时何忍分手。

〔朱补〕因恐隔年，故不寐而露坐通晓也。　后半并意中悬度语。

寄山中高逸人

孟　贯

烟霞多放旷，吟啸是寻常对起。猿共摘山果，僧邻住石房折腰句。蹑云双屐冷，采药一身香顺因句。我忆相逢夜，松潭月色凉。

尾联见意。　言外云：此景不知何时再睹。　晚唐人骨格本不高，若再行枯索之笔，便入打油，不复成诗矣。如此冷隽幽涧之篇，亦当亟赏。

［朱补］前六句，俱写逸人山中之事，七句叫破寄诗之意，八以景语作结，音韵悠然。

寄张山人

孟　贯

草堂南涧边，有客啸云烟。扫叶林风后［一］，拾薪山雨前事。野桥通竹径，流水入芝田景。琴月相亲夜，更深恋不眠意中悬度。意馀言外。

尾联寓意。言外云不知此景可同吟啸否？

【校记】

［一］「事」及「景」旁批，底本无，据南屏本补。

山中访友不遇［一］

孟　贯

负琴兼杖藜，特地过岩西。已见行轩闭［二］，又闻山鸟啼走马对。长松寒倚谷，细草暗连溪横插句。久立无人事，烟霞归路迷。

全篇直叙。

［朱补］起联山中访友，颔联不遇，中四写景，俱是无人之景，结以「归」字应转「过」字。

【校记】

[一]友 《全唐诗》卷七五八作「人」。

[二]行，同上书作「竹」。

酬东溪史处士

孟 贯

咫尺东溪路，年来偶访迟。泉声迷夜雨，花片落空枝。石径僧逢出，山床鹤见移倒装句。贫斋有琴酒，曾许月圆期。

尾联见意。　起自叙访迟，结邀其过我；中二联，承「东溪」说。

过野叟居

李 洞

野人居止处，竹色与山光。留客羞蔬饭俗事文用[一]，洒泉闻草堂倒叙[二]。雨馀松子落，风过术苗香顺因句。尽日无炎暑，眠君青石床断续句。

全篇直叙。　昔卫协画《北风图》，见者觉寒。余谓三伏郁蒸时，试诵此诗一过，便如石床偃仰，风雨过庭，竹色山光，苍翠欲滴，自不知烦暑之去体矣。

[朱补]「羞」字是「文字俗用法」，凡经史字最难入诗，宋人效之，便令人欲呕，总未经薇露浣肠、冰

瓯涤笔耳。　结言尽日眠君青石床而炎暑全消也。

【校记】

［一］俗事文用　南屏本作「文字俗用」。

［二］闻　《全唐诗》卷七二二作「开」。

赠唐山人

李　洞

垂须长似发，七十色如鷖足一句。醉眼青天小，吟情太华低正意反挑。千年松绕屋，半夜雨连溪折腰句。邛蜀路无限，往来琴独携。

全篇直叙。　起语便是一幅唐山人小像，三、四二句，其像赞也。「青天小」反挑「醉眼」之大，「太华低」反挑吟情之高。五、六赠诗中忽作二景语，后人不可不知此宕法。七、八赞其行径高奇，三、四明说，此暗说。

［朱补］蜀地有邛山、邛水、邛邑，故曰「邛蜀」。　鷖，音衣，美石黑色。

早春友人访别南归［一］

李　洞

南归来取别，穷巷坐青苔。一盏薄醨酒，数枝零落梅。潮先楚驿闭［二］，星在越楼开。明日望君处，前临风月台情中见景。

三、四实为穷巷。五归地，六访地。

【校记】

［一］本篇底本无，据南屏本补。

［二］潮先楚驿闭　先，《全唐诗》卷七二一作「生」，又注「楚驿闭」一作「楚泽阔」。

听泉

齐己

落石几万仞拗句。远声飘冷空［一］。高秋初雨后开中合，半夜乱山中开中开。只有照壁月拗句。开中开，更无吹叶风开中合。省曾庐岳听［二］，到晓与僧同错装句。意在言外。

尾联倒缴。首写其源之高，次写其声之远。中二联并承次句：三言其声初不因雨，用四衬说；六言其声亦不杂风，用五衬说。七、八推开一步，倒缴「听」字，言曾在庐岳与僧同听到晓，今复值此，令人恍然神游香炉瀑布之侧耳。首二句已将本题尽情说透，以后只从题外层出，此前紧后松之法也。

【校记】

［一］朱补］省，记也。

［一］远声飘冷空　《全唐诗》卷八四三作「冷声飘远空」。
［二］省　同上书作「几」。又注一作「昔」。

游边

尚　颜［一］

边阴四顾浓［二］，饥马嗅枯丛。万里八九月拗句，一身西北风流水对。偷营天正黑，战地雪多红。万里东归梦［三］，桃花暖色中。

尾联转换。　前六句形容边境之状，阴惨极矣，结处忽换一新鲜妍媚之景，殊出意外。盖前路句句狠作，不如此转笔作一开阖，局法便不松动。又要知，写梦中景色之佳，所以反击目前景色之惨，局法虽松，关目实紧。　「万里」字复，亦是一病［四］。

【校记】

［一］本诗作者《全唐诗》卷八四八作栖蟾。按谓作者是尚颜，乃据江标影刻宋本《唐五十家小集》。
［二］边阴　阴，《全唐诗》作「云」。
［三］万里　同上书作「昨夜」。
［四］此句批语底本无，据南屏本补。

唐诗评卷二

五言绝句

赠李十四[一]

王　勃

乱竹深三径[二]，飞花满四邻。从来杨子宅，别有尚玄人。

「乱竹深三径」，言无往还也。「飞花满四邻」，言少邻舍也。所居之寂寞如此，则其无好名干进之心可知，故以子云比之。　点旧意，故著「从来」、「别有」字。

[朱补]蒋诩舍中竹下开三径，此翻其意而用之。

【校记】

[一]本题共四首，此为其三。

[二]深　《唐诗品汇》卷三八、《全唐诗》卷五六均作「开」。

南行别弟

韦承庆

澹澹长江水，悠悠远客情。落花相与恨，到地一无声。

即黯然销魂意，点染有情。「一」字，即「总」字，然换「总」字却不佳，此仄声又有上、去、入之别，调律者知之。

［朱补］江流不已，正如客情；落花无声，言与己同吞恨也。不但有上去入之别，若「一」字换「总」字，亦无味矣。

中秋月［一］

李峤

圆魄上寒空，皆言四海同。安知千里外，不有雨兼风？

喻朝廷之上，不能毕照幽隐，则民之不得其所者多矣。此诗自见宰相胸次。

【校记】

［一］本题共二首，此为其二。

江滨梅

王　适

忽见寒梅树，开花汉水滨。不知春色早，疑是弄珠人。

用汉皋神女事，故以痴语见趣。《文选》：「游女弄珠于汉皋之曲」[一]。

【校记】

[一]此句底本无，据南屏本补。此语出自《文选·张衡〈南都赋〉》，李善注引《韩诗外传》曰：「郑交甫将南适楚，遵彼汉皋台下，乃遇二女，佩两珠，大如荆鸡之卵。」

蜀道后期

张　说

客心争日月，来往预期程。秋风不相待痴语见趣，先至洛阳城。

后期者，不果前所期也。此何干秋风，而怨其不相待。诗有别趣，而不关理，即此之谓。

[朱补]自蜀赴洛之作。争日月者，与之争先也，岂知身未至而秋已先至乎。

玉阶怨

李　白

玉阶生白露，夜久侵罗袜。却下水晶帘无聊，玲珑望秋月。

不言怨，怨意自深。

［朱补］玲珑者，月光相映而不定也。

独坐敬亭山　李白

众鸟高飞尽，孤云独去闲。相看两不厌，只有敬亭山。

贤者自表其节，不肯为世推移也。

［朱补］鸟飞云远，言其独坐也。末句「独」字更醒。

劳劳亭　李白

天下伤心处，劳劳送客亭。春风知别苦，不遣柳条青。

将无知者说得有知，诗人惯弄笔如此。

［朱补］深极巧极，自然之极，太白独步。

游洞庭湖［一］　李白

划却君山好，平铺湘水流。巴陵无限酒，醉杀洞庭秋。

首尾倒叙[二]。意言恐恋君山之好，醉杀于洞庭之上，故欲刬山填水云云。故言无理，在诗家转有奇趣。四句四见地名不觉。

[朱补]末句真有不可名状之趣。

【校记】

[一]诗题，《李太白全集》作《陪侍郎叔游洞庭湖三首》，此首为其三。

[二]此句底本无，据南屏本补。

忆东山[一]

李　白

不向东山久，蔷薇几度花？白云还自散，明月落谁家？

一、二、四并藏头句，言我不向东山久，不识蔷薇几度花，遥想白云还自散，不知明月落谁家也。

【校记】

[一]本题共二首，此为其一。

登鹳雀楼　王之涣

白日依山尽，黄河入海流。欲穷千里目，更上一层楼。

空阔称题。空阔中无所不有，故雄浑而不疏寂。　楼在河中府。要知诗中「山」字，指中条山而言，气势方宏阔，与下句「海」字相敌。

［朱补］两对工整却又流动。五言绝，允推此为第一首。

送友人之京　孟浩然

君登青云去，余望青山归叠字成章。云山从此别，泪湿薜萝衣。

送朱大入秦　孟浩然

游人五陵去，宝剑值千金。分手脱相赠，平生一片心。

士之怀才欲试，如宝剑之出为世用，此平生之心也，"今已无复此心，但勉朱当及时效用，故以赠剑为喻。「平生一片心」五字，浑浑不明所指，今人亦遂混混视之矣。

班婕妤[一]

王维

宫殿生秋草，君王恩幸疏。那堪闻凤吹，门外度金舆。

怪来妆阁闭，朝下不相迎。总向春园里，花间笑语声。

此暗用辞辇事，而反其意以写之，言同列之承恩者尔尔，本意一毫不露，作法高绝，从来诸作皆可废矣。

［朱补］向日闻君退朝，必开妆阁以相迎，近来恩不及己，故妆阁闭而不相迎也。然不言恩疏，而反为自怪之词，更深。三、四从承恩者反映。

【校记】

［一］本题共三首，此为其二、其三。

鸟鸣涧

王维

人闲桂花落，夜静春山空。月出惊山鸟，时鸣春涧中。

［朱补］因鸟声而写夜静之景，遂以「鸟鸣」命题。　鸟惊月出，甚言山中之空。

上平田　王维

朝耕上平田，暮耕上平田。借问问津者，宁知沮溺贤？

孟城坳　王维

新家孟城口，古木馀衰柳。来者复为谁？空悲昔人有。

昔人住宅，今为我有；我故为昔人兴悲，然来者复为谁？

［朱补］衰柳尚存，向必有居之者矣。继我复不知何人，又何须悲昔人所有耶！

鹿柴　王维

空山不见人，但闻人语响。返景入深林，复照青苔上。

［朱补］柴，去声，与「砦」同。《广韵》谓羊栖宿处。按此云「鹿柴」，谓鹿所宿处。　幽极。

竹里馆　王维

独坐幽篁里，弹琴复长啸。深林人不知，明月来相照。

人不知而月相照，正见「独坐」〔一〕。

【校记】

〔一〕评语底本无，据南屏本补。

辛夷坞

王维

木末芙蓉花，山中发红萼。涧户寂无人，纷纷开且落。

〔朱补〕想系辛夷坞有木芙蓉，非指辛夷也。

别辋川

王维

依迟动车马，惆怅出松萝。忍别青山去，其如绿水何交互对！

忍别青山去，其如青山之难为别何，忍别绿水去，其如绿水之难为别何！此「交互对法」。「忍别」字，应「惆怅」字，「其如」字，应「依迟」字，此「颠倒应法」。

送别[一]

王维

山中相送罢，日暮掩柴扉。春草明年绿，王孙归不归？

言当明年春草绿时，王孙可归不归也。俗本作「年年」者误。

【校记】

［一］本篇底本无，据南屏本补。

［二］明年　《唐诗品汇》卷三九作「年年」。

月夜联句[一]

颜真卿

寒花护月色，坠叶占风音。兹夕无尘虑套搭收，高云共此心。

寒花与月色，故曰「护」，「春园蝶护花」即此「护」字。按，「兹夕」二字，便如出一手。今有一人诗，而反似两首者何也？　连「高云」说，「无尘虑」三字便不俗。

【校记】

［一］本篇底本无，据南屏本补。诗题《全唐诗》作《五言夜集联句》，作者为颜真卿、昼（皎然）。上二句昼作，下二句真卿联。

江南曲［一］

储光羲

日暮长江里，相邀归渡头。落花如有意，来去逐船流。

【校记】

［一］南屏本题下有注曰：「江南古辞，盖美芳辰丽景嬉游得时也。」

怨词［一］

崔国辅

妾有罗衣裳，秦王在时作。为舞春风多，秋来不堪着。

是乐府，不是绝句。绝句宜婉，乐府宜直，须分别观之。

［朱补］春风，王在时也；秋来，王殁时也。王阮亭万首绝句序云：绝句即唐人乐府。与黄说不同，存参。

【校记】

［一］本题共二首，此为其一。

古意［一］

崔国辅

玉笼熏绣裳，着罢眠洞房。不能秋风里［二］，吹却兰麝香。

此诗若不识其命意听在，便只作艳诗读之。盖喻贤者自爱其身，不肯轻出而丧其所守，此其命意所在也。《离骚》以美人比君子，唐诗何独不然。若不知此者，则不如勿读唐诗。能，读作「耐」［三］。

【校记】

［一］本题共二首，此为其一。

［二］秋风　《文苑英华》诗卷二〇五、《全唐诗》卷一一九均作「春风」。又注「能」一作「耐」。

［三］此句底本无，据南屏本补。

湖南曲

崔国辅

湖南送君去［一］，湖北送君归［二］。湖里鸳鸯鸟［三］，双双他自飞。

送君从湖南去，送君罢，则己独自从湖北归，句法便如此［四］，大是古朴。人不能双，故妒物之成双者，妒意在「他」字见出。

【校记】

[一]送君去　《全唐诗》卷二一九注一作「与君别」。
[二]送　同上书注一作「忆」。
[三]鸟　同上书作「起」。
[四]便　南屏本作「便就」。

击磬老人

王昌龄

双峰褐衣久，一磬白眉长两截句。分装句。谁识野人意，徒看春草芳倒收。

绝句[一]

杜　甫

江动月移石双眼句[二]，溪虚云傍花呼应句。鸟栖知故道，帆过宿谁家两对？

一、二体物甚精。

[朱补]石在江边，月浮江上，波既动，则月亦随波移于石之前后左右矣。花在溪傍，云行天上，映于水中，云与花相傍矣。江夕，则鸟寻旧栖处宿。鸟栖，则舟应泊矣，乃帆乘月而过，不知宿于何处也。作不了语气，有无限馀味。玩此诗，四句虽平，却以末句见意，言月石相移，云花相傍，鸟栖故道，而征帆随路而宿，所宿之处，不知谁人之家。盖因物而伤人之不遑安处，伤过帆，正以自伤。

【校记】

[一]本题共六首，此为其六。

[二]「双眼句」及后面旁批，底本均无，据南屏本补。

江南曲[一]

丁仙芝

长干斜路北，近浦是儿家。有意来相访，明朝出浣沙。

此郑卫遗音，前接《国风》，后为山歌《挂枝》之祖。

【校记】

[一]本题共五首，此为其一。

春怨

金昌绪

打起黄莺儿，莫教枝上啼；啼时惊妾梦，不得到辽西。

闺人梦远是常意，只要想头曲折，如此便佳。　一意到底，此但为绝句中之一格。宋人偶主此为式，盖不欲使意思散缓耳，莫便耳食[一]。

【校记】

[一] 此段底本无，据南屏本补。

题情人药栏

万楚

敛眉语芳草：何许太无情！正见离人别，春心相向生。

芳草，即药栏也。春心相向生，言花心两两相对而生也。花双人只，故妒之。「何许」，唐人方言，言何太无情如许。

河上逢落花

万楚

河上浮落花，花流东不息。应见浣纱人，为道长相忆。

托花寄讯，诗家趣语，然命鹊为媒，骚人早已先之。唐人诗虽鲜妍秀蒨，其源实自《风》《骚》而出，学唐诗者切宜知此。　此君极一艳诗好手，其诗惜不多见，二绝而外，仅《五日观妓》一律而已[一]。

接一「花」字，插一「东」字，句法妙，今人不能作[二]。

【校记】

［一］此说不准确，《全唐诗》卷一四五尚收有《小山歌》、《咏帘》等诗多首。

［二］此段底本无，据南屏本补。

留别卢秦卿

司空曙

知有前期在，难分此夜中两对，而不露对偶之痕［一］。无将故人酒，不及石尤风。

五言绝，不着景物，单写情事，贵在绵密直至，一气呵成，二十字中增减移动一字不得，始为绝唱。如此诗，虽不及「白日依山尽」之雄浑，而精切灵动乃为过之，自是中唐第一首。

［朱补］明知后会有期，奈此夕之分不忍，二句最入情。下二句言风能滞客，今请滞于酒，无使酒之滞客不如风也。　石尤风，打头逆风也，即石女尤男事。

【校记】

［一］旁批底本无，据南屏本补。

平蕃曲［一］

刘长卿

绝漠大军还，平沙独戍闲。空留一片石，万古在燕山。

［朱补］军还之后，边不烦戍，惟留勋名于片石而已。

【校记】

［一］本题共三首，此为其三。

瓜洲送李端公［一］

刘长卿

片帆何处去彼地匹马独归迟前对。己地。惆怅江南北两地，青山欲暮时。

只写别时之地之时，而别意之难堪自见。

［朱补］「江南北」一句，而两地俱见！

【校记】

［一］诗题，《全唐诗》卷一四七作《瓜洲道中送李端公南渡后归扬州道中寄》。本篇底本无，据南屏本补。

汉宫曲［一］

韩翃

绣幕珊瑚钩，春关翡翠楼［二］。深情不肯道，娇倚钿箜篌。

此为未承恩者之言，故含情不露。钿，螺钿也［三］。

【校记】

［一］本题共二首，此为其一。

［二］关 《全唐诗》卷二四五作「开」，又注一作「香」。

［三］此句底本无，据南屏本补。

江行［一］

钱 起

睡稳叶舟轻，风微浪不惊。任君芦苇岸［二］，终夜听秋声。

语似有见。　君，犹言他也。

【校记】

［一］诗题，《全唐诗》卷二三九作《江行无题一百首》。本篇底本无，据南屏本补。

［二］任君　同上书注一作「人居」。

婕妤怨［一］

皇甫冉

花枝出建章，凤管发昭阳。借问承恩者设问为词，双蛾几许长？

怨而不怒，可以怨矣。

【校记】

[一]诗题，《全唐诗》卷二四九作《婕妤春怨》。

山 馆

皇甫冉

山馆常寂寂，闲云朝夕来。空庭复何有，落日照青苔。

此首似王右丞。

送王翁信还剡中旧居

皇甫冉

海岸耕残雪彼，溪沙钓夕阳倒押[一]。客中何所有己[二]？春草渐看长。

彼己相形，归山之乐自见。

【校记】

[一]押　南屏本作「插」。

[二]客　《全唐诗》卷二五〇注一作「家」。

送王司直

皇甫冉[一]

西塞云山远，东风道路长[二]。人心胜潮水，相送过浔阳。

潮水至浔阳而止，故云。

【校记】

[一]作者，底本误作皇甫曾，据《全唐诗》卷二四九改。《全唐诗》题下又注「一作刘长卿诗」。

[二]东风　《全唐诗》注一作「东南」。

题竹林寺

朱放

岁月人间促，烟霞此地多错综句[一]。殷勤竹林寺应次句，更得几回过应首句[二]？

「殷勤」二字，只当「留连」二字看。

【校记】

[一]「错综句」旁批底本无，据南屏本补。

[二]更　《全唐诗》卷三一五作「能」。

塞下曲[一]

卢纶

月黑雁飞高，单于夜遁逃。欲将轻骑逐，大雪满弓刀倒叙。

言虽雪满弓刀，犹欲轻骑相逐，一顺看即似畏寒不出矣，相去何啻天渊。「夜」字一本作「远」，不惟使句法不健，且惟乘月黑而夜遁，方见单于久在围中，若远而后逐，则无及矣。只争一字，语意悬远若此。甚矣书贵善本也！

【校记】

[一] 诗题，《全唐诗》卷二七八作《和张仆射塞下曲》，共六首，此为第三首。

别离作[一]

戎昱[二]

手把杏花枝，未曾惊别离[三]。黄昏掩门后，寂寞心自知[四]。

初别不觉，故犹把花自玩。此句突起得妙。

【校记】

[一] 本篇底本无，据南屏本补。

[二] 作者，《全唐诗》卷二七〇注一作「戴叔伦」。

［三］惊　同上书作「经」。

［四］心自知　同上书作「自心知」。

拜新月

李　端［一］

开帘见新月，即便下阶拜［二］。细语人不闻，北风吹裙带。

「北风」字老甚［三］。风吹裙带有悄悄冥冥之意。此句要从旁人看出，才有景。若直说出所语何事，便是钝汉矣。画家射虎，但作弯弓引满之状；《洗砚图》但画清水满池而弃一砚于中，与此同一关捩［四］。

【校记】

［一］作者，《全唐诗》卷二八六注一作「耿沣」。

［二］即便　同上书作「便即」

［三］老甚　南屏本作「甚老」。

［四］捩　底本误作「极」，据南屏本改。

闻筝曲

李端

鸣筝金粟柱，素手玉房前。欲得周郎顾，时时误拂弦。

［朱补］周瑜精音乐，虽三爵后，有误必知，时人谣曰：「曲有误，周郎顾。」误拂以邀顾，盖教坊曲也。

幽州［一］

李益

征戍在桑干，年年蓟水寒。殷勤驿西路［二］，此去向长安妙于立言［三］。

「殷勤」二字，唐人用之每妙。不言人不能归长安，但言驿路悠悠，如殷勤待人，从此西去。立言之妙如此。

【校记】

［一］诗题，《全唐诗》卷二八三作《幽州赋诗见意时佐刘幕》，又注一作「题太原落漠驿西堠」。

［二］路　同上书注一作「堠」。

［三］此去向长安　此，同上书作「北」。又注「去」一作「路」，「向」一作「到」。

代人乞花　　李　益

绣户朝眠起，开帘满地花。春风解人意，吹落妾西家[一]。

本意乞花，却如此说，风趣特甚，若直说乞花，有何意味。

[朱补]一、二就花主人言。

【校记】

[一]吹　《全唐诗》卷二八三作「欲」。

感　怀[一]　　张　继

调与时人背[二]，心将静者论。经年帝城里[三]，不识五侯门。

次句五字，是其持身涉世之本领，所以人皆趋彼，我独守此，亦各成其是而已。

【校记】

[一]诗题，《全唐诗》卷二四二作「上礼部杨侍郎」，又注作者一作「陆沈」。

[二]背　同上书注一作「等」。

[三]经　同上书作「终」。又注「帝」作「在」。

视刀环歌

刘禹锡

常恨言语浅，不如人意深。今朝两相视，脉脉万重心。

古乐府以「环」隐「还」，此诗不曾翻案，但以下笔深婉，出口柔媚为妙［一］。汉使在单于坐，欲招李陵还，汉使数以手自循其刀环，默谕陵旨。此咏其事，意必有为而作。

【校记】

［一］以上数句底本无，据南屏本补。

送人之金华

严维

明月双溪水，春风八咏楼［一］。昔年为客处［二］，今日送君游。

气局完密，绝无一字虚致，几欲与「白日依山尽」作争衡；所逊者兴象微不逮耳。

【校记】

［一］春《全唐诗》卷二六三作「清」。

［二］昔　同上书注一作「少」。

寻隐者不遇〔一〕

贾　岛

松下问童子，言师采药去。只在此山中，云深不知处答中见问。

此诗分明两问两答。而复一问，却从答处见出。答中见问，例见古诗评。初问云：「尔师何在？」言「师采药去矣」。又问「往何处采药？」答：「只在此山中，云深不知处也。」

〔朱补〕采药去，难寻矣；此山中，似可寻也；究答以不知处，何能寻哉？「不遇」二字，写得如许曲折。

【校记】

〔一〕本篇底本无，据南屏本补。题下《全唐诗》卷五七四注一作「孙革访羊尊师诗」。

三闾庙〔一〕

戴叔伦

沅湘流不尽倒起，屈子怨何深〔二〕！日暮秋风起〔三〕，萧萧枫树林。

言屈子之怨，与沅湘同深，倒转便有味；复妙缀二景语在后，真觉山鬼欲来。

〔朱补〕屈原仕楚怀王，为三闾大夫，掌王族昭、屈、景三姓，因妒见疏；襄王立，复用谗，谪之，遂自沉汨罗江而死。

【校记】

［一］诗题，《全唐诗》卷二七四作《过三闾庙》。

［二］屈子　同上书注一作「屈宋」。

［三］风　同上书作「烟」。

春　闺［一］

张仲素

袅袅城边柳，青青陌上桑前对。提笼忘采叶，昨夜梦渔阳。

［朱补］此意亦诗人心手所必至。或谓此从《卷耳》章脱化而起［二］，以柳兴桑，又从《伐木》章来［三］，似可不必。

【校记】

［一］诗题，《全唐诗》卷三六七「闺」下有「思」字。

［二］《卷耳》为《诗·周南》章名，首云：「采采卷耳，不盈顷筐。嗟我怀人，置彼周行。」朱熹集注：「方采卷耳，未满顷筐，而心适念君子，故不能复采，而置之大道之旁也。」见《诗集传》卷一。

［三］《伐木》为《诗·小雅》章名，中有「伐木丁丁，鸟鸣嘤嘤」、「嘤其鸣矣，求其友声」等语。见《诗集传》卷九。

古别离

孟郊

欲别牵郎衣，郎今到何处？不恨归日迟［一］，莫向临邛去。

唐时蜀中为繁华佳丽之地，故云云。　与朱庆馀《送陈标》作同意［二］，但彼语婉，是绝句体；此语直，是乐府体也。

［朱补］明知其处，而曰「何处」，总为临邛放心不下也。归迟可恨，而曰「不恨」，极言临邛之不可去也。　司马相如以资为郎，因病免归而家贫，时卓王孙女文君新寡，好音，相如以琴心挑之，遂夜奔相如，与俱之临邛，尽卖其车骑，买一酒舍，酤酒，而令文君当垆，相如自涤器于市中。

【校记】

［一］日　《全唐诗》卷三七二作「来」。

［二］《送陈标》见本卷。

送远上人

杨衡

十年劳远别，一笑喜相逢。又上青山去，青山千万重。

劳，言思忆之劳也。二十字中，叙久别今逢，才逢又别情事，已曲尽矣，尤妙在「青山千万重」五字，于景中寓意，有多少后会难期之感。若再说明后会难期，便不成话。此唐人境界别于后人处也。

江　雪

柳宗元

千山鸟飞绝，万径人踪灭。孤舟蓑笠翁，独钓寒江雪。

此等作真是诗中有画，不必更作寒江独钓图也。

［朱补］柳又有「渔家夜傍西岩宿」一首［一］，何其善写渔家乐也。「千」「万」「孤」「独」，两两对说，亦妙。寒江鱼伏，钓其可得，此翁意不在鱼也；如可得鱼，钓岂独翁哉！

【校记】

［一］此指柳宗元《渔翁》诗：「渔翁夜傍西岩宿，晓汲清泉燃楚竹。烟消日出不见人，欸乃一声山水绿。回看天际下中流，岩上无心云相逐。」见《全唐诗》卷三五三。

宫中乐［一］

令狐楚

九重青琐闼，百尺碧云楼对起［二］。明月秋风夜，珠帘上玉钩。

语并浑成。只写宫中夜景之佳，情事俱在言外。

【校记】

〔一〕本题共五首，此为其五。

〔二〕旁批「对起」底本无，据南屏本补。

远别离二首

令狐楚

杨柳黄金穗〔一〕，梧桐碧玉枝。春来消息断，早晚是归时〔二〕。

对景怀人，本是常想，妙在首二语将春色装点得极浓至，便觉盼归期者情事极难堪。此唐人神境所在，非肤冒唐人者所知。　「春来」字紧接上二句，针线极密。

〔朱补〕末句指我所怀之人言。

玳织鸳鸯履，金装翡翠簪。畏人相问着，不拟到城南。

古乐府《陌上桑》「采桑城南隅」，梁姚翻拟此题：「日照茱萸岭，风摇翡翠簪」〔三〕，陈张正见拟此题：「人多羞借问」〔四〕。题本远别离，此却融会《陌上桑》诸诗语意成诗，所以为远，若拟《陌上桑》题作此四语，便不免拾前人破草鞋也。

【校记】

〔一〕穗　原作「采」，据《全唐诗》卷三三四改。

［二］时　同上书作「期」。

［三］此二句出南朝梁姚翻《同郭侍郎采桑诗》见《全梁诗》卷二八。

［四］此句出南朝陈张正见《采桑》诗，下句为「年少怯逢迎」见《全陈诗》卷二。

玉台体［一］

权德舆

昨夜裙带解，今朝蟢子飞。铅华不可弃，莫是藁砧归。

极似女儿家常卜兆之语。末句本即接前二句，但此诗二十字宜一气急道，方象惊疑自喜之意，插「铅华」二句在内，自是口角。

［朱补］《玉台新咏》自汉魏以及齐梁，凡宫闱之作皆入焉。　藁砧，古诗指夫而言。藁，草也，砧，石也，草、石二字合成一「若」字，盖妇人不明其夫，而隐其语曰「若」也，即山上复有山，为「出」字之意。

【校记】

［一］本题共十二首，此为其十一。

岸　花　　张　籍

可怜岸边树，红蕊发青条。东风吹渡水，冲着木兰桡。

直叙到底，与「打起黄莺儿」同一作法。

寄西峰僧[一]　　张　籍

松暗水涓涓，夜凉人未眠。西峰月犹在，遥忆草堂前倒收。

【校记】

[一]本篇底本无，据南屏本补。

琵琶台[一]　　张　籍

台上绿萝春，闲登不待人。每当休暇日，著屐戴纱巾二三四错叙[二]。

「著屐带纱巾」五字，一直看来，殊觉无味，倒叙转去，其妙无穷。乃知唐人佳作，为不知诗者唾弃多矣。

【校记】

［一］本篇底本无，据南屏本补。

［二］巾 《全唐诗》卷三八六作「纶」。

新嫁娘［一］

王　建

三日入厨下，洗手作羹汤长短句。上二下八。未谙姑食性，选遣小姑尝［二］。

极细事，道出便妙。只是一真。

［朱补］词朴语庄，不作丽语。得酒食是议意。

【校记】

［一］诗题《全唐诗》卷三〇一作「新嫁娘词三首」。本篇为其三。

［二］小姑 同上书注「姑」一作「娘」。

送陈标

朱庆馀

满酌劝童仆，好随郎马蹄［一］。春风慎行李［二］，莫上白铜鞮。

只是劝其莫恋异乡花草，若直说，煞是无味，须看其用笔之婉妙。语意是爱中藏妒，方见妇人之情，不可单就妒一边。

［朱补］李诗「襄阳行乐处，歌舞白铜鞮」，［三］，盖妓女之所集。

【校记】

［一］好 《全唐诗》卷五一四注一作「相」。

［二］春风 同上书注一作「花时」。

［三］此二句出李白《襄阳曲》，见全集卷五。

青青水中蒲［一］

韩 愈

青青水中蒲，长在水中居。寄语浮萍草，相随我不如。

虽相随而我实不如，言浮萍飘泊无定，蒲则长居水中，喻夫妇不能相遂也［二］。后章「妇人不下堂，行子在万里」用明比体，此用暗比体。 退之古体诘屈不可耐，近体复平钝无奇，宋人过为推尊，几欲配享李杜，此最无识者也。此首差有古意，聊存之［三］。

【校记】

［一］本题共三首，此为其二。

［二］遂　南屏本作「随」。
［三］此段底本无，据南屏本补。

华　顶［一］

灵　澈

天台众峰外，华顶当其空［二］。有时半不见，崔嵬在云中。

华顶，乃天台诸峰之一，或作天台，非。　浑沦空旷，绝似太白笔兴。

【校记】

［一］诗题，《全唐诗》卷八一作《天姥岑望天台山》。
［二］当　同上书作「寒」。

塞下曲［一］

许　浑

夜战桑干北［二］，秦兵半不归。朝来有乡信，犹自寄征衣。

与「可怜无定河边骨，犹是深闺梦里人」［三］，同一苦语，此处较不忍读者，以实境比虚情更惨也。

［朱补］「寄征衣」，犹冀其在「不归」之外也。

【校记】

［一］诗题，《全唐诗》卷五三八无「曲」字。

［二］北　同上书注一作「雪」。

［三］此二句出陈陶《陇西行》其二。见《全唐诗》卷七四六。

高楼

于武陵

远天明月出，照此谁家楼。上有罗衣色［一］凉风吹不秋［二］。

诗咏楼中之人古多以春色比美人，故曰「凉风吹不秋」。「秋」或作「休」，「色」或作「裳」，并非。［三］，而题但曰「高楼」，此命题妙处；诗亦不显言其人，而但曰「上有」云云，此措词雅处。六朝诸小诗、乐府作艳情，促有透快于此者，闲雅秀亮殆不能过，此唐人五言绝身分也。

【校记】

［一］色　《全唐诗》卷五九五作「裳」。

［二］秋　同上书作「休」。

［三］楼中　南屏本作「高楼」。

秋日湖上

薛　莹

落日五湖游，烟波处处愁。浮沉千古事〔一〕，谁与问东流？

千古之事，已共流水浮沉，惟见满目烟波落日而已，此其所以生愁也。往事东流，已不可问，反言「谁与问东流」，句极曲折。

【校记】

〔一〕浮沉　《全唐诗》卷五四二作「没浮」。

班婕妤

崔道融

宠极辞同辇，恩深弃后宫。自题秋扇后，不敢怨春风。

浑而婉，犹是盛唐之遗。

〔朱补〕《汉书》：成帝游于后宫，尝欲与班婕妤同辇载，婕妤辞。辞同辇而不有其宠，弃后宫而不曰无恩；团扇经秋，自应引退，岂复怨春风哉！

春　题[一]

崔道融

满眼桃李花，愁人如不见。别有惜花人，东风莫吹散。

此疑下第之作。「惜花人」，盖指春风得意者耳。失意往往看不过得意人行径。此诗出语深厚如此，庶几不怨天不尤人者矣。

【校记】

[一]本篇底本无，据南屏本补。

古挽歌[一]

于　鹄

阴风吹黄蒿[二]，挽歌渡秋水。车马却归城，孤坟明月里[三]。

末五字，不但人欲哭，鬼亦欲哭。

【校记】

[一]本题共五首，此为其五。本篇底本无，据南屏本补。

[二]阴　《全唐诗》卷三一〇注一作「劫」。

[三]明月　同上书作「月明」。

早起[一]

曹邺

月堕沧浪西，开门树无影[二]。此时归梦阑，立在梧桐井[三]。

含意不尽。

【校记】

[一]本篇底本无，据南屏本补。

[二]开门 《全唐诗》卷五九二作「门开」。

[三]立在 同上书注一作「独立」。

效崔国辅体[一]

韩偓

雨后碧苔院，霜来红叶楼对起。闲阶上斜日，鹦鹉伴人愁一派寂寂。

【校记】

[一]本篇底本无，据南屏本补。

续古[一]　　陈陶

长沙采芳客[二]，桂棹木兰船。日晚欲有待[三]，徘徊春风前。

贤者于遇合之际，盘桓而不敢进，故其言如此。

【校记】

[一]本题共二九首，此为其七。

[二]长沙　《全唐诗》卷七四五作「吴洲」。

[三]待　同上书作「寄」。

幽情　　李收

幽人惜春暮，潭上折芳草。佳期何时还？欲寄千里道。

贤者自伤年运之衰，欲献所负于君，而无由自达也。

剑客　　齐己[一]

拔剑绕残尊，歌终便出门。西风满天雪，何处报人恩？

此本律诗，予删作一绝，画出剑客举止，爽快便捷，即此可卜其事之必成；再增数语，便婆相矣。此诗中神理，拈出与解人共之。

【校记】

［一］本诗作者底本误作李咸用，据《全唐诗》八三八改。本为五律，后四句为：「勇死寻常事，轻仇不足论。翻嫌易水上，细碎动离魂。」

题红叶

韩　氏

流水何太急，深宫尽日闲。殷勤谢红叶，好去到人间丁宁见意。

「好去」二字，略断，盖属付之词。杜工部「好去张公子」，陈翥「殷勤好去武陵客」。　绝不言情，无限幽忧之意，自在言外。文人作宫词，便有多少无聊怨望之语，岂知自历其地者，转觉难言耳。

［朱补］只「尽日闲」三字，含蓄无限情事。三、四与李建勋「却羡落花春不管，御沟流得到人间」同意，而一藏一露，一直一婉，相去天渊矣。　卢渥应举京师，偶临御沟，见有红叶，上有诗云云，卢得之，藏于巾笥。及宣宗出宫人，许其从人，卢获其人，睹红叶，吁曰：「当时偶题，君乃得之！」

题玉泉溪　　湘驿女子

红叶醉秋色，碧溪弹夜弦前对。实眼句。佳期不可再，风雨杳如年。

失　题　　郭氏奴

黄雀衔黄花，飞上金井阑；美人恐惊去，不敢卷帘看。

此言用人者当怀之以恩，而不当示人以忌。立言深曲如此。

唐诗评卷三

七言律

古　意[一]

沈佺期

卢家少妇郁金香兴起。彼[二]，海燕双栖玳瑁梁反语相映。比也[三]。九月寒砧催木叶己。衬景[四]，十年征戍忆辽阳。白狼河北音书断应四句[五]，丹凤城南秋夜长应三句。与起二句反照[六]。谁为含愁独不见，更教明月照流黄怨及无情情益难堪[七]。

全篇直叙[八]。双燕栖而人独宿，此「反映法」。古诗多以夫妇比君臣，此风人之旨也，故集题作《古意赠乔补阙知之》，必沈时在下僚，呈此以道意者。凡唐人诗，作妇人语者，当作是观。「香」，一作「堂」，非。此诗本用梁武帝「卢家兰室桂为梁，中有郁金苏合香」二语之意[九]。如卢照邻云「双燕双飞绕画梁，罗帏翠被郁金香」[十]，刘庭芝云「倡家美女郁金香，飞去飞来公子傍」[十一]，并出于此。竟押「郁金香」三字自老，后人易为「堂」字，适见其陋。「谁为」，犹谁念也[十二]。愁人见月，倍增愁思，故怨及无情，若有人指使而然。

［朱补］《相逢行》：「中妇织流黄。」流黄，想是罗帏之类。音书，玉搜本作「军书」，《诗矩》从之。

【校记】

［一］诗题，《全唐诗》卷九六作《古意呈补阙乔知之》。又注一作「独不见」。
［二］香　同上书及《唐诗品汇》卷八二均作「堂」。「兴起・彼」旁批，底本无，据南屏本补。
［三］比也　底本无，据南屏本补。
［四］已・衬景　底本无，据南屏本补。
［五］音　《全唐诗》注一作「军」。
［六］与起二句反照　底本无，据南屏本补。
［七］「更教」句　《全唐诗》注一作「使妾明月对流黄」。「情益难堪」旁批，底本无，据南屏本补。
［八］全篇直叙　底本无，据南屏本补。
［九］此二句出自梁武帝萧衍《河中之水歌》。见《全梁诗》卷一。
［十］此二句出自卢照邻《长安古意》。见《全唐诗》卷四一。
［十一］此二句出自刘希夷《公子行》。见《全唐诗》卷八二。
［十二］「谁为」犹谁念也　底本无，据南屏本补。

和上已连寒食有怀京洛

沈佺期

天津御柳碧遥遥，轩骑相从半下朝。行乐光晖寒食倍，[一]，太平歌舞晚春饶倒因对。红妆楼下东回辇，青草湖边南渡桥。坐见司空扫西第，看君侍从落花朝意中悬度。

古人和诗，必答其意，如此诗前六句，俱写怀京洛之意，而结处则为期望之词，所以慰其怀也。今人只知和韵，而不知和意，务搜隐语僻事，为广押韵之助，彼此惟以斗韵相矜，于诗不复问矣。三句明出「寒食」字，四句暗说上已意，而用「饶」字「倍」字，挑出题面「连」字。结处期其入为京朝官。此「意中期望法」。用「落花朝」三字，则题面不脱。唐人上已、寒食二节，并出游宴乐，今二节并日，故曰「光晖倍」，若作「借」，则似寒食无行乐之事，特借上已之光晖者[二]，用字不甚相远，而意则迥别。俗本作「借」，非。「南」字，不响，易仄声乃佳[三]。

[朱补] 写景虚笼起。次联方点题。尾联见意。

【校记】

[一] 倍　《全唐诗》卷九六作「借」。

[二] 上已　原误作「寒食」，径改。

[三] 「南字」句　底本无，据南屏本补。

灉湖山寺

张 说

空山寂历道心生，虚谷迢遥野鸟声。禅室从来云外赏[一]，香台岂是世中情背面对。云间东岭千重出[二]，树里南湖一片明。若使巢由同此意[三]，不将萝薜易簪缨。

[朱补]道心生，即此不易簪缨之意所由动也。当此幽境，不觉禅游物外，偶然与巢、由之意有合，但不言己同巢、由，反言若令巢、由同于我，犹如画手肖物，反谓若我使化工似画也，以痴语见趣。「此意」，即不将萝薜易簪缨之意，第虚拟一句耳；若云：设使巢、由同此意，亦不将萝薜易簪缨，便不可解。

【校记】

[一]云 《文苑英华》诗卷二二三、《全唐诗》卷八八作「尘」。

[二]重 《张燕公集》卷八作「寻」。

[三]同 《全唐诗》作「知」。

春日京中有怀

杜审言

今年游寓独游秦[一]，愁思看春不当春本句叠字。上林苑里花徒发[二]，细柳营前叶漫新地名点缀。二四承上[三]。公子南桥应尽兴，将军西第几留宾虚眼句。五六起下[四]。寄语洛城风日道叮咛见意：明年春色倍还人痴语见意。

此前后两截格。前段言所游之地，后段言所怀之地；前段见地在前，后段见地在后，章法如此。初唐出语有极细嫩者，此实未脱陈隋口吻，但其格律一变，故不复以纤巧见疵。

[朱补]秦，西京；洛，东京；此在西京而怀东京也。「不当春」三字，直捷老到。三、四言己之不当春，五、六即借人之当春者以影之。第八句，缴转一、二。首尾失粘。

【校记】

[一]秦 《唐诗品汇》卷八二作「身」。

[二]、[三]旁批底本无，据南屏本补。

[四]西第 第，《唐诗品汇》作「地」。

九日登望仙台呈刘明府[一]

崔曙

汉文皇帝有高台，此日登临曙色开。三晋云山皆北向，二陵风雨自东来虚眼句[二]。关门令尹谁能识，河上仙翁去不回直下句。且欲近寻彭泽宰，陶然共醉菊花杯意在句前[三]。

起联见题，次联写景，中联叙事，末联寓意。格法严正，风调高古，兴象玲珑，悉备此作。昔人取七言律压卷者，或以沈佺期《独不见》[四]，或以崔灏《黄鹤楼》，然沈中二联语意微重，崔起四句非律诗正格，必求尽善，恐无过此篇也。　起联暗解，四句见登临时本无雨，借古事点缀。五、六云谁能同关门令尹之识老子，所以河上仙翁去而不回。七、八句前云，然神仙荒远，其事难知，故且欲近寻云云而已。

[朱补]三、四写次句，五、六感慨以起结意，点清九日呈刘明府，一气舒卷，毫无痕迹。　彭泽宰，即以陶比刘也。菊花杯，又切九日。　令尹，即关令喜也，老子授以长生之术。　河上翁，授文帝《老子》而去，失所在，帝于西山筑台望之。

【校记】

[一]诗题「刘明府」下，《全唐诗》卷五有「容」字。

[二]东　同上书注一作「西」。

[三]共　同上书注一作「一」

[四]《独不见》即《古意》。见本卷。

行经华阴[一]

崔　颢

苕荛太华俯咸京，天外三峰削不成。武帝祠前云欲散，仙人掌上雨初晴浑成句。河山北枕秦关险，驿路西连汉畤平错综句。借问路旁名利客，无如此处学长生。

华阴为入长安必由之地，故结云云，了题中「行经」二字也。　「削不成」，旁注作「玉削成」。「削成」字，出《华山记》[二]，今日「削不成」，便是「翻案法」。　关踞河山之上，故曰「枕」。此种句法，顺装亦自成文，必用错综者，诗道恶直而喜曲故也。　「名利客」，即自谓；「借问」二字，又自嘲自笑之语。明知此事无味，却是随波逐流，不肯休歇，千古名利场中人，通病如此。　七句下、八句上，藏有话说，谓此名利客，终日奔走，究竟一场扯淡，何如此处学长生之为得乎！

[朱补]华阴县有太华山。　前半写太华，五、六言所经者之艰难，然起句「俯咸京」已寓其意。七以路旁名利客，点破「经」字。八即绾上前半。　畤，畤土为山，即坛也，汉高时立北畤祀黑帝，故曰「汉畤」。

【校记】

[一]华阴　《全唐诗》卷一三〇注一作「华山」。

[二]「削成」语出于晋郭璞《华山赞》：「华岳灵峻，削成四方。」见《艺文类聚》卷七引。

奉和圣制从蓬莱向兴庆阁道中留春雨中春望之作应制

王　维

渭水自萦秦塞曲，[一]黄山旧绕汉宫斜。对起。远景。銮舆迥出千门柳，[二]阁道回看上苑花。[三]半景。分装对。云里帝城双凤阙，近景。雨中春树万人家。两截对。为乘阳气行时令，[四]不是宸游玩物华。美不忘规。[五]

「阁道」「銮舆」四字，上下可以互换，特分装于每句之首，故曰「分装」，后仿此[六]。

风格秀整，气象清明，一脱初唐板滞之习。

盛唐何尝不应制，应制诗何尝不妙！初唐逊此者，正是才情不能运其气格耳。后人厌其肤，并欲举气格而废之，谬矣。

一、二不出题，三、四方出，此变化之妙，出题处带写景，此衬贴之妙。前后二联，俱阁道中所见之景，而以三、四横插于中，此错综之妙。凡此皆妙于遣调也。而七、八立言得体，则又妙于命意也。一、二远景，五、六近景，三联全景，三、四半景。「迥出」字，写出「从」字「向」字之神；「回看」字，写出「留」字「望」字之神[七]。

【校记】

[一] 塞　《文苑英华》诗卷一七四作「甸」。本篇旁批底本无，据萧屏本补。

[二] 千门　同上书作「仙门」。

[三] 回　同上书作「遥」。

［四］乘　同上书作「承」。

［五］玩　同上书及《王右丞集》作「重」。

［六］、［七］此二段底本无，据南屏本补。

和太常韦主簿五郎温泉寓目之作［一］

王　维

汉主离宫接露台，秦川一半夕阳开妙于立言。青山尽是朱旗绕，碧涧翻从玉殿来近景。彩色点缀。新丰树里行人度，小苑城边猎骑回远景。闻道甘泉能献赋，悬知独有子云才。借义对。

尾联补题［二］。寓讽在「接露台」三字。次句言一半为宫殿所蔽。　以汉文露台为比，可谓周旋之语矣。看他次句，却是明明道其宫殿之盛，然则果可与汉文比德？讽刺极切，语意又极浑，所谓言者无罪，闻者足戒也。七、八美其诗，了和意。

［朱补］题云「寓目」，前六句惟第四句贴温泉一笔，其馀俱是寓目，极言宫室盛，以寓讥讽之意，故先插「露台」字于前，令人不觉。次句甚浑。三、四以「尽是」「翻从」字见意。结以《甘泉赋》赞其诗。

汉文欲作露台，惜百金，遂止。　杨子云奏《甘泉赋》以讽。　以甘泉映温泉。

【校记】

［一］诗题，《王右丞集》卷十无「之作」。《文苑英华》诗卷二四二「温泉」作「温汤」。

［二］此句底本无，据南屏本补。

敕借岐王九成宫避暑应教

王　维

帝子远辞丹凤阙，天书遥借翠微宫倒起。对起。隔窗云雾生衣上，卷幔山泉入镜中。林下水声喧笑语承四［一］，崖间树色隐房栊承三。仙家未必能胜此借彼形此，何事吹笙向碧空［二］？

尾联见意［三］。九成宫，因山而成，楼台室宇，高下曲折，要非一处。三、四云云，可想其曲房幽室，掩映于水树之中。右丞诗中有画，如此一诗，更不逊李将军仙山楼阁也［四］。「衣上」字，「镜中」字，「喧笑」字，更画出景中人来，犹非俗笔所办［五］。八句用吹笙事始切岐王，俗本作「吹箫」，误。［朱补］先说「辞」，再说「借」，拗起一笔，妙。一点岐王，二点「借」字。「避暑」二字中间不能再点，故中四句极力写避暑意。结绾上「宫」字，借事应转王子。　王子乔，周灵王太子晋也，好吹笙，作凤鸣，游于伊洛之间，道人浮丘公接以上嵩山，三十馀年后，见柏良，谓曰：可告我家，七月七日待我于缑山头。至期果乘白鹤驻山头，数日而去。

【校记】

［一］「承四」及以下旁批底本无，据南屏本补。

［二］笙　《唐诗品汇》卷八三、《全唐诗》卷一二八均注一作「箫」。

［三］此句底本无，据南屏本补。

［四］逊　底本误作「道」，据南屏本改。

［五］办　底本误作「辨」，据南屏本改。

过乘如禅师萧居士嵩丘兰若

王　维

无著天亲弟与兄，嵩丘兰若一峰晴宕开。食随鸣磬巢乌下，行踏空林落叶声。迸水定侵香案湿意中揣度，雨花应共石床平化用古事。深洞长松何所有缩脉句，俨然天竺古先生。

起用一菩萨、一居士，唤出二人，接即离开，且写其所居之地。三、四又承写二句，言我来此，惟见落叶满床，巢乌下食，则其兰若之孤高，人迹所不到，可以意想也。五、六写禅师，七、八写居士，方与起句相接，而叙事处亦只是写景，章法之开合，笔墨之神化，皆登无上神品矣！次句突接甚奇，然与七句并缩脉法也。次句言所居在嵩丘云云，七句言深洞自长松之外更何所有。　迸水、雨花，皆梁僧事，以合下五字点化。

［朱补］结句有谓缴转「无著天亲」者，有谓「古先生」指佛像者，不如作五、六写禅师，七、八写居士为是。　天竺国，无著出世阐教，其弟天亲，造《乘论》五百部，后因无著开悟，复造《大乘论》五百部，世称「千部论师」。　兰若，即僧寺。　梁景泰禅师，居惠州宝积寺，无水，师卓锡于地，泉涌数尺。《高僧传》：讲经而天雨花。　《老子化胡经》：吾闻天竺有古皇先生，善入无为。

送魏万之京

李　颀

朝闻游子唱骊歌，昨夜微霜初渡河倒起。鸿雁不堪愁里听，云山况是客中过。关城树色催寒近[一]，御苑砧声向晚多。莫是长安行乐处[二]，空令岁月易蹉跎断续句。虚字省用。寓词劝勉。

尾联见意[三]。「曙」字，《律选》作「树」，今从之。此诗向来谈者以朝、曙、晚、夜重见为病，后见《律选》，为之大快。惟「树色」将凋，故曰「催寒」；若「曙」字，不但犯重意，亦费解，一经拈出，确不可易。霜渡河，明人且渡河也。此句悯其客路之寒，意在言外。前面一程一程，皆令送者关心系念，既至帝京，又恐其虚度岁月，不立功名，皆朋友骨肉之语。「莫是」，莫如是也，亦唐人方言。「长安行乐处」五字一断，「莫是」二字续下句，谓之「断续句」。　结言长安本行乐之处，然丈夫当早建功业，莫狃一时之乐以虚度岁月也。

[朱补]渡河，当就霜言，寒自北而南也，然人之渡河自见。　欲下「昨夜」字，先下一「朝」字衬起；欲写中二联之秋景，先下「微霜」字伏根；欲言行乐处，先用关城、御苑二地名；欲言岁月易蹉跎，先用「催寒近」、「向晚多」等字：其针线之细密如此！

【校记】

[一]树色　树，《唐诗品汇》卷八三作「曙」。

［二］是 《文苑英华》诗卷二七〇作「见」。《全唐诗》卷一三四同。

［三］此四字底本无，据南屏本补。

寄司勋卢员外［一］

李 颀

流澌腊月下河阳，草色新年发建章押韵对起。秦地立春传太史，汉宫题柱忆仙郎。归鸿欲渡千山雪［二］，侍女新添五夜香。早晚荐雄文似者寓意属望，故人今已赋《长杨》倒收。

尾联见意［二］。寓意只在结句。前路但写新年之景，手法甚高。侍女添香，切尚书郎事。中二联皆用客对主，却格律庄严，不露手脚。「早晚」字，唐人惯用，只当平声「何时」二字。末句属其荐引，若「杨雄更有河东赋，惟待吹嘘送上天」［三］，较此则俗。

［朱补］愚想此时，卢系新迁入京，李寄诗以送之也。一动身，二到京。三承二，言到时正值春日。四承一，言别后思君得意之况。五言己之欲渡不能，六言君之新宠可羡，以起结意。「流澌」，出《楚辞》［四］，解冰也。建章，宫名。《月令》：先立春三日，太史谒之天子。《汉官仪》：田凤仪容端正，为尚书郎，入奏事，灵帝目送之，因题柱曰：「堂堂乎张，京兆田郎。」尚书郎入直，女侍史挈被服，执香炉，从入台中。《杨雄传》：客有荐雄文似相如者，召雄待诏承明之庭，明年上《长杨赋》。

【校记】

［一］千山　《文苑英华》诗卷二一五二作「千门」。
［二］此四字底本无，据南屏本补。
［三］此二句出杜甫七律《赠献纳使起居田舍人澄》，见《杜诗详注》卷三。
［四］「流澌」出《楚辞·九歌·河伯》。王逸注：「流澌，解冰也。」

送前卫县李寀少府［一］

高　适

黄鸟翩翩杨柳垂，春风送客使人悲硬装。怨别自惊千里外，论交却忆十年时折腰句［二］。云开汶水孤帆远彼，路绕梁山匹马迟己。呼应句［三］。此地从来可乘兴，留君不住益凄其。

因是十年交情，故结处写得万难分手，可知「莫怨他乡暂离别」全是门面说话。客中送客，故益凄其，应第三句。观结句，便觉五、六「孤帆远」、「匹马迟」，是步步关心、程程系念之语，与送行套语自别。

［朱补］愚意四句是言阔别之久，而交情之久自见，盖十年契阔，客地相逢，又即言别。三、四二句，一气倒叙，笔劲而醒。

【校记】

［一］送　《全唐诗》卷二一二作「东平别」。
［二］「折腰句」及以下旁批底本无，据南屏本补。

[三] 迟 《高常侍集》卷八作「驰」。

送李少府贬峡中王少府贬长沙

高适

嗟君此别意何如设问为词？驻马衔杯问谪居领起。巫峡啼猿数行泪闻[一]，衡阳归雁几封书缩脉句。见。青枫江上秋天远，白帝城边古木疏。圣代即今多雨露，暂时分手莫踌躇勉强慰藉。

前四句并问语，三、四写其谪居之况，五、六方见其地远，以起七、八之意。「秋天远」、「古木疏」，雨露若不易及，然亦安必其不及，故曰「圣代」云云。　谪宦未免不乐，慰藉之语，自不可少。此诗先作问语，代写其意，极得开谈妙法。盖彼方不乐，我遽以圣代雨露告之，彼正有许多谪居道远、风景不佳、音信难达说话，未曾发泄，闻我之言，是愈加彼不乐也。　此妙在将彼意中之语，先自代为剖明，言外云非但尔不乐，即我言之，亦代尔不乐；然后徐徐慰之云：　虽如此说，然圣代即今多雨露，我知分手不过暂时，万勿以谪居为意。　迁客闻之，有不欣然就道者哉！此虽律诗八句，其实是一席老练人情世故说话也。

[朱补]总起总结，中四句分写。「数行」、「几封」，皆于其所谪之地而问之也；然所以下泪而望寄书者，以「秋天远」、「古木疏」无限寂寥之景也。反起「雨露」意以慰之。　三峡中，四长沙；五长沙，六峡中。　巫峡多猿，啼声其哀。　衡山有回雁峰，雁至此即归。　雨露，喻恩泽也。

【校记】

［一］「闻」及下句旁批「见」字底本无，据南屏本补。

夜别韦司士得城字［一］

高适

高馆张灯酒复清，夜钟残月雁归声短装句又三截句［二］。只言啼鸟堪求侣。无那春风欲送行。黄河曲里沙为岸，白马津边柳向城地名点缀。莫怨他乡暂离别，知君到处有逢迎。

尾联见意［三］。行者与己分深，自当为留连惜别之语；若与己分浅，只是送其就道便歇。如前李少府，是分深者；此韦司士，是分浅者，二诗下语分数，自是不同。今人送行诗，大都溷溷而已［四］。

［朱补］首句唤起次句，次句唤三、四，后半五、六，又暗唤七、八。玩第三、第七句，当是客中初订交而送别也。　七字中说三件事，谓之「三截句」。起联用事太多，故次联以淡语间之，其气方不滞。

【校记】

［一］得城字　底本无此三字，据浣月斋本及《全唐诗》卷二一四补。

［二］「又三截句」四字底本无，据南屏本补。

［三］此句底本无，据南屏本补。

［四］大　底本误作「太」，据南屏本改。

和贾舍人早朝大明宫[一]

岑参

鸡鸣紫陌曙光寒，莺啭皇州春色阑用韵对起[二]。见时[三]。金阙晓钟开万户[四]，玉阶仙仗拥千官。花迎剑佩星初落[五]，柳拂旌旗露未干小景。两截句。独有凤凰池上客振起[六]，《阳春》一曲和皆难长短句上十一字下三字[七]。

尾联补题。凡题中字、题中意有未尽者，于尾联补足之，此七句补「贾舍人」，八句补「和」字[八]。此题贾至首倡，王维、杜甫、岑参三人和之。贾作平平耳；王衣服字太多；杜五句遽云朝罢，稍觉伤促，固当推此诗擅场。看他紫陌、春色、莺柳、剑佩、凤池等字，皆公然取之贾诗，则运用不同，气色迥别，与此作并观，低昂不待辨矣。结美其首倡，唐人和诗必如此。

[朱补]首句点「早」字，次补「春」字，三、四则大明宫之早朝也，五、六写早朝之景，合首二句而摹之也，七点舍人，八点和意。唐制，每朝会，以四十六人立内廊外，号曰「内仗」；朝罢放仗，曰「仙杖」，曰「天杖」，皆颂辞也。宋玉《对楚王问》：客有歌于郢中者，其为《阳春》、《白雪》，国中属而和者，不过数十人，其曲弥高，其和弥寡。「迎」，一作「明」，似与晓光较切。重一「春」字，而意义不同，不见重复，反有借应之妙。

【校记】

[一]诗题，《文苑英华》诗卷一九〇作《和早朝大明宫》，《全唐诗》卷二〇一作《奉和中书舍人贾至早朝大明宫》。

［二］曙光　《文苑英华》作「晓光」。
［三］色　同上书作「欲」。「见时」及以下旁批底本无，据南屏本补。
［四］晓钟　《文苑英华》作「曙钟」。
［五］落　同上书作「没」。
［六］独　同上书作「别」，又，客，作「阁」。
［七］皆　同上书作「仍」。
［八］以上一段评语底本无，据南屏本补。

首春渭西郊行呈蓝田张二主簿［一］

岑　参

回风度雨渭城西，细草新花踏作泥。秦女峰头雪未尽，胡公陂上日初低地名点缀。愁窥白发羞微禄，悔别青山忆旧溪。闻道辋川多胜事，玉壶春酒正堪携意馀言外。

此番郊行，乃主簿作东，故作诗呈之。言己年老官卑，思乡情绪，正欲借出游排遣，何幸主簿携尊相招，此其所以裁诗作谢也。「闻道」二字，乃未出门时语。辋川胜事即指首四句说，章法颠倒，大是创格。　「旧溪」，只当故园、故乡字，非与青山犯重。

【校记】

［一］本篇底本无，据南屏本补。［二］“字”《岑嘉州集》卷五无。

和祠部王员外雪后早朝即事［一］

岑参

长安雪后似春归，积素凝华连曙晖。色借玉珂迷晓骑，光添银烛晃朝衣。西山落月临天仗，北阙晴云捧禁闱。闻道仙郎歌《白雪》，由来此曲和人稀。

中二联皆写雪后早朝。颔联烹炼最精，然“后”字未醒，故以腰联醒出之。

［朱补］起句老。“积素凝华”写“雪”字；“连曙晖”承明“似春归”，写“后”字，而早景亦出矣。颔联承“积素凝华”，腰联乃“连曙晖”也。结出和诗意，而以“白雪”映带妙。

【校记】

［一］本篇底本无，据南屏本补。

使君席夜送严河南赴长水得时字［一］

岑参

娇歌急管杂青丝，银烛金杯映翠眉硬装句。对起。使君地主能相送，河尹天明坐莫辞走马对。春城月出人皆醉，野戍花深马去迟起下。寄声报尔山翁道丁宁见意，今日河南胜昔时。

疑使君乃河南人，而严为河南尹，时将归长水以省亲，故使君祖之也。主客各有安顿。唐人应酬诗如此。亦以三、四出题见变化。此诗全首失粘，读之殊不觉，由其风神格调之能引人入胜，此盛唐身分，不可及也。

［朱补］「今日河南胜昔时」，此其所以可饮酒留连也。末寄声以报之，所以尽篇中意。

【校记】

［一］本篇底本无，据南屏本补。题下「得时字」《岑嘉州集》卷五无。据浣月斋本及《全唐诗》卷二〇一补。

暮春虢州东亭送李司马归扶风别庐［一］

岑参

柳亸莺娇花复殷，红亭绿酒送君还。到来函谷愁中月，归去磻溪梦里山缩脉句。分疏句。帘前春色应须惜，世上浮名好是闲。西望乡关肠欲断，对君衫袖泪痕斑。

全篇直叙。起处字字设色，嘉州七律如此。尔到来函谷，是我愁中月；尔归去磻溪，是我梦里山。送行诗全寓己思乡之况，盖因李归而己留滞不得归也。结用「对君」二字打转，甚有力。

［朱补］言李到来客地，对月生愁，以衬起归之可幸；思归，故旧山入梦，今喜得归所梦之处矣。为李幸，正伤己之徒托诸一梦，而愁莫解也。可见当归于帘前以惜春色，而羁身于外以图浮名之无谓也。结方叫破本意。与黄解稍异。

【校记】

［一］本篇底本无，据南屏本补。

春园家宴

张 谓

南园春色正相宜，大妇同行少妇随。竹里登楼人不见，花间觅路鸟先知此联应次句。樱桃解结垂檐子，杨柳能低入户枝层折句。此联应首句。山简醉来歌一曲，参差笑杀郢中儿。

尾联补题。暗补「宴」字［一］。　竹里登楼，花间觅路，人与景相宜也。樱子垂檐，柳枝入户，景与人相宜也。携此人，玩此景，则对酒当歌，无之而不宜，庶几不负南园春色矣！结出自己，且见题中「宴」字。　参差，歌不合调也。杜牧：「凉州声韵远参差。」［二］

［朱补］以山简之好酒自比。郢中儿，即客有歌于郢中者，见前。「解结子」，指小妇宜男。「能低枝」，指大妇逮下。解来不免太着，亦甚有趣，存之。

【校记】

［一］以上八字底本无，据南屏本补。

［二］语出杜牧《今皇帝陛下一诏征兵不日功集河湟诸郡次第归降臣获睹圣功辄献歌咏》七律，上句为「听取满城歌舞

曲」。见《全唐诗》卷五一二。

杜侍御送贡物戏赠

张　谓

铜柱珠崖道路难[一]，伏波横海旧登坛。越人自贡珊瑚树昔时，汉使何劳獬豸冠今日。藏头句。
疲马山中愁日晚，孤舟江上畏春寒应首联。由来此货称难得承次联，多恐君王不忍看语含讽刺。

尾联见意[二]。次句暗言远人叛服不常，命将出师，两汉相望，若征求太急，能无走险之虞？三句用《西京杂记》事。五、六应首句「道路难」字。因道路难，故货「称难得」，豸冠汉使，岂当进此以逢迎人主乎？　珊瑚树，待越人自贡可耳，以汉使獬豸临之，非诛求搜括，何以得此？讽意婉切，末语不独责侍御，兼讽君王矣。

［朱补］一首极严正剀切诗，而题云「戏赠」，所谓忠告善道也。　前诗风流蕴藉，此又作訚訚侃侃之谈，可见方正人不妨脱洒。　三、四首藏「昔时」、「今日」二字。曰「自贡」，曰「何劳」，讽意婉切。人君不贵难得之货，故曰「不忍看」。　铜柱，马援到交趾，立为汉之极界。珠崖，大海中崖岸，出真珠，故名。　伏波将军马援，横海将军韩说。豸冠，法冠，执法者服之。《西京杂记》：积翠池中有珊瑚树，高一丈二尺，南粤王赵佗所贡献。

【校记】

[一]珠崖 《文苑英华》诗卷二五二作「朱崖」。
[二]此四字底本无，据南屏本补。

西塞山下回舟作

陶岘

匡庐旧业是谁主[一]，吴越新居安此生。白发数茎归未得应首句，青山一望计还成应次句。鸦翻枫叶夕阳动，鹭立芦花秋水明鹤膝句。硬插句。从此舍舟何所诣？酒旗歌扇正相迎设为问答。

此言人生无常，不必认定旧业是安身立命之处，既有新居，便当随分毕此馀年。试看夕阳之鸦，秋水之鹭，为时能有几何；然鸦翻枫叶便是此鸦一日活计，鹭立芦花便是此鹭一时话计，鸦与鹭曾不于枫叶、芦花外别作经营，别生妄想。然则我之活计除酒旗歌扇外，亦何必预为妄想、预作经营也耶？世传陶后为水仙，如此诗洒落透脱，其蝉蜕羽化也固宜。　鸦翻枫叶，在夕阳中动；鹭立芦花，在秋水边明，「动」「明」字不著夕阳、秋水说，此谓之「鹤膝句」。

[朱补]庐山在江西南康府，周威王时，匡裕庐于此山，故名。　以扇障面而歌，谓之「歌扇」　按岘，彭泽之孙也，匡庐是其祖居之地；吴越间，岘之新居也。西塞山在湖广，岘至其下，思回新居而作也。　三句「归未得」，言发已白矣，岂犹归未得耶。四句言决意归也。七句言从此归后，不复游江湖矣。　黄解似认西塞山为吴越新居之地，笺注谓即卜居于此。于「安此生」三字，亦说不去。

【校记】

［一］是谁　《全唐诗》卷一二四注一作「自有」。

紫宸殿退朝口号

杜　甫

户外昭容紫袖垂，双瞻御座引朝仪初朝。香飘合殿春风转，花覆千官淑影移倒因句。昼漏希闻高阁报［一］，天颜有喜近臣知呼应句。宫中每出归东省退朝，会送夔龙集凤池［二］。

尾联补题［三］。拾遗，谏官，故得随宰相上殿，亲睹天颜与宫人引驾，皆得之目击。解者云：天颜有喜惟近臣知之，自伤官小，不得近至尊。此不知当时故事耳。北魏宣献太后临朝，用宫人引出殿上，后遂为故事。至昭宗朝省之。起结俱见当时事实。东省门下有凤池。中书省拾遗虽属门下，然故事：百官下朝，群送宰相至中书而后退，故结云云。

［朱补］有旨宣群臣入殿奏事者，则昭容传之，故曰「引」，不专指引驾。「转」字妙，风转，故香飘至合殿。「移」字又妙，景移，自朝至于日中也，见其奏对之久，故下接「昼漏」。「高阁」在禁中，宫女司漏，递相传报［四］。奏事良久，而昼漏希闻，非高阁遣报，尚且不觉。

【校记】

［一］希　《全唐诗》卷二二五注一作「声」，《杜诗镜铨》卷四作「稀」。

［二］集 《全唐诗》注一作「到」。
［三］此四字底本无，据南屏本补。
［四］此三句系朱之荆摘自黄生《杜诗说》卷八。

野老

杜 甫

野老篱前江岸回［一］，柴门不正逐江开顺因句。渔人网集澄潭下，贾客船随返照来。长路关心悲剑阁［二］，片云何意傍琴台［三］呼应句。歇后句。王师未报收东郡，城阙秋生画角哀。

尾联见意［四］。前半赋景，后半写怀。偶因独立柴门，见江岸渔人网、估客船，以及片云、画角，即所见所闻以寓意，捉笔一直写就，诗成乃拈二字为题。此类皆漫兴之作。日西落，则倒影于东，船自西来，若随之然。五言已因道梗留蜀，六即「片云天共远」意。细思此一诗，非「野老」二字亦无可为题，此正如画家落款，有一定天然位置，毫忽不差，未易为浅人道也。

［朱补］剑阁乃由蜀之京之道，因盗贼未宁，归途有梗，故作歇后云：长路关心，悲剑阁之难越；片云何意，傍琴台而不归。片云何意，言留蜀非己意也［五］。三、四言渔人之集于此，估客之来于此，皆是有意于此，以逼醒五、六。七句首藏「正为」二字。八句进一步收转。下，下网也。秋生则画角更哀，「生」字属秋不属角，盖伤羁客久留，又经一秋也。东郡，概指东都诸郡。

【校记】

[一]前 《杜诗镜铨》卷四作「边」。

[二]歇后句 底本无，据南屏本补。

[三]片云何意 《全唐诗》卷二二六注一作「行云几处」，又注「意」一作「事」。

[四]尾联见意 底本无，据南屏本补。

[五]此段系朱之荆摘自黄生《杜诗说》卷八。

南邻[一]

杜甫

锦里先生乌角巾，园收芋栗未全贫[二]。惯看宾客儿童喜呼应句[三]，得食阶除乌雀驯。秋水才添四五尺[四]，野航恰受两三人浑成句[五]。白沙翠竹江村暮实接[六]，相送柴门月色新[七]。

全篇直叙[八]。　「受」字，杜惯用，故不足奇，然入他人手，定是「载」字矣。　前段叙事，语简而意深；后段写景，语妙而意浅。盖前面将先生作人行径，逸韵高情，一一写出，却只是四句；后面不过只写一「别」字，却亦是四句。浅深繁简之间，便是一篇极有章法古文也。「乌角巾」三字无谓，却押得浑而老。「锦里」「乌巾」，亦是彩色字，相映有情。「看」，即俗语看待之看。孟郊诗：「诱之令看斋」。三见儿童化其好客，四见乌雀与之忘机。三句尤甚，盖富翁好客不难，贫士好客为难，贫士家人不厌客为尤难，非平日喜客之诚，浃入家人心髓，何以有此。　三、四上四字俱就主人说。

［朱补］乌角巾与锦里相映，又是隐者之服。　角，《毛诗》叶音「录」。

【校记】

［一］诗题下，南屏本有案语云：「杜携客访主人，主人置酒相款。题只用南邻二字，浑甚。」

［二］粟　《钱注杜诗》卷十一作「粟」，又「未」作「不」。

［三］宾客　《全唐诗》卷二二六注一作「门户」。

［四］添　《杜诗镜铨》卷七作「深」。

［五］航　《全唐诗》卷二二六注一作「艇」。「浑成句」底本无，据南屏本补。

［六］江村暮　《全唐诗》注一作「江山路」。「实接」底本无，据南屏本补。

［七］送　《钱注杜诗》作「对」。又注「柴门」一作「篱门」或「篱南」。

［八］全篇直叙　底本无，据南屏本补。

客　至［一］

杜　甫

舍南舍北皆春水，但见群鸥日日来［二］。花径不曾缘客扫，蓬门今始为君开交互对。盘飧市远无兼味［三］，尊酒家贫只旧醅。肯与邻翁相对饮，隔篱呼取尽馀杯。

全篇直叙〔四〕。花径不曾缘客扫，今始为君扫；蓬门不曾缘客开，今始为君开：上下两意，交互成对。经时无客到，日日有鸥来，语中虽见寂寞，意内愈形高旷。　前半见空谷传音之喜，后半见贫家真率之趣。

〔朱补〕盘餐，因市远，故无兼味；尊酒，因家贫，只是旧醅：此「串因句」；又五字相粘成句，「市远」、「家贫」，从旁插入，名「横插句」。〔五〕。　隔篱之邻翁，酒半可呼，是亦鸥鸟之类，而宾主各忘机亦可见矣〔六〕。

【校记】

〔一〕诗题下，《全唐诗》卷二二六有注曰：「原注：喜崔明府见过》。

〔二〕见　同上书注一作「有」。

〔三〕餐　《杜诗详注》卷九作「飧」。

〔四〕全篇直叙　底本无，据南屏本补。

〔五〕、〔六〕以上两段均系朱之荆摘自黄生《杜诗说》卷八。

又送辛员外〔一〕

杜　甫

双峰寂寂对春台，万竹青青照客杯对起〔二〕。细草留连侵坐软，残花怅望近人开硬插句。景中有情[三]。同舟昨夜何由得混装句[四]，并马今朝未拟回。直到绵州始分手[五]，江头树里共谁来？

「留连」、「怅望」，本写人情，属硬插法。因其「侵座软」，而觉细草亦为留连；因「近人开」，而觉残花亦如怅望，此又意中之意，法外之法，造句之妙，即作者亦不知其所以然也。前半景中见情，已自难堪；后半缠绵款挚，更觉别情无尽。

［朱补］「双峰」远景，「万竹」近景；「细草」、「残花」，触景生情。离情不舍，故幸昨日之同舟，今朝之并马，犹伤绵州分手后，同往独来，情绪难堪。

【校记】

［一］诗题原作《又送》，因上首为「惠义寺园送辛员外」。见《杜诗详注》卷十七、《全唐诗》卷二三四。

［二］照　《全唐诗》注一作「送」。

［三］景中有情　底本无，据南屏本补。

［四］夜　《杜诗镜铨》卷十作「日」。

［五］分手　《杜诗镜铨》、《杜诗详注》均作「分首」。

夜

杜　甫

露下天高秋气清[一]，空山独夜旅魂惊。疏灯自照孤篷宿[二]，新月犹县双杵鸣。南菊再逢人卧病[三]，北书不至雁无情呼应句[四]。步檐倚杖看牛斗[五]，银汉遥应接凤城意在言外。

此篇以次句作骨。孤篷自宿，双杵自鸣，明其为独夜也。己贫病羁留，所望亲朋略加援引，则归期不难，何意音书旷杳！正回首凤城，惟见银汉遥遥相接，旅魂安得不为之惊乎？五只言「人卧病」，六只言「雁无情」，皆立言妙处。

[朱补]「犹」字见不耐意，起下「再逢」。「遥」字，见苦想。杵声在空，故曰「县」，与三句句法一例。若以「县」字属月，则庸甚，且对法不侔矣[六]。「气」，俗作「水」，非[七]。「篷」，诸本作「帆」，盖宿则不得言帆，作「篷」为是。「檐」，俗本作「蟾」，非。三句本夜中所见，非身在舟中也。谓舟中无步檐，误解。

【校记】

[一]气　《杜诗详注》卷十七作「水」

[二]篷　《杜诗详注》作「帆」。宿，原误作「影」，据《杜诗详注》及《全唐诗》卷二三四改。

[三]菊　《全唐诗》注一作「国」。

[四]至 《全唐诗》注一作「到」。

[五]檜 《钱注杜诗》卷十五作「蟾」。

[六]、[七]此二段系朱之荆摘自黄生《杜诗说》卷八。

小寒食舟中作

杜 甫

佳晨强饮食犹寒[一]，隐几萧条戴鹖冠。春水船如天上坐，老年花似雾中看折腰。上二下五。娟娟戏蝶过开幔蒙花[二]，片片轻鸥下急湍蒙水。反语相映。云白山青万馀里，愁看直北是长安意馀言外[三]。

尾联见意[四]。　五、六以物能动止自如，反映己不能归长安也。「开幔」「开」一作「闲」字，无味，且必幔开而后蝶能入，不必谓其家讳宜避也。　八句言外伤可望而不可至也。

[朱补]起二句，便是愁之深，故结用「愁」字点破应转，末联云：云山满目，隔长江万里而遥，直北看去，所以生愁。　鹖冠，隐者之冠。　唐清明日，取榆柳之火，以赐近臣。公去京师已远，又不得显用于时，故曰「食犹寒」，曰「戴鹖冠」。　前六句轻俊流利，七句实接。「云白山青」四字振起，章法之佳甚者也[五]。　小寒食，向来注是寒食前一日，如「小至」「小除」之谓，余疑「犹」字当是清明日，然「小」字终难解，想当时火禁，京师独严，而公去京师已远，不得与寒食赐火之盛，思京师来日寒食矣，而我处食未寒而犹寒也，「犹」当作「似」字解，读一结可见，则究以寒食前一日为是。

【校记】

［一］饮 《杜诗镜铨》卷二十作「饭」。南屏本从之。

［二］开 《钱注杜诗》卷十八、《杜诗详注》卷二三均作「闲」。「蒙花」及「蒙水」旁批底本无，据南屏本补。

［三］直北 《全唐诗》卷二三三注一作「西北」。

［四］尾联见意 底本无，据南屏本补。

［五］此段系朱之荆摘自黄生《杜诗说》。

蜀相［一］

杜甫

丞相祠堂何处寻［二］？锦官城外柏森森。映阶碧草自春色，隔叶黄鹂空好音虚眼句［三］。三顾频繁天下计［四］，两朝开济老臣心。出师未捷身先死［五］，长使英雄泪满襟！

前后两截格。起联设为问答，三、四点祠堂之景。五、六叙孔明出处大略，七、八写凭吊之意。因谒祠堂，故必写祠景，后半方入事。唐贤多如此，若后人，三、四便发议论矣，岂能为诗留馀地，为风雅留性情哉？后半四句，叙公始末，以寓感慨，笔力简劲。宋人专学此种，流为议论一派，未免并为公累耳，曰「自春色」，曰「空好音」，确见入庙时，低回想像之意，此诗中之情性也；不得其性情，而得其议论，少陵一宗安得不灭！《晋书》庾亮表：「频烦省闼，出总六师。」

［朱补］《刘琨传》：「琨忠亮开济。」《唐诗解》云：开济，开国济民也。　公之为武侯恨，正所以自恨也。

【校记】

［一］题下，《全唐诗》卷二二六有注「诸葛亮祠在昭烈庙西」。本篇底本无，据南屏本补。

［二］丞　《杜诗详注》卷九注一作「蜀」。

［三］空　《杜诗详注》注一作「多」。

［四］繁　《杜诗镜铨》卷七作「烦」。

［五］捷　《杜诗详注》注一作「用」。

题仙游观

韩　翃

仙台初见五城楼［一］，风物凄凄宿雨收。山色遥连秦树晚远景，砧声近报汉宫秋双眼句。疏松影落空潭静［二］近景，细草香闻小洞幽辘轳句［三］。何用别寻方外去反题立论，人间亦自有丹丘。

起冒全篇［四］。结处反题立论，点破题中「仙游」字，抑彼扬此，所谓「尊题格」也［五］。

［朱补］若非次句，中联如何承接；若非七句，全首如何结合，真可味。　黄帝时，为五城十二楼，以

候神人。　丹丘，昼夜常明。

【校记】

[一] 初　《文苑英华》诗卷二二六、《全唐诗》卷二四五作「下」。

[二] 空潭静　《文苑英华》作「空坛净」。

[三] 闻香　闻，同上书作「开」，《唐诗品汇》卷八六作「春香」。

[四] 起冒全篇　底本无，据南屏本补。

[五] 「抑彼」以下底本无，据南屏本补。

送客归江州　韩翃

东归复得采真游，江水迎君日夜流。客舍不离青雀舫，人家多住白鸥洲双眼句[一]。风吹山带遥知雨，露湿荷裳已报秋呼应句。闻道泉明居止近，篮舆相访会淹留以无为有[二]。

尾联见意[三]。「采真游」本古语，故曰「复」。三字领一篇之意。「日夜流」，写归帆之速也。「迎君」二字，并归人心窝中无量快乐亦为绘出，用笔隽妙，真属中唐第一人。　李嘉祐「山当睥睨常多雨，地近潇湘畏及秋」[四]，与此五六句法相似，彼是写在郡之愁，此是写归乡之乐，兴象便迥然不同。唐人下笔，信有化工也。　郭璞《尔雅》注云：鹢，鸟名也。今江东贵人船前作青雀，是其象也。唐讳「渊」为「泉」［五］。江州，渊明本地，故假此以赞其高也。

［朱补］渊明罢官，归乘篮舆。天将雨，山腰白气有如匹练，谓之「山带」。荷裳，即《楚辞》「集芙蓉以为裳」意，但此处用法，似竟指荷叶言。

【校记】

［一］多住 《全唐诗》卷二四五作「旧在」。并注「鸥」一作「苹」。

［二］会 同上书作「为」。

［三］此四字底本无，据南屏本补。

［四］此二句出自李嘉祐诗《暮春宜阳郡斋愁坐忽枉刘七侍御新诗因以酬答》，见《全唐诗》卷二〇七。

［五］此句底本无，据南屏本补。

送丹阳刘太真

韩翃

长干道上落花朝，羡尔当年赏事饶领起［一］。下箸已怜鹅炙美，开笼不耐鸭媒娇。春衣晚入青杨巷，细马初过皂荚桥分装句。地名点缀。相访不辞千里远，西风好借木兰桡结从自己说是开中之合。

起冒全篇［二］。当年，犹及时也。起句「落花朝」三字，已将彼中风景写得好看矣，然后接入次句，领起下文，良辰美景，赏心乐事，四者俱备，却叙得松动有致，此中唐极轻极秀之笔也。初，犹早也。早过皂荚桥，晚入青杨巷；春衣细马，分装配之。青杨巷，在白下，宋何安常居此。七、八称其风土景物之可乐，因言己欲相访，所以致羡慕之意也。

［朱补］高季迪《射鸭词》：「鸭群未下媒先鸣。」［三］所谓鸭媒，当是驯养以诱他鸭者。按射鸭，当指野鸭言。

【校记】

［一］「领起」及以下旁批底本无，据南屏本补。

［二］此四字底本无，据南屏本补。

［三］《射鸭词》，明高启作。上句为「秋菱叶烂烟雨晴」。见《高太史大全集》卷二。

送冷朝阳还上元

韩　翃

青丝缆引木兰船［一］，名遂身归拜庆年短装句即三截句。落日澄江乌榜外，秋风疏柳白门前。桥通小市家林近，山带平湖野寺连。别后依依寒食里［二］，共君携手在东田长短句。

尾联见意。年字，即时字［三］。　五、六倒提东田之景，七、八言别后依依，惟当寒食，携手东田之乐，不能去怀耳。　谢朓《游东田诗》：「携手共行乐。」

［朱补］拜庆，省亲、家庆。乌榜，白门，俱在金陵。乌榜，村名。上元，金陵邑名。七、八上四下十，名长短句。

【校记】

［一］绨 《文苑英华》卷二七二作「绋」。

［二］寒食 同上书作「寒梦」。

［三］以上评语底本无，据南屏本补。

送康洗马归滑州

韩翃

腰佩雕弓汉射声，东归衔命见双旌。青丝玉勒康侯马，孟水金堤滑伯城。分疏句［一］。腊雪夜看宜纵饮，寒芜昼猎不妨行［二］。怀君又隔千山远，［三］别后春风百草生。意余言外［四］。

尾联见意［五］。此必武人而为刺史者，故起句云云。五、六写其归时游乐，七、八写己别后情怀，是两相反映之法。八句言外云：其能免于离索之感耶？

［朱补］射声，汉校尉名。言空中有声，射之亦得也。以马对地，巧妙！《易》：「康侯用锡马蕃庶。」［六］周封滑伯，即此地。

【校记】

［一］孟水　《文苑英华》诗卷二七二注一作「白水」。

［二］猎　《全唐诗》卷二四五注一作「踏」。

［三］远　《文苑英华》作「外」。

［四］别后　《全唐诗》注一作「一夜」。

［五］此四字底本无，据南屏本补。

［六］此句出《易·晋》。见《周易正义》卷四。按康侯即周武王弟姬封。

送刘评事赴广州使幕

韩　翃

征南官属似君稀，才子当今刘孝威。蛮府参军趋传舍，交州刺史拜行衣分装句［一］。前临瘴海无人过，却望衡阳少雁飞。为报苍梧云影道：明年早送客帆归妙于立言。

尾联见意［二］。三、四言刘方到传舍，未脱行衣，刺史即请相见［三］，尊节度，所以敬幕官也。七、八意在主人资送其早归，却只就苍梧云影说，立言最妙。　此言幕客所过虽荣，然广州地远，不宜留滞，当以早归为意也。

［朱补］梁刘孝绰品藻群弟，常云：「三笔六诗。」三指孝仪，六孝威［四］。此借其姓以比其才。广州，蛮地。

【校记】

[一]「分装句」底本无，据南屏本补。

[二]「尾联见意」底本无，据南屏本补。

[三]此句南屏本作「参军刺史即趋走拜谒」。

[四]此事出自《梁书·刘孝仪传》，见该书卷四一。

送李明府使苏州便赴吉期吉期，婚期也[一]

韩 翃

莫言水国去迢迢，白马吴门见不遥。枫树林中经楚雨，木兰舟上踏江潮。空山古寺千年石，草色寒堤百尺桥。早晚卢家兰室外[二]，珊瑚玉珮彻青霄。

一、二使苏州，七、八赴吉期。三、四承首句，五、六承次句。时人于此题，便着意在吉期上摹写，满纸俗艳，岂知唐人制题，便自不同，前面纵笔，只写李使苏州，至尾点吉期，只淡淡一语了之。人见其不极力摹写，不知其起联「莫言」字，「见不遥」字，结联「早晚」字，正是代写速赴吉期心事，初不觉有行役之劳，而早晚有新婚之乐，满纸便通是写赴吉期也。

【校记】

[朱补]白马关，楚地，此由楚而赴吴也。

［一］诗题开头，《全唐诗》卷二四五有「兖州」二字。题下注系黄生所加。

［二］外 《全唐诗》作「在」。

送襄垣王君归南阳别墅

韩 翃

都门雰后不飞尘，草色萋萋满路春。双兔陂东千室吏，三鸦水上一归人地名点缀。数目点缀。愁眠客舍衣香满，走渡河桥马汗新。少妇比来多远望，应知蟢子上罗襟意中悬揣。

次联出题［一］。此人罢官在京，又从京中归家。前段写景处殊觉凄凉，却是反映结句到家之乐。在送行诗中，又是一种笔意也。人生骨肉相聚之乐，每不自知，唯是千里暌远，一朝聚首，其乐真有不可以言语形容者，此诗中反语相映之妙，非身历不知。三、四地名妙，衬贴入诗，便加醒目。三鸦在汝州，元魏西郢群蛮反，断三鸦路。八句俗语细事入诗俱妙，要在妙笔用之耳。

［朱补］三、四地名点染，入诗甚有色泽，既得一地，索性再入数目字成句，色泽更加一倍。

【校记】

［一］此四字底本无，据南屏本补。

寄徐州郑使君

韩　翃

江城五马楚云边，不羡雍容画省年。才子旧称何水部应次句，使君还继谢临川应首句。射堂草遍收残雨，官路人稀对夕天。虽卧郡斋千里隔，与君同见月初圆意在言外。

尾联见意[一]。叙作郡事，本易入俗，此君手偏韵偏雅，亦见唐时士大夫趣致洒落，若今人则不然。

唐时郎官多出守，故有三、四二句，又以水部比之。结句言外云：见月能不相忆。今人致诗郡伯，不颂其德政，便以为轻己矣。世道不古，安望诗道之古乎[二]！

[朱补]此送其初之任之作也，故连类于前任，且观结句「初」字可见。首言太守五马之荣，不羡画省为郎之日。年，即前日之谓。五言其恩及百姓。草，即借「小人之德，草」之义[三]。六言政清无事。梁何逊为水部，善诗。宋谢灵运为临川内史，政暇，游山水吟咏为乐。

【校记】

[一]此四字底本无，据南屏本补。

[二]此一段底本无，据南屏本补。

[三]此语见《论语·颜渊》：「君子之德，风，小人之德，草，草上之风必偃。」

别严士元[一]

刘长卿

春风倚棹阖闾城[二]，水国春寒阴复晴[三]领起。细雨湿衣看不见应「阴」字，闲花落地听无声。日斜江上孤帆影应「晴」字，草绿湖南万里程折腰句。上二下五。又分疏句[四]。东道若逢相识问开法[五]，青袍今已误儒生[六]。

尾联见意[七]。坊本「程」作「情」，非，程实情虚，对上「影」字，宜实不宜虚也。青袍，乃州县小吏之服，刘方为小官也。

[朱补]长卿被谪，道经姑苏，因别严赋此。阴复晴，喻人情无定。细雨，喻谗言易入而不觉。闲花，喻君弃已而不以为意。五、六见已飘泊于江湖。结言官之不可为也。

【校记】

[一]诗题，《中兴间气集》卷下作《送郎士元》，《刘随州集》卷九作《赠别严士元》，《文苑英华》诗卷二七〇作《送严元外》。

[二]阖闾　《文苑英华》作「闾阖」。

[三]「水国」句　《文苑英华》作「殊国云阴暗复晴」，又注：「或作水冻天寒阴复晴」。春寒《唐诗纪事》卷二六作「犹寒」，《刘随州集》作「寒云」。

［四］「草绿」句　《文苑英华》「湖」作「江」，「程」作「情」。
［五］东道　《文苑英华》作「君去」。
［六］今已　《中兴间气集》、《刘随州集》均作「今日」。
［七］此四字底本无，据南屏本补。

过贾谊宅宅在长沙府城中濯锦坊［一］

刘长卿

三年谪宦此栖迟，万古唯留楚客悲［二］。秋草独寻人去后［三］，寒林空见日斜时倒装句。暗用古事。汉文有道恩犹薄，湘水无情吊岂知！寂寂江山摇落处［四］，怜君何事到天涯？

次联出题［五］。后四句，语语打到自家身上，怜贾正所以自怜也。　三、四「人去」「日斜」，皆《鹏赋》中字［六］，妙在用得无痕。

［朱补］从己说起，「楚客」则古今兼之矣，得渡法。「人去」谓贾，「独寻」自谓；三过，四宅。　谊以河南守吴公荐为博士，文帝重之，后因谗言见疏，出为长沙王傅，渡湘水，为赋以吊屈原，因以自喻。因鹏鸟飞入谊宅［七］，为赋以自宽，帝复征拜为梁王太傅，上「治安策」，终不得用而殁。

【校记】

［一］诗题前，《刘随州集》卷九有「长沙」二字。题下注，据南屏本补。

［二］楚客　《文苑英华》诗集卷三〇七作「楚国」。

［三］独　《刘随州集》作「渐」。

［四］寂寂江山摇落处　寂寂，《文苑英华》作「寂寞」；江山，作「江上」。摇落处，《全唐诗》卷一五一作「正摇落」。

［五］此四字底本无，据南屏本补。

［六］此指贾谊《鹏鸟赋》，中有云：「庚子日斜兮，鹏集予舍。」又有云：「野鸟入室兮，主人将去。请问于鹏兮，予去何之？」见《文选》卷十三。

［七］鹏　原误作「鹏」，据《鹏鸟赋》改。

使次安陆寄友人

刘长卿

新年草色远萋萋［一］，久客将归失路蹊［二］。暮雨不知涢口处，春风共到穆陵西硬装句。倒叙［三］。孤城尽日空花落，三户无人自鸟啼分装句。虚眼句。翻案用事。君在江南相忆否，门前五柳几枝低断续句？

尾联见意［四］。今黄州府有木陵关。德安府与黄州接壤，即古安陆地。但木陵唐人并作「穆陵」，不知何谓。　三户无人，言居人并无三户也。此二句形容乱后之景。八句寄讯门前五柳，意谓江南尚称乐土，彼此两两相映，是反攻逆击之法，而语俱极浑浑，犹是盛唐人笔墨也。五、六「空」字「自」字，不用在第六字，句法便健。　三户，用楚南公语而翻其意［五］。

［朱补］此疑被召还京，道经安陆，而忆其友也。「失路」衬「久客」，「不知处」衬「失路」。穆陵在安陆之东，穆陵西，即指所次之地而言，故曰「共到」，一本作「只到」，误。五、六乱后之景，见春光虽好，而人物寂寥，因念友在江南，乐土之春光不同，应亦念我也。　低，即垂也。　浿，王分反。

【校记】

［一］草色　《刘随州集》卷九作「早已」。

［二］失路　《唐诗品汇》卷八五作「问路」。

［三］共到　同上书及《全唐诗》卷一五一均作「只到」。

［四］此四字底本无，据南屏本补。

［五］事见《史记·项羽本纪》：「自怀王入秦不反，楚人怜之至今，故楚南公曰：『楚虽三户，亡秦必楚。』」

送柳使君赴袁州

刘长卿

宜阳出守新恩至，京口因家始愿违对起。五柳闭门高士去，三苗按节远人归倒承一二。错装。月明江路闻猿断，花暗山城见吏稀。唯有郡斋窗里岫［一］，朝朝空对谢玄晖意馀言外。

全篇直叙。《国策》：三苗氏，在洞庭右。彭蠡，袁州地，近鄱阳，故四句云云。结言外见其庭清讼简，唯有对景长吟而已。　谢朓作郡，富于篇什，故唐人作郡者，多引以为比。　谢诗：「窗中列远岫」

［二］。

［朱补］想柳欲家京口而隐，今出守袁州，违其愿也。「高士去」，指柳赴袁而言。「远人归」，指袁州之民也。三承二，乃京口之事；四承一，宜阳之事。五、六途中之景，七任所之景，八任所之事。「空」，见无公事。三苗按节，言持节按部于三苗之地也。

【校记】

［一］郡斋　《全唐诗》卷一五一注一作「旧斋」。

［二］见谢朓《郡内高斋闲望答吕法曹诗》（《全齐诗》卷三）。

献淮南军节度使李相公［一］

刘长卿

建牙吹角不闻喧［二］，三十登坛众所尊。家散万金酬士死［三］，身留一剑答君恩［四］。渔阳老将多回席，鲁国诸生半在门。白马翩翩春草绿［五］，邵陵西去猎平原［六］。

全篇直叙［七］。妙在七句宕开写景，全首为之生动。五言其威摄藩镇，回席而坐，不敢南面。六言文士从之者，皆得其所也。

［朱补］兵书：牙旗者，将军之精也。通首以次句为主，「众所尊」，故军令严肃，所以「不闻喧」。三爱士，四尽忠，乃所以为众所尊也。五、六实写众所尊，而以「老」字对映「三十」字，以「多」字「半」字，

写出「众」字，结二句，乃众所尊之效验也。　七句宕开，八句悠然而歇，见其军威素振，不待征战，而寇盗屏息，唯借田猎以讲武事耳。

【校记】

［一］诗题，《唐诗品汇》卷八五作《献淮宁军节度李相公》。《全唐诗》卷一五一注一作「淮西将李中丞」，又作「献南平王」。

［二］不闻　《全唐诗》注一作「戟门」。

［三］士死　《刘随州集》作「死事」。

［四］留　《文苑英华》诗卷二五二注一作「持」。

［五］绿　《文苑英华》、《唐诗品汇》、《全唐诗》均作「细」。

［六］邵陵　《全唐诗》作「郊原」，并注一作「少陵」。

［七］此四字底本无，据南屏本补。

送灵彻上人还越［一］

刘长卿

禅客无心杖锡还，沃洲深处草堂闲。身随敝履经残雪，手绽寒衣入旧山。独向青溪依树下，空留白日在人间流水对［二］。那堪别后长相忆［三］，云木苍苍但闭关。

尾联见意［四］。俗人在忙中度日，觉白日刻刻可用，上人在闲中度日，觉白日皆成虚设，故六句云云。妙在用松用冷。盛唐人贵整，晚唐人贵刻，若松冷二字，中唐人独据其胜。履是随身之物，却反说「身随敝履」，悟入禅机。

［朱补］古德云：驮着死尸走。会得此四字，便不是驮尸汉也。

【校记】

［一］诗题，《文苑英华》诗卷二一九「越」下有「中」字。

［二］白日　同上书作「白月」。

［三］别后　《刘随州集》卷八作「别夜」。

［四］此四字底本无，据南屏本补。

题灵一和尚故居［一］

刘长卿

叹逝翻悲有此身，禅房寂寞见流尘。六时行径空秋草［二］，几日浮生哭故人。风竹自吟遥入磬，雨花随泪共沾巾层折句。残经窗下依然在，忆得山中问许询倒撑。

起冒全篇。李颀「物在人亡」一首，亦哭故人者［二］，此作实超过之，不可以中盛分轩轾。缘李作花草字面太多，笔意亦少变化故也。许询，自谓，言己曾从和尚访问经义，今经在而人不在矣。

【校记】

［一］本篇底本无，据南屏本补。

［二］李颀诗名《题卢五旧居》。诗云：「物在人亡无见期，闲庭系马不胜悲。窗前绿竹生空地，门外青山如旧时。怅望秋天鸣坠叶，巑岏枯柳宿寒鸱。忆君泪落东流水，岁岁花开知为谁！」见《全唐诗》卷一三四。

秋夜寄皇甫冉郑丰

刘方平

洛阳清夜白云归，城里长河列宿稀错综句［一］。秋后见飞千里雁，月中闻捣万家衣［二］。长怜西雍青门道，久别东吴黄鹄矶走马对。借问客书何所寄，中心不啻两乡违［三］。

前后两截［四］。诗中写己思乡者，易得佳语，若代人写思乡，自隔一层，故语亦难佳。此诗恰因二子同乡，又客异地，思乡怀友，两副笔墨凑在一处，遂写得真至款曲如是。　言己在洛阳久别东吴，见飞雁，闻捣衣，乡思撩人，寄书未得，因思二子在西雍，亦久别东吴，见飞雁，闻捣衣，亦当起家乡之思，不知客书得寄与否，所以中心不啻两乡违也。　本是两层语意，却只作一处说话，此前后交互法，亦诗中创格也。

［朱补］按，刘洛人，冉润人，黄鹄山在润，疑近大江，故曰矶也。西雍即长安。想丰在长安，冉在润，刘在洛，有怀二人，而作是诗以寄之。　与黄解异。

【校记】

［一］列宿　列，《文苑英华》诗卷二五六作「别」。

［二］闻　同上书作「鸣」。

［三］中心　中，同上书及《全唐诗》卷二五一均作「用」。

［四］此四字底本无，据南屏本补。

长安春望

卢　纶

东风吹雨过青山暗影「春」字［一］，却望千门草色闲明点「望」字［二］。家在梦中何日到？春来江上几人还呼应句。因首句「春」字未显，复补点明［三］？川原缭绕浮云外，宫阙参差落照间。谁念为儒逢世难［四］，独将衰鬓客秦关？

尾联见意［五］。起调和缓，接联警亮，五、六悲壮，结处点明情事，终含凄怨之声。布格调律，盛唐不过也。五、六写景，初嫌其宽泛，不知此二句，深寓离乱之感，调愈壮而气愈悲，且隐隐接出「世难」，局不伤促，词不伤露耳。起联即老杜「城春草木深」意；五、六即老杜「国破山河在」意。诗尾见地，点醒一篇之意。

［朱补］长安遭吐蕃之乱，代宗幸陕，纶在京而作。言春雨乍过，而千门鞠为茂草矣，我思家而不能返，朝士之当春而还者，宁有几人？正因兵戈阻绝也，于是望川原之浮云，而伤其寥落；观宫阙于落

照，而念其萧条。当此世难，而以衰老为客，亦足悲夫！　有谓五、六非乱象者，此不知其意惨澹而字句间偏浓艳，使人不觉也。　缭绕，长貌。

【校记】

［一］此四字及以下旁批底本无，据南屏本补。

［二］草　《全唐诗》卷二七九注一作「柳」。

［三］春来　《唐诗纪事》卷三十作「春归」，《全唐诗》作「春生」。

［四］逢世难　《又玄集》卷上作「多失意」，《全唐诗话》卷二、《唐诗纪事》同。

［五］此四字底本无，据南屏本补。

晚次鄂州［一］

卢纶

云开远见汉阳城，犹是孤帆一日程。估客昼眠知浪静［二］，舟人夜语觉潮生顺因句。三湘愁鬓逢秋色［三］，万里归心对月明虚眼句。旧业已随征战尽，更堪江上鼓鼙声！

此伤乱之作。三湘，纪所来之地；汉阳，纪所止之地。次句暗点所次之地，曰「犹是」者，客途淹泊，虽一日不可耐也。浪静明其阻风，潮生则可以鼓棹，复写二句，则上文之意见矣。旧业已尽，归将安处？然首丘之心固在，其如世乱未已何！

［朱补］犹是，犹言还有。三、四，黄解亦未明，愚意乃以上句兴起下句，言估客无心事，熟眠而不知有浪，故曰「知浪静」，兴起我思归念切，闻舟人夜语觉潮生，恐其阻我归期也。题曰「晚次」，诗曰「昼眠」，以其安心熟眠，知其昼亦可眠，以起下句夜之不眠。所以不眠者，愁也，归期也。所以愁而急欲归者，以故园已遭兵火，而世乱犹未已也。　此处无潮，曰「觉潮生」，因「夜语」耳，诗亦非谓真有潮，不必执然。

【校记】

［一］题下，《全唐诗》卷二七九有注「至德中作」。

［二］估客　《才调集》卷二作「贾客」。

［三］愁　《才调集》、《全唐诗》均作「衰」。

题元注林园

李　端

谢家门馆似山林，碧石青苔满树阴。乳鹊盼巢花巷静，鸣鸠鼓翼竹园深两截句。桔槔转水兼通药，方丈留僧共听琴双眼句。独有野人箕踞惯两占地步，过君始得一长吟错综句。

尾联见意［二］。前六句，写园林之景。结二句，言俗人不许轻到，宾主两占地步。五句「兼」字，映上花竹说。

［朱补］谢安有东山别墅，故比之。　药，药畦也。　方丈，虽本僧居，但不过四方皆十笏，俗居亦可称，今诗所用，犹言斗室耳。　野人，自谓。

酬钱起秋夜宿灵台寺见寄［一］

郎士元

石林精舍虎溪东［二］，夜扣禅扉谒远公［三］。月在上方诸品静，心持半偈法缘空［四］。苍苔古道行应遍［五］，落木寒泉听不穷。更忆双峰最高顶振起［六］，此心期与故人同两占地步。

尾联见意［七］。前面皆忆故人宿寺之景，故七句用一「更」字醒出。八句见己虽不及与故人同宿，而此心固在双峰之顶，此自己见地步处。　此诗与卢纶《酬畅当》作同局［八］，俱前写彼处之景，而以结处见己意，但彼先用「闻」字领起，此后用「忆」字点破，章法少异耳。

［朱补］首句见地，次句见时。　颔联即夜景悟禅意，承次句；颈联见精舍山水之幽，承首句。

【校记】

［一］诗题，《文苑英华》诗卷二三五「钱起」作「王季友」，「灵台」作「露台」。《全唐诗》卷二四八题作《题精舍寺》。

［二］虎溪东　东，《文苑英华》作「中」。

［三］扉　《全唐诗》作「关」。　谒，《文苑英华》作「忆」。

［四］偈　《文苑英华》作「法」。

［五］「苍苔」句　《全唐诗》作「秋山竟日闻猿啸」。

［六］更忆　《全唐诗》作「唯有」。

［七］此四字底本无，据南屏本补。

［八］此指卢纶《酬畅当寻嵩岳麻道士见寄》诗，诗云：「闻逐樵夫闲看棋，忽逢人世是秦时。开云种玉嫌山浅，渡海传书怪鹤迟。阴洞石床微有字，古坛松树半无枝。烦君远示青囊箓，愿得相从一问师。」见《全唐诗》卷二七六。

题凌云寺［一］

司空曙

春山古寺绕沧波，石磴盘空鸟道过。百丈金身开翠壁［二］，万龛灯焰隔烟萝。云生客到侵衣湿，花落僧禅覆地多硬插句。不与方袍同结社［三］，下归尘世竟如何？

尾联见意［四］。寺曰「凌云」，以山高，故得名。首句是春山绕沧波，却插入「古寺」二字。只此句安顿得有法，以后写山处便是写寺，写寺处便是写山，皆两相映合，盖见此句穿插之妙。「鸟道过」，明由此而入山也；而「石磴盘空」，则是写山之高。三谓即山凿佛，四谓精室遍山［五］，此写山也，而不知乃写寺之馀。五六方从本寺写正面，然亦唯山之高之幽有以致之。「下」字与前「过」字相应。寺曰「凌云」，信不虚也。

［朱补］山路曰磴。龛，塔下室。方袍，僧服。　社，莲社，比己以渊明。　结言已欲与之结社，不欲归尘世也，乃用反语口气。

【校记】

[一] 凌　《文苑英华》诗卷二二五作「灵」。

[二] 壁　同上书作「殿」。

[三] 社　同上书作「足」。

[四] 此四字底本无，据南屏本补。

[五] 精室　南屏本作「僧室」。

送曲山人归衡州

司空曙

白石先生眉发光[一]，已分甜雪饮红浆[二]。衣巾半染烟霞气[三]，语笑兼和药草香。茅洞玉声流暗水，衡山碧色映朝阳[四]。千年城郭如相问，华表峨峨有夜霜。

前后两截[五]。白石先生，古仙人，径以此呼「山人」，即王维「无著天亲弟与兄」法[六]。前半赞山人之得道，后半叙归衡州意，却不露「归」字。　《拾遗记》：穆王三十六年，西王母进嵰州甜雪[七]。

[朱补]白石先生，以石为粮。　眉发光，见其老而有养也。　结用丁令威事。山人出游已久，今归衡州，城郭如故，景物非昔，同辈之人，已多不在，故结联云云。

【校记】

［一］光　《全唐诗》卷二九二注一作「老」。

［二］甜　同上书注一作「绀」。

［三］气　同上书注一作「色」。

［四］色　同上书注一作「气」。

［五］此四字底本无，据南屏本补。

［六］此指王维七律《过乘如禅师萧居士嵩丘兰若》，见本卷。

［七］西王母献甜雪事见晋王嘉《拾遗记》卷三。

夏夜宿表兄宅话旧

窦叔向

夜合花开香满庭，夜深微雨醉初醒。远书珍重何由达，旧事凄凉不可听！去日儿童皆老大，昔年亲友半凋零。明朝又是孤舟别，愁见河桥酒幔青。

［朱补］一、二点夜宿，三、四点话旧，然唯书未达，所以话之长也。五六申明「不可听」。　尾联进一步法。　河桥，即河梁，苏武、李陵握别处，此借言耳。

【校记】

［一］何由　由，《唐诗品汇》卷八六作「曾」。

题茅山李尊师隐居［一］

秦　系

天师百岁少如童，不到山中竟不逢。洗药每临新瀑水，步虚时上最高峰双眼句。篱间五月留残雪，座右千年荫怪松层折句［二］。此去人寰今远近，回看云壑一重重。

尾联见意［三］。次句非赞尊师隐居不出，是言己若不到山中，竟无由遇此高人，奈何既与高人相遇，又欲复去人寰，是为可嗤可鄙之甚者也。「到」字、「去」字是诗中针线。篱间留雪，座右荫松，出景方不寻常，俗本座右作「石上」，便是小儿语矣。

［朱补］陈思王忽闻空里诵经声，令晓音者以为法则，而写之为神仙声，道士效之，作步虚声［四］。临瀑水，上高峰，非少如童者不能。

【校记】

［一］隐居　《唐诗品汇》卷八六作「山居」。

［二］座右　上书作「石上」。怪，《全唐诗》卷二六作「老」。

［三］此四字底本无，据南屏本补。

［四］此事出《异苑》。

公子行

于鹄

少年初拜大长秋[一]，半醉垂鞭见列侯。马上抱鸡三市斗[二]，袖中携剑五陵游呼应句。玉箫金管迎归院，锦袖红妆拥上楼[三]。更向苑西买新宅[四]，月波春水入门流[五]。

[朱补]具文见意，与韩翃《赠张建》五律同法[六]，结语更有风致。

【校记】

[一]大长　《文苑英华》诗卷一九四注一作「大常」。

[二]呼应句　底本无，据南屏本补。

[三]锦袖　袖，《文苑英华》作「绣」。

[四]苑西　同上书作「苑东」。苑，《全唐诗》卷三一〇作「院」。

[五]月波　《文苑英华》作「月陂」，并注「月」一作「碧」。

[六]《赠张建》诗见本书卷一。

送宫人入道

于鹄

十五吹箫入汉宫[一]，看修水殿种芙蓉。自伤白发辞金屋，许著黄衣向雪峰[二]。解语老猿开晓户，学飞雏鹤落高松层折句。反语相映[三]。定知别后宫中伴意中悬度，遥听缑山半夜钟意在言外。

全篇直叙［四］。起联比他人及时得幸。前半叙其入道之由，后半赞其入道后，清高自在，同伴仰之，便如脱离苦海，上生兜率矣。五、六言其猿鹤为群，正与下「宫中伴」字反映。

［朱补］听，宫中伴听也。此言其必成仙，如王子之乘鹤于缑山也。　起句疑是指宫人自己而言，不然，「十五」二字似无着。　与黄解别。

【校记】

［一］十五　《全唐诗》卷三二〇作「十岁」。

［二］衣　《唐诗品汇》卷八六作「冠」。　雪峰，《全唐诗》作「玉峰」，又注「许著黄衣」一作「喜戴黄冠」。

［三］「学飞」句　《全唐诗》注一作「引雏飞鹤下高松」。

［四］此四字底本无，据南屏本补。

送贾校书东归兼寄振上人［一］

李　益

北风吹雁数声悲［二］，况指前林是别时进步。秋草不堪频送远承上，白云何处更相期硬装句。山随匹马行看暮，路入寒城独去迟。为向东州故人道丁咛见意：江淹已拟惠休诗巧用古事。

尾联补题［三］。江所拟，乃《休上人怨别》［四］也。结句，既映出振公，又寓思故人之意，用事甚巧。［朱补］送至前林而后别，故曰「别时」。「匹马」言去者，「寒林」言送者。《南史》：释惠休，善属文，孝武帝命还俗。本姓汤，位至扬州府从事史。

【校记】

［一］诗题《全唐诗》卷二八三注一作「振上人院喜见贾弅兼酬别」。《唐诗品汇》卷八七无「兼」字。

［二］吹雁　《全唐诗》注一作「南雁」。

［三］此四字底本无，据南屏本补。

［四］江淹《拟休上人怨别》诗，见《全梁诗》卷四。

送刘郎中赴苏州禹锡［一］

姚　合

三十年来天下名，衔恩东守阖闾城。初经函谷眠山驿［二］，渐入梁园问水程途中景。霁日满江寒浪静，春风绕郭白苹生到郡景［三］。虎丘山寺吴中少［四］，谁伴吟诗月里行设问为词？

起冒全篇［五］。名士作郡，不废游宴赋诗，然当时有司，多诗人为之，未闻以旷官见黜；若今日竟竟奉职，犹惧不免，岂人才不古若耶？抑网亦少密耶？为之三叹！　末句是将自己跳入，伤己之不得同往，不是伤彼地之无人。后张籍诗，结亦如此［六］。

【校记】

［一］刘郎中　《全唐诗》卷二四三作「刘禹锡郎中」。

［二］函谷　函，同上书作「咸」。

［三］苹　底本误刻作「频」，据《全唐诗》改。

［四］山寺　《唐诗品汇》卷八七作「野寺」

［五］此四字底本无，据南屏本补。

［六］此段底本无，据南屏本补。张籍诗，指《寄和州刘使君》，本卷收。

送中丞使新罗［一］

姚　合

丹墀召对使殊方［二］，官重霜台紫绶光。玉节在船清海怪［三］，金函开诏拜夷王［四］。云晴渐觉山川异，风便那知道路长［五］。谁得似君将雨露，海东万里洒扶桑！

起联冒题。

【校记】

［一］本篇底本无，据南屏本补。诗题「中丞」，《全唐诗》卷四九六、《唐诗品汇》卷八七均作「源中丞」。

［二］丹墀　丹，《全唐诗》作「赤」。又召，作「赐」。

［三］玉节　《文苑英华》卷二七八作「王节」。

［四］拜夷王　拜，同上书作「抚」。

［五］那知　那，同上书作「宁」。

酬严司空荆南见寄［一］

武元衡

金貂再入三公府［二］，玉帐连封万户侯对起。帘卷青山巫峡晓，云凝碧树渚宫秋呼应句。地名点缀［三］。刘琨坐啸风清塞［四］，谢朓裁诗月满楼人名点缀。硬装句［五］。《白雪》调高歌不得，美人南望翠蛾愁［六］。

尾联补题［七］。一、二语势甚重，若即接五、六意，便有板滞之嫌，故三、四写景，作一开一合，且三、四见地，方是唐人诗。结处美其诗，见酬和意。古人和答之体必如此，今人不讲矣。《鼓吹》漫改题为《荆帅》［八］，兼诗中与集不同者数字，今尽正之［九］。使不见集题，则结句漫无出场矣。选诗不得真本，岂不令古人受屈！

［朱补］一、二言其官尊，三、四言其治清。　金貂，侍中之官饰。　晋刘琨为胡骑所围，乘月登楼静啸，胡骑引去。　齐谢朓，字元晖，随王子隆都督荆州，爱朓文才。用谢朓，切「荆南」。　坐啸，兼用

成瑨事，见清平无事也。「月满楼」，亦兼用庾亮事。唐诗有以两人两事合成为喻者，不可不知。

【校记】

［一］诗题，《文苑英华》诗卷二四三作《奉酬荆州严司空见寄》。《又玄集》卷中作《荆帅》。

［二］入　《文苑英华》及《全唐诗》卷三一七均作「领」

［三］云凝碧树　云凝，《文苑英华》、《全唐诗》均作「烟开」，碧树，《又玄集》作「碧岫」。

［四］风清塞　《又玄集》作「风生远」。

［五］裁诗　《全唐诗》作「题诗」。

［六］美人南望　《文苑英华》、《全唐诗》均作「美人南国」。《全唐诗》又注一作「阳台相顾」。

［七］此四字底本无，据南屏本补。

［八］此指《唐诗鼓吹》，旧传金元好问编。

［九］对于本诗，《全唐诗》附案语云：「二本首联作『汉家征镇委条侯，虎节龙旌居上头』，三联作『金笳曾掩胡人泪，丽句初传明月楼』，馀同。」黄生所「正」者当即指此。

和司门殷员外早秋省中直夜寄荆南卫端公［一］

权德舆

共嗟王粲滞荆州，才子为郎忆旧游。良夜偏宜粉署直承次句［二］，清言远待玉人酬承首句。风生北渚烟波阔承四句，露下南宫星汉秋呼应句。承三句。早晚得为同舍侣［三］，知君两地结离忧绾合。

「忆旧游」，明殷先曾在荆南，与卫同事，今殷已内转，卫尚留滞，故以诗寄怀。一「嗟」字，便揭起寄诗之因。一「共」字，便点出和诗之故。妙在劈空唤起一句，然后接入员外，以后便一倒一顺，递承将去，叙事、写景、发意，无不恰好。「两地」二字，紧紧绾合。「知君」二字，毕竟将己闪过一旁，盖寄诗者分深，和诗者分浅，唐人笔不苟如此。　玉人，用卫姓事。

［朱补］王粲，依刘表于荆州。　才子，指殷。　卫玠，美貌，号「玉人」。　汉官职仪：尚书省中以胡粉涂壁，画古贤烈士，曰「画省」，亦曰「粉署」。员外，郎署也。

【校记】

［一］诗题，《全唐诗》卷三二一「中」作「中书」，「卫」作「卫象」。

［二］良夜　良，《全唐诗》及《唐诗品汇》卷八七均作「凉」。

［三］侣　《唐诗品汇》作「旅」。

寄和州刘使君

张　籍

别离已久犹为郡，闲向春风倒酒瓶俗字文用。送客时过沙口堰［一］，看花多上水心亭双眼句。晓来江气连城白，雨后山光满郭青。到此诗情应更远，醉中高咏有谁听？

全篇直叙［二］。刘作郡，当是劣转，故起语颇似讶其蹭蹬。赋诗饮酒，送客看花，皆极写使君之闲。夫使君作郡，不宜闲者也；不宜闲而闲，则作郡非其所乐，意在言外矣。以「闲」字见一篇之意，与陆龟蒙「王谢遗踪」篇同法［三］。结句言外以知己自许。「醉中」字，应二句。

［朱补］三倒酒人也，四倒酒事也，五、六倒酒时也。饮酒必赋诗，故七插入「诗情」一句，以起八「醉中」字。「到此」二字，收上四句。

【校记】

［一］时 《全唐诗》卷三八五作「特」，又注一作「将」。

［二］「全篇直叙」底本无，据浣月斋本补。

［三］陆龟蒙诗指《送浙东德师侍御罢府西归》。诗云：「王谢遗踪玉籍仙，三年闲上鄂君船。诗怀白阁僧吟苦，俸买青田鹤价偏。行次野枫临远水，醉中衰菊卧凉烟。芙蓉散尽西归去，唯有山阴九万笺。」见《全唐诗》卷六二六。

湖心寺

白居易

柳湖松岛莲花寺花木装点，晚动归桡出道场。卢橘子低山雨重，栟榈叶战水风凉相因句。三四承首句。烟波澹荡摇空碧，楼阁参差倚夕阳五六承次句。到岸请君回首望，蓬莱宫在水中央。

环堤植柳曰柳湖，满山皆松曰松岛，莲花则寺之本色字。只此七字，三用花木，装簇浓至，便自引入胜地；以后接去，一派浑是写景，而结以云云，令人通身快乐，如在清凉国也。

咸阳西楼晚眺[一]南近磻溪，西对慈福寺阁[二]

许浑

一上高楼万里愁[三]，蒹葭杨柳似汀洲。溪云初起日沉阁，山雨欲来风满楼顺因句。鸟下绿芜秦苑夕，蝉鸣黄叶汉宫秋呼应句。行人莫问当年事[四]，故国东来渭水流硬装句[五]。

尾联见意[六]。首尾全是思乡，却插入五、六、七三句，全不碍手，唯老杜有此笔力。许润州人，润州水乡，故有「似汀洲」之语，犹言「无端登水阁，有处似家山」也。此时愁绪正在万里，况云起雨来，是增一倍凄切也。五、六则尽其晚眺所至而极言之，指秦苑，唯有鸟下绿芜；问汉宫，唯有蝉鸣黄叶。然而己方系怀故国，眼看渭水东流，只人不能东归，又何暇与行人攀今吊古，细话当年之事乎？

三、四非自注则「楼」「阁」字重矣。

[朱补]上林苑，秦之旧苑也。末句上四下三，硬装成句。

【校记】

[一]诗题，《丁卯集》卷上作《咸阳城东楼》。《全唐诗》卷五三三同，并注西楼一作「西门」。

[二]此二句为诗人自注，《全唐诗》置于四句后。

[三]一上《唐诗品汇》卷八八作「独上」。

［四］当年 《唐诗纪事》卷五六作「前朝」。

［五］「故国」句 同上书作「渭水寒声昼夜流」。

［六］此四字底本无，据南屏本补。

登洛阳故城［一］

许浑

禾黍离离半野蒿［二］，昔人城此岂知劳错综句［三］。水声东去市朝变［四］，山势北来宫殿高略景。鸦噪暮云归故堞［五］，雁迷寒雨下空壕详景。层折句。可怜缑岭登仙子，犹自吹笙醉碧桃妙于立言。反言见意［六］。

尾联见意［七］。起手劈空托出故字，言今日所见如此，岂知昔人城此，固费尽万万金钱力役乎！三、四市朝曰「变」却是实有，宫殿曰「高」却是已无。此皆昔人劳力所造，然而一以水声推荡，宫殿唯存山势依稀而已。市朝、宫殿是带写，五、六复折入本题。七、八不言人世之可哀，止言仙家之可乐，是谓妙于立言。本因人世短促，故羡仙家长生，不言羡，反言「怜」，是谓反言见意。晚唐七律，结法之妙，独「天子时清」及此二语［八］。

［朱补］堞，城上小墙，即女墙也。壕，城下池，有水曰池，无水曰隍。　缑山，在洛阳。登仙事，注王维七律。

【校记】

［一］诗题，《全唐诗》卷五三三作「故洛城」。

［二］禾黍　同上书注一作「黍稷」。

［三］「错综句」及「略景」、「详景」、「层折句」等旁批底本无，据南屏本补。

［四］东去　去，《全唐诗》注一作「注」。

［五］故堞　故，《唐诗品汇》卷八八、《唐诗纪事》卷五六均作「古」。

［六］犹自　犹，《丁卯集》卷上作「独」。

［七］此四字底本无，据南屏本补。

［八］「天子时清」指章孝标《古行宫》尾联：「天子时清不巡幸，只因鸾凤集梧桐。」见本卷。

送王总下第归丹阳

许　浑

秦楼心断楚江湄伏末意［一］，系马春风酒一卮短装句。汴水月明东下疾，练塘花发北来迟［二］。青芜定没安贫处［三］，黄叶应催献赋时［四］。凭寄家书为回报［五］，旧居还有故人知［六］。

尾联见意［七］。通篇意，只在托王作往来寄书邮，故首句便将自己思乡心事说起。东下虽疾，北来则迟，此寄家书语，因家人望信，故唯恐王归之不速。家居不久，又当献赋，此望回报语，因自己望信，故唯恐王来之不速。于是以七句点明，八句则又属其托故人转致于家也。

【校记】

［一］「秦楼」句　《文苑英华》诗卷二八〇作「秦桥西望楚天涯。」

［二］来　同上书注一作「归」。

［三］「青芜」句　同上书作「青山虚恋安贫计」。

［四］黄叶　同上书作「白发」。　时，《全唐诗》卷五三二作「诗」。

［五］凭　《文苑英华》作「为」。　为回报，作「报消息」，《丁卯集》卷上作「作问报」。

［六］旧居　居，《文苑英华》、《全唐诗》均作「乡」。

［七］此四字底本无，据南屏本补。

京口闲居寄京洛友人［一］

许浑

吴门烟月昔同游，枫叶芦花并客舟［三］。聚散有期云北去，浮沉无计水东流比赋。一尊酒尽青山暮，千里书来碧树秋硬装句。五六顺承三四［二］。何处相思不相见，凤城宫阙楚江楼呼应句［四］。

尾联见意［五］。三、四一彼一已，「有期」字，重「散」边说。「一尊酒尽」，追写分手之时。「青山暮」，言其别去之速。「千里书来」指此寄诗。「碧树秋」，言相别又是一年矣。二句「并」字，即《秦皇纪》「并海走鄜琊」之「并」［六］，音蒲慢切。五、六秀润，可救三、四浅率。结见彼己两地，关锁甚紧。

【校记】

［一］京洛友人　《文苑英华》诗卷二六一作「两都亲友」。
［二］枫叶　枫，同上书作「梧」。
［三］书来　同上书作「帆回」。《全唐诗》卷五五三作「书回」。
［四］宫阙　宫，《全唐诗》及《丁卯集》卷上均作「龙」；楼，作「头」。
［五］此四字底本无，据南屏本补。
［六］「秦皇纪」指《史记·秦始皇本纪》，无「并海走鄜琊」之语，但有：「自榆中并河以东，属之阴山。」裴骃集解引服虔曰：「并音傍。傍，依也。」

游钱塘青山李隐居西斋［一］

许　浑

小隐西亭为客开，翠萝深处遍苍苔［二］。林间扫石安棋局倒因句，岩下分泉递酒杯顺因句。兰叶露光秋月上，芦花风起夜潮来呼应句。云山绕屋犹嫌浅进步，欲棹渔舟近钓台。

尾联见意［三］　为客开，即少陵所谓「蓬门今始为君开」也［四］，但杜以自叙占己地步，此以叙李占已地步，而主人地步至结处方见，微有不同也［五］。结只用「钓台」字，便是以子陵比李矣，不言其高而高自见。四句谓以酒杯承泉眼，俟其滴满，则递泻他器。予曾亲为此事，故知此句之工［六］。

【校记】

［一］诗题中「钱塘青山」四字底本无，据《丁卯集》卷上及《全唐诗》卷五三三补。
［二］苍苔　苍，同上二书均注一作「青」。
［三］尾联见意。　底本无，据南屏本补。
［四］此据杜甫《客至》七律，见本卷。
［五］微　底本作「为」，据南屏本改。
［六］此节底本无，据南屏本补。

与张道士同访李隐居不遇［一］

许　浑

千岩万壑独携琴顺因句，知在陵阳不可寻两截句［二］。去辙已平秋草合［三］，空斋长掩暮云深两截句［四］。霜寒橡栗留山鼠［五］，月冷菰蒲散水禽［六］。唯有西邻张仲蔚，坐来同怆别离心。

尾联补题[七]。知在陵阳，却不可寻，以其千岩万壑独携琴也。只此二句，说得他踪迹甚奇，人品甚高。一诗之撑架在此，馀俱衬带成文耳。

[朱补] 鼠禽皆避人之物，因李不在而鼠禽皆出。此二句见无人，下「唯有」二句紧接。

【校记】

[一] 诗题，《全唐诗》卷五三五注一作「与张处士同题李隐居林亭」。

[二] 陵阳 陵，同上书及《丁卯集》卷上均注一作「龙」。

[三] 秋草合 合，同上二书均作「遍」。

[四] 空斋 空，同上二书均注一作「寒」。

[五] 「霜寒」句 《丁卯集》作「霜严积橘供山鼠」。

[六] 散 《全唐诗》注一作「泛」。

[七] 此四字据南屏本补。

送张尊师归洞庭

许 浑

能琴道士洞庭西，风满归帆路不迷硬装句。对岸水花霜后浅，傍檐山果雨来低。杉松近晚移茶灶[一]，岩谷初寒盖药畦顺因句。他日相思两行字意中揣度[二]，无人知处五陵溪倒装

［三］。尾联见意［四］。三句「浅」字，即「澹」字，用澹字即庸。八句言尊师此去，如秦人之在武陵，虽欲寄书，无人知其住处者矣，佳在硬装「武陵溪」三字。

【校记】

［一］茶灶　茶，《文苑英华》诗卷二二九作「丹」。

［二］两行　两，同上书作「一」。

［三］无人　无，同上书作「谁」。

［四］此四字据南屏本补。

别表兄军倅并序［一］

许　浑

余祇命南海，至庐陵，逢表兄军倅奉使淮海，别后却寄是诗。［二］

卢橘花香拂钓矶，佳人犹舞越罗衣。三洲水浅鱼来少，五岭山高雁到稀顺因句。客路晚依红树宿，乡关朝望白云归［三］。交亲不念征南吏倒装句［四］，昨夜风帆去似飞［五］。

一、二纪地暖，见气候有异故乡，便非佳地。三、四寓言远书难达。五言客路凄凉，六言乡关迢递。七、八言交亲别去之速，曾不为己少留，总因己远宦可悲，故若为怨之之词也［六］。二句，纪南中地暖，见时并见地。七、八言已远宦之况如此，交亲安得不一念之乎！

［朱补］卢橘，即枇杷，又名炙精。卢橘冬花，此时不宜罗衣矣，曰「犹」者，南方气暖也。鱼雁皆传书之物。「洲」，一作「州」，按古「州」字，即「洲」字。三洲在江西丰城县北。

【校记】

［一］题下「并序」二字，据《全唐诗》卷五三四补。

［二］序底本无，据同上书补。

［三］朝望　朝，同上书作「晴」，《唐诗纪事》卷五六作「暗」。

［四］吏　同上二书均作「史」。

［五］昨夜　昨，《全唐诗》注一作「一」。

［六］若为　若，底本作「善」，据南屏本改。

晚自朝台至韦隐君郊园

许　浑

秋来凫雁下方塘，系马朝堂步夕阳。村径绕山松叶滑［一］，柴门临水稻花香呼应句［二］。云连海气琴书润，风带潮声枕簟凉顺因句。西下磻溪犹万里［三］，可能垂白待文王？

尾联见意。「下磻溪」，一投足耳；「犹万里」，以无文王故。《类选》「下」一作「去」。

［朱补］一补时，二入题，三承「步夕阳」，是途中景，四到门景，五、六园中事。前六句皆是写隐居，故结以吕望比之，言「犹万里」，谓未必遇文王也。

【校记】

［一］滑　《全唐诗》卷五三三、《唐诗品汇》卷八八均作「暗」。

［二］柴　《全唐诗》作「野」。

［三］下　《唐诗品汇》作「去」。

闻　歌

李商隐

敛笑凝眉意欲歌，高云不动碧嵯峨。铜台罢望归何处？玉辇忘还事几多［一］？青冢路边南雁尽，细腰宫里北人过。此声肠断非今日，香灺灯光奈尔何四字硬装。

首句写歌态如见。次句用「遏云」事活甚。中四句，言昔时歌舞之地声销影灭，不堪回想；七、八承明之，云此际香销烛尽之后，亦堪肠断，其如此娇眸笑靥何哉！

［朱补］「事几多」，谓忘还之事能有几多，言无有也。「非今日」，紧总承上四句，见昔时之歌，久堪断肠也。　此因闻歌而伤人世短促，为乐无几时也。魏武遗令曰：「婕妤妓人，皆着铜雀台中，月朝十五，向帷作妓乐时，登台望吾西陵墓田。」［二］　周穆王御黄金碧玉之辇，毂迹遍于四海，西王母

乘翠凤之辇而来，与穆王欢歌。　胡地多白草，昭君之冢上独青。　楚王爱细腰，宫中多饿死。　灺，读写。

【校记】

［一］忘还　还，《唐诗品汇》卷八八作「来」。

［二］曹操遗令见晋陆机《吊魏武帝文序》引，见《陆机集》卷九。

寄清凉寺僧

温庭筠

石路无尘竹径开，昔年曾伴戴颙来。窗间半偈闻歌后［一］，松下残棋送客回呼应句。帘向玉峰藏夜雪，砌因蓝水长秋苔双眼句。白莲社里如相问，为说游人是姓雷自占地步。

尾联见意［二］。诗以物象为骨，地名其一也，地名愈大，则本诗愈有斤两。如此诗著「玉峰」、「蓝水」四字，便不但见出清凉寺所在，而境界之旷，胸次之阔，俱于此见之。盛唐以后，辨此者鲜矣。

游人，客游之人，言己虽在客游，而心愿栖莲社，故以次宗自比。

［朱补］二来游，三游之事，四回去。　送客，言僧之送己也。　戴颙隐士，见铜人面瘦，曰：「非面瘦，乃臂胛肥耳［三］。及减臂胛，瘦患即除。」此用戴颙，或当时同游有舍佛像者耶？　慧远与雷次宗等一百二十人，结莲社，修净土。

【校记】

［一］闻歌　歌，《唐诗品汇》卷八八作「钟」。

［二］此四字底本无，据南屏本补。

［三］戴颙事见《宋书·隐逸传》。

忆山阳

赵　嘏

家在枚皋旧宅边，竹轩晴与楚坡连。芰荷香绕垂鞭袖，杨柳风横弄笛船反装对。城碍十洲烟岛路，寺临千顷夕阳川长装句。可怜时节堪归去，花落猿啼又一年言不尽意。

尾联见意。三、四芰荷当贴弄笛船，杨柳当贴垂鞭袖，避近避俗，故用反装法。结言「时节堪归去」，言当此花落猿啼时节，正堪归去也；此时即使归去，别家已是一年，况未必能归乎？此意只以「可怜」二字含之，故曰言不尽意。

［朱补］枚皋，汉滑稽臣。　愚按：袖与芰荷关照，笛与杨柳关照，分贴本自然。

长安月夜与友人话故山[一]

赵　嘏

宅边秋水浸苔矶，日日持竿去不归。杨柳风多潮未落，蒹葭霜冷雁初飞两截句[二]。重嘶匹马吟红叶，却听疏钟入翠微双眼句[三]。今夜秦城满楼月振起[四]，故人相见一沾衣。

无一字不写景，却字字是写情中之景，恬润绝伦。五言作客，六言思家，却是匹马红叶，疏钟翠微等字，衬得有致。「重」字，见别故山不止一载；结言今夜故人相见，又一沾衣，明前次沾衣非一度也。用一笔写两重意，是曰深，是曰厚。

［朱补］前四故山之景，五言久客，六疏钟、翠微，本是故山之事，今在客地听钟声，故忆之也。次联承「日日」字来。三春，四秋，见自春徂秋，无日不然。

【校记】

[一]故山　《全唐诗》卷五四九注一作「旧山」、一作「故人」。

[二]霜冷　冷，《才调集》卷七作「在」。

[三]入　《才调集》作「忆」。南屏本从之。

[四]秦城满楼月　《全唐诗》注一作「秦关满城月」。

送僧归庐山

赵　嘏

一枝秋倒叙句。应首句。锡含风雨一经启楼台千叶曙错综句。应次句，题诗片石侵云在，洗钵香泉覆菊流层折句。却忆前年别师处，马嘶残月虎溪头意在言外。

字字用意，句句有法，精警秀密，诗至此，亦可无恨矣，急拈出以示学晚唐者；急拈出以示不屑学晚唐者。唐时宰官，多请高僧开讲，此僧必赴藩镇之请者，故起联云云。五、六写前年与师同在庐山之景，而以「在」字、「流」字寓意：在，言己出山徒有诗在也；流，言师未归则泉自流也。七、八则明点出，言外有羡师归而已不得续旧游意。　泉上有菊，故曰香泉。

［朱补］五老峰在庐山。归而曰「游」者，盖僧人之寄迹，原无定也。三是在列侯宅事，四是途中事，五、六山中事。　三、四将字眼调换，可作三联，亦辘轳句也。

登安陆西楼

赵　嘏

楼上华筵日日开，眼前人事底堪哀［一］。征车自入红尘去，流水长穿绿树来反语相映［二］。云雨暗更歌舞地［三］，山川不尽别离杯硬装句。缩脉句。无由并写春风恨绾合［四］，欲下郧城首重回［五］

全篇直叙[六]。征车劳扰,不及流水长闲,此人事之堪哀者。至于歌舞之妓,旧去新来,每不觉其更换;离别之杯,登山临水,每不尽其情怀,其为恨又何如!此本一意,翻作两层,前后二段各自呼应,一「并」字却又带绾前意,章法绝佳。　人世奔驰,当局每不自觉,冷地思之,直是一场扯淡。达见之士,明知其无味,或借陶写于丝竹,或浇磊块于酒杯,此是于无可奈何中求一解脱之法。乃至冷地思之,又有如五、六所云云者,则于无可奈何之中,转复无可奈何者也。从此再一勘入,便不必更参善知识,此诗便是一番绝大棒喝矣!

[朱补]「底」,或作「只」,非。底,方言,犹云如此堪哀,甚词也。

【校记】

[一]底　《文苑英华》诗卷三二三、《全唐诗》卷五四九均作「只」。

[二]流水　流,同上二书均作「远」。

[三]云雨暗更歌舞地　《文苑英华》作「云暗更随歌舞伴」。《全唐诗》及《唐诗品汇》卷八九「地」作「伴」。

[四]「绾合」二字旁批,据南屏本补。

[五]首重回　《文苑英华》作「重首回」。

[六]此四字据南屏本补。

早发剡中石城寺〔一〕

赵嘏

暂息劳生树色间〔二〕，平明几虑又相关〔三〕。吟辞宿处烟霞去承次句〔四〕，心负秋来水石闲长装句。竹户半开钟未绝，松枝静霁鹤初还两截句。承首句。明朝一倍堪惆怅，回首尘中见此山意在言外。错装句。套装结。

起冒全篇〔五〕。首句写昨晚，次句写目前。三、四接目前写二句，五、六接昨晚写二句。七、八用「一倍」字者，明一、二、三、四是说目前惆怅，用一「山」字者「只」所以收一、五、六之景，章法滴水不漏。

一、五、六是过去，二、三、四是现在。只宿寺一宵，便已具三世因果，大足唤醒忙人。　宿处烟霞，秋来水石，俱四字相连。「闲」字指人说，与「去」字对。「闲」言不闲也，近人多误读，总由不识唐人句法耳。若五、六是写昨来初到之景，近人更未理会。　结云，此时别去已不堪惆怅矣，明朝在尘中回首见此山，惆怅岂不更添一倍乎！

〔朱补〕本集「树色」作「一夕」，「几虑」作「世事」，「静」作「微」。　「平明」之「明」，光明也；「明朝」之「明」，作来字看，故不嫌复。

【校记】

〔一〕石城寺　《文苑英华》诗卷二三八作「法堂寺」。

〔二〕树色　同上书注一作「半日」。《全唐诗》卷五四九注一作「一日」。

［三］几虑　《文苑英华》作「尘事」。
［四］去　同上书注一作「外」，《全唐诗》注一作「古」。
［五］此四字据南屏本补。
［六］一　底本作「此」，据南屏本改。

汉武宫词

薛　逢

武帝清斋夜筑坛［一］，自斟明水醮仙官错综句。殿前玉女移香案［二］，云际金人捧露盘混成句。绛节几时还入梦［三］，碧桃何处更骖鸾［四］倒提。硬装？茂林烟雨埋弓剑［五］，石马无声蔓草寒。

通首具文见意，所以讥汉武之愚也。前段言其求仙之诚，宜若不死可冀，终之不免埋骨茂林。此时仙人王母之属安在？吴融云：「赚得武皇心力尽，忍看烟草茂林秋。」［六］语虽透快，不及此诗浑浑有味也。

【校记】

［朱补］筑，一作「祝」，似胜。

［一］武帝　《全唐诗》卷五四八作「汉武」。
［二］玉女　玉，《才调集》卷七作「童」。
［三］几时　几，同上书作「有」。
［四］何处　处，《全唐诗》注一作「事」。
［五］弓剑　弓，同上书注一作「冠」。
［六］吴融句见《王母庙》七绝，上二句为「鸾龙一夜降昆丘，遗庙千年枕碧流」。见《全唐诗》卷六八五。

送友人之岭南

李　郢

关山迢递古交州，岁晏怜君走马游。谢氏海边逢素女［一］，越王潭上见青牛以无为有。嵩台月照啼猿曙［二］，石室烟含古桂秋层折句。回望长安五千里，刺桐花下莫淹留丁宁见意。

《述异记》：书生谢端，于海岸得大螺，剖之，中有美女，自称天汉中白衣素女，天帝令为夫妇。端以为妖，呵之，女叹息乘云而去。元吴莱《南海古迹记》：金牛潭，在增城南。晋罗公钓得绛，牛随绛出，复没，断其绛，得一尺。

［朱补］交州，交趾也。唐属岭南道。　中二联皆言途中经历之景迹。次联言其怪异。三联写其寂寥。七见其路之远。八望其归，应次句「怜君」意。　越王建德，伐木为大船，以童男女三千人牵之，既而俱坠于潭，时闻唱督之声，更有青牛与船俱见。　肇庆府有石室山，山有石室，自生风烟，旁有

石笋立，谓之「嵩台」。

【校记】

［一］素女　素，《全唐诗》卷五九〇注一作「姹」。

［二］曙　同上书注一作「对」。

送秦炼师归岑公山［一］

李群玉

仙翁归卧翠微岑，一叶西风月峡深［二］。松径定知芳草合承首句［三］，玉书应念素尘侵倒装句。意中悬度。闲云不系东西影应次句，野鹤宁悲去住心比赋句［四］。兰渚苍苍春欲暮［五］，落花流水怨离琴顺装句［六］。

尾联见意［七］。深，犹远也。杜甫「天寒关塞深」、「一寄塞垣深」，俱此「深」字。五、六言炼师如闲云野鹤，去住本自无心，但我辈分手之际，自难为情耳，故七、八云云。「怨」字硬说，与「羌笛何须怨杨柳」字同法。中联多虚字，不佳，以起结俱妙登之。若中联佳而起结不妙，或前六句佳而结不称者，皆在所汰。盖一诗之精神［八］，全归重于结尾，结尾佳可救全诗，全诗佳不能庇结尾也。

［朱补］明月峡，在川中。兰江，在湖广。自东而归，则「西风」当作「西飞」为是。琴曲有「落花流水」。

【校记】

［一］诗题，「送」前，《全唐诗》卷五六九有「奉和张舍人」等字。按，作者另有一首《送秦炼师归岑公山》七律，见同上书。

［二］「二叶」句　叶，《全唐诗》作「夜」。风，《唐诗品汇》卷八九作「飞」。

［三］松径　径，《全唐诗》注一作「涧」。

［四］宁悲　悲，同上书作「知」。

［五］兰渚　渚，同上书作「浦」。

［六］怨离琴　同上书注「怨」一作「思」，「琴」一作「襟」。

［七］此四字据南屏本补。

［八］诗　底本误作「时」，据南屏本改。

少华甘露寺

郑　谷

石门萝径与天邻，雨桧风篁远近闻。饮涧鹿喧双派水，上楼僧踏一梯云折腰句。近景［一］［二］。孤烟薄暮关城没，远色初晴渭曲分远景。呼应句。又辘轳句。长欲然灯来此宿［三］硬插句。北林猿鹤旧同群意在言外。

尾联见意。五、六将字眼调换，可作七联。　字眼重复，是诗一病，在盛唐特为小疵，至晚则此例当严矣。前诗重「西」字，此诗重「远」字，而取之何也？盖虚字犹可重，实字不可重，又当相其字法所在碍与不碍耳。结句言外云，猿鹤与我有旧，想不见阻耳。

［朱补］一山下，二途中，三寺外，四寺中，五、六寺中远眺，七「此」字收束，八悠然不尽，格局一丝不紊。

【校记】

［一］「近景」及「远景」、「又辘轳句」、「硬插句」等旁批底本无，据南屏本补。

［二］上楼 《全唐诗》卷六七六注一作「登山」。

［三］「长欲」句 《文苑英华》诗卷二三四作「长忆燃香来此宿」。

洞庭送客［一］

李频

中流欲暮见湘烟，岸苇无穷接楚天［二］。去雁远冲云梦雪［三］，离人独上洞庭船双眼句。风波尽日依山转，星汉通宵向水悬［四］。零落梅花过残腊［五］，故园归去又新年因此见彼［六］。

尾联见意［七］。起写别时景，所以伤离。五、六写舟中景，所以怀远。七写客中景，所以自悲。然则三句非写景乎？答云：三句虽系衬景，作者意谓，已在羁旅，今日眼中所见，不惟有归人，且有去雁，如之何而已独在羁旅耶？此名写景而实写情，若与上二句例观，便不成章法矣。四句「独」字，非言客独去，是言己独不去也。结言：「尔别后，我唯相对梅花零落以过残腊，纵有归计，又是明年话矣。」「故园归去」四字，妙有映带，言己归故园，可见客即故乡人也；言己归在新年，可知羡客归在岁内也。一本作「回首羡君偏有我，故园归醉及新年」，则诗意尽露，不见法度矣。

【校记】

［一］诗题，《才调集》卷七、《唐诗评汇》卷八九、《全唐诗》卷五八七均作《湖口送友人》。

［二］岸苇　《才调集》、《全唐诗》作「苇岸」。天，《全唐诗》、《唐诗纪事》卷六〇均作「田」。

［三］云梦雪　雪，《唐诗纪事》作「泽」。

［四］悬　《才调集》、《唐诗纪事》均作「连」。

［五］「零落」句　《全唐诗》注一作「回首羡君偏有我」。

［六］「故园」句《全唐诗》作「故园归醉及新年」。

［七］此四字据南屏本补。

春日旅游

刘沧

玄发辞家事远游，春风归雁一声愁三截句。花开忽忆故山树，月上自登临水楼折腰句。浩浩晴原人独去，依依春草水分流。秦川楚塞烟波隔，怨别路歧何日休？

起冒全篇。次句与李益「北风吹雁数声悲」[一]，只将「归」字换「吹」字，句法便尔悬绝。前辈谓句法之妙，不见字法，此岂非字法之可见者乎[二]？

【校记】

[一]此句出李益《送贾校书东归寄振上人》，见本卷。

[三]评语据南屏本补。

经炀帝行宫

刘　沧

此地曾经翠辇过，浮云流水竟如何设为问答？香消南国美人尽，怨入东风芳草多呼应句。残柳宫前空露叶，夕阳川上浩烟波虚眼句。行人遥起广陵思，古渡月明闻棹歌呼应句。

尾联见意。结句闻棹歌之声，因想当年楼船歌舞之盛，从此而达广陵也。妙在前面已说得声消影灭，结尾却重复掉转，此是死里重生，跌断复起，绝妙古文结法也。　此地是行幸江都暂时经过之地，当日炀帝穷奢极欲、丧身亡国之处不在此，若信笔涸写，便不免「张公头李公帽」之诮矣。　此诗就题唤起一句，便明是翠辇暂从此地经过。次句以下，却将行幸江都事大概点明。五、六再折入本题，销缴首句「此地」二字。七、八仍旧紧觑江都说，始知其叹息痛恨，实在江都，而于本题，则是反主为客也。　次句七字中，自相转折：凡吊古者，只是浮云流水四字已尽，此偏从四字中剥出一层，言所谓浮云流水者竟如何也。如此用笔，便是将寻常吊古笔舌，从新湫刷一番也。三、四乃答「竟如何」之语。后人作此题，必痛骂阿麽矣，唐为胜国，却只如此闲闲感慨，此正其高于后人处。［朱补］炀帝在江都，盛集美女，有终身不得幸，怨而作诗自缢者，故次联云云。「怨」字，从上美人生出。

经麻姑山

刘沧

麻姑此地炼神丹，寂寞烟霞古灶残。一自仙娥归碧落，几年春雨洗红兰虚实对。霜飞震泽秋江远，雨过陵阳晚树寒辘轳句。山顶白云千万片，时闻鸾鹤下仙坛写景结。

秋日山寺怀友人

刘沧

萧寺楼台对夕阴，澹烟疏磬散空林。风生寒渚白苹动此公善用「动」字，霜落秋山黄叶深相因句。云尽独看秦塞雁，月明遥听远村砧。相思不见又经岁，坐向松窗弹玉琴。

晓过伊水寄龙门僧

司马札

龙门树远暗苍苍［一］，伊水东流客恨长缩脉句。病马独嘶残夜月，行人欲渡满船霜。几家烟火依村步[二]，何处渔歌似故乡。山下禅庵老师在，愿将形役问空王。

次句言伊水东流，客恨与之俱长也。「客恨长」三字领下四句。七、八转出寄僧意。夫人在世，东投西奔，辛苦劳碌，大都恐外形役耳，欲求解脱，非空王谁与归！六句「似故乡」三字连上句俱贯在内。

【校记】

[一]远 《全唐诗》卷五九六作「色」

[二]村步 步，南屏本作「暮」。

送孔恂入洛

司马札

洛阳古城秋色多，送君此去心如何？青山欲暮惜别酒应次句[一]，碧草未尽伤离歌[二]。前朝冠带掩金谷应首句，旧游花月经铜驼。行人正苦奈分手，日落远水生微波。

起冒全篇[三]。取其拗，拗则调高而气扬，可救晚唐之衰飒。八句「日落」字与第三句意重。

【校记】

[一]酒 《唐诗品汇》卷八九作「泪」。

[二]伤 同上书作「复」。

［三］此四字据南屏本补。

南海旅次

曹　松

忆归休上越王台翻用古事，归思临高不易裁倒因起。为客正当无雁处［一］，故园谁道有书来走马对［二］。城头早角吹霜尽，郭里残潮荡月回［三］。心似百花闲未得［四］，年年争发被春催倒装句［五］。

起将远望可以当归语，突然翻过一层，便觉旅怀诗斩然新特。结云花当春而思发，人当春而思归，故心之不闲与花无异者也。一本闲字作「开」，误。

【校记】

［一］正当　当，《全唐诗》卷七一七注一作「逢」。

［二］走马对　底本原无，据南屏本补。

［三］荡　《唐诗品汇》卷九〇作「带」。

［四］闲　《全唐诗》作「开」。

［五］发　《全唐诗》注一作「向」。

题河中鹳雀楼

张　乔

高楼怀古动悲歌，鹳雀今无野鸟过［一］。树隔五陵秋色早，水连三晋夕阳多大景［二］。渔人遗火成寒烧，牧笛吹风起夜波小景。十载重来值摇落，天涯归计欲如何？

尾联见意［三］。起联破题，颔联应「怀古」字，颈联起下「摇落」意，结则抚景思归，此「动悲歌」之由也。起是怀古，后是思乡，与许浑《咸阳晚眺》作同意［四］，但彼是串插，此分两段，法自不同也。晚唐人写小景特精，若大景，不能不让初、盛，然亦时得一二联，如温庭筠「帘向玉峰藏夜雪，砌因蓝水长秋苔」［五］，及此颔联是也。　次句「无」字连上读［六］。

【校记】

［一］野鸟　鸟，《唐诗品汇》卷八九作「雀」，《全唐诗》卷六三九作「燕」。

［二］「大景」及「小景」旁批，据南屏本补。

［三］此四字据南屏本补。

［四］此指许浑《咸阳西楼晚眺》，见本卷。

［五］此二句出自《寄清凉寺僧》，见本卷。

［六］此句据南屏本补。

送何道士归山

张　乔

身非绝粒本清羸，束挂仙经杖一枝。落叶独随流水去[一]，深山长与白云期倒叙。参差对。树临丹灶寒花发[二]，坛近青峰夜月迟顺因句[三]。樵客若能过洞里[四]，回归人世始应悲妙于立言。

尾联见意。因与深山白云有期，故当落叶时，独随流水而去也[五]。结言何归山则与人世永隔，除非樵客相过，始知人世沧桑，不及仙家日月耳。「若能」字，「始应」字，妙，此甚言仙凡永隔，其年纪非人世所得而知也。结用王质事[六]。不言仙家可乐，言遇仙者回家事已变为可悲，妙于立言[七]。

【校记】

[一]落叶独随　独，《文苑英华》诗卷二二九作「自」。随，《全唐诗》卷六三九作「寻」，又注一作「远路自随」。

[二]寒花发　发，同上二书均作「疾」。

[三]青峰　同上二书作「清风」

[四]过　《全唐诗》作「随」。

[五]、[六]、[七]前后三段据南屏本补。

古行宫

章孝标

瓦烟疏冷古行宫，寂寞朱门反锁空［一］。残粉水银流砌下，堕环秋月落泥中。莺传旧语娇春日，花学严妆妒晓风。天子时清不巡幸振起，只因鸾凤集梧桐［二］。

尾联见意［三］。结处一振，不作衰飒语，甚得体，方与吊前朝者有别。八句分明取《卷阿》诗意［四］点景，却是反映不巡幸事。

【校记】

［一］反锁　反，《全唐诗》卷五〇六注一作「暗」。

［二］鸾凤　凤，同上书注一作「鸟」。

［三］此四字据南屏本补。

［四］《卷阿》，见《诗经·大雅》，中有云：「凤凰于飞，翙翙其羽，亦集爰止。」

送德师侍御西归德师名李縠，见《松陵集》［一］

陆龟蒙

王谢遗踪玉籍仙，三年闲上鄂君船。诗怀白阁僧吟苦，俸买青田鹤价偏折腰句。上一中四下二。行次野枫临远水，醉中衰菊卧凉烟五六倒提。芙蓉散尽西归去，惟有山阴九万笺妙于立言。借用古事。

「王谢遗踪」四字指会稽言，暗见地。「玉籍仙」，见侍御从进士出身也。以进士出身之人，便当蹑登要路，何乃一官三载，尚滞慕僚？则以侍御襟期高旷，不屑钻营，故诗怀僧，明不投朝贵札；俸买鹤，明不辇幕夜金，以至今日罢府西归，行李萧然。侍御曾不介意，则其人之志趣可想矣。以一「闲」字领一诗之意。结本言其囊无一物，却借用王羲之在山阴事，立言之妙，罕有其匹。皮、陆酬唱有极险极俗者，此作温润秀雅，集中亦未多见。

［朱补］三、四言怀僧吟苦，买鹤价偏，「诗」、「俸」字硬装，「白阁」、「青田」横插。　「偏」，有偏好之意，言独于鹤偏肯出高价也。　仙家有玄玉箓籍。　鄂君乘青翰之舟与越人共载，用来切越地；或当时侍御附他人舟归，亦未可知。　庾杲为王俭幕宾，萧缅与俭书曰：「庾景行，泛绿水，依芙蓉，何其丽也！」[二]时以俭府为莲花幕。芙蓉散，言幕客散去也。　谢公就右军乞笺纸，库中唯有九万枚，遂并与之。

【校记】

［一］诗题，南屏本据《全唐诗》卷六二六作《送浙东德师侍御罢府西归》。题下注系黄生加。

［二］语出《南史·庾杲之传》。

寄窦尚书[一]

罗隐

往年西谒谢玄晖，尊酒留连醉始归[二]。曲槛柳浓莺未老，小园花暖蝶初飞两截句[三]。喷香瑞兽金三尺，舞雪佳人玉一围。今日乱离寻不得[四]，满蓑风雨钓鱼矶意在言外。

尾联见意。八句自叙，旧解点窦，误矣。　通首叙旧。结处道己今日寥落之况，陡换一境，最奇。言外云：尚书宁不念己之寥落耶？「往年」、「今日」紧相呼应。

【校记】

［一］诗题，《全唐诗》卷六六三作《寄前宣州窦常侍》。本篇底本无，据南屏本补。

［二］留连　连，《才调集》卷八及《全唐诗》均作「欢」。

［三］花暖　暖，《全唐诗》注一作「嫩」，一作「艳」。

［四］乱离　离，《文苑英华》诗卷二六五作「罹」。

夜归华山因寄幕府

苏广文

山村寥落野人稀，竹里衡门掩翠微。溪渡夜随明月入，亭皋春伴白云归倒装句[一]。稽康懒慢仍耽酒，范蠡逋逃久拂衣人名点缀[二]。汀畔数鸥闲不起，只应知我已忘机自占地步[三]。

尾联见意[四]。分明是竹里衡门对翠微，设用「对」字，便不能该「掩」字；今用「掩」字，便是该「对」

字也。　起二句，是未归之前山中之景，三四写归字，五六自况，结言因懒辞归，非有他心也〔五〕。

【校记】

〔一〕白云归　归，《全唐诗》卷七八三作「飞」。
〔二〕久　同上书作「又」。
〔三〕自占　底本作「语占」，据南屏本改。
〔四〕此四字据南屏本补。
〔五〕此段据南屏本补。

题青城山范贤观

唐　球

数里缘山不厌难，为寻真诀问黄冠错综句。苔铺翠点山桥滑〔一〕，松织香梢古道寒应首句。昼傍绿畦薅嫩玉，夜开红灶撚新丹应次句。双眼句。钟声已断泉声在，风动茅花月满坛写景结〔二〕。

全篇直叙〔三〕。首句喻言求道之难也。三、四承写二句，三言危，四言苦，盖其求道之难如此。五、六是黄冠家本色易见。七句所谓绵绵若存，此抽添火候，八句则黄茅白雪，九转成功。盖仙家妙用，不宜轻泄，故隐约其辞，而真诀尽于此。　用景结，便泠泠不尽。　一、二起意相访〔四〕，三、四途中，五、六寺中，分早晚，结夜景，何等严密。　薅，音蒿，拔去田草也。

【校记】

［一］山桥　山，《全唐诗》卷七二四作「仙」。

［二］茅花　茅，同上书注一作「瑶」。

［三］此四字据南屏本补。

［四］此则与下则，据南屏本补。

春夕旅怀［一］

崔涂

水流花谢两无情怨及无情，送尽东风过楚城。胡蝶梦中家万里，杜鹃枝上月三更倒叙［二］。故园书动经年绝［三］，华发春惟满镜生［四］。自是不归归便得反言见意，五湖烟景有谁争？

尾联见意［五］。水流花谢，俱过楚城而去，人却羁系于此，寸步不能移动，然则有情之人，何堪对此无情之物乎？妙在突然埋怨花木，而其所以怨之之故，则又轻轻只接第二句，不细读，不知其意。此旅怀之最精策者也。三、四倒叙，以四句倒在后，有作法，连「胡蝶梦」三熟字，却带好了。五、六参差对，以「春」对「年」，「镜」对「书」。「满镜」有意，俗本作「两鬓」，索然矣。结云「归便得」，言不是归不得也，一归则五湖烟景，皆为我有，何为而不归乎？本不能归，而为此语者，反言自怪之词。

［朱补］庄子梦化为胡蝶。　杜鹃，蜀望帝失国，魂所化，啼至呕血，则倒挂于树。

【校记】

［一］诗题，《才调集》卷二、《全唐诗》卷六七九均无「旅怀」二字。

［二］杜鹃　同上二书均作「子规」。

［三］经年绝　经，《唐诗纪事》卷六一作「多」。绝，《全唐诗》注一作「别」。

［四］春惟满镜生　《唐诗纪事》作「春唯两鬓生」。《才调集》惟作「移」，《全唐诗》作「催」，南屏本依之。

［五］此四字据南屏本补。

宛陵送李明府罢任归江州

来　鹏

菊花秋晚雁来天［一］，共把离觞向水边［二］。官满便寻垂钓侣，家贫已用买琴钱折腰句。上二下五［三］。浪生湓浦千层雪，云起炉峰一炷烟比赋句。倘见吾乡旧知己宕开，为言憔悴过年年丁宁见意。

尾联见意［四］。起七字写尽别景。唐人写得意，便以得意之景衬之；写失意，便以失意之景衬之。如此七字，不必叙及送别情事，而已知其行色惨澹矣。五、六写彼归乡之景，而接云「吾乡」，知李为同乡之人也。三、四写出宦况萧然，与末「憔悴」字的的相对，已之憔悴不必言，乃李之罢任亦如此，与夫高车驷马，衣锦昼游者，不可同日而语矣。如此两人，离觞相对，岂复有得意之语可为知己道者哉？

【校记】

［一］秋晚　秋，《才调集》卷七、《全唐诗》卷六四二均作「村」。

［二］离觞　觞，同上二书作「杯」。

［三］买　同上二书均作「卖」，南屏本依之。

［四］此四字据南屏本补。

游东湖黄处士园林［一］

刘　威

偶向东湖更向东，数声鸡犬翠微中。遥知杨柳是门处，似隔芙蓉无路通。樵客出来山带雨，渔舟过去水生风。物情多与闲相称，所恨求安计不同。

尾联见意。宋鲁龙《括异志》载黄翁事云：翁华亭人，居东湖杨柳巷。此东湖当即其地。「东湖更向东」五字不断。

［朱补］因鸡犬而知门，因芙蓉以隔路。「樵客」承「翠微」，「渔舟」承「芙蓉」。晁错策三：王计安天下［二］。此言物与闲多相称，但求安止在一身，与求安天下之计不同，故不能无恨耳。

【校记】

［一］本篇底本无，据南屏本补。

［二］此指汉晁错《上治安策》。

赠索处士

谭用之

不将桂子种诸天，长得寻君水石边。玄豹夜寒和雾隐，骊龙春暖抱珠眠层折句。硬装句。山中宰相陶弘景，洞里真人葛稚川浑成句。人名点缀。一度相思一惆怅，水寒烟澹落花前倒收。

首句喻求名也，言使己不为浮名所误，则长得与处士追随；今既不能，则视处士之高，如龙眠豹隐；求之古人，则陶隐居、葛仙翁不是过。此别之后，逢时遇景，但有相思，水石间寻。斯愿莫遂，岂能已于惆怅乎？结「落花前」，春时；「水寒烟澹」，则秋冬之际：此盖言逢时遇景，无不相思耳。胡元瑞谓谭为宋人，《鼓吹》误改。予谓此君果系宋人，宋朝诸公诗话曾未及之，且声调自属晚唐，与宋诗气味有别，其为唐人无疑也。

［朱补］唐人以及第为攀桂，故首句云云。南山有玄豹，隐雾雨，七日不下食，欲以泽其毛而成文章。骊龙颔下有珠。陶弘景，隐华阳山，国家有大事，无不咨询，时人谓之「山中宰相」［一］。《列仙传》：葛洪，字稚川。

【校记】

［一］事见《南史·隐逸传·陶弘景》

送丁道士归南中

谭用之

孤云无定鹤辞巢比也［一］，自负焦桐不说劳。服药几年期碧落，验符何处咒丹毫折腰句。上三下五。设问为词？子陵山晓红云密［二］，青草湖平雪浪高彩色点缀。两截句。从此人稀见踪迹，还应选地种仙桃错综句。点化用事。

前半言其出游，踪迹无定；后半言其归隐，踪迹难寻。子陵山，青草湖，皆南中佳处，任其择选以居，故云从此选地种桃，还应人稀见踪迹耳。五、六「子」、「青」借音对，「红」、「雪」借义对［三］。

［朱补］吴人烧桐以爨，蔡邕请为琴，号「焦尾」。沈羲将飞升，忽见乘白鹿、青龙车，羽衣持节，以玉版拜为「碧落侍郎」［四］。丹毫，想是朱砂笔也。

【校记】

［一］比也　底本无，据南屏本补。

［二］红云密　密，《全唐诗》卷七六四注一作「落」。

［三］此处南屏本作「五、六子借紫音，雪借白义，唐人有此对法」。

［四］沈羲升仙事见唐冯贽《记事珠·碧落侍郎》。按，底本将沈羲误写作「沈义」，据此书改。

江上闻笛

谭用之

谁为《梅花》怨未平设问为词？一声高唤百龙惊。风当阊阖夜初静，月在姑苏秋正明见时［一］。曲尽绿杨涵野渡，管吹青玉动江城倒叙。临流不欲殷勤听，芳草王孙旧有情无可奈何。

尾联见意［二］。起调甚高，故三、四轻接；五、六又叫起。起句实作，故三、四宕开；五、六又粘合。章法之开合，声调之抑扬，皆细加消息而出。阊阖风，西风也。「曲尽」句，若在后便无复好意，唐人定不为此，如徐安贞「曲成虚忆青蛾敛，调急遥怜玉指寒」［三］，皆是一副笔墨也。因接句已在笛上作一句了，故三、四急用景语宕开，五、六实作两句。无五、六不成诗，五、六意安在三、四，亦不成诗。章法有开有合，气脉有缓有急，作法自不容紊也。闻笛者，必思家，今已欲归不得，故不欲「殷勤听」也。欲归不得，而曰「芳草」云云者，实无可奈何之辞耳。

［朱补］君山父老吹笛三声，湖上波涛沆漭，鱼龙喷跃，舟人大恐。《梅花落》，笛中曲。

【校记】

［一］见时　底本无，据南屏本补。

［二］此四字据南屏本补。

［三］此二句出自徐安贞七律《闻邻家理筝》，见《全唐诗》卷一二四。

游西禅院　伍乔

远岫当轩列翠光，高僧一衲万缘忘。碧松影里地常润，白藕花中水亦香。云自雨前生净石，鹤于钟后宿尘廊［二］。游人到此每终日［三］，盛暑楼台早有凉。前六句，皆凉景，以结句点破之。

［朱补］前六句，皆写禅院，而「游」字自在其中。七点破，以「此」字收尽前路之景。

【校记】

［一］院　据南屏本补。

［二］尘廊　尘，《全唐诗》卷七四四作「长」。

［三］到此每终日　同上书作「恋此吟终日」。

寄落星史处士　伍乔

白云峰下古溪头，曾与提壶烂熳游。登阁共看彭蠡浪［一］，围炉同忆杜陵秋［二］。棋玄不厌通宵算[三]，句妙多容隔夜酬折腰句。别后相思时一望，暮山空碧水空流。

[朱补]中二联，俱同游时事。想伍与史一别隔岁，当时史有诗而伍未酬，此诗之寄正所谓酬之也。此时已经久，意在寄怀，不在酬诗，故题只言「寄」，不言酬，「酬」字于诗中补之。「山」「水」字，应转起句。

【校记】

[一]浪《全唐诗》卷七四四作「水」。

[二]同忆　同，同上书作「相」。

[三]通宵算　同上书作「通高品」。

寄史处士[一]

伍　乔

长羡闲居一水湄，吟情高古有谁知。石楼待月横琴久，鱼浦经风下钓迟顺因句。幽圃落花多掩径[二]，旧山残烧几侵篱设问为词？松门别后无消息，早晚重为清话期[三]。

尾联见意。[四]。《老子》云：「知我者希，则我贵。」二句「有谁知」三字，便是为处士占地步处；而自己地步，亦于结处见之。「落花」言春残，「烧」言秋；「多掩径」、「几侵篱」，言春秋非一度。此二句，人但知其为写景，而不知紧接第七句也。　末句上藏「不知」二字，言不知何时重为清话期也[五]。

【校记】

［一］处士　处，底本误作「卢」，据南屏本改。

［二］幽圃　《全唐诗》卷七四四作「僻坞」。

［三］「早晚」句　同上书作「早晚重应蹑屐随」。

［四］此四字据南屏本补。

［五］此一节据南屏本补。

游冲虚观［一］

胡　宿

五粒青松护翠苔，石门岑寂绝尘埃。水浮花片知仙路，风递鸾声认啸台。桐井烧寒千乳敛，茗园春嫩一旗开。驰烟未勒山庭字，可是英灵许再来？

写景鲜妍，觉步步引人入胜。　五粒松，粒读为「鬣」，言每五鬣同一叶。　三用桃源事。　阮籍尝游苏门山，遇隐者，回至半岭，闻其喟然长啸，有如凤音。陈留有阮籍啸台。　《庄子》：「空门来风，桐乳至巢」。乳，桐子也。　蕲州团黄茶，有「一旗二枪」之号，言一叶二芽也。　《北山移文》：「钟山之英，草堂之灵，驰烟驿路，勒移山庭。」孔珪斥周颙不终隐。

【校记】

［一］本篇底本无，据南屏本补。诗题《全唐诗》卷七三一无「游」字。

晚秋过洞庭

张　泌

征帆高挂酒初酣［一］，暮景离情两不堪。千里晚霞云梦北，一洲霜橘洞庭南中二联应暮景。溪风送雨过秋寺，涧石惊泉落夜潭双眼句［二］。莫把羁魂吊湘魄，九嶷愁绝锁烟岚［三］尾联应离情。

起冒全篇［四］。玩结句，似是送别之作，题中或脱「送客」字，盖「莫把」二字，不似著自己说者。六句「泉」，一作「龙」，误；一作「泷」［五］，为是。

［朱补］中四皆不堪之景也，七、八不堪之情也。　结言九嶷山舜驾不返，帝子愁绝，至今烟岚深锁，其离情更甚于屈子。「莫把」者，故为宽一步，正是紧一步。

【校记】

［一］高挂　高，《才调集》卷四、《全唐诗》卷七四二均作「初」。

［二］惊泉　泉，同上二书均作「龙」。

［三］九嶷愁绝　《才调集》作「九愁凝结」。

［四］此四字据南屏本补。

［五］泷　底本作「垅」，据南屏本改。

唐诗评卷四

七言绝句

渡湘江[一]

杜审言[二]

迟日园林悲昔游[三]，今春花鸟作边愁。独怜京国人南窜折腰句[四]，不及湘江水北流[五]。

两对，系绝前后四句体。若语绝而意不绝，率成半律之讥，惟后对作流水，则无此病。

【校记】

[一]渡　《文苑英华》诗卷二九〇作「发」。本篇据南屏本补。

[二]作者原作王勃，据《全唐诗》卷六二、《唐诗品汇》卷四六改。

[三]「迟日」句　《文苑英华》作「他日林亭非旧游」。

[四]独怜　独，同上书作「自」。

[五]不及　及，同上书及《唐诗品汇》作「似」。

赠苏绾书记

杜审言

知君书记本翩翩，为许从戎赴朔边。红粉楼中应计日[一]，燕支山下莫经年句中藏字。流水对[二]。

此绝后四句体，对亦是流水，故语意俱绝，凡后对者仿此[三]。三、四二句，共藏一「归」字。红粉、燕支，妇人助色之物，用此点染，亦所以助诗之色。

[朱补]唐元帅节度使，有掌书记一人。古诗云「盈盈楼上女」，又云「娥娥红粉妆」[四]。匈奴有燕支山，产红蓝，可以为燕支。三、四言室人应望君归，从戎者切莫忘归也。

【校记】

[一]旁批，南屏本作「丁宁见意」。

[二]流水对，此三字据南屏本补。

[三]以上数句底本无，据南屏本补。

[四]此二句出《古诗十九首·青青河畔草》见《全汉诗》卷十二。

九日宴[一]

张谔

秋叶风吹黄飒飒，晴云日照白鳞鳞错综句，归来得问茱萸女，今日登高醉几人？

此绝前四句体。「得」，犹特也。「茱萸女」三字，本简文诗题［二］。语意悲慨，有「明年此会知谁健」意［三］，却含蓄深意。

【校记】

［一］本篇底本无，据南屏本补。

［二］《茱萸女》，梁简文帝萧纲作。见《全梁诗》卷二〇。

［三］此句出杜甫七律《九日蓝田崔氏庄》，下句为「醉把茱萸仔细看」。见《杜诗详注》卷六。

边 词

张敬忠

五原春色旧来迟，二月垂杨未挂丝。即今河畔冰开日，正是长安花落时。

情在景中。只一意，用「今」「旧」二字，翻作两层。只说边地苦寒，而征人之不堪自见。

［朱补］通篇皆写春色迟。

清平调三首［一］

李 白

云想衣裳花想容，春风拂晓露华浓［二］，若非群玉山头见，定向瑶台月下逢。

后二语［三］，即胡天胡地之意，隐其名而言其地，甚雅。二「想」字，是咏后妃语。「晓」字，诸本多作「槛」，据李濬《摭异记》改之，「晓」字佳。　三者皆咏妃子，而以花旁映之，其命意自有宾主。或谓初首咏人，次首咏花，三首合咏，非知诗者也。　太白七绝，以自然为宗，语趣俱若无意为诗，偶然而已，后人极力用意，愈不可到，因当推为天才。

［朱补］天宝中，植木芍药于沉香亭前，上以赏名花对妃子焉用旧乐，命宣李白，立进《清平调》。平调清调，周「房中乐」遗音。　拂晓，犹傍晓也，赵嘏亦有「云物凄凉拂曙流」之句［四］，俗人不解，妄改之耳。　二「想」字妙，见其难以形容也。　群玉山，西王母所居者。　《楚辞》：「望瑶台之偃蹇兮，见有娀之佚女。」［五］

一枝浓艳露凝香［六］，云雨巫山枉断肠。借问汉宫谁得似？可怜飞燕倚新妆。

首句承前「花想容」来，言妃之美，惟花可比；彼巫山神女，徒成梦幻，岂非枉断其肠乎；必求其似，惟汉宫飞燕，倚其新妆，或庶几耳。

［朱补］枉断肠者，言襄王不能逢，而今遇之也。　倚，倚藉也，倚藉新妆，然后得似。

名花倾国两相欢，常得君王带笑看。解释春风无限恨横插句，沉香亭北倚栏干浑成句。

释「恨」，即从「带笑」生来，本无恨可释，而云然者，即《左传》「君非姬氏，居不安，食不饱」之意［七］。

【校记】

［朱补］三首固皆是咏妃子，而以花旁映之法，却各不同。　此局法之妙，又不可不知。

［一］诗题《李太白全集》卷五作《清平调词》。
［二］晓　《唐诗品汇》卷四七、《李太白全集》均作「槛」。
［三］后二语　后，底本无，据南屏本补。
［四］此句出自《长安秋晚》，见《全唐诗》卷五四九。
［五］语见《楚辞·离骚》。
［六］浓艳　浓，《李太白全集》作「红」。
［七］「君非姬氏」语出自《左传·僖公四年》。

长门怨［一］

李　白

天回北斗挂西楼，金屋无人萤火流。月光欲到长门殿，别作深宫一段愁。

含意甚深，故曰「诗可以怨」，何必定云「枉把黄金买词赋，相如自是薄情人」始为此题本色语耶？

［朱补］上二语实写，第三句是空中陡起，奇辟惊人。　金屋无人，已自含愁，又下「欲到」、「别作」四字一转，更觉咀味不尽。

【校记】

［一］本题共二首，此为其一。

陪族叔刑部侍郎晔及中书舍人贾至游洞庭湖[一]

李白

洞庭西望楚江分，水尽南天不见云。日落长沙秋色远，不知何处吊湘君。

以「望」字领全首。　吊湘君，即吊湘累意，为贾谪宦而发也。贾句「白云明月吊湘娥」[二]，「白云」「明月」四字硬装，法妙；李用十四字写之，语爽。

[朱补]三句绘次句，四句又绘三句。

南湖秋水夜无烟，耐可乘流直上天。且就洞庭赊月色，将船买酒白云边。

趣。　耐可，犹宁可，唐人方言。宁可乘流直上天乎？且就此地买酒玩月而醉乎？盖言此夕之乐，虽升天不与易耳。　太白有言，趣逸天丰。每遇其诗妙处，还以「趣」字赏之。

[朱补]「赊月色」，有取之无禁意，与「买」字紧相应。谓此时无月，而预借之者，非也；若无月，则夜游何趣？

【校记】

[一]诗题，底本作《游洞庭湖》。此据《李太白全集》及《全唐诗》改。本题共五首，此为其一、其二。

[二]贾至句出自《初至巴陵与李十二白裴九同泛洞庭湖》，见本卷。

黄鹤楼送孟浩然之广陵

李 白

故人西辞黄鹤楼，烟花三月下扬州［一］两句错综，硬装句。孤帆远影碧空尽，惟见长江天际流景中见情，意在言外。

两呼两应格：一呼二应，三呼四应。此为各应法［二］。不见帆影，唯见长江，恨别之情，尽在言外。

［朱补］「黄鹤楼」三字下得好，三四望远情景，但从首句生出。「烟花三月」四字，插入轻婉；三月，时也；烟花，景也。第三句只接写「辞」字「下」字。

【校记】

［一］「两句错综」及「意在言外」旁批，据南屏本补。

［二］以上一节底本无，据南屏本补。

望天门山

李 白

天门中断楚江开，碧水东流至北回［一］。两岸青山相对出，孤帆一片日边来意在言外［二］。

语无深意，写景逼真。

［朱补］博望及梁山东西隔江相对，谓之「天门」。

【校记】

［一］至北 《李太白全集》卷二一注一作「直北」一作「至此」；又引毛西河曰：「因梁山、博望夹峙，江水至此一回旋也。时刻误『此』作『北』，已乖句调，兼失义理。」

［二］旁批四字，据南屏本补。

与史郎中钦听黄鹤楼上吹笛

李 白

一为迁客去长沙言史与己同迁［一］，西望长安不见家指史，而己自见。黄鹤楼中吹玉笛，江城五月落梅花意在言外。

前思家，后闻笛，前后两截，不相照顾，而因闻笛，益动乡思，意自联络于言外。意与《洛城》作同，此首点题在后，法较老。

［朱补］「落梅花」，闻笛套语，着题以「江城五月」四字。 太白未尝居家长安，盖指史言也。《梅花落》，本笛中曲也，今以五月听之，便有时序已迁而归人未得之感。

【校记】

［一］本篇旁批，底本只有「指史」二字，馀均据南屏本补。

春夜洛城闻笛

李 白

谁家玉笛暗飞声点笛［一］，散入春风满洛城点洛城。此夜曲中闻《折柳》点闻字，何人不起故园情见意？

前首倒，此首顺。前首含，此首露。然前首格高，此首调婉，并录之，可以观其变矣。

［朱补］「满」从「散」来，「散」从「飞」来，用字细甚。妙在「何人不起」四字，写得万方同感，百倍自伤。《折杨柳》，曲名，其借用之意，与「江城五月落梅花」同。

【校记】

［一］「点笛」及以下旁批均据南屏本补。

峨眉山月歌

李 白

峨眉山月半轮秋，影入平羌江水流。夜发清溪向三峡，思君不见下渝州。

语含比兴。从成都之清溪向三峡，必经嘉州而达渝州，始至夔州。峨眉、平羌，俱嘉州所经山水。嘉州，今眉州。渝州，今重庆府。三峡，非亭午、夜分不见日月，此诗借以托兴。「君」字指月而言，喻谗邪之蔽明也。七律有「总为浮云能蔽日，长安不见使人愁」之句［一］，参看自明。平羌江，在雅州城北。

［朱补］至三峡，则半轮不可复见矣，故下渝州以求之。「秋」字作韵妙，与五言「醉杀洞庭秋」同［二］。

【校记】

［一］此二句出自《登金陵凤凰台》，见《李太白全集》卷二一。

［二］此句出《游洞庭湖》，见本书五绝卷。

早发白帝城

李白

朝辞白帝彩云间，千里江陵一日还。两岸猿声啼不住，轻舟已过万重山证法。

一、二即朝发白帝、暮宿江陵语，运用得妙；以后二句证前二句，趣。

［朱补］意止于前二句，下二句又是从上二句绘出。　插「猿声」一句，布景着色之法。　第三句妙在能缓，第四句妙在能疾。　一作「须臾过却万重山」，便呆；不但呆，且与「一日」字重。

赠汪伦

李　白

李白乘舟将欲行，忽闻岸上踏歌声。桃花潭水深千尺见地，不及汪伦送我情。

直将主客姓名入诗，老甚，亦见古人尚质，得以坦衷直笔为诗。若今人，左顾右忌，畏首畏尾，其诗安能进步古人耶？踏歌声，汪所携妓乐。「请君试问东流水，别意与之谁短长」[一]，意亦同此，所以不及此者，全得「桃花潭水」四字衬映入妙耳。

[朱补]桃花潭村人汪伦，常酝美酒，以待李白。汉代十月十五日，以豚酒入灵女庙，连臂踏地，歌「赤凤来」。

【校记】

[一]此二句出自李白《金陵酒肆留别》。见《全集》卷十五。

秋下荆门

李　白

霜落荆门江树空，布帆无恙挂秋风借用古事。此行不为鲈鱼鲙翻案用事，自爱名山入剡中。

用事之法，贵在变化，不宜即事用事。如行人安稳，布帆无恙，本言济险之状，而诗中无济险意，偶用四字成笔趣而已，是谓借用古事。若翻案一法，人多知之。其馀尚有数例，详见《一木堂诗式》。

［朱补］霜落叶尽故曰「空」。　布帆无恙，本顾恺之下荆门事，用来亦切当。　吴中以鲈鱼作鲙。剡县属会稽，多名山水。

闻王昌龄左迁龙标尉［一］

李　白

杨花落尽子规啼［二］，闻道龙标过五溪。我寄愁心与明月情中见景。痴语见趣［三］，随风直到夜郎西。

趣。　一写景，二叙事，三、四发意，此七绝之正格也。　若单说愁，便直率少致，衬入景语，无其理而有其趣。

［朱补］即景见时，以景生情。　末句直硬见真情。　龙标不应在夜郎之西，疑有误。

【校记】

［一］诗题「龙标尉」后，《全唐诗》卷一七二、《唐诗品汇》及《全集》卷十三，均有「遥有此寄」四字。

［二］杨花落尽，《全唐诗》注一作「扬州花落」。

［三］旁批据南屏本补。

山中问答［一］

李　白

问余何事栖碧山［二］？笑而不答心自闲［三］。桃花流水杳然去［四］，别有天地非人间。

趣。次句作骨［五］。　此绝句中拗体。三、四只当「心自闲」三字注脚。究竟不曾答其所以。栖山原非本怀，然难为俗人道，故立言如此。

【校记】

［一］诗题，《李太白全集》卷十九注一作「答问」，一作「山中答俗人」。

［二］何事　事，《全集》及《全唐诗》卷一七八作「意」。

［三］答　《全集》注一作「语」。

［四］杳然　杳，《全集》注一作「宛」。

［五］「次句作骨」，底本无，据浣月斋本补。

春宫怨［一］

王昌龄

昨夜风开露井桃，未央前殿月轮高。平阳歌舞新承宠［二］，帘外春寒赐锦袍意在言外。

三句作骨［三］。「昨夜」二字，直贯到底。　古乐府：「桃生露井上」［四］。首二句，比君恩之偏渥。结句言外云：帘外春寒，不独一人受之，锦袍之赐，独及平阳新宠，君恩之偏，亦甚矣。　此比人君宠用新进，恩数过隆，而寓意于平阳新宠。前二句又比中比也，着「昨夜」二字，便知出望幸者之口，语脉深婉，不露怨意。

［朱补］忆写彼之恩幸，绝不道己愁思，只用「前殿」字，微为逗明耳。　末七字，刻画承宠精甚，然毒只在一「新」字，风开露井，春既暖矣，乃月高之际，犹念春寒而赐袍，首尾紧相应。

【校记】

［一］诗题《全唐诗》卷一四三作「春宫曲」，又注一作「殿前曲」。

［二］新承　同上书注一作「承新」。

［三］此四字据南屏本补。

［四］此句出汉乐府古辞《鸡鸣》。

西宫春怨

王昌龄

西宫夜静百花香［一］，欲卷珠帘春恨长。斜抱云和深见月［二］，朦胧树色隐昭阳［三］。

「欲卷」，不欲卷也。曰「深」，曰「隐」，曰「朦胧」，皆从帘内见月之语，是终于不卷也。「斜抱云和」四字似冗，然是诗中装衬之法。三、四解明次句，言本欲卷帘望月，恐照见昭阳，转增春恨耳。语脉深曲，自是盛唐家数。　琢句欲实不欲虚，用笔欲润不欲枯，蓄意欲厚不欲薄，如三句著「斜抱云和」四字，则句为之实，笔为之润，意为之厚。凡诗皆宜如此，在七言为尤要耳。

［朱补］只写到「昭阳」二字便住，妙有可望不可即之思，彼之多少恩宠，在所不言。此与上章法相反，宜互参之。　抱云和之琴瑟。云和，山名。

【校记】

［一］西宫　西，《全唐诗》卷一四三注一作「空」。

［二］深　同上书注一作「浑」。

［三］隐　同上书注一作「隔」。

西宫秋怨

王昌龄

芙蓉不及美人妆，水殿风来珠翠香。却恨含情掩秋扇［一］，空悬明月待君王套装句。

古谓荷花为芙蓉。《长门赋》：「悬明月以自照。」「秋扇」「明月」，皆用班姬《团扇歌》中字。「明月」喻己心之洁白，而君不见察也。掩，犹藏也。芙蓉所以不及美人妆者，以颜色虽似，而珠翠更能助妍也。却恨空悬明月待君王，所以掩秋扇而不御，此套装句法。

［朱补］班姬歌云：「裁成合欢扇，团团似明月。常恐秋节至，凉飙夺炎热，弃捐箧笥中，恩情中道绝。」［二］

【校记】

[一]此指汉班婕妤《怨歌行》。见《乐府诗集》卷四二。

长信秋词[一]

王昌龄

奉帚平明宫殿开[二]，且将团扇暂徘徊[三]。玉颜不及寒鸦色，犹带昭阳日影来。

柳恽诗：「奉帚长信宫。」[四]。「玉颜」与「寒鸦」比拟不伦，总之触绪生悲，寄情无奈。

[朱补]团扇用「且将」字、「暂」字，皆从题中「秋」字生来。寒鸦犹带日影，玉颜反不得君恩，所以「不及」也，却硬说是「色」不及，更妙！

真成薄命久寻思，梦见君王觉后疑倒装句。火照西宫知夜饮觉后，分明复道奉恩时梦中。

章法错叙。梦见君王分明复道奉恩；既觉之后，犹自猜疑；及见灯火荧煌，始知君王在西宫夜饮；仔细寻思，君恩一梦，可知真成薄命也。三应次句，下三字又应上四字。此等诗，要识其错叙章法之妙，看其如何落想、如何落笔。作者当时，必非率然一挥而就者。后人作诗，流于率易，只是不知理会章法句法耳，亦知古人捶炼之工，如此其至乎！

【校记】

[一]此题共五首，所选为其三、其四二首。

［二］宫殿 《河岳英灵集》卷中作「秋殿」。《全唐诗》卷一四三、《文苑英华》诗卷二〇四均作「金殿」。

［三］且将团扇暂徘徊 且，《河岳英灵集》作「暂」。又「暂」，同上书及《文苑英华》均作「共」。

［四］此句出柳恽《独不见》。见《全梁诗》卷八。

闺 怨

王昌龄

闺中少妇不知愁，春日凝妆上翠楼。忽见陌头杨柳色，悔教夫婿觅封侯。

先反唤「愁」字，末句正应。 感时恨别，诗人之作多矣，此却以「不知愁」三字翻出后二句，语境一新，情思婉折。闺情之作，当推此首第一。 此即《国风》妇人感时物而思君子之意，含情甚正，含味甚长。唐人绝句，实具风雅遗音。

［朱补］「不知」、「忽见」、「悔教」，呼应灵动，转折便捷。

从军行［一］

王昌龄

烽火城西百尺楼，黄昏独坐海风秋硬装句［二］。更吹羌笛《关山月》［三］，无那金闺万里愁错综句，倒叙［四］。

《关山月》，笛中曲名，述征戍之苦。 当黄昏独坐之时，乡思已自无那，岂意羌笛更吹《关山月》之曲，闻之使人倍难为情矣。

［朱补］己之愁，从金闺之愁衬出，更为情深。

琵琶起舞换新声 当时［五］，总是关山离别情［六］。撩乱边愁听不尽［七］，高高秋月照长城 景中含情。

前首以海风为景，以羌笛为事，景在事前。此首以琵琶为事，以秋月为景，景在事后，当观其变调。

［朱补］首句言琵琶当起舞时换新声也，是缩脉句法。下「总是」字，见得非独琵琶也，故三句云「听不尽」。听已不堪，况所见又是秋月，其愁为何如乎！末句是进步法。

秦时明月汉时关，万里长征人未还［八］。但使龙城飞将在，不教胡马度阴山。

「秦」、「汉」二字，分装以就句法，不必泥定说。龙城见《卫青传》。守边贵得良将，将在边，即可倚为万里长城矣；如其不然，置关而守，终非良策，徒苦中国征戍之人而已。千古守边大议论，借征夫口中写出。中晚绝句，涉议论便不佳；此诗亦涉议论，而未尝不佳，何以故？风度胜故，气味胜故。

【校记】

［一］此题共七首，「烽火城西」、「琵琶起舞」为其一、其二。「秦时明月汉时关」乃《出塞二首》之一。见《全唐诗》卷一四三。

［二］独坐 独，《全唐诗》作「上」。

[三]羌笛　羌，《河岳英灵集》卷中《乐府诗集》卷二三均作「横」。
[四]无那　《全唐诗》注一作「谁解」。
[五]「当时」及后面旁批，据南屏本补。
[六]离别　离，《全唐诗》、《乐府诗集》均作「旧」。
[七]听　同上二书均作「弹」。
[八]「万里」句　《全唐诗》注一作「万里征夫尚未还」。

李仓曹宅夜饮

王昌龄

霜天留饮故情欢[一]，银烛金炉夜不寒。欲问吴江别来意[二]，青山明月梦中看。

诗中说梦极平常，却用「青山」、「明月」四字，在情中衬出景来，便出色好看。

[朱补]「故情」字与「别来」意暗相关照，唯是故情，所以必有别来之意也。言欲问我前日之意，则是梦中尝相思也。

【校记】

[一]留饮　饮，《全唐诗》卷一四三作「后」。
[二]意　同上书注一作「处」。

芙蓉楼送辛渐[一]

王昌龄

寒雨连江夜入吴[二]，平明送客楚山孤。洛阳亲友如相问，一片冰心在玉壶。

前后两截格，前送客，后寄讯，分两截[三]。此题二首，此首但托彼寄讯，别意在次首，以调拗删之。古诗：「清如玉壶冰」[四]。此自喻其志之洁，却将古句运用得妙。

［朱补］「孤」字，着客说，不着楚山说。

【校记】

[一]本题共二首，此为其一。

[二]「寒雨」句《全唐诗》卷一四三「江」作「天」，「吴」作「湖」。

[三]此节底本无，据南屏本补。

[四]此句出南朝宋鲍照《代白头吟》，见《全宋诗》卷七。

送别魏二

王昌龄

醉别江楼橘柚香，江风引雨入船凉[一]。忆君遥在湘山月意中揣度[二]，愁听清猿梦里长[三]。

两句具六层意。

［朱补］为他写出凄其，以衬出我之凄其也，此对面着笔法。　我忆君，君梦我，又交互法。

【校记】

［一］凉　《文苑英华》诗卷二七〇注一作「船」。

［二］湘山月　《全唐诗》卷一四三作「潇湘月」，又注月一作「上」。山，《文苑英华》作「江」。

［三］听　《文苑英华》作「送」。

送李浦之京

王昌龄

故园今在灞陵西，江畔逢君醉不迷。小弟邻庄尚渔猎，一封书寄数行啼。

两呼两应格。一呼三应，二呼四应，此为分应法［一］。　章法错叙，以次句为首句。「醉」，诸本作「路」，非。「小弟」，王自称，因家中无人，故以书转寄邻庄之渔猎者。许浑亦有「凭寄家书为回报，旧居还有故人知」［二］。自称「小弟」，王季友有「小弟丹青能尔为」［三］。此诗自《三体》谬解［四］以为「寄书于弟」，伯敬因之，遂评云「孝友言外」，皆目听耳食者也。

【校记】

［一］以上一节据南屏本补。

［二］此二句出自许浑七律《送王总下第归丹阳》，见《全唐诗》卷五三五。

［三］此句出自王季友《观于舍人壁画山水》诗，上句为：「于公大笑向予说」。见《全唐诗》卷二五九。

［四］《三体》，指《三体唐诗》，详见卷一《送韩司直》注［四］。

重别李评事即前人［一］

王昌龄

莫道秋江离别难反言见意，舟船明日是长安两字叠用。吴姬缓舞留君醉，随意青枫白露寒。

「随意」，即俗云随他意，犹言莫管也。送而又送，离别之难可知，却用「莫道」二字反说，意便厚一层。长安非一日可到，但诘朝必要长行，若曰明日即是发长安之棹矣，离别之情，千难万难，以今观之，何难之有，舟船明日即是长安也，无限酸楚在「是」字，细味方知。

［朱补］「秋江」字，起下「青枫白露」。

【校记】

［一］题下注系黄生所加。

送程六

王昌龄

冬夜伤离在五溪己地［一］，青鱼雪落鲙橙齑。武冈前路看斜月彼地，片片舟中云向西意在言外。

王时为龙标尉，今黔阳县，属辰州之卢溪县。武冈，今为州属宝庆，在辰州东南。言外云：云且西向，离人能不目送行云一相忆乎？

【校记】

［一］伤离　伤，《全唐诗》注一作「觞」。

卢溪别人　王昌龄

武陵溪口驻扁舟，溪水随君向北流。行到荆门上三峡，莫将孤月对猿愁反言见意。

「江水迎君日夜流」，羡其还乡之乐，江水如有意相迎也。「溪水随君向北流」，寓己相送之怀，别情与溪水俱长也。句相似而意迥不同，皆即景寓情法也。三、四即「忆君遥在」二语意反言之。

听流人水调子　王昌龄

孤舟微月对枫林，分付鸣筝与客心。岭色千重万重雨，断弦收与泪痕深。

「分付」，用俗语，犹判付也。「深」，犹多也。对景寂寞，此际闻筝，倍难为情，若为微月、枫林所判付也，是以泪痕不禁如雨之多耳。只说闻筝下泪，意便浅；说泪如雨，语言平常。看他句法、字法运用之妙，便使人涵泳不尽。今人只知立新意，用新字，如唐人即旧意而语趣一新，亦知之乎？

三日寻李九庄［一］

常　建

雨歇杨林东渡头，永和三日荡行舟［二］。故人家住桃花岸，直到门前溪水流。

语景句佳。若云用桃源事，反灭天趣矣。只写景，不发意；一发意，则诗景便狭故也。近人诗，若于意多而景少，笔下安得深远。

［朱补］愚按，近诗亦有只写景者，宾主身分，全然不见，又何以为道性情耶？

【校记】

［一］本篇底本无，据南屏本补。

［二］行舟　行，《唐诗品汇》卷四八、《全唐诗》卷一四四均作「轻」。

送元二使安西［一］

王　维

渭城朝雨浥轻尘，客舍青青柳色新［二］。劝君更进一杯酒，西出阳关无故人。

先点别景，后写别情，唐人绝句多如此，毕竟以此首为第一，惟其气度从容，风味隽永，诸作无出其右故也。失粘，须将一、二倒过，但毕竟移动不得，由作者一时天机凑拍，宁可失粘，而语势不可倒转，此古人神境，未易到也。

［朱补］阳关，在沙州寿昌县西，唐人饯别，必歌《阳关三叠》。

【校记】

［一］诗题《全唐诗》卷一二八、《乐府诗集》卷八十均作「渭城曲」，并均有题注云：《渭城》一曰《阳关》，王维之所作也。本《送人使安西》，后遂被为歌。刘禹锡《与歌者诗》云：「旧人唯有何戡在，更与殷勤唱渭城。」白居易《对酒诗》云：「相逢且莫推辞醉，听唱阳关第四声。」阳关第四声，即「劝君更进一杯酒，西出阳关无故人」也。《渭城》、《阳关》之名，盖因辞云。

［二］柳色新　《才调集》卷一作「杨柳春」，《乐府诗集》作「柳色春」。

少年行［一］

王　维

新丰美酒斗十千，咸阳游侠多少年。相逢意气为君饮，下马高楼垂柳边［二］。

歌行体。　前开后合格。一言酒，二言人，三、四始说合。相逢意气，言意气相投也，「意气」二字，是少年人行状。

【校记】

［一］本题共四首，此为其一。本篇底本无，据南屏本补。

［二］下马 下，《唐诗品汇》卷四八、《乐府诗集》卷六六均作「系」。

送李侍郎赴常州

贾 至

雪晴云散北风寒，楚水吴山道路难。今日送君须尽醉，明朝相忆路漫漫。

此自送别佳作，然不免见压于「渭城」，要是风神韵度有逊耳。

［朱补］由楚送之吴，故曰「楚水吴山」。

春思［一］

贾 至

红粉当炉弱柳垂比赋句，金花腊酒解酴醾错综句。笙歌日暮能留客，醉杀长安轻薄儿。

「弱柳垂」，状当炉之态也，三字生动，便足撑住全诗。「日暮」二字，与「轻薄」二字，俱有意思。

【校记】

［一］本题共二首，此为其二。本篇底本无，据南屏本补。

初至巴陵与李十二白裴九同泛洞庭[一]

贾至

枫岸纷纷落叶多，洞庭秋水晚来波。乘兴轻舟无远近[二]，白云明月吊湘娥硬装。以无为有。

此诗起句不响，特以结句见奇，却全首无病。末句言吊湘娥于白云、明月中也。吊湘娥，语空无实事，诗人类以无为有，境象盖在虚实之间，此又诗与古文分途处也。

【校记】

［一］本题共三首，此为其二。本篇底本无，据南屏本补。

［二］远近　《唐诗品汇》卷四八、《全唐诗》卷二三五均作「近远」。

虢州后亭送李判官使赴晋绛得秋字[一]

岑参

西原驿路挂城头，客散江亭雨未收[二]。君去休看汾水上，白云犹似汉时秋长短句，上二下十二[三]。

汉武帝祠汾阴，作《秋风辞》，首句「秋风起兮白云飞」。无深意，只借古事，见所往之地。此送行之一体。

［朱补］城头远望，而见驿路则如挂也。

【校记】

［一］诗题，「虢州后亭」及「得秋字」据《全唐诗》卷二〇一补。南屏本同。

［二］江亭雨未收　江，《全唐诗》作「红」。收，《唐诗品汇》卷四八作「休」。

［三］旁批据南屏本补。

奉和严郑公军城早秋［一］

杜　甫

秋风袅袅动高旌，玉帐分弓射虏营。已收滴博云间戍，欲夺蓬婆雪外城硬插，［二］。

滴博戍，蓬婆城，用番中地名衬贴，无奈字面生拗，插入「云间」、「雪外」四字，便增几许雅韵。诗中用地名不可率意。杜又有《观全蜀地图诗》：「雪岭星桥北，松州剑阁东。」两川地名无限，何独指此四处？要是取其字面雅秀耳。此后人所当知也。

［朱补］玉帐，乃兵家厌胜方位，于其方置军帐，则坚不可犯。其法出于黄帝遁甲，以月建前三位取之，正月则巳也。吴云，取巳则当是后三位矣。又《艺文志》有《玉帐经》。滴博山，西域名。蓬婆，吐番城名。

【校记】

［一］严郑公　《唐诗品汇》卷四八作「严国公」。

［二］欲夺　同上书作「更夺」。《杜诗详注》卷十四注：「胡三省作『次取』。」

江南逢李龟年

杜　甫

岐王宅里寻常见，崔九堂前几度闻句中藏字。正是江南好风景［一］，落花时节又逢君。

一、二总藏一「歌」字。「江南」字，见地。「落花时节」，见时；四字将「好风景」衬润一层。「正是」字，「又」字，紧醒前二句，明岐宅、崔堂听歌之时，无非好风景之时也；今风景不殊，而回思天宝之盛，已如隔世。流离异地，旧人相见，亦复何堪！无限馀情，俱藏裹于数虚字之内。杜有此七言绝，而选者多忽之，信识真者之少也。

【校记】

［一］正是　是，《杜诗详注》卷二三注：「《云溪友议》作值」。

凉州词［一］

王之涣

黄河远上白云间［二］，一片孤城万仞山数目点缀。羌笛何须怨杨柳，春光不度玉门关倒叙。意馀言外。

《集异记》「河」作「沙」，「光」作「风」，似胜。《折杨柳》，笛中曲名。怨，谓其声哀怨也。言春光不度玉关，塞外本无杨柳，羌笛何须作此哀怨之声，使征人重增愁思乎？王龙标「更吹羌笛《关山月》，无那金闺万里愁」[三]，李君虞「不知何处吹芦管，一夜征人尽望乡」[四]，与此并同一意，然俱不及此作，以其含蓄深永，只用「何须」二字，略略见意故耳。

[朱补]此状凉州之险恶也。「远上」二字下得奇险，「一片孤城万仞山」，春光之所不到也。春光不到，则无杨柳，不睹此春光杨柳，征人之愁犹未甚也，乃羌笛何须作《折杨柳》之曲，使闻者重增愁思乎？「何须」二字，若恨其曲之哀，正见征人之哀愈不可解。

【校记】

[一]诗题，《乐府诗集》卷二二作《出塞》。《全唐诗》卷二五三作《凉州词二首》，此为第一首。

[二]首二句　《国秀集》卷下作「一片孤城万仞山，黄河直上白云间」。《乐府诗集》「黄河远上」作「黄沙直上」。

[三]此二句出自王昌龄《从军行三首》其一。见本卷。

[四]此二句出自李益《夜上受降城闻笛》。见本卷。

寄韩鹏

李　颀

为政心闲物自闲，朝看飞鸟暮飞还一字两用。寄书河上神明宰，羡尔城头姑射山对句流水，令人不觉[一]。

姑射山在临汾县。朝看飞鸟去，暮看飞鸟还，只用一「鸟」字，此谓一字两用；下有「还」字，便知上有「去」字，用下见上。「心闲物自闲」，即《老子》「我无为而民自化，我好静而民自正」意，语本涉道理，看他接句，却不说向道理去，自是唐人手法，后二句亦只是承「闲」字说下，益觉缥缈松动。

［朱补］姑射山，本尧生见神人之地，今韩莅此，羡其闲而日对名山也。

【校记】

［一］旁批据南屏本补。

桃花溪

张　旭

隐隐飞桥隔野烟，石矶西畔问渔船倒押。　桃花尽日随流水，洞在清溪何处边？

问渔船，棹渔船来相问也。孟浩然「花下问渔船」［一］，语法同此。后二句，即问语。长史不以诗名，然三绝恬雅秀润，盛唐高手无以过也。高适赠张诗云：「世上漫相识，此翁殊不然」，又曰：「白发老闲事，青云在目前。」［三］必高闲静退之士。今观数诗，其胸次可想矣。

［朱补］常德府桃源县西南有桃源洞，洞北有桃花溪。

【校记】

［一］孟浩然句出自《梅道士水亭》五律，见《全唐诗》卷一六〇。

［二］高适诗指《醉后见张九旭》，全诗云：「世上漫相识，此翁殊不然。兴来书自圣，醉后语尤颠。白发老闲事，青云在目前。床头一壶酒，能更几回眠。」见《全唐诗》卷二一四。

春　草　　张　旭

春草青青万里馀，边城落日见离居。情知海上三年别，不寄云间一雁书。

声调柔婉，几近王龙标。张有《春草帖》，即此诗。

山中留客　　张　旭

山光物态弄春晖，莫为春阴便拟归。纵使清明无雨色，入云深处亦粘衣。

清明游山，白昼游湖，皆俗人行径，趣士定不尔尔。若留客，说天未必雨，见亦与客等矣。「入云深处亦粘衣」，非熟识游趣者不能道。

塞上听吹笛［一］　　高　适

雪净胡天牧马还［二］，月明羌笛戍楼间［三］。借问梅花何处落［四］，风吹一夜满关山

［五］。

间，读作「闲」始妙，因大雪胡马远去，故戍楼得闲，二语始唤应有情。同用落梅事，太白「黄鹤楼中吹玉笛，江城五月落梅花」是直说、硬说，此二句是婉说、巧说，彼老此趣。

【校记】

［一］诗题，《河岳英灵集》卷上作《塞上闻笛》。《全唐诗》卷二一四作《和王七玉门关听吹笛》。

［二］、［三］「雪净」、「月明」二句　《河岳英灵集》作「胡人羌笛戍楼间，楼上萧条明月闲」。《全唐诗》同，「羌」作「吹」，「明」作「海」。

［四］、［五］「借问」、「风吹」二句　《全唐诗》作「借问落梅凡几曲，从风一夜满关山」。

江南行

张　潮

茨菰叶烂别西湾，莲子花开犹未还［一］。妾梦不离江上水［二］，人传郎在凤凰山。

茨菰、莲子，并切水乡之物。「莲子花」三字，酷似妇女声口。因在江上分手，故梦不离此处，不知行人却在凤凰山也。沈休文「梦中不识路，何以慰相思」［三］，此似化其意用之。顾华玉以「浅俗」目之。予谓正恐不能浅、不能俗耳，浅到极处，俗到极处，便去《三百篇》不远。难与一切文士道也。

［朱补］要知「妾梦」、「人传」，总非实景才妙。

【校记】

［一］花开　开，《文苑英华》诗卷二〇一作「新」。

［二］江上水　同上书及《全唐诗》卷一一四均作「江水上」。

［三］此二句出南朝梁沈约《别范安成诗》。见《全梁诗》卷七。

春女怨

蒋维翰［一］

白玉堂前一树梅，今朝忽见数花开［二］。儿家门户重重闭［三］，春色因何得入来［四］？

与王昌龄「闺中少妇」语异意同，但彼言思妇，此言怨女，故情事有藏露之别。「得入」作「入得」，便落诗馀声口。

【校记】

［一］蒋维翰　《全唐诗》卷一四五作「薛维翰」，注云：「蒋，一作薛」。

［二］花　《全唐诗》注一作「枝」。

［三］重重　同上书作「寻常」。

［四］得入　同上书作「入得」。

西施石

楼　颖

西施昔日浣纱津，石上青苔思杀人。一去姑苏不复返，岩旁桃李为谁春？

将青苔说得十分有情，将桃李说得十分无色，总是一片痴情迷留其际耳。西施往矣，其浣纱之处，亦不过传闻指点，依稀恍惚而已，尚足使人动色消魂，则当年身当之者何如？噫！色之于人甚矣哉！咏西施石只就石上生情，不必说到入吴时事，此即唐人诗中元气也；若后人涉笔，定作一篇吴越兴亡论，其诗安得如唐贤包孕有馀乎？

将还越留别豫章诸公

独孤及

客鸟倦飞思旧林比起，徘徊犹恋众花阴。他时相忆双航苇，莫问吴江深不深长短句。

深，犹远也。双航苇，或彼来，或此去也。他时我若相忆，即从吴江航苇而来；诸公忆我，亦当从吴江航苇而去，莫问道里之远近可也。下一「双」字，包尽许多说话，其妙难言。

赠张云容舞[一]

杨贵妃

罗袖动香香不已，红蕖袅袅轻烟里似[二]。轻云岭上乍摇风，嫩柳池边初拂水又似。

倒叙格，一、二在后，三、四在前。此咏舞也，舞者先缓拍，后催滚，故必作倒叙看始合。玉环以色著，未闻有词翰声，如此偶然笔墨，便尔妙绝，可见唐人无不能诗者，上自王公，下及闺阁山林，诗道之盛，后代远非所及。此诗载于唐人小说，若其单词剩语，淹没而不传者，又不知凡几也。后二句，不作流水对而语亦绝，缘次句是喻舞之赴节，三四是喻舞之徐起，语意倒叙故。次句首藏「似」字，三句首藏「又似」字。

【校记】

［一］本篇底本无，据南屏本补。

［二］轻烟　轻，《全唐诗》卷五作「秋」。

昭阳曲

刘长卿

咋夜承恩宿未央，罗衣犹带御炉香［一］。芙蓉帐小云屏暗，杨柳风多水殿凉对，虽不作流水然语意无馀［二］。

三、四说承恩甚雅［二］，光景俱在言外。若次句，则浅俗矣。

【校记】

［一］御炉　炉，《全唐诗》卷一五〇作「衣」。

［二］旁批原无，据南屏本补。

［三］雅　底本误作「难」，据南屏本改。

过郑山人所居［一］

刘长卿

白首深藏谷口村，春山犬吠武陵源［二］。落花芳草无行处，万壑千峰独闭门硬装句。倒叙联［三］。

只写所居之景，而山人之高自在言外。唐人最不肯轻易赞人。

【校记】

［一］诗题「郑山人」，底本误作「郑人」，据《全唐诗》卷一五〇补正。又「所居」，《中兴间气集》卷下作「幽居」。

［二］首二句，同上二书均作「寂寂孤莺啼杏园，寥寥一犬吠桃源」。

［三］旁批原无，据南屏本补。

送朱逸人归东湖

刘长卿

山色湖光并在东，扁舟归去有樵风。莫道野人无外事反言见意，开田凿井白云中。

送逸人，故羡其「无外事」，正说便浅，特以反语见趣。

［朱补］开田凿井，闲中之忙，正见其「无外事」也。

归雁　钱起

潇湘何事等闲回，水碧沙明两岩苔设为问答。上下套装？二十五弦弹夜月，不胜清怨却飞来长短句。上十一下三。

此设为问答之词。言潇湘之地，可食可居，何事等闲便回？又代答云：盖为彼地瑟声清怨，悲不可止，故却飞来耳。说者谓瑟中有《归雁操》，故云。然亦暗用湘灵鼓瑟事也。三句接法浑而健。

［朱补］「何事等闲回」直唤起三、四，第二句补写潇湘之景，正衬「何事」二字，起「不胜」二字。「等闲」者，轻忽之辞也。

送崔山人归山　钱起

东山残雨挂斜晖字法，野客巢由指翠微。别酒稍酣乘兴去，知君不羡白云归意在言外。

山人归山，自然不羡白云，何用言此？须知言外有羡白云归者，故云然。

暮春归故山草堂［一］　钱起

谷口春残黄鸟稀[二]，辛夷花尽杏花飞。始怜幽竹山窗下，不改清阴待我归。

此即岁寒后凋意。

【校记】

[一]本篇底本无，据南屏本补。诗题，《全唐诗》卷二三九注云：「一作刘长卿诗，题云晚春归山居题窗前竹」。

[二]春残 《全唐诗》作「残春」。

登楼寄王卿

韦应物

踏阁攀林恨不同，楚云沧海思无穷。数家砧杵秋山下，一郡荆榛寒雨中。

章法倒叙，以三、四为一、二，言当寒雨、秋砧时，踏阁攀林，恨故人不在。山长水远，悠悠我思亦与俱无穷耳。

答东林道士

韦应物

紫阁西边第几峰，茅斋夜雪虎行踪。遥看黛色知何处，欲出山门寻暮钟。

章法错叙。以二句为四句，折看是章法错叙，顺看是分起分承。若直言畏虎不出，有何趣致，看他用章法错综，使本意吞吐于字句之外，如此方可称「浑」「雅」二字。

滁州西涧[一]

韦应物

独怜幽草涧边生[二]，上有黄鹂深树鸣[三]。春潮带雨晚来急，野渡无人舟自横。

全首比兴。　首喻君子在野，次喻小人在位；三、四盖言宦途利于奔竞，而已则如虚舟不动而已。

[朱补]《太清楼帖》中公手书，「生」作「行」，「上」作「尚」，若「行」「尚」二字是，则黄解似未合。

【校记】

[一] 本篇底本无，据南屏本补。

[二] 幽草　幽，《全唐诗》卷一九三注一作「芳」。

[三] 深树　深，《才调集》卷一作「绕」。树，《全唐诗》注一作「处」。

寒食寄京师诸弟[一]

韦应物

雨中禁火空斋冷，江上流莺独坐听。把酒看花想诸弟，杜陵寒食草青青。三四套搭，意在言外。

「遥知兄弟登高处，遍插茱萸少一人」[二]，亦忆弟之语，然彼直此曲，彼露此含。中、晚唐尽有高于初、盛处，不可一例相视。　前二句暗对。　言外云：能不忆已之在客耶？

【校记】

［一］本篇底本无，据南屏本补。

［二］此二句出自王维《九月九日忆山东兄弟》。《见王右丞集》卷四。

寒食［一］

韩翃

春城无处不飞花［二］，寒食东风御柳斜。日暮汉宫传蜡烛［三］，新烟散入五侯家［四］。

三四作骨［五］。「新」，一作「青」，一作「轻」，俱非，今从《诗林》本。汉桓帝封宦官单超等人为列侯。刺宦寺专权，恩宠逾滥也。花喻君子见弃，柳喻小人承恩。四句略点五侯字，而含意甚永。按唐史遗事：德宗因此诗，取为知制诰［六］。唐时人主，无不知诗，然诗意本含刺时事，人主闻之，不以为忤，反加殊擢，诚异数也。贺黄公诗话［七］，言翃已有名天宝中，诗盖为杨氏所作。五侯，用西汉王氏事，以比国忠杨铦三姨，此亦一说，并存之。再考翃乃天宝六年进士，则五侯比杨氏审矣。

［朱补］唐时京城寒食火禁极严，清明日，乃取榆柳火以赐近臣。烛，所以传火。

【校记】

［一］诗题，《文苑英华》诗卷一五七作《寒食日即事》。

［二］「春城」句　《全唐诗》卷二四五注「春城无处」一作「春风何处」。飞花，《唐诗纪事》卷三〇作「开花」。

［三］日暮　《文苑英华》作「一夜」。

［四］新烟　《文苑英华》、《唐诗纪事》均作「青烟」。《全唐诗》作「轻烟」。

［五］以上四字据南屏本补。

［六］《唐诗纪事》亦记有此事：「时韩已迟暮，不得意，多家居。一日夜将半，客叩门急，贺曰：员外除驾部郎中知制诰。翃愕然曰：误矣。客曰：邸报制诰阙人，中书两进名，不从，又请之，曰：与韩翃。时有同姓名者，为江淮刺史。又具二人同进，御批曰：春城无处不开花……又批曰：与此韩翃。客曰：此员外诗耶？翃曰：是也，是不误矣。时建中初也。」

［七］此指清贺裳《载酒园诗话》。见《清诗话续编》第一册。

赠张千牛 千牛，官名。［一］

韩　翃

蓬莱阙下是天家［二］，上路新回白鼻騧，急管昼催平乐酒，春衣夜宿杜陵花。

具文见意。首句似无味，却有深意，看来张是人主幸臣。以下皆讽其怙宠骄奢，而通籍禁门、出入无忌之意，皆从此句见出。看唐人绝句，当以《三百篇》心眼对之，始知其妙耳。

［朱补］又有《赠张建》五言律，疑即此人。

【校记】

［一］题下注据南屏本补。
［二］是天家　《文苑英华》诗卷二五四「天」作「君」，又注一作「事天家」。

江南曲［一］

韩　翃

长乐花枝雨点消，江城日暮好相邀。青楼不闭葳蕤锁［二］，绿水回通宛转桥后对。倒收［三］。只写日暮相邀之景，而留连卜夜之乐，俱不说出。唐人诗妙在只说一橛，不须尽力摹写，而隐隐跃跃，无所不有。葳蕤，锁名，金缕相连，屈伸在人也［四］。

【校记】

［一］曲　《文苑英华》诗卷二〇一、《乐府诗集》卷二六均作「行」。
［二］青楼　青，同上二书及《全唐诗》卷二四五均作「春」。
［三］回通　回，《乐府诗集》作「四」。
［四］「葳蕤」以下，据南屏本补。

送客知鄂州

韩　翃

江口千家带楚云，江花乱点雪纷纷。春风落日谁相见硬装。设问为词，青翰舟中有鄂君倒收？

鄂君泛舟新波，乘青翰之舟，越人拥楫而歌，鄂君举绣被而覆之。详见《说苑》。昔鄂君曾与越人同舟，此盖用其事以戏之。只说「谁相见」，语便蕴藉。

春　怨[一]

刘方平

朝日残莺伴妾啼，开帘只见草萋萋。庭前时有东风入藏头句，杨柳千条尽向西。

朝日，犹日日，俗语也。三句头上藏「那更」二字，句脉始紧，章法始峭，始与「朝日」字、「只见」字，唤应有情，然使安于诗里，筋骨则太露。此藏头句法，乃唐贤秘密，后人未易识也。见杨柳向西，而后知其东风入，此语似痴，却肖妇人口角。

【校记】

[一] 诗题，《御览诗》、《全唐诗》卷二五一「春」上均有「代」字。

宿昭应

顾　况

武帝祈灵太乙坛，新丰树色绕千官。那知今夜长生殿[一]，独闭空山月影寒[二]！

次句想见当时扈从之盛，较王维「青山尽是朱旗绕」，语特秀隐[三]。三、四二语，今昔对照，自是不堪回想。李约诗：「玉辇升天人已尽，故宫唯有树长生。」[四]讽人求仙不效，此地空有树名「长生」耳，此诗亦与同意，只用「长生殿」字，隐隐寓讽，含意更深。

[朱补]天神贵者太乙，其坛在骊山。骊山，汉之新丰。山之麓，温泉所出。唐为会昌县，改为昭应。长生殿在温泉宫内。　前二语昔时，后二语今日，「那知」二字作纽。

【校记】

[一]那知　那，《全唐诗》卷二六七作「岂」。

[二]空山　同上书作「山门」。

[三]王维句出自《和太常韦主簿五郎温泉寓目之作》，见本书七律卷。

[四]李约句出自《过华清宫》七绝，见《全唐诗》卷三〇九。

题叶道士山房

顾　况

水边杨柳赤栏桥[一]，洞里神仙碧玉箫押韵对[二]。近得麻姑书信否[三]，浔阳江上不通潮倒收[四]。

麻姑，抚州人，近浔阳，故云然。　用麻姑事只是以王方平比道士耳；或云有所讥，恐凿。　麻姑，方平之妹，修道夫馀山，得仙。

【校记】

［一］杨柳　《御览诗》及《全唐诗》卷二六七均作「垂柳」

［二］神仙　同上二书均作「仙人」。

［三］书信　同上二书均作「音信」。

［四］江上　上，《全唐诗》注一作「尚」。

枫桥夜泊［一］

张　继

月落乌啼霜满天，江枫渔火对愁眠［二］。姑苏城外寒山寺，夜半钟声到客船。

三句承上起下，浑而有力，故《三体》取以为式。从夜半无眠到晓，故怨钟声太早，搅人梦魂耳。语脉浑浑，只「对愁眠」三字略露意。「夜半钟声」或谓其误，或谓此地有半夜钟，俱非解人，要之，诗人兴象所至，不可执着，必欲执着，则「晨钟云外湿」、「钟声和白云」、「落叶满疏钟」，皆不可通矣。近评诗者论此诗云：「『姑苏城外寒山寺，夜半钟声到客船』便可听，若云『南京城外报恩寺』云云，岂不令人喷饭！」［三］此言亦甚有见，但其所以工拙处，尚未道破。客请语其故，予曰：无他，只「寒山」二字雅于「报恩」二字也。客欣然有省。

［朱补］谓「愁眠」为山名，诚东野之语。谓因「对」字未稳，亦非解人。「夜半钟」，唐诗中广有，此亦常用字也，不必泥。此已晓追写昨夜之况也，故首句从晓景写起。次句即打转昨夜，先是枫火静

中打搅，再是寺钟闹得打搅，一夜打搅，天将明矣，起视之，月落乌啼霜满天矣。不识章法之倒叙，此诗终是混沌。

【校记】

［一］诗题，《全唐诗》卷二四二注一作「夜泊枫江」。

［二］渔火　火，同上书作「父」。

［三］此段话出清陈伯玑《诗慰》，黄生《诗麈》卷一转引。

东邻美女歌

宋　济

花暖江城斜日阴，莺啼绣户晓云深押韵对起。春风不道珠帘隔，传得歌声与客心断续句［一］。

诗本艳情，故首二句用艳语装点。「珠帘隔」，室迩人远也。然不耐歌声乱人心曲，故若为埋怨春风之词。「孤舟微月对枫林，分付鸣筝与客心」［二］，语带悲，意专自道；此二句语带谑，意属其人。［朱补］珠帘隔，言闻其歌而不得见其人；人不得见，其歌声空乱人心，故怨及春风之传之也。

【校记】

［一］断续句　底本无，据南屏本补。

［二］此二句出自王昌龄七绝《听流人水调子》，见本卷。

吴城览古

陈　羽

吴王旧国水烟空，香径无人兰叶红。春色似怜歌舞地，年年先发馆娃宫。

馆娃宫，今灵岩是其地。西施采香径在灵岩山下。此首犹是盛唐馀韵，觉比太白「旧苑荒台」作较浑［一］。

［朱补］南楚以美色为娃。娃音哇，又叶基。

【校记】

［一］此指李白七绝《苏台览古》，全诗云：「旧苑荒台杨柳新，菱歌清唱不胜春。只今惟有西江月，曾照吴王宫里人。」见《李太白全集》卷二十二。

郡中即事［一］

羊士谔

红衣落尽暗香残，叶上秋光白露寒。越女含情已无限，莫教长袖倚阑干。

女色易衰，若娇花易残。凡以色事人者，常怀此感，故三、四云云，言越女已含红颜易老之情，莫教倚阑，更睹红衣零落如此，益增其感也。诗中多以花比人，此则以人比花，与李商隐咏槿花作同法

［一］。　此诗寓意深至，有无限新故之感在其中。

【校记】

［一］本题共三首，此为其二。

［二］李商隐《槿花》七绝云：「风露凄凄秋景繁，可怜荣落在朝昏。未央宫里三千女，但保红颜莫保恩。」见《全唐诗》卷五四。

闻邻家吹笙［一］

郎士元

凤吹声如隔彩霞，不知墙外是谁家。重门深锁无寻处，疑有碧桃千树花［二］。

「疑」作「惟」，非。　诗人每用碧桃为仙家事，此盖以王子吹笙拟之。许浑「王子吹笙月满台，玉箫清转鹤徘徊。曲终飞去不知处，山下碧桃春自开。」［三］又有「可怜缑岭登仙子，犹自吹笙醉碧桃［四］。」

【校记】

［一］闻　《全唐诗》卷二四八、《唐诗品汇》卷五〇作「听」。

［二］疑　《唐诗品汇》作「惟」。

［三］此诗出自许浑七绝《缑山庙》。见本卷。

［四］此二句出自许浑七律《登洛阳故城》，见本书七律卷。

从军北征

李　益

天山雪后海风寒，横笛偏吹行路难。碛里征人三十万，一时回首月中看［一］。

回首，望乡也，却藏一「乡」字。闻笛思乡，诗中常意，硬说三十万人一时回首，便使常意变新。

［朱补］若谓看吹笛之人，有何意味？

【校记】

［一］回首月中看　《全唐诗》卷二八三作「回向月明看」。

夜上受降城闻笛《唐书》：受降城，朔方军总管张仁愿筑［一］。

李　益

回乐烽前沙似雪［二］，受降城外月如霜［三］。不知何处吹芦管［四］，一夜征人尽望乡。

烽，一作「峰」，非，盖斥堠举烽之处，因以为名。本集又有黄堆烽、阳城烽诸名。

［朱补］沙飞月皎，举目凄其，于此而闻笛声，安有不思乡念切者。

【校记】

［一］题下注他本无，据南屏本补。

［二］烽　《唐诗品汇》卷五、《全唐诗》卷二八三均作「峰」。

［三］城外　外，《全唐诗》作「下」。

［四］芦管　管，《全唐诗》注作「笛」。

宫　怨［一］

李　益

露湿晴花春殿香［二］，月明歌吹在昭阳。似将海水添宫漏，共滴长门一夜长［三］。

「一种蛾眉明月夜，南宫歌管北宫愁。」此诗即此意，而调较婉。唐仲言云：「费许多力，只说得一个夜长。」此语亦有见。　彼歌亦长，此漏亦长，相形之下，愁岂不长耶［四］？

【校记】

［一］诗题，《御览诗》作《题宫怨花》。

［二］晴花　晴，同上书作「暗」。春殿，春，《乐府诗集》卷四三作「宫」。

［三］滴　《全唐诗》卷二八三注一作「作」。

［四］此一节据南屏本补。

襄阳寒食寄宇文籍

窦巩

烟水初销见万家，东风吹柳万条斜。大堤欲上谁相伴倒装句，设问为词，马踏春泥半是花。

言外见怀宇文意。　与杜牧「二十四桥明月夜，玉人何处教吹箫」同意［一］，皆羡彼地之行乐，而己不得与也。

【校记】

［一］杜牧诗句出自《寄扬州韩绰判官》，见本卷。

赠崔驸马

杨巨源

百尺梧桐画阁齐倒装句［一］，箫声落处翠云低反挑。平阳不惜黄金埒，细雨花骢踏作泥硬装句。

不言楼高，而言「翠云低」，此反挑法。　赠驸马，不免用公主事，然不觉入套，总由字眼装簇得好耳；如以梧桐衬画阁，以翠云衬箫声，以细雨花骢衬黄金埒，何等新鲜好看。

【校记】

［一］「倒装句」及后面「硬装句」旁批，据南屏本补。

越溪怨

杨巨源[一]

越王宫里如花人，越水溪头采白苹；白苹未尽人先尽，谁见江南春复春？

红颜易尽，千古同感。

【校记】

[一]查《全唐诗》卷三三三及外编，杨巨源无此诗，作者待考。

乌衣巷

刘禹锡

朱雀桥边野草花，乌衣巷口夕阳斜押韵对起。旧时王谢堂前燕[一]，飞入寻常百姓家妙于立言。

本意只言王侯第宅变为百姓人家耳。如此措词遣调，方可言诗，方是唐人之诗。

[朱补]乌衣巷，在应天府南，晋王导、谢安居此，其子弟皆乌衣，因名。巷口有朱雀桥。野草、夕阳，满目皆旧时之胜，堂则百姓家矣，而飞燕犹是也，借燕为言，妙甚！

【校记】

［一］旧时　时，《才调集》卷一、《唐诗品汇》卷五一均作「来」。

石头城

刘禹锡

山围故国周遭在，潮打空城寂寞回。淮水东边旧时月，夜深还过女墙来。

情在景中。

［朱补］寓炎凉之情在景中。　周遭，城之四边也。石头城为六朝重镇。女墙，城上小墙也，亦名睥睨，言于墙上睥睨人也。

堤上行［一］

刘禹锡

江南江北望烟波，入夜行人相应歌。桃叶传情竹枝怨，水流无限月明多。

两呼两应格。　一呼四应，二呼三应，此为错应法。

【校记】

［一］本题共三首，此为其二。本篇底本无，据南屏本补。

竹枝词五首[一]

刘禹锡

白帝城头春草生，白盐山下蜀江清。南人上来歌一曲，北人莫上动乡情。

山桃红花满上头，蜀江春水拍山流[二]。花红易衰似郎意，水流无限似侬愁。

江上朱楼新雨晴[三]，瀼西春水縠纹生。桥东桥西好杨柳，人来人去唱歌行。

「縠纹生」，自注：「生熟之生」。縠，音斛。

杨柳青青江水平，闻郎江上唱歌声。东边日出西边雨，道是无晴还有晴双关[四]。

此以「晴」字双关「情」字，其源出予《子夜读曲》，如「雾露隐芙蓉，见莲不分明」、「石阙生口中，衔碑不得语」之类是也[五]。

清江一曲柳千条[六]，二十年前旧板桥。曾与情人桥上别[七]，更无消息到今朝[八]。

诸诗生成《竹枝》声口，与绝句不同，即其调以想其声，真足动人心悦耳。梦得自谓「淇澳之艳」[九]，不虚也。黄山谷评云「词意高妙」，又云「道风俗而不俚，追古俗而不愧」。余谓妙则有之，高则未也。其妙处正在俚，谓「道风俗而不俚」，亦非诸词当语。诚可为后来山歌《挂枝》、《打枣》先鞭，何足以追古昔？古今人同此心眼，不知山谷所评，何相反如此？

[朱补]竹枝词，古本止二句，每句上四字，下注「竹枝」字，下三字，注「女儿」字。万氏《词律》云：「竹枝、女儿，乃歌时群相随和之声，与《采莲曲》之四句，倡句注「举棹」字、和句注「年少」字同意。」后

人《竹枝》亦用四句，但平仄不拘；古人二句者，每句第二字必用平。　其体本是言蜀中风景，后人随处用之，非古体也。

【校记】

［一］本题前三首选自《竹枝词九首》第一、二、三首；「杨柳青青江水平」选自《竹枝词二首》之第一首；「清江一曲柳千条」原题《杨柳枝》。

［二］拍山　《乐府诗集》卷八一作「拍江」。

［三］朱楼　《刘梦得文集》卷九作「春来」。

［四］无晴、有晴　晴，《乐府诗集》作「情」。

［五］子夜读曲，见《乐府诗集》卷四六《清商曲辞三》。

［六］清江　清，《全唐诗》卷三六五作「春」。

［七］情人　情，《全唐诗》作「美」。

［八］更无　更，《全唐诗》作「恨」。

［九］此句出《竹枝词九首》小引，中有云：「余来建平，里中儿联歌《竹枝》，吹短笛击鼓以赴节，歌者扬袂睢舞，以曲多为贤。聆其音，中黄钟之羽，卒章激讦如吴声，虽伧佇不可分，而含思宛转，有《淇奥》之艳音。昔屈原居沅湘间，其民迎神，词多鄙陋，乃为作《九歌》，到于今荆楚歌舞之，故余亦作《竹枝》九篇，俾善歌者飏之。」

杨柳枝［一］

刘禹锡

炀帝行宫汴水滨，数株残柳不胜春［二］。晚来风起花如雪［三］，飞入宫墙不见人。

《正音》「杨」作「残」。「不胜春」三字，正为残柳写照；若作「杨柳」，则三字落空矣。「不见人」三字，写尽故宫离黍之悲，何用多言。

【校记】

［一］本题共九首，此为其六。

［二］残柳　《全唐诗》卷三六五作「杨柳」。

［三］晚来　晚，同上书注一作「昨」。

唐昌观玉蕊花［一］

刘禹锡

玉女来看玉树花［二］，异香先引七香车。攀枝弄雪频回首［三］，惊怪人间日易斜。

此题唱和凡八人，元、白、张、王俱有作。观本唐昌公主所建，诸公咏花时，公主已不存，故多假女仙为辞。自宋敏求《长安志》假撰仙女来游事，后人为其所惑，反以诸公题咏为因此事而作，岂不可笑！详见胡元瑞《丹铅录》及曹璿《琼花考》。

【校记】

［一］诗题，《全唐诗》卷三六五作《和严给事闻唐昌观玉蕊花下有游仙二绝》。共二首，此为其一。

［二］玉树　树，同上书作「蕊」。

［三］频回首　同上书作「时回顾」。

寄李渤

张　籍

五渡溪头踯躅红见地，嵩阳寺里讲时钟。春山处处行应好倒因句，一月看花到几峰？

三言应行处处春光好，倒转句法始健。一、二实说，三、四虚说。一、二零星说，三、四囫囵说，皆从古文得来法。

［朱补］羊踯躅，即杜鹃花。

春题华阳观

白居易

帝子吹箫逐凤凰，空馀仙洞号华阳［一］。落花何处堪惆怅，头白宫人扫影堂博换。

一、二作骨［二］。本是影堂何处堪惆怅，头白宫人扫落花，却将四字换转，后人从不晓此法也。

【校记】

[一]空馀　馀，《唐诗品汇》卷五二作「留」。

[二]以上四字据南屏本补。

华阳洞中秋夜招友玩月

白居易

人道中秋明月好，欲邀同赏意如何？华阳洞里秋坛上，今夜清光此最多。

章法错叙，以四句为一句。此诗顺说则云，人道中秋明月好，况华阳洞里云云，欲邀同赏，君意如何？却将邀赏意说在前，后找出华阳观，味更隽永；且第三句用实接，更觉浑健无比。

杨柳枝[一]

白居易

红版江桥青酒旗[二]彩色点缀，馆娃宫暖日斜时。可怜雨歇东风定，万树千条各自垂。

咏杨柳未有不咏其舞风者，此独从风定时着笔，另是一种风致。只写景，不入情，情自无限。

【校记】

[一]本题共九首，此为其四。

[二]红版　版，《乐府诗集》卷八一作「板」。

刘阮山

元　稹

芙蓉肌肉绿云鬟仙人。比赋句[一]，罨画楼台青黛山仙地。千树桃花万年药藏头句。仙花仙药，不知何事忆人间设问为词？

三句平叙者，言外必暗用进步法，此第三句上宜添「况有」二字也。其人如此，其地如此，其花可玩而药可服又如此，不知何事犹忆人间而失此仙境也。当时士大夫多好服食，以求延年，诗忆二子亲有所遇而反失之，痴亦甚矣。余尝行天台道上，中经一地名「阮肇村」，村皆阮姓，云肇是其远祖。

【校记】

[一]「仙人」及后面「仙地」、「仙花、仙药」等旁批，据南屏本补。

宫　词[一]

王　建

金殿当头紫阁重，仙人掌上玉芙蓉。太平天子朝元日[二]，五色云车驾六龙[三]。

此讥天子好神仙也，具其文而意自见。紫阁峰在终南山，与蓬莱宫相对。玉芙蓉，即金人所捧露盘，在南山之巅。庄雅浑沦，可废唐人早朝七律[四]。二十八字中，所用虚字无几，多是浑成句法，亦诗中稀有。人多以宫词为情诗者，非也。按王建宫词百首，有情者，有事者，有怨者，有刺者，各自不同[五]。

[朱补]曰「天子」，又曰「太平」，皆皮里春秋。

春风院院落花堆，金锁生衣掣不开[六]。更筑高台起妆殿[七]，明朝先进画图来。

此讥人主好土木之工，旧者闭而不御，更欲起新者也。言外又为弃旧人、用新人之喻。

[朱补]《说文》：金有五色，黄金为长，久埋不生衣。

树头树底觅残红，一片西飞一片东。自是桃花贪结子，错教人恨五更风。

语兼比兴。宫人必有先幸而后弃者，故用比体隐其事。

[朱补]残红，色衰也。分飞，言君之爱弛。下二句，不恨风，并不言色衰爱弛之当然，而反以「贪结子」自认其咎，忠厚之至也。风，喻君心之飘忽。

【校记】

[一]诗题，《全唐诗》卷三〇二作《宫词一百首》，其中「金殿当头》为第九十一首，「春风院院」为第七十九首，「树头树底」为第九十首。

[二]朝元　元，《全唐诗》及《唐诗纪事》卷四四作「迎」。

[三]云车　《全唐诗》注一作「云中」。

[四]早朝七律，指贾至《早朝大明宫》及岑参、杜甫等人和诗。

［五］此节评语据南屏本补。

［六］生衣　《唐诗纪事》作「衣生」。

［七］高台　《唐诗纪事》作「高歌」。

十五夜望月时会琴客［一］

王　建

中庭地白树栖鸦，冷露无声湿桂花。今夜月明人尽望，不知《秋思》在谁家［二］。

「秋思，琴曲名，蔡氏《清溪五弄》之一。」非自注，则末句不知其所谓矣，选诗最当存其自注也。通首平仄相叶，无一字参差，实为七言绝句之正调。凡音律谐，便使人诵之有一唱三叹之意，今作者何可但言体制，而不讲声调也。

［朱补］琴客在此地作《秋思曲》，月下听琴者不知在谁家也。

【校记】

［一］诗题「望月」下，「全唐诗」卷三〇一有「寄杜郎中」四字。

寄许炼师［一］

戎　昱

扫石焚香礼碧空，露华偏湿蕊珠宫。如何说得天坛上，万里无云月正中。

炼师乃女冠，「如何说得」四字甚难看，盖谑其未必玉字无尘也。李群玉《玉真观》诗「秋月无云生碧落，素蕖含露出清澜」，与此反观，意自可见。

【校记】

［一］诗题下，《全唐诗》卷二七〇注一作「李益诗」。

采莲曲

戎昱

涔阳女儿花满头，毵毵同泛木兰舟。秋风日暮南湖里，争唱菱歌不肯休。

「毵毵」二字，承上「花满头」来。

［朱补］毵，苏含切。

酬曹侍御过象县见寄［一］

柳宗元

破额山头碧玉流见地，写景，骚人遥驻木兰舟叙事［二］。春风无限潇湘意硬装，见时，致意［三］，欲采苹花不自由语含比兴。

意言己为职事所系，不得自由，特托采苹寓兴，言欲涉潇湘采苹而不得往，此意空与江水俱深也。

《离骚》以香草比君子，此盖祖之。

［朱补］驻，住也。骚人，指侍御，因其有诗为寄，故称骚人。破额山，在湖广黄州府黄梅县。象县在广西柳州，相去甚远，似不相涉，或疑象县另有破额，或疑曹黄人而过柳，而于下「潇湘意」又不可解。愚意曹是舟行往黄，过柳未面，因以诗寄，柳乃酬之，首言所至之地，次言由此而去，驻舟于黄也。苹花，亦指曹。潇湘江在湖广，白苹溪亦在湖广。玩「遥」字，则知去路甚远。

【校记】

［一］诗题下，《全唐诗》卷三五二有注：「象县，柳州县名。」

［二］木兰舟，同上书有注云：「《述异记》：七里州中有鲁班刻木兰为舟，至今在洲中。诗家云木兰舟，出此。」

［三］潇湘意　意，《唐诗品汇》卷五二作「思」。《全唐诗》注一作「忆」。

送元使君自楚移越

刘　商

露冕行春向若耶，野人怀惠欲移家。东风二月淮阴郡硬装，惟见棠梨一树花。

后汉郭贺，为荆州刺史，帝赐三公之服，使贺去檐露冕，令百姓见之，以彰其德。　仕宦诗，无仕宦气，只觉风趣可掬，与李颀《寄韩鹏》作［一］，俱可为法。然今人与仕宦酬倡，恐非寥寥一绝能塞其意耳。

［朱补］末句即毛诗甘棠意，盖以召公比元也。

【校记】

［一］李颀《寄韩鹏》七绝，见本卷。

合溪送王永归东郭［一］

刘　商

君去春山谁共游彼·己，鸟啼花落水空流一字三用。如今送别临溪水，他日相思来水头。

君不共游，则鸟空啼也，花空落也，水空流也。言己亦无复独游之兴矣。

【校记】

［一］诗题，《全唐诗》卷三〇四作《送王永二首》，此为其一。

赠杨炼师

鲍　溶

紫烟衣上绣春云，清隐山书小篆文。明月在天将凤管，夜深吹向玉宸君长短句上四下十。

此当是赠女冠之作。

寄薛膺昆季　鲍溶

楚山清洛两无期己地·彼地[一]，梦里春风玉树枝比薛昆季。何况芙蓉楼上客自谓，海门江月亦相思硬装。

曰「春风玉树」，则薛之得意可知。曰「海门江月」，则己之寂寞可知。此即景中见意法。言我遥羡尔辈之得意，不知尔辈亦常念我之寂寞否。「何况」字，接得甚紧；「亦」字，落得甚悲。意似难为二薛，然语特浑浑不觉。

【校记】

[一]清洛　洛，原误作「路」，据《全唐诗》卷四八六改。

渡桑乾　贾岛

客舍并州已十霜，归心日夜忆咸阳。无端更渡桑乾水，却望并州是故乡。

咸阳，即故乡。　地志：太原府，本并州；桑乾河，北去并州又二百馀里。客并州，非其志也，况渡桑乾乎？在并州且忆故乡；今渡桑乾，则望并州已如故乡之远，况故乡更在并州之外乎？必找此句，言外意始尽。　久客不归，复尔远适，语意殊觉悲怨。后人不知故乡即咸阳，谬解可笑。

集灵台［一］

张祜

虢国夫人承主恩，平明骑马入宫门。却嫌脂粉污颜色，淡扫蛾眉朝至尊。

只言虢国以美自矜，而所蛊惑人上者，自在言外。「承主恩」三字，乃《春秋》之笔也。此题二首，「集灵台」三字，在前首见。真正美人，自不烦脂粉；真正才士，自不买声名；真正文章，自不假枝叶；以此律之，世间之「淡扫蛾眉」者寡矣！此诗入杜集，然不似少陵语［二］。

【校记】

［一］本题共二首，此为其二。本诗《杜诗详注》卷二列为杜甫诗，题作《虢国夫人》，用字几处稍异：「骑马」作「上马」；「宫门」作「金门」；污作「涴」。仇兆鳌又按曰：「祜乃中唐人，去天宝已久，若作追忆虢国之词，亦当微带乱后事，诗意全不及之，还是讥讽现在，应属少陵作也。」

［二］此句据南屏本补。

送友人［一］

薛涛

水国蒹葭夜有霜，月寒山色共苍苍。谁言万里自今夕［二］，离梦杳如关塞长［三］。

梦随人远，亦常意耳，着「谁言」二字，便翻出一层。「莫道秋江离别难」［四］、「莫道野人无外事」［五］，法亦如是。戴叔伦亦有「月明山水共苍苍」句［六］，只二字不同，而神韵迥别，缘「苍苍」二字，非「寒」字与之相映，其意不出。孰谓句法之妙不由字法哉！

【校记】

［一］本篇底本无，据南屏本补。

［二］万里　万，《全唐诗》卷八〇三作「千」。

［三］关塞　塞，同上书作「路」。

［四］「莫道秋江」句出自王昌龄《重别李评事》七绝，见本卷。

［五］「莫道野人」句出自刘长卿《送朱逸人东归》七绝，见本卷。

［六］「月明」句出自戴叔伦《夜发袁江寄李颍川刘侍御》七绝，见《全唐诗》卷二七四。

缑山庙

许　浑

王子求仙月满台［一］，玉箫清转鹤徘徊［二］。曲中飞去不知处，山下碧桃春自开［三］。

王子仙去，不啻千载，此诗说来，如在昨日。唐人手法之妙，只在境象灵珑耳。

【校记】

［一］求仙　《全唐诗》卷五二八作「吹箫」。

［二］玉箫　箫，同上书注一作「笙」。

［三］春自开　同上书注一作「无数开」。

秋　思［一］

许　浑

琪树西风枕簟秋［二］，楚云湘月忆同游倒装句［三］。高歌一曲掩明镜，昨日少年今白头。

忆少年游楚之乐，宛如昨日，不觉今已白头，故掩镜不欲自照，但高歌一曲以消之耳。歌，即指此诗而言。四句指光阴迅速，妙在硬说昨日少年，今日白头。　诗人多以巫山云雨比男女之事，此以「楚云湘月」隐约言之，雅甚。

［朱补］「日」字蒙下。

【校记】

［一］诗题，《全唐诗》卷五二八注一作「秋日」。

［二］枕簟　枕，同上书注一作「华」。

［三］湘月　月，《唐诗品汇》卷五三作「水」。

谢亭送别［一］

许　浑

劳歌一曲解行舟，红叶青山水急流［二］。日暮酒醒人已远，满天风雨下西楼。

此诗全写别后之景。首二句正从倚楼目送中见出，却倒找「下西楼」三字，情景笔意俱绝。

【校记】

[一] 送别 别，《全唐诗》卷五三八注一作「客」。

[二] 红叶 叶，同上书作「树」。

重别曾主簿时诸妓同饯[一] 许浑

泪沿红粉湿罗巾，重系兰舟劝客频。留却一枝河畔柳，明朝犹有远行人。

嘲尽此辈之假，语不妨刻。 沿，当作「沾」。

【校记】

[一] 本篇底本无，据南屏本补。诗题，《全唐诗》卷五三八作《重别》。

送宋处士归山 许浑

卖药修琴归去迟，山风吹老桂花枝[一]。世间甲子须臾事[二]，逢着仙人莫看棋妙于立言[三]。

「老」字，应上「迟」字，或作「尽」，或作「落」；「枝」一作「时」，俱失其意。诗人言隐者，多用「桂花」字，本《楚辞·招隐士》云「桂树丛生兮，山之幽来」，意言后会难期耳，却见立言之妙。次句接景，有力有趣。

［朱补］晋王质入山伐木，见仙人对弈，终局而斧柯烂矣；质归，已及百岁。此暗用其事，谓人非久生，若更看棋，恐不能见我也，仍望其复来耳。

【校记】

［一］老　《唐诗品汇》卷五二、《全唐诗》卷五三八均作「尽」。

［二］事　《全唐诗》注一作「过」。

［三］仙人　人，同上书作「翁」。

西　亭

李商隐

此夜西亭月正圆，疏帘相伴宿风烟。梧桐莫更翻清露，孤鹤从来不得眠。

疏帘相伴，言无伴也。诗人惯如此反说，好在以孤鹤托兴，便于「梧桐」字有情；若云「孤客」，即堕恶趣矣。

嫦娥

李商隐

云母屏风烛影深，长河渐落晓星沉。嫦娥应悔偷灵药，碧海青天夜夜心。

义山诗中，多属意妇人。《观月夕》一首云：「草下阴虫叶上霜，朱阑迢递压湖光。兔寒蟾冷桂花白，此夜嫦娥应断肠。」玩次句语景，「嫦娥」字似暗有所指。此作亦然。朱阑迢递，烛影屏风，皆所思之地之景耳。

寄蜀客[一]

李商隐

君到临邛问酒垆，近来还有长卿无？金徽却是无情物，不许文君忆故夫。反言见意。

长卿死于好色，故以此讽之。本意言女子无情，游其地者，勿为所惑耳。唐时蜀中极盛，盖佳丽之薮也，如张乔诗云：「行歌风月好，莫老锦城间。」[二]又云：「相如曾醉地，莫滞少年游。」[三]意盖可见。

【校记】

[一] 本篇底本无，据南屏本补。
[二]「行歌」二句出自张乔《送许棠下第游蜀》五律，见《全唐诗》卷六三八。
[三]「相如」二句出自张乔《送蜀客》五律，见同上书卷六三八。

瑶瑟怨

温庭均

冰簟银床梦不成，碧天如水夜云轻首尾倒叙。雁声远过潇湘去［一］，十二楼中月自明。

因夜景清寂，梦不可成，却倒写景于后。瑶瑟用雁事，亦如归雁用瑟事。轻，犹微也。

【校记】

［一］远过 《全唐诗》卷五七九注一作「还向」。

杨柳枝［一］

温庭筠

馆娃宫外邺城西，远映征帆近拂堤语兼比赋。系得王孙归意切，不关春草绿萋萋翻案用事。

言王孙归意虽切，而杨柳能系之，非为春草之故。盖讽惑溺之士也。《楚辞》：王孙游兮不归，春草生兮萋萋［二］。

【校记】

［一］诗题，《全唐诗》卷五八三作《杨柳八首》，此为其五。

［二］《楚辞》语据南屏本补。

经故翰林袁学士居

温庭筠

剑逐惊波玉委尘比起，谢安门下更何人？西州城外花千树，尽是羊昙醉后春。

首句叙学士身殁，用比体，隐而秀。「更何人」，唤下羊昙，感世俗炎凉之态，惟已于学士不能忘情耳。

［朱补］谢安卒，甥羊昙出不由西州路，尝大醉，不觉至州门，咏子建诗「生存华屋处，零落归山丘」［一］，恸哭而去。

【校记】

［一］此二句出自曹植《野田黄省行》，见《乐府诗集》卷三九。

秋夕

杜牧

银烛秋光冷画屏［二］，轻罗小扇扑流萤。天阶夜色凉如水，坐看牵牛织女星［二］。

「坐」，诸本皆作「卧」，惟《记纂渊海》引此作「坐」，今从之。《三体》以此诗作王建《宫词》，详末句与宫词较近。苕溪渔隐云：「此诗断句极佳，意在言外，其幽怨之情，不待明言而自见也。」［三］敖清江云：落句即牛女合会之难，喻君臣际会之难。

［朱补］烛光屏冷，情之所由生也。扑萤以戏，写忧也。看牛女，羡之也。怨，女之情也，然怨而不怒，立言有体。

【校记】

［一］本诗《樊川外集》引《竹坡诗话》曰：「此一诗，杜牧、王建集中皆有之，不知其谁所作。以余观之，当是建诗耳。盖二子之诗，其清婉大略相似，而牧多险侧，建多平丽。此诗盖清而平者也。」

［二］银烛　银，《全唐诗》卷五二四及《樊川外集》均作「红」。

［三］坐看　坐，《唐诗品汇》卷五三作「卧」。

［四］见宋胡仔《苕溪渔隐丛话后集》卷十五。

宫　怨［一］

杜　牧

监宫引出暂开门，随例颁朝不是恩［二］。银钥却收金锁合，月明花落又黄昏情在景中。

情在景中。眼中看不得，在「银钥却收金锁合」七字；心下过不得，在「月明花落又黄昏」七字，可谓极尽怨女之情者矣。时诸州刺史朝正者事毕，复归本任，故托兴观登乐游原之作，意自可见［三］。

【校记】

［一］诗题，《全唐诗》五二四卷及《樊川外集》均作《宫词二首》，此为其二。

［二］颁朝　颁，同上二书均作「须」，并注一作「趋」。

［三］「时诸州刺史」以下，与本题无关，当为刻误。南屏本删去。

江南春

杜牧

千里莺啼绿映红［一］，水村山郭酒旗风。南朝四百八十寺浑成句，多少楼台烟雨中妙于立言。

曰「烟雨中」，则非真有楼台矣。感六朝遗迹之湮灭，而语特不直说。许浑亦云「鸟下绿芜秦苑夕，蝉鸣黄叶汉宫秋」［二］。　窦牟云「满目山阳笛里人」［三］，言人已不存也，然不言其人不存，而曰「满目山阳笛里人」；不曰楼台已毁，而曰「多少楼台烟雨中」，皆见立言之妙，岂必如唐彦谦云「汉朝冠盖皆陵墓」［四］，而后谓之吊古哉？

【校记】

［一］千里　《全唐诗》卷五二二注一作「十里」。

［二］许浑句出自《咸阳城东楼》，见本书七律卷。

［三］窦牟句出自《奉诚园闻笛》七绝，全诗云：「曾绝朱缨吐锦茵，欲披荒草访遗尘。秋风忽洒西园泪，满目山阳笛里人。」见《全唐诗》卷二七一。

［四］唐彦谦句出自《曲江春望》七绝，全诗曰：《杏艳桃光夺晚霞，乐游无庙有年华。汉朝冠盖皆陵墓，十里宜春汉苑花。」见《全唐诗》卷六七二。

山行

杜牧

远上寒山石径斜，白云深处有人家［一］。停车坐爱枫林晚，霜叶红于二月花。

四足一句。次句承上「远」字，说此未上时所见；三、四则既上之景。诗中有画，此秋山行旅图也。

【校记】

［一］深处　深，《樊川外集》、《唐诗品汇》卷五三、《全唐诗》卷五二四均作「生」。

宣州开元寺［一］

杜　牧

松寺曾同一鹤栖，夜深台殿月高低。何人为倚东楼柱，正是千山雪涨溪。

前忆往事，后写目前，一鹤贴松寺，衬语也。《三体注》疑其与妇人同宿，殊凿，鹤岂可比妇人？大抵此诗，只重重来之感。支遁林好鹤，故诗中僧家多用鹤事，如「巢空鹤未还」、「野田青鹤翻」，皆与此诗同意。

［朱补］「高低」二字，着台殿说，「月」字硬插。「古木寺高低」，「禾稷高低六代宫」，「高低」皆是说宫与寺。　「为倚」，犹言共倚也。

寄扬州韩绰判官

杜　牧

青山隐隐水迢迢［一］，秋尽江南草未凋［二］。二十四桥明月夜浑成句，玉人何处教吹萧错综句［三］？作「草未凋」，本句始有意；若作「木」字，读之索然矣。言桥有廿四，不知在何处桥边，教玉人吹箫耳。扬州本行乐之地，故以此讯韩，言外有羡之意。「教」字，义平声读去声，教犹命也。刘须溪云：韩之风致可想，书记薄幸自道耳［四］。

【校记】

［一］迢迢　《樊川诗集》卷四、《全唐诗》卷五二三均作「遥遥」。

［二］未凋　未，同上二书及《唐诗纪事》卷五六均作「木」。

［三］玉人　玉，《樊川诗集》注一作「美」。教，《唐诗纪事》作「学」，《诗集》注一作「坐」。

［四］「刘须溪云」以下语意不明，南屏本删去此数句。

寄维扬故人

张　乔

离别河边绾柳条，千山万水玉人遥。月明记得相寻处硬装，城锁东风十五桥横插。

此似寄妓之作，与「二十四桥明月夜，玉人何处教吹箫」，俱妙在后二句。前二句并俗。

［朱补］「二十四桥」二句，问讯之词也，彼二语妙在浑成。此二语工于追琢，觉追琢者终输一筹。

宿僧舍

赵嘏

高僧夜滴莲花漏［一］，远客窗含杨柳风对起。何处相逢话心地，月明身在磬声中硬装。

前分后合。

【校记】

［一］莲花 《全唐诗》卷五五〇作「芙蓉」。

宫怨

司马札［一］

柳色参差掩画楼，晓莺啼送满宫愁。年年花落无人见，空逐春泉出御沟。

此首犹具盛唐风韵，晚唐绝句，当推第一。李建勋之「却羡落花春不管，御沟流得到人间」［二］，恨己身之拘闭；此云悲己色之渐衰，语各一意，怨情则同。

［朱补］落花无人见，可知花开时亦无人见矣。不言花开，而言花落，语更可悲。

【校记】

［一］司马札 《唐诗品汇》卷五四作「司马礼」。

［二］此二句出李建勋《宫词》，见本卷。

韦处士郊居　　雍陶

满庭诗景飘红叶[一]，绕砌琴声滴暗泉对起。门外晚晴秋色老，万条寒玉一溪烟数目点缀。

亦只写所居之景，而处士之高自见。

[朱补]「秋色」一作「秋已」，作「色」字，句法始老。　王禹偁《竹鼯》诗：「侮辱春笋齧生犀，秋笋折寒玉」。

【校记】

[一] 诗景　景，《全唐诗》卷五一八作「境」。

和孙明府怀旧山　　雍陶

五柳先生本在山，偶然为客落人间。秋来见月多归思，自起开笼放白鹇以无为有。

因已思归，知物亦有故乡之思，故放之。此不必实有其事，特装点此语，妙尽思归之情，诗人不妨以无为有也。

寄襄阳章孝标　　雍陶

青油幕下白云边彩色点缀，日日空山夜夜泉。闻说小斋多野意，枳花阴里麝香眠。

只「多野意」三字是诗骨，前二句亦是衬贴此语。寄幕客诗如此，足觇其人之高矣。

咏白莲

陆龟蒙

素花多蒙别艳欺语含比兴，此花只合在瑶池［一］。还应有恨无人觉［二］，月晓风清欲堕时。

别艳，他卉之艳丽者，如桃李之类。此喻贞素之士宜立朝廷，反为谗邪所蔽，不见知于世也。杜牧「多少绿荷相倚恨，一时回首背西风」［三］，与此末二句皆极体物之妙；若长吉「无情有恨何人见，露压烟迷千万枝」，［四］，乃咏竹也，天趣较减矣。

［朱补］末语的是白莲，移不动。　花，音委。

【校记】

［一］只合　只，《全唐诗》卷六二八作「真」，又注一作「端」。

［二］还应　同上书注一作「无情」，又注「无」一作「何」。

［三］杜牧句出自《齐安郡中偶题二首》其一，全诗云：「两竿落日溪桥上，半缕轻烟柳影中。多少绿荷相倚恨，一时回首背西风。」见《全唐诗》卷五二二。

［四］李贺句出自《昌谷北园新笋四首》其二，全诗云：「斫取青光写楚辞，腻香春粉黑离离。无情有恨何人见，露压烟迷千万枝。」见《全唐诗》卷三九一。

闺情[一]

孟迟

山上有山归不得，湘江暮雨鹧鸪飞。蘼芜亦是王孙草撮用古事，莫送春香入客衣。

古诗「上山采蘼芜」，乃去妇之词；此盖言客游不归，莫恋新人而弃旧人耳。

【校记】

［一］本篇底本无，据南屏本补。

下第后上高侍御

高蟾

天上碧桃和露种，日边红杏倚云栽。芙蓉生在秋江上，莫向春风怨未开。

语含比兴。前二句喻得第者，沐知遇之恩。后二句，喻己下第，皆时运使然，不敢归怨于主者，犹有诗人温柔敦厚之意。若孟郊之「恶诗皆得官，好诗空抱山」［一］，几于怒骂矣，岂复可以为诗乎？

【校记】

［一］查《全唐诗》卷三七二—三八一及外编，孟郊有咏落第诗多首，但未见此二句。

晴景[一]

王 驾

雨前初见花间叶[二]，雨后兼无叶底花。蜂蝶纷纷过墙去[三]，却疑春色在邻家。

诗意盖讥炎凉之态。前二句寓荣落之感[四]。

【校记】

[一]诗题，《全唐诗》卷六九〇作《雨晴》。

[二]叶　同上书作「蕊」。

[三]蜂蝶　蜂，同上书作「蛱」。

[四]此句据南屏本补。

黄陵庙在汀阴县[一]

李群玉

黄陵庙前莎草春，黄陵女儿茜裙新。轻舟短棹唱歌去[二]，水远山长愁杀人。

「水远山长」，言对面天涯也。　此作竹枝体。

[朱补]上三句皆是兴，下一句乃是赋。

【校记】

［一］题下注系黄生所加。按，此诗一作李远诗，诗题作《黄陵庙词》。见《全唐诗》卷五一九。
［二］「轻舟」句《全唐诗》卷五七〇注一作「轻舟小楫 随歌去」。

闻金吾妓唱凉州 凉州，宫词曲［一］

李频

闻君一曲古《凉州》，惊起黄云塞上愁。秦女树前花正发，北风吹落满城秋。

此首稍似李白。

【校记】

［一］题下注据南屏本补。

淮上别友人［一］

郑谷

杨子江头杨柳春叙别之地［二］，杨花愁杀渡江人。数声风笛离亭晚，君向潇湘我向秦所往之地。

后二语，真若听离亭笛声，凄其欲绝。

［朱补］「风笛」从「杨柳」生出，因古人折柳赠别，而笛曲又有「折杨柳」也。

【校记】

［一］诗题，《全唐诗》作《淮上与友人别》。

［二］此四字及后旁批据南屏本补。

公子行

罗邺

雕鞍玉勒照花明［一］，过后香风特地生［二］。半醉五侯门里出，月高犹在禁街行。

［朱补］全首具文见意。写公子如见。

【校记】

［一］雕鞍　雕，《全唐诗》卷六五四作「金」。

［二］香风　香，同上书作「春」。

朝元引四首 其二

陈陶

正殿云开露冕旒［一］，下方珠翠压鳌头。天鸡唱罢南山曙［二］，春色先归十二楼［三］。

【校记】

［一］正殿　正，《全唐诗》卷六七二注一作「玉」。
［二］曙　同上书作「晓」。
［三］先归　同上书作「光辉」。

华清宫［一］

崔　鲁［二］

草遮回磴绝鸣銮，云树深深碧殿寒。明月自来还自去，更无人倚玉阑干。

后二语，真如十四颗明珠。惜起句欠浏亮。

【校记】

［一］本题共三首，此为其一。
［二］崔鲁　鲁，《全唐诗》卷五六七作「橹」。

华清宫［一］

吴　融

中原无鹿海无波，凤辇龙旗出幸多。今日故宫归寂寞，太平功业在山河。

言故宫虽废，而山河不改，过者无生寂寞之感可也。末句指拨乱反正而言。述前日故宫之盛，则以首句安顿于先；叙今日故宫之衰，则以末句回护于后。咏本朝失道事，始终不见破相。如此妙笔，直得青玉为管，珊瑚为架。　　咏本朝失道事，回护得体，若李约「君王游乐万几轻，一曲《霓裳》四海兵」［二］，无礼甚矣。

【校记】

［一］本题共四首，此为其一。

［二］李约句出自七绝《过华清宫》。后二句为：「玉辇升天人已尽，故宫犹有树长生。」见《全唐诗》卷三〇九。

古离别［一］

韦　庄

晴烟漠漠柳毵毵，不那离情酒半酣。更把玉鞭云外指，断肠春色在江南。

「不那」，犹无那，与「更把」字相应。读此益知王昌龄「更吹羌笛关山月，无那金闺万里愁」倒叙之妙［二］。　首句指目前春色而言，春色本佳，但离人对之，自是无那，况别后睹江南春色，其肠断更如何？常建云：「即今江北还如此，愁杀江南离别情。」［三］与此同意，此作较饶风韵。

【校记】

［一］诗题《全唐诗》卷六九五注一作「多情」。

［二］王昌龄句出自《从军行》，见本卷。

［三］常建句乃《送宇文六》七绝后二句，前二句为「花映垂杨汉水清，微风林里一枝轻」，见《全唐诗》卷一四四。

边庭春怨［一］

卢　弼［二］

春风昨夜到榆关，故国烟花想已残。少妇不知归未得［三］，朝朝应上望夫山。

敖清江《类编》本「衣」作「风」，「小」作「少」，是。此诗兼王龙标「边愁、闺怨之长［四］。

【校记】

［一］诗题，《才调集》卷八作《客李秀才边庭四时怨》，下分春、夏、秋冬各一首，此为「春」。《全唐诗》卷六八八同，唯「客」字作「和」。

［二］作者，《全唐诗》作「卢汝弼」。此据《才调集》。

［三］未　《才调集》、《全唐诗》均作「不」。

［四］「边愁、闺怨」指王昌龄《从军行》、《闺怨》，本卷均选收。

塞上曲二首

王　烈

红颜岁岁老金微，砂碛年年卧铁衣。白草城中春不入，黄花戍上雁长飞。

两对格。情在景中。金微山，在羁縻州，边地也［一］。

孤城夕对戍楼闲，回合青冥万仞山。明镜不须生白发，风沙自解老红颜。

格调大近王之涣《凉州词》，终是逊其风致。

【校记】

［一］「金微山」以下，据南屏本补。

龙溪道中军后有感［一］

韩偓

水自潺湲日自斜，尽无鸡犬有鸣鸦。千村万落如寒食，不见人烟空见花。

此述残破之景，不露圭角，止用数虚字略一挑拨，而景状宛然。笔下真如镜花水月，后人岂易及此。

王元美谓「池塘生春草」是佳句，非佳境，予谓此诗非佳境，是佳语。参破此机，下笔自妙。

【校记】

［一］本篇底本无，据南屏本补。诗题《全唐诗》卷六八一作《自沙县抵龙溪县值泉州军过后村落皆空因有一绝》。

宫　词［一］

李建勋

宫门常闭舞衣闲，略识君王鬓便斑。却羡落花春不管，御沟流得到人间。

花落无人见，比己之色渐衰，不得见君。落花春不管，恨己之身拘闭而不能自由。语各一意，怨情则同。

【校记】

［一］本篇底本无，据南屏本补。

宫　词

无名氏

迎春燕子尾纤纤，拂柳穿花掠翠檐。闻道蕊宫三十六，美人争为卷珠帘。

宫词如此，何必王仲初。

咏白牡丹［一］

无名氏

长安豪贵惜春残，争赏新开紫牡丹。别有玉盘承露冷，无人起就月中看。

紫喻矜饰自衒者，白喻贞素自守者。自衒者多为人赏识，自守者无从见知，其寓慨深矣！

【校记】

［一］本篇底本无，据南屏本补。

[附]黄生析唐诗字法句法举要

何庆善 整理

黄生评唐诗，字斟句酌，甚细甚精。他从大量作品中，总结唐诗用字造句的规律，列举出多种字法句法格式，如一字多用、句中藏字、实眼句、虚眼句、走马对、参差对等等，用以对号旁批有关语句。这些旁批，乍看似乎零散、琐碎，细细品味，则皆「点睛」之笔，能道出唐诗三昧，有助于我们更好地学习和理解唐诗。清人朱之荆曾作《黄白山〈杜诗说〉句法》，惜仅限于杜诗，概括难全；且析语过于简略（有的仅举诗例，未作诠释），难以理解。今就黄生评唐诗，扩大范围，重加梳理。对于黄氏在《唐诗评》中旁批所言及的法式，撮其要者列出六十种，融合原有的析语，分条目扼要加以解说，并举诗为证，以期收举隅发覆之功效。条目按首字笔画多少排列，以便于检索。计有：

一字多用　三折句　三截句　下因句　上因句　反挑句
反装句　长短句　长装句　分装句　分疏句　比赋句
双关句　双折句　双眼句　句中藏字　半景句　全景句
走马对　交互对　问答句　两截句　折腰句　层折句
足上句　串因句　呼应句　明暗句　直述句　实眼句
参差对　相因句　背面对　重字助句　浑成句　起下句

贯上句　套装句　倒装句　倒剔句　倒叙句　流水对
换柱对　借音对　借义对　借字对　虚字省用　虚眼句
断续句　联字拆用　博换句　就句对　短装句　歇后句
错应句　叠字句　缩脉句　横插句　藏头句　辘轳句

兹逐一介绍于下：

一字多用句　句中某字兼指前后。亦即承前或蒙后省略。李颀《寄韩鹏》：「为政心闲物自闲，朝看飞鸟暮飞还。」下句实为：朝看飞鸟出，暮看飞鸟还。「看」、「鸟」一字两用；「还」字还暗示「出」。刘商《合溪送王永归东郭》：「君去春山谁共游，鸟啼花落水空流。」下句实为：鸟空啼，花空落，水空流，「空」字，一字三用。

三折句　一句中多次转折，含意曲折。杜甫《宿府》：「永夜角声悲自语，中天月色好谁看。」意谓：角声之悲，如人自语，惟长夜独宿不眠乃感觉到；天空月色虽好，但愁眠之人，不耐起看，唯恐触景更加增愁。

三截句　一句中描写多种景物，相互烘托见趣。高适《夜别韦处士》：「高馆张灯酒复清，夜钟残月雁归声。」上句馆、灯、酒，渲染出送别场面之盛；下句钟声、雁声和残月，烘托出依依惜别之气氛。

下因句　亦名「倒因句」。一句中，上半句述情事，下半句表缘由。杜审言《赋得妾薄命》：「宠移新爱夺，泪落故情留。」失宠是因为被新欢所夺，落泪是由于未忘旧情。也指一联中上句述事，下句表因。杜甫

《春日杯李白》：「白也诗无敌，飘然思不群。」惟其「思不群」，所以「诗无敌」。

上因句　亦称「顺因句」。先述原因，后表情事。杜甫《夜宴左氏庄》：「检书烧烛短，说剑引杯长。」因翻检图书而燃烛熬夜，因谈论兵事而久举酒杯。

反挑句　从相反角度挑明正意，曲说见趣。王湾《次北固山下》：「海日生残夜，江春入旧年。」海上之日，未旦先生，江南之春，于冬先动。此二句以「残夜」反挑「早」字，以「旧年」反挑「新」字。刘长卿《送朱逸人归东湖》：「莫道野人无外事，开田凿井白云中。」送隐士，故羡其「无外事」，正说便浅而无味。此处以「忙」反挑「闲」，言其开田凿井，闲中之忙，正见其「无外事」。

反装句　上下句所写事物配搭有意违反常规，错综透意，以避近避俗。孙逖《送李给事归徐州觐亲》：「春水经梁宋，晴山入海沂。」按常规，山当贴梁宋，水当贴海沂。但此一联不是写山水走向，而是写归人旅途辛劳，山水反装，更能渲染其跋山涉水之苦。张籍《送戴从元往苏州》：「乘舟向山寺，著屐到渔家。」「乘舟」与「著履」反装，更显现出江南水乡的特有风情。

长短句　上下二句，如按意思划分，一短一长不相等。韩翃《送冷朝阳还上元》：「别后依依寒食里，共君携手在东田。」意谓：别后依依难忘的是，寒食节里曾与你同游东田。起四字一层，下十字一层。岑参《和贾舍人早朝大明宫》：「独有凤凰池上客，阳春一曲和皆难。」意谓：独有凤凰池上客的阳春一曲，很难奉和。上十一字，一层，下三字一层。

长装句　句中有的成分相连一气，不能分割。赵嘏《早发剡中石城寺》：「吟辞宿处烟霞去，心负秋来水石闲。」「宿处烟霞」、「秋来水石」，俱四字长装。

分装句　同一意思分两句说，上下句兼指。宋之问《立春日侍宴》：「金阁装仙杏，琼筵弄绮梅。」实指仙杏、绮梅，并金阁所装，琼筵所弄。刘长卿《送道标上人归南岳》：「白云留不住，绿水去无心。」乃谓白云、绿水留不住，去无心。

分疏句　上下句，句中前后自行疏解其意。杜审言《和晋阳陆丞早春游望》：「云霞出海曙，梅柳渡江春。」此谓：云霞是出海之曙色，梅柳乃渡江之春气。韩翃《送康洗马归滑伯城》：「青丝玉勒康侯马，孟水金堤滑伯城。」上句「青丝玉勒」解马，下句「孟水金堤」解城。

比赋句　句中赋物，又以他物比之。来鹏《宛陵送李明府罢任归江州》：「浪生湓浦千层雪，云起炉峰一炷烟。」以千层雪比浪，以一炷烟喻云。亦有以比喻替代所赋之物者。杜甫《白小》（一种银色小鱼）：「入肆银花乱，倾箱雪片虚」》以银花、雪片替代白小。

双关句　句中兼含两义，用谐声字，明说甲，暗说乙。刘禹锡《竹枝词》：「杨柳青青江水平，闻郎江上唱歌声。东边日出西边雨，道是无晴却有晴。」以「晴」关「情」，明言晴，暗言情。其源盖出汉乐府《子夜读曲》，如「雾露隐芙蓉，见莲不分明」（以「莲」关「怜」）、「石阙生口中，衔碑不得语」（以「碑」关「悲」）。

双折句　借物陪说，使语意曲折而多风趣。贾岛《寄山中长孙栖峤》：「鹤似君无事……」形容长孙隐居闲逸，借鹤陪说，意谓：鹤似君，君无事，鹤亦闲；君似鹤，鹤闲，君亦无事。简单意思，说得参差开合，意趣盎然。若直说「无事」，便笔呆语浅。

双眼句　「眼」指诗中锤炼得最精炼传神的字眼，多用动词、形容词。如「浮云连海岱，平野入青徐」中的「连」、「入」皆是。一句用二眼字者，名为双眼句。李频《山中夜坐》：「月满方塘白，风依老树寒。」动词「满」、「依」形容词「白」、「寒」皆眼。

句中藏字　句中将关键字含而不吐，让诸者从特定的描写中自去领会。沈佺期《杂诗》：「可怜闺里月，偏照汉家营。少妇今春意，良人昨夜情。」下二句，一写少妇怀春，一写良人梦远，然「怀」字、「梦」字不说出。朱庆馀《题毗陵上人院》：「院深终日静，落叶覆秋虫。」虫下藏一「吟」字，若无此字，此句便不成境界。

半景句　一句中有叙事、有写景。许浑《送僧归金山寺》：「驻锡逢山色，停杯见浪痕。秋涛吞楚泽，晓月上荆门。」后二句完全写景，前二句「驻锡」、「停杯」，皆写情事，「逢山色」、「见浪痕」乃写景，故称「半景」。王维「奉和圣制从蓬莱向兴庆阁……》：「銮舆迴出千门柳，阁道回看上苑花。」其中「銮舆迴出」、「阁道回看」，叙事；「千门柳」、「上苑花」，乃是写景。

全景句　句中全写景。与半景句相对而言。例见半景句。又杜甫《晚出左掖》：「退朝花底散，归院柳边迷。楼雪融城湿，宫云去殿低。」上二句半景（退朝、归院叙事），下二句乃全景。

走马对　上下二句承接紧凑，一气直走不停。张籍《蓟北旅思》：「长因送人处，忆得别家时。」曹松《南海旅次》：「为客正当无雁处，故园谁道有书来。」

交互对　上下句互有省略，须互相补充，交互而对，意思方可补足。杜甫《登岳阳楼》：「昔闻洞庭水，今上岳阳楼。」实谓：昔闻洞庭水边有岳阳楼，今上岳阳楼观赏洞庭水。张蠙《寄友人》：「长疑即见面，翻致久无书。」实谓：长疑即将见面不须写信，岂料久不见面反而无信。亦有以上句宾语充下句主语，下句宾语为上句主语，轮换互对成趣者。王维《晚春答严少尹与诸公见过》：「烹葵邀上客，看竹到贫家。」实谓：上客看竹到贫家，贫家烹葵邀上客。

问答句　用问答形式组织字句，以引人注目，发人深思。问答形式多样，或有问有答。李白《清平调词》：「借问汉宫谁得似？可怜飞燕倚红妆。」或只问无答。张旭《桃花溪》：「隐隐飞桥隔野烟，石矶西畔问渔船：桃花尽日随流水，洞在清溪何处边？」或以手势代答。杜牧《清明》：「借问酒家何处有？牧童遥指杏花村。」或答中见问。贾岛《寻隐者不遇》：「松下问童子，言师采药去。只在此山中，云深不知处。」分明两问两答，初问云：「尔师何在？」答曰：「师采药去矣。」又问：「往何处采药？」答曰：「只在此山中，云深不知处也。」问语俱从答中见出。

两截句　类似「三截句」。一句中写两种事物，相互映衬。许浑《与张道士同访李隐居不遇》：「去辙已平秋草合，书斋长掩暮云平。」去辙平、书斋掩，加上秋草合、暮云平之映衬，格外显出人去迹空，令人望而生愁。

折腰句　句中语意上下两分开，上少下多，显得腰长。五言多指上一下四。七言多指上二下五。孟浩然《望洞庭》：「气——蒸云梦泽，波——撼岳阳城」。杜甫《小寒食舟中作》：「春水——船如天上坐，老年——花似雾中看。」下四或下五为一意群，不能折开。

层折句　一句中多层意思，层层深入。岑参《送李太保充渭北节度使》：「弓抱关西月，旗翻渭北风。」写大将远征之军威气势，弓与旗一层；抱月、翻风另一层；关西月、渭北风又一层，由近及远。赵嘏《送僧归庐山》：「题诗片石侵云在，洗钵香泉覆菊流。」追念与僧同游，一同题诗，洗钵，一层；题诗于片石，洗钵于香泉，另一层；如今云侵石，菊覆泉，又一层；最后以「在」与「流」寓意：在，言已出山徒有诗在，流，言师未归而泉自流。惜别深情层层透出。

足上句　下句紧承上句，补足上句之意。杜甫《春夜喜雨》：「好雨知时节，当春乃发生。」下句补足上句「知时节」，真个「好」也。

串因句　在叙述某事时，打断话头，中间串点缘由，再续言其事，使叙述委宛。杜甫《客至》：「盘飧市远无兼味，尊酒家贫只旧醅。」本言盘飧无兼味，尊酒只旧醅，「市远」、「家贫」乃串述「无兼味」、「只旧醅」之原因。

呼应句　一句中，上呼下应，自解情由。王湾《次北固山下》：「潮平两岸阔，风正一帆悬。」潮平，故两岸阔；风正，故一帆悬。亦有正呼反应者。孟浩然《望洞庭湖赠张丞相》：「欲济无舟楫，端居耻圣明。」意谓：因无人援引，故欲仕进而无望；欲闲居，又以生当盛世无所作为为耻。亦有上下句相呼应的。李白《黄鹤楼送孟浩然之广陵》：「故人西辞黄鹤楼，烟花三月下扬州。孤帆远影碧空尽，唯见长江天际流。」一呼二应，三呼四应，故又名「各应句」。

明暗句　一句中对某一事物有暗说，有明点，使其更加鲜明突出。岑参《送李太保兼御史大夫充渭北节度使》：「上官周太保，副相汉司空。」此二句写李太保官职之尊，「上官」、「副相」虚拟暗点，「太保」、「司空」实指明点。刘长卿《酬李侍御登岳阳楼见寄》：「绿水潇湘阔，青山鄠杜深。」此写己与友各在一处。「绿水」即指「潇湘」，「青山」即指「鄠杜」，上暗言其名，下明言其实。

直述句　直言其事，不假修饰，句法径直，浑朴雅健。王维《终南别业》：「行到水穷处，坐看云起时。」孟浩然《过故人庄》：「开轩面场圃，把酒话桑麻。」

实眼句　以动词、形容词等实词为诗中之眼字，用以传神。王维《过香积寺》：「泉声咽危石，日色冷青松。」李白《送友人入蜀》：「芳树笼秦栈，春流绕蜀城。」以上二例中的「咽」、「冷」、「笼」、「绕」等字便是。

参差对　上下对句中的某些词语参差而对。李白《谢公亭》：「池花春映日，窗竹夜鸣秋。」上句第三字「春」与下句第五字「秋」相对，下句第三字「夜」与上句第五字「日」相对。崔涂《春夕旅怀》：「故园书动经年绝，华发春催满镜生。」上句第三字「书」与下句第六字「镜」相对，下句第三字「春」与上句第六字「年」相对。

相因句　上下句所述之因互指二句所述之事。白居易《湖心亭》：「卢桔子低山雨重，栟榈叶战水风凉。」山雨重、水风凉乃是卢桔子低、栟榈叶战之共同原因。刘沧《秋日山寺怀友》：「风生寒渚白苹动，霜落秋山黄叶深」。实为：风生寒渚，霜落秋山，因而白苹动、黄叶深。

背面对　上下对句意同字异，一正一反，正为「面」，反为「背」，使语意更突出。李端《中峰居喜见苗发》：「经秋无客到，入夜有僧还。」白居易《赋得古原草送别》：「野火烧不尽，春风吹又生。」无客到——有僧还，烧不尽——吹又生，皆正反相对，突出一意。

重字助句　诗忌同义词重复，但有时为突出某义，有意两字并用，以助句法之雅健。杜甫《望岳》：「稍待秋风凉冷后，高寻白帝问真源。」王维《送张五諲归宣城》：「忆想南陵镇，可宜猿夜啼。」以上「凉冷」、「忆想」皆为同义词。

浑成句　脱口而出，属对天然成趣，多为名句奇句。王维《山居秋暝》：「明月松间照，清泉石上流。」谭用之《赠索处士》：「山中宰相陶弘景，洞里真人葛稚川。」

起下句　与「足上句」相反，上句为下句开路。孟浩然《赴京途中遇雪》：「穷阴连晦朔，积雪满山川。」下句写大雪，上句先透雪意。

贯上句　下句某词语贯通上句，兼括上句。司马札《晓过伊水寄龙门僧》：「几家烟火依村步，何处渔歌似故乡。」「似故乡」不仅指渔歌，也指几家烟火依村步。

套装句　上下二句并非平列，而是有主有从，有的下句被套于上句某一词之下。王维《送邢桂州》：「明珠归合浦，应逐使臣星。」实为：明珠应逐使臣星(代指良吏)重归合浦。赵嘏《早发剡中石城寺》：「明朝一倍堪惆怅，回首尘中见此山。」与上例同，实为：明朝离别后回首尘中见此山当加倍惆怅。亦有上句被套于下句者。许浑《送无梦道人先归甘露寺》：「飘飘随晚浪，帆影入鸥群。」实为：帆影飘飘随晚浪，入鸥群。

倒装句　一句中将下半句倒置于首者。王维《过香积寺》：「泉声咽危石，日色冷青松。」应为：危石边泉声咽，青松上日色冷。苏广文《夜归华山因寄幕府》：「溪渡夜随明月入，亭皋春伴白云归。」应是：夜随明月入溪渡，春伴白云归亭皋。

倒剔句　与倒装句大体相同，但只颠倒词语，不改动韵脚。岑参《晚发五渡》：「江村片雨外，野寺夕阳边。」应为：片雨江村外，夕阳野寺边。将「江村」、「野寺」倒剔。

倒叙句　与倒装大体相同，但倒装只就某一句而言，而倒叙则上下句相颠倒。卢纶《塞下曲》：「月黑雁飞高，单于夜遁逃。欲将轻骑逐，大雪满弓刀。」下二句倒叙，谓尽管大雪满弓刀，守边将士也轻骑追逐夜遁逃的单于，突出将士英勇；若顺看却似畏寒不出。司空曙《题江陵临沙驿楼》：「凄凉多独醉，零落半同游。」谓：同游半零落，独醉多凄凉。

流水对　上下句属对从宽，语意相承不隔若流水。多用于律诗第二联。宋之问《立春日侍宴内殿出剪彩花应制》：「人间都未识，天上忽先开。」王维《终南别业》：「兴来每独往，胜事空自知。」

换柱对　律诗首联对，次联不对。亦名「偷春体」。唐明皇《送贺知章》五律首联次联：「遗荣期入道，辞老竟抽簪。岂不惜贤达？其如高尚心。」常建《题破山寺后院》：「清晨入古寺，初日照高林。曲径通幽处，禅房花木深。」

借音对　上下句相对词语，字面字义均不相对，但借其读音却所对甚工。谭用之《送丁道士归南中》：「子陵山晓红云密，青草湖平雪浪高。」借「子陵」谐音「紫林」对「青草」。刘长卿《松江独宿》：「一官成白首，万里寄沧州。」借「沧」谐音「苍」对「白」。

借义对　字面、字音都不相对，借字的含义而对。杜甫《登岳阳楼》：「亲朋无一字，老病有孤舟。」「孤」，单个，与「一」恰对。张籍《夜宿黑灶溪》：「花下红泉色，云西乳鹤声。」「乳」，白色，与「红」恰对。

借字对　与借义相反，义不对而字面对。杜甫《草堂即事》：「荒村建子月，独树老夫家。」「子」对「夫」，字面恰好，但此处「子」指地支之一，与「夫」风马牛不相及。

虚子省用　为使意凝句健，虚词往往省略，尤其是动词前附着的「岂」「那」等疑问词，一般皆被省略。刘长卿《松江独宿》：「久被浮名误，能无愧海鸥？」能，应为「岂能」。喻凫《冬日寄友人》：「君子久忘我，此诚甘自沉？」甘，亦为「岂甘」。卢纶《晚次鄂州》：「旧业已随征战尽，更堪江上鼓鼙声。」堪，实为「那堪。」

虚眼句　与实眼句相对，以虚字为眼字。杜甫《蜀相》「映阶碧草自春色，隔叶黄鹂空好音。」以「自」与「空」，突出丞相祠堂荒凉冷落。张籍《夜宿黑灶溪》：「逢幽更移宿，取伴亦深行。」以「更」、「亦」突出其游兴之浓。

断续句　上下句本一气贯注，中间插以释语截断，因而断处应另读方可续上。温庭筠《早秋山居》：「素琴机虑静，空伴夜泉清。」实为「素琴空伴夜泉清」，「机虑静」三字为释语。李洞《过野叟居》：「尽日无炎暑，眠君青石床。」实为「尽日眠君青石床」，「无炎暑」三字乃释语。

联字拆用　有意将复词拆开组句，使句意变新，句式变奇。杜甫《晚出左掖 》：「楼雪融城湿，宫云去殿低。」「城楼」、「宫殿」拆开。此二句若作「雪融城楼湿，云去宫殿低」，就平淡无奇了。

博换句　上下句中的主、谓、宾等成分，有意调换，使造句避近避俗，新颖奇警。杜甫《中宵》：「亲朋满天地，兵甲少来书。」「亲朋」与「兵甲」应调换。皇甫曾《题云门邕上人》：「春山唯一室，独坐草萋萋。」「唯一室」与「草萋萋」应相换。朱庆馀《题毗陵上人院》：「此处宜清夜，高吟永与同。」「清夜」与「高吟」应互换。张乔《题灵山寺》：「一宿秋风里，烟波隔捣衣。」「秋风」与「烟波」应调换。白居易《春题华阳观》：「落花何处堪惆怅，头白宫人扫影堂。」「落花」与「影堂」应对调。因其调换字眼不固定，故名「博换」。

就句对　本句中词语前后相对。王维《送邢桂州》：「赭圻将赤岸，击汰复扬舲。」上句「赭圻」对「赤岸」，地对地，下句「击汰」对「扬舲」，事对事。

短装句　与长装句相对。每句中包含几个相对独立的词语，读时往往作间歇停顿。许浑「送王总下第归丹阳》：「秦楼——心断——楚江湄，系马——春风——酒一卮。」

歇后句　隐去句末之词语，暗示其意，让读者自寻谜底。刘长卿《酬李侍御登岳阳楼见寄》：「暮帆遥在眼，春色独何心！」「何心」后隐去「欣赏」。唐彦谦《题汉高祖庙》：「耳闻明主提三尺，眼见愚民盗一抔。」「三尺」谓「三尺剑」，「一抔」谓「一抔黄土」（指坟墓）。

叠字句　重复句中某一字词，使诗句峭拔生趣。有本句叠和隔句叠两种。前者如孟浩然《梅道士水亭》：「傲吏非凡吏，名流即道流。」又杜甫《曲江对话》：「桃花细逐杨花落，黄鸟时兼白鸟飞。」后者如王维《送张五諲归宣城》：「五湖千万里，况复五湖西。」又杨衡《送远上人》：「又上青山去，青山几万重。」

缩脉句　将连络语意的代词、连词及其他虚词省略掉，压缩硬装成句，故又名「硬装句」。祖咏《江南旅情》：「海色晴看雨，钟声夜听潮。」乃指「如雨」、「似潮」。岑参《暮春虢州送李司马》：「到来函谷愁中月，归去磻溪梦里山。」是说：尔到来函谷是我愁中月，尔归去磻溪是我梦里山。许浑《将赴京师送客》：「他日沧浪水，渔歌对白鸥。」亦言他日当与君同游沧浪，同听渔歌，同伴白鸥。

错应句　全首诗句错综承接，布局新颖。朱放《题竹林寺》：「岁月人间促，烟霞此地多。殷勤竹林寺，更得几回过？」按常理第三句与第一句应互相对调。刘禹锡《堤上行》：「江南江北望烟波，入夜行人相应歌。桃叶传情竹枝恨，水流无限月明多。」按常理第四句与第二句应对调。

横插句　亦称「硬插句」。在描述某项事物时，突然插入其他因素，虽与主要意思关系不大，但却使描写增色。杜甫《奉和郑公军城早秋》：「已收滴博云间戍，欲夺蓬婆雪外城。」是写已收滴博戍，欲夺蓬婆城。滴博戍、蓬婆城，皆番中地名，字面生硬，横插「云间」、「雪外」，便增几许雅韵。郑谷《送进士卢棨东归》：「晓楚山云满，春吴水树低。」写晓山云满、春水树低，插入「吴」、「楚」，更显得古色古香。

藏头句　将句前的交代词语省去，使诗句精炼含蓄。杜甫《题玄武禅师屋壁》：「似得庐山路，真随惠远游。」上句开头省去「观画壁」，下句省去「对禅师」。刘方平《春怨》：「朝日残莺伴妾啼，开窗只见草萋萋。庭前时有东风入，杨柳千条尽向西。」第三句头上藏「更那堪」三字，始与上二句「朝日」、「只见」唤应有情，显出意韵深入一步。若此三字不藏，筋骨则太露。此正唐诗秘密，读者须细心领会。

辘轳句　近似回文，轮回转动字句，一句可化为若干句。杜甫《陪郑广文游何将军山林》：「绿垂风折笋，红绽雨肥梅。」转动字句可化为：一、「笋折风垂绿，梅肥雨绽红。」二、「垂风折笋绿，绽雨肥梅红。」三、「风垂绿笋折，雨绽红梅肥。」四、「肥梅红绽雨，折笋绿垂风。」五、「绿笋垂风折，红梅绽雨肥。」六「风折绿垂笋，雨绽红肥梅。」韩翃《题仙游观》：「疏松影落空潭静，细草香闻小洞幽。」可化为：一、「静潭空落疏松影，幽洞小闻细草香。」二、「松落空潭疏影静，草闻小洞细香幽。」三、「空潭静影疏松落，小洞香幽细草闻。」四、「潭空影静落疏松，洞小香幽闻细草。」五、「影落空潭松疏静，香闻小洞草细幽。」六、「松静潭空落影疏，草幽洞小香闻细。」七、「细闻小洞幽香草，疏落空潭静影松。」它如耿沣的「晚果红低树，秋苔绿遍墙」，马戴的「楚雨兼猿暮，湘云拂雁秋」，韦庄的「绿奔穿内水，红落过墙花」，等等，皆属此种句型。

以上所列各种，在具体运用时，往往可以灵活变动，同时综合用其几种。杜甫《衡州送李大夫赴广州》：「日月笼中鸟，乾坤水上萍。」是说：栖羁日月如笼中之鸟，飘泊乾坤似水上之萍。既是藏头句、缩脉句，也是比赋句。又《重经昭陵》：「风尘三尺剑，社稷一戎衣。」乃是说：扫除风尘当提三尺剑，安定社稷唯事一戎衣。既是藏头、缩脉，同时下句补足上句，又为「足上句」。

黄氏所揭示出的这些句法、字法，如能结合具体作品细细领悟，不仅对于我们学习和理解唐诗大有助益，对于提高我们今天诗歌创作的艺术表现能力，也是大有助益的。

安徽古籍叢書萃編

唐詩評三種

下

清·黃生等 撰

何慶善 點校

黃山書社

唐诗续评

吴修坞选评
朱之荆集注

汪士锽序

往余成童时，中表和村吴君修坞，携生徒假馆吾家经籝书屋，每举文宴，余尝与焉。侧闻吴君论诗，辄以吾乡黄白山说杜，能发前人所未发，又见吴君杂取汉魏唐诗，集录甚勤。余时方习举子业，未暇深探旨趣。越二年，始学为诗，乃服吴君持论之不谬。既而吴君溯伊洛，登嵩少，余亦束装远游。又数年，同应秋赋，与吴君相晤于金陵，探其行箧，则向所抄录者已装订成帙矣，拟假抄，以事未果。忽忽三十年，吴君墓木已拱，不胜黄垆山河之感。适同学朱君树田以新刊黄白山《唐诗摘抄》并附刻吴君所抄汉魏唐诗见遗，青简焕然，音徽宛在，深叹朱君之崇尚风雅，不独嘉惠后学，而仰止前贤，尤足令人起敬。因追溯曩游，并识简端。至于选录有方，评注扼要，读者自得之，不待余之赘言也。

乾隆十有五年岁在庚午长至日双溪汪士锽题

汪由敦序

康熙丙戌，由敦从吴师修坞先生问业于经籝书舍。先生夙以诗名里中，所著清苍沉郁，于世俗秾纤丽巧之词，不屑一字涉其笔端。其指授一以盛唐为宗，而探源汉魏，含咀沉浸，归于心得。一日于先生案头见所携黄山人白山选唐人近体诗曰「摘抄」者，标举篇法、句法、字法，叩之先生，先生曰：「此匠氏之绳墨，乐师之音谱，举隅发覆，待学者神而明之耳。」时方初学，喜旁骛泛涉，以检柙为苦，未暇卒业，于今忽忽四十馀年矣。辛未夏，同邑朱君树田邮所刻先生手定本，视紫峰程氏刊行者较多，益以唐人古体及汉魏诗二卷，仍以「摘抄」名篇，云得之先生长子励恒，盖过庭所奉为矩矱者。以是朱君欲广其传，而以由敦问业之旧，请为之序。

夫闾里梓人，为茅茨衡宇，必操斧斤，引寻度，而非建章凌云，不足舒般尔之巧。么弦孤管，闲弄间奏，未尝不按宫徵，刻商羽，而非《云英》《韶濩》，不足尽律吕之妙。其为绳墨、律吕，一而已矣，而精牰良楛，高下相去者万万也，然非绳墨，则般尔无以施其技，非音律则夔旷无以效其能。杨子曰：「断木为棋，梡革为鞠，亦皆有法焉。」徒法未足以造诗人之极，而废法者，不可以为诗。器也有道焉，善学者当自得之。先生答问之旨，授诗之意，岂有异哉！爰以复之朱君，俾以为引伸之绪云。

乾隆十有八年癸酉孟陬月下浣松泉汪由敦书

唐诗续评卷一

五言律

起承转合，律之正论也，初学宜取古人诗求其法，然不可泥。变化不离于正者，莫如工部。

野望

王绩

东皋薄暮望，徙倚欲何依？树树皆秋色[一]，山山唯落晖远景。牧人驱犊返，猎马带禽归实眼句。近景。相顾无相识，长歌怀采薇。

首句，先点地以实「野」字。「暮」字见时，是补题法。三句又补「秋」字。中二联皆望中所见，而「暮」字亦写得透。二联，无可「依」处也；三联，有所「依」者也；以迫出七八。「相顾无相识」，收转次句。通首只「无相识」意，末句见相识者，庶几采薇之士也。「长歌」，正指此诗而言。徙，迁移也。倚，立也。即无依之情状也。无功生隋末之际，有易命之感，而恐触时忌，特以此题寓意，若非末句，几没深心矣。五律第五字用仄，第三字宜用平；第五字用平，第三字宜用仄。七律第七字与第五字平仄亦然，此律之正也。然五言首句，三字俱仄者多有。七言中后出句第五字有用仄者，则下字必易以平。如两仄叠之句，可改为「仄平平」，若适当两平叠之出句，则此体不可用，又当变而通之，于对句用平声为对可也。然初唐不甚拘，盛中晚亦间有不拘者。至五言对句，第二字用平，第一字必不可用仄；七律对句第四用平，第三字必不可用仄。此榕村之论也，然阅唐诗中不合者甚多，注见五言排律。拗律，另是一体。　又有拗换句体，注见七律赵嘏《长安晚秋作》。

【校记】

［一］秋色　秋，《全唐诗》卷三七注一作「春」。

麻平晚行

王　勃

百年怀土望，千里倦游情对起，五律多如此。高低寻戍道，远近听泉声。涧叶才分色，山花不辨名［一］。羁心何处尽，风急暮猿清。

写怀起，切定「行」字。中二联皆写「晚」字，次联兼有「行」字。七句收醒「行」字，八以「暮」字，点醒「晚」字。　「涧叶」二句非不佳，然既有上二句，则此亦太著矣，赖末二句求应得妙，故篇法尚不甚碍。　结句悠然不尽。

【校记】

［一］辨　原误作「辩」，据《全唐诗》卷五六改。

度荆门望楚

陈子昂

遥遥去巫峡，望望下章台对起。巴国山川尽，荆门烟雾开流水对。城分苍野外，树断白云隈。今日狂歌客，谁知入楚来。

首联顺点题面，次联足上，三联「望」字正面，末借楚狂完题。言楚有狂歌之人，今狂歌者反入楚也。以楚狂自喻，二字拆开［一］，运化得妙。

【校记】

［一］拆　原作「折」，径改。

春夜别友人将之洛阳而友饯之［一］

陈子昂

银烛吐青烟，金樽对绮筵。离堂思琴瑟，别路绕山川别地，明月隐高树，长河没晓天别时。悠悠洛阳去［二］，此会在何年？

「银烛」句，暗破「夜」字。「金樽」句补「饯」字。「离堂」二句，写「别」字。「明月」二句，夜中兼有别况。

七点破所去之地，八拖出后会，缴转首联此夜之会。　琴瑟，即所谓心同琴瑟，言款洽之情也。　余初疑通篇「春」字不见为病，不知点「春」字在其二也，及见次首，知古人原不疏漏。

【校记】

［一］题下注，他本皆无。本题共二首，此为其一。

［二］去　《文苑英华》诗卷二八六、《全唐诗》卷八四均作「道」。

送魏大从军

陈子昂

匈奴犹未灭，魏绛复从戎借用古事。　怅别三河道，言追六郡雄。　雁山横代北，狐塞接云中。　勿使燕然上，唯留汉将功［一］。

首句补题。此一句提出，下文便如破竹矣。次句正点题。次联接出「送」字。三联实写其地，唤起「燕然」字，结收转前半。　绛本和戎，曰「从戎」，用其姓也，且下一「复」字，便不硬。　代北，代州之北。云中，郡名。　后汉窦宪，与北单于战于稽落天山，大破之，遂登燕然山，刻石铭功。

【校记】

［一］「唯留」句《全唐诗》卷八四注一作「独有汉臣功」。

蓬莱三殿侍宴奉敕咏终南山

杜审言

北斗挂城边，南山倚殿前。云标金阙迥，树杪玉堂悬。半岭通佳气，中峰绕瑞烟。小臣持献寿，长此戴尧天。

首句借北斗陪起，写其高；次句南山与殿作一句点奇。次联接写殿，三联接写山；结是咏山，又带侍宴意，故妙。　云标，即云端也。《毛诗》：「如南山之寿。」［一］持献寿，即以咏南山者，祝朝廷之寿也。　尧仁如天。

【校记】

［一］此句出《诗·小雅·天保》。

秋夜宴临津郑明府宅

杜审言

行止皆无地，招寻独有君。酒中堪累月，身外即浮云借对。霜白霄钟彻，风清晓漏闻。坐携馀兴在，还似未离群。

前半四句一气，走马对法，笔仗绝佳。　月虚云实，借之作对。五、六实写秋夜，七、八从宴后写一笔，见情意之厚。　《蜀都赋》：「一醉累月。」　「携」而往者，言去后仍眷念也。

夏日过郑七山斋 杜审言

共有尊中好，言寻谷口来。薜萝山径入，荷芰水亭开硬装句。日气含残雨，云阴送晚雷。洛阳钟鼓至，车马系迟回。

次句切郑，便点「过」字。次联写所过之景，三途中，四到斋。三联写夏日之景，乃斋中也。结见留连之意，言夜鼓既动，而车马仍迟回不去也。「系」字，有萦之维之之意，「系迟回」，说得有情，连上面都生色。「雷」「雨」二句，与沈《岳馆》腰联，一以写时见妙，一以写地见妙。郑朴，字子真，谷口人，耕于岩山之下。

岳馆 沈佺期

洞壑仙人馆，孤峰玉女台。空濛朝气合，窈窕夕阳开大景。浑写。流涧含轻雨，虚岩应薄雷小景，细写。正逢鸾与鹤，歌舞出天来。

首联点题。中二联实赋其景。结应起联「仙人」、「玉女」意。

早发平昌岛[一] 沈佺期

解缆春风后，鸣榔涨晓前。阳乌出海树，云雁下江烟实眼句。积气冲长岛，浮光溢大川。不能怀魏阙，心赏独泠然［二］。

首联点题。首句补时。次联写「早」字，二联写平昌岛，结写怀。《庄子》：中山公子牟曰：「身在江湖之上，心居魏阙之下。」［三］宫门双阙，巍然高大，故曰「魏阙」。

【校记】

［一］平昌　《全唐诗》卷九六注一作「昌平」。

［二］泠然　泠，原误作「泠」，据《全唐诗》改。

［三］此语出自《庄子·让王》。

夜宿七盘岭

沈佺期

独游千里外，高卧七盘西。山月临窗近［一］，天河入户低大景。芳春平仲绿，清夜子规啼小景。浮客空留听应首句，褒城闻曙鸡应次句。

起句一提，便有无限情绪，至末方应转次句点题。次联接写「高」字。中二联皆是夜宿之景，一写大景，一写细景。后半言当芳春时之清夜，夜听子规，直达曙而不寐，是一句顶一句，一直说下。「芳春」句是补其时。「听」者正听彼，「闻」者忽闻此也，二字亦非重复。平仲之木，实白如银。出左思《吴都赋》注［二］。

【校记】

［一］山月　月，《全唐诗》卷九六作「晓」。又注「窗」一作「床」。

［二］此见《文选》卷五李善注。

关山月

沈佺期

汉月生辽海，曈昽出半晖。黄昏玄菟郡［一］，中夜白登围。景落关山迥，光含霜霰微。将军听晓角，战马欲南归。

起联实赋，次联写月之在关山，三联关山之月也，结联关山月下之人，十字说关山下之情思景况，无一字及关山月，读之如置身于关山月中也。　一月生，二月出，三月上，四月中，五、六正写月色，七、八月已落。　不言人而言马，语便含蓄。

【校记】

［一］黄昏　黄，《全唐诗》卷九六、《乐府诗集》卷二三均作「合」。

夏日仙萼亭应制

宋之问

高岭逼星河，乘舆此日过。野含时雨润，山杂夏云多双眼句。睿藻光岩穴，宸襟洽薜萝。悠然小天下，归路满笙歌。

起句见地。次句补事。次联实写夏日。三联是应制体。七应「高」字，八应次句及五、六句。七用「登泰山而小天下」意［一］。

【校记】

［一］语见《孟子·尽心上》：「孔子登东山而小鲁，登泰山而小天下。」

春日芙蓉园侍宴应制

宋之问

芙蓉秦地沼，卢橘汉家园。谷转斜盘径，川回曲抱源分疏句。风来花自舞，春入鸟能言上因句。侍宴瑶池夕，归途骑吹繁［一］。

首联点园，次联写园，三联是春日，结出侍宴应制。侍皇后宴，故称「瑶池」也。

【校记】

［一］骑吹　骑，《全唐诗》卷五二作「笳」。

扈从登封途中作登泰山而封也[一]

宋之问

帐殿郁崔嵬，仙游实壮哉！晓云连幕卷，夜火杂星回途中。谷暗千骑出，山鸣万乘来登山。扈游良可赋，终乏掞天才。

从巡游起，次句赞一句，喝起下文。中二联实写壮游。七补点扈从，八自谦。帐殿，行幸时幄帟为殿也。山鸣，暗用「嵩呼」语。汉武帝登嵩，御史官属咸闻呼「万岁」者三[二]。《蜀都赋》：「摛藻掞天庭。」[三]。

【校记】

[一]题下注，他本无。

[二]「嵩呼」事见《汉书·武帝纪》。

[三]《蜀都赋》晋左思作，见《文选》卷三。

泛镜湖南溪

宋之问

乘兴入幽栖，舟行日向低。岩花候冬发，谷鸟和春啼。沓嶂开天小，丛篁夹路迷。犹闻可怜处，更在若耶溪。

首联点题。次联见气候之好。三联见景地之妙。中二联皆「可怜」处也，惟幽栖，故可怜；结又推进一层。气既直走，便无收转之理；然又不得平住，故必深进一层作结，诗文法皆如此。「怜」字，诗中多作「爱」字解。「若耶溪」为次句「舟行」字再醒一笔。

陆浑山庄　宋之问

归来物外情，负杖阅岩耕。源水看花入，幽林采药行倒装句。野人相问姓，山鸟自呼名。去去独吾乐，无能愧此生[一]。

通首总是写「物外情」三字。「去去独吾乐」是遣兴处。

【校记】

[一]无能　能，《全唐诗》卷五二作「然」。

途中寒食[一]　宋之问

马上逢寒食，愁中属暮春分装对。可怜江浦望，不见洛阳人走马对。北极怀明主承四，南溟作逐臣承三。故园肠断处应马上愁中，日夜柳条新应寒食暮春。

通首总是思故园，思故园正是怀明主。「柳条新」，足七句，悠然而止。《庄子》：「南溟者，天池也。」[二]五、六言君北而己南也。

【校记】

[一]诗题，《全唐诗》卷五二作《途中寒食题黄梅临江驿寄崔融》，并注一作「初到黄梅临江驿」。

[二]此语见《庄子・逍遥游》。

送人之军中[一]

贺知章

常经绝脉塞，复见断肠流。送子成今别，令人起昔愁流水对。陇云晴半雨，边草夏全秋[二]。

万里长城寄，无贻汉国忧。

前半四句回环，笔意迥别。五六实写其景，皆曾经见者也。结以勉之。因送人而忆昔日所经见之边景，见其地之苦寒，所以起我愁心也。

【校记】

[一]诗题，《全唐诗》卷一一二无「中」字。

[二]全　同上书作「先」。

奉和四月三日上阳水窗赐宴应制

孙　逖

今日逢新夏，欢游续旧旬。气和先作雨承首句，恩厚别成春上因句。凤管临清洛[一]承次句，龙舆下紫宸。此中歌「在藻」，还见跃潜鳞。

首联点题。次联从新夏生发，暗关君恩。三联写「游」字。结补写水窗，以「歌在藻」三字应制[二]。

【校记】

[一]凤管　管，《全唐诗》卷一一八作「吹」。

[二]「在藻」见《诗·小雅·鱼藻》。

经鲁祭孔子而叹之[一]

唐明皇

夫子何为者，栖栖一代中。地犹鄹氏邑，宅即鲁王宫。叹凤嗟身否，伤麟怨道穷。今看两楹奠，当与梦时同。

「叹」字直起，三联正写可叹；末点「祭」字，足「叹」字。《礼记》：夫子梦坐奠于两楹之间，寝疾，七日而没[二]。

【校记】

［一］经鲁　《全唐诗》卷三作「经邹鲁」。

［二］此见《礼记·檀弓上》。

幸蜀西至剑门

唐明皇

剑阁横云峻，銮舆出狩回。翠屏千仞合承首句，丹嶂五丁开借数目字对。灌木萦旗转承次句，仙云拂马来。乘时方在德，嗟尔勒铭才［一］。

首句点剑门，次句点「幸」字。次联写剑阁，三联写「幸」字，末句收剑阁。　五丁，开蜀道之人。　吴起曰：「在德不在险。」［二］　张载，字孟阳，以蜀人持险好乱，著铭以作诫。益州刺史张敏上其文，武帝遣使镌于剑阁［三］。

【校记】

［一］此句后，《全唐诗》卷三有注曰：「肃宗至德二年，普安郡守贾深勒石。」

［二］此句出自《史记·孙子吴起列传》：「魏武侯浮西河而下，中流，顾而谓吴起曰：『美哉乎山河之固，此魏国之宝也！』起对曰：『在德不在险……』」

［三］此事见《晋书·张载传》卷五五。

送贺知章[一]

唐明皇

遗荣期入道，辞老竟抽簪。岂不惜贤达，其如高尚心换柱对。寰中得秘要，方外散幽襟。独有青门饯，群僚怅别深。

首联点题，次联写情，三联接写「高尚」，结收「送」字。

【校记】

[一]诗题「贺知章」下，《全唐诗》卷三有「归四明」，并有诗序云：「天宝三年，太子宾客贺知章，鉴止足之分，抗归老之疏，解组辞荣，志期入道。朕以其年在迟暮，用循挂冠之事，俾遂赤松之游。正月五日，将归会稽，遂饯东路，乃命六卿庶尹大夫，供帐青门，宠行迈也。岂惟崇德尚齿，抑亦励俗劝人，无令二疏，独光汉册，乃赋诗赠行。」

塞下曲[一]

李白

五月天山雪，无花只有寒。笛中闻《折柳》，春色未曾看。晓战随金鼓，宵眠抱玉鞍。愿将腰下剑，直为斩楼兰。

两截格，前半塞下之地，后半塞下之人。　此首言立功者之劳苦，次首见论功未必及己。　西域天山，冬夏常有雪。　《汉书》：楼兰王尝杀汉使者。傅介子与王饮酒皆醉，使壮士三人刺之，持其首指阙。　三、四一气而下，妙极自然，故不用对，另是一体，究非常格。

骏马似风飙［二］，鸣鞭出渭桥。弯弓辞汉月，插羽破天骄。阵解星芒尽，营空海雾消。功成画麟阁撮用古事，独有霍嫖姚。

起二句出塞也，以第三句点明。五、六二句，破敌也，以第四句开下。敌既破矣，是功成也，故下直接「成功」二字。结是伤心处。《晏子春秋》：变星有芒。　汉宣帝图功臣霍光等十一人于麒麟阁。此嫖姚，霍去病也，从大将军卫青击匈奴，为嫖姚校尉。

【校记】

［一］《塞下曲》共六首，此为其一、其三。

［二］似　《乐府诗集》卷九二作「如」。

别储邕之剡中

李　白

借问剡中道，东南指越乡问答起。舟从广陵去，水入会稽长。竹色溪下绿，荷花镜里香。辞君向天姥，拂石卧秋霜。

首联点剡中，次联写「之」字。三联写剡中；结收「别」字，仍绾「剡中」。

送友人

李　白

青山横北郭，白水绕东城。此地一为别此地二字紧接，孤蓬万里征流水对。浮云游子意，落日故人情。挥手自兹去，萧萧班马鸣。

首联见地，次联写「送」字。五言无定所，六言难挽留，见景生情。末联言外见物如此，人可知。起宏远，结更凄楚。　孤蓬无根，而随风飘转，故曰「万里征」。蓬，或作「篷」，非。　《左传》「有班马之声」。班，别也，夜遁马不相见，故作离别之声也。

导雍尊师隐居

李　白

沓嶂碧摩天[一]，逍遥不记年。拨云寻古道，倚树听流泉。花暖青牛卧，松高白鹤眠。语来江色暮，独自下寒烟。

首句隐居，次句雍尊师。次联「寻」字，三联正写尊师。七句言谈语至暮。八句「下」字，照应起句并三句「寻」字。「寒烟」字，照应「拨云」字。　嵩山有大松，其精变为青牛。　荥阳郡南，有孤松高千丈，常有双鹤，晨必接翮，夕辄偶影。

【校记】

［一］沓嶂 《李太白全集》卷二三作「群峭」。

访戴天山道士不遇

李 白

犬吠水声中，桃花带雨浓［一］。树深时见鹿，溪午不闻钟。野竹分青霭，飞泉挂碧峰。无人知所去，愁倚两三松。

借桃源影起，便有不遇意。次联暗写不遇。三联写其地。结点破不遇，言谁知吾之去来哉，徒倚松而惆怅耳。　写幽意，固其所长，更喜其无丹鼎气，不用其所短。

【校记】

［一］带雨　雨，《李太白全集》卷二三作「露」。

流夜郎至江夏陪长史叔及薛明府宴兴德寺南阁

李 白

绀殿横江上，青山落 镜中。岸回沙不尽，日映水成空。天乐流香阁，莲舟扬晚风。恭陪竹林宴，留醉与陶公。

从寺说起。次句承「江上」说，三四写江上之景。五句寺，六句江，七句叔，八句明府，分结。前三联阁中所见，末言己陪二公，以阮籍比长史，以彭泽比明府。

过崔八丈水亭

李白

高阁横秀气，清幽并在君。檐飞宛溪水，窗落敬亭云。猿啸风中断，渔歌月里闻。闲随白鸥去，沙上自为群。

首联总冒，人与亭并写。中二联写亭之秀气，承首句；次联所见，三联所闻；五从四生，六从三生。末写人之清幽，承次句。与水上之白鸥为群，则崔之清幽可见。沙鸥作结，并切水亭。

秋日登宣城谢朓北楼

李白

江城如画里，山晓望晴空倒叙联[一]。两水夹明镜，双桥落彩虹。人烟寒橘柚[二]，秋色老梧桐硬装句。谁念北楼上，临风怀谢公？

虚摹起。次句倒叙于下。次联足上；三联秋日，皆所望之如画者。结点破「楼」字并「谢公」

【校记】

[一] 山晓　晓，《李太白全集》卷二一作「晚」。

［二］寒　同上书注一作「空」。

谢公亭 亭盖谢朓、范云之所游［一］

李　白

谢公离别处［二］，风景每生愁。客散青天月，山空碧水流缩脉句。池花春映月，窗竹夜鸣秋参差对。今古一相接，长歌怀旧游。

首句点题。中二联正生愁处。八自己作结，仍然愁也。　谢公送客之处，每对景而生愁者，以水月依然，而人非昔也。今对此花色，闻此竹声，意况与谢相同，能无思其旧游而生愁乎？长歌，正所以抒其愁也。　曰「春」曰「秋」，见非一时，内藏有「每」字。「春」对「夜」，「日」对「秋」，变换有趣。

【校记】

［一］题下注前《李太白全集》卷二二有「原注」二字。

［二］谢公　公，同上书作「亭」。

与诸子登岘山

孟浩然

人事有代谢，往来成古今。江山留胜迹，我辈复登临不对而对。水落鱼梁浅，天寒梦泽深。羊公碑尚在，读罢泪沾襟！

从叔子意写起，三句足上，四句点清本题。五、六岘山所见之景。结点破，绾上前半。　叔子事见排律陈子昂《岘山怀古》。　三「江山」字串读，四「登临」字串读，便知原非不对。

宿立公房

孟浩然

支遁初求道，深公笑买山。如何石岩趣，自入户庭间虚，走马对。苔涧春泉满实，萝轩夜月闲。能令许玄度隐支遁，吟卧不知还。

借衬起法，次联见不必买山也。三联实写石岩趣入户庭。结收「宿」字。　支遁，字道林，本姓关氏。支遁就深公买山，深公曰：「未闻巢由买山而隐。」许询字玄度，与支善，故取以自况。

游景光寺[一]

孟浩然

龙象经行处，山腰度石关。屡迷青嶂合，时爱绿萝闲。宴息花林下，高谈竹屿间。寥寥隔尘事，疑是入鸡山。

首联「寺」字、「游」字，一总点破。中二联实写「游」字。结联横插一句，推开，仍绾「游」字。　刻画「游」字，不同泛设。　佛教能负荷大法，比之龙象，言力大也。

【校记】

[一]诗题,《全唐诗》卷一六〇作《游景空寺兰若》。

梅道士水亭

孟浩然

傲吏非凡吏,名流即道流。隐居不可见,高论莫能酬。水接仙源近,山藏鬼谷幽。再来迷处所,花下问渔舟。

两截格。上截写道士,下截写水亭。

宴梅道士房[一]

孟浩然

林卧愁春尽,搴帷览物华[二]。忽闻青鸟使[三],邀入赤松家流水对[四]。金灶初开火[五],仙桃正发花[六]。童颜若可驻,何惜醉流霞。

通首直叙格。三联正写「宴」字,结收「宴」字。　蛇巫之山有三青鸟,为西王母取食[七]。金灶,仙家炼丹之灶。　河东项曼都,学仙二年而返,曰「仙人饮我流霞一杯,数日不饥」[八]。

【校记】

［一］「宴」前，《全唐诗》卷一六〇有「清明日」三字。

［二］搴帷　同上书作「开针」。

［三］忽闻　闻，同上书作「逢」。

［四］入　同上书注一作「找」。

［五］金灶　金，同上书作「丹」。

［六］发花　发，同上书作「落」。

［七］「青鸟」事见《山海经·西山经》。

［八］「流霞」事见汉王充《论衡·道虚》。

浮舟过陈友人别业［一］

孟浩然

水亭凉气多，闲棹晚来过。涧影见藤竹［二］，潭香闻芰荷分疏句。野童扶醉舞，山鸟笑酣歌［三］。幽赏未云遍，烟光奈夕何［四］！

首句点「别业」，次句点「浮舟过」。次联接写「晚」字，是浮舟之景况。三联是别业情事。七收「过」字，八仍缴「晚」字。

【校记】

［一］诗题，《国秀集》卷中作《过陈大水亭》，《全唐诗》卷一六〇作《夏日浮舟过陈大水亭》，又注一作《浮舟过滕逸人别业》。

［二］藤竹　藤，《全唐诗》作「松」。

［三］笑　《国秀集》作「助」。

［四］烟光　光，《国秀集》作「花」。

武林泛舟

孟浩然

武林川路狭，前棹入花林。莫测幽源里，仙家信几深参差对。水回青嶂合，云度绿溪阴。坐听闲猿啸，弥清尘外心。

首句点武林，次句点泛舟。次联意中想度，是未到之景；三联已到之景，所以不知几深也。末联正收。「仙家」对「幽源」，「信几」对「莫测」，唐人多有此对法，虽系变格，不可不知。

归终南山［一］

孟浩然

北阙休上书，南山归敝庐。不才明主弃，多病故人疏［二］上因句。白发催年老，青阳迫岁除［三］。永怀愁不寐［四］，松月夜窗虚［五］。

首句补题，次句正点。次联实写，见世情当归。三联见自己当归。结绾上。　结句是言寂寥之甚，然只写景，不说寂寥，含蓄有味。　汉正月上辛，祠甘泉，歌《青阳》。

【校记】

［一］诗题《全唐诗》卷一六〇作《岁暮归南山》，又注一作「归故园作」。

［二］多病　病，同上书注一作「卧」。

［三］迫　《唐诗纪事》卷二三作「逼」。

［四］不寐　寐，《全唐诗》注一作「寝」。

［五］夜窗　窗，同上书作「堂」。

裴司士见寻［一］

孟浩然

府寮能枉驾［二］，家醖复新开。落日池上酌，清风松下来。厨人具鸡黍，稚子摘杨梅。谁道山翁醉，犹能骑马回。

首句双点，次句开下。中二联接写次句。结联绾首句，收中四句。　此必与司士游山水而酌之，非宴于家也，观末句可见。

【校记】

［一］诗题「裴司士」下，《全唐诗》卷一六〇有「员司户」。

［二］枉驾　驾，《唐诗纪事》卷二三作「顾」。

和李侍御渡松滋江［一］

孟浩然

南纪西江阔，皇华御史雄。截流宁假楫下因联，挂席自生风承上句。寮寀争攀鹢承次句，鱼龙亦避骢摄用古事。坐听《白雪》唱，翻入棹歌中。

首句点江，次句点侍御。次联写「渡」字。三联写侍御。结收和诗，仍带渡江。唐人和诗，必见和意，此一定之法也。《诗》「滔滔江汉，南国之纪」［二］，《诗》「皇皇者华」［三］，君遣使臣也。鹢，水鸟，画于船首者。汉桓典不阿宦官，常乘骢马，京师语曰：「行行且止，避骢马御史」［四］。孙权名小船为「驰马」［五］。此盖二事借用。

【校记】

［一］诗题「和」，《全唐诗》卷一六〇作「秋日陪」。

［二］「滔滔江汉」句见《诗·小雅·四月》。

［三］「皇皇者华」句见《诗·小雅·皇皇者华》。

［四］桓典事见《东观汉纪·桓典传》。

［五］孙权事见崔豹《古今注》。

送子容进士举［一］

孟浩然

夕曛山照灭，送客出柴门。惆怅野中别，殷勤醉后言［二］。茂林余偃息，乔木尔飞翻。无使《谷风》诮，须令友道存。

首句见时，补法；次句见地，点题。三、四送时之情；五、六一已一彼作过文；七、八后日之意。　玩后半，皆殷勤语也。　《小雅·谷风》篇，朋友相怨之诗。

【校记】

［一］诗题，《全唐诗》卷一六〇作《送张子容进士赴举》。

［二］醉后　同上书作「歧路」。

留别王维［一］

孟浩然

寂寂竟何待，朝朝空自归。欲寻芳草去，惜与故人违流水对。当路谁相假，知音世所稀下因联。

只应守寂寞[二]，还掩故园扉。

两截格。前半仍有不去之意，第五句一转，后半是决于去也。「竟何待」，待用而不可得。「空自归」，无得意处。「寻芳草」，思隐也。「谁相假」，无援也。

【校记】

[一]王维 《全唐诗》卷一六〇作「王侍御维」。

[二]寂寞 寂，同上书作「索」。

闲园怀苏子

孟浩然

林园虽少事以闲字衬，幽独自多违怀字对起。向夕开帘坐，庭云落叶微换柱对[一]。鸟从烟树宿[二]，萤傍水轩飞。感念同怀子，京华去不归。

首句点闲园，次句叫「怀」字，中二联承「少事」，结点破怀苏子。

【校记】

[一]庭云落叶 《全唐诗》卷一六〇作「庭阴落景」。

[二]从 同上书作「过」。

途次望乡[一]

孟浩然

客行愁落日，乡思重相催。况在他山外，天寒夕鸟来走马一气。雪深迷郢路，云暗失阳台上因句。可叹栖迟子[二]，狂歌谁为媒硬装句[三]？

首联急欲归也，振起「望」字。次联深进一层，三联「望」字正面，末联寄托，言我本栖隐之子，谁为媒而荐之？此狂歌之不能已也。「狂歌」二字，硬装成句。三、四妙极自然，一气直下，故不拘对。

【校记】

[一]诗题，《全唐诗》卷一六〇作《落日望乡》。

[二]栖迟 《唐诗品汇》卷六作「凄惶」。

[三]狂歌 狂，《全唐诗》作「高」，并注一作「劳」。

早寒有怀[一]

孟浩然

木落雁南渡[二]，北风江上寒。我家襄水曲[三]，遥隔楚云端[四]走马对。乡泪客中尽，孤帆天际看[五]。迷津欲有问，平海夕漫漫。

首联先出「早寒」。次联转出「怀」字，三联实写怀字。末联寄托语，又应转「江上」。

【校记】

［一］诗题，《国秀集》卷中作「江上思归」。《全唐诗》卷一六〇作「早寒江上有怀」。

［二］南　《全唐诗》作「初」。

［三］襄水曲　《唐诗纪事》卷二三作「江水上」。

［四］楚云　云，《全唐诗》作「山」。

［五］孤帆天际　《国秀集》作「归帆天外」。

途中遇晴

孟浩然

已失巴陵雨［一］，犹逢蜀坂泥流水对起。天开斜景逼［二］承首句，山出晓云低大景远景。馀湿犹沾草承次句，残流尚入溪细景近景。今宵有明月［三］，乡思远凄凄。

首联见途中之地，点题完足。中二联实写雨后之景。七句足「晴」字，八收「途中」。

【校记】

［一］巴陵雨　《全唐诗》卷一六〇作「五陵道」。

［二］逼　同上书作「遍」。

［三］宵　原作「霄」，据《全唐诗》改。

赴京途中遇雪

孟浩然

迢递秦京道，苍茫岁暮天。穷阴连晦朔衬起下句，积雪遍山川[一]。落雁迷寒渚[二]，饥乌噪野田[三]。客愁空伫立，不见有人烟。

首句点赴京，次句纪时，暗含「雪」字。次联写「遇雪」二字甚亮。三联「雪」字正面，结足途中见意。点「雪」只第四一句，前具雪意，后借雪中人物衬托，真能写雪不见有人烟，亦如落雁饥乌之况也。之神者。

【校记】

[一]遍　《全唐诗》卷一六〇作「满」。

[二]寒渚　寒，同上书作「沙」。

[三]噪　同上书作「集」。

夜渡湘水

孟浩然[一]

客行贪利涉[二]，夜里渡湘川[三]。露气闻芳杜，歌声识采莲上因句。榜人投岸火，渔子宿潭烟。行侣时相问[四]，浔阳何处边[五]？

次句正点，中二联「夜」字正面，七、八叫醒夜渡作结。乘夜以涉，芳杜不见其花而闻其气，采莲不见其人而识其声，皆暗中之景也。于是榜人望岸火而投，渔子就潭烟而宿，我侪恐暗中失道，故问浔阳所在耳。

【校记】

［一］本诗作者，《全唐诗》卷一六〇注一作「崔国辅」。
［二］客行　行，《全唐诗》作「舟」。
［三］夜里　同上书作「暗里」。
［四］时　同上书注一作「遥」。
［五］浔阳　同上书注一作「涔阳」。

宿武陵川［一］

孟浩然

川暗夕阳尽，孤舟泊岸初。岭猿相叫啸，潭影似空虚。就枕灭明烛，扣船闻夜渔。鸡鸣问何处，人物似秦馀。

首联先暗点「宿」字，二联虚写其地，三联实写「宿」字，结收出武陵。首四句虚，后四句实，前虚后实格也。

【校记】

[一]武陵　《全唐诗》卷一六〇作「武阳」。

早朝

王　维

柳暗百花明，春深五风城。城乌睥睨晓[一]，宫井辘轳声。方朔金门侍[二]，班姬玉辇迎。仍闻遗方士，东海访蓬瀛。

首句春深也，次句承明见时，次联「早」字，三联「朝」字，末推开作结。此又一格也。　似有讥好仙意，富贵之极更思成仙。　睥睨，城上垣也。

【校记】

[一]乌　《全唐诗》卷一二六注一作「鸦」。

[二]侍　同上书作「召」。

酬比部杨员外暮宿琴台朝跻书阁率尔见赠之作

王　维

旧简拂尘看书阁，鸣琴候月弹琴台[一]。桃源迷汉姓[二]，松径有秦官用古极化[三]。空谷归人少，青山背日寒。羡君栖隐处酬意作结，遥望白云端。

首联写杨栖隐之事，中二联栖隐之处，结点醒之。酬诗与和诗不同：和诗必见和意，酬诗不必也，但必要似答其人口气，如「羡君」云云。《桃花源记》：「不知有汉，何论魏晋」。秦皇封泰山松为五大夫。

【校记】

［一］候 《全唐诗》卷一二六注一作「侯」。

［二］桃源 源，同上书注一作「花」。

［三］松径 径，同上书及《唐诗品汇》卷六一均作「树」。

山居秋暝

王 维

空山新雨后，天气晚来秋。明月松间照，清泉石上流浑成句。竹喧归浣女，莲动下渔舟下因句。随意春芳歇，王孙自可留。

首联分点题。三句承次句，四句承首句，是写物景；五、六写人景，切题中「暝」字；七应转「秋」字，八收「居」字。 随意，犹言任他也。

归嵩山作

王　维

清川带长薄[一]，车马去闲闲。流水如有意，暮禽相与还[二]。荒城临古渡，落日满秋山。迢递嵩高下[三]，归来且闭关[四]。

从「归」字起，次联见天机自适，近景；三联见世事冷淡，远景；结联见意。　草木交错曰「薄」。

【校记】

[一]清川　清，《文苑英华》诗卷一六〇作「晴」。

[二]暮禽　禽，同上书作「云」。

[三]嵩高　高，同上书作「山」。

[四]闭关　闭，《全唐诗》卷一二六作「掩」。

山居即事

王　维

寂寞掩柴扉，苍茫对夕晖[一]。鹤巢松树遍，人访荜门稀承首句。嫩竹含新粉[二]，红莲落故衣。渡头灯火起，处处采菱归应次句。

前六句，己之事也；末二句，人之事也；然人之事实为己目中之景，究亦己之事耳。

【校记】

［一］夕晖　夕，《全唐诗》卷一二六作「落」。

［二］嫩叶　嫩，同上书作「绿」。

辋川闲居

王　维

一从归白社，不复到青门。时倚檐前树，远看原上村走马对。青菰临水映，白鸟向山翻从上「看」字生出，以物之闲衬出人之闲。寂莫於陵子，桔槔方灌园。

首联先说「居」。中二联「闲」字写得透，结于不闲中见「闲」，盖消闲亦必有事也。大都写隐逸之闲，多于其所事见之。后半言菰鸟各得其性，而我亦自适于灌园也。陈仲子，自谓於陵仲子。楚王遣使持金聘仲子，仲子逃去，为人灌园［一］。青、白字重。

【校记】

［一］陈仲子事见晋皇甫谧《高士传》。仲子，战国齐人，以兄食禄万钟为不义，适楚，居于於陵，号「於陵仲子」。

送严秀才还蜀

王　维

宁亲为令子［一］，似舅即贤甥。别路经花县承二，还乡入锦城承一。山临青塞断山长，江向白云平水远。献赋何时至，明君忆长卿。

严亲在蜀，而舅为令。经花县，将谒舅也；入锦城，归省亲也。于是写蜀道山川之景，而以长卿望之，欲其无久滞于蜀也。送人诗，多于结处拖出后日期望之意。潘岳为河阳令，植桃李花，人号为「河阳一县花」[二]。相如献赋。

【校记】

[一]为《文苑英华》诗卷二六八作「真」。

[二]潘岳事见《晋书·潘岳传》。

送刘司直赴安西

王维

绝域阳关道，胡沙与塞尘[一]。三春时有雁，万里少行人。苜蓿随天马，葡萄逐汉臣借古为喻。当令外国惧，不敢觅和亲。

从所赴之地起，次联虚写其地之苦寒。五、六实写「赴」字，以期望意作结。苜蓿草，大宛国马所嗜，汉张骞采归种之。张骞使西域，得大宛葡萄，酿为酒，名曰「玉液」。

【校记】

［一］胡沙　沙，《全唐诗》卷一二六作「烟」。

汉江临泛

王　维

楚塞三湘接，荆门九派通。江流天地外，山色有无中壮阔。郡邑浮前浦，波澜动远空。襄阳好风日［一］，留醉与山翁。

首联汉江说起，中二联接写汉江，一虚写，一实写，末联结出「泛」字。次联以「有无」对「天地」，是各自为对法。

【校记】

［一］好风日　《唐诗品汇》卷六一作「风日好」，《文苑英华》诗卷一六二「日」作「月」。

赵少府南亭送郑侍御归东台得长字［一］

岑　参

红亭酒瓮香［二］，白面绣衣郎采色点染。砌冷虫喧座，帘疏月到床［三］上因句。钟催离思急［四］，弦逐醉歌长［五］，倒叙联。关树应先落，随君满路霜［六］。

首句地，次句人，三、四时景，五、六送，七、八入彼地，与官名作结。笔意超脱。「绣衣郎」、「满路霜」，俱切御史。

【校记】

[一]题下「得长字」三字，据《全唐诗》卷二〇〇补。

[二]红亭　红，《文苑英华》诗卷二七一作「江」。

[三]疏月　月，《全唐诗》、《文苑英华》均作「雨」。

[四]离思　思，同上二书均作「兴」。

[五]弦逐　逐，《全唐诗》注一作「缀」。

[六]满路　路，「全唐诗》作「鬓」。

酬崔十三侍御登玉垒山思故园见寄

岑　参

玉垒天晴望，诸峰尽觉低。故园江树北思故园，斜日岭云西见寄。旷野看人小，长空共鸟齐逼出高字。山高徒仰止借收转「低」字并「玉垒」字，不得日攀跻。

前三联写侍御登山之景，次联横望，三联竖望。末叹己之不得从游也。借登山作酬，诗意周匝。想岑此日当居岭西，故四句云云，非漫无所指也

登总持阁　岑　参

高阁逼诸天，登临近日边。晴开万井树，愁看五陵烟。槛外低秦岭，窗中小渭川。早知清净理，常愿奉金仙。

首二句完题，逼诸天，近日边，写寺之高，便生出中二联。次联旷观之景，三联缔视之景。置身如此之高，所见如此之远，便有出尘之意，故曰「早知清净理」，一句叫破，以缴转通篇。佛身金色，故称「金仙」。

梁州陪赵行军龙冈寺北庭泛舟宴王侍御得长字　岑　参

谁宴霜台使，行军粉署郎。唱歌江鸟没，吹笛岸花香硬装句。酒影摇新月[一]，滩声聒夕阳实眼句。山钟闻已暮[二]，归棹绿川长。

呼应起。首联明点「宴」字，次联暗写「泛舟」，三联暗写「宴」字，末联明结「泛舟」。章法句法，俱清新可爱。　聒，声扰也。

【校记】

[一]摇新月　摇，原作「遥」，据《文苑英华》诗卷二一五、《全唐诗》卷二〇〇改。

[二]山钟　山，同上二书均作「江」。

巴南舟中夜书事[一]

岑参

渡口欲黄昏见，归人争渡喧闻。近钟清野寺闻，远火照江村见[二]。见雁思乡信，闻猿积泪痕顺因句。孤舟万里夜[三]，秋月不堪论见见闻闻，无一可耳。

首联「舟中」起，却不写自己在舟中，而以归人争渡衬出；「归人」二字，便见己之不得归也；他人黄昏便归，已则夜在万里之外，紧紧相对。次联琢句可味。三联切定巴中。因思乡故积泪，是顺因联。

【校记】

[一]夜书事　《文苑英华》诗卷二九二作「夜事」，《全唐诗》卷二〇〇作「夜市」。

[二]照　同上二书均作「点」。

[三]夜　《全唐诗》作「外」。

送刘评事充朔方判官赋得征马嘶

高适

征马向边州，萧萧嘶未休[一]。思深应带别，声断为兼秋。歧路风将远，关山月共愁。赠君从此去，何日大刀头？

双纽起，点征马嘶；次联赋意，亦双纽。三联写充朔方，末联结出「送」字，一句今日，一句后日。「思深」句，借马言人，言思以带别而深，声以兼秋而断也。古乐府有「征马嘶曲」。诗中「将」字，多作「与」字解，此言与风同远也。

【校记】

［一］未休　未，《全唐诗》卷二一四作「不」。

送郑侍御谪闽中

高适

谪去君无恨，闽中我旧过。大都秋雁少，只是夜猿多流水对。东路云山合，南天瘴疠和。自当逢雨露，行矣慎风波。

首句慰之，至结联方应。次句开一笔；中二联，只接写次句，见其地之不如，此其所以慰之之意也。

对雪

杜甫

战哭多新鬼，愁吟独老翁对起。乱云低薄暮倒装句，急雪舞回风实眼句。瓢弃樽无绿，炉存火似红下因句。数州消息断，愁坐正书空意在言外。

喝一句起。次句开一笔。中二句承次句；七收首句，八收次句。「对雪」非咏雪，「对」字便有许多意思在内，故首尾不言雪者，皆是「对」字之意也。　他诗多先写景，后写情，此独外虚中实，亦变极也。

此在赋中伤房绾及禄山战败于陈陶斜而作，起语盖指此，对雪愁吟，为是故也。三、四是题目，非题意，题意从首尾见之。五、六乃愁吟之事。　书空者，落笔不敢，欲言不敢，唯将心事书于空而已。殷浩坐废，终日书空，作「咄咄怪事」四字[一]。

【校记】

[一]事见南朝梁刘义庆《世说新语·黜免》。《晋书·殷浩传》亦记其事。

喜达行在所[一]

杜　甫

西忆岐阳信，无人遂却回。眼穿当落日[二]，心死著寒灰单眼句，实眼句。正承首句。反承次句。茂树行相引[三]，连山望或开[四]。所亲惊老瘦，辛苦贼中来倒叙联。

首联在贼中起，次联实写忆信，言望不至，心欲绝也。是题中「喜」字反面。三联转出能达，七收三、四，八收五、六。　此非望信也，乃因陈陶之败，欲望官军再举，至于眼穿心死，而始为脱走之计，故后半云云。中间不露「脱走」字，至次首始补足其意。　此首若初见所亲，仓皇未暇细语。　次句，诸家解说多未明亮，愚细按，当是犹俗语云：那个得遂其去来之便。

其二

愁思胡笳夕，凄凉汉苑春对起。「夕」字从下「今日」翻转。生还今日事倒叙联，间道暂时人承首句。司隶章初睹，南阳气已新借古为喻。折腰句。喜心翻倒极，呜咽泪沾巾［五］。

首联静想在贼时心事。次联应上「辛苦」字。三联转出「喜」字；七明点「喜」字，八打转前半。三、四二语，盖言向日在贼，何能必得生还，则生还是今日事耳；今虽得生还，然间道而行之，与鬼为邻，是暂时之人耳。　前叙贼中脱走之事，后叙喜达行在之事。此章若答所亲之语。　此首痛定思痛，喜极翻悲。　「翻倒极」，言喜极倒翻为悲也。　「间道」，伺其间隙之道而行也。《光武纪》：更始以帝行司隶校尉，置官属，作文移，一如旧章［六］。　望气者苏伯阿，为王莽使，至南阳，遥望见春陵郭，唶曰：「气佳哉！郁郁葱葱！」［七］。　思，去声。间，去声。咽，入声。

其三

死去凭谁报，归来始自怜。犹瞻太白雪，喜遇武功天。影静千官里［八］，心苏七校前。今朝汉社稷，新数中兴年分装结。

首联透发「暂时人」。次联得达行在而喜。三联气平而喜也。末为天下喜。　起语自伤名位之卑微，不为时所轻重，故其归也，悲喜交集，亦只自知而已。三、四言去贼已远，自喜复见天日。五、六言睹朝序之雍容，护卫之整肃，非复前日戈戟中惊心动魄之比也。　此首则初列朝序，心神甫定之语。

三章逐层递下，自有前后映带之妙。　太白山甚高，常积雪，无草木。　武功县，以武功山得名。

中、仲，古通；仲兴，再兴也。

【校记】

［一］诗题「喜」前《杜诗详注》卷五有「自京窜至凤翔」六字。

［二］当落日　当，同上书注一作「看」。

［三］茂树　茂，同上书注一作「雾」。

［四］连山　《唐诗品汇》卷六二作「莲峰」。又「或开」，《杜诗详注》作「忽开」。

［五］泪　《杜诗详注》注一作「涕」。

［六］事见《后汉书·光武帝纪上》。

［七］同［六］。

［八］千官　官，《杜诗详注》注一作「门」。

月

杜　甫

天上秋期近，人间月影清对起。点题。入河蟾不没，捣药兔长生倒剔句。只益丹心苦，能添白发明双关句。干戈知满地［一］，休照国西营意在言外。

通首作对月嗔怪之词[二]。月长在天，怪蟾兔之何以常在，下照人间，只能益我丹心之苦，添我白发之明而已。又说干戈满地，尔岂不知，国西之营，何堪更照之哉？　起语虽借以纪时，实与末句暗关，言外见秋期既近，月影又清，征夫对此，恐动契阔之情，而隳其踊跃之志也。「秋期」字，指牛、女。　嫦娥托身于月，是为蟾蜍。　月中白兔捣药。　上四写月，下四写对月之人。此亦借月为题以写怀也。

【校记】

[一]满地　地，《杜诗详注》注一作「道」。

[二]此句摘自黄生《杜诗说》。

初　月[一]

杜　甫

光细弦欲上[二]，影斜轮未安对起，下因句。微升古塞外[三]，已隐暮云端流水对。生于西而易落。河汉不改色，关山空自寒。庭前有白露，暗满菊花团[四]。

起联上二字因下三字。「欲上」，即未上意。　前赋初月之景，一、二形，三、四时，是从有月处写「初」字，后描初月之神，只见河汉，只有寒色。而白露湿花，竟从无月处写「初」字矣。「关山随地远，河汉近人流」，与此五、六，一写满月，一写初月，皆使人得之于言外，不着色相，其味无穷。结更精巧，巧在用一「暗」字挽合。　次联实写，三联虚写。大抵中二联，必分虚实、大小、远近、横竖，方不重复。不单刻画新月，妙在后半只承第四句，跳出题外，而未尝不在题中，字字开，却字字合，此咏物至诀。

此公托初月以自喻，言官卑不得安于朝，道晦不能施于用，由人主暗蔽，荣枯雨露偏，则君子之失位宜矣。

【校记】

［一］诗题《文苑英华》诗卷一五一作「新月」。

［二］「光细」句　细，《杜诗详注》卷七注一作「常」；「欲」，同上书作「初」，《文苑英华》作「岂」。

［三］古塞　塞，《文苑英华》作「堞」。

［四］团　同上书作「栏」。

归燕

杜甫

不独避霜雪，其如俦侣稀。四时无失序，八月自知归走马对。春色岂相误［一］，众雏还识机走马对，虚眼句。　故巢倘未毁，会傍主人飞。

起联寄托深远。三联念及后日。末联不终隐也。　当时贾至、严武等，皆因房琯而出，所谓「俦侣稀」者如此。　杜公咏物诗，皆因所见以起兴，与后人泛泛拈题者自别，是故己之性情出，而物之声态物色亦出。　三、四二句，言燕识机，春来当至，必不误也。

【校记】

［一］相误　误，《杜诗详注》卷七作「访」。

天末怀李白

杜　甫

凉风起天末，君子意如何？鸿雁几时到，江湖秋水多倒叙联。文章憎命达，魑魅喜人过实眼句。应共冤魂语意中悬度，投诗赠汨罗音觅。

前半句讯谪居之况，后半慰藉含冤之情；结应「意如何」言。李白放夜郎，屈原放湘江，其事同，其心想亦同，唯有投诗以赠汨罗，与屈原之冤魂共语耳，是或君子之意也。　三联「文」与「命」仇意，而「憎」字警极。六不言远贬，而曰「魑魅喜人过」，将欲伺而食之也，险语更警。

送　远

杜　甫

带甲满天地，胡为君远行？亲朋尽一哭，鞍马去孤城［一］走马对。草木岁月晚，关河霜雪清。别离已昨日，应见古人情言不尽意［二］。

起十字，已写得万难分手；接联更作一幅关河送别图。题曰「送远」，即「古离别」而变其名耳；「古人情」，即古别离之情，言伤离怨别之情，古今有同然耳。前四写送远者之伤心，后四代远行者之生惨。「昨日」二字，只作「过后」二字用，言过后盖难忘此离别之情耳。「草木岁月晚」，言草木摇落，而岁月已晚也。

【校记】

［一］孤城　孤，《杜诗详注》卷八注一作「边」。

［二］古人　古，同上书注一作「故」。

送人从军

杜　甫

弱水应无地，阳关已近天倒起、对起。今君度沙碛，累月断人烟走马对。好武宁论命，封侯不计年反装对。马寒防失道，雪没锦鞍鞯立言虚婉，足法。

一、二极言所历之远，三、四极言所经之惨，五、六则代述其意，七、八又微词以讽之，总见拼死以博功名之非计耳。末句足上句意，极惨淡事偏作极浓丽语，全诗皆有声色矣。咏此题，盖亦拟作者深忧征西之役无功，故以此诗寓意。要知送远即拟古别离，送人从军即拟古从军行耳。好武年老，本颜四事，数奇不侯，本李广事，合为一人，故不嫌混用，此属反装句法。

铜瓶汲水器[一]

杜甫

乱后碧井废，时清瑶殿深对起。开法。铜瓶未失水，百丈有哀音不对而对。侧想美人意，应悲寒甃深流水对[二]。蛟龙半缺落，犹得折黄金转换结。

劈起一句，至结方应。次句以后，只叙未乱时事，即此一物，而寓兴废之感也。言宫禁深严，其物不易落人间，哀音百丈，寒甃深沉，惟美人知之耳；今也因铜瓶之出，而知碧井之废，当时美人，花飞云散，已不可问矣！区区宫内之物，又何足深悲乎！七、八全不出意，而意愈悲愈远。盖此物惟亲近宫人之手，今乃落于民间，剥其金以为货，时事岂复堪言！「黄金」与「蛟龙」字互易，唐人亦有此博换句。　铜瓶，宫中之物，乱后散于民间，或有得其缺折之馀者，故因所见，以起兴。突起一句，随手撇开，至结始挽合，与「群盗」章篇法同[三]，乃古文「遥呼徐应」之法也。　「犹得」，若为幸之，实是有不忍言者矣。　铜瓶不知是何岁月之物，公为之悬空设想，恍若亲见失水，亲闻哀音，亲见美人之悲者，其用意用笔灵妙如是。

【校记】

[一] 题下注，他本无。

[二] 应悲　悲，《杜诗详注》卷八注一作「非」。

[三]「群盗」为五律《送司马入京》开头二字，本卷收有此诗。

奉赠王中允维　　杜甫

中允声名久，如今契阔深。共传收庾信，不比得陈琳借古为喻。一病缘明主，三年独此心。穷愁应有作，试诵《白头吟》。

王维为贼所得，服药取痢，伪称瘖病，禄山置之洛阳，拘于普施寺，迫以伪署。此诗三、四，盖言王之囚执有同庾信，而其存心故主，不比陈琳也。　庾信避侯景而奔江陵，为元帝所收，有《哀江南赋》，序云：「三月哭于都亭，三年囚于别馆。」陈琳先为袁绍典文章，袁败，乃归曹操。「白头吟」谓肃宗不察其三年一病之心，而犹镌其秩，薄旧臣，如弃故妇也。《白头吟》，文君所作以自绝者。

秦州杂诗[一]　　杜甫

满目悲生事，因人作远游。迟回度陇怯，浩荡及关愁明暗句[二]。水落鱼龙夜，山空鸟鼠秋两截句，呼应句[三]。西征问烽火，心折此淹留硬插句。

悲，即悲烽火也。　次联点出入秦，透发起联。「迟回」贴「怯」字说，「浩荡」贴「愁」字说，上暗下明。五、六本以鱼龙水、鸟鼠山见地，及拆用之，皆成活物，又因以见时，造句之妙，诚莫及也。问道西征，适阻烽火，故淹留此地，为之心折。炼句挺然，盖本意不欲留此，因道阻难进故也。七句应转首句，八句应转次句。心折，犹云心灰。久客秦州，触绪成咏，非一时之作也，故统名之曰「秦州杂诗」。觅地寄孥，以避兵戈饥馑，因侄佐来招，遂往秦州，第二句暗伏侄佐也。三未到时，欲前复却；四将到时，愁绪更多。五、六正写秦州。七、八本不欲留，而不得不留。

凤林戈未息，鱼海路常难对起。候火云峰峻顺应一二〔四〕，悬军幕井干近景〔五〕。风连西极动，月过北庭寒双眼句。远景。语含比兴。故老思飞将，何时议筑坛〔六〕。

戈未息，故时举火；路常难，故必悬军。然曰「幕井干」，则师之不出者久矣。五六虚摹，藏比兴，言西戎杀气之盛，阴惨如此；当此之时，非得飞将以御之不可。筑坛之举，不识何时一慰故老之望乎？结联是盼望之心。凤林关，鱼海县，皆入吐蕃之路，地名佳甚，入诗助色；若不佳者，则难入也。西极可吹动，写边风奇警。

唐尧真自圣，野老复何知对起。晒药能无妇，应门亦有儿背面对〔七〕。藏书闻禹穴，读记忆仇池〔八〕。为报鸳行旧，鹪鹩在一枝〔九〕。

起联拨转以前诸作，言上有圣君，野老何用知时事耶？今幸偕隐有侣，栖隐有地，为报故人，勉事圣君，已将弃世谢事，以成巢、由之志矣。结应起语，有无复他求意，便是「复何知」也。分明以「鹪鹩」字寓「巢由」字，又以「鸳行」字映贴。当时君岂真圣耶？野老岂真欲隐耶？通篇俱是反言见意。禹登委宛之山，发石得金简玉字之书，山中有一穴，深不见底，谓之「禹穴」。《仇池记》：仇池百顷，周回九千四十步。公言自幼读书，已知有可栖遁之岩谷也。　其十四首云：「何当一茅屋，送老白云边。」送老，即娱老，然「送」字炼得响。何当，何时当也。古诗「何当大刀头」，「急」语，省去一字，俗人不识，与「何当倚虚幌」，并为「何时」字，陋甚。　《吴越春秋》所记禹穴，乃在会稽，公所闻者，乃蜀之石纽村，禹生处也。

【校记】

［一］此题共二十三首。所选三首，为其一（「满目悲生事」）、其十九（「凤林戈未息」）、其二十（「唐尧真自圣」）。

［二］及关　及，《杜诗详注》卷七注一作「入」。

［三］山空　空，同上书注一作「通」。

［四］云峰　峰，同上书注一作「烽」。

［五］幕开　幕，同上书注一作「暮」。

［六］何时　时，同上书注一作「人」。

［七］亦有　亦，同上书注一作「幸」。

［八］记忆　忆，同上书注一作「悟」。

［九］在一枝　在，同上书注一作「寄」。

落日

杜甫

落日在帘钩，溪边春事幽。芳菲缘岸圃，樵爨倚滩舟分疏句。啅雀争枝坠，飞虫满院游。浊醪谁造汝，一酌散千忧［一］！

首句偶尔纪时，下俱接写次句。四、五并可入画；三、六又衬得妙：樵舟倚花圃而爨，啅雀争飞虫而坠，其入画不更入格耶！　芳菲为缘岸之圃，樵爨是倚滩之舟，句中自疏其意，名为分疏句。　明知杜康造酒，偏说不知谁造；本非虎头画壁，硬说是渠所画，才见诗人之痴趣。

【校记】

［一］一酌　《杜诗详注》卷十注一作「酌罢」。

江亭

杜甫

坦腹江亭暖，长吟野望时对起。水流心不竞，云在意俱迟背面对［一］。寂寂春将晚，欣欣物自私。　江东犹苦战，回首一颦眉［二］。

首句点题，次句开下，因野望而思归。中四皆野望时之触目伤心也。水流，水漫流也；云在，云徐行也，各以下三字见出。二句意同语异，背面成对。七、八从五、六转下，陡换一境，言当此春光和煦，万物各遂其私，而人犹有罹兵革之苦者，猛一念及，能无蹙额耶？水去自去，我则不能，是心不敢与水竞胜也；云留不去，我亦久滞，意实与云俱迟也。

【校记】

［一］云在　在，《杜诗详注》卷十引胡夏客云："在，疑作住。"

［二］"江东"二句，同上书及《唐诗品汇》卷六二均作"故林归未得，排闷强裁诗。"

后游［一］

杜甫

寺忆曾游处［二］，桥怜再渡时交互对起。倒起。江山如有待，花柳更无私分装对。野润烟光薄，沙暄日色迟。明暗句。客愁全为减，舍此更何之［三］？

首联切"后"字，前曾渡此桥，再渡时更可怜；今再游此寺，曾游处更可忆，上下语意，交互成对，惟唐人知此法。"如有待"，待人游；"更无私"，任人赏，江山与花柳皆具此意，分装成对。交互是两事，分装只一意。"润"字即指烟光，"暄"字即指日色，上暗说下明说，名"明暗句"。结虚收"后游"字。

【校记】

［一］诗题下，《唐诗品汇》卷六二有注曰："上元元年在成都府所作"。

［二］曾游　曾，《杜诗详注》卷九注一作「重」，一作「新」。

［三］更　同上书及《唐诗品汇》均作「复」。

琴台相如宅在州西笮桥北百许步，有琴台在焉［一］

杜甫

茂林多病后，尚爱卓文君妙于立言。酒肆人间世，琴台日暮云分装对。野花留宝靥，蔓草见罗裙。归凤求凰意，寥寥不复闻意在言外。

「尚」字与结句见意，言多病尚爱，今之君求臣者，何竟不闻也？次联言酒肆琴台尚在人间，文君、司马，已如日暮云矣，是分装对。「留」属彼，「见」属我，二句本一意，用二字分剔之。骚人之作，多以男女喻君臣，如凤求凰，本男下女［二］，而君之求臣，何独不然。寥寥不闻之叹，岂为当时琴心发哉？相如、文君事，详孟郊《古别离》。

【校记】

［一］题下注，他本无。

［二］下女　下，疑为「求」之误。

晚　晴

杜　甫

村晚惊风度顺因对起，庭幽过雨沾。夕阳熏细草，江色映疏帘实眼句，缩脉句。书乱谁能帙，杯干自可添呼应句。时闻有馀论，未怪老夫潜反言见意。

首联写雨，点「晚」字。次联写晚晴。公每以「沾」字道过雨，辄入妙。三写晚晴亦妙在一「熏」字。「江色映疏帘」，蒙上「夕阳」而言，与「河汉不改色」同一想路。　三、四上藏一「更」字，下藏一「仍」字，始见承接脉络。五句是懒，六句是不懒之懒。末联谓已宜仕而隐，宜为时论所怪，今幸不我怪，亦知其懒慢无堪，宜其潜夫终老而已。本怨为时论所外，反若幸之之辞，诗旨甚愤，诗肠甚曲。「有馀论」，犹言挂齿牙也。

草堂即事

杜　甫

荒村建子月，独树老夫家对起。雪里江船度［一］，风前竹径斜。寒鱼依密藻，宿鹭起圆沙语含比兴［二］。蜀酒禁愁得，无钱何处赊藏头结？

题曰「即事」，诗中竟无一事，味其意，不过借一诗以纪「建子月」三字耳。是时盖以建子月为岁首。转联「密」、「圆」字俱工。五喻困蹙，六喻羁栖，故直接七、八云云。即景寓意，杜氏之金针也。末言只有蜀酒禁愁得，欲买无钱何处赊，属藏头句。　只用蜀酒字，而金门岁节之盛，已不得与，无限伤情俱在言外。　首联以「夫」对「子」，借字作对，妙。「宿」字，只作停字看。

【校记】

［一］雪　《杜诗详注》卷十注一作「雾」。

［二］鹭起　同上书作「雁聚」。

赠别郑炼师赴襄阳［一］

杜　甫

戎马交驰际，柴门老病身对起。把君诗过日［二］，念此别惊神［三］承次句。己地。地阔峨嵋晚［四］，天高岘首春彼地。承三四。为于耆旧内遥应首句，试觅姓庞人意在言外。

首句时，次句身；三、四别情，五、六别地，七、八别后意。三、四承次句，五、六又承三、四。首句至尾联始应，尾联又承六句而下，章法与《铜瓶》诗一例。时事如彼，身事如此，惟与诗友过日而已；匆匆别去，能不惊神，此后两地相悬，不知襄阳后有姓庞其人者乎，为我寄声，己今亦有入山采药之志矣。五以「阔」字贴「眉」字，六以「高」字贴「首」字，匠心之极。　庞德公隐鹿门山，在襄阳。

【校记】

［一］诗题，《杜诗详注》卷十无「师」字。

[二]过日　日，同上书注「俗本作目」。
[三]「念此」句　同上书注一作「念别意惊神」。
[四]晚　同上书注一作「晓」，一作「远」。

客夜

杜甫

客睡何曾着，秋天不肯明。入帘残月影[一]，高枕远江声[二]三四承次句。「高」字著江声讲，方与「入」字对。计拙无衣食，途穷仗友生后半承首句。老妻书数纸，应悉未归情。

三、四景中见情。五、六道人所不能道，穷途望济，亦何损于身分，只问己之人品本领原自何如耳。今人品行卑浊，强言清高，徒使识者见之欲呕而已。

【校记】

[一]入帘　入，《杜诗详注》卷十一注一作「卷」。
[二]远　同上书注一作「送」。

客亭

杜甫

秋窗犹曙色，木落更天风虚眼句。对起[一]。日出寒山外，江流宿雾中句法自然。圣朝无弃物，老病已成翁藏头句[二]。多少残生事，飘零任转蓬藏头句。

申上章也。起联见时。次联晨景如画。「犹」，对昨日言；「更」，对去秋言；二字见久客飘零之感。三、四亦藏「犹」、「更」二字，从上文映带之。后半言料想圣朝无弃物，自恨老病已成翁；多少残生未了事，只索飘零任转蓬，皆藏筋缩脉成句。虚字不藏则弱，且露骨矣，那能如此深厚。不怨朝廷见弃，但恨老病无能，未了之事，不肯甘休，飘零之身，不可久住，总以反语出之，皆无聊中展转反侧之语。

首句含日出，次句含宿雾。

【校记】

[一]天风　天，《杜诗详注》卷十一作「高」。

[二]老病　老，同上书作「衰」，又注一作「多」。

送司马入京其二

杜　甫

群盗至今日，先朝忝从臣对起。叹君能恋主，久客羡归秦交互对。黄阁长司谏，丹墀有故人反装对。向来论社稷，为话泪沾巾套装结。

此诗句揉杂交互，须细玩之。　以「先朝」对「今日」，以「群盗」对「从臣」，对字不对句，名「参差对」。叹我久客不归秦，心徒恋主，所以羡君能恋主，身得归秦，属「交互对」。黄阁有故人，丹墀长司谏，为

「反装对」。「为话」二字，在七句之上，属「套装结」。七、八嘱其传语故人，见在野尚有倾葵之心，在朝何得不勤补衮之职。　起得无端，接得更无端，两句各开。中二联只承次句，至尾联始应转起句，乃知论社稷，泪沾巾，全是寇盗频仍，主忧臣辱心事。如此大开大合，惟古文有之，公盖以古文法入诗律者。　全首虚运，于格本不为贵，其奇乃在章法、句法，极其顿挫，本经锻炼而出，又无着意锻炼之痕，固与全虚诸作，未可一例视也。

双　燕

杜　甫

旅食惊双燕[一]，衔泥入此堂对起[二]。应同避燥湿应次句，且复过炎凉[三]。养子风尘际，来时道路长应首句。今秋天地在，吾亦离殊方。

前半燕同己，后半己同燕；「旅食」二字断，立一篇之根。次联接写「惊」字奇甚，本是就燥避湿，过炎违凉，笼统硬说，是谓老笔。「吾亦离殊方」，言人见物，燕至秋必去，以「亦」字绾合，此一层语写两层意，古文之法也。　「天地在」三字，放言自遣之辞，犹云天空任鸟飞也。

【校记】

[一] 惊双燕　《杜诗详注》卷十二注一作「双飞燕」。

[二] 此堂　此，同上书作「北」。

［三］过　同上书注一作「遇」。

归梦

杜甫

道路时通塞，江山日寂寥对起。偷生惟一老，伐叛已三朝倒叙联。歇后句。雨急青枫暮，云深黑水遥两截句。五六承二。梦归归未得［一］，不用楚辞招反言见意。

三、四倒叙联，歇后句，伐叛三朝，尚无宁宇，偷生一老，岂敢安居？实因道路间关，以故归朝无日，此以四句倒转三句，三句暗应首句。五、六以梦中所历，暗应次句，直唤七、八：梦中迷路，尚归不得，虽效楚词相招，亦何用乎？前半暗言身不能归，七句只言梦中归未得，而前意已见，又所谓一层语两层意也。

【校记】

［一］梦归　归，《杜诗详注》卷二二作「魂」。

别房太尉墓

杜甫

他乡复行役，驻马别孤坟。近泪无干土，低空有断云［一］。对棋陪谢傅，埋剑觅徐君借古为喻。藏头句[二]。惟见林花落，莺啼送客闻。

三、四情至语，平浅中见奇险，乃来时之痛哭；人只从眼中写泪，此却从土上写泪，使沾巾、湿衣等语一新。五昔日，六今朝，各藏头句。七、八乃将去惆怅之况。但言己之交情，不赞房公者，以公前祭房文，已详言故也。　谢安薨，赠「太傅」。常对客围棋，闻谢玄等破苻坚，有檄书至，安了无喜色。　吴季札聘晋，过徐，心知徐君爱其宝剑，及还，徐君已歿，遂解剑系其冢树而去。

【校记】

[一]低空　《杜诗详注》卷十三注一作「空山」。

[二]埋剑　埋，同上书作「把」。

过故斛斯校书庄二首

杜　甫

此老已云没，邻人嗟未休参差对起。便见故居[一]。竟无宣室召，徒有茂陵求借古为喻。妻子寄他食，园林非昔游。空堂缌帷在[二]，淅淅野风秋。

此首前半人，后半庄；次联叹其没后方授一官。　三、四言生不得如贾谊，死乃仅类相如。

燕入非旁舍，鸥归只故池背面对起。断桥无复板，卧柳自生枝。遂有山阳作，多惭鲍叔知借古为喻。素交零落尽，白首泪双垂。

此首前半庄，后半人。　申上首未尽之意，前半承六句来，五、六承五句来，结感斛斯之没，因以自伤。后半言感旧有诗，遂同山阳之作，振家无力，多惭鲍叔之知，徒念素交零落，不禁老泪双垂而已。《晋书》：向秀经嵇康山阳旧居，作《思旧赋》。

【校记】

［一］嗟未休，《杜诗详注》卷十四注一作「叹亦休」。

［二］空堂　堂，同上书作「馀」。

禹庙

杜甫

禹庙空山里，秋风落日斜对起。见时。荒庭垂橘柚，古屋画龙蛇近景。明事暗用。云气嘘青壁［一］，江声走白沙远景。实眼句。倒装句。早知乘四载，疏凿控三巴歇后句。意在言外。见地。

对起对收格。　橘柚、龙蛇，用本色事，写现前景。五、六虽写景，而山水险峻之意自见，故急接七、八云云。控，扼也，言此地扼三巴之险也。蜀中有险可据，故往往生乱，使禹早知如此，乘四载而疏凿之，则三巴失控扼之势，而盗贼无窃据之虞矣。二语若作「早知藏盗贼，疏凿控三巴」，意即了然，此诗却入「盗贼」字不得，故隐约其辞。不比剑门诗，极意洗发，此古体、近体之别也。「早知」歇后「如此」二字。　三、四庙中景，五六庙外景。　中四句法本同，但一联顺说，一联逆说，便不犯复。　四载：水乘舟，陆行车，泥乘楯，山乘樏。

【校记】

［一］嘘　《又玄集》卷上作「虚」。《杜诗详注》卷十四注一作「生」。

旅夜书怀

杜　甫

细草微风岸，危樯独夜舟对起。　星垂平野阔［一］，月涌大江流下因句。双眼句。　名岂文章著，官应老病休折腰句。　双关字「二」。　飘飘何所似［三］？天地一沙鸥［四］。

两截格。　起言世无知己，飘泊无依，独夜微风，舟泊细草之岸，因所见以书怀也。三、四即舟中所见如此，上二字因下三字。　「岂」、「应」二字，上下关互；七、八亦藏岂、应二字，言志在勋业，不在文章，念切归朝，不甘老病，今尚孤舟旅寄如此，名岂应以文章著耶？官岂应以老病休耶？　飘飘天地，岂应竟似沙鸥耶？　此有怀莫诉，怪而自叹之辞。　「二」字应「独」字。

【校记】

［一］星垂　垂，《杜诗详注》卷十四注一作「随」。

［二］应　同上书注一作「因」。

［三］飘飘　同上书注一作「飘零」。

［四］天地　地，同上书注一作「外」。

船下夔州郭宿雨湿不得上岸别王十二判官

杜　甫

依沙宿舸船，石濑月娟娟。风起春灯乱上因句，江鸣夜雨悬下因句。晨钟云外湿缩脉句［一］，胜地石堂烟藏头句［三］。柔橹轻鸥外［三］，含凄觉汝贤［四］。

前半追写昨夜之景，所谓补题法也。后半始叙全题首尾，题略者诗详之，题明者诗隐之，题顺者诗倒之，此一定之法也。　因风起故春灯乱，因夜雨悬，故江鸣，两因又分倒顺，对句精工不觉。「汝」字指鸥，回首含凄，觉汝俦侣长能相聚，其贤于人远矣。　「外」一作「岸」，与「堂」字对似胜，然读本句「晨钟」字，觉「外」字饶有意味。「烟」字点清晨之景，见发舟之早，俗本作「偏」，一字千里。　两「外」字虽复，然盛唐本不拘。

【校记】

［一］云外　外，《杜诗详注》卷十五作「岸」，并注「《杜臆》作径」。

［二］烟　同上书注一作「偏」。

[三]柔櫓　櫓，同上书作「橹」。

[四]凄　底本误作「栖」，据同上书改。

西阁夜

杜甫

恍惚寒山暮[一]，逶迤白雾昏对起。山虚风落石，楼静月侵门上因句。击柝可怜子，无衣何处村反装对？时危关百虑跟五六，盗贼尔犹存。

夕阳渐隐，故曰「恍惚」；白雾横拖，故曰「逶迤」。山虚则石易落，楼静则门已闭，故以下三字承之。击柝之声何处，无衣之子可怜，百虑遂尔关心，盗贼尚满天地，故若呼而怪之，非怪盗贼也，怪以盗贼遗君父者也。

【校记】

[一]寒山　山，《杜诗详注》卷十七作「江」。

草阁　杜甫

草阁临无地[一]，柴扉永不关流水对起。鱼龙回夜水，星月动秋山硬押句。久露晴初湿[二]，高云薄未还倒剔句。泛舟惭小妇，飘泊损红颜。

鱼龙回于夜水，星月动于秋山。晴露久而初湿，薄云高而未还。一硬押句，一倒剔句。回，犹伏也。泛舟惭小妇，飘零愧老妻，何以惭？何以愧？丈夫欲正乾坤，及其困也，乃至不能宁其妇子，能无内恧于心乎？　陶、杜二公，俱有小妇，谓为刺船之妇，非也。结二语极情切，亦极雅致，然俗人每讳而不肯道。

【校记】

[一]无地　无，《杜诗详注》卷十七注一作「芜」。

[二]久露　久，同上书注一作「夕」。

洞房　杜甫

洞房环珮冷，玉殿起秋风。秦地应新月，龙池满旧宫[一]。系舟今夜远，清漏往时同。万里黄山北，园陵白露中。

此因秋风起而思园陵之作也。一「冷」字透起「秋风」字。三联「远」字，叫起「万里」字。结「白露」字，收转「秋风」。《秋兴》其五「一卧沧江」云云，无限感慨，彼用在结联，此用在腰联，笔尤奇矫。此诗以前半意翻叙于后[二]，颠倒互易成篇，只一「应」字属虚字，筋骨全然不露。洞房、玉殿，指陵上寝殿而言，内有守陵宫人，故着「环佩冷」字。因霜露之感，思及园陵，故用以起兴。新月虽照，南内无人，龙池虽满，神物已去。曰「旧宫」者，伤之也。同此清漏，而所闻之地不同，孤臣万里，暗惨中情矣。一结点醒起意。园陵单指玄宗。除五、六外，句句皆有「应」字，总以一「应」字映之，觉思结肠回，展转莫释，读者当得之言外。

【校记】

［一］龙池　池，《杜诗详注》卷十七注一作「蛇」。

［二］前半　前，底本误作「全」，径改。

月

杜甫

四更山吐月，残夜水明楼对起。尘匣元开镜，风帘自上钩虚眼句。顺承一二。兔应疑鹤发，蟾亦恋貂裘折腰句。顺承三四。斟酌嫦娥寡直接五六，天寒耐九秋倒装句［一］。

一起飘然而来。是下弦之月，因四更出月，而见大德不终隐。二句高浑壮阔，而其精神微于「元」字一露。 四言月既悬钩，风又动帘，而人之转帘看月，自在言外。五、六二句，自顾若有惭色。结便正转，还出贤人身分，杳无求知之意。 前六句各各分承，月从山吐，如镜出匣，对镜则见白发；楼明如水，卷帘乃见，帘因风动，风色增寒。「寡」字对「鹤发」而言，「寒」字对「貂裘」而言。曰「应」曰「亦」，正斟酌之意。 寡妇孤臣，情况如一，故转为嫦娥斟酌之。

【校记】

［一］耐九秋 耐，《文苑英华》诗卷一五一、《杜诗详注》卷十七均作「柰」。

雨

杜甫

微雨不滑道，断云疏复行对起。紫崖奔处黑承次句，白鸟去边明折腰句。秋日沾新影承首句［一］，寒江落旧声［二］。柴扉临野碓，半湿捣香秔［三］。

雪诗中偏写月。雨诗中偏写日，皆以反攻逆击见奇。 杜惯用「沾」字每妙，下首「沾」字亦然。 崖奔处，因云行而黑，又以「紫」字衬出「黑」字；鸟去边，因云疏而明，又以「白」字衬出「明」字。 新影、旧声，细写「微」字。 自起句外，止「沾」、「湿」二字着雨，其馀俱是衬，此文家避实击虚之法也。

【校记】

[一]沾新　《杜诗详注》卷二十作「新沾」。
[二]落旧　同上书作「旧落」。
[三]半湿　湿，同上书注一作「得」。

晨雨

杜　甫

小雨晨光内，初来叶上闻。雾交才洒地，风折旋随云[一]上因句。流水对。暂起紫荆色[二]，轻沾鸟兽群。麝香山一半，亭午未全分。

实写小雨，如化工肖物。「鸟兽」字，从麝香山生来。「亭午」应「晨」字。「未全分」应上「云雾」字。

【校记】

[一]折　《杜诗详注》卷十八注一作「逆」。
[二]紫荆　紫，同上书作「柴」。

雷

杜　甫

巫峡中宵动，沧江十月雷分装对起。龙蛇不成蛰应次句，天地划争回。却碾空山过，深蟠绝壁来倒叙联。何须妒云雨，霹雳楚王台语含比兴。

十月雷，纪异也。三四正见其异：五、六「碾」字「蟠」字，说得有形质；七句「妒」字，说得有性情，此必干雷，故结云云。结寓比兴，此诗始非徒作。楚台事，特借用，盖伤谗人交乱，使君臣之道不终，如雷发而云雨散，似霹雳之妒之也。「何须」二字，有恨之之意。　「不成蛰」，气候暖。「划争回」，雷复起。

瞿塘两崖

杜　甫

三峡传何处，双崖壮此门对起。入天犹石色倒承一二。虚眼句，穿水忽云根。猱玃须髯古，蛟龙窟宅尊。羲和冬驭近语含比兴。顺承三四。故言恣笔[一]，愁畏日车翻重字助句。

首句言其来之远，次句言其势之雄。三、四倒承一、二，五、六又顺承三、四。此青壁也，入天则几同色矣。云生于石，故谓石如「云根」。山水高险，故物得久据其中。曰「古」曰「尊」，字法俱妙。七、八因冬至日行南陆，故云。《淮南子》注：日乘车，驾以六龙，羲和为驭。　前半贴题，后半开一步，结用「翻」字绾合。后半即景寓意，五、六指盗贼盘踞之辈，七、八暗指控御得人，庶免覆辙之戒耳。　愁、畏本一意，特重用之，以助句法。

【校记】

[一] 冬驭　冬，《杜诗详注》卷十八注一作「骖」。

瞿塘怀古

杜　甫

西南万壑注，劲敌两崖开对起。地与山根裂承首句，江从月窟来。削成当白帝承次句，空曲隐阳台实眼句。疏凿功虽美，陶钧力大哉对结。绾首句。绾次句。

题云怀古，既不能极颂禹功，又不能实罪真宰，故只以闲闲咏叹之语收之，较《禹庙》、《长江》二首，又是一样笔法。　中二联，分承一、二。三言峡之隘，四言源之高，五言壁之削，六言崖之深，凡此皆美禹功。其实瞿塘天险，有非禹功所能及者，故七、八云云。七绾首句，八绾次句。　两崖虽开，山根自共，故必山根裂，而后水可通。　山载于地，疏凿施而后与以善下之道，虽禹与之，而实地与之也，故曰「与」。　黄说「与」字「含下陶钧」[一]，固有独会，愚谓「削」字、「空」字，当思谁削谁空。

【校记】

[一] 此见黄生《杜诗说》卷二。

夜　雨

杜　甫

小雨夜复密，回风吹早秋倒起，倒押句。野凉侵闭户，江满带维舟实眼句。。通籍恨多病，为郎忝薄游。天寒出巫峡应起联，醉别仲宣楼意在言外。

因雨而思出峡之作。一、二乃早秋时，回风吹小雨，至夜复密。以倒叙、倒押见作法。「早秋」字，唤起天寒。三、四言野凉而户始闭，江满而舟且维，反击出峡之无缘也。五托多病，六托浪游，反击朝廷非弃己也。七以「天寒」挽一、二，「出峡」挽三、四，是预期之辞。未出巫峡，便思去荆楚，似谓去之之速，其实反击去之之难也。　既通籍而以多病谢去，既为郎而以薄游不终。　通籍为郎，言已有官职也。

更　题

杜　甫

只应踏初雪，骑马发荆州。直怕巫山雨，真伤白帝秋二联倒叙。群公苍玉佩，天子翠云裘实装句。同舍晨趋侍，胡为淹此留。

上章意未完，此章又足之，与作二首者不同。　一起紧承上末句。　前半两联倒叙，言我届天寒出峡，岂直因风物堪悲，欲离此地而已哉，只应骑马踏初雪，并发荆州耳。试思群公夹辅，天子端居，不思一觐至尊乎？五、六句中不用虚字，谓之实装句。「苍玉佩」、「翠云裘」，点簇浓至，与三、四寥落之景反照，此古文中传神写照之妙。　「此」字硬插有力。挽「荆州」字有法。　结收起句并前章次联。「巫山雨」，承前「小雨」；「白帝秋」，承前「早秋」。

季秋苏五弟缨江楼夜宴崔十三评事韦少府侄［一］　杜甫

峡险江惊急，楼高月迥明对起。上因句。一时今夕会，万里故乡情藏头句。星落黄姑渚见时，秋辞白帝城见地。老人因酒病［二］，坚坐看君倾。

虚实相间格。一、二写江楼，五、六写季秋，见时见地。三、四浑叙宾主，云何期今夕一时会，共语故乡万里情，识得藏头二字，尾联之意始警。尾联专叙自己作客遇乡人，情事千载如见。此题三首摘一。

【校记】

［一］此题共三首，此为其一。

［二］因酒病　因，《杜诗详注》卷二十作「困」。

江汉　杜甫

江汉思归客，乾坤一腐儒对起。片云天共远，永夜月同孤三四承首句。参差对。落日心犹壮，秋风病欲苏［一］硬装句。承次句，起七八。古来存老马，不必取长途对结。意在言外。

五言齿暮心雄，六言时衰身健，见「腐儒」之尚有用也。　「远」字应「江汉」，「孤」字应「思归客」，本谓：共片云在远天，与孤月同永夜，对法倚邪，使人不觉。结言外云：曾腐儒一老马之不若耶？老马正应腐儒」，「存老马」，盖念旧也。「一腐」上着「乾坤」字，自鄙而兼自负。前辈有病此诗日月并见者，不知落日乃借喻暮齿［二］，非写景也。存，问恤也。

【校记】

［一］病欲苏　苏，《杜诗详注》卷二三注一作「疏」。

［二］此二句摘自黄生《杜诗说》。

陪裴使君登岳阳楼

杜　甫

湖阔兼云雾［一］，楼孤属晚晴对起。实眼句。礼加徐孺子，诗接谢宣城借古为喻。雪岸丛梅发，春泥百草生。敢违渔父问语含比兴。反言见意，从此更南征。

此亦虚实相间格。一、二楼，三、四陪使君登，五、六楼外之景，七、八将之潭州。一、二地，五、六时，三、四人，七、八己，诗法之整，无如此篇。徐稚自方，谢宣比裴，然有礼能诗，皆指裴也。「属」，当也。自上而下曰「加」，自下而上曰「接」，四句句眼并极工炼。起二语，可当岳阳楼图。「兼云雾」，尤觉浩渺不穷，尺幅万里。「属晚晴」，见湖光已暮，惟高楼独当夕阳之中，若以「高」字易却「孤」字，反不能发其意矣。渔父对屈原有「与世推移」之语［三］，今公漂泊无定，托言与世推移，故曰「敢违」云云。五、六亦暗寓比兴。因篇中有「皓白」「汨泥」等字［三］，隐取其意入诗，而言原违渔父之问，己则不敢耳。「南征」字，亦出《楚辞》[四]。

【校记】

[一]湖阔　阔，底本误作「澗」，据《杜诗详注》卷二二改。

[二]此语见《楚辞·远游·渔父》：「圣人不凝滞于物，而能与世推移。」

[三]此见同上篇：「世人皆浊，何不汩其泥而扬其波。」「安能以皜皜之白，而蒙世俗之尘埃乎？」

[四]此见《离骚》：「济湘沅以南征兮，就重华而陈词。」

宿青草湖

杜　甫

洞庭犹在目对起，青草续为名。宿桨依农事，邮签报水程倒承一、二。实眼句。寒冰争倚薄，云月递微明。湖雁双双起，人来故北征意在言外。

三、四见岸有驿，驿边有农家，倒承一、二，以「农」字与「青草」字相映。「倚薄」曰「争」，见寒冰交侵而竞迫；「微明」曰「递」，见云月迭掩而迭开。五补节候，六点夜色。　湖雁双飞而起，岂以我之南征，而故以此北征示人耶？见南行非本意矣。观此篇结法，则前篇之结法，是反言见意可知。　结补「湖」字，应转起联，起虽见地，未见「湖」字，终觉落空。诗律之细如此。　邮签，驿馆报更筹也。水程，水驿也，言水驿更筹也。　此时尚无农事，「农事」只当田舍字用，然用田舍字便庸。　薄，迫也。

宿白沙驿初过湖南五里[一]

杜 甫

水宿仍馀照，人烟复此亭对起。驿边沙旧白，湖外草新青。万象皆春气，孤槎自客星。虚眼句。随波无限好[二]，的的近南溟跟「孤槎」来。

跟「草新青」来，流水对。曰「仍」曰「复」，见水程非止一日。结「无限好」，正应此。三、四即景见地，见时，五、六即景见事、见意。结勉强自宽之词。前诗先见地，后点「宿」字，此诗反之，是章法变化处。三、四白沙驿、青草湖，用得浑化。七、八即承「孤槎」句，暗反庾赋「舟楫路穷，非乘槎可上」之语[三]。《庄子》：「南溟者，天池也。」[四] 「的的」二字，实得妙。枯木为槎，故不被春气，喻天泽之不已沾也。

【校记】

[一] 题下注，他本无。

[二] 无限好，好，《杜诗详注》卷二二作「月」，并注一作「景」。

[三] 语见北周庾信《哀江南赋》：「况复舟楫路穷，星汉非乘槎可上。」见「庾子山集》卷二。

[四] 语见《庄子·逍遥游》。

湘夫人祠

杜 甫

肃肃湘妃庙见题，空墙碧水春见时。虫书玉佩藓见景，燕舞翠帷尘层折句。晚泊登汀树见事，微馨借渚苹见意。鹤膝句[一]。 苍梧恨不浅。染泪在丛筠倒叙。

此近体中之《九歌》也。春时仅「空墙碧水」，其荒凉之状可想。三、四再写二语，景虽荒凉，语转浓丽[二]。五事实，六意虚，结倒叙，因染泪在丛筠，故知苍梧恨不浅。苍梧何恨？恨不得从舜也。用本色作收，而作者自喻之旨自见。 玉佩苔生，更形虫篆，无人拂尘，惟有燕舞。五谒庙，六荐馨。曰「借渚苹」者，借以表己之意也。

【校记】

[一] 馨借 《杜诗详注》卷二三注一作「香惜」。

[二] 以上数语摘自黄生《杜诗说》。

祠南夕望

杜甫

百丈牵江色，孤舟泛日斜分装对起。倒押句。兴来犹杖屦，目断更云沙虚眼句，歇后句。山鬼迷春竹，湘娥倚暮花实眼句。 湖南清绝地，万古一长嗟。

此近体中之《吊屈原赋》也[一]。公既谒湘夫人祠，次夕在祠南回望也。 泛舟日斜，来途已远，故杖屦登岸，犹如昨日，而目断湘祠，渺隔云沙矣。夕时远望不见，似山鬼迷春竹，意中象想情形，若湘娥倚暮花，信觉吊古凄凉耳。 七收上截，八收五、六，言古见今，却不露「今」字，言一见共，却不露

「共」字。　山鬼湘娥，即屈原也，并屈原亦不露。屈原即以自喻。观结自见。

【校记】

［一］此语摘自黄生《杜诗说》。

入乔口长沙北界［一］

杜　甫

漠漠旧京远，迟迟归路赊对起。残年傍水国承上，落日对春华起下。树蜜早蜂乱，江泥轻燕斜硬装句。语含比兴。贾生骨已朽，凄恻近长沙藏头句。意馀言外。

一、二，步步入南，心心怀北，写出此行万非得已；三足上，四起下，五、六又倒贴三、四［二］。见虫鸟之自适，而已不如虫鸟也。结句见地，应转起语，言贾谊已没，而今之羁旅穷途一如贾者，能无古今同悲乎？

【校记】

［一］题下注，他本无。

［二］以上数语摘自黄生《杜诗说》。

归雁

杜甫

闻道今春雁，南归自广州倒押句。见花辞涨海缩脉句，避雪到罗浮实眼句。倒叙。是物关兵气，何时免客愁走马对。年年霜露隔，不过五湖秋。

何以赋，记异也。南方少霜露，故常时雁不过五湖，自大历二年，三年春，雁自广州归。罗浮山，连广州境。辞涨海，言今春之归；到罗浮，溯去秋之去。五、六本是结意，却作中联；七、八本是发端，翻为结语。前半更先言归，次言辞，后言到，终乃言不过。章法层层倒转，矫变异常［二］。事起景接，事转景收，亦虚实相间格。五、六断其非祥瑞也。杀气盛于下，则天地凛冽之气应于上，故阳鸟不攸居，其占为主兵。

【校记】

［一］以上一段摘自黄生《杜诗说》。

舟中夜雪有怀卢十四侍御弟［一］

杜甫

朔风吹桂水，大雪夜纷纷［二］。暗度南楼月，寒深北渚云直述句。烛斜初近见，舟重竟无闻。不识山阴道［三］，听鸡更忆君。

总是对雪怀人，以雪起，以人终[四]。三、四写彼地之雪，意中想象。五、六写己地之雪，即事形容，情中景，景中情，融成一片，无象可窥，此之谓化境。三、四当云暗度了南楼月，寒深了北渚云，谓雪暗之寒之也，此直述句，不然与雪无干矣。七用王子猷访戴事，八取《郑风》「鸡鸣」、「风雨」意[五]，而皆反用之。「更」字即平声「还」字。　雪夜想不到月，三句偏点出月，妙！　首句引起雪，次句点夜雪。　诗中言雨言雪，多以风云等语引起。

【校记】

[一]诗题「卢十四侍御弟」《文苑英华》诗卷一五五作「卢侍郎」。

[二]大雪　大，《杜诗详注》卷二三注一作「朔」。

[三]山阴道　道，《文苑英华》作「路」。

[四]以上几句摘自黄生《杜诗说》。

[五]此见《诗·郑风·风雨》：「风雨如晦，鸡鸣不已。」

衡州送李大夫七丈勉赴广州

杜　甫

斧钺下青冥，楼船过洞庭对起。北风随爽气，南斗避文星实眼句。倒承一、二。日月笼中鸟，乾坤水上萍藏头句。硬装句。比赋句。王孙丈人行，垂老见飘零。

前后两截格。分叙彼己。下青冥，言赴广州过高岭也；或云受斧钺之赐，自朝廷而赴广州，青冥，言自天而下也。后说较胜。　三、四承一、二而下，谓其才兼文武。五、六言羁栖日月，似笼中之鸟；飘泊乾坤，似水上之萍，句法兼藏头、硬装、比赋三种。七句「行」字是行辈之行，音项，谓王孙乃我丈人之行辈也，忍见我垂老尚飘零耶？言外有冀其盼睐之意。　虚度日月，起下「垂老」；浪迹乾坤，起下「飘零」。　《汉书》：汉天子，我丈人行也。

暮秋将归秦留别湖南幕府亲友

杜　甫

水阔苍梧野［一］，天高白帝秋呼应句。途穷那免哭顺承一、二，身老不禁愁。大府材能会，诸公德业优直趋七、八。北归冲雨雪倒装句，谁悯敝貂裘倒收［二］。

一见地，二见时；三虽阮事，然「哭」字又取湘江染泪意，故贴首句为精。四以衰候映老景，故贴次句。后半言亲友虽多，其能悯此敝貂裘冲雨雪而北归者谁乎？结处字字应转起句，三、四轻接起联，五六直趋尾联，故俱不甚用力，用力在一起一结。　《擅弓》：舜葬于苍梧之野［三］。

【校记】

［一］野　《杜诗详注》卷二三注一作「晚」。

［二］谁悯　谁，《文苑英华》诗卷二八六作「俱」。

［三］此指《礼记·擅弓》。

滕王亭子二首其二

杜　甫

寂寞春山路，君王不复行。古墙犹竹色，虚阁自松声虚眼句。鸟雀荒村暮，云霞过客情分装对。景中寓意。尚思歌吹入，千骑把霓旌意馀言外［一］。

「寂寞」二字，领一篇之意。此时之鸟雀，即当年之歌吹；此际之云霞，即当年之霓旌。结言外云，而今安在哉？前六句，凄凉已极，七八故用丽句［二］。「尚思」二字，缴转首联。「犹」者，犹是旧时也。「自」者，其声无人听也。

【校记】

［一］把霓旌　把，《杜诗详注》卷十三作「拥」。

［二］此二句摘自黄生《杜诗说》。

房兵曹胡马

杜　甫

胡马大宛名，锋棱瘦骨成。竹批双耳峻，风入四蹄轻倒装句。所向无空阔，真堪托死生走马对。骁腾有如此，万里可横行。

三、四承上，五、六起下。五句着马，八句着人。前半形马之状，后半极马之才。「有如此」三字，说得有力。八句期房立功万里之外。结处必见主人，此唐贤一定之法。

陪诸贵公子丈八沟携妓纳凉晚际遇雨

杜 甫

落日放船好，轻风生浪迟。对起。竹深留客处，荷净纳凉时。分装句。公子调冰水，佳人雪藕丝。实眼句。片云头上黑，应是雨催诗。

分两首叙题，首章纳凉，次章遇雨。结句唤起次句之意。丈八沟，可纳凉之所。落日凉矣，风生更凉；三竹风，四荷风，其凉为何如。五饮凉，六食凉；七八是未雨之景，逗起「遇雨」字。题中「诸贵公子」四字，已见书法，观五、六二句，更见具文见意。雪，洗也，用《家语》「以黍雪桃」字[一]。

雨来沾席上，风急打船头。对起[二]。越女红裙湿，燕姬翠黛愁。分装对。缆侵堤柳系，幔卷浪花浮。应次句。双眼句[三]。归路翻萧飒，陂塘五月秋。

起句紧接上章。次联应首句，三联应次句，结应转前作。「归路」与「放船」应，「五月秋」与「纳凉」应。萧飒曰「翻」者，言其太凉也，非讶之，乃喜之极也。陂塘补点丈八沟。首初雨，次正雨，中大雨，结雨后，两首分写各透。

【校记】

［一］此语出《韩非子·外储说左下》：「黍者，非饭之也，以雪桃也。」

［二］风急　急，《杜诗详注》卷三注一作「恶」。

［三］幔卷　卷，同上书注一作「宛」。

白小

杜甫

白小群分命，天然二寸鱼。细微沾水族，风俗当园蔬走马对。入肆银花乱，倾筐云片虚呼应句。比赋句。生成犹拾卵，尽取义何如。

《西京赋》：蝝胎拾卵，蚳蝝尽取。　「分命」字可怜，然实生物至理，虽极细微，孰非生成化育中物，乃人至以园蔬视之，盖贪馋成俗，习而不察耳，试一思及，能无憬然。　「命」字预含结意，「群分命」就生成说，「沾水族」就本物说，此物长短，率不过二寸，故下「天然」字。「虚」，犹轻也。三、四形容「小」字，五、六形容「白」字，超秀之甚，非杜不办。七、八言此物既分命，生成便属有知，岂无痛楚，今乃尽取，犹搂拾然，匪惟不仁，兼亦不义矣。不曰仁而曰义者，鲜食固所难禁，但尽取以当园蔬，则害义之甚耳。　本谓「生成犹胎卵，尽取同搂拾」，就取成语二字，便省多语。　旧作博换结，云尽取犹拾卵，生成义何如，亦通。

鹿

杜甫

永与清溪别，蒙将玉馔俱对起。无才逐仙隐顺承一二，不敢恨庖厨流水对。乱世轻全物，微声及祸枢。衣冠兼盗贼，饕餮用斯须。

鹿，有知之物。白小，微有知之物，然白小已为枯腊，故代之语。鹿则犹及其生，故设为自语。君子于其言之无所苟如此。　此物颇难入咏，看他前半写得如许风致，妙在以「清溪」字陪对「玉馔」，以「仙隐」字陪对「庖厨」，遂觉烟火之气净尽。　「玉馔」字，出左思《吴都赋》；「全物」字，出《庄子》。声，犹名也，谓以美味得名也。祸枢，犹祸机也。「用斯须」，谓斯须之顷，见杀于人也；「用」即《国语》「三牺皆用」之用，然彼用之于祭祀，此乃用之于饕餮，字法正大，反带滑稽。结语将衣冠盗贼作一处说，其骂世至矣。盗贼草菅杀人，何惜物命，若衣冠当此乱世，尚口腹是耽，无乃贻「肉食」之讥耶？后半语不离咏物，意全不是咏物，此之谓大手笔。　虽曰大手笔，至其遣调，又甚灵动，全代鹿作自谦之语，至尾遂尔大骂，何其前恭而后倨耶？读之失笑。　旧注：清溪山多鹿。　葛仙翁于女几山学道数十年，登仙化为白鹿，三足，时出山上。　饕音滔。餮，音铁。　缙云氏有不才子，谓之饕餮。盖贪财为饕，贪食为餮。

猿　杜甫

袅袅啼虚壁，萧萧挂冷枝对起。艰难人不免[一]，隐见尔如知交互对。惯习元从众应三四，全生或用奇。前林腾每及应起，父子莫相离。

《诗·王风》：「遇人之艰难矣。」[一]《论语》：「天下有道则见，无道则隐。」[二]贾谊疏：「习惯如自然。」[三]《论语》：「吾从众。」[四]《庄子》：「可以保身，可以全生」。[五]《礼记》：「父子聚麀。」[六]　三、四交互，言艰难不独尔不免，人亦不免；隐见不独人所知，尔亦如知。然曰「如」者，未尽许之辞，以其腾踔之性，元从众、惯习而已，恐终非全生之道，故戒其「用奇」以济。七即用奇，八即全生也。「前林」字应起语。通篇皆以人事字用之于物，极迂极趣。「艰难」、「隐见」字，更妙于立言。猿之超腾，每传枝而过，其子或不相及，故戒之。　「众」字，与《归燕》诗「俦侣」字，皆以类相形，知所咏者乃目前之物。后人泛泛指题，凭虚撰造，作者之质既丧，所咏之神安得全乎？　汪几希曰：前后咏物诸诗，宜合作一处读，始见杜公本领之大，体物之精，命意之远。说物理物情，即从人事世法勘入，学到笔到，心到眼到，惟其无所不到，所以无所不尽也。　袅袅，声之长也。萧萧，群之寡也。

【校记】

[一]此指《诗·王风·中谷有蓷》：「嘅其叹矣，遇人之难矣。」。

［二］此语出自《论语·泰泊》。

［三］「贾谊疏」，指《上治安策》，见《汉书·贾谊传》。又按，此语最早出《孔子家语·七十二弟子解》：「少成则若性也，习惯若自然也。」。

［四］此语出自《论语·子罕》。

［五］此语出自《庄子·养生主》。

［六］此语出自《礼记·曲礼上》：「夫唯禽兽无礼，故父子聚麀。」

唐诗续评卷二

五言绝句

绝句篇法，要平实叙起，从容承之，宛转变化，全在第三句，此句佳，结句易易矣。

江亭月夜送别二首

王　勃

江送巴南水，山横塞北云前对。津亭秋夜月倒收，谁见泣离群。

俯仰江山，已有巴南塞北之隔，况于月下离群，掩泣相对，销魂莫甚于此矣。

乱烟笼砌碧[一]，飞月向南端。寂寂离亭掩，江山此夜寒。

烟升月转，见话别之长。　亭掩夜寒，觉别绪之惨。

【校记】

［一］砌碧　《全唐诗》卷五六作「碧砌」。

临江二首其一

王　勃

泛泛东流水，飞飞北上云。归骖将别棹，俱是倦游人。

将，犹与也。　己亦倦游，故曰「俱是」。　上，上声。　归骖，承首句。别棹，承次句。末总一句。

夜送赵纵

杨　炯

赵氏连城璧四句不对，由来天下传。送君还旧府，明月满前川［一］。

因姓赵，故借璧以美其人。「还旧府」，亦借完璧归赵意。末句寓意于景中，言其光辉如明月，又写题中「夜」字。

【校记】

［一］满　《全唐诗》卷五十注一作「照」。

浴浪鸟

杨　炯

独舞依盘石，群飞动轻浪。奋迅碧沙前，长怀白云上。

首句见伏处之时，次句有发动之机，三、四有凌云之意，盖借物言志也。绝句平仄，正体本拘，其多不拘者，乃古诗之遗也。

易水送别[一]

骆宾王

此地别燕丹，壮士发冲冠[二]。昔时人已没，今日水犹寒。

因临易水而想古人，其水犹寒，侠气凛然。《史记》：荆轲西刺秦王，燕太子丹送至易水上，荆轲曰：「风萧萧兮易水寒，壮士一去兮不复还。」士皆瞋目，发尽上指冠[三]。

【校记】

[一]诗题，《全唐诗》卷三作《于易水送人》。

[二]壮士发　同上书注一作「壮发上」。

[三]此见《史记·刺客列传》。

渡汉江

宋之问

岭外音书断，经冬复历春。近乡情更怯，不敢问来人。

「怯」字写得真情出。音书久断，宜急于问，曰「不敢」者，恐日久而故乡有不测之事也。

雁[一]

韦承庆

万里人南去，三春雁北飞[二]。不知何岁月，得与尔同归[三]。

思归不得，故羡雁之北飞。

【校记】

[一]诗题，《全唐诗》卷四六作《南中咏雁诗》，又注：「一作于季子诗，题作南行别弟」。

[二]三春　春，同上书注一作「秋」。

[三]尔　同上书注一作「汝」。

子夜春歌

郭震

陌头杨柳枝，已被春风吹。妾心正断绝，君怀那得知。

晋有女子名子夜，造此声，声过哀苦。前二句含蓄得妙，因时序而怀人意自见，故后二句，硬接有力。　末句即君忘妾未知之意。

南楼望　卢僎

去国三巴远，登楼万里春。伤心江上客，不是故乡人。

江上客是自谓。

自君之出矣[一]　张九龄

自君之出矣，不复理残机。思君如满月，夜夜减清辉长短句，上二下八。

惟其思之甚，至于如满月减清辉，所以残机之不复理也；本自一气，不必分次句，为心绪之已乱。末句为容华之日凋。

【校记】

[一]诗题前，《全唐诗》卷四九有「赋得」二字。

静夜思　　李　白

床前明月光，疑是地上霜，举头望明月，低头思故乡。

思乡诗最多，终不如此四语之真率而有味。　此信口语，后人复不能摹拟，摹拟便丑。　语似极率易，然细读之，乃知明月在天，光照于地，俯视而疑，及举头一望，疑解而思兴，思兴而头低矣，回环尽致，终不能以率易目之。

渌水曲　　李　白

渌水明秋月[一]，南湖采白苹。荷花娇欲语，愁杀荡舟人。

渌水者，古琴操名。　言荡舟之妇，妒其艳而生愁。　采苹，即荡舟人也。

【校记】

[一]秋月　月，《李太白全集》卷六作「日」。

怨情　　李　白

美人卷珠帘，深坐嚬蛾眉。但见泪痕湿，不知心恨谁。

有不敢前问之意。

秋浦歌十七首其十五　　李白

白发三千丈一诘，缘愁似个长一解。不知明镜里又一诘，何处得秋霜不可解矣？

突起，婉接；又翻开，奇甚！

自遣　　李白

对酒不觉暝，落花盈我衣。醉起步溪月，鸟还人亦稀。

前二句忘怀之甚。后二句又有静中愁来之意。

杜陵　　李白

南登杜陵上，北望五陵间。秋水明落日，流光灭远山此景从无人拈出。

有望而不得意。

夏日山中

李白

懒摇白羽扇，裸体青林中[一]。脱巾挂石壁，露顶洒松风后对，流水。

总写一「懒」字。一气直下格。懒摇扇，故裸体；因裸体，遂脱巾；巾脱，则露顶。松风字，应上「青林」。

【校记】

[一]裸体　体，《李太白全集》卷二三作「袒」。

别东林寺僧

李白

东林送客处，月出白猿啼。笑别庐山远，何烦过虎溪。

猿啼夜月，始与僧别，绸缪久而送之远矣，故以方惠远之与渊明云。何烦过，言何为而劳子之送我已过虎溪也，是惊讶之词，不是推拒之辞。远法师居庐山东林，流泉匝寺，下入于溪，师每送客过此，有虎嗥，因号「虎溪」，后送客未尝过，独陶潜、陆静修至，不觉过溪，相与大笑。

临高台送黎拾遗

王维

相送临高台，川原杳何极。日暮飞鸟还，行人去不息。

只见其所见之景，而送客之怀，居人之思，俱在不言之表，高甚！

息夫人[一]

王维

莫以今时宠[二]，能忘旧日恩[三]。相看满眼泪[四]，不共楚王言。

宁王宅，有卖饼者妻，王厚遗其夫，娶之，环岁召夫使见，其妻注视，双泪垂颊，王命座客赋诗，右丞此诗先成。《左传》：楚子灭息，以息妫归，生堵敖，及成王焉，未言。楚子问之，对曰：「吾一妇人而事二夫，纵弗能死，其又奚言！」[五]　莫以，犹言不论也。　以息夫人为题，为宁王讳也。《诗矩》「相看」作「看花」，于诗有情致，于事不甚合。

【校记】

[一]题下，《全唐诗》卷一二八有「怨」字，又注一作「息妫怨」。
[二]今时　时，同上书注一作「朝」。
[三]能忘　能，同上书及《唐诗纪事》卷十六均作「难」。
[四]满眼　眼，《全唐诗》注一作「目」。
[五]息夫人事见《左传·庄公十四年》。

杂诗三首　王　维

家住孟津河，门对孟津口。常有江南船，寄书家中否？

前二句，言家住河边，见寄书之便也。常有船来往更便，乃客问主人之词。

君自故乡来，应知故乡事。来日绮窗前，寒梅着花未长短句。上二下八？

前首问我寄书家中，故此首以故乡事问之。　三句「来」字，与首句「来」字同解。

已见寒梅发，复闻啼鸟声。愁心视春草，畏向玉阶生。

此因乡人之答，而代写其闺中愁思如此，然则寄书其可缓耶？三首脉络自是灰线草蛇，隐隐露露；又如书家「意到笔不到」法，后人不能于无字句处探元索解，无惑乎取其一或弃其二也。此只作自己语，而乡人之答，在前首之末，此首之前，不言而自见。

崔九弟欲往南山马上口号与别　王　维

城隅一分手，几日还相见。山中有桂花，莫待花如霰。

如霰，言花落，如霰之落也。　恐不能即会，故以落花促其归也。

漆园　　王维

古人非傲吏，自阙经世务。偶寄一微官，婆娑数枝树[一]。

庄子为蒙漆园吏。郭璞诗「漆园有傲吏」[二]，此翻其意而用之。此借蒙庄以自况。《诗》：「婆娑其下。」[三]

【校记】

[一] 数枝　枝，《全唐诗》卷一二八作「株」。

[二] 此见郭璞《游仙诗十九首》其一。见《全晋诗》卷十一。

[三] 此见《诗·陈风·东门之枌》：「子仲之子，婆娑其下。」

留别　　王维

驻马欲分襟，清寒御沟上。前山景气佳，独往还惆怅一独字见情。

别离故堪惆怅，然妙在用「景气佳」三字，更深一层。

南垞

王　维

轻舟南垞去，北垞淼难测[一]。隔浦望人家，遥遥不相识。

【校记】

[一]难测　测，《全唐诗》卷一二八作「即」。

欹湖

王　维

吹箫临极浦[一]，日暮送夫君。湖上一回首[二]，山青卷白云[三]。

末句无限深情，却于景中写出。

【校记】

[一]临　《全唐诗》卷一二八作「凌」。

[二]回首　首，同上书注一作「看」。

[三]山青　同上书作「青山」。

宿建德江

孟浩然

移舟泊烟渚[一]，日暮客愁新。野旷天低树，江清月近人后对。

客愁因景而生，故下联不复言情，而旅思自见。

【校记】

[一]烟渚　烟，《全唐诗》卷一六〇作「幽」。

洛阳道献吕四郎中

孟浩然

洛水春冰开，洛城春树绿。朝看大道上，落花乱马足。

其二与四首紧对，此是得志者，彼是不得志者。

大道直如发，春日佳气多。五陵贵公子，双双鸣玉珂。

其三

春风二月时，道傍柳堪把。上枝覆宫阙，下枝拂车马。

其四

洛水照千门，千门碧空里。少年不得志，走马游新市。

反复数章，总见洛阳道上，尽皆奔波名利之人。

江南曲二首其一　　孟浩然

绿水深见底，高浪直翻空。惯是湖边住，舟轻不畏风。

江南古辞，盖美芳辰丽景，嬉游得时也。

送李十五　　王昌龄

怨别秦楚深，江中秋云起。天长杳无隔，月影在寒水。

送郭司仓　　王昌龄

映门淮水绿，留骑主人心。明月随良掾，春潮夜夜深。

临淮留宾，月随宾去，而惟馀淮水，其能堪乎？掾，音砚，官属。

送胡大　　王昌龄

荆门不堪别，况乃潇湘秋。何处遥望君，江边明月楼。

栾家濑　　裴迪

濑声喧极浦，沿涉向南津。泛泛凫鸥渡，时时欲近人。

机心已息，鸥自狎我。

长干行[一]　　崔颢

君家住何处？妾住在横塘。停船暂借问，或恐是同乡。

次句不待答，亦不待问，而竟自述，想见情急。　吴自江口沿淮筑堤，谓之横塘。

家临九江水，来去九江侧。同是长干人，生小不相识。

此答前篇之问。　黄云：「四首两两问答，不可删」。但后二首，却无甚意味，姑缺焉。

对雨送人　崔曙

别愁复兼雨，别泪还如霰。寄心海上云，千里长相见。

别辋川别业　王缙

山月晓仍在，林风凉不绝。殷勤如有情，惆怅令人别倒装句。

仍在、不绝，正殷勤也。彼愈殷勤，我愈惆怅，故曰「令人」。承上起下在第三句。末句言令人别时增惆怅也。

题平阳郡汾桥边柳树自注：参曾居此郡八九年。　岑参

此地曾居住，今年宛似归。可怜汾上柳，相见也依依。

下联正言其似归。　偶经此旧地，非归也，乃汾柳依依有情，非宛似归乎？下一「也」字，是一笔写两层意。

古歌　沈千运

北邙不种田，但种松与柏。松柏未生处，留待市朝客。

吊古伤今，读之令英雄气散。

秋夜寄丘二十二员外　韦应物

怀君属秋夜，散步咏凉天。山空松子落，幽人应未眠。

前二句己况，后二句忆丘，妙在第三句，宛是幽人，故末句脱口而出。

咏声　韦应物

万物自生听［一］，太空恒寂寥。还从静中起［二］，却向静中消。

【校记】

［一］自　《全唐诗》卷一九三注一作「此」。

［二］从　同上书注一作「应」。

秋风引　　刘禹锡

何处秋风至，萧萧送雁群。朝来入庭树，孤客最先闻。

孤客之心一触便动，故曰「最先闻」。

闺人赠远[一]　　王　涯

其一　此首黯然情伤[二]。

远戍功名薄，深闺年貌伤。妆成对春树，不语泪千行。

其二　此首达情无由。

莺啼绿树深[三]。燕语雕梁晚[四]。不省出门行，沙边知近远[五]。

其三　此首望其神会。

形影一相别，烟波千里分。君看望君处对面着笔深厚，只是起行云。

其四　此首见本意，总是望其早归也。四首情致俱绝妙。

花明绮陌春，柳拂御沟新。为报辽阳客，流光不待人[六]。

【校记】

［一］此题，《全唐诗》卷三四六共六首，此处选其二、其四、其三、其一四首。

［二］题下评语为吴修坞所加。下同。

［三］莺啼　同上书作「啼莺」。

［四］燕语　同上书作「语燕」。

［五］沙边　边，同上书作「场」。

［六］流光　光，同上书作「芳」。

六言绝句

六言绝，唐诗本少，亦难工也。今存数首，以备一体云。

田家乐五首［一］

王　维

采菱渡头风急［二］，策杖村西日斜。杏树坛边渔父，桃花源里人家。

采菱、策杖，纪所游也。风急、日斜，状其景也。身同渔樵家为隐沦矣。《庄子·渔父篇》：孔子休坐乎杏坛之上，遇渔父，而虚心闻其教。

其二

萋萋芳草春绿[三]，落落长松夏寒。牛羊自归村巷，童稚不识衣冠。

其三

山下孤烟远村，天边独树高原。一瓢颜回陋巷，五柳先生对门。

远村，非望烟不知；原高，因见树乃识，其幽寂为何如。居是地者，颜子与陶潜也。「对门」二字，更衬得有趣。

其四

酌酒会临泉水，抱琴好倚长松。南园露葵朝折，西舍黄粱夜舂[四]。

其五

桃红复含宿雨，柳绿更带朝烟。花落家僮未扫，鸟啼山客犹眠。

第一首景之胜，第二首俗之朴，第三首地之幽，第四首供之淡，第五首身之闲：极尽田园之乐。

【校记】

[一]本题，《全唐诗》卷一二八共七首，此处选其三、其四、其五、其六、其七等五首。《全唐诗》又注：诗题一作「辋川六言」。

[二]风急　急，同上书注一作「起」。

［三］芳草春绿　同上书作「春草秋绿」，又注「绿」一作「碧」。

［四］西舍　同上书作「东谷」。

寻张逸人山居

刘长卿

危石才通鸟道，空山更有人家。桃源定在深处，涧水浮来落花。

因涧水而知有桃源，因忆桃园而知有人家在空山中，于是沿路而寻，鸟道难通。倒转成章，总见逸人山居幽僻。

唐诗续评卷三

七言律

两截固律之一体，今人首首分前解后解，宜其有腰斩唐诗之诮。

守岁侍宴应制

杜审言

季冬除夜接新年，帝子王臣捧御筵。宫阙星河低拂树，殿庭灯烛上薰天实眼句。弹弦奏节梅风入[一]，对局探钩柏酒传双关。欲向正元歌万寿，暂留欢赏寄春前。

接，迎也。捧御筵，所以接之。三四正写除夜二语，一虚一实，虚句犹妙。五、六写御筵，又切定除夜。七收接新年。八「欢赏」字收御筵，「寄春前」收除夜。诗律之细如此，固知少陵学问渊源。

【校记】

[一]奏节　节，《文苑英华》诗卷一二〇作「管」。

兴庆池侍宴应制

沈佺期

碧水澄潭映远空兴庆池，紫云香驾驭微风侍宴。汉家城阙疑天上，秦地山川似镜中承首句。向浦回舟萍已绿，分林蔽殿槿初红承次句。古来徒羡横汾赏，今日宸游圣藻雄应制。

一、二双起。三、四接首句，能写得「映远空」三字出。五、六接次句，亦是承「驭」字而下。结点破宸游。「横汾」，见汉武帝《秋风辞》。　此以《秋风辞》比圣制也。

侍宴安乐公主新宅应制

沈佺期

皇家贵主好神仙〔一〕，别业初开云汉边。山出尽如鸣凤岭承首句，池成不让饮龙川。妆楼翠幌教春住承次句，舞阁金铺借日悬。敬从乘舆来此地收二五六，称觞献寿乐钧天收一三四。

首句公主，次句新宅。云汉边，衬「好神仙」。三、四腰字醒上意，见是神仙境界。　欲极写公主之新宅，故暗用弄玉事，而以「好神仙」三字立根。　扈从侍宴，俱只结中点出，亦是老健。　秦王女弄玉，随凤凰飞去，故秦作凤女祠于雍宫，世有箫声。　鸣凤饮龙，暗合神仙。金铺者，门上衔环之圆铜如镜，莹朗比日也。　赵简子曰：「我帝之所甚乐，与百神游于钧天，广乐九奏万舞，不类三代之乐，其乐声动人心。」〔二〕天有九野，中央曰钧天。

【校记】

［一］好神仙　好，《唐诗纪事》卷十一作「学」。

［二］语见《史记·赵世家》。

奉和春初幸太平公主南庄应制

沈佺期

主家山第早春归南庄，御辇春游绕翠微幸。买地铺金曾作埒，寻河取石旧支机。云间树色千花满，竹里泉声百道飞。自有神仙鸣凤曲，并将歌舞报恩晖。

次句将巡游纳入公主山第，下便放开，只写山第，末仍只即公主山第打转。凡山远望则翠，近之则翠微，故曰「翠微」。工济移第北邙山，时洛京地甚贵，买地为马埒，编钱满之，时人谓之「金沟」。张骞寻河源得一石还，示东方朔，朔曰：「此是天上织女支机石。」埒，连结切，畜马所也。恩晖，君恩也，应起句「早春归」。

奉和春日幸望春宫应制

沈佺期

芳郊绿树散春晴，复道离宫烟雾生。杨柳千条花欲绽，葡萄百丈蔓初萦。林香酒气元相入，鸟啭歌声各自成。定是风光牵宿醉意中悬度，来晨复得幸昆明。

此以春日望春宫及「幸」字，分作两半，后以昆明映望春，以风光收春日，借意点出「幸」字，亦自变化。　起二句见氤氲和霭之象，三四平写。　汉之复道，即秦之阁道，为其阁上阁下皆有行路，故名复道。

奉和立春游苑迎春

沈佺期

东郊暂转迎春仗对起，上苑初飞行庆杯对起。风射蛟冰千片断，气冲鱼钥九关开。林中觅草才生蕙上暗下明，殿里争花并是梅。　歌吹衔恩归路晚一句含三意，栖乌半下凤城来足法。

调虽稍沿六朝，风格实唐人正始。栖乌另讲，「半下凤城」属人说。李适此题有「龙骖薄暮下城闉」句[一]，可参看。若作「栖乌下凤城」，则直而无味矣。　起二句用事还题，言东郊迎春，转而至苑中赐宴。　中四句摹写，切立春，觉春气因迎而至。三、四浑写，五、六细写。　结以归路凤城映游苑，二句兼描太平气象。　仗，兵器总名。人所执曰仗。　《礼记》：「孟春之月，行庆施惠。」[二]《淮南子》曰：「若薄冰，蛟在其下。」[三]唐丁用晦曰：「门钥必以鱼，取其不瞑目夜守之义。」[四]九关，言天门九重。

【校记】

[一]李适同题诗见《全唐诗》卷七。

[二]此见《礼记·月令》。

[三]此见《淮南子·说林训》：「君子之居民上，若以腐索御奔马，若碾薄冰，蛟在其下。」。

[四]此语出自唐丁用晦《芝出录》。见《类说》卷十一。

嵩山石淙侍宴应制

沈佺期

金舆旦下绿云衢，彩殿晴临碧涧隅。溪水泠泠逐行漏[一]，山烟片片引香炉[二]溪水、山烟、炉烟，分贴得妙。仙人六膳调神鼎，玉女三浆捧帝壶横插句。自昔汾阳纡道驾衬一笔[三]，无如太室览真图进一层收。

序起，首言大驾临幸，次言升坐行殿。三、四描写「下」字、「临」字。五、六写「宴」字，结点破「嵩」字，硬插「览真图」三字亦老，言即尧之汾阳访道，不若今日之览真图也。行漏，行在随行之滴漏。《周礼》：「王之馈膳用六牲，马牛羊豕犬鸡也」[四]。《道经》：大罗天有玉女三浆[五]。浆，将也，饮之与体相将顺也。山之东有太室，西有少室，嵩其总名也。《玉符经》曰：二十四真图，五岳之灵宝也，能得之，必能仙去，飞涉太清。

【校记】

[一]逐 《全唐诗》卷九六作「杂」。

［二］引　同上书作「绕」。
［三］自昔　昔，《文苑英华》诗卷一六九、《唐诗品汇》卷八二均作「惜」。
［四］此见《周礼·天官·膳夫》。
［五］此见《云笈七签》卷二一引。

遥同杜员外审言过岭沈佺期流驩州，审言流峰州，同时过岭之作也［一］。

沈佺期

天长地阔岭头分，去国离家见白云［二］。洛浦风光何所似折一笔［三］，崇山瘴疠不堪闻［四］闻且不堪，况身历其地。南浮涨海人何处［五］，北望衡阳雁几群。两地江山万馀里［六］，何时重谒圣明君？

此诗四用地名，且重两「地」字，三「何」字，似犯诗家之忌，然初盛人以骨格兴致为主，若字句之间效后人洗刷，非不能，直不必耳。　尾联见意。　起语悲壮，点「岭」字；次句写「过」字；中四句皆过岭以后也；第七句收束通篇，极其简净；八作期望之词，应次句。　「分」者，北馀洛浦之风光，南有崇山之瘴疠也。「何所似」，言去后不知何等好也，衬起「不堪闻」三字。　题中「遥」字，诸解未妥，想指在远地而言。

【校记】

［一］题下注他本无。

［二］离家　离，《国秀集》卷上作「忧」。

［三］「洛浦」句　同上书作「洛浦肝肠无用说」。

［四］瘴疠　疠，同上书作「疫」。

［五］人何处　人，同上书作「鸢」。

［六］江山　同上书作「春风」。

兴庆池侍宴应制

韦元旦

沧池漭沆帝城边池字起突兀，殊胜昆明凿汉年衬笔。夹岸旌旗疏辇道［一］，中流箫鼓振楼船未宴舟中景。云峰四起迎宸幄，水树千重入御筵宴时景［二］。宴乐已深鱼藻咏宴后，承恩更欲奏《甘泉》进一步。

一起直点，借昆明以便用「旌旗」「萧鼓」等字。五、六写宴；七、八紧承「宴」字，折出应制，寓讽谏之意，仍必不脱「池」字。　沧池，汉未央宫池名。漭，莫郎切。沆，胡良切。漭沆，宽大也。此池天成，不待凿，故曰胜。　《诗经》：「鱼在在藻。」［三］　杨雄从甘泉还，奏《甘泉赋》以讽。　此尾联，与苏颋《望春宫》作［四］，同一进步法；此明用「已」字、「更」字，彼暗缩「已」字、「况复」字。

【校记】

［一］辇道　辇，《全唐诗》卷六九注一作「远」。

［二］水树　水，同上书注一作「宝」。

［三］此指《诗·小雅·鱼藻》：「鱼在在藻，有颁其首。王在在镐，岂乐饮酒。」

［四］此指苏颋《奉和春日幸望春宫应制》诗，见本卷。

三阳宫石淙侍宴应制得幽字

宋之问

离宫秘苑胜瀛州，别有神仙洞壑幽侧重石淙［一］。岩边树色含风冷，石上泉声带雨秋承次句应幽字。鸟向歌筵来度曲，云依帐殿结为楼。微臣昔忝方明御，今日还陪八骏游。

首句三阳宫，次以「幽」字起中二联。三、四石淙之幽，五、六就离宫石淙虚摹「幽」字，而「宴」字自在其中；结点侍宴。按三阳宫，则天所建。结句是先侍宴于高宗天后，今又侍中宗也。《庄子》：黄帝以方明为御。周穆王乘八骏之乘。

【校记】

［一］神仙　《全唐诗》卷五二作「仙人」。

奉和初春幸太平公主南庄应制

李峤

主家山第接云开，天子春游动地来对起，羽骑参差花外转承次句，霓旌摇曳日边回写动地透［一］。还将石溜调琴曲承首句，更取峰霞入酒杯写楼云透。鸾辂已辞乌鹊渚，箫声犹绕凤凰台分装对。对结。

起语点过山庄，次句即点「幸」字，以下将「幸」字作主，仍紧带定公主山庄。　琴操流水，酒有霞觞。五六取意双夹。《淮南子》：乌鹊填河成桥而渡织女［二］。想当时南庄，亦借是事以名其渚，故云然。　「辞」字与「来」字紧相应，而乌鹊渚仍收山第，恰与「接云」字映带得妙。末句天子去，而地犹动也，收次句。　凤凰台、乌鹊渚，分装对。

【校记】

［一］摇曳　曳，《全唐诗》卷六一作「扬」。

［二］此见《淮南子·说林训》。

侍宴安乐公主新宅应制［一］

苏颋

骎骎羽骑历城池，帝女楼台向晚披远望。露洒旌旗云外出途中，风回岩岫雨中移将到。当轩半落天河水已到，绕径全低月树枝。箫鼓宸游陪宴日，和鸣双凤喜来仪。

幸公主新宅叙起，三、四顺承，五、六写新宅，七转出侍宴，八以公主作结。「披」，即披云雾而睹青天之披。半落天河，水未满也。全低月树，桂初植也，总是新宅景象。《诗经》：「载骤骎骎」[二]。骎骎，骤貌。

【校记】

[一]新宅 《全唐诗》卷七三作「山庄」。

[二]此语见《诗·小雅·四牡》。

奉和春日幸望春宫应制

苏颋

东望望春春可怜叠字法，更逢晴日柳含烟。宫中下见南山尽，城上平临北斗悬大景远景。细草偏承回辇处小景近景，飞花故落舞觞前炼字之祖[一]。宸游对此欢无极总束，鸟哢歌声杂管弦况复。缩脉法[二]。

晴日柳含烟，是春光明媚处，然一种氤氲气象，自非语言所能尽，故于「柳含烟」上加「更逢」二字，而其望之而生怜处，犹在不言之表，此盖于无字处着精神也。三、四是宫中望之所见，五、六即春日之幸也，结转上和诗，八犹必扣住春日，意甚充足。 三、四曰「下」曰「平」，见其高也。「尽」者，其山色尽呈也，方与「悬」字对。「偏」字「故」字，写得有情，妙！鸟哢歌声与细草飞花同一情景，却不就写，留在八句作拖笔，先横插「宸游」一句，将文势一束，以作步骤，非神明于章法者乎！以「晴」字作骨，通体俱是晴景。三、四语阔大，五、六定以细秀语承之，此不易之法也。唐人近体，虽变古诗，其法反与古文暗合。盖秦汉以前之文，大率字句简奥，蓄意有馀。后人文字多用虚字助语，衬贴易晓，往往一览而尽，所以不能复佳。唐人创为近体诗，矩度所限，词不赴意，不得不生错综、套搭、倒装、缩脉诸法，并合古文之体，如此诗结处，乃缩脉法也，必添「已」字、「况复」字，本意始明；使人不知此法，便如嚼蜡矣。尾联补题。

【校记】

［一］飞花句　《全唐诗》卷七三作「飞花微落奉觞前」。

［二］「鸟哢」句　同上书作「鸟哢声声入管弦」。

扈从鄠杜间奉呈刑部尚书舅崔黄门马常侍

苏　颋

翠辇红旗出帝京，长杨鄠杜昔知名，云山一一看皆美［一］，竹树萧萧画不成［二］。羽骑将过持袂拂，香车欲度卷帘行。汉家曾草巡游赋，可似今来应圣明［三］。

起语完题。中四句倒承一、二；五、六又暗承「竹树」「云山」。结以「巡游」字绾上，点破寄诗之意。

巡游赋，如杨子云《甘泉》、《河东》之类。

【校记】

［一］美　《全唐诗》卷七三注一作「异」。

［二］萧萧　同上书作「丛丛」。

［三］可似　可，同上书及《唐诗品汇》卷八二均作「何」。

兴庆池侍宴应制

苏　颋

降鹤池前回步辇，栖鸾树杪出行宫。山光积翠遥疑逼［一］，水态含青近若空［二］。直视天河垂象外，俯窥京室画图中。皇情未使恩波极［三］，日暮楼船更起风。

直起直落格。起二句叙过，中四句赋景，三、四摹写，五、六拓开，三、四分写山川，五、六分写仰观俯察。结写感恩，打转「池」字。　三、四山中有水，水中有山，分写中，两两相含，妙甚。五天水相连，六宫室倒映。　是日侍宴，必在楼船之中，前面不点，至末句补出，加一「更」字，见章法之妙。

【校记】

［一］疑　《文苑英华》诗卷一七六作「相」。

［二］「水态」句下，《全唐诗》卷七三有注曰：「以上二句，初云：山光逼屿疑无地，水态迎帆若有风。时为赵郡李乂、范阳卢从所赏，但末句又押风字，故易之。」又，「含青」青，《文苑英华》作「情」。

［三］皇情　情，同上书作「欢」。

奉和初春幸太平公主南庄应制

苏　颋

主第山门起灞川，宸游风景入初年。凤凰楼下交天仗，乌鹊桥头敞御筵［一］。往往花间逢彩石，时时竹里见红泉。今朝扈跸平阳馆，不羡乘槎云汉边乘槎应灞川。

一起完题，时地双点。中联一写公主山庄游幸，一说幸公主山庄，反顺之间，俱是名句。结点应制，此一定之法。　汉仪注：皇帝辇动，左右称警，出殿，则传跸。

【校记】

［一］桥头　头，《全唐诗》卷七三注一作「边」。

闻邻家理筝

徐安贞

北斗横天夜欲阑，愁人倚月思无端。忽闻画阁奏筝逸，知是邻家赵女弹流水对。曲成虚意青蛾敛［一］，调急遥怜玉指寒倒叙。银锁重关听未辟宕开法，不如眠去梦中看。

次联出题格。　出语出想，俱情艳诗中常境，然既前脱陈、梁之纤靡，后又不落温、李之俗艳，可为有唐正风。「梦中看」，痴语，然语不痴不足以为诗。严沧浪所谓「诗有妙趣，不关理」，要当于此等处求之。

【校记】

［一］虚意　意《全唐诗》卷一二四作「忆」。

黄鹤楼

崔　颢

昔人已乘黄鹤去，此地空馀黄鹤楼。黄鹤一去不复反，白云千载空悠悠前四句解题。晴川历历汉阳树，芳草萋萋鹦鹉洲觭角对。二句景。日暮乡关何处是，烟波江上使人愁句意。

前半一气直走，竟不作对，律之变体。　五、六「川」「洲」一类，「草」「树」一类，上下互换成对。前半即吊古之意，凭空而下，「晴川历历」、「芳草萋萋」，即从「白云悠悠」生出。结从「汉阳树」、「鹦鹉洲」生出「乡关」，见作者身分，点破「江上」，指明其地，又以「烟波」唤起「愁」字，绾上前半。　前半四句笔矫，中二句气和，结又健举，横插「烟波」二字点睛。　雄浑傲岸，全以气胜，直如《国策》文字，而其法又极细密。　《述异记》：荀环游楼上，有物飘然降霄汉，乃仙也，鹤止石侧，仙就席欢对，已而跨鹤腾空。

敕赐百官樱桃[一]

王　维

芙蓉阙下会千官，紫禁朱樱出上兰颜色点缀[二]。才是寝园春荐后[三]，非关御苑鸟衔残流水对。归鞍竞带青丝笼，中使频倾赤玉盘倒叙联。饱食不须愁内热进一步[四]，大官还有蔗浆寒。

篇中之意，皆言恩遇之隆。　三、四用事，最为超脱，以其任意驱使，不用掇拾点染也。用二事而恩遇之隆自见。　「竞」字、「频」字，叫起「饱食」字，亦见恩遇。「还有」更见恩之周到。　「上兰」，汉观名，在上林苑中。《礼记》：仲夏之月，天子以含桃荐寝庙[五]。《吕氏春秋》注：鹦鸟所含食，故言含桃。《汉书·宦者传》：凡诏所征求，皆令西园驺密约，敕号曰「中使」[六]。汉明帝宴群臣，大官进樱桃，以赤玉盘赐群臣，月下视之，盘与樱桃同色，群臣皆笑，云是空盘。《汉书》：少府属官，有大官令[七]。　一点百官，二点敕赐樱桃，三、四见重其事，五、六见厚其恩，结处将无作有，更进一层，妙！　再玩「竞带」字，「频倾」字，见非赐一人，暗还题中「百官」。

【校记】

[一]题下，《全唐诗》卷一二八有注曰：「时为文部郎」。

〔二〕上兰　兰《唐诗品汇》卷八三作「阑」。

〔三〕才　《全唐诗》注一作「总」。

〔四〕愁　同上书注一作「忧」。

〔五〕此见《礼记·月令》。

〔六〕此见《后汉书·宦者传·张让》。

〔七〕按《后汉书·皇后纪上·和熹邓皇后》：「减大官……服御珍膳难成之物。」李贤注引《汉官仪》曰：「大官，主膳羞也。」此乃诗「大官」所指。

出塞作

王维

居延城外猎天骄。白草连天野火烧。暮云空碛时驱马，秋日平原好射雕。护羌校尉朝乘障，破虏将军夜度辽。玉靶角弓珠勒马，汉家将赐霍嫖姚。

以「居延城外」字点破出塞。用一「猎」字，下三句皆猎也；然只是写猎之事，未见有猎之人，故五、六喝破将军、校尉等。「朝乘醉」、「夜度辽」，皆言其勇于赴敌也，朝廷赏赉其可已乎？结言其所将赐者如此，以歆动之，又硬押「霍嫖姚」三字，见必待有功，非同滥予。「天骄」上着「猎」字，虽为造语，然却不甚难解，俗本改作「猎夫骄」，直是不成说话。《史记》：强胡者，天之骄子〔二〕。后汉百官志：护羌校尉一人，比二千石〔三〕。后汉光武纪：更始拜世祖为破虏大将军〔四〕。靶，音伯，辔革也。　有谓前半写天骄之强盛可忧，后半方转入制天骄之将。愚意，居延城外，本是天骄接壤，今于此地射猎习武，将来可以直冲其巢穴，而成功无难，似是一气说下。　有谓「猎」非射猎之猎，乃缉拿蕃人之谓，究无出处，终难安。

【校记】

［一］诗题，《全唐诗》卷一二八无「作」字。题下有注曰：「时为御史监察塞上作」。
［二］「天之骄子」语出《汉书·匈奴传上》：「单于遣使遗汉书曰：南有大汉，北有强胡。胡者，天之骄子也。」
［三］此见《后汉书·百官志》。
［四］此见《后汉书·光武帝纪》。

酬郭给事

王　维

洞门高阁霭馀晖，桃李阴阴柳絮飞。禁里疏钟官舍晚，省中啼鸟吏人稀横插句。晨摇玉佩趋金殿，夕奉天书拜琐闱。强欲从君无那老，将因卧病解朝衣。

前四句写阁中之景，一、二寓承恩意，三、四见清要之地，五、六写给事为近侍之职；前四句言其景之当从，五、六言其事之当从也。末以「解朝衣」三字，反映「摇玉佩」、「奉天书」，酬之以不从之意。诗中写阳和之景，雨露之泽，多指君恩而言。　蔡邕云：省中本为禁中。元后父名禁，避之，故名省中

[一]。

【校记】

[一]此见蔡邕《独断》卷上："汉天子所居曰禁中，后曰省中。禁中者，门户有禁，非侍御者不得入，故曰禁中。"

积雨辋川庄作[一]

王 维

积雨空林烟火迟，蒸藜炊黍饷东菑。漠漠水田飞白鹭，阴阴夏木啭黄鹂。山中习静观朝槿，松下清斋折露葵呼应句，野老与人争席罢自占地步，海鸥何事更相疑[二]？

此漫兴之作也。首言人事，次言物景，腹联即承上说下，言我本无心，不过任其自然，与人无争，与物无忤。意本言物可相狎，人反不能无疑，故反其语，言野老之争席既罢矣，何鸥之不能无所疑耶？朱竹垞先生辨云：杜诗有《漫与》九首，又有"老去诗篇浑漫与"之句，元以前无有读作"兴"者，误自杨廉夫始。黄选注亦俱作"兴"。

【校记】

[一]积雨 《全唐诗》卷一二八注一作"秋"。

春日与裴迪过新昌里访吕逸人不遇

王　维

桃源面面绝风尘倒装联〔一〕，柳市南头访隐沦。到门不敢题凡鸟，看竹何须问主人折腰句。三将不遇意说在前，结处便有不尽之味。城外青山如屋里〔二〕，东家流水入西邻。闭户著书多岁月，种松皆作老龙鳞证法。四占地步。起语涵盖无限，并自己身分亦写得高。次句点过其里而访其人。项联言不遇。中二语，据其地而写之，有天下一家、人我一致之意。结更点出逸人身分。

柳市，万章所居之处，在洛城西。从其「种松皆作老龙鳞」，看出其「闭户著书多岁月」，只是不遇意。晋吕安至嵇康家，康不在，嵇喜出迎不入，门上题「鳳」字而去，喜不觉其谑，盖「鳳」字乃凡鸟也〔三〕。王徽之至吴中观竹，主人洒扫请坐，徽之不顾而去〔四〕。「面面」作「西面」非。「作老」改「志作」亦非。

【校记】

〔一〕面面　《全唐诗》卷一二八作「一向」，又注一作「四面」。

〔二〕城外　外，同上书作「上」。

〔三〕、〔四〕均见《世说新语·简傲》。

奉和圣制从蓬莱向兴庆阁道中留春雨中春望之作应制

李　憕

别馆春还淑气催，三宫路转凤凰台。云飞北阙轻阴散，雨歇南山积翠来。御柳遥随天仗发，林花不待晓风开。已知圣泽深无限，更喜年芳入睿才。

别馆，兴庆也。次句从蓬莱向兴庆，然首句点明「春」字，次句暗点阁道中，已虚完全题矣。三、四留春雨中。五、六春望。七、八点出圣制，仍必插入「年芳」字，一一分写，层层周密。「遥随」、「不待」，叫起「已知」，「已知」跌出「更喜」，语语紧遒。　末句言良辰美景，悉入天子之文藻也。

题璿公山池

李　颀

远公遁迹庐山岑比，开士幽居祇树林[一]。片石孤云窥色相[二]半景。山，清池皓月照禅心池[三]。指挥如意天花落，坐卧闲房春草深。此外俗尘都不染绾合，惟馀玄度得相寻倒收。两占地步。

开士，一作「开山」，非，盖远公是比，而开士则直指璿公也。二句不平，故末句只应转首句。「俗尘」字，应「幽」字，中二联皆幽也：三人不见之幽，四人不知之幽，五忙中幽，六闲中幽。　本言色相不可窥，却云「片石孤云窥色相」，其意愈远。末非倒收，则直率矣。　远公，晋僧惠远。佛经有十六开士。《金刚经》：佛在舍卫国，祇树给孤独园。《楞严经》：离诸色相。许询，字玄度，与远公为方外交。

【校记】

［一］开士　士，《全唐诗》卷一三四注一作「山」。

［二］孤云　云，同上书作「峰」。

［三］皓月　皓，同上书注一作「白」。

寄綦毋三

李颀

新加大邑绶仍黄，近与单车去洛阳［一］。顾盼一过丞相府，风流三接令公香。南川粳稻花侵县，西岭云霞色满堂进贤之人在二、四二句。共道进贤蒙上赏，看君几岁作台郎收首句。

綦毋，名潜，字孝通，移官而秩犹不改，故作此慰藉之。稻花侵县，云霞满堂，叫起「贤」字。《汉书》：比二百石以上，皆铜印黄绶。唐人称中书令为「令公」。言既为丞相相识，又为令公接待，令君之贤，能致邑治如此，丞相、令公必将与君同升也。文似谓升迁有日，意实见进贤无人也，玩「加」字，「仍与」字，「共道」字，「几岁」字，可见。荀彧为中书令，好薰香，其坐处常三日不散，人称「令公香」，亦曰「令君香」。

【校记】

［一］近与　近《唐诗品汇》卷八三作「游」。

送李回

李　颀

知君官属大司农，诏幸骊山职事雄补题。岁发金钱供御府承首句，昼看仙液注离宫承次句。千岩曙雪旌门上，十月寒花辇路中见时。不睹声名与文物，自伤留滞去关东见意。

此即送其扈从也。三、四顺承一、二，五、六写扈从意，中四句，皆写其声名文物也，以「不睹」字，反映写自伤意。《汉书》：治粟内史，秦官，掌谷货，景帝更名为大农令，武帝更名大司农［一］。液，津也。仙液，指汤池。《周礼》：「为帷宫，设旌门。」［二］《左传》：臧哀伯曰：「文物以纪之，声名以发之。」［三］　「农」字出韵。唐诗七律首句，间有用平声，而不在本韵，借用通韵者，此之谓借韵。

【校记】

［一］此见《汉书·百官公卿表上》。

［二］此见《周礼·天官·舍人》。

［三］此见《左传·桓公二年》。

宿莹公禅房闻梵

李　颀

花宫仙梵远微微，月隐高城钟漏稀。夜动霜林惊落叶，晓闻天籁发清机双眼句。双关对。萧条已入寒空静，飒沓仍随秋雨飞。始觉浮生无住着，顿令心地欲皈依。

惟无钟漏，故梵声远闻。第二句，虚处实做法也。三、四犹云闻梵音动霜林，闻梵音动天籁，两句俱有「闻」「动」二字，此亦双关对法；若不如此，以「天籁」直指梵音，则「闻」字是本题字，与上不配矣。中四皆摹神之笔，句亦奇警，动、闻、人、随四字，皆摹远微微也。　天籁，出《庄子》。飒沓，众盛貌。结言顿悟浮生之理，而皈依于禅也。

同陈留崔司户早春宴蓬池

高　适

同官载酒出郊圻，晴日东驰雁北飞。隔岸春云邀翰墨，傍檐垂柳报芳菲。池边转觉虚无尽，台上偏宜酩酊归。州县徒劳那可度，后时连骑莫相违。

前半平叙。五拗起一笔，写旷渺之致。六即写「宴」字，用一「归」字带起结意。「隔岸」从「池」，故五承「池」。「傍檐」从「台」，故六承「台」。「后时」反照今日，「州县」应官字，「联骑」应同字。

奉和杜相公发益州崔旰杀郭英，据成都，命鸿渐镇抚之。［一］　岑参

相国临戎别帝京［二］，拥旄持节远横行。朝登剑阁云随马，夜渡巴江雨洗兵。山花万朵迎征盖［三］，川柳千条拂去旌［四］。暂到蜀城应计日，须知明主待持衡。

「远」字叫起「剑阁」、「巴江」。中二联写「横行」意，一是就此边写去，一是就彼边写来也。结联字字绾上。　朱言当计日成功而返，须知明主待大臣之意也。　《说苑》：武王伐纣，大雨，王曰：「天洗兵」。［五］。

【校记】

［一］题下注，他本无。

［二］别　《全唐诗》卷二〇一注一作「发」。

［三］迎　同上书注一作「垂」。

［四］拂　同上书注一作「拨」。

［五］事见汉刘向《说苑·权谋》。

九日使君席奉饯卫中丞赴长水　岑参

节使横行西出师［一］，鸣弓环甲羽林儿。台上霜风凌草木平日衬笔，军中杀气傍旌旗此日正

面。豫知汉将宣威日［二］，正是胡尘欲灭时流水对。为报使君多泛菊借将来衬出今日作点题，更将弦管醉东篱。

前六句，一气卷舒，归到九日使君席便住，略无停蓄，魄力甚雄。「豫知」、「为报」、「更将」，为机括。「为报」、「更将」言其不日成功，再来赏菊饮酒也。　羽林，军名。

【校记】

［一］西　《全唐诗》卷二〇一注一作「东」。

［二］豫知　豫，同上书作「须」。

腊日

杜　甫

腊日常年暖尚遥［一］，今年腊日冻全消。侵凌雪色还萱草，漏泄春光有柳条倒叙联。倒装句。双关句［二］。纵酒欲谋良夜醉［三］，还家初散紫晨朝倒叙联。呼应句［四］，口脂面药随恩泽，翠管银罂下九霄混装句。

「有」，已有，「还」，还有，只用一字，两相关带，故知二句属倒叙联［五］。　「恩泽」寓二物之中，故曰「随」，正言之，当云「银罂翠管盛脂药，恩泽相随下九霄」，故作此混装句，方不直率［六］。　中二联皆倒叙。　七、八亦在还家之前，又倒拖作结，言翠管银罂、口脂面药，其恩泽自九霄而下，故退朝而口脂面药，以御寒冻，翠管银罂，盛脂药之器。　起四句，正见良夜当谋醉也。　提起纵酒句，下一一补之，局法甚奇。

【校记】

［一］常年　《杜诗详注》卷五注一作「年年」。

［二］有柳条　有，同上书注一作「是」。

［三］良夜　良，同上书注一作「长」。

［四］还家　还，同上书作「归」。又注「散」一作「放」，「紫」一作「北」。

［五］、［六］此两段系吴氏摘自黄生《杜诗说》卷八。

曲江对雨［一］

杜　甫

城上春云覆苑墙山雨欲来云低覆墙耳，江亭晚色静年芳［二］。林花着雨胭脂落［三］，水荇牵风翠带长比赋句。　龙武新军深驻辇［四］，芙蓉别殿慢焚香流水对［五］。何时诏此金钱会［六］，暂醉佳人锦瑟傍［七］。

时上皇深居南内，不得御芙蓉而宴会。龙武新军，向日扈从而出者，今不复出，故曰「深驻军」。别殿宫人，向

此诗对雨怀思之作，然题只云「曲江对雨」，若今人制此题，必曰「对雨有怀」，便无含蓄矣。

日焚香以待者，今不复出，故曰「慢焚香」。言诏金钱会之无时，而企望之。　一「静」字，见出风景寂寥；然景则寂寥，诗语偏极浓丽[八]。　叙时事，不着痕迹；忆上皇，不犯忌讳，本诗人之忠厚[九]。　通首俱是写「静」字。　《唐书》：左右羽林军，大期会则执仗以卫。玄宗改为龙武军。龙武即「龙虎」，避太祖讳，故名龙武[十]。　开元元年九月，宴王公百寮于承天门，令于楼下撒金钱，许中书以上五品官及诸司三品以上官争拾之。

【校记】

[一]对雨　对《杜诗评注》卷六注一作「值」。

[二]年芳　年，同上书注一作「天」。

[三]胭脂落　落，同上书作「湿」。黄生《杜诗说》卷八同。

[四]深驻辇　深，《杜诗评注》注一作「经」。

[五]慢焚香　慢，同上书作「漫」。

[六]诏此　诏，同上书注一作「重」。

[七]暂醉　暂，同上书注一作「烂」。

[八]、[九]此二段系吴氏摘自黄生《杜诗说》卷八。

[十]此出《新唐书·百官志四上》。

野人送朱樱[一]

杜 甫

西蜀樱桃也自红，野人相赠满筠笼。数回细写愁仍破，万颗匀圆讶许同。流水对。忆昨赐沾门下省，退朝擎出大明宫走马对。金盘玉箸无消息，此日尝新任转蓬。

因野人之送，而忆及受赐，以「也自红」三字叫起，以「任转蓬」三字收 转。三美其熟，四美全熟；五、六突转一境，然于调则为突转，于作者则先有此意，而后有此诗也[二]。金盘玉箸，与筠笼相映；门下省、大明宫，与西蜀相映。「任转蓬」三字，包尽许多说话，此日尝新任转蓬，以还朝之事无消息也。 写同「泻」。

【校记】

[一]朱樱 樱，原误作「楼」，据《杜诗详注》卷十一改。

[二]以上数语，系吴氏摘自黄生《杜诗说》卷八。

严公仲夏枉驾草堂兼携酒馔得寒字[二]

杜 甫

竹里行厨洗玉盘，花边立马簇金鞍。非关使者征求急，自识将军礼数宽借古为喻。歇后句。百年地僻柴门迥，五月江深草阁寒三截句。看弄渔船移白日暗转，老农何有罄交欢？

起联携酒馔，次联严公，三联草堂，末用自谦意作结，反映起语。　此虚实相间格，起写严枉驾之景，接联解其意，结叙己乏款之之意，转联述其景［二］。　七、八暗藏一转，言因看弄渔舟，遂移白日耳，不然老农家无一有，何以罄尽交欢之情耶［三］？　三反用颜阖避鲁君事，四正用大将军有揖客事。《读杜心解》云：要合从前严武投赠诸诗看，方得此诗神理。须知日前严使之频数久矣，严盖欲为公养之举，而公犹未许，今复殷然亲至，因深感其勤而吐露焉，谓此日又躬亲降重，则前此使命征求，非使者饰为急辞，将军实急之也；将军乃不怒我而亲我，又何宽也！夫柴门草阁，老狎耕渔，自顾何有，而罄尽交欢若此乎？如此说，则次联甚明亮。与黄说并存。

【校记】

［一］诗题，《杜诗详注》卷十一注一作「郑公枉驾携馔访水亭」。

［二］、［三］此二段均系吴氏摘自黄生《杜诗说》卷八。

将赴荆南寄别李剑州

杜　甫

使君高义驱千古，寥落三年坐剑州。但见文翁能化俗［一］，焉知李广未封侯借古为喻。路经滟滪双蓬鬓，天入沧浪一钓舟。戎马相逢更何日硬装，春风回首仲宣楼硬装。

前半称李而慰其不迁，后半云己之别去，后会无期，而思慕难已也。　「戎马」字，插得老横。　「驱」

即并驱之驱，句法挺健，在此一字。「寥落」，言不得迁官，亦非「坐」字不显寥落之意。「双蓬鬓」、「一钓舟」，上下俱可移动，特分装成对耳，又与七、八俱硬装句[二]。　首句言待已之高义，所以后半有思慕难已之高情也。　前后分两截叙题，题顺诗倒，而以首尾二句为针线，呼应成局[三]。　文翁借官用，李广借姓用。《汉书》：文翁为蜀郡守，见蜀地僻陋，乃修起学宫，子弟由是大化[四]。「天入沧浪」，天连于水也。

【校记】

[一]化俗　俗，《杜诗详注》卷十三注一作「蜀」。

[二]、[三]此二段均系吴氏摘自黄生《杜诗说》卷八。

[四]事见《汉书·文翁传》。

奉寄马巴州时甫除京兆功曹

杜　甫

勋业终归马伏波彼[一]，功曹非复汉萧何对起。己。借古为喻[二]。扁舟系浪沙边久彼，南国浮云水上多己。独把鱼竿终远去己，难随鸟翼一相过彼[三]。知君未爱春湖色，兴在骊驹白玉珂。

首句至末方应，次句言己之无志于勋业，而欲远去也。「春湖色」，承中四句掉转，言马将乘骊驹以赴勋业也。如此说，则中四句俱指自己，与黄解别［四］。勋业归马，则不归己可知；马不爱湖色，则己之爱可知，皆对面见意法。《杜诗说》以彼、己对起，三、四顺应一、二；五、六顺应三、四，尾联则总结之，八应转起句［五］。《杜诗说》断此诗为在荆南之作，云马此时亦必解官在荆楚之间，而将赴京师者，公则欲往湖南，故寄此诗为别［六］。马援封伏波将军，因同姓而比之。萧何未尝为功曹。《吴志》：孙策谓虞翻曰：「孤有征讨事，未得还府，卿复以功曹为吾萧何，守会稽耳。」［七］公盖用此语。

【校记】

［一］终归　终，《杜诗详注》卷十三注一作「真」。

［二］非复　非，同上书注一作「无」。

［三］鸟翼　鸟，同上书注一作「乌」。

［四］、［五］、［六］均见黄生《杜诗说》卷八。

［七］此见《三国志·吴志·虞翻传》「君言是也」裴松之注引《江表传》。

登楼

杜甫

花近高楼伤客心，万方多难此登临反装起。总冒起。锦江春色来天地［一］，玉垒浮云变古今缩脉句。三承上、四起下。　北极朝廷终不改，西山寇盗莫相侵。　可怜后主还祠庙，日暮聊为《梁父吟》。

次句只了「伤客心」三字，下最难接，看此词句浑雅，而兴韵无亏，绝不堕怒骂一流。　首二句，在后人必云「花近高楼此一临，万方多难客伤心」，盖不知唐贤运意曲折、造句参差之妙耳。　若尾联之寓意深曲，更万非所及［二］。　古今递变，如浮云然，今国祚灵长，虽有小丑，安能为患，语虽警寇，而意实讽朝廷，故终托喻后主；而「梁甫」成吟，则比已登高有作焉耳［三］。　「天地」二字，只当上下二字，莫实看。　末句言已虽以诸葛自负，而年已迟暮，亦聊为《梁甫吟》而已，此意全在「日暮」二字。　亮躬耕南亩，好为《梁甫吟》。　全诗以「伤客心」三字作骨。　首句点楼，次句点登，三横写，四竖写，七言后主以武侯尚能保守旧业迄今血食。　《读杜心解》云：「花近高楼」，春满眼也；「伤客心」，寇警山外也。　七字函通篇，次句申说，三从「花近楼」出，四从「伤客心」出，五从「来天地」出，六从「变古今」出，七言大居正，八言客心虽伤，而浩落不改。亦通。　「来」，一作「流」，似于「天地」字看实了，不若「来」字活。

【校记】

［一］春色来　《杜诗详注》卷十三注一作「春水流」。

［二］、［三］此二段均系吴氏摘自黄生《杜诗说》卷八。

示獠奴阿段

杜　甫

山木苍苍落日曛，竹竿袅袅细泉分对起。郡人入夜争馀沥，稚子寻源独不闻走马对[一]。病渴三更回白首，传声一注湿青云走马对。曾惊陶侃胡奴异，怪尔常穿虎豹群。

郡人每入夜争水，阿段不惮虎，寻源以作水筒，故日落之时，而泉流不竭，及至三更，渴则得饮，故以陶侃胡奴为比而赞之。叙法对法，无不变化出群。　「独不闻」三字，大有鄙薄郡人之意，既不屑争馀沥，又能冒险寻源，视世之狃小利而忽远图、避独劳而诿公事者，其贤远矣。　陶侃，或作陶岘，岘有昆仑奴，名摩诃，善泅水，系公同时事。　「湿青云」三字，以虚对实，语奇而趣。　首句只写晚景引起。　木，一作「水」，非。　四联俱用衬笔作唱句，又各以着泉说一联，引出着奴说一联，故通首流而不滞。

【校记】

[一]稚子　稚，《杜诗详注》卷十五作「竖」。

秋兴八首

杜　甫

玉露凋伤枫树林，巫山巫峡气萧森。江间波浪兼天涌，塞上风云接地阴语含比兴。层折句。实眼句。

丛菊两开他日泪[一]孤舟一系故园心层折句。寒衣处处催刀尺，白帝城高急暮砧。

八诗一气，首言暮，次言夜，三言朝，因想到五陵，四承五陵说长安，言己之沦陷而思及故国之平时也，下便各指一事而言。 前半写秋，而乱离之惨已见。五、六言情；结以寒砧既急，而言其当归也。 「白帝」字绾上地名。 「凋伤」二字连用，以字法助句法。 巫山、巫峡，分山水两项；三、四喻乾坤扰乱、上下失位之象。花如他日，泪亦如他日，非开花也，开泪而已。身在孤舟，心在故园，非系舟也，系心而已。结处虚虚点秋兴之意，以后数章始得开展[二]。 波浪在地，而曰「兼天」；风云在天，而曰「接地」，极言阴晦萧森之状。 「催刀尺」，制新衣。「急暮砧」，捣旧衣，见寒之将至也。 八首诗，谓其总属一意则可；有谓其不拘前后，恐不然。 如「玉露凋伤」，确是「秋兴」起句；若将「闻道长安」作起，前三联未及秋兴，有此理乎？又有谓删去几首亦可，再多几首亦可。 不知情有所起，亦有所终，固不拘定章数，亦岂漫无纪律？又有谓反复明意，并无分别所指。不知反复明意，亦必各有所指，不然，必犯重复，如一首诗，本是一意，而一句自有一句之景，一句自有一句之情，岂亦谓真漫无分别耶？即如《三百篇》几首几叠，每首或只写一二字，而前后层次，秩然可见。今人多过高议论，余俱不敢信从，终以黄先生所说为正宗也。

夔府孤城落日斜领起，每依北斗望京华领起[三]。听猿实下三声泪承首句，奉使虚随八月槎承次句。画省香炉违伏枕倒押句，山楼粉堞隐悲笳实眼句。承首句。请看石上藤萝月，已映洲前芦荻花对结。

夔府承「白帝」，日斜承「暮」字，然只作述事，结言今日又将如此也。中四句则所以依斗望京之由。次句为八首之纲骨，八首总不出此。　闻猿下泪，奉使随槎，皆古语，以「虚」「实」二字点化，笔圆法老〔四〕。　末言又度了一日，故下章以「日日」接之。　「请看」二字，紧映「每」字，盖无夕不然也。汉武帝令张骞使大夏，寻河源，乘槎经月而至一处，有一女织，一丈夫牵牛饮河，骞问曰：「此是何处？」答曰「可问严君平」。及还至蜀，问君平，君平曰：某年每日客星犯北斗〔五〕。　四句承二，犹云奉使乘槎可到天河，亦徒虚语耳，不必执公无奉使事。　五又承二，言当日京华荣幸，今不可得。语甚明白，云不可解者，不知何故。　猿，善鸣，一鸣三声。

千家山郭静朝晖，日日江楼坐翠微硬押〔六〕。信宿渔人还泛泛，清秋燕子故飞飞折腰句。匡衡抗疏功名薄，刘向传经心事违借古为喻。同学少年多不贱，五陵衣马自轻肥。

夜固如彼，日又如此。夜系自己情事，日则因物感兴。　此诗气脉深浑，首尾全不关合，乃诗腹之体也。　三、四借渔人、燕子，可去偏不去，自翻自意。　衡、向，皆历事两朝者，喻己事玄、肃，其始有抗疏之匡衡，而功名远逊；其后不及传经之刘向，而心事重违。　意盖不满肃宗，而其辞则可以怨矣〔七〕。　末联，言长安知旧，不惟不相引，并周急之意亦无之矣。　《汉书》：匡衡，字稚珪，元帝初，上疏，迁为光禄大夫〔八〕。　刘向，字子政，为谏议大夫，会初立《穀梁春秋》，征受《穀梁》，讲论五经于石渠〔九〕。

闻道长安似奕棋，百年世事不胜悲〔十〕。王侯第宅皆新主，文武衣冠异昔时。直北关山金鼓震，征西车马羽书迟［十一］横插句。鱼龙寂寞秋江冷振起。语含比兴，故国平居有所思。

乾坤变易，而挽回无人，坐使鱼龙寂寞，徒切怀思而已。七双关，矫健有力，下皆思故国也。七句陡然接入，得此一振，全篇俱为警策，言外实含比兴。首句承上「五陵」字来，言长安经乱，人事多变，吐蕃内逼，祸尚未弭，天涯羁旅，回思故国平居之事，不胜寤寐永叹耳［十二］。羽书急，而征西之车马自迟，与上句皆横插。七句谓时事纷纭，志士正宜有为，奈何龙蟠鱼伏，息影秋江。回思昔日亦尝厕足朝班矣，乃今一跌不振，谁实为之？下章末联，分明表白此意。末句，结本章起下四章，皆有所思也。《水经注》：鱼龙以秋日为夜。龙秋分而降蛰寝于囦，故为夜。

蓬莱宫阙对南山［十三］，承露金茎霄汉间。西望瑶池降王母，东来紫气满函关参差对。云移雉尾开宫扇明暗句，日绕龙鳞识圣颜。一卧沧江惊岁晚倒收，几回青锁点朝班对结。

此思立朝得觐天颜之作也。三、四虚状宫阙之高。下半言我曾居青锁，在朝班，而见其如此，今则一卧不起耳。「沧江」字带转「夔州」。次句承南山而言；山高则望远，故又以三、四承之。前半只了得「对南山」三字，五、六方贴蓬莱宫，叙及早朝，故以「点朝班」三字挽之［十四］。「云移」，宫扇之多。「龙鳞」，指衮衣。「几回」，见立朝不久；「点」字，更觉官卑可怜。立朝曾几何时，而一卧沧江，遂惊岁晚矣，自伤不能再觐天颜也［十五］。《三辅故事》：建章宫承露盘高二十丈，以铜为之，上有仙人掌承露［十六］。周穆王宾于西王母，觞于瑶池之上。《唐书》：天宝元年，玄元皇帝降于丹凤门。紫气满函关，即指此事［十七］。无讥好仙意。

瞿塘峡口曲江头，万里风烟接素秋。花萼夹城通御气，芙蓉小苑入边愁藏头句。朱帘绣柱围黄鹄［十八］，锦缆牙樯起白鸥实眼句。回首可怜歌舞地歇后句，秦中自古帝王州。

此思曲江之游也，承「沧江」字来，言此处与彼地同一秋色。　黄云：三、四首藏「初时」「后来」四字。五、六应三句，七、八应四句。五、六俱是极形繁华之景，浓丽而不痴笨，紧要在句眼二字。后人学盛唐，易入痴笨者，由不能炼句眼也［十九］。　或谓朱帘绣柱，今日只围黄鹄；锦缆牙樯，今日只起白鸥，是「入边愁」也，承四句来；七、八歌舞地、帝王州，是承三句也。与黄解不同。后说亦通，存参。

昆明池水汉时功，武帝旌旗在眼中。织女机丝虚夜月［二十］，石鲸鳞甲动秋风倒装句。波漂菰米沉云黑，露冷莲房坠粉红比赋句、双眼句。关塞极天唯鸟道，江湖满地一渔翁对结。

此思昆明池之游也。首句即承上末句来，乃古帝王州也；上有「入边愁」字，此一点题即直写其落寞，而以结语见意，言其不得到彼，承上章「万里风烟」之句来。三、四与前「画省」二句并倒押句，顺之则为「夜月虚织女机丝，秋风动石鲸鳞甲」也。五、六「菰米」、「莲房」赋也，「云」、「粉」，比也；「飘」、「沉」、「冷」、「坠」，四字皆眼也。七言道阻难归，八言旅泊无定。　「在眼中」，想象之意也，紧顶前首尾联「回首」字。　次联「虚」字、「动」字是诗眼，下得妙甚。　说者多以汉武指明皇。然自「蓬莱宫阙」以后，并叙己平居游历之地，以申故国之思耳，何必首首牵入人主；况昆明以下诸处，皆前代之迹，诗已明言「自古帝王州」矣。　汉武帝穿昆明池，立牵牛、织女于池之东西，以象天河；又刻石为鲸鱼，每至雷雨，常鸣吼，鬣尾皆动。

昆吾御宿自逶迤，紫阁峰阴入渼陂。红豆啄馀鹦鹉粒[二一]，碧梧栖老凤凰枝倒剔句。承首句。佳人拾翠春相问承次句。仙侣同舟晚更移。彩笔昔游干气象[二二]，白头今望苦低垂[二三]。

此思昆吾以下诸游也。三、四咏景中之物，五、六咏景中之人，要形容士女宴游之盛，非必有所指也。

三、四旧谓倒装句法，余易名「倒剔」，盖倒装则韵脚俱动，倒剔不动韵脚也。设云「鹦鹉啄馀红豆粒，凤凰栖老碧梧枝」，亦自稳顺，第本赋红豆、碧梧，换转即似赋凤凰、鹦鹉矣[二四]。末联「昔」「今」二字，横插成句，且一「游」字，不但收尽一篇之意，兼收尽「曲江」以下数篇之意；而「望」字则又遥应第二首「望」字。此又写其浓盛，以见今之不然，用笔总各不同。昆吾，地名。御宿，苑名。逶迤，长貌。紫阁峰，旭日射之，烂然而紫，上耸若楼阁。渼陂，产鱼甚美，故名。《洛神赋》：「或采明珠，或拾翠羽。」[二五]《汉书》：郭泰与李膺同舟而济，众宾望之，以为神仙焉[二六]。江淹梦郭璞授以五色笔[二七]。

【校记】

[一]两开　两，《杜诗详注》卷十七注一作「重」。

[二]以上一段系吴氏摘自黄生《杜诗说》卷八。

[三]北斗　北，《唐诗品汇》卷八三作「南」。

〔四〕、〔五〕同〔二〕。

〔六〕日日　《杜诗详注》注「东莱选本作百处」。

〔七〕、〔八〕、〔九〕，同〔二〕。

〔一〇〕不胜　胜，《杜诗详注》注一作「堪」。

〔一一〕迟　同上书作「驰」，又注「车马」一作「车骑」。

〔一二〕同〔二〕。

〔一三〕宫阙　宫，同上书作「高」，又注一作「仙」。

〔一四〕、〔一五〕同〔二〕。

〔一六〕此见《三辅黄图》卷三。

〔一七〕此见《新唐书·玄宗纪》。

〔一八〕黄鹄　鹄，《杜诗详注》注一作「鹤」。

〔一九〕同〔二〕。

〔二〇〕夜月　《杜诗详注》注一作「月夜」。

〔二一〕红豆啄馀　同上书作「香稻啄残」。又注香稻一作「红稻」。

〔二二〕游　同上书及《唐诗品汇》均作「曾」，又「千」均作「干」。

〔二三〕今　《唐诗品汇》作「吟」。

〔二四〕同〔二〕。

〔二五〕曹植《洛神赋》见《文选》卷十九。

〔二六〕此见《后汉书·郭太传》。

〔二七〕此见《梁书·江淹传》。

咏怀古迹五首摘二首

杜　甫

摇落深知宋玉悲〔一〕，风流儒雅亦吾师。怅望千秋一洒泪，萧条异代不同时。江山故宅空文藻，云雨荒台岂梦思歇后句。虚眼句。最是楚宫俱泯灭抑彼扬此，舟人指点到今疑意在言外。

当看制题四字，盖因故迹而自咏其怀耳。前半怀宋玉，所以悼屈原；悼屈原，所以自悼也。后抑楚王，所以扬宋玉也；扬宋玉，亦以自扬也。是之谓咏怀古迹〔二〕。　即「摇落」而知其作《九辨》之意，此固吾之所师也，下便推出言其风流儒雅亦为吾师，故思慕如此。　江山故宅，空因宋玉之文藻，得以久存；云雨荒台，岂因楚王之梦思，长留幻影；「空」字、「岂」字、「最是」字，诗中筋节眼目，多少言外之意，皆以数虚字见之〔三〕。　故宅赖文以存，云雨之梦，竟归无有，楚宅杳无形迹，而今尚有宋玉之宅，则文藻所系，岂不重哉？

群山万壑赴荆门，生长明妃尚有村倒剔句。一去紫台连朔漠，独留青冢向黄昏流水对。画图省识春风面承三，环珮空归夜月魂承四。缩脉句。千载琵琶作胡语〔四〕，分明怨恨曲中论〔五〕。

前半亦宅在人亡之意，后半则不遇之感也。一、二见明妃生长之地，便与徒作昭君怨者有别。三句叙及入宫，又叙及出塞，只七字说尽，他人必对一联矣。五承三，六承四。五有两层意，言昭君临行，天子始知其美，若案图索骏，徒为画工所欺，岂省识之耶？以「岂省」为「省」，法自《毛诗》。此诗寓意在「画图」句，盖以明妃自况也。　「论」字，即仄声「写」字。　五、六承上作转语，言生前未经识面，则殁后魂归，亦徒然耳。昭君村，在荆州府。王明君者，本是王昭君，以触帝讳改之。　胡地多白草，唯昭君冢草独青。

【校记】

［一］宋玉　《杜诗详注》卷一七注一作「为主」。

［二］、［三］此二段系吴氏摘自黄生《杜诗说》卷八。

［四］千载　载，《杜诗详注》注一作「岁」。

［五］怨恨　怨，同上书注一作「愁」。

九日蓝田崔氏庄

杜　甫

老去悲秋强自宽，兴来今日尽君欢套装起。对起［一］，羞将短发还吹帽，笑倩旁人为正冠走马对［二］。蓝水远从天上落，玉山高并两峰寒折腰句。明年此会知谁健［三］，醉把茱萸仔细看［四］。

首四句一气，项联用自嘲语，正悲老也。结应转，字字刻挚，字字脱化。　老去悲秋，愁情莫展，因兴来，今日一尽君欢，故强自宽耳。以下句装入上句之中，是谓套装法［五］。　五、六写景，悲壮称情，且见地移不动。七、八应转起意：今日之欢虽尽，老去之悲终存，如之何其能「自宽」也？「健」字妙于立言［六］。用九日事，俱用得翻新。　五、六见山水历岁长存，是「老」字正面，「明年今日」字应。古人以九月九日为令节，盖寓长久之意，又佩茱萸，饮菊花酒，云令人长寿。　「仔细看」者，言不知果能令人寿否也。　究竟是悲老之作，谓语语是不服老者，凿也。

【校记】

［一］今日　今，《文苑英华》诗卷一五八作「终」。

［二］正冠　正，同上书作「整」。

［三］健　同上书作「在」。

［四］醉　《杜诗详注》卷六注一作「再」。

［五］、［六］此两段系吴氏摘自黄生《杜诗说》卷八。

诸将五首其四

杜　甫

锦江春色逐人来，巫峡清秋万壑哀语含比兴。正忆往时严仆射，共迎中使望乡台流水对。亲见盛事。主恩前后三持节，军令分明数举杯。西蜀地形天下险应起联。安危须仗出群才。

起写西蜀，伏「险」字；转到思严，结以「险」字点破，以「出群才」兜收。 思严公，而所以责诸将在言外。 惟军令分明，虽宴乐不废事，故曰「数举杯」。 此公在夔之作，其去成都已一年。首二句，盖因思严公而追叙之，公卒，已无所依，故决计下峡，然思严非一人之私，以全蜀安危所系，其在，则蜀中欣遂如春，其殁，则蜀中憔悴如秋，此写景中又寓有比兴也［一］。 结问诸将孰有如严者。 天子私使曰「中使」。 武初以御史中丞，出为绵州刺史，迁东川节度使，再拜成都尹，仍为剑南节度使，所谓「前后三持节」也。

【校记】

［一］此段系吴氏摘自黄生《杜诗说》卷九。

七月一日题终明府水楼二首

杜　甫

高栋层轩已自凉，秋风此日洒衣裳更。翛然欲下阴山雪承一［一］，不去非无汉署香承二。绝壁过云开锦绣，疏松隔水奏笙簧比赋句［二］。看君宜着王乔履，真赐还宜出上方。

次句缩一「更」字。「秋风」云云，明其为七月一日也。「香」字，承「衣裳」来。「不去」，承「秋风」来。风虽洒衣，香仍不去。「非无」二字，下得甚活，公虽为郎实未即真也。俗儒止知尚书郎含香奏事，疑公用此，曾不考《汉官仪》有侍史执香炉、护衣服之文，故于「不去」二字，妄生鄙说〔三〕。《广志》：代郡阴山，五月犹宿雪。　少府属官，一曰「上方」。上方，主作禁器物。　终明府，功曹也，兼摄奉节令，故末云云，伫观奏即真也。　汉王乔为叶令，每朔望来朝，帝怪其数，令太史伺之，见有双凫从东南来，举网张之，得双舄，诏上方诊视，则四年中所赐尚书官属履也。

其二

宓子弹琴邑宰日对起，终军弃繻英妙时。承家节操尚不泯倒承一二，为政风流今在兹。可怜宾客尽倾盖，何处老翁来赋诗断续句。　楚江巫峡半云雨，清簟疏帘看弈棋对结。

宓子贱，鸣琴而治单父。　汉终军，年十八，选为博士弟子，步入关，关吏与军繻，军问以此何为？吏曰：以复传还当以合符。　军曰：大丈夫西游，不复传还，遂弃繻而去。后为谒者使，行郡国，建节东出关，关吏曰：此乃前弃繻生也。　繻帛边也，裂繻头合为符信，即传符也。

前从水楼转到明府，此以明府起，兼收其姓，结更点破其地，而以帘、簟等映「楼」字。　「可怜」二字略断，以下句七字续之，「宾客尽倾杯」五字另读，是为断续句法，言宾客皆非素识，而已衰残之老预坐，殊为可怜〔四〕。

前首多写景，后首多叙事，相合成章。　后首一结写景，真趣在目，可庇前路之板重，此章法自为振救。　前首叙宴会之景，结归主人，以「看君」二字挑醒。后首称主人之贤，转入宴会，以「风流」二字过渡，又章法之相为变化也。　好客、好诗，可见明府风流。

送李八秘书赴杜相公幕原注：相公朝谒，今赴后期也[一]　　杜　甫

青帘白舫益州来，巫峡秋涛天地回。石出倒听枫叶下，橹摇背指菊花开折腰句[二]。贪趋相府今晨发，恐失佳期后命催流水对。南极一星朝北斗意在言外，五云多处是三台对结。

青帘白舫，与楼船画鹢异，已含轻便行速意；舟之轻便，又遇秋水之大，故三、四极摹写其舟行之速，即于景中见时，故妙。「回」，回薄震动之意。五、六申明速行之故。　南星，公自寓；朝北斗，望长安也。「五云」句，表李所赴之地，意谓李有人拔荐，故得身近三台；己无人援引，故每心悬北斗。七突然而转，入悠然而合。用笔极其顿挫。　若以南星指李，便无味矣。　「下」字，上声。五、六亦见其急于行也。　《心解》[三]云：「玩本题及原注，诗为杜相回朝，复镇，李八应辟赴幕而作」，痛诋赴京之说。然玩题与注，亦并未见是复镇也。将此诗说得零星弯曲，且谓南极指杜甫，真不知此诗之说矣。

【校记】

[一]阴山　《杜诗详注》卷十九注：「黄生作山阴」。

[二]隔水　隔，同上书作「夹」。

[三]、[四]以上二段均系吴氏摘自黄生《杜诗说》卷八。

【校记】

[一] 李八秘书 《文苑英华》诗卷二六九作「李校书」。

[二] 背指 背，同上书作「皆」。

[三] 此见浦起龙《读杜心解》卷四。

赠韦七赞善

杜 甫

乡里衣冠不乏贤，杜陵韦曲未央前。尔家最近魁三象，时论同归尺五天[一]。北走关山开雨雪[二]，南游花柳塞云烟[三]折腰句。洞庭春色悲公子，虾菜忘归范蠡船[四]。

斗魁下，两两相比，为三台。三台应宰相，必韦家世有登宰辅者，故三云云；然俚语云：「城南韦杜，去天尺五。」韦杜并称，故四云云。　次句接法极奇峭，极浑老，随以三、四醒之，次句得三、四而意明，前半得次句而格立[五]。　七句「洞庭春色」四字，应六句，起八句，而以「悲公子」三字横插其间，三字自应五句耳。因洞庭，故用范蠡事。欲归不得，曰「忘归」，反言之也[六]。　愚想是时，韦北行归京，公在潭州赠别之作，北走指韦，南游自言在潭州也，故七接洞庭云云。「公子」指韦，「悲」言去后相思，「悲公子」，实是悲己之不得归，故八句云云。　塞，悉则切。

【校记】

［一］同归　《杜诗详注》卷二三注一作「因侵」。
［二］关山　山，同上书注一作「河」。
［三］云烟　云，同上书注一作「风」。
［四］「虾菜」句　虾，同上书注一作「鲑」；又注「范蠡」一作「万里」。
［五］、［六］此二段均系吴氏摘自黄生《杜诗说》卷八。

返照

杜　甫

楚王宫北正黄昏，白帝城西过雨痕。返照入江翻石壁，归云拥树失山村双眼句。呼应句。衰年病肺惟高枕，绝塞愁时早闭门上因句。不可久留豺虎乱，南方实有未招魂。

此亦诗成而后命题者，非专咏返照也。「愁时」，是愁时事，二字不连读。「南方」字，暗应起处地名。愚按：《招魂》曰：「魂兮归来，南方不可以止些。」［一］盖借其意以为喻，言南方不可久留，而实未能即去也。「招魂」本宋玉托词，以悼其师，非实有是事也。今已留南不归，是实有其事矣，以「实」字点化旧事，杜多用此法。

【校记】

［一］此见《楚辞·招魂》。

宿府

杜　甫

清秋暮府井梧寒[一]，独宿江城蜡炬残对起[二]。永夜角声悲自语，中天月色好谁看三折句。风尘荏苒音书绝，关塞萧条行路难顺因句。已忍伶俜十年事，强移栖息一枝安对收。

首句点「府」，次句点「宿」。角声之悲，如人自语，惟独宿乃觉其然。月色虽好，不耐起看，亦枕上无聊之语。五、六所以悲角声而不看月色之故也。「音书绝」，非止谓亲友，盖言起废之命无闻也。结则以宿府之意，应起联，言因离乱，心事不遂，既已忍耐十年之久，则移枝栖息，亦姑安焉可耳。盖就幕职，非公意也。「栖息」应「独宿」，「一枝」应「井梧」。　伶俜，犹零丁，流落貌。《庄子》：「鷦鷯巢于深林，不过一枝。」[三]。

【校记】

[一]井梧　梧，《杜诗详注》卷十四注一作「桐」。

[二]蜡炬　炬，同上书注一作「烛」。

[三]此见《庄子·逍遥游》。

望岳

杜　甫

西岳崚嶒竦处尊[一]，诸峰罗立似儿孙[二]。安得仙人九节杖，拄到玉女洗头盆流水对。车箱入谷无归路〔三〕，箭栝通天有一门〔四〕。稍待秋风凉冷后重字助句〔五〕，高寻白帝问真源。

三四拗起得妙，不写「望」字，而自是望。五、六即承上说下，而以「高寻白帝」字足之。五、六形容路径险仄，车不能回。「箭栝通天」言其狭而且直也。　后人缘杜诗，故造为地名，不可转傅会以释杜诗。「凉」、「冷」二字连用，以字法助句法。　徒说登峰亦何味，故以「寻白帝」、「问真源」为辞。　道路经过，未得游岳，徒然瞻望，故曰「安得」、「拄到」；结是预订一期登峰，总见今日是望岳也。《真诰》：杨羲梦蓬莱仙翁，拄赤九节杖〔六〕。《集仙录》：明星玉女，居华山服玉浆，白日升天；祠前有石臼，号「玉女洗头盆」。

【校记】

〔一〕崚嶒　《杜诗详注》卷六注一作「危棱」。

〔二〕罗立　立，同上书注一作「列」。

〔三〕归路　归，同上书注一作「回」。

〔四〕箭栝　栝，同上书注一作「柏」，一作「阁」、「阙」。

〔五〕秋风　秋，同上书注一作「西」。

〔六〕此见南朝梁陶弘景《真诰》。按，晋葛洪《神仙传·王遥》亦记有九节杖传说。

白帝城最高楼

杜　甫

城尖径仄旌旆愁，独立缥渺之飞楼。峡坼云霾龙虎睡[一]，江清日抱鼋鼍游语含比兴。折腰句。近景实景。意见言外。扶桑西枝封断石承三[二]，弱水东影随长流承四。远景，虚景。杖藜叹世者谁子，泣血迸空回白头。

尖，城角也。　旌旆，城上所植；曰「愁」者，危之也，下「缥渺」字应此。拗体本歌行变体，故得用「之」字。中二联作景语，一近一远，一虚一实。三、四望之所及，五、六望之所不及。「断石」承「峡」字，「长流」承「江」字来，二语刻画题中「最高」字[三]。　五、六二句，扶桑本在东，峡在城之东，在扶桑之西，以远望之，似断石封扶桑之西枝也。弱水本在西，江之长，接弱水东流也。　尾联出意，「叹世」二字，与中二联暗为针线。　三、四乃英雄伏处、宵小近君之喻。五、六即「回首扶桑铜柱标，冥冥气祲未全消」、「沧海未全归禹贡，蓟门何处觅尧封」之意[四]。　云霾坼峡，山水盘拏，有似龙虎之卧；日抱清江，滩石波荡，恍如鼋鼍之游。

【校记】

[一]睡　《杜诗详注》卷十五作「卧」。

[二]封　同上书作「对」。

[三]、[四]此二段系吴氏摘自黄生《杜诗说》卷八。

和李员外扈驾幸温泉宫[一]

钱　起

未央月晓度疏钟，凤辇时巡出九重[二]。雪霁山门迎瑞日衬贴法[三]，云开水殿候飞龙见温字。轻寒不入宫中树，佳气长浮仗外峰[四]。遥羡枚皋扈仙跸暗还和字[五]，偏承霄汉渥恩隆。

首于禁中书时，纪乘舆之出。次于温泉写景，见车驾之临。次述天子娱游之壮。末称员外扈驾之光宠。《汉书》：枚乘孽子皋，字少孺，上召拜为郎，为赋颂，好慢戏，比东方朔，从行至甘泉弋猎，上有所感，辄使赋之，受诏辄成[六]。「浓」字还带赐浴，妙！

【校记】

[一] 扈驾　扈《全唐诗》卷二三九注一作「从」。

[二] 凤辇　凤，同上书注一作「步」。

[三] 雪霁　雪，同上书注一作「雨」。

[四] 长浮　浮，同上书注作「薰」。

[五] 扈仙跸　同上书注一作「先扈跸」。

[六] 枚皋事见《汉书·枚乘传》附《枚皋传》。

阙下赠裴舍人[一]

钱　起

二月黄鹂飞上林[二]，春城紫禁晓阴阴[三]。长乐钟声花外尽，龙池柳色雨中深。阳和不散穷途恨，霄汉常悬捧日心呼应句[四]。献赋十年犹未遇，羞将白发对华簪。

前半阙下阳和之景。下欲转出「穷途」，故以「阳和」二字作纽枢；末用「华簪」字打转舍人。「花外尽」者，不闻于外也。「雨中深」者，独蒙其泽也，此阳和之及于禁中。阳和比君恩，君恩不及己，如阳和不能消我穷途之恨，徒令我有恋主之心也，故以「十年未遇」点醒其意。

【校记】

［一］赠　《全唐诗》卷二三九置于「阙」字前。

［二］黄鹂　同上书作「黄莺」。

［三］紫禁　禁，同上书作「陌」；又「阴阴」作「沈沈」。

［四］悬　同上书作「怀」；又「心」作「新」。

山中酬杨补阙见过

钱　起

日暖风恬种药时，红泉翠壁薜萝垂。幽溪鹿过苔还静，深树云来鸟不知[一]。青锁同心多逸兴，春山载酒远相随走马对。却惭身外牵缨冕[二]，未胜尊前倒接䍦[三]。

此亦两截格。一、二写山中，三、四见无人过，衬起五、六；五补阙，六见过，七承五，八承六。山简习池醉后，倒着接䍠。注：接䍠，巾属。七、八言身牵缨冕，不能如山简之兴更高也。想杨诗中有牵缨冕意，故酬诗即其意而言之。

【校记】

［一］不知　不，《全唐诗》卷一三九注一作「未」。

［二］「却惭」句　惭，同上书注一作「思」；又注「身外」一作「身事」。

［三］尊　同上书作「杯」；又注一作「林」。

自巩洛舟行入黄河即事寄府县僚友

韦应物

夹水苍山路向东［一］，东南山豁大河通。寒树依微远天外，夕阳明灭乱流中大景远景。倒装句。孤村几岁临伊岸，一雁初晴下朔风横插句。细景远景。矫举。为报洛桥游宦侣，扁船不系与心同错综句。

首二联俱写舟行之景。孤村临伊岸，一雁下朔风，乃舟中所见，横插「几岁」、「初晴」成句。末联还题中寄府县僚友。玩末句，盖有心急于行，不及而别意，结句言此心与扁舟同不系也，特错综成句。「夹」字俗本作「绿」，非，惟其夹也，所以豁也，紧相唤。

【校记】

［一］夹 《唐诗品汇》卷八六作「绿」。

宿淮浦忆司空文明淮安隋代曰楚州［一］

李端

愁心一倍长离忧，夜思千层恋旧游［二］。秦地故人成远梦彼，楚天凉雨在孤舟己［三］。诸溪近海潮皆应，独树边淮叶尽流。别恨最深何处写［四］，前程惟有一登楼。

首言愁心因离忧而长一倍也。一写己怀，二忆司空，三承二，四承一，五、六接写舟中所见，五有求类意，六有分散意。此寓情于景之中，值此寂寞之景，益增离忧。末言「登楼」，所以望故人也。

【校记】

［一］题下注他本无。

［二］千层 层，《全唐诗》卷二八五、《唐诗品汇》卷八六均作「重」。

［三］己 底本无，据上下文意补。

［四］最深 深，《全唐诗》、《唐诗品汇》均作「转」。

同达奚宰游窦子明仙坛[一]

朱湾

松桧阴深一径微，中峰石室到人稀句中藏字。仙官不住青山在，故老相传白日飞走马对。华表问栽何岁木，片云留着去时衣。今朝茂宰寻真处，暂驻双凫且莫归。

尾联应转。　次句「到人稀」，便藏「平日」字，故七、八云「今朝」，紧相呼应。

【校记】

[一]诗题，《全唐诗》卷十注一作「同张明府游仙台」。

登柳州城楼寄漳汀封连四州刺史

柳宗元

城上高楼接大荒，海天愁思正茫茫明暗句。惊风乱飐芙蓉水，密雨斜侵薜荔墙。岭树重遮千里目[二]，江流曲似九回肠折腰句。共来百越文身地，犹自音书滞一乡。

漳、汀、封、连四州刺史，先皆与公同贬，而又与公同出为刺史者。　起句明点城楼，次句暗写怀人，三、四有风雨萧条、触物兴怀意，五、六即景见情。　言肠之九回，而反言江流似之也。末言与诸君同来绝域，今又出为各州，音书犹自久绝也。　大荒，海外也。《说文》：飐，风吹浪动也。　司马迁书「肠一日而九回」。《汉书》注：百越非一种，若今日百蛮也。　仲雍归吴，断发文身。

【校记】

［一］「岭树」句 《全唐诗》卷三五一注一作「云驶去如千里马」。

金陵怀古

许 浑

玉树歌残王气终［一］，景阳兵合戍楼空［二］。楸梧远近千官家［三］，禾黍高低六代宫硬装句。石燕拂云晴亦雨，江豚吹浪夜还风双眼句。英雄一去豪华尽，唯有青山似洛中。

前半是豪华已尽，而以七句足其意。五、六是景物常存，而以八句足其意。洛中王气不终，反应起句。

陈后主闻隋军临江，曰：「王气在此，虏必自败。」隋将贺若弼、韩擒虎分兵袭采石，取之，擒虎入城内，后主乃沈于井，金陵自是而灭［四］。 常州府有白鹤洞，岁旱，石燕飞出，即雨。 江豚似猪，居水中，每于浪中跳跃，风辄起。

【校记】

［一］歌残 残《全唐诗》卷五三三注一作「愁」，一作「翻」。

［二］「景阳」句，同上书注一作「景阳钟动曙楼空」。 又注「戍」一作「昼」。

［三］楸梧 同上书注一作「梧楸」。

［四］此见《陈书·陈后主纪》。

长安晚秋[一]

赵嘏

云物凄凉拂曙流[二]，汉家宫阙动高秋。残星几点雁横塞，长笛一声人倚楼。紫艳半开篱菊静，红衣落尽渚莲愁倒剔句。鲈鱼正美不归去，空戴南冠学楚囚。

拂曙，犹傍曙也。首句「曙」字，见一日之时；次句「秋」字，见一岁之时；次句明点题之所有，首句暗补题之所无。「动」字，从「拂」字、「流」字生出。韵用「楼」字，唐人多有佳句，此「楼」字更用得妙，杜紫微览此一联，赏咏不已，因称为「赵倚楼」。「残星」承「曙」字来，见是初明之景；雁、菊、莲，皆秋时之物，曰「几点」、「一声」、「半开」、「落尽」，皆写凄凉，而又以「静」字「愁」字点破。「长笛一声」，写凄凉更透露。晋张翰，思松江鲈鱼、莼菜，命驾归。《左传》：晋侯观于军府，见钟仪，楚囚而南冠者[三]。此盖借而用之，言秋时鲈美，正宜归也，犹戴南冠，而留滞于此，其亦如楚囚之系迹耳。

七言，第五与第七一平一仄，正格也，如此「人」、「雁」二字拗用，名拗字换句格；五言可类推。

【校记】

[一]诗题，《全唐诗》卷五四九注一作「秋夕」，一作「秋望」。

[二]凄凉　凉，同上书注一作「清」。

[三]此见《左传·成公九年》：「晋侯观于军府，见钟仪，问之曰：南冠而絷者，谁也？有司对曰：『郑人所献楚囚也。』」

塞路初晴[一]

雍陶

晚虹斜日塞天昏，一半山川带雨痕。新水乱侵青草路，残烟犹傍绿杨村。胡人羊马休南牧，汉将旌旗在北门流水对。行子喜闻无战伐，闲看游骑猎秋原。

用「晚」字见时，用「虹」字便见是初晴。次句即正写初晴，三接写「雨痕」，四承晚景。前半写晚晴，后半写塞路，此亦两截格。

【校记】

[一]诗题《全唐诗》卷五一八、《唐诗品汇》卷八九均作《晴诗》。

送边将

李频

防秋戎马恐来奔，诏发将军出雁门。遥领短兵登陇首，独横长剑向河源。旌旗落日黄云动[一]，鼓角阴风白草翻[二]。若使干戈更深入[三]，应闻收得到昆仑。

尾联进一层格。首联原其赴边故，二联「登」字、「向」字，写其一路之威武，三联写其到边之雄壮，其势已尽，故尾联必进一层，方有收拾。此是命将防边。七句与首句紧相应。

【校记】

［一］旌旗　《全唐诗》卷五八七作「悠扬」。
［二］鼓角　同上书作「苍莽」。
［三］若使　使，同上书作「纵」。

柳谷道中作却寄

韦　庄

马前红叶正纷纷，马上青袍欲断魂［一］。晓发初辞残月店，暮程遥宿隔云村混装句。心依岳色留秦地［二］，梦逐河声出禹门。莫怪苦吟鞭拂地，有谁倾盖待王孙？

结联见意。「青袍」二字，与末句应。玩此诗之意，重在伤无知己，不徒是伤离别。「青袍」字，坊本作「离情」，便少趣味。「依」字坊本作「如」亦非。

【校记】

［一］青袍欲断魂　《全唐诗》卷六九五作「离情断杀魂」。
［二］依　同上书作「如」。

盖少府新除江南尉问俗

陆龟蒙

闻君作尉向江潭，吴越风烟到自谙。客路寻常随竹影，人家大抵傍山岚横插句。缘溪花木偏宜远，避地衣冠尽向南。唯有夜猿啼海树，思乡望国意难堪。

项联写江南风景，无出其右。中四皆写其风土之美。结用「唯有」字反衬一笔，更见此外无不美也。「避地衣冠」用《王导传》：「洛中倾覆，中州士人，避乱江左者十六七事。」[一]。

【校记】

[一]此见《晋书．王异传》。

题子侄书院双松

曹 唐

自种双松费几钱，顿令院落似秋天。能藏此地新晴雨，却惹空山旧晚烟双眼句[一]。枝压细风过枕上，影笼残月到窗前。莫教取次成闲梦，使汝悠悠十八年。

尾联见意。　丁固梦松生腹上，谓人曰：松字，乃十八公也。后十八年为公，遂如梦[二]。此盖勉其及时用功，以图上进也。　「晴雨」二字不平，言天初晴，而已过之雨犹藏于松叶之上也，正与下「晚烟」对。俗人不解将「晚烟」改为「烧烟」，不成话矣。

【校记】

[一]晚烟　晚，《全唐诗》卷六四〇作「烧」。

[二]此事见《艺文类聚》卷八八引晋张勃《吴录》。

唐诗续评卷四

七言绝

起如爆竹，斩然而断；结如撞钟，馀响不绝：七绝之正体也。馀同五绝。

折杨柳

乔知之

可怜濯濯春杨柳，攀折将来就纤手。妾容共此同盛衰[一]，何必君恩独能久[二]。

色衰爱驰之感，反说得平情，妙！

【校记】

[一] 共此　共，《全唐诗》卷八一、《乐府诗集》卷二二均作「与」。

[二] 独能　《全唐诗》作「能独」。

邙山

乔知之

北邙山头列坟茔，万古千秋对洛城。城中日夕歌钟起，山上唯闻松柏声。

妙在插入「歌钟」句，写得满眼都是鬼。感慨淋漓。

送梁六[一]

张　说

巴陵一望洞庭秋，日见孤峰水上浮。闻道神仙不可接，心随湖水共悠悠。

诗中但言悠远，而别意自见。「神仙」字，即指梁六。

【校记】

[一]诗题「梁六」下，《全唐诗》卷八九有「自洞庭山作」。

采莲曲

贺知章

稽山罢雾郁嵯峨[一]，镜水无风也自波。莫言春度芳菲尽，别有中流采芰荷。

语意春容。度，犹过也。

【校记】

［一］罣雾　雾《全唐诗》卷一一二作「雪」。

回乡偶书二首

贺知章

少小离乡老大回，乡音无改鬓毛摧［一］。儿童相见不相识，笑问客从何处来［二］？

一直写来，自觉情真，不必以「乡音无改」无缴为病也。

其二

离别家乡岁月多，近来人事半消磨。唯有门前镜湖水，春风不改旧时波。

前首人不识我，此首我不识人。

【校记】

［一］乡音无改鬓毛摧　无，《全唐诗》卷一一二作「难」，又注「鬓」一作「面」。

［二］笑　同上书注一作「借」，一作「却」。

凉州曲二首其一

王　翰

葡萄美酒夜光杯，欲饮琵琶马上催折腰句。醉卧沙场君莫笑，古来征战几人回！

凉州，宫词曲。　诗意在末句，而以饮酒引之，沉痛语也。若以豪饮解之，则人人所知，非古人之意。

少年行

李　白

五陵年少金市东，银鞍白马度春风。落花踏尽游何处？笑入胡姬酒肆中。

洛阳凡三市，大市名曰「金市」。「落花踏尽」四字写上句一「度」字。入肆之后，多少调笑风流，妙在不说一字。一地，二时，三景，四人，极写豪华之感，曲尽少年之态。

横江词六首其五

李　白

横江馆前津吏迎，向余东指海云生：「郎今欲渡缘何事？如此风波不可行！」吏语。

第三句轻轻真泻，咽喉无碍。　此诗四句一气，其意言内已尽，而言外更无尽，是绝句第一流。

客中行[一]

李　白

兰陵美酒郁金香，玉碗盛来琥珀光。但使主人能醉客，不知何处是他乡。

次句衬一笔。「但使」二字硬折。　无限羁愁，却借美酒写出。　前二句实，故下只以流水足之。

【校记】

［一］行 《李太白全集》卷二二作「作」。

东鲁门泛舟二首其一

李　白

日落沙明天倒开，波摇石动水萦回。轻舟泛月寻溪转，疑是山阴雪后来。

前二句写景极着意，后便写得流利，此章法也。　第三句是点题，第四句用「山阴」字，亦似为东鲁门，故作一反衬耳。　王徽之居山阴，雪夜访戴安道，曰「兴至而往」［一］。李公此日，想是乘兴泛舟也。

【校记】

［一］此见《世说新语·任诞》：王微之居山阴，夜大雪，四望皎然，忽忆友人戴逵，时戴在剡，即便夜乘小舟就之，经宿方至，造门不前而返，人问其故，王曰：「吾本乘兴而行，兴尽而返，何必见戴？」

苏台览古

李　白

旧苑荒台杨柳新，菱歌清唱不胜春。只今惟有西江月［一］，曾照吴王宫里人。

苑中春色，非不佳也，其亲涉当时之盛者，惟江月在，则靡丽尽成空虚矣。

【校记】

［一］西江　《李太白全集》卷二二注一作「江西」。

越中览古

李　白

越王勾践破吴归，义士还家尽锦衣［一］。宫女如花满春殿，只今惟有鹧鸪飞［二］。

「破吴归」，是总起。义士、宫女，分明偶语，写得参差，末只一句收转，章法变化至此。　末句转合，有抑扬，有开合，格调不凡。　鹧鸪，本越鸟，后人以为吊古常语，何所取义耶？

【校记】

［一］还家　家，《李太白全集》卷二二注一作「乡」。

［二］飞　同上书注一作「啼」。

陌上赠美人［一］

李　白

骏马骄行踏落花，垂鞭直指五云车以鞭递情。美人一笑褰珠箔情果牵动，遥指红楼是妾家［二］。

字字爽，字字艳，字字响。　此「一笑」中，含却冶情无限。　淫甚，然无恶道。　箔，车上帘箔也。

【校记】

［一］诗题，《李太白全集》卷二五注一作「小放歌行」。

［二］红楼　红，同上书注一作「青」。

口号吴王美人半醉［一］

李　白

风动荷花水殿香，姑苏台上见吴王［二］。　西施醉舞娇无力半醉之状，笑倚东窗白玉床要宠之态。

此因所见而托言吴王，随意口占，故云「口号」。　首句缀景，下文赋事。

【校记】

［一］美人　《李太白全集》卷二五注一作「舞人」。

［二］见　同上书注一作「宴」。

长信宫秋词五首其一［一］

王昌龄

金井梧桐秋叶黄，珠帘不卷夜来霜。熏笼玉枕无颜色［二］，卧听南宫清漏长［三］。

味浅，取其雅淡。

【校记】

［一］诗题《乐府诗集》卷四三作《长信怨》。

［二］熏笼　同上书作「金炉」。

［三］南宫　《全唐诗》卷一四三注一作「宫中」。

青楼怨

王昌龄

香帏风动花入楼，高调鸣筝缓夜愁。肠断《关山》不解说，依依残月下帘钩。

鸣筝，亦无聊之思，借此缓愁耳。弹到《关山》之曲，不觉肠断如许，伤心不能自道，一句中作三转折，纡曲而浑成。末句言终夜生愁也。

采莲曲二首《草木二十四曲》内有《采莲曲》[一]

王昌龄

荷叶罗裙一色裁，芙蓉向脸两边开。乱入池中看不见无理有趣，闻歌始觉有人来。

首二句着意极摹，全为「看不见」三字作地。

其二

吴姬越艳楚王妃，争弄莲舟水湿衣。来时浦口花迎入，采罢江头月送归。

首句叠得妙，次句顿得妙；结写花月逞妍，送迎媚艳，丽思新采，那不销魂！

【校记】

[一]此题二首，《全唐诗》卷一四三、《乐府诗集》卷五〇均以第二首为第一首。又题下注他本无。

梁苑

王昌龄

梁园秋竹古时烟，城外风悲欲暮天。万乘旌旗何处在，平台宾客有谁怜？

少伯之意，盖谓无好客如孝王者，才人沦落，将谁依耶？故发此叹。「古时烟」见惟有烟，而不见有古人也，与三句紧相呼应。末句「有谁怜」，亦暗与次句「风悲」字应。

九月九日忆山中兄弟[一]　　王　维

独在异乡为异客，每逢佳节倍思亲。遥知兄弟登高处，遍插茱萸少一人对面。

言不深苦，情自蔼然。「独」字，便与下「少一人」相应。《风土记》：俗于九月九日，摘茱萸房以插头，言辟邪恶[二]。

【校记】

[一]诗题下，《全唐诗》卷一二八有注曰：「时年十七。」

[二]此见晋周处《风土记》。

送人还京[一]　　岑　参

匹马西从天外归，扬鞭只共鸟争飞。送君九月交河北，雪里题诗泪满衣。

此诗妙在首二句写行客归心甚急，已为留滞者作一反照。第三句点题，即便收完，遂使酸伤百倍。践此地，对此景，送此人，安得不泪？　北方地寒，故九月见霜。

【校记】

[一]送人　人，《全唐诗》卷二〇一作「崔子」。

山房即事二首其二　岑　参

梁园日暮乱飞鸦，极目萧条三两家。庭树不知人去尽[一]，春来还发旧时花。

此感春而惜梁园之废也。　此调，开中唐几许法度。

【校记】

[一]去尽　去，《全唐诗》二〇一作「死」。

除夜作　高　适

旅馆寒灯独不眠，客心何事转凄然设为问答？故乡今夜思千里，愁鬓明朝又一年[一]。

「何事转」，正喝起下二句。　末乃「转」字之意。

【校记】

[一]愁鬓明朝又一年　愁，《全唐诗》卷二一一注一作「霜」，又注「又」一作「更」。

采莲曲

张 潮

朝出沙头日正红，晚来云起半江中。赖逢邻女曾相识，并着莲舟不畏风。

「云起半江」，正为畏风作引。

唐诗续评卷五

五言古

五言古能继汉魏者，少陵独擅其长。

赠卫八处士

杜　甫

人生不相见，动如参与商。今夕复何夕[一]，共此灯烛光[二]四句总提。少壮能几时，鬓发各已苍。访旧半为鬼[三]，惊呼热中肠[四]。焉知二十载，重上君子堂。昔别君未婚，儿女忽成行[五]。怡然敬父执，问我来何方。问答未及已[六]，儿女罗酒浆[七]。夜雨剪春韭，新炊间黄粱[八]。主称会面难，一举累十觞[九]；十觞亦不辞[十]，感子故意长。明日隔山岳，世事两茫茫二句去路。

公与李白、高适、卫宾相友善，时宾最小，号「小友」。　相见时，却从不见时写起，如参商，言其不见也。三、四不得见矣，而忽相见也。少壮以下，写相见时事。结言相见而终不相见也，与起紧相呼应：

「世事两茫茫」，仍是「动如参与商」。　北人炊饮杂米菽，故用「间」字。　只是真，便不可及，真则熟而常新。人亦未尝无此真景，但为笔墨所隔，写不出耳。「今夕」、「明日」，首尾遥对。

【校记】

［一］今夕　今，《杜诗详注》卷六注一作「此」。

［二］「共此」句　同上书注一作「共宿此灯光」。

［三］访　同上书注一作「问」。

［四］惊呼　惊，同上书注一作「鸣」。

［五］儿女　儿，同上书注一作「男」。

［六］未及已　《文苑英华》诗卷二三〇作「乃未已」。

［七］儿女　同上二书均作「驱儿」。

［八］新炊　新，《杜诗详注》注一作「晨」。

［九］累　同上书注一作「蒙」。

［十］亦不辞　同上二书均作「不辞醉。」

夏日李公见访李时为太子家令

杜甫

远林暑气薄，公子过我游二句点题。贫居类村坞，僻近城南楼。傍舍颇淳朴，所须亦易求

[一]。隔屋唤西家，借问有酒不？墙头过浊醪，展席俯长流。清风左右至，客意已惊秋。巢多众鸟喧[二]，叶密鸣蝉稠。苦遭此物聒[三]，孰语吾庐幽[四]。水花晚色净[五]，庶足充淹留。豫恐樽中尽，更起为君谋。

首句暗点夏日，次句明点李公见访。「清风」二句剔夏日，「巢多」二句正是幽景。「苦遭」二句却反说，更妙。水花，荷也，亦写得别。「水花」二句，应起二句并「清风」一段。末二句应「贫居」又应「过浊醪」。「墙头过浊醪」，不欲使客知也，以之入诗，则偏欲使客知之，乃见诗家之趣。聒，音括，声扰也。

【校记】

[一]须　《杜诗详注》卷三注一作「愿」。

[二]喧　同上书注一作「斗」。

[三]遭　同上书注一作「道」。

[四]语　同上书作「谓」。

[五]净　同上书作「静」。

同诸公登慈恩寺塔时高适、薛据先有此作

杜　甫

高标跨苍穹[一]，烈风无时休。自非旷士怀[二]，登兹翻百忧忧字一篇之眼。方知象教力，足可追冥搜[三]。仰穿龙蛇窟，始出枝撑幽[四]。七星在北户[五]，河汉声西流。羲和鞭白日，少昊行素秋。秦山忽破碎[六]，泾渭不可求。俯视但一气，焉能辨皇州。回首叫虞舜，苍梧云正愁。惜哉瑶池饮[七]，日晏昆仑丘。黄鹄去不息，哀鸣何所投。君看随阳雁，各有稻粱谋。

「旷士」，诸公一并在内。　登时正怀百忧，三、四反言之耳。　浮屠本西方象教。冥搜，犹言探幽也。登塔则足不至而目能至之，故曰「追」。　枝撑，斜柱也。　「河汉声西流」，「声」字似无理，不知正形容登时去天尺五，若或闻之耳。　时明皇巡游无度，故以虞舜、周穆反正为比。　是日风霾必甚，远望无所见，故有「秦山」四句云云。　明皇为奸臣所蔽，遗弃贤才，故以为喻。　读末四语，意益显矣。　黄鹄喻君子，随阳雁喻小人，君子无路上进，而君侧小人，但为身谋，不为国计，时事可知。此识者之隐忧也。　高与地远，惟见白日；高难细瞩，惟觉秋气行空。　「破碎」，言风霾之中，不见全山也。「不可求」，言风霾中难辨别也。　自「仰穿」以下，仰而见也，特点明一「仰」字。　自秦山以下，俯而视也，特点明一「俯」字。　「君」字，点还同登诸公。　「俯视」二字，宜在「秦山」之上；「君看」二字，宜在「黄鹄」之上，倒叙便离奇。

【校记】

［一］苍穹　穹，《文苑英华》诗卷二三四作「天」。
［二］旷士　旷，《杜诗详注》卷二注一作「壮」。
［三］足可　足，《文苑英华》作「立」。
［四］始出　出，同上书作「惊」。
［五］北户　《杜诗详注》作「户北」。
［六］秦山　秦，同上书注一作「泰」。
［七］饮　《文苑英华》作「宴」。

北征归自凤翔墨制放往鄜州

杜甫

皇帝二载秋，闰八月初吉纪时。杜子将北征，苍茫问家室。维时遭艰虞［一］，朝野少暇日。顾惭恩私被，诏许归蓬荜。拜辞诣阙下［二］，怵惕久未出。虽乏谏诤姿，恐君有遗失。君诚中兴主，经纬固密勿。东胡反未已，臣甫忿所切。挥涕恋行在一句承上，二句转下，道路犹恍惚［三］。乾坤含疮痍［四］，忧虞何时毕。靡靡逾阡陌，人烟渺萧瑟［五］。所遇多被伤，呻吟更流血。回首凤翔县，旌旗晚明灭。前登寒山重，屡得饮马窟。邠郊入地底，泾水中荡潏。猛虎立我前，苍崖吼时裂。菊垂今秋花，石戴古车辙［六］。青云动高兴，幽事亦可悦。山果多琐细，罗生杂橡栗。或红如丹砂，或黑如点漆。雨露之所濡，甘苦齐结实〔七〕。绮思桃源内〔八〕转，益叹身世拙。坡陀望鄜畤，岩谷互出没〔九〕。我行已水滨，我仆犹木末。鸱鸮鸣黄桑〔十〕，野鼠拱乱穴。夜深经战场〔十一〕，寒月照白骨。潼关百万师，往者散何卒〔十二〕。遂令半秦民，残害为异物。况我堕胡尘〔十三〕自「靡靡逾阡陌」至「况我」句，皆写凤翔道中经行处，及归尽华发。经年至茅屋以下叙到家，妻子衣百结。恸哭松声回〔十四〕，悲泉共幽咽〔十五〕。平生所娇儿〔十六〕，颜色白胜雪。见爷背面啼〔十七〕，垢腻脚不袜。床前两小女，补绽才过膝〔十八〕。海图拆波涛〔十九〕，旧绣移曲折。天吴及紫凤，颠倒在裋褐〔二〇〕。老夫情怀恶，呕泄卧数日〔二一〕。那无囊中帛，救汝寒凛冽。粉黛亦解包〔二二〕倒叙，衾裯稍罗列。瘦妻面复光，痴女头自栉。学母无不为，晓妆随手抹。移时施朱铅，狼籍画眉阔。生还对童稚，似欲忘饥渴。问事竞挽须，谁能即嗔喝。翻思在贼愁，甘受杂乱聒。新归且慰意，生理焉得说〔二三〕。至尊尚蒙尘转，几日休练卒。仰观天色改〔二四〕，坐觉妖氛豁〔二五〕。阴风西北来，惨淡随回纥。其王愿助顺，其俗喜驰突〔二六〕。送兵五千人，驱马一万匹。此辈少为贵，四方服勇决。所用皆鹰腾，破敌过箭疾〔二七〕。圣心颇虚伫，时议气欲夺。伊洛指掌收，西京不足拔。官军请深入，蓄锐伺俱发〔二八〕。此举开青徐，旋瞻略恒碣。昊天积霜露，正气有肃杀。祸转忘胡岁，势成擒胡月自「至尊尚蒙尘」至「皇纲未有绝」补叙凤翔兵势以决肃宗必成其克复之功。胡命其能久，皇纲未宜绝一句收上，一句起下。忆昨狼狈初[二九]转，事与古先别。奸臣竟菹醢，同恶随荡折。不闻殷周衰[三〇]，中自诛褒妲[三一]。周汉获再兴，宣光果明哲。桓桓陈将军，仗钺奋忠烈。微尔人尽非，于今国犹活。凄凉大同殿，寂寞白兽闼。都人望翠华，佳气向金阙自「忆昨狼狈」至末，以明皇诛国忠、贵妃，人心皆快，决其能复太宗之业。园林固有神，扫洒数不缺。煌煌太宗业，树立甚宏达。

首四句，提起作一冒。「青云」八句，道路仓卒中尚尔写景，心有馀暇，笔有馀趣。「况我」句，言秦民死者过半，己之骨肉离散，又何足道，故用「况」字转下。「平生」二十馀句，叙儿女琐碎事入细，全从生还快乐心坎中描出。「至尊」句，言天子且尔，馀人幸得骨肉相聚足矣，生理姑置勿道。「尚」字是应上，非转下，与前「况」字同法。「阴风」二十馀句，回纥目中无敌，故欲急战，此圣心所以虚伫，官军则欲直捣幽燕，覆其巢穴，贼可立破，故欲蓄锐以俟俱发，而肃宗不从其计，此时议所以气夺也。「桓桓」二句，诛杨氏，所以泄天下之愤，愤泄然后足以鼓忠义之气，而恢复可望，故归功于陈如此。「园林」二语，言祖宗有神，不使扫洒数缺，必当默佑成功也。数犹礼也。「煌煌」二句，似乎语气宽缓，收束不住，不知说到中兴，已是此诗到头结处，末段不过馀气衍拖而已。大诗文，固与大风水同一结构也。五言古，但相神骨而已，体制之长短不必论也。苟神骨与古有合，则千言不厌其多，数语不嫌其少，岂可以长短较优劣哉！杜公《北征》，自当擅美千古，而或议其冗长，以为晋魏无此，将欲如近代之篇摹句仿而后不失古意乎？况「焦仲卿妻」一篇，已见乐府。此诗分四大段；辞阙一段；在路一段；到家一段；时事一段。而末段又当分作两段：前半段已说到中兴，乃诗之归宿也；后半段复将诛国忠、贵妃事拖衍，以尽其气。若各叙，自可分为数题，亦无害各为佳篇，然杜公偏以合叙见本事。盖一篇用事，忽大忽小，忽紧忽松，他人急忙转换不来；而公把三寸柔翰，直似一杆铁棒，神出鬼没，使人应接不暇，此真万夫之特也；尤妙在后一段，本是辞阙时一副话头，却留在后找完，以成一篇大局，自是古文结构，他人不论，文家巨擘如昌黎见之，亦当汗流气慑矣。此诗有大笔，有细笔，有闲笔，有警笔，有放笔，有收笔，变换如意，出没有神。若笔不能换，则局势平衍，真成冗长矣。 「少暇日」则不宜归矣，其如朝廷不用何，不得已而归，反谓感恩允归，妙于立言。久未出，恋恋不欲归也，恐有遗失，正见不欲归。 「君诚」四句，斡旋「有遗失」、「挥涕」二句，上接「行在」，下起「道途」。 不闻殷周诛褒、妲，而明皇赐贵妃以死，此事之所以与古先别也。 「微尔人尽非」，谓微元礼，虽有李、郭不能奏功，故以活国许之，犹言「微管仲」云云［三二］。 《诗》：「行迈靡靡。」［三三］ 眇，少也。 绽，裂也。 《山海经》：朝阳之谷有神曰天吴，是为水伯，虎身，人面，八首，八足，八尾，皆青黄色［三四］。 天吴，「海图」所画之物；紫凤，旧绣所刺之物。剪旧物以补竖衣，故拆移而颠倒也。 纥，其先匈奴也。 虚伫，虚怀而伫望也。 恒碣，地名，「略」者，即《左传》公曰「吾将略地」之略［三四］。 奸臣，指国忠。 同恶，指秦、虢。 褒妲，指贵妃。 宣、光，指明皇，以周宣王、汉光武中兴比之也。 陈，指陈元礼。 白兽闼，即白兽殿门也。

【校记】

〔一〕艰虞　虞，《杜诗详注》卷五注一作「危」。

〔二〕「拜辞」句　同上书注一作「奉辞诣阁门」。

〔三〕道路　路，《钱注杜诗》卷二作「途」。

〔四〕含　同上二书均注一作「合」。

〔五〕萧瑟　瑟，同上二书均注一作「索」。

〔六〕石戴　戴，《详注》作「带」，又注一作「载」。

〔七〕苦　同上书注一作「酸」。

〔八〕绮思　绮，同上二书均作「缅」，又注一作「缥」。

〔九〕岩谷　同上二书均注一作「谷岩。」

〔十〕鸥鹗　鹗，同上二书均作「鸟」。

〔十一〕夜深　深，同上二书均注一作「中」。

〔十二〕散　同上二书均注一作「败」。

〔十三〕堕　《详注》作「随」。

〔十四〕回　同上书注一作「迴」。

〔十五〕幽咽　幽，同上书注一作「鸣」。

〔十六〕娇　同上书注一作「骄」。

〔十七〕爷　同上二书均作「耶」。

［十八］补绽　绽，同上二书均作「缀」。

［十九］拆　《详注》注一作「坼」。

［二〇］桓　同上二书均注一作「短」。

［二一］「呕泄」句　《详注》注一作「数日卧呕咽」。

［二二］包　同上二书均作「苞」。

［二三］说　同上二书均注一作「脱」。

［二四］观　同上二书均注一作「看」。

［二五］坐　同上二书均注一作「旁」。

［二六］喜　《详注》作「善」。

［二七］过　同上书注一作「如」。

［二八］伺　《详注》作「可」。钱注作「何」。

［二九］昨　同上二书均注一作「昔」。

［三〇］殷周　《详注》作「夏殷」。

［三一］褒　同上书作「妹」。

［三二］此见《论语·宪问》：「子曰：管仲相桓公，霸诸侯，一匡天下，民到于今受其赐；微管仲，吾其披发左衽矣。」

［三三］此见《诗·王风·黍离》。

［三四］此见《山海经·海外东经》。

羌村三首鄜州治洛交县。羌村，洛交村墟。时自凤翔还鄜州

杜甫

峥嵘赤云西，日脚下平地村外。柴门鸟雀噪到门〔一〕，归客千里至〔二〕。妻孥怪我在门内情事，惊定还拭泪〔三〕。世乱遭飘荡，生还偶然遂暗中自语。邻人满墙头旁衬，感叹亦嘘欷亦自衬自己。夜阑更秉烛身定心未定，相对如梦寐。

不曰喜而曰「怪」，情事又深一层。只作惊怪疑惑之想，情景如画。峥嵘，高峻也。嘘欷，哀泣之声。「邻人」暗伏「父老」。第一章写初归时举家惊喜之状。

其二

晚岁迫偷生，还家少欢趣倒插句。娇儿不离膝，畏我复却去名熟面生，情景逼肖。忆昔好追凉〔四〕，故绕池边树。萧萧北风劲，抚事煎百虑。赖知禾黍收，已觉糟床注。如今足斟酌，且用慰迟暮应起句。

新归且慰意，是初归之言。「还家少欢趣」，是归定之言，情事皆曲尽。因迟暮而偷生计迫，故尔还家，然心事总不就绪，何欢趣之有？「忆昔」二句，见往日之有欢趣也。第二章，到家之后，儿女团聚，略讯家计，聊以自慰。煎百虑，言百虑煎心。糟床，即酒榨。

其三

群鸡正乱叫，客至鸡斗争〔五〕所以客至不闻。驱鸡上树木，始闻叩柴荆。父老四五人，问我久

远行。手中各有携，倾榼浊复清。莫辞酒味薄［六］父老语。盖父老苦，以酒薄为辞，黍地无人耕。兵革既未息，儿童尽东征［七］。请为父老歌答辞歌即此三章，艰难愧深情［八］「艰难」上二首也，「深情」此首也。歌罢仰天叹，四座泪纵横［九］。

结句正是古调，不得以率易目之。儿童乐征，所以无问候而以物将之曰「问」，《左传》多用此字。

父老无不哭者，以世乱子弟皆东征也。第三章，到家后，写邻人问候人耕之，故借酒带出兵革之事。

【校记】

［一］雀 《杜诗详注》卷五注一作「鹊」。

［二］归客 同上书注一作《客子》。

［三］惊定 定，同上书注一作「走」。

［四］好 同上书注一作「多」。

［五］斗争 同上书注一作「正生」。

［六］苦 同上书作「莫」。

［七］童 同上书注一作「郎」。

［八］深 同上书作「馀」。

［九］泪 同上书作「涕」。

新婚别

杜　甫

兔丝附蓬麻比起，引蔓故不长［一］。嫁女与征夫，不如弃路旁。结发为君妻［二］，席不暖君床。暮婚晨告别，无乃太匆忙。君行虽不远，守边赴河阳［三］。妾身未分明，何以拜姑嫜？父母养我时，日夜令我藏［四］。生女有所归，鸡狗亦得将［五］。君今往死地［六］，沉痛迫中肠。誓欲随君去［七］，形势反苍黄。勿为新婚念，努力事戎行。妇人在军中，兵气恐不扬。自嗟贫家女，久致罗襦裳［八］。罗襦不复施，对君洗红妆。仰视百鸟飞，小大必双翔［九］。人事多错迕［十］，与君永相望。

通首代新妇口气，不杂他人一字。　此诗作七段看。　「未分明」，言未成夫妇也，三字立言甚妙，「永」字亦妙。　「暮婚晨告别」是一篇主脑。首段虚冒，次段别离急遽，三段虑及姑嫜，四段竟虚父母嫁我夙愿，五段见不可随去，六段慰劝，七段写终古之恨。　「生女」二句，言我于归之时，鸡犬亦得相将以俱往，欲为室家长久计也。　此诗「君」字凡七见，君妻君床，聚之暂也；君行君往，别之速也；随君，情之切也；对君，意之伤也；与君永相望，志之贞且坚也。　频频呼君，几于一声一泪。

【校记】

［一］故　《杜诗镜铨》卷五作「固」。

［二］君妻　《唐诗品汇》卷七、《杜诗详注》卷七均作「妻子」。

［三］赴　《详注》注一作「戍」。

［四］日夜　日，同上书注一作「月」。
［五］得将　得，同上书注一作「相」。
［六］往死地　同上书作「生死地」。又注一作「君生往死地」。
［七］去　同上书注一作「往」。
［八］久致　同上书作「致此」。
［九］小大　同上书作「大小」。
［十］人事　事，同上书作「生」。

幽人

杜　甫

孤云亦群游，神物有所归［一］。灵凤在赤霄，何当一来仪［二］。往与惠询辈［三］，中年沧洲期。天高无消息，弃我忽如遗。内惧非道流，幽人见瑕疵［四］。洪涛隐语笑［五］，鼓枻蓬莱池。崔嵬扶桑日，照耀珊瑚枝。风帆倚翠盖，暮把东皇衣。咽漱元和津，所思烟霞微［六］。知名未足称，局促商山芝［七］。五湖复浩荡，岁暮有馀悲。

「孤云」自喻。「群游」反映，即末段不得与侣意。「灵凤」喻幽人。「有所归」，即「洪涛」段意。「神物」即指灵凤说。　本意已尽「内惧」二语，「洪涛」以下，特追写沧洲之期，以志遐慕耳。　「局促」句，谓望商山而其年已迫，若五湖虽复纵意浩荡，然岁暮之悲，终不能免，意言诸人虽有身后之名，何若蓬莱仙岛长生不死之乐乎。　同一学仙语，在太白则清新俊逸，在子美则沉郁顿挫，笔性所至，不可强也。

此章四句起，下三段各六句，首段托物起兴；次段承上「何当一来仪」，言期幽人而不来，恐是身非道流，而见摘于幽人耳；三段慕幽人游仙之乐，末叹不得与之为侣也。《山海经》：大荒之中，旸谷上有扶桑，十日所浴，九日居下枝，一日居上枝，皆载乌[八]。《黄庭经》：口为玉池太和官，漱咽灵液灾不干。

【校记】

[一]有　《杜诗详注》卷二三作「识」。
[二]当　同上书注一作「尝」。
[三]询　同上书注一作「荀」。
[四]见　同上书作「在」。
[五]语笑　同上书作「笑语」。
[六]霞　同上书注一作「雾」。
[七]促　同上书作「趣」。
[八]此见《山海经·大荒经》。

佳人

杜甫

绝代有佳人，幽居在空谷。自云良家子，零落依草木。关中昔丧乱[一]，兄弟遭杀戮。官高何足论，不得收骨肉。世情恶衰歇，万事随转烛。夫婿轻薄儿，新人美如玉。合昏尚知时，鸳鸯不独宿。但见新人笑，那闻旧人哭「自云」二字贯至此。在山泉水清，出山泉水浊。侍婢卖珠还，牵萝补茅屋。摘花不插鬓[二]，采菊动盈掬[三]。天寒翠袖薄，日暮倚修竹。

偶然有此人，有此事，适切放臣之感，故作此诗，全是托事起兴，故题但云「佳人」而已。后人无其事而拟作，与有其事而题必明道其事，皆不足与言古乐府者也。　「在山」二句，似喻非喻，最是乐府妙境。学古诗者，能知比兴之即为断续，则三昧得矣。　末二句，嫣然有韵，本美其幽闲贞静之意，却无半点道学气。　《卫风》咏硕人[四]，所以刺庄公也，但写陈庄姜容貌服饰之盛，而庄公之恶自见。此诗之源，盖出于此。　此章三段，各八句：首言佳人遭乱，至零落失依；次言兄弟既丧，因见弃于夫；末言妇虽见弃，终能贞切自操。「在山」四句，应「出居在空谷」；「摘花」四句，应「零落依草木」。《诗》：「相彼泉水，载清载浊」。[五]此谓守贞清而改节浊也。卖珠及不插鬓，有「谁适为容」意。采菊亦见不改节意。　合欢花，即夜合，一名「合昏」。

【校记】

[一]乱　《杜诗详注》卷七注一作「败」。

［二］鬓　同上书作「发」，又注一作「髩」。
［三］掬　同上书注一作「握」。
［四］此见《诗・卫风・硕人》。
［五］此见《诗・小雅・谷风》。

梦李白二首太白流夜郎，子美梦之而作［一］

杜甫

死别已吞声，生别常恻恻。江南瘴疠地，逐客无消息［二］四句原题。故人入我梦，明我长相忆［三］入题二句倒叙。恐非平生魂，路远不可恻［四］。魂来枫林青［五］，魂返关塞黑［六］。君今在网罗，何以有羽翼？落月满屋梁，犹疑见颜色［七］。水深波浪阔，无使蛟龙得。

此诗以错叙成章。「君今」二句，本在「恐非」二句之上；「落月」二句，本在「魂来」二句之上　乍疑乍信，反复尽情；至枫青塞黑、浪阔波深，则又极其慰劳忧念之意。「魂来」二句，言瘴疠之地，岂堪往来。「君今」二句，言汝谪夜郎，何由得来。「落月」二句，言我梦中又似见汝来。起见死生未可定。结仍带瘴疠意，戒其以后梦中不可轻来也。从来说别离者，或以死别宽生别，或以死别况生别，此反云死则已矣，生常恻恻，亦是翻法。入梦，我忆彼也，此竟云彼魂来，亦是翻法。

其二

浮云终日行，游子久不至。三夜频梦君次首所由作，情亲见君意足上句，开下六句。告归常局促，苦道来不易。江湖多风波[八]，舟楫恐失坠。出门搔白首，若负平生志[九]梦中至此已完。冠盖满京华，斯人独憔悴此一段乃两篇大结束也。孰云网恢恢，将老身反累[十]。千秋万岁名，寂寞身后事。

「告归」六句，并述梦中李之情况，承明「情亲」句也。「冠盖」六句，则承「若负」句而言，代述其意，而为深致不平也。　名亦是「寂寞事」，妙甚！　上云「无使蛟龙得」，此云「舟楫恐失坠」，疑当时有妄传太白坠水者，故子美云云，后世遂有沉江骑鲸之说。太白卒于当涂李阳冰家，葬于谢家青山，安有沉江之事乎！　「频梦君」，已忆李而梦也，反云李情亲于己，用意更曲而奇。　此首较前首，俱深一层：前止言梦，此则言三夜，言「频」；前止言明我，此则言见君；前止言魂返，此则言告归局促；前止言避祸，此则以身后名惜之，甚有浅深。

【校记】

[一]题下注，他本无。

[二]逐客　逐，《杜诗详注》卷七注一作「远」。

[三]长　同上书注一作「常」。

［四］远　同上书注一作「迷」。

［五］林　《钱注杜诗》卷三作「叶」。

［六］魂返　同上二书均注一作「梦返」。

［七］见颜色　见，同上二书均作「照」。

［八］多风波　《杜诗详注》作『秋风多」。

［九］若负　若，同上书注一作「苦」。

［十］身　同上书注一作「才」。

唐诗续评卷六

七言杂体

古诗，自汉魏而下。至唐，惟李杜能得其宗，但较汉魏发越耳。七言古，至李杜，亦可谓风雨争飞，鱼龙百变矣。前后诸诗，杜皆能兼之，独李则天生逸才，其诗非少陵集中所有。故杜极大，可以包乎往古来今，惟李则出乎其外。但李又是一种，不与诸人同调。诸人皆人，杜则人之尽，李其天也。读李不可更无诸子，读杜则诸子可废，而不能废李。李杜并称，不参诸子，良有以夫。

乌夜啼清商曲

李　白

黄云城边乌欲栖［一］暗点夜，归飞哑哑枝上啼明点啼。机中织锦秦川女［二］，碧纱如烟隔窗语。停梭怅然忆远人［三］，独宿空房泪如雨［四］。

川对城，女与远人对乌，远字又对归字，语与泪对啼，宿对栖，空房对枝上。后半四句，意尽前半之中，含蓄照应，无一不妙。　庾信《乌夜啼诗》：「织锦秦川窦氏女。」

【校记】

［一］城边　边，《李太白全集》卷三注一作「南」。

［二］「机中」句　同上书注一作「闺中织妇秦家女」。

［三］怅然忆远人　《乐府诗集》卷四八注一作「向人问故夫」。

［四］「独宿」句　同上书注一作「欲说辽西泪如雨」。又「欲说」，《才调集》卷六作「知在」。又「空房」上书及全集均作「孤房」。

乌栖曲［一］

李　白

姑苏台上乌栖时，吴王宫里醉西施。吴歌楚舞欢未毕，青山欲衔半边日［二］。银箭金壶漏水多［三］，起看秋月坠江波，东方渐高奈乐何［四］！

后半五句，亦是接写前半。「青山」句，是天明，不是将晚。写夜饮，此句已尽，末三句，乃承此而概叹也。「东方渐高」言不能久也。此因明皇与贵妃为长夜之饮，故借吴宫事以讽之。

【校记】

［一］唐孟棨《本事诗·高逸》：李白初自蜀至京，贺知章见其《乌栖曲》，叹赏苦吟曰：「此诗可以泣鬼神矣！」

［二］欲衔　欲，《乐府诗集》卷四八作「犹」。

［三］银箭金壶　《河岳英灵集》卷上作「金壶丁丁」。

［四］乐　同上书作「尔」。

长相思二首 怨思二十五曲之一。

李白

长相思，在长安，络纬秋啼金井阑［一］，微霜凄凄簟色寒［二］他人不能着「色」字。孤灯不眠思欲绝［三］，卷帷望月空长叹！美人如花隔云端［四］。上有青冥之长天［五］，下有绿水之波澜。天长地远魂飞苦［六］，梦魂不到关山难！「不」字当作「欲」字，义始醒。长相思，摧心肝！

前半虚写。「美人」句陡然一叫，险绝。络纬，秋虫名。

日色欲尽花含烟［七］，月明欲素愁不眠［八］「欲素」二字下得极妙。赵瑟初停凤凰柱，蜀琴欲奏鸳鸯弦。此曲有意无人传，愿随春风寄燕然。忆君迢迢隔青天。昔时横波目［九］，今作流泪泉［十］。不信妾肠断，归来看取明镜前。

起四句，已是写思矣，再加「无传」句，分外浓至。「忆君」句补点，亦令人不恻［十一］。

【校记】

［一］阑　《乐府诗集》卷六九作「栏」。

［二］微霜　微，《李太白全集》卷三注一作「凝」。

［三］不眠　眠，同上二书均作「明」。

［四］美人如花　同上二书均注一作「佳期迢迢」。

［五］长天　长，全集作「高」。
［六］地远　地，《乐府诗集》作「路」。
［七］欲尽　同上书作「已尽」。
［八］欲素　欲，全集作「如」。
［九］昔时　时，《乐府诗集》作「日」。
［十］今作　作，同上书作「成」。
［十一］不恻　当为「不测」之误。

远别离 别离十九首之一

李　白

远别离，古有皇英之二女，乃在洞庭之南，潇湘之浦。海水直下万里深，谁人不言此离苦。日惨惨兮云冥冥，猩猩啼烟兮鬼啸雨，我纵言之将何补？皇穹窃恐不照余之忠诚，云凭凭兮欲吼怒［一］与上「云冥冥」复，乃学《骚》之失，然文气甚妙，尧舜当之亦禅禹。君失臣兮龙为鱼，权归臣兮鼠变虎。或云尧幽囚［二］，舜野死，九疑联绵皆相似，重瞳孤坟竟何是？帝子泣兮绿云间，随风波兮去无还。恸哭兮远望，见苍梧之深山。苍梧山崩湘水绝，竹上之泪乃可灭。

苟非「尧舜当之」句，则此诗几不可解矣，此一句转开，若为事理之所当然者，此种离奇犹或可及，独难以下更语语紧遒耳。海水之深，喻愁之深也。皇、英自喻，日与皇穹喻君，云喻权臣，猩猩二句，极小人之形容，而政乱之甚也。「我纵言之」三句，言时事如此，我纵言之无补，诚恐君不以我为忠，反听权臣而怒我也。「尧舜当之」句，意指肃宗传位事，见祸如此，便不得不禅位也。以后极言己之思君，如皇、英之切也。　玄宗既称上皇，则孤立无助，是龙降为鱼；肃宗不能操其权，委之辅国，是鼠变虎，于是卒幽上皇于西内而崩，故曰「尧幽囚」云云。　舜崩于苍梧之野，二妃啼，以涕挥竹，竹尽斑。　明皇回銮，居南内，后幽于西内。言「不灭」，便煞；言「可灭」，意转永。

【校记】

[一]云　《乐府诗集》卷七二作「雷」。

[二]云　同上书作「言」。

将进酒[一]

李　白

君不见黄河之水天上来兴起，奔流到海不复回；又不见[二]、高堂明镜悲白发本意，朝如青丝暮成雪[三]。人生得意须尽欢，莫使金樽空对月二句一篇总冒。天生我材必有用[四]，千金散尽还复来[五]承明尽欢。烹羊宰牛且为乐，会须一饮三百杯。岑夫子，丹丘生从宾，进酒君莫停[六]。与君歌一曲，请君为我侧耳听[七]：钟鼓馔玉不足贵[八]，但愿长醉不愿醒[九]佳肴不如酒。古来圣贤皆寂寞[十]，惟有饮者留其名立名莫如酒。陈王昔日宴平乐[十一]

主人，斗酒十千恣欢谑；主人何为言少钱，径须沽酒对君酌[十二]。五花马，千金裘自己，呼童将出换美酒[十三]，与尔同消万古愁。

「与君歌一曲」，犹云告诉你也。「钟鼓」四句是告辞；「陈王」四句，告诉主人，故叙于告辞之后。章法变化。结归自己。

【校记】

[一]诗题《李太白全集》卷三注一作《惜空酒樽》。

[二]又不见　又，全集及《河岳英灵集》卷上、《乐府诗集》卷十七均作「君」。

[三]成雪　全集注一作「如雪」。

[四]「天生」句　全集注一作「天生吾徒有俊才」。

[五]千金　千，全集注一作「黄」。

[六]「进酒」句　《河岳英灵集》无此句；《乐府诗集》作「将进酒，杯莫停」。

[七]请君为我侧耳听　侧耳听，《河岳英灵集》、《乐府诗集》、全集均作「倾耳听」。

[八]「钟鼓」句　《河岳英灵集》作「钟鼎玉帛不足悦」。

[九]不愿　同上书作「不用」，《乐府诗集》作「不复」。

[十]寂寞　全集注一作「死尽」。

[十一]昔日　日，全集作「时」。

［十二］径须沽酒　《河岳英灵集》作「且须沽取」。

［十三］呼童　童，全集、《乐集诗集》作「儿」。

蜀道难［一］

李　白

噫吁戏［二］，危乎高哉！蜀道之难，难于上青天劈空扣住「难」字。蚕丛及鱼凫，开国何茫然一层虚摹。尔来四万八千岁，不与秦塞通人烟［三］。西当太白有鸟道，可以横绝峨嵋颠一层实写［四］。地崩山摧壮士死，然后天梯石栈相勾连［五］。上有六龙回日之高标［六］，下有冲波逆折之回川又虚摹。黄鹤之飞尚不能过［七］，猿猱欲度愁攀援［八］。青泥何盘盘，十步九折萦岩峦又实写［九］。扪参历井仰胁息，以手扶膺坐长叹［十］。问君西游何时还［十一］？畏途巉岩不可攀［十二］。但见悲鸟号古木［十三］此一段虚收，雄飞呼雌绕林间［十四］。又闻子规啼夜月，愁空山二句有作五字句读者。蜀道之难，难于上青天，使人闻此凋朱颜［十五］。连峰去天不盈尺［十六］似与「扪参」句复，枯松倒挂倚绝壁［十七］收足上文，飞湍瀑流争喧豗［十八］，冰崖转石万壑雷。其险也如此［十九］「此」字指前半篇所云！嗟尔远道之人胡为乎来哉实总山水之险并煞住？剑阁峥嵘而崔嵬以上言其不可来，以下言其当急去也，一夫当关，万夫莫开［二〇］，所守或匪亲［二一］，化为狼与豺。朝避猛虎，夕避长蛇，磨牙吮血，杀人如麻。锦城虽云乐。不如早还家一篇主意。　蜀道之难，难于上青天，侧身西望长咨嗟[二二]言尽意无尽。倏起倏落，忽虚忽实，真如烟云杳渺，绝世奇文也。　此为明皇幸蜀而作，见幸蜀非长策。「问君」句，暗指明皇，望其早还也。　「剑阁」以下，言赞帝幸蜀，不过谓有剑阁之险，然守非其人，如豺狼反噬，尤可忧也；且蜀邻近，教化不通，如虎蛇之当避，又可忧之甚者也。　蚕丛鱼凫，蜀开国之主。凫，音灰。

【校记】

[一]本诗，《乐府诗集》卷四〇引《乐府解题》曰：「《蜀道难》备言铜梁、玉垒之阻。」又引《尚书谈录》曰：「李白作《蜀道难》，以罪严武。」

[二]此三字《李太白全集》卷三王琦注引《宋景文公笔记》：「蜀人见物惊异，辄曰噫吁戏。李白作《蜀道难》因用之。」

[三]不与　不，《又玄集》卷上、《乐府诗集》作「乃」。

[四]可以　全集注一作「何以」。

[五]相勾连　相，《乐府诗集》作「方」。

[六]六龙回日之高标　《又玄集》、《河岳英灵集》卷上均作「横河断海之浮云」。

[七]飞　《又玄集》作「飞兮」，又「不能过」作「不得」。

[八]攀援　援，同上书作「牵」。

[九]十步　十，同上书及全集作「百」。

［十］抚　同上书作「拊」。
［十一］何时　同上书作「何当」。
［十二］畏途　同上书作「长途」。
［十三］古木　古，《河岳英灵集》、《乐府诗集》作「枯」。
［十四］呼雌　《又玄集》作「从雌」，全集作「雌从」。
［十五］闻　同上二书作「听」。
［十六］去天不盈尺　《又玄集》作「入云几千尺」。
［十七］绝壁　绝，同上书作「石」。
［十八］飞湍　飞，同上书作「崩」。
［十九］其险也如此　同上书作「其险若此」。
［二〇］万夫　夫，《河岳英灵集》作「人」。
［二一］匪亲　《又玄集》作「非人」。
［二二］长咨嗟　全集注一作「令人嗟」。

梦游天姥吟留别［一］

李白

海客谈瀛洲，烟涛微茫信难求［二］即起即撇。越人语天姥，云霓明灭或可睹［三］。天姥连天向天横接写天姥，势拔五岳掩赤城。天台四万八千丈［四］，对此欲倒东南倾［五］。我欲因之梦吴越[六]过轴，一夜飞度镜湖月。湖月照我影，送我至剡溪。谢公宿处今尚在实，绿水荡漾清猿啼[七]。脚着谢公屐[八]，身登青云梯[九]。半壁见海日，空中闻天鸡。千岩万转路不定，迷花倚石忽已暝。熊咆龙吟殷岩泉虚，栗深林兮惊层巅。云青青兮欲雨[十]，水澹澹兮生烟叠字有意味。列缺霹雳，丘峦崩摧。洞天石扇[十一]，訇然中开[十二]。青冥浩荡不见底[十三]，日月照耀金银台。霓为衣兮风为马[十四]，云之君兮纷纷而来下[十五]。虎鼓瑟兮鸾回车，仙之人兮列如麻。忽魂悸以魄动[十六]，恍惊起而长嗟[十七]转轴。惟觉时之枕席，失向来之烟霞。世间行乐亦如此[十八]，古来万事东流水。别君去时何时还[十九]补留别？且放白鹿青崖间，须行即骑访名山[二〇]。安能摧眉折腰事权贵[二一]万斛之舟收于一柁，使我不得开心颜[二二]？

「千岩」二句，又作一束。以前实写，以后虚写。「忽魂」四句，束上生下，笔意最紧。「访名山」三字，缴上前半篇。谢灵运好游山，常着屐，上山去前齿，下山去后齿。殷，音隐。骑，即骑白鹿也。

【校记】

[一]诗题，《河岳英灵集》卷上作《梦游天姥山别东鲁诸公》。

[二]烟涛　涛，同上书作「波」。又「微茫」，《李太白全集》卷十五注一作「弥漫」。

［三］或可　全集注一作「安可」，《河岳英灵集》作「如何」。
［四］天台　《河岳英灵集》作「天姥」。
［五］欲倒　同上书作「绝倒」。
［六］因之　同上书作「冥搜」。
［七］绿水　绿，同上书作「渌」。
［八］脚着　着，同上书作「穿」。
［九］身登　身，同上书作「明」。
［十〇］云青青　云，同上书作「枫」。
［一一］石扇　扇，同上书作「扉」。
［一二］「訇然」下，同上书有「而」字。
［一三］浩荡　同上书作「濛鸿」。
［一四］衣　同上书作「裳」。
［一五］云之君　之，同上书作「中」。
［一六］魄动　同上书作「目蕊」。
［一七］而　同上书作「兮」。
［一八］亦如此　同上书作「皆如是」。
［一九］去时　时，同上书作「兮」。
［二〇］须行　须，同上书作「欲」。

[二一]安能　同上书作「何能」。

[二二]「使我」句　同上书作「暂乐酒色凋朱颜」。

宣州谢朓楼饯别校书叔云[一]

李白

弃我去者，昨日之日不可留。乱我心者，今日之日多烦忧。长风万里送秋雁，对此可以酣高楼。蓬莱文章建安骨，中间小谢又清发。俱怀逸兴壮思飞，欲上青天揽日月[二]。抽刀断水水更流，举杯浇愁愁更愁[三]。人生在世不称意[四]，明朝散发弄扁舟[五]。

「长风」二句，稍带饮饯意。下四句，言文章已造绝顶，而不得近君，所以实写其烦忧也。「不称意」三字，绾上「多烦忧」。「弄扁舟」，点「别」字。建安，曹魏年号，此言校书蓬莱，其文章有曹氏骨气也。小谢，即指谢朓。　袁闳散发绝世。弄偏舟，用范蠡事。两事合用法。

【校记】

[一]诗题，《李太白全集》卷二注一作「陪侍御叔华登楼歌」。

[二]日月　同上书作「明月」。又注「青天」一作「青云」。

[三]更　同上书注一作「复」。

[四]人生　同上书注一作「男儿」。

［五］散发弄扁舟　同上书注一作「举棹还沧洲」。

赠裴十四

李　白

朝见裴叔则，朗如行玉山。黄河落天走东海，万里写入胸怀间。身骑白鼋不敢渡，金高南山买君顾。徘徊六合无相知，飘若浮云且西去。

五句即借「黄河」字作过脉，虚实真假，令人莫辨。　裴令公有隽容仪，时人以为「玉人」，见者曰：「见裴叔则，如玉山上行，光映照人。」一　言裴胸怀浩荡，如万里河流，我莫能测量，冀一顾而不可得也。高亢如此，人谁相知，惟飘然远去耳。　《楚辞》：乘白鼋兮逐文鱼。

短歌行赠王郎司直

杜　甫

王郎酒酣拔剑斫地歌莫哀，我能拔尔抑塞磊落之奇才。豫樟翻风白月动名木，比也，鲸鱼拔浪沧溟开巨鱼，比也。且脱剑佩休徘徊单一句。西得诸侯棹锦水，欲向何门趿珠履［一］。仲宣楼头春色深［二］青眼高歌望吾子。眼中之人吾老矣歇后句单拖。

王郎以磊落之奇才，而身当抑塞，故当酒酣之时，而拔剑斫地，以作哀歌，而舒其抑塞，谓我能赏拔而止使莫哀。二语句法极奇，从来解者，皆不明亮。　「豫樟」二句喻才之奇，即磊落也。　青眼，所以赏拔之。　「且脱」句，单拖一句，音节好。「西得」二句，见彼人必负才气，不乐就幕职，故为慰藉之语，以怂恿其行也。　结三句言已在仲宣楼头，辨眼相望，但恐尔他日得志之时，我未及见耳。　青眼望吾子得意高歌，「高歌」与「歌莫哀」应，落韵又单拖一句，音节又好。　「眼中之人」即眼中所望之人，呼王而告之也。豫樟，木名。春申君客三千馀人，其上客皆蹑珠履。　阮籍能为青白眼，见礼法之士，以白眼待之；嵇康挟琴赍酒而至，乃得见青眼。

【校记】

［一］跛　《杜诗详注》卷二，注一作「飒」。

［二］春色　色，同上书注一作「已」。

戏题王宰画山水图歌

杜　甫

十日画一水，五日画一石。能事不受相促迫［一］，王宰始肯留真迹。壮哉昆仑方壶图［二］，挂君高堂之素壁。巴陵洞庭日本东，赤岸水与银河通［三］，中有云气随飞龙。舟人渔子入浦溆，山木尽亚洪涛风［四］。尤工远势古莫比，咫尺应须论万里［五］。焉得并州快剪刀，剪取吴松半江水。

首四句，写王宰身分。「壮哉」四句，写其画上之所有；「中有」三句，写其画上之所无，惟于无中生有，故为奇绝，亦是从题缝中着笔。「尤工」二句更进一步，势方足。末二句，轻带题中「戏」字。凡书画入妙，类随其兴之所至；立须坐守，兴味索然，所作安得称心。「能事」二语，深体作者之意。　龙因云而知其有；因山木洪涛，见风势之大；因风涛而知舟子渔人避匿于浦溆之中：此有其理而无其形者也。　昆仑、方壶，自西至东，又于西南补出巴陵，于东海补出日本，极见水之大。「赤岸」句，言地下水与天上水相接，更见其大。

【校记】

［一］促迫　《杜诗详注》卷九注一作「促逼」。

［二］方壶　同上书注一作「方丈」。

［三］赤岸　同上书注一作「南岸」。

［四］尽亚　同上书注一作「尽带」。

［五］论　同上书注一作「千」，一作「行」。

哀江头

杜　甫

少陵野老吞声哭，春日潜行曲江曲。江头宫殿锁千门，细柳新蒲为谁绿哭声如闻？忆昔霓旌下南苑为此当绿，苑中万物生颜色衬起应上。昭阳殿里第一人，同辇随君侍君侧。辇前才人带弓剑[一]，白马嚼啮黄金勒。翻身向天仰射云[二]，一笑正堕双飞翼[三]。明眸皓齿今何在「今」应「昔」字？血污游魂归不得。清渭东流剑阁深此地、彼地，去住彼此无消息此是其吞声哭处。人生有情泪沾臆应「吞」字，江水江花岂终极[四]应「细柳」句！黄昏胡骑尘满城，欲往城南忘城北[五]应「潜行」。

写低头暗思，景象如画，此为善写「潜行」二字。　色荒、禽荒，以亡其国，中间数语写尽。《哀江头》与《哀王孙》相次，非哀贵妃而何？不敢斥言贵妃，故借行幸之处为题目耳。「一笑」二字，正借如皋射雉之事，或作「一箭」，非。　末句，言欲往城南，反忘其路而向城北，盖蒙上「往」字而言也。

【校记】

[一]才人　才，《杜诗详注》卷四注一作「词」。

[二]向天　天，同上书注一作「空」。

[三]正堕　堕，同上书作「坠」。又「一笑」，注「别本作一箭」。

[四]江水　水，同上书作「草」。

[五]忘　同上书作「望」。

哀王孙

杜　甫

长安城头头白乌[一]，夜飞延秋门上呼。又向人间啄大屋[二]，屋底达官走避胡。金鞭折断九马死[三]先下哀辞，安闲之甚。骨肉不待同驰驱[四]。腰下宝玦青珊瑚，可怜王孙泣路隅因其宝玦，故知其为王孙也。问之不肯道姓名，但道困苦乞为奴。已经百日窜荆棘，身上无有完肌肤此不可知其为王孙也。高帝子孙尽隆准[五]，龙种自与常人殊。豺狼在邑龙在野，王孙善保千金躯接上即便慰之，音节情景俱好。不敢长语临交衢，且为王孙立斯须。昨夜春风吹血腥[六]，东来橐驼满旧都[七]。朔方健儿好身手，昔何勇锐今何愚！窃闻太子已传位[八]，圣德北服南单于。花门剺面请雪耻，慎勿出口他人狙[九]所以不敢长语。哀哉王孙慎勿疏，五陵佳气无时无总收通章，健甚。

明皇仓卒幸蜀，与贵妃姐妹、王子、妃主、皇孙、杨国忠、韦见素、陈玄礼及亲近宦官宫人，出延秋门。妃主王孙之在外者，皆委之而去。　因王孙不肯道姓名，故有许多拗折。　「可怜王孙泣路隅」，先透一笔奇绝，顺说则当点在「龙种自与常人殊」之后矣，一倒提便淋漓尽致，忽是王孙，忽不是王孙，真绝妙古文也。　「豺狼」二句，虚收一笔，开下「不敢」一段，写实事，见千金躯之当保也。「哀哉」二句，又是虚结，于事则虚，于理则实。盖上段窃闻如此，犹或未必然，此则断之以理，言其必信也。　用兴起，是古法。　「达宫」三句泛言，以下始着王孙说。　「高帝」四句，嘱其善自韬晦；「勿疏」，即勿自非薄之意。结句，言王气未歇，中兴可望，意在言外。　故作妖语起，以兴祸乱之至，亦省无限闲笔墨。次句点清幸蜀出此门。　「不忍」指明皇，但言「达官」。　王孙之所以流落者，以不待同去。　所以「不敢长语」者，以贼势方盛，故下「昨夜」云云。　「窃闻」以下，以喜音慰之。结又加鼓励之。「朔方健儿」，指哥舒翰，昔御吐蕃称精兵，而今为贼败，故云「何愚」也。南单于，即回纥。回纥以「花门」自号。「剺面」谓披其面皮，示诚悃也。狙，窃听也。

【校记】

［一］头白乌　头《杜诗详注》卷四注一作「多」，一作「颈」。
［二］人间　间，同上书作「家」。又注「向」一作「来」。
［三］九马　九，同上书注一作「厩」。
［四］不待　待，同上书作「得」。
［五］隆准　隆，同上书注一作「高」。
［六］春风　春，同上书作「东」。
［七］橐驼　橐，同上书注一作「骆」。
［八］太子　太，同上书作「天」。
［九］狙　同上书注一作「俎」。

观公孙大娘弟子舞剑器行并序

杜 甫

大历二年，十月十九日。夔州别驾元持宅[一]，见临颍李十二娘舞剑器，壮其蔚跂，问其所师，曰：[二]：「余公孙大娘弟子也。」开元三载[三]，余尚童稚，记于郾城观公孙氏舞剑器浑脱，浏漓顿挫，独出冠时，自高头宜春、梨园二妓坊内人[四]，洎外供奉[五]，晓是舞者，圣文神武皇帝初，公孙一人而已承接转换古括可爱。玉貌绣衣[六]公孙，况余白首工部，今兹弟子，亦匪盛颜。既辨其由来，知波澜莫二。抚事慷慨，聊为《剑器行》。昔者吴人张旭[七]善草书书帖，数常于邺县见公孙大娘舞西河剑器[八]，自此草书长进，豪荡感激，即公孙可知矣。

昔有佳人公孙氏，一舞剑器动四方。观者如山色沮丧，天地为之久低昂虚。㸌如羿射九日落，矫如群帝骖龙翔实。来如电霆收震怒[九]，罢如江海凝清光。绛唇朱袖两寂寞，晚有弟子传芬芳。临颍美人在白帝美人应「佳人」，白帝应地，妙舞此曲神扬扬。与余问答既有以，感时抚事增惋伤。先帝侍女八千人[十]，公孙剑器初第一。五十年间似反掌，风尘澒洞昏王室[十一]。梨园弟子散如烟，女乐馀姿映寒日。金粟堆前木已拱[十二]挽上先帝，瞿塘石城草萧瑟[十三]。玳筵急管曲复终，乐极哀来月东出。老夫不知其所往，足茧荒山转愁疾[十四]。

序从弟子逆推至公孙，诗从公孙顺拖出弟子。「绛唇」二句，过到弟子身上，紧劲。「绛唇」至「感时」句，只四十二字，叙过几层。盖前序已详，诗中宜略也。「先帝」至「瞿塘」一段，接写感时抚事也，盖深寓身世盛衰之感，特借女乐以发之耳。末二句，承乐极哀来，再申一笔，气更足。序中「浑脱」二字属上句读，盖剑器浑脱，即舞名，或云乃以手空作舞剑势，非舞剑也；或云以木为剑器，未详孰是。玩「蔚跂」二字，想是身手腰足，多作盘旋之势，即诗中「天地」五句也。宜春、梨园，二教坊名。「高头」二字未详。

【校记】

［一］元持　持，《杜诗详注》卷二〇注一作「特」。

［二］「曰」上，同上书注一有「答」字。

［三］三载　同上书注一作「五载」。

［四］妓坊　同上书注一作「教坊」。

［五］「供奉」下同上书注一有「舞女」二字。

［六］绣衣　同上书作「绵衣」。

［七］昔者　同上书注一作「往者」。

［八］「善草书」下　同上书为「善草书书贴，人多效之」。

［九］来如　来，同上书注一作「末」。

〔十〕先帝　帝，同上书注一作「皇」。
〔十一〕澒洞　同上书注一作「倾动」。
〔十二〕堆前　前，同上书作「南」。
〔十三〕草　同上书注一作「暮」。
〔十四〕愁疾　疾，同上书注一作「寂」。

奉先刘少府新画山水障歌

杜甫

堂上不合生枫树〔一〕从画陡起，怪底江山起烟雾〔二〕二句叫起沧洲。闻君扫却赤县图，乘兴遣画沧洲趣一层描写。画师亦无数，嵌入一段，接写「君」字，好手不可遇。对此融心神，知君重毫素。岂但祁岳与郑虔，笔迹远过杨契丹一层赞赏。得非玄圃裂，无乃潇湘翻接「沧洲趣」？悄然坐我天姥下，耳边已似闻清猿二层描写。反思前夜风雨急，乃是蒲城鬼神入〔三〕二层赞赏。元气淋漓障犹湿，真宰上诉天应泣。野亭春还杂花远，渔翁暝踏孤舟立一段细美。沧浪水深青溟阔，〔四〕欹岸侧倒秋毫末〔五〕。不见湘妃鼓瑟时，至今斑竹临江活〔六〕三层描写。刘侯天机清〔七〕，爱画入骨髓。自有两儿郎，挥洒亦莫比。大儿聪明到，能添老树颠崖里；小儿心孔开，貌得山僧及童子三层赞赏。前以画师陪，此以两儿衬，章法匀称。若耶溪，云门寺，吾独胡为在泥滓〔八〕，青鞋布袜从此始。

起句如空中坠石，杜之起句多有如此者，律诗亦然。通篇将画景作真景，而又写刘侯及其二子，故收束甚难。看他只将自己跳入，以收刘侯；将若耶溪、云门寺以收沧洲，不真不假，毫无遗漏。描写与赏赞，分作数层，反复浓至。结开一步。古人爱山水，故借图画卧游，此结正为卧游翻案。「泣者」，泣画手夺天工也。「真宰」句以前，是写画中大概；「野亭」句以后，是细补画中零星。

【校记】

［一］堂上　上，《杜诗详注》卷四注一作「中」。

［二］江山　同上书注一作「山川」。

［三］乃是　乃，同上书注一作「恐」；又注「蒲」一作「满」。

［四］「沧浪」句　同上书注一作「沧浪之水清且阔」。

［五］欹岸侧倒　同上书注一作「欹峰侧岸」。

［六］斑竹　斑，底本误刻作「班」，据上书改。

［七］天机清　清，同上书作「精」。

［八］胡为　胡，同上书作「何」。

韦讽录事宅观曹将军画马图引[一]

杜甫

国初以来画鞍马，神妙独数江都王。衬起曹将军。将军得名三十载，[二]人间又见真乘黄。曾貌先帝照夜白，[三]龙池十日飞霹雳。衬起画马图，以一匹衬九匹，是以少胜多。内府殷红玛瑙盘，婕妤传诏才人索。[四]盘赐将军拜舞归，轻纨细绮相追飞。[五]贵戚权门得笔迹，始觉屏障生光辉。又衬一笔。昔日太宗拳毛騧，近时郭家狮子花。今之新图有二马，[六]分写，先写二马，复令识者久叹嗟。此皆骑战一敌万，[七]缟素漠漠开风沙。其余七匹亦殊绝，迥若寒空动烟雪。[八]霜蹄蹴踏长楸间，马官厮养森成列。随手便补。可怜九马争神骏，顾视清高气深稳。借问苦心爱者谁？后有韦讽前支遁。带出主人，便佳。忆昔巡幸新丰宫，翠华拂天来向东。腾骧磊落三万匹，插入一笔，以三万匹衬九匹，是以多衬少。皆与此图筋骨同。自从献宝朝河宗，无复射蛟江水中。君不见金粟堆前松柏里，龙媒去尽鸟呼风。

叙赐物详略有法。　先帝一段，从题外引起，就说画马，至「忆昔」段，又从题外开去，则但说真马，乃知其意不在画，并不在曹将军也。　叙九马详略有法。　「此皆」句亦只就真马说，所叹嗟者在此。「开」字，「着」「缟素」说。　「九马」，又总赞叹二句。　「自从」二句，借周汉巡行事，影先帝自蜀回銮，即遐升，妙在夹带马在内，用意精深，由于用事庄典。　结语只说其马不见，而追想先帝意自在言外。大凡人去物存，即因物兴感，人物齐去，多借物概人。如此方有意味，亦诗家之常法也。　郭家，汾阳也。黑马如烟，白马如雪。不知是马，只见空中烟雪动荡，岂非神马，岂非神画！　支遁好养马，人问之，曰：「贫道爱其神骏耳。」上用「神骏」字，支遁方有根。　穆王自河宗氏获宝，归而上升。汉武帝自浔阳浮江，亲射蛟江中，获之。　汉礼乐志：天马来，龙之媒。篇中凡三提：「曾貌」一提，「昔日」再提，「忆昔」三提，皆绝处逢生。作诗不悟提笔，则一味直序，生路何开耶？

【校记】

［一］引　《杜诗详注》卷十三作「歌」。

［二］三十　同上书注一作「四十」。

［三］又见　同上书注一作「不见」。

［四］盘　同上书注一作「碗」。

［五］追飞　飞，同上书作「随」。

［六］新图　新，同上书注一作「画」。

［七］骑战　同上书作「战骑」。

［八］动烟雪　同上书作「杂霞雪」。

丹青引赠曹将军霸

杜　甫

将军魏武之子孙，于今为庶为清门叙起。英雄割据虽已矣[一]庶，文彩风流今尚存[二]清门。学书初学卫夫人衬笔，但恨无过王右军[三]撇去。丹青不知老将至入上，富贵于我如浮云。开元之中常引见[四]，承恩数上南薰殿昔日为于今作转，二句开下十八句。凌烟功臣少颜色一段画功臣，将军下笔开生面。良相头上进贤冠，猛将腰间大羽箭。褒公鄂公毛发动，英姿飒爽来酣战[五]。先帝天马玉花骢[六]一段画马，画工如山貌不同先言凡笔。是日牵来赤墀下先帝命画日，伏下即今，迥立阊阖生长风先写活马。诏谓将军拂绢素，意匠惨淡经营中。斯须九重真龙出[七]，一洗万古凡马空。玉花却在御榻上，榻上庭前屹相向。至尊含笑催赐金，圉人太仆皆惆怅。弟子韩干早入室一段旁衬，亦能画马穷殊相学书四句见前无古，此段见后无今。干惟画肉不画骨，忍使骅骝气凋丧。将军善画盖有神[八]，必逢佳士亦写真俱于师弟间掩映而出，善画功臣必善画今人，应转凌烟功臣不知不觉。即今飘泊干戈际，屡貌寻常行路人「即今」应「是日」。途穷反遭俗眼白，世上未有如公贫[九]一段慰将军。但看古来盛名下，终日坎壈缠其身。

就家世起，起法从容。不即入画，先赞其书，更从容。不云继迹右军，而云「但恨无过」，方不死煞。功臣但写二公，以见其馀。「毛发动」，写猛将已如生矣，谓从「酣战」句，尤非庸笔所及。「意匠」句，谓小心布置。「斯须」句谓大胆落笔，书画总是一理。「弟子」四句，乃抑彼扬此法，插此四句，更觉气局排荡，末引古人以解之，亦有同病相怜意。末段推论感慨，以尽题中「赠」字之致。　贞观十七年二月，图功臣于凌烟阁，南褒国忠壮公段志玄、鄂国公尉迟敬德。　九重，《楚辞》：「君之门有九重」［十］。　惆怅，讶其画之似真形。　《周礼》：圉人掌养马刍牧之事［十一］。　《汉书》：太仆，秦官，掌舆马。［十二］。　明皇末年，霸得罪，削籍为庶人。

【校记】

［一］虽　《杜诗详注》卷十三注一作「皆」。

［二］今　同上书注一作「犹」。

［三］无远　无，同上书注一作「未」。

［四］中　同上书注一作「年」。

［五］飒爽　同上书注一作「飒飒」。

［六］天马　同上书作「御马」。

［七］斯须　同上书作「须臾」。

［八］善画　同上书作「画善」，又注一作「尽妙」。

［九］「世上」句　同上书注一作「他富至今我徒贫」。

［十］此见宋玉《九辩》。

［十一］此见《周礼·夏官·圉师》。

[十二]此见《汉书·百官公卿表上》。

入奏行赠西山检察使窦侍御

杜甫

窦侍御，骥之子、凤之雏。年未三十忠义俱，骨鲠绝代无。炯如一段清冰出万壑，置在迎风寒露之玉壶[一]。蔗浆归厨金碗冻实，洗涤烦热足以宁君躯。政用疏通合典则[二]，戚联豪贵耽文儒。兵革未息人未苏[三]陡接，苍劲，天子亦念西南隅。吐蕃凭陵气颇粗，窦氏检察应时须[四]枢纽。运粮绳桥壮士喜，斩木火井穷猿呼[五]。八州刺史思一战，三城守边却可图。此行入奏计未小点入，密奉圣旨恩宜殊[六]。绣衣春当霄汉立[七]，彩服日向庭闱趋[八]。省郎京尹必俯拾[九]，江花未落还成都合上收清入奏。江花未落还成都，肯访浣花老翁无[十]？为君酤酒满眼酤[十一]，与奴白饭马青刍。

按是时，吐蕃窥西山三城，西山八州刺史合兵御之，故窦侍御以战守机宜入奏朝廷。河东呼裴景鸾为「骥子」。　庞统，德公之从子，德公谓统为「凤雏」。　《荀子》：「君有忠臣，谓之骨鲠。」[十二]。「炯如」四句，谓其清廉。　《礼记》：疏通知远，书教也。[十三]。　《书》：「有典有则。」[十四]。　神桥、火井，皆通蕃地。　运粮而军储足，士有食，故喜。　折木而运道通。　猿无依，故呼。　「霄汉立」，得近君也，故省郎京尹如俯地拾芥之易耳。「庭闱趋」，得侍亲也，故于春花未落，当还成都。

「老翁」，公自道。「满眼酤」，谓满眼前皆酒酤也。结言酤酒相贺，下及奴马。此章四段：一段叙侍御之履历，次段送侍御入觐，三段言侍御归省，四段言侍御还蜀。前二段各十句，后二段各四句。用笔极其变化，绝不方腐。

【校记】

［一］寒露　《杜诗详注》卷十作「露寒」。
［二］政用　政，同上书注一作「整」。
［三］兵革　革，同上书注一作「甲」。
［四］应时　同上书注一作「才能」。
［五］穷猿　穷，同上书注一作「寒」。
［六］宜　同上书注一作「应」。
［七］春当　同上书注一作「飘飘」。
［八］日向　同上书注一作「粲粲」。又注此句下一本有「开济人所仰，飞腾时正须」二句。
［九］俯拾　同上书注一作「相付」。
［十］「肯访」句　同上书注一作「公来肯访浣花老」。
［十一］酤酒　酤，同上书注一作「酣」；又注此句与上句一作「携酒肯访浣花老，为君着衫揩髭须」。
［十二］此见《荀子·臣道》。

［十三］此见《礼记·经解》。

［十四］此见《书·五子之歌》。

楠树为风雨所拔叹［一］

杜 甫

倚江楠树草堂前追叙未拔，故老相传二百年［二］。诛茅卜居总为此，五月仿佛闻寒蝉虚摹一笔。东南飘风动地至，江翻石走流云气。干排雷雨犹力争，根断泉源岂天意。沧波老树性所爱［三］，浦上童童一青盖［四］承「为此」字，纽下。自己为此。野客频留惧雪霜衬写，行人不过听竽籁人亦为此。虎倒龙颠委榛棘［五］承「根断」来，泪痕血点垂胸臆叹。我有新诗何处吟，草堂自此无颜色应首。

首四句写楠树，补出草堂。次四句写风雨所拔。「沧波」四句写楠树之有用，所以可叹。末四句正写拔而叹也。「野客」二句，言客行至此，频留而不过，或因避雪霜，或因听竽籁，本是一意，特分装成句耳。「总为此」三字有力，下半篇慨叹，皆从此叫出。结句笔力千钧。

【校记】

［一］楠树 楠，《杜诗详注》卷十注一作「高」。

［二］故老 故，同上书作「古」。

[三] 沧波　同上书注一作「苍茫」。
[四] 童童　同上书注一作「亭亭」，又注「青」一作「车」。
[五] 榛　同上书注一作「荆」。

观打鱼歌

杜　甫

绵州江水之东津[一]，鲂鱼泼泼色胜银。渔人漾舟沉大网，截江一拥数百鳞。众鱼常才尽却弃，赤鲤腾出如有神。潜龙无声老蛟怒水族尽为惊扰，回风飒飒吹沙尘[二]。饔子左右挥霜刀，鲙飞金盘白雪高。徐州秃尾不足忆[三]，汉阴槎头远遁逃。鲂鱼肥美知第一，既饱欢娱亦萧瑟。君不见朝来割素鬐，咫尺波涛永相失。

旋取鲂鱼为馔而作，此所打者鲂鱼也。首四句见鲂鱼之多。第五句不及鲂鱼者不取。六句胜于鲂鱼者逃去。七、八因鲤之有神，索性将蛟龙一并写出。九、十应「色胜银」，并对下素鬐、秃尾、槎头不足敌鲂鱼之美，衬出下句「第一」来。潜龙，知几之神。蛟怒，恶伤其类也。饔子，庖人也。遁逃，不是漏网，盖言其味较之鲂鱼当退舍也。《西征赋》：「素鲔扬鬐。」鬐，脊也。读末四句，使人索然意尽，乐极悲来。每于酒阑人散之时，往往同抱此感。浦云：「鲙指鲤，不是鲂[四]。」于前后文虽顺，然于本句「腾出」字不合。

【校记】

［一］之 《杜诗详注》卷十一注一作「水」。

［二］回风 回，同上书注一作「西」。

［三］忆 同上收注一作「惜」。

［四］此见浦起龙《读杜心解》。

又观打鱼歌

杜 甫

苍江渔子清晨集，设网提纲万鱼急［一］。能者操舟疾若风，撑突波涛挺叉入。小鱼脱漏不可记，半死半生犹戢戢。大鱼伤损皆垂头，屈强泥沙有时立［二］。东津观鱼已再来，主人罢鲙还倾杯。日暮蛟龙改窟穴，山根鳣鲔随云雷。干戈格斗尚未已［三］，凤凰麒麟安在哉？吾徒胡为纵此乐，暴殄天物圣所哀。

再旋取江鱼为馔而作。「东津」句，点题中「又」字。末因鱼而感人事，实因人事而作，诗本意全在末四句。破卵而凤凰不来，杀胎则麒麟不至，亦犹干戈格斗，杀戮惨而人离散。纵此乐者，再取江鱼而饮酒也。暴殄天物，为圣人所哀。言外见暴殄人民，其哀更当何如耶！上章寓聚散之感，此章寓惨酷之感。干戈麟凤，只以指点水族逃匿之象，不必纽入时事。

【校记】

［一］万鱼　万，《杜诗详注》卷十一作「取」。

［二］泥沙　同上书注一作「沙头」。

［三］格斗尚未已　同上书注一作「兵革斗未已」。

桃竹杖引赠章留后

杜　甫

江心蟠石生桃竹［一］，苍波喷浸尺度足。斩根削皮如紫玉二句实赋，江妃水仙惜不得一句虚赞。梓潼使君开一束［二］，满堂宾客皆叹息衬。怜我老病赠两茎，出入爪甲铿有声从紫玉句再描一笔，咏杖意止此。老夫复欲东南征，乘涛鼓枻白帝城［三］。路幽必为鬼神夺，拔剑或与蛟龙争［四］。重为告曰：杖兮杖兮，尔之生也甚正直，慎勿见水踊跃学变化为龙，使我不得尔之扶持，灭迹于君山湖上之青峰。噫！风尘澒洞兮豺狼咬人［五］，忽失双杖兮吾将曷从？

尺度足，言短长适宜，可为杖也。铿有声，明其坚劲。拔剑，用灭明斩蛟事。鼓枻，舷鸣也。壶公以竹杖与费长房骑归，及到家，以竹杖投葛陂中，视之，乃青龙耳。「老夫复欲东南征」，开下半篇。鬼神夺，杖自化，皆寓言朋友之不可持也。一结，略露正意，然其言却极含蓄。前是对主人语，后是对杖语，故作一转，用「重为告曰」字，盖诗之变调，而其原本于骚、赋者也。告杖，而其意实暗讽朋友。

【校记】

〔一〕江心　心,《杜诗详注》卷十二注一作「上」。
〔二〕使君　君,同上书注一作「者」。
〔三〕梽　同上书作「棹」。
〔四〕拔剑　剑,同上书注一作「杖」。
〔五〕澒洞　澒,同上书注一作「鸿」。

王兵马使二角鹰

杜　甫

悲台萧飒石巃嵸〔一〕,哀壑杈桠浩呼汹。中有万里之长江,回风陷日孤光动〔二〕。角鹰翻倒壮士臂〔三〕正点,将军玉帐轩勇气〔四〕。二鹰猛脑絛徐坠〔五〕,目如愁胡视天地实。杉鸡竹兔不自惜,孩虎野羊俱辟易〔六〕虚。韝上锋棱十二翮,将军勇锐与之敌结上生下。将军树勋起安西,昆仑虞泉入马蹄。白羽曾肉三狻猊虚,敢决岂不与之齐缴上。荆南芮公得将军,亦如角鹰下翔云〔七〕。恶鸟飞飞啄金屋,安得尔辈开其群,驱出六合枭鸾分。

首四句赋角鹰。如此起兴,是何等笔杖!言外见飞走之类,皆匿形无迹;日色惨凄,江山黯淡,皆助其肃杀之气。貌人物,贵得其神,此真貌角鹰之神者也。「与之敌」三字,结上生下。「岂不与之齐」，缴上。　末段归重主人，此杜公一定作法。又及主人之主将，更为周到。　恶鸟，喻叛将。　项羽记：人马辟易［八］。谓开张而易其本处也。　狻猊，即狮子。　辟，音僻。

【校记】

［一］萧飒　飒，《杜诗详注》卷十八作「瑟」。
［二］陷　同上书作「滔」。
［三］翻倒　同上书作「倒翻」。
［四］勇气　勇，同上书作「翠」，又注一作「昂」。
［五］傑徐坠　同上书注一作「徐傑傑」。
［六］孩虎　孩，同上书作「溪」，又注「当作骇」。
［七］翔云　翔，同上书作「朔」，又注「下」一作「入」。
［八］此见《史记·项羽本纪》。

丽人行

杜　甫

三月三日天气新，长安水边多丽人。态浓意远淑且真，肌理细腻骨肉匀。绣罗衣裳照暮春［一］，蹙金孔雀银麒麟。头上何所有？翠微㔩叶垂鬓唇［二］。背后何所见［三］？珠压腰衱稳称身[四]。就中云幕椒房亲，赐名大国虢与秦方出题。紫驼之峰出翠釜[五]，水晶之盘行素鳞交互对。犀箸厌饫久未下犹言无下箸处耳，鸾刀缕切空纷纶[六]。黄门飞鞚不动尘，御厨络绎送八珍[七]。箫鼓哀吟感鬼神[八]，宾从杂遝实要津[九]。后来鞍马何逡巡，当轩下马入锦裀[十]。杨花雪落覆白苹，青鸟飞去衔红巾。炙手可热势绝伦，慎莫近前丞相嗔[十一]。

写丽人意态肌肤服饰，无所不备。以从楚些来，故庄而不佻，华而不靡。美人有态有质，咏态易，咏质难，如「肌理细腻骨肉匀」七字，写美人形质，真毫发无憾。　古来美人，首称玉环、飞燕，然不无「剩肉」、「露骨」之恨。「骨肉匀」三字，可谓跨杨而蹑赵矣。㔩，遏合反，谙，入声，《字汇》注：「㔩彩，妇人花髻饰。」按，㔩本作䪼，调彩画绘也。　鬓唇，鬓边也。衱，衣后裾，恐其飞扬，以珠缀之，故曰「稳称身」。　「实」，即满也，然满字自然，实则使之然，下字故自不苟。　「后来鞍马」，即丞相也，然要留「丞相」二字煞韵，使读者得讽刺之意于言外。　先时丞相未至，观者犹得近前；及其既至，则呵禁赫然，远近皆为辟易。此段具文见意，隐然可想。　「红巾」似指树间所挂之彩，如李约讥游宴之侈云：「远山将翠幕遮，古松用彩物裹」[十二]。此正其类。　「扬花」二句，语含比兴，谓其气焰薰灼，花亦若触之而落，鸟亦若避之而飞耳，故下接「炙手可热」句。　醞酿汉魏之风骨。　齐梁小儿，直气吞之，若其铺叙繁华，侈陈贵盛，则效《鄘风》之刺宣姜[十三]，但歌其容服之美，而所刺自见者也。

贵妃三姐，封韩、虢、秦三国夫人。　丞相指杨国忠。　前写姿容、服饰、肴核、音乐、宾众，本应一气平叙，而间以「就中云幕」二句，以乱其群。「后来鞍马」二语，与「炙手可热」二句本应直接，而间以「杨花」、「青鸟」，以疏其势。前以主间宾，后以宾间主，皆间也，皆断续也。今人不论诗之主宾断续，而以「杨花」二句为切中时事，则将古人极曲折用意之笔，而视为直口布袋之意，不几冤却少陵也哉！　《杜诗提要》论断续、论提笔最妙。

【校记】

［一］绣罗衣裳照暮春　绣罗，《杜诗详注》卷二注一作「画罗」，又注「照」一作「朝」。

［二］微　同上书及《乐府诗集》卷六八均注一作「为」。

［三］背后　同上二书均注一作「身后」。

［四］腰衱　衱，《杜诗详注》注一作「枝」。

［五］峰　同上二书均注一作「珍」。

［六］空　同上二书均注一作「坐」。

［七］络绎　同上二书均作「丝络」。

［八］箫鼓　鼓，同上二书均注一作「管」。

［九］杂遝　杂，同上二书均注一作「合」。

［十］当轩下马入锦茵　轩，同上二书均注一作「道」，又注「入」一作「立」。

［十一］近前　近，同上二书均注一作「向」。

［十二］查《全唐诗》卷三〇九李约无此诗。

［十三］此指《诗·鄘风》

醉歌行赠公安颜少府请顾八题壁［一］

杜　甫

神仙中人不易得，颜氏之子才孤标实。天马长鸣待驾驭虚。比也，秋鹰整翮当云霄比也。君不见东关顾文学，君不见西汉杜陵老。诗家笔势君不嫌，词翰升堂为君扫。是日霜风冻七泽，乌蛮落照衔赤壁。酒酣耳热忘头白，感君意气无所惜，一为歌行歌主客。

起句用仙尉事，笔下自别。　颜方为小官，「天马」二句，言其才尚有待而展。　「君不见」，诗中常调，此泛言，非呼颜也。言颜意气向已二人，足见不易得。　一结可见非意气之感，则诗可不必作。　诗中二人兼赞，故以主客二字结之。　歌主客，便见是主是客，皆不易得，映带起处，用笔简老。　颜请顾题杜诗于壁，故诗中以杜对顾。诗家，杜也；笔势，顾也。　梅福为南昌尉，谓之「神仙尉」，此以颜为尉而用之。　《子虚赋》：楚有七泽，其小小者名曰云梦［二］。　乌蛮在西，赤壁在东，落照自西而映东也。　杜陵在西京，故曰西汉。

【校记】

［一］颜少府，《杜诗详注》卷二三作「颜士少府」。

［二］此出司马相如《子虚赋》文，原为：「臣闻楚有七泽……臣之所见，盖特其小小者耳，名曰云梦。」见《文选》卷七。

古诗歌行乐府之类，名目不下数十，皆因声韵而造此乐，中丝竹腔调。自沈、宋以来，已绝其法，后人不过因其存而效之耳，其实与古音漠然也。　诗与乐府本无分也，自郊祀十九章与古诗十九首不相为用，门类始别，然体格犹未甚远也。后之作乐府，去古愈远矣。　世以乐府为诗之一体，然汉魏六朝、唐人各体，乐府已备。　骚贵含蓄深婉，故复杂无伦。赋贵夸张宏巨，故整蔚有序。歌体开辟纵横，变化超忽，疾雷震电，凄风急雨。行体位置森严，节脉联络，走月行云，轻车熟路。呻其郁曰「吟」，导其微曰「曲」，抽其意曰「引」，言其情曰「诗」。名以象昭，多读意会，自见不同。拟乐府当辨原题因何而作，与今所作用意相合，乃妙。再，拟何部之题，如郊祀之调，不得为铙歌；拟何代之作，汉魏之调，不得为六朝。　此为尤重。

［附］汉魏五言古、七言杂体

汉魏五言古

诗至约以五言，便整齐许多，此可为知者道也。

与苏武诗三首［一］

李陵

良时不再至，离别在须臾二语紧纽。屏营衢路侧脱卸，执手野踟蹰。仰视浮云驰，奄忽互相逾［二］。风波一失所［三］，各在天一隅［四］。长当从此别组合，且复立斯须［五］。欲因晨风发，送子以贱躯。

「长当」句，收「浮云」四句。「且复」句，收「屏营」、「执手」也。

嘉会难再遇［六］，三载为千秋。临河濯长缨，念子怅悠悠［七］。远望悲风至［八］，对酒不能酬。行人怀往路折上，何以慰我愁？独有盈觞酒，与子结绸缪缴转嘉会。

前半俱从别后着想，而以「嘉会」字轻点今日，起笔最奇，章法更妙。　对酒盈觞，酒紧应。

携手上河梁，游子暮何之？徘徊蹊路侧［九］悢悢不能辞［十］。行人难久留，各言长相思［十一］。安知非日月推开。空中动荡，弦望各有时［十二］。努力崇明德，皓首以为期。

此于勉励中用慰藉语，是行者之难舍也。　三诗工于意表，意在言外，洵为五言绝唱。

【校记】

［一］诗题，《艺文类聚》卷二九作《赠苏武别》。按，此三首诗及后面苏武《诗四首》萧统《文选》认为是西汉李陵（字少卿）与苏武（字子卿）所作。但据近人考证，这些诗当为东汉建安时人所拟托，作者已不可考。

［二］互相　互，《艺文类聚》作「交」。

［三］失所　所，同上书作「路」。

［四］天一隅　同上书作「一天隅」。

［五］立　同上书作「去」。

［六］遇　《文选》卷二〇《送应氏诗》注引作「逢」。

［七］念子　子，《艺文类聚》作「别」。又「怅悠悠」，「初学记」卷十八作「恨阻修」。

［八］远望　《艺文类聚》作「望望」。

［九］蹊　同上书作「溪」。

［十］悢悢　同上书及五臣注《文选》均作「恨恨」。

［十一］各言　各，《太平御览》卷四八九引作「客」。

［十二］各有　各，《文选》卷二九及《艺文类聚》均作「自」。

诗四首［一］

苏　武

骨肉缘枝叶，结交亦相因以兄弟陪出朋友。四海皆兄弟，谁为行路人借兄弟字以泛泛之交衬一笔。况我连枝树，与子同一身以夫妇比朋友。昔为鸳与鸯，今为参与辰二句平点。昔者常相近［二］一句过下，邈若胡与秦。惟念当离别［三］，思情日以新一句卸下［四］。鹿鸣思野草，可以喻嘉宾。我有一樽酒，欲以赠故人。愿子留斟酌，叙此平生亲［五］绾上。

起二句，反复浓致，所谓「平生亲也」。以「昔者常相近」之人，而「邈若胡与秦」，宜其相思不忘也。二句乃急递转语。思情久则忘，日以新，则无相忘之期矣，造语奇妙。鹿鸣在野，得食相呼，乐嘉宾者，可取之以为喻，以引出下文己之酌酒送远。

黄鹄一远别［六］，千里顾徘徊；胡马失其群，思心常依依二层俱陪笔。何况双飞龙，羽翼临当乖正落暗点。幸有弦歌曲，可以喻中怀转开。请为游子吟，泠泠一何悲拍合！丝竹厉清声［七］，慷慨有馀哀。长歌正激烈，中心怆以摧。欲展清商曲，念子不能归［八］正落明点。俯仰内伤心紧扭，泪下不可挥。愿为双黄鹄，送子俱远飞。

弦歌曲，固可以喻其依依徘徊之中怀矣，而念行者之不能归，曲且不得终，故其伤心堕泪，必与之同行而后已也。　此似在匈奴将归，别李陵之作，「双飞龙」喻己与陵也。　乖，背离也。喻，开晓也。厉，犹振也。　展，申也。

结发为夫妻〔九〕，恩爱两不疑结发取笄冠之义，言初上头也。欢娱在今夕，燕婉及良时。征夫怀往路〔十〕折落，起视夜何其？参辰皆已没，去去从此辞顿住。行役在战场〔十一〕倒提，相见未有期。握手一长叹顿落，泪为生别滋。努力爱春花绾三四，莫忘欢乐时。生当复来归，死当长相思绾一二。

五折落「别」字，八顿住「别」字，以下皆别也。　末四句是别后。　爱春花，惜年华也。

烛烛晨明月，馥馥我兰芳〔十二〕。芬馨良夜发〔十三〕，随风闻我堂。征夫怀远路，游子恋故乡，寒冬十二月，晨起践严霜〔十四〕。俯观江汉流，仰视浮云翔忽入景语妙甚。良友远离别，各在天一方。山海隔中州，相去悠且长。嘉会难再遇〔十五〕拗起，欢乐殊未央。愿君崇令德〔十六〕，随时爱景光。

「我兰」亦作「秋兰」，于本句可解，于「十二月」句似觉不合。　「征夫」、「游子」，总言别者，言其情不可缓，故冲寒而去也。「江汉」、「浮云」，则住者之目，无非别情。「良友」二句，恰好点出，下便因天各一方，而思其所以处此，则其勉励之意亦至矣。　「兰芳」喻君子德。「闻我堂」，见其与己契合，故下接言别离之不忍也。　末言嘉会虽难，而后会未必无期，故以修德爱身勉之。

【校记】

［一］诗题，《初学记》卷十八引作《赠李陵诗》。

［二］昔者 者，同上书作「时」。《艺文类聚》卷二九作「在」。

［三］离别 《诗纪》卷二作「乖离」。

［四］思情 思，《文选》卷二九作「恩」。

［五］叙此 《艺文类聚》作「慰我」。

［六］黄鹄 鹄，《初学记》作「鹤」。

［七］声 《文选》五臣注本作「音」。

［八］不能 能，《诗纪》作「得」。

［九］夫妻 妻，《玉台新咏》卷一作「妇」。

［十］往路 往，同上书作「远」。

［十一］行役 行，同上书作「征」。

［十二］我兰 我，《诗纪》云：「当作秋」。

［十三］良夜 同上书作「长夜」。

［十四］严霜 严，《文选》五臣注本作「凝」。

［十五］离别 《诗纪》作「别离」。

［十六］愿君 君，《诗纪》云一作「言」。

古诗二十首[一]

无名氏

旧作《十九首》。汉杂曲多奇语，惟《十九首》为正音，盖名贤之至言，中和之极则也。《十九首》非为一人一事而作，读之久，自能感人，不必牵合。七言以柏梁诗为祖，五言以此为祖。

行行重行行去声，与君生别离。相去万馀里，各在天一涯[二]。道路阻且长，会面安可知[三]？胡马依北风[四]，越鸟巢南枝以二喻写相思语极挚。相去日以远[五]，衣带日以缓。浮云蔽白日奇峰，游子不顾返。思君令人老，岁月忽已晚。弃捐勿复道[六]，努力加餐饭。

言言紧遒，笔笔灵转。汉诗一篇精神，多注于结处，结处一二言，必透过人情物理，最当细玩。作近体诗者，亦当如此。盖结处一振，则全篇皆有力也。「行行重行行」下，接「相去万馀里，各在天一涯」，又云「道路阻且长」，又云「相去日以远」，似不胜重复，然绝不见叠复。唐大家多能祖此意，诗始庞厚。今人不知古法，谓前句有此意，后句不复申，所以文气薄弱也。结既云「弃捐勿复道」矣，又属其「努力加餐饭」，情绵而笔矫。「浮云蔽白日」一句插入，见别景之阴惨，此寓情于景之内也，用笔妙绝。

青青河畔草兴起，郁郁园中柳。盈盈楼上女浑写，皎皎当窗牖。娥娥红粉妆[七]细写，纤纤出素手。昔为倡家女[八]，今为荡子妇[九]。荡子行不归[十]，空床难独守结尾见意。

结语极有含蓄。「青青」二句兴起。「盈盈」四句写其貌，末四句写其情。借女子以自喻，未得知己之匹合也。

青青陵上柏，磊磊涧中石。人生天地间，忽如远行客。斗酒相娱乐，聊厚不为薄二句正意。驱车策驽马纽，游戏宛与洛。洛中何郁郁，冠带自相索。长衢罗夹巷，王侯多第宅。两宫遥相望，双阙百馀尺。极宴娱心意绾上应前，戚戚何所迫？

结言厚极犹以为薄也。人生如远行客，固不如柏与石也，则凡事随意便足。下极形容其不然，而以结二语叫醒之，见彼不知足者，虽处帝王极乐之地，何所迫而戚戚然也。「洛中」六句，每二句深一层，先「冠带」，次「王侯」，次天家，逼出「极」字。索，求访也。

今日良宴会，欢乐难具陈。弹筝奋逸响，新声妙入神[十一]。令德唱高言，识曲听其真。齐心同所愿，含意俱未申[十二]。人生寄一世，奄忽若飙尘[十三]忽入感慨，笔底烟云。何不策高足，先据要路津。无为守贫贱，坎轲长苦辛。

心中之乐难以尽言，惟播之音乐以见意。盖弹筝而唱者，为令德之高言，听其唱者亦知其意之所在。「齐心同所愿」，言唱者听者所愿之同。含意未申，未能遂其所愿也。因有愿之未申，故感人生易逝，当速立功名。「何不策高足」四句，盖愤激之词。合首读之，此乐非真乐也，本为写忧耳。

西北有高楼，正与浮云齐。交疏结绮窗，阿阁三重阶。上有弦歌声，音响一何悲！谁能为此曲「悲」字驾起，无乃杞梁妻？清商随风发正写悲字，中曲正徘徊。一弹再三唱，慷慨有馀哀。不惜歌者苦收转，但伤知音稀正意。愿为双鸣鹤［十四］，奋翅起高飞。

此有忠言逆耳之意。　杞梁妻，言情真而善悲也。歌者之苦，固不足惜，而知音之稀诚为可伤也。既无知音，何必在此悲歌乎？高飞远举焉可也。　「交疏」，疑是窗扇有木相交搭处为「交」，空亮处为「疏」。

涉江采芙蓉，兰泽多芳草。采之欲遗谁？所思在远道［十五］。还顾望旧乡，长路漫浩浩就远道驾起，见情好难通。同心而离居正意，忧伤以终老［十六］。

不实写一笔。　此思故乡亲友之作。

明月皎夜光，促织鸣东壁。玉衡指孟冬，众星何历历！白露沾野草，时节忽复易束上生下。秋蝉鸣树间拗转，玄鸟逝安适？昔我同门友，高举振六翮。不念携手好，弃我如遗迹。南箕北有斗，牵牛不负轭忽入譬喻妙笔。良无盘石固，虚名复何益？

「孟冬」「冬」字，旧说疑作「秋」，盖因下文「秋蝉」二句不类也，然余疑玄鸟之逝却在仲秋，则「孟」字似亦不是，若云是仲秋，而「时节忽复易」句，又觉无谓。今细读，始知前六句是当下之时之景，「秋蝉」二句，是追忆初别之时之景也。因时节忽易，而念前日秋间之别况。秋蝉自喻，玄鸟喻友，以引起「昔我同门友」句。「南箕」二句，即用《毛诗》「大东」章意［十七］，言虚名而无实用也。结言人无盘石之心，徒有朋友虚名，亦何益哉？「南箕」二句从「众星」句发脉，「明月」二句，又为众星之衬笔。　偶闻促织，偶见白露，故云然，不必拘季夏蟋蟀居壁、孟秋白露降。

冉冉孤生竹，结根泰山阿。与君为新婚[十八]兔丝附女萝。兔丝生有时舒徐，夫妇会有宜。千里远结婚，悠悠隔山陂[十九]。思君令人老拗上，轩车来何迟。伤彼蕙兰花，含英扬光辉。过时而不采，将随秋草萎。君亮执高节[二〇]调转，贱妾亦何为[二一]？

「思君」句，横插陡健，移置前后，笔法皆平。「伤彼」四句，接写「老」字。「君亮执高节」与前后皆不连，插入便是枢纽。以竹之结根山阿，兴起妇之托身于夫。兔丝附女萝正比夫妇。「会有宜」言有其时也；乃一去千里，不见其来，故自伤其颜色，如花之遇秋而凋，即君执节不改，而于妾亦无所为也。

庭中有奇树[二二]，绿叶发华滋。攀条折其荣，将以遗所思。馨香盈怀袖，路远莫致之。此物何足贵[二三]点破作结，但感别经时[二四]。

览物起兴，因物寄意，曲曲写出。「别经时」，言别时已经久也。

迢迢牵牛星，皎皎河汉女双起。纤纤擢素手[二五]侧承，札札弄机杼。终日不成章，泣涕零如雨[二六]。河汉清且浅，相去复几许[二七]？盈盈一水间，脉脉不得语淡而永。

前半叙事，后半补注。古人多以夫妇比君臣。侧重织女，所以自况也。「脉脉」相视貌。

回车驾言迈[二八]，悠悠涉长道。四顾何茫茫，东风摇百草。所过无故物总束，焉得不速老转落？盛衰各有时拗起，立身苦不早。人生非金石，岂能长寿考？奄忽随物化应「无故物」，荣名以为宝。

「盛衰各有时」一句顿定，感慨自见。此在路途，感时物之变，悟人寿不久存，自恨其身之不早立也。立身乃有荣名，以「荣名」为宝，正见身之不可不立，即「君子疾没世而名不称」之意〔二九〕。回车，便有省悟之意。

东城高且长，透迤自相属。回风动地起，秋草萋以绿。四时更变化，岁暮一何速！《晨风》怀苦心《秦风》篇名〔三〇〕，《蟋蟀》伤局促《唐风》篇名〔三一〕。荡涤放情志，何为自结束？晨风。蟋蟀，皆因时节易易，而自结束；此反其意，言惟时节易易，而愈不宜结束也。「结束」，与上「放情」相反。

燕赵多佳人〔三二〕比，美者颜如玉。被服罗裳衣，当户理清曲。音响一何悲〔三三〕，弦急知柱促二句承四。驰情整巾带〔三四〕，沉吟聊踯躅二句承三。思为双飞燕〔三五〕，衔泥巢君屋比中比。

怀才而思得其所托也。此首旧与前首合而为一。

驱车上东门，遥望郭北墓〔三六〕。白杨何萧萧，松柏夹广路。下有陈死人〔三七〕，杳杳即长暮。潜寐黄泉下，千载永不寤〔三八〕。浩浩阴阳移架起作转，年命如朝露。人生忽如寄，寿无金石固。万岁更相送合上，贤圣莫能度〔三九〕。服食求神仙，多为药所误。不如饮美酒，被服纨与素。

「万岁」二句，透进一层，绝不粘滞。「服食」二句，又透进一层，逼出「不如」二字，何等有力！前半亦是透进之法，细读自见。

去者日以疏［四〇］。来者日以亲。出郭门直视，但见丘与坟。古墓犁为田，松柏摧为薪。白杨多悲风飘渺，萧萧愁杀人［四一］。思还故里闾，欲归道无因。

首二句，本来之感伤也。中六句，即其所见，又增感伤。结二句掉转。

生年不满百［四二］，常怀千岁忧。昼短苦夜长，何不秉烛游？为乐当及时闲得妙，何能待来兹申明上二句？愚者爱惜费，但为后世嗤愚者、仙人两层托出本身。仙人王子乔［四三］，难可与等期。

结即不能待意，悠然而止，不赘一词，令人自思。

凛凛岁云暮，蝼蛄多鸣悲［四四］。凉风率已厉，游子寒无衣。锦衾遗洛浦，同袍与我违。独宿累长夜，梦想见容辉。良人惟古欢，枉驾惠前绥。愿得常巧笑，携手同车归。既来不须臾落下，又不处重闱。亮无晨风翼架起，焉能凌风飞［四五］。眄睐以适意，引领遥相晞。徙倚怀感伤，垂涕沾双扉。

「梦想」以下，皆梦中恍惚之象，言良人思惟昔日之欢，枉驾而遗，犹赠也，言赠于所私而忘我也。来而即去，不能迎我。惠，授也。绥，挽以上车之索。惟欢，故愿常巧笑。惟枉驾，故携手同车归。

如鹳之有翼可以追随，惟有空望而垂涕已耳。

孟冬寒气至，北风何惨栗。愁多知夜长今夜，仰观众星列。三五明月满，四五蟾兔缺。客从远方来[四六]拗转前日，遗我一书札。上言长相思[四七]，下言久离别。置书怀袖中[四八]，三岁字不灭。一心抱区区缴转愁多，惧君不识察。

书札之来，在三岁以前，至今我心不改，惧君不察，故生愁耳。前半目今情事，后半述所以然之故，结点破之。三五谓十五夜，四五谓二十夜，二句见月之盈亏递换，伤离别之已久。袖三年，时刻不忘也。字不灭，珍重也。此首章法，与前「明月皎夜光」首同，亦是前六句写当下，后方拗转前日也。

客从远方来，遗我一端绮[四九]。相去万馀里，故人心尚尔。文彩双鸳鸯[五〇]，裁为合欢被[五一]。著以长相思，缘以结不解。以胶投漆中，谁能别离此？

因遗绮而知故人不忘我，地虽远，而心尚可见也。著，谓充之以絮也。被中著绵，有相思绵绵之意。缘，饰边也，缘彼四边，有结而不解之意。结二句，点明一篇之意，言情意如此，如胶投漆，万难分离也。著，张虑反。

明月何皎皎，照我罗床帏。忧愁不能寐，揽衣起徘徊。客行虽云乐[五二]，不如早旋归前后本相接，插此二句章法妙甚。出户独彷徨，愁思当告谁？引领还入房，泪下沾裳衣。

此妇人望其夫归家之词。引领而望，望之不至，故还入房，而泪自下也。

【校记】

［一］此为汉代无名氏作品，原非一时一人所作，梁代萧统因各篇风格相近，合在一起收入《文选》，题为《古诗十九首》，后世遂沿用此名称。这里吴氏将「东城高且长」与「燕赵多佳人」分为两首，故为「二十首」。

［二］天一涯　《艺文类聚》卷二九作「一天涯」。

［三］知　《太平御览》卷四八九引作「期」。

［四］依　《玉台新咏》卷一作「嘶」。

［五］以　《文选》卷二九作「已」，下句同。

［六］复道　复，《事文类聚别集》卷二五作「履」。

［七］娥娥　《艺文类聚》作「峨峨」。

［八］昔为　《初学记》卷十九作「自云」。

［十］行　《白帖》卷六引作「去」。

［十一］新声　声，《艺文类聚》卷三九引作「诗」。

［十二］申　《诗纪》卷十作「伸」。

［十三］若飙　《艺文类聚》作「如飘」。

［十四］鸣鹤　《文选》五臣注本引作「鸿鹄」。

［十五］所思　《太平御览》卷九九九引作「思之」。

［十六］以　《艺文类聚》作「已」。

［十七］为新婚　为，《白帖》卷六引作「结」。

[十八] 兔丝　兔,《玉台新咏》卷一作「菟」。

[十九] 山陂　《合璧事类》卷六〇作「南山」。

[二〇] 君亮　《广文选》卷十六作「亮君」。

[二一] 亦　《文选》卷二六注引作「拟」。

[二二] 庭中　中,《玉台新咏》作「前」。

[二三] 贵　《文选》卷二九作「贡」。

[二四] 经时　经,《事文类聚别集》卷二五引作「今」。

[二五] 擢　《艺文类聚》作「濯」。

[二六] 零　《白帖》卷二引作「涟」。

[二七] 复　《艺文类聚》卷二九作「讵」。

[二八] 「回车」句　《艺文类聚》卷二七引作「驱车远行役」。

[二九] 此见《论语·卫灵公》:「子曰:君子疾没世而名不称焉。」

[三〇] 此见《诗·秦风·晨风》:「鴥彼晨风,郁彼北林。未见君子,忧心钦钦。」

[三一] 此见《诗·唐风·蟋蟀》:「蟋蟀在堂,岁聿其暮。今我不乐,日月其除。」

[三二] 此句以下一段,原紧接上首「何为自结束」之后。

[三三] 一何　《文选》卷二四注引作「何太」。

[三四] 巾带　巾,《文选》卷一九作「中」。

[三五] 思　《太平御览》卷三八一引作「愿」。

［三六］郭北　《艺文类聚》卷四一作「北郭」。

［三七］陈　《乐府诗集》卷六一《驱车上东门行》作「冻」。

［三八］寤　《艺文类聚》卷四一作「觉」。

［三九］贤圣　《文选》卷二九作「圣贤」。

［四〇］日以　以，《艺文类聚》卷四〇作「已」，下句同。又，定此首为《古墟墓诗》。

［四一］萧萧　《诗纪》卷十作「肃肃」。

［四二］生年　《文选》三五注引作「人生」。

［四三］仙人　《文选》六臣注本卷二九注云「善作小人」。

［四四］夕　《玉台新咏》卷一作「多」。

［四五］凌　《文选》六臣注本卷二九作「陵」。

［四六］「客从」句　《太平御览》卷四八九引作「有客从南来」。

［四七］上言　言，同上书作「有」。

［四八］置书　书，同上书作「之」。

［四九］遗我　遗，同上书卷四七八引作「赠」。

［五〇］文彩　彩，同上书作「作」。

［五一］被　《白帖》卷二引作「扇」。

［五二］客行　《艺文类聚》卷二九作「行客」。

古诗五首其一

无名氏

上山采蘼芜，下山逢故夫。长跪问故夫[一]："新人复何如？""新人虽言好，未若故人姝[二]。颜色类相似[三]，手爪不相如手爪谓手所织。新人从门入，故人从阁去叶平声。新人工织缣[四]，故人工织素叶平声。织缣日一匹，织素五丈馀。将缣来比素，新人不如故"叶平。

【校记】

[一] 长跪 《太平御览》卷八一四引作「回首」。

[二] 姝 《玉台新咏》卷一作「殊」。

[三] 「颜色」句 《艺文类聚》卷三二作「其色似相类」。

[四] 工 《太平御览》作「能」。

白头吟瑟调曲[一]

卓文君

皑如山上雪，皎若云间月有信誓旦旦意。闻君有两意，故来相决绝。今日斗酒会，明旦沟水头[二]。躞蹀御沟上，沟水东西流。凄凄复凄凄，嫁女不须啼[三]。愿得一心人，白头不相离。竹竿何嫋嫋，鱼尾何簁簁。男儿重意气，何用钱刀为？

【校记】

［一］诗题后，《乐府诗集》卷四一题解引《西京杂记》曰：「司马相如将聘茂陵人女为妾，卓文君作《白头吟》以自绝，相如乃止。」

［二］明旦　旦，《太平御览》卷七五作「日」。

［三］嫁女　女，《乐府诗集》作「娶」。

怨歌行［一］

班婕妤

新裂齐纨素［二］，皎洁如霜雪［三］。裁成合欢扇［四］，团团似明月［五］。出入君怀袖，动摇微风发。常恐秋节至，凉飙夺炎热［六］。弃捐箧笥中，恩情中道绝。

班氏初有宠，后见赵氏盛，恐见危，求供养太后宫，作此以自悼。　此亦瑟调曲。　纨扇　所以自比。

【校记】

［一］诗题，《玉台新咏》卷一作《怨诗》。《艺文类聚》卷六九作《扇诗》。按作者班婕妤，班固之祖姑，汉成帝初，选入后宫，拜婕妤。

［二］新裂　裂，《艺文类聚》卷六九引作「制」。

［三］皓洁　皓，《艺文类聚》卷六九引作「鲜」。

[四] 裁成　成，《乐府诗集》卷四二作「为」。

[五] 团团　《诗纪》云一作「团圆」。

[六] 凉飙　飙，《玉台新咏》作「风」。

羽林郎[一]

辛延年

昔有霍家奴[二]，姓冯名子都。依倚将军势，调笑酒家胡顿住。胡姬年十五另写胡姬，春日独当炉。长裾连理带，广袖合欢襦。头上蓝田玉，耳后大秦珠。两鬟何窈窕，一世良所无。一鬟五百万，两鬟千万馀要知不在鬟上讲价。不意金吾子，娉婷过我庐又顿住。写金吾子。银鞍何煜爚，翠盖空踟蹰。就我求清酒，丝绳提玉壶；就我求珍肴，金盘鲙鲤鱼。贻我青铜镜，结我红罗裾。不惜红罗裂，何论轻贱躯二句见金吾有浼我意。男儿爱后妇，女子重前夫自抬起架子。人生有新故，贵贱不相逾[三]。多谢金吾子首段原是陪笔，故只取金吾而霍奴可知。古大家文，私爱徒区区。

《汉书》：羽林郎掌宿卫侍从[四]。《羽林郎》、《董娇娆》二诗，选词温丽，对仗精工，俨入唐调，而气味自是东汉。唐名家多于此种得力，宜细玩。霍光爱奴，名殷，字子都。金吾，鸟名，主辟不祥，天子出行，职主先导，为执此鸟之象，因以名官。其官乃侍御之职，即羽林郎也。霍家奴一段以势要，金吾子一段以利动，两段本是一类，中间插入胡姬一段，写其年华之少，服饰之盛，而贞洁自守之意于结处见之，章法极其变化，其所以能变化之处，妙在分一半作陪笔，以「昔有」二字衬起，以「不意」二字转上故也。　「人生」二句，言新故之际，决不以贵贱而移也。

【校记】

[一]诗题，《书钞》卷一四二引作《羽林郎歌》。作者，《后村诗话》卷一作「李延年」。

[二]奴　《乐府诗集》卷六三作「姝」。

[三]愈　《后村诗话》作「渝」。

[四]此见《后汉书·百官志二》。

董娇娆[一] 乐府杂曲

宋子侯

洛阳城东路，桃李生路旁。花花自相对景中有情，叶叶自相当。春风东北起[二]，花叶正低昂[三]。不知谁家子，提笼行采桑。纤手折其枝，花落何飘扬。请谢彼姝子问：「何为见损伤？」「高秋八九月答，白露变为霜。终年会飘堕，安得久馨香！」「秋时自零落因闻其答而有感，春月复芬芳。何时盛年去[四]，欢爱永相忘？」吾欲竟此曲，此曲愁人肠弦急调促。归来酌美酒，挟瑟上高堂[五]。

「纤手」二句，是折枝因而花落，非折花也，语态有情之甚。「请谢彼姝子」二句，是问辞；「高秋八九月」四句，是姝子答语；「秋时自零落」四句，又是答姝子之词；正意却在「吾欲竟此曲」数句，见欢日无多，劝他及时行乐耳。「折枝」折桃李枝也；「损伤」亦损伤桃李也。「高秋」四句，言其经霜必凋。「秋时」四句，言花落复开，盛年一去，则永不来，色衰爱弛，所必然也。末四句，见千愁百结之不可解。

【校记】

［一］娆　《乐府诗集》卷七三作「饶」。

［二］东北　东，《太平御览》卷九六七引作「南」。

［三］正　《初学记》卷六引作「自」。

［四］何时　时，《艺文类聚》卷八八引作「如」。

［五］瑟　同上书作「琴」。

陌上桑［一］乐府相和曲

无名氏

日出东南隅［二］，照我秦氏楼从出身起。秦氏有好女，自名为罗敷［三］。罗敷善蚕桑次写其所事，采桑城南隅。青丝为笼系［四］，桂枝为笼钩。头上倭堕髻次写其服饰，耳中明月珠。湘绮为下裙［五］，紫绮为上襦。行者见罗敷，下担捋髭须次写人见，为使君作衬笔。少年见罗敷，脱帽著帩头［六］。耕者忘其犁［七］，锄者忘其锄。来归相怨怒［八］，但坐观罗敷。使君从南来入本事，五马立踟蹰。使君遣吏往，问是谁家姝？秦氏有好女，自名为罗敷。罗敷年几何？二十尚不足［九］补写年纪，十五颇有馀。使君谢罗敷：「宁可共载不？」罗敷前致辞：「使君一何愚！使君自有妇，罗敷自有夫二句顿定。东方千馀骑一段写夫婿，悠悠扬扬，大气魄文字，夫婿居上头。何用识夫婿，白马从骊驹；青丝系马尾，黄金络马头。腰中鹿卢剑［十］，可值千万馀。十五府小吏，二十朝大夫，三十侍中郎，四十专城居。为人洁白皙，鬑鬑颇有须［十一］。盈盈公府步，冉冉府中趋。坐中数千人，皆言夫婿殊。」

秦氏，邯郸人，有女名罗敷，为邑人千乘王仁妻，仁后为赵王家令，罗敷出采桑于陌上，赵王登台，见而悦之，因置酒欲夺焉，罗敷乃弹筝作《陌上桑》之歌以自明，赵王乃止。此非罗敷本辞，盖后人借题以为题者［十二］。　从初见者写罗敷之艳。末自夸其夫婿人物之盛，中拒使君止二语，极和平，极冷峻，与《羽林郎》语气相同。　此诗疑有见桑妇而悦之，不知即己妇而误者，故托词以刺之。「使君自有」二句，故为推拒，实相戏之词。下文写夫婿，其气象又隐然即使君也。

【校记】

［一］诗题，《宋书·乐志》作《艳歌罗敷行》，《玉台新咏》卷一作《日出东南隅行》，《艺文类聚》卷四一作《古陌上桑罗敷行》。

[二] 东南 《艺文类聚》作「东海」。

[三] 自名为 《玉台新咏》作「自言名」。

[四] 系 同上二书均作「绳」。

[五] 湘绮 湘，《乐府诗集》卷二八作「缃」，《玉台新咏》作「绿」，《太平御览》卷三四四引作「绀」

[六] 帽 《玉台新咏》作「巾」。又「帩」原误作「梢」，据诸本改。

[七] 忘其犁 犁，《宋书》、《玉台》均作「耕」。

[八] 怨怒 《宋书》作「怒怨」；《玉台》作「喜怒」。

[九] 不足 《玉台》作「未满」。

[十] 腰中 中，《玉台》作「间」。

[十一] 鬑鬑 《玉台》作「髯髯」。

同声歌[一]乐府杂曲

张 衡

邂逅承际会，得充君后房[二]。情好新交接，恐栗若探汤。不才勉自竭，贱妾职所当。绸缪主中馈，奉礼助蒸尝。思为莞蒻席，在下蔽匡床；愿为罗衾帱，在上卫风霜。洒扫清枕席，鞮芬以狄香[三]。重户结金扃[四]，高下华灯光。衣解巾粉御，列图陈枕张。素女为我师，仪态盈万方[五]。众夫所希见，天老教轩皇。乐莫斯夜乐[六]，没齿焉可忘！

前半谦畏极矣，后半不觉自矜自怜，所谓畏慎骄痴原不是两念也。　「仪态盈万方」，言变态多也。帱，音绸，帐也。　鞮，音低，履也。芬，薰香也，言以狄国异香熏履也。　古诗：安知凤凰德，贵其来见希。　黄帝未见凤凰，召天老而问之。对曰：夫凤首戴德，颈揭义，背负仁，心入信，翼挟礼，足履文，尾系武，延颈奋翼，五色俱举，见则天下大安。　此叙君恩而托为妇人之词。「天老」句，盖以凤自比也，全在此句见身分，否则疑为媚臣矣。

【校记】

［一］诗题后，《乐府诗集》卷七六引《乐府解题》曰：「《同声歌》，汉张衡所作也。言妇人自谓幸得充闺房，愿勉供妇职，不离君子。思为莞簟，在下以蔽匡床，衾帱在上以护霜露。缱绻枕席，没齿不忘焉。以喻臣子之事君也。」

［二］得充君　《玉台新咏》卷一作「遇得充」。

［三］「鞮芬」句　清吴骞《拜经楼诗话》引《虫获轩笔记》云：「平子《同声歌》，『洒扫清枕席，鞮芬以狄香』，《王制》西方曰狄鞮。古诗中所谓迷迭、兜纳诸香，大都出于西域，故曰『鞮芬』、『狄香』。鞮芬即狄香，重言之者，古人常有此文法。」点校者按，吴氏谓鞮为「履」与此说不同，特录以备考。

［四］结　《广文选》卷十三作「纳」。

［五］仪态　态，同上书作「容。」

［六］斯　同上书作「思」。

古诗为焦仲卿妻作［一］乐府杂曲

无名氏

孔雀东南飞，五里一徘徊二句截断。「十三能织素陡接，十四学裁衣，十五弹箜篌，十六诵诗书。十七为君妇，心中常苦悲。君既为府吏，守节志不移。贱妾留空房，相见常日希［二］。鸡鸣入机织，夜夜不得息。三日断五疋，大人故嫌迟。非为织作迟，君家妇难为。妾不堪驱使，徒留无所施。便可白公姥，及时相遣归。」府吏得闻之，堂上启阿母此一段至「遣去慎莫留」为阿母欲遣新妇一层：「儿已薄禄相，幸复得此妇。结发同枕席，黄泉共为友。共事二三年［三］，始尔未为久。女行无偏斜，何意致不厚？」阿母谓府吏：「何乃太区区！此妇无礼节，举动自专由。吾意久怀忿，汝岂得自由？东家有贤女，自名秦罗敷。可怜体无比，阿母为汝求。便可速遣之，遣之慎莫留［四］。」府史长跪告此一段至「会不相从许」为必遣第二层：「伏惟启阿母：今若遣此妇，终老不复娶。」阿母得闻之，捶床便大怒：「小子无所畏，何敢助妇语！吾已失恩义，会不相从许！」府吏默无声此一段至「慎勿违吾语」为留新妇一层，再拜还入户。举言谓新妇，哽咽不能语：「我自不驱卿，逼迫有阿母。卿但暂还家，吾今且报府［五］。不久当归还，还必相迎取。以此下心意，慎勿违吾语。」新妇谓府吏此一段至「誓天不相负」为留新妇第二层：「勿复重纷纭。往昔初阳岁，谢家来贵门。奉事循公姥，进止敢自专。昼夜勤作息，伶俜萦苦辛。谓言无罪过，供养卒大恩。仍更被驱遣，何言复来还？妾有绣腰襦点染华褥便有色泽，长篇必不可少，青雀、白鹄一段亦然，葳蕤自生光〔六〕。红罗复斗帐，四角垂香囊。箱帘六七十〔七〕，绿碧青丝绳〔八〕。物物各自异，种种在其中。人贱物亦鄙〔九〕，不足迎后人〔十〕。留得作遗施〔十一〕，于今无会因。时时为安慰，久久莫相忘。」鸡鸣外欲曙，新妇起严妆。著我绣夹裙，事事四五通。足下蹑丝履，头上玳瑁光。腰若流纨素，耳著明月珰。指如削葱根，口如含朱丹。纤纤作细步，精妙世无双。上堂拜阿母〔十二〕，阿母怒不止〔十三〕。「昔作女儿时，生小出野里。本自无教训，兼愧贵家子。受母钱帛多，不堪母驱使。今日还家去，念母劳家里。」却与小姑别，泪落连珠子：「新妇初来时，小姑始扶床〔十四〕；今日被驱遣，小姑如我长。勤心养公姥，好自相扶将。初七及下九，嬉戏莫相忘。」出门登车去，涕落百馀行。府吏马在前，新妇车在后。隐隐何甸甸，俱会大道口。下马入车中，低头共耳语：「誓不相隔卿，且暂还家去。吾今且赴府，不久当还归，誓天不相负。」新妇谓府吏新妇归家阿母怒一层：「感君区区怀。君既若见录，不久望君来。君当作盘石，妾当作蒲苇，蒲苇纫如丝，盘石无转移。我有亲父母，性行暴如雷。恐不任我意，逆以煎我怀。」举首长劳劳，二情同依依。

入门上家堂，进退无颜仪。阿母大拊掌：「不图子自归？十三教汝织，十四能裁衣，十五弹箜篌，十六知礼仪，十七遣汝嫁，谓言无誓违。汝今何罪过〔十五〕，不迎而自归？」兰芝惭阿母：「儿实无罪过。」阿母大悲摧阿母悲为第二层。还家十馀日，县令遣媒来县令遣媒妇不许为第一层。云「有第三郎，窈窕世无双。年始十八九，便言多令才。」阿母谓阿女：「汝可去应之。」阿女含泪答〔十六〕：「兰芝初还时，府吏见丁宁，结誓不别离。今日违情义，恐此事非奇。自可断来信，徐徐更谓之。」阿母白媒人：「贫贱有此女，始适还家门，不堪吏人妇，岂合令郎君。幸可广问讯，不得便相许。」媒人去数日，寻遣丞请还太守郎君议婚，阿兄逼迫新妇许之，为第二层。说「有兰家女〔十七〕，承籍有宦官」，云「有第五郎，娇逸未有婚。遣丞为媒人，主簿通语言」。直说「太守家，有此令郎君。既欲结大义，故遣来贵门。」阿母谢媒人：「女子先有言，老姥岂敢言。」阿兄得闻之，怅然心中烦。举言谓阿妹：「作计何不量？先嫁得府吏，后嫁得郎君。否泰如天地，足以荣汝身。不嫁义郎体，其往欲何云〔十八〕？」兰芝仰头答：「理适如兄言。谢家事夫婿，中道还兄门。处分适兄意，那得自任专。虽与府吏要，渠会永无缘。登即相许和，便可作婚姻。」媒人下床去，诺诺复尔尔。还部白府君：「下官奉使命，言谈大有缘。」府君得闻之，心中大欢喜。视历复开书，便利此月内。六合正相应，良吉三十日。「今已二十七，卿可去成婚。」交语速装束，络绎如浮云。青雀白鹄舫，四角龙子幡。婀娜随风转，金车玉作轮。踯躅青骢马，流苏金镂鞍。赍钱三百万，皆用青丝穿。杂彩三百疋，交广市鲑珍。从人四五百，郁郁登郡门。阿母谓阿女：「适得府君书，明日来迎汝，何不作衣裳？莫令事不举。」阿女默无声，手巾掩口啼，泪落便如泻。移我琉璃榻，出置前窗下。左手持刀尺，右手执绫罗。朝成绣夹裙，晚成单罗衫。奄奄日欲暝，愁思出门啼。

府吏闻此变府吏复会新妇言逼迫不获已为第一层，因求假暂归。未至二三里，摧藏马悲哀。新妇识马声，蹑履相逢迎。怅然遥相望，知是故人来。举手拍马鞍，嗟叹使心伤：「自君别我后，人事不可量。果不如先愿，又非君所详。我有亲父母，逼迫兼弟兄。以我应他人，君还何所望。」府吏谓新妇：「贺卿得高迁。盘石方且厚，可以卒千年；蒲苇一时纫，便作旦夕间。卿当日胜贵，吾独向黄泉。」两人誓死为第二层。即新妇语诮之，乐府中多有此种章法。新妇谓府吏：「何意出此言。同是被逼迫，君尔妾亦然。黄泉下相见，勿违今日言。」执手分道去，各各还家门。生人作死别，恨恨那可论。念与世间辞，千万不复全。

府吏还家去府吏还家，阿母劝其勿死一层，上堂拜阿母：「今日大风寒，寒风摧树木，严霜结庭兰。儿今日冥冥，令母在后单。故作不良计，勿复怨鬼神。命如南山石，四体康且直。」阿母得闻之，零泪应声落：「汝是大家子，仕宦于台阁。慎勿为妇死，贵贱情何薄。东家有贤女，窈窕艳城郭。阿母为汝求，便复在旦夕。」府吏再拜还，长叹空房中，作计乃尔立。转头向户里，渐见愁煎迫。其日牛马嘶，新妇入青庐。奄奄黄昏后[十九]，寂寂人定初。「我命绝今日，魂去尸长留。」揽裙脱丝履，举身赴清池。府吏闻此事，心知长别离闻妇死乃死为第二层。徘徊顾树下[二〇]，自挂东南枝。两家求合葬，合葬华山旁。东西植松柏，左右种梧桐。枝枝相覆盖，叶叶相交通。中有双飞鸟，自名为鸳鸯。仰头相向鸣，夜夜达五更。行人驻足听，寡妇起彷徨。多谢后世人，戒之慎勿忘！

汉末建安中，庐江小吏焦仲卿妻刘氏，为仲卿母所遣，自誓不嫁，其家逼之，乃投水而死。仲卿闻之，亦自缢于庭树。时人伤之，为诗云尔［二一］。　起十字便截断。第三句便陡接，是古人法。先秦如《荀子》文，往往一句截断，陡接陡转。此法诗家不讲久矣。　此诗处处作两层，所以愈曲愈妙。此诗多闲处着墨，入情入理。如「新妇初来时，小姑始扶床」八句，何等闲逸，何等情至！而为妇之久，与奉姑之有礼，其小姑之不无谗言，新妇之怨而不怒，于此可见。「新妇起严妆」一段，不写在初嫁时，而写在被遣后，见新妇容止之姣艳，衣饰之光华，府吏情何能割。「青雀白鹄舫」一段，不写在府吏定妇时，而写在郎君定妇时，见妇不以豪华动其心，终与府吏结盘石之誓，为至情也。　前云「闻此变」，后云「闻此事」，「变」在意外，「事」在意中。「断」犹段也，分段也。「禄」福也，言相原福薄。「下心意」，犹云且放下了心也。「初七」、「下九」，想休息之日也。「隐隐」，车声。「甸甸」盛也。「耳语」，附耳小语也。兰芝，妇名。彩绣错杂而下垂谓之「流苏」。「冥冥」，昏暗也。「单」，孤单也。「不良计」，谓死也。奄奄，光暗淡貌。

【校记】

［一］诗题《乐府诗集》卷七三作《焦仲卿妻》。

［二］「贱妾」、「相见」二句　同上书及《玉台新咏》卷一无。

［三］三二年　《乐府诗集》作「二三年」。

［四］遣去　去，《诗纪》卷七作「之」。

［五］报府　《诗纪》作「赴府」。

［六］自生光　《艺文类聚》卷三二引作「金缕光」。

［七］「箱帘」句　同上书作「交文象牙簟」。

［八］「绿碧」句　同上书作「宛转素丝绳」。

［九］「人贱」句　同上书作「鄙贱虽可薄」。

［十］不足　同上书作「犹中」。

［十一］遗施　遗，《乐府诗集》、《玉台新咏》均作「遣」。

［十二］拜　《乐府诗集》作「谢」。

［十三］阿母怒　同上书作「母听去」。

［十四］「小姑始扶床」及下句　《乐府诗集》、宋本《玉台》均无此二句。又，《汉诗》卷十本篇下逯钦立案：「新妇初来时」下，《诗纪》有「小姑始扶床，今日被驱遣」二句，此后人所妄增……「始扶床」之小姑，三二年后亦不能与兰芝等长。」

［十五］何　《乐府诗集》作「无」。

［十六］含　《玉台新咏》作「衔」。

［十七］说　《乐府诗集》作「谁」。

［十八］往　同上书作「住」。
［十九］奄奄　《玉台新咏》作「庵庵」。
［二〇］顾树下　顾，《乐府诗集》作「庭」。
［二一］此段系吴氏摘自《乐府诗集》本篇题解。

饮马长城窟行［一］

蔡　邕［二］

青青河边草［三］，绵绵思远道。远道不可思，宿昔梦见之［四］。梦见在我旁一句一转，忽觉是他乡。他乡各异县，展转不可见［五］。枯桑知天风宕开？海水知天寒？入门各自媚，谁肯相为言［六］。客从远方来对面着夂，遗我双鲤鱼［七］。呼童烹鲤鱼［八］，中有尺素书。长跪读素书，书中竟何如［九］？上有加餐食［十］，下有长相忆［十一］「长相忆」、「思远道」紧对。

「枯桑知天风」，言枯桑无叶，安知天风；「海水知天寒」，言海水不冰，那知天寒，谓彼地之风寒，惟我独知之。「入门」二句，言他人夫妇聚首，各自相媚，谁肯念我之苦乎？　「客从」以下，得夫信之谆谆，虽可自慰，其实情浓意厚，愈增绵绵之思。　鱼腹中安得有书，古人喻隐密也，鱼沉潜之物，故云。　尺素，绢也。古人为书，多书于绢。　闺人怀远，借「饮马长城窟」为题，故篇中不必切定饮马长城窟也。

【校记】

［一］本诗，《乐府诗集》卷三八列为《相和歌辞·瑟调曲》。有题解云：「一曰《饮马行》。长城，秦所筑以备胡者。其下有泉窟，可以饮马。古辞云：『青青河畔草，绵绵思远道』，言征戍之客，至于长城而饮其马，妇人思念其勤劳，故作是曲也。」
［二］作者，上书及《文选》卷二七均未列，只注明「古辞」二字。《玉台新咏》卷一作「蔡邕」，此从之。
［三］河边　边，《乐府诗集》、《艺文类聚》卷四一均作「畔」。
［四］宿昔　宿，《文选》作「夙」。
［五］不可　可，《玉台新咏》、《乐府诗集》均作「相」。
［六］为言　《艺文类聚》作「与言」。
［七］遗　《太平御览》卷九三六作「赠」。
［八］童　《文选》、《乐府诗集》均作「儿」。
［九］书中竟何如　《白贴》卷十作「素书意何如」。中，《文选》作「上」。
［十］「上有」句　《乐府诗集》作「上言加餐饭」。
［十一］有　同上书作「言」。

悲愤诗［一］

蔡文姬

汉季失权柄，董卓乱天常，志欲图篡弑，先害诸贤良四句悲愤之原。逼迫迁旧邦，拥主以自强。

海内兴义师，欲共讨不祥。卓众来东下，金甲耀日光。平土人脆弱，来兵皆胡羌。猎野围城邑，所向悉破亡。斩绝无孑遗[二]，尸骸相穿拒[三]。马边悬男头，马后载妇女，长驱西入关，迥路险且阻。还顾邈冥冥，肝脾为烂腐。所略有万计，不得令屯聚。或有骨肉俱，欲言不敢语。失意几微间[四]，辄言毙降虏[五]。要当以亭刃，我曹不活汝。岂敢惜性命[六]，不堪其詈骂；或更加捶杖，毒痛参并下。旦则号泣行，夜则悲吟坐。欲死不能得，欲生无一可。彼苍者何辜，乃遭此戹祸！边荒与华异，人俗少义理。处所多霜雪，胡风春夏起[七]，翩翩吹我衣，肃肃入我耳。感时念父母，哀叹无终已[八]。有客从外来，闻之常欢喜。迎问其消息，辄复非乡里。邂逅徼时愿，骨肉来迎己。己得自解免，当复弃儿子。天属缀人心，念别无会期。存亡永乖隔，不忍与之辞。儿前抱我颈，问母欲何之[九]：「人言母当去，岂复有还时。阿母常仁恻，今何更不慈？我尚未成人，奈何不顾思？」见此崩五内，恍惚生狂痴。号呼手扶摩[十]，当发复回疑。兼有同时辈，相送告别离[十一]。慕我独得归，哀叫声摧裂。马为立踟蹰，车为不转辙。观者皆嘘欷，行路亦呜咽。去去割情恋，遄征日遐迈。悠悠三千里，何时复交会？念我出腹子，胸臆为摧败。既至家人尽，又复无中外。城郭为山林，庭宇生荆艾。白骨不知谁，从横莫覆盖。出门无人声，豺狼嗥且吠[十二]。茕茕对孤景，怛咤糜肝肺。登高远眺望，魂神忽飞逝。奄若寿命尽，旁人相宽大。为复强视息，虽生何聊赖！

托命于新人，竭心自勖励。流离成鄙贱，常恐复捐废。人生几何时，怀忧终年岁！

《后汉书》：文姬归董祀后，感伤乱离，追怀悲愤，作诗。段落分明，而灭去脱卸转接痕迹，若断若续，不碎不乱。少陵《奉先咏怀》、《北征》等作，往往似之。

【校记】

［一］本题共二章，此为第一章。按作者蔡琰，字文姬，东汉蔡邕之女，博学有才辨。兴平中，大乱，文姬为胡骑所获，归南匈奴左贤王。在胡十二年，生二子。后为曹操赎归，改嫁于董祀。因追怀悲愤而作此诗。

［二］斩绝　绝《后汉书·列女传·蔡琰》引作「截」，《广文选》卷九作「歼」。

［三］穿拒　穿，《后汉书》作「撑」。

［四］几微　几，同上书作「机」。

［五］言　《广文选》作「此」。

［六］敢　《诗纪》卷四作「复」。《后汉书》同。

［七］春夏　夏，《太平御览》卷八〇〇引作「夕」。

［八］终已　终，《后汉书》作「穷」。

［九］向母　母，同上书作「我」。

［十］号呼　呼，同上书作「泣」。

［十一］别离　同上书作「离别」。

[十二]嗥　同上书作「号」。

杂诗二首

曹　丕

漫漫秋夜长，烈烈北风凉。展转不能寐，披衣起彷徨。彷徨忽已久，白露沾我裳。俯视清水波，仰看明月光。天汉回西流，三五正从横。草虫鸣何悲，孤雁独南翔。郁郁多悲思[一]，绵绵思故乡。愿飞安得翼，欲济河无梁。向风长叹息，断绝我中肠。

西北有浮云，亭亭如车盖[二]。惜哉时不遇，适与飘风会。吹我东南行，行行至吴会[三]。吴会非我乡，安得久留滞[四]？弃置勿复陈，客子常畏人。

兴致不一，故云杂诗。　二诗以自然为宗，言外有无穷悲感。

【校记】

[一]悲思　《艺文类聚》卷二七作「愁思」。

[二]亭亭　杜公瞻《编珠》卷一引作「团团」。

[三]行行　《文选》卷二九作「南行」。

[四]安得　得，同上书作「能」。

吁嗟篇[一] 乐府

曹 植

吁嗟此转蓬点明「蓬」字，居世何独然！长去本根逝虚点「飞」字，宿夜无休闲[二]。东西经七陌，南北越九阡二句从横处说。卒遇回风起，吹我入云间云间、沉泉从直处说；自谓终天路，忽然下沉泉[三]。惊飙接我出[四]，故归彼中田。当南而更北四句从无定处说，谓东而反西；宕宕当何依，忽亡而复存[五]。飘飖周八泽八泽、五山从广远处说，连翩入五山[六]。流转无恒处，谁知吾苦艰？愿为中林草，秋随野火燔。糜灭岂不痛，愿与根荄连[六]。

咏飞蓬也。《选诗拾遗》直作《飞蓬篇》。　通篇无一闲句，章法次序，一丝不乱，真《三百篇》之遗也。又妙在「回风」、「惊飙」二句，不然方东西南北横行，何以上下也；已「沉泉」矣，何以忽东西存亡也，不乃脱支节乎？　飙，音标

【校记】

[一] 诗题，《三国志·魏志·曹植传》「时年四十一」裴松之注引作《琴瑟调歌》。《乐府诗集》卷三三引《乐府解题》曰：「曹植拟《苦寒行》作《吁嗟》」。

[二] 宿　同上二书均作「夙」。

[三] 沉泉　泉，同上二书均作「渊」，又「忽然」《三国志》注引作「忽焉」。

[四] 复存　复，《广文选》卷十三作「反」。

［五］入　《三国志》注引作「历」。

［六］根荄　《乐府诗集》注原作「林叶」。

野田黄雀行乐府［一］　　曹　植

高树多悲风，海水扬其波。利剑不在掌，结交何须多［二］。不见篱间雀，见鹞自投罗。罗家得雀喜，少年见雀悲。拔剑捎罗网，黄雀得高飞［三］。飞飞摩苍天，来下谢少年。

以风波之势，相助而成兴起，故接言无権不能救援，结交虽多，亦奚益也。下言人之能救援者，托之黄雀以见意。拔剑则剑在掌矣，紧相应。　捎，所交反，掠也。

【校记】

［一］此题，《乐府诗集》卷三九列为相和歌辞，共三首，此为其中第三首。

［二］结交　同上书作「结友」。

［三］得　同上书作「能」。

赠王粲古诗　　曹　植

端坐苦愁思，揽衣起西游。树木发春华，清池激长流。中有孤鸳鸯，哀鸣求匹俦。我愿执此鸟，惜哉无轻舟。欲归忘故道归字应游字，顾望但怀愁倒叙。悲风鸣我侧，羲和逝不留。重阴润万物，何惧泽不周。谁令君多念，自使怀百忧[一]。

王仲宣以西京扰乱，乃依刘表于荆州。表卒，劝其子琮归魏，是其心已先有向魏之思矣。子建此诗，盖亦招之使来也，托言我方西游，适见鸳鸯之哀鸣求侣者，意欲执之而无从，因顾望而不可得，所以怀愁而忘归道。忘道，故归来已晚。值此悲风号而羲和逝，隐喻汉祚之微，已莫可挽，而重阴润物，则太祖之恩泽，又未始不广被焉。其足倚赖如此，所以慰之使勿忧也。其劝之来归意，自溢于言表。

【校记】

[一]自使　自，《曹植集》卷五作「遂」。

杂诗古诗

王　粲

日暮游西园，冀写忧思情[一]。曲池扬素波，列树敷丹荣。上有特栖鸟，怀春向我鸣。褰衽欲从之，路险不得征。徘徊不能去不能去亦即前首欲归意，伫立望尔形。风飙扬尘起，白日忽已暝。回身入空房，托梦进精诚[二]。人欲天不违，何惧不合并！

想仲宣在荆州时，得子建寄赠之作，而以此酬之，故虽以杂诗名篇，而意实相合。其谓「特栖鸟」，盖亦喻子建也。褰裳欲往，意若飞动，而尘扬日冥，世运可知。至欲托梦通诚，而料其必合，则其归魏之心，固已决然矣。　与前首赠诗，句句相应，合读，方得二诗之解。

【校记】

［一］冀写　《文选》五臣注本卷二九作「写我」。

［二］进　本集卷一作「通」。

汉魏七言杂体

四六言，长短句，有「兮」字，俱是汉魏古体，总归之七言杂体。

柏梁诗

元鼎二年，柏梁台成。元丰三年，诏群臣能七言诗者乃得上坐，于是各咏其职为句。

汉武帝等

日月星辰和四时武帝，骖驾驷马从梁来梁王。郡国士马羽林材大司马，总领天下诚难治丞相，和抚四夷不易哉大将军。刀笔之吏臣执之御史大夫，撞钟伐鼓声中诗太常。宗室广大日益滋宗正，周卫交戟禁不时卫尉。总领从官柏梁台光禄勋，平理清谳决嫌疑廷尉，修饰舆马待驾来［一］太仆。郡国吏功差次之大鸿胪，乘舆御物主治之少府。陈粟万石扬箕大司农，徼道宫下随讨治执金吾。三辅盗贼天下危左冯翼，盗隔南山为民灾[二]右扶风。外家公主不可治京兆尹，椒房率更领其材詹事。蛮夷朝贺常舍其[三]典属国，柱枅欂栌相扶持大匠。批把橘栗桃李梅大官，走狗逐兔张罘罳上林令。齧妃女唇甘如饴郭舍人，迫窘诘屈几穷哉东方朔。起结二句更出色。

篇中多君臣相警戒语，犹见三代遗风。　七言诗句法实难，此诗句句锤炼而成烂熟。口头自然，出语老健，故取为七言压卷。七言前人已有，或谓自《柏梁台》始，不然也。齐梁诗人，多效其体，而气骨远不能及。　汉「羽林军」，言其为国羽冀，如林之盛。　羽林材官，取三辅良家之子，自给鞍马。　汉韦彪为大鸿胪时，陈事者，多言郡国贡举，率非功次，故守职益懈，而吏士凌迟，彪上书曰：忠孝之人，持心近厚，锻炼之吏，持心近薄，然要归于选二千石，二千石贤，则贡举皆得其人[四]。　汉执金吾，即秦之中尉，掌缴循，所谓游缴循，禁备盗贼也。　右扶风，左冯翼，京兆尹：是为「三辅」，皆治长安城中。　外家，外戚也。　詹事，掌皇后、太子家。　率更令，属詹事。　舍，止宿也，其指蛮夷。　朔善谐谑，末语盖谑语也。　从官，一作「从宗」今依《初学记》正之。　枅，音鸡，屋栋也。　柱上柎曰「欂栌」。　罘罳，顾宁人谓本作置罘，罘为扶之反，古人本音如此。

【校记】

[一]「修饰」句　修饰，《初学记》卷十二引作「牧式」。又「驾」作「警」。

［二］盗隔　隔，《汉诗》卷一作「阻」。
［三］舍其　舍，同上书作「会」。
［四］此见《汉书·韦彪传》。

秋风辞［一］歌谣辞

汉武帝

秋风起兮白云飞兴起，草木黄落兮雁南归［二］。兰有秀兮菊有芳转开，怀佳人兮不能忘。［三］。泛楼船兮济汾河实写，横中流兮扬素波。箫鼓鸣兮发棹歌。欢乐极兮哀情多，少壮几时兮奈老何缴转！

一起便是悲秋忧老，结点破缴转。三、四转开，乃慕长生之仙人也。婉恻细秀，俨然文士之作。「秋风起兮白云飞」出自「大风起兮云飞扬」［四］；「兰有秀兮菊有芳，怀佳人兮不能忘」，出自「沅有芷兮澧有兰，思君子兮未敢言」［五］，俱有书卷气。

【校记】

［一］诗题，《乐府诗集》卷八四引《汉武帝故事》曰：「帝行幸河东，祠后土。顾视帝京，忻然中流，与群臣饮宴，帝欢甚，乃自作《秋风辞》。」
［二］黄落　《太平御览》卷五七〇作「摇落」。

［三］怀佳人　怀，同上书作「携」。
［四］此出汉高祖《大风歌》
［五］此出《楚辞·九歌·湘夫人》

歌一首［一］歌谣辞

李延年

北方有佳人，绝世而独立。一顾倾人城，再顾倾人国倾城倾国甚之之词，深一层。宁不知倾城与倾国［二］此句作一折，佳人难再得正意。

《汉书》：李延年，性知音律，善歌舞，武帝爱之。延年起舞而歌云云，上叹息曰：世岂有此人乎？平阳主因言延年有女弟。上召见之，妙丽善舞，由是得幸［三］。　汉诗正意多在末句。

【校记】

［一］诗题，《乐府诗集》卷八四作《李延年歌》。
［二］宁不知　《玉台新咏》卷一无此三字。
［三］此见《汉书·外戚传·李延年》。

招商歌[一] 歌谣辞

汉灵帝

凉风起兮日照蕖，青荷昼偃叶夜舒，惟日不足乐有馀。清丝流管歌《玉凫》，千年万岁嘉难逾。

七言诗如此好句，亦不可多得。　时南国献夜舒荷，其叶昼卷夜舒。　玉凫，曲名。

【校记】

[一]诗题，《汉诗》卷六引《拾遗记》卷六曰：「灵帝初平三年，游于西园，起裸游馆千间，采绿苔而被阶，引渠水以绕砌，周流澄澈，乘船游漾，选玉色宫人执篙楫，又奏《招商之曲》以来凉风。」

四愁诗并序[一]。七言古。

张衡

张衡不乐久处机密，阳嘉中，出为河间相。时国王骄奢，不遵法度；又多豪右并兼之家。衡下车，治威严，能内察属县，奸猾行巧劫，皆密知名，下吏收捕，尽服擒，诸豪侠游客，悉惶惧逃出境，郡中大治，争讼息，狱无系囚。时天下渐弊，郁郁不得志，为《四愁诗》，效屈原以美人为君子，以珍宝为仁义，以水深雪雰为小人，思以道术相报，贻于时君，而惧谗邪不得以通。其辞曰：

我所思兮在太山[二]，欲往从之梁父艰，侧身东望涕沾翰。美人赠我金错刀，何以报之英琼瑶[三]。路远莫致倚逍遥，何为怀忧心烦劳[四]。

李善注：翰，笔也。五臣注：翰，衣襟也，言如鸟之有羽翰。梁父，小山名。

我所思兮在桂林[五]欲往从之湘水深，侧身南望涕沾襟。美人赠我金琅玕[六]，何以报之双玉盘。路远莫致倚惆怅，何为怀忧心烦伤[七]。

我所思兮在汉阳[八]，欲往从之陇坂长，侧身西望涕沾裳。美人赠我貂襜褕[九]，何以报之明月珠。路远莫致倚踟蹰，何为怀忧心烦纡。

《说文》：直裾谓之襜褕。今护膝也。

我所思兮在雁门[十]，欲往从之雪纷纷，侧身北望涕沾巾。美人赠我锦绣段，何以报之青玉案。路远莫致倚增叹。何为怀忧心烦惋。

五臣注：玉案，美器，可以致食。杨用修云：案，古碗字。心烦纡郁，低徊情深，风骚之变格也。少陵《七歌》原于此，而不袭其迹，最善脱化。

【校记】

[一]「序」，《汉诗》卷八逯钦立案：「此序乃后人伪托，而非衡所作，王观国《学林》辨之甚详。」

[二]此句前，同上书有「一思曰」三字。

[三]英　同上书注一作「双」，一作「美」。

［四］何为怀忧心烦劳　为，《艺文类聚》卷三五作「以」；又「忧」作「愁」。
［五］此句前《汉诗》有「二思曰」三字。
［六］金　《玉台新咏》卷九作「琴」，《艺文类聚》作「翠」。
［七］伤　《玉台新咏》作「快」。
［八］此句前《汉诗》有「三思曰」三字。
［九］襜褕《太平御览》卷七〇八作「氍毹」。
［十］此句前《汉诗》有「四思曰」三字。

盘中诗［一］古诗

苏伯玉妻

山树高，鸟鸣悲。泉水深，鲤鱼肥。空仓鹊，常苦饥。吏人妇，会夫稀。出门望，见白衣。谓当是，而更非。还入门，中心悲。北上堂，西入阶。急机绞，杼声催。长叹息，当语谁。君有行，妾念之。出有日，还无期。结巾带，常相思。君忘妾，未知之；妾忘君，罪当治。妾有行，宜知之。黄者金，白者玉；高者山，下者谷。姓者苏，字伯玉。人才多，智谋足。家居长安身在蜀，何惜马蹄归不数。羊肉千斤酒百斛，令君马肥麦与粟。今时人，知四足。与其书，不能读，当从中央周四角。

起四句是兴体。「宜知之」，则当念妾而归矣，岂以君之才智而竟不知邪？不然，何其归之不数也。

「黄者金」四句，似喻非喻，插入绝妙。「家居长安」四句，句法亦七言所罕。「四足」未详，疑四行直下之谓，犹今之八行书也。一本「知四足」作「智不足」，近是。

【校记】

［一］宋严羽《沧浪诗话·诗体》：「《盘中》，《玉台集》有此诗，苏伯玉妻作，写之盘中，屈曲成文也。」郭绍虞校释引《四库提要》曰：「苏伯玉妻盘中诗，《诗纪》作汉人，固谬；宋本《玉台新咏》列于傅奕休诗后，不别题苏伯玉妻，乃嘉定间陈玉父刻本，偶佚其名。观《沧浪诗话》称苏伯玉妻有此体，见《玉台集》，则严羽所见之本，实题伯玉妻名。」

乌生乐府相和曲［一］

无名氏

乌生八九子，端坐秦氏桂树间。唶！我秦氏家有游遨荡子，工用睢阳强，苏合弹，左手持强弹两丸，出入乌东西。唶！我一丸即发中乌身，乌死魂魄飞扬上天。阿母生乌子时，乃在南山岩石间。唶！我人民安知乌子处，蹊径窈窕安从通？白鹿乃在上林西苑中，射工尚复得白鹿脯。唶！我黄鹄摩天极高飞，后宫尚复得烹煮之［二］；鲤鱼乃在洛水深渊中，钓钩尚得鲤鱼口。唶！我人民生各各有寿命，死生何须复道前后。

词体本之乐府，多有平仄间叶者。　唶，因责，叹声。善其事曰「工」。睢阳，地名。强，弓有力也。

本言「阿母生乌子，原在南山岩石间，而来为秦氏弹丸所杀」，却将「阿母生乌子」一段叙在乌毙之后，起言「乌生八九子」只伏一句，便即撇开。鹿鹄鲤鱼，本是衬笔，却叙在后，深一层以足其气，结乃见出本意，章法离奇错落，意味亦极深厚。李杜歌行，多从此种脱化。　此诗疑当时有忧思畏祸，退怯不前者，故作此以广其意，言乌因出而被害，鹿鹄鲤鱼，虽与乌之始生同其深藏，亦不能免，可见死生前后各有寿命，非人之所能为也，亦尽其在我以听于天可耳。

【校记】

［一］诗题，《乐府诗集》卷二八解题曰：「一曰《乌生八九子》。」

［二］尚复　尚，原误作「高」，据上书改。

小麦童谣 歌谣辞［一］

无名氏

小麦青青大麦枯［二］，谁当获者妇与姑，丈夫何在西击胡［三］。吏买马，君具车，请为诸君鼓咙胡。

丈夫从军，获麦者但有妇女。「吏买马，君具车」者，言调发重及有秩者也。「请为诸君鼓咙胡」者，不敢公言，私咽语也。　鼓，动也。咙胡，喉吭也。

【校记】

［一］诗题，《乐府诗集》卷八八作「后汉桓帝初小麦童谣」，又引《后汉书·五行志》解题曰：「桓帝之初，天下童谣。按元嘉中，凉州诸羌一时俱反，南入蜀、汉，东抄三辅，延及并、冀，大为民害。命将出征，每战常负，中国益发甲卒，麦多委弃，但有妇女获刈之也。」

［二］小　《玉台新咏》卷八作「大」，又下「大」作「小」。

［三］丈夫　夫，《后汉书》作「人」。

城上乌童谣［一］

无名氏

城上乌，尾毕逋［二］。公为吏，子为徒［三］。一徒死，百乘车。车班班，入河间［四］。河间姹女工数钱［五］，以钱为室金为堂［六］，石上慊慊舂黄粱［七］。梁下有悬鼓［八］，我欲击之丞相怒［九］。

乌，贪残之鸟。「城上乌」，喻君居高位也。毕，尽也。逋，亡也。言乌尽无尾，喻君之无后嗣也。「公为吏，子为徒」，言蛮夷将叛，父既为军吏，子又为卒徒也。「一徒死，百乘车」，言卒人往讨胡已死，后又遣百乘往征也。「车班班，入河间」，言桓帝将崩，乘舆班班，入河间迎灵帝也。「河间姹女」二句，言灵帝既立，其母永乐太后好聚金钱以为堂也。「石上」句，言后虽积金钱，慊慊常若不足，使吏民舂黄粱以食之也。「梁下」二句，言后教帝使卖官受钱，所禄非其人，天下忠笃之士怨望，欲击鼓以求见丞相，主鼓者亦复谄顺，怒而目我也。　「河间姹女」三句，句法亦佳。　黄粱，腐粟也。

【校记】

〔一〕诗题前，《乐府诗集》卷八八有「桓帝初」三字。

〔二〕此句下《初学记》卷三〇有「一年生九雏」一句。

〔三〕子　同上书作「儿」。

〔四〕入　《玉台新咏》卷九作「至」。

〔五〕工　同上书作「至」。

〔六〕以钱　《艺文类聚》卷四三作「银」，无「以」字。

〔七〕慊慊　上书作「朊朊」。

〔八〕悬鼓　上书无「悬」字。

〔九〕丞相　相，《乐府诗集》作「卿」。

临高台乐府铙歌曲〔一〕

无名氏

临高台以轩，下有清水清且寒。江有香草目以兰，黄鹄高飞离哉翻。关弓射鹄，令我主寿万年。收中吾〔二〕。

「江有香草」二句，句法精炼而润。「收中吾」三字未详，想是曲之馀音，如「羊无夷」、「伊拉河」、「妃呼稀」之类。　离，参差貌。　香草，喻君子。黄鹄，喻小人。言君子在下，小人高举得志，必射去之，令我君享无疆之福也。一说以为臣颂君之词，似不若此解之明快。

【校记】

[一] 诗题后，《乐府诗集》卷十六引《乐府解题》曰：「古词言……但言临望伤情而已。」

[二] 收中吾　上书注云：「当是表声字。」又注「吾」一作「吉」。

朱鹭乐府铙歌曲[一]

无名氏

朱鹭，鱼以乌。路訾邪[二]，鹭何食？食茄下。不之食，不以吐，将以问诛者[三]。

《禽经》曰：「朱鸢不攫肉，朱鹭不食鱼。」朱鹭，禽之至仁者，如麟凤之属，故王者画于鼓上，以存不轻杀之意。　乌，古「顾」字。　路，「鹭」字省文，观古碑可见。　茄，宜作「蕸」，荷叶也。　「朱鹭」二字为句。「鱼以乌」，言鱼顾鹭也。「路訾邪」，訾，算也，言鱼顾鹭，有筹算欲食之状也。「鹭何食，食茄下」，言见鹭之所食者为何，但食水中荷叶之类。「不之食」之，犹此也，言不食此鱼也。「不以吐」，言凡鹭食鱼，吞而复吐乃食；鱼为朱鹭所不食，故亦不以吐也。　此盖王者征伐有罪，不残杀其民，但问诛有罪而止，故曰「将以问诛者」。

【校记】

［一］本诗，《乐府诗集》卷十六列为汉铙歌。

［二］路訾邪　上书注：「表声字，当与曲辞有别。」

［三］诛　上书注一作「谏」。

思悲翁乐府铙歌曲

无名氏

思悲翁，唐思夺我美人韵。侵以遇悲翁也，但我思蓬首，狗逐狡兔食交君［一］韵。枭子五，枭母六换韵，拉沓高飞暮安宿韵。

思悲翁，谓战士之可悲者。汉诗多自铸语，如「平陵东之义公」，「义公」二字亦自铸出。「唐思夺我美人」，唐突也，言寇突思掠我妇女也。「侵以遇悲翁也」，谓侵我而即遇悲翁，唯我悲翁能御寇也。「但我思蓬首」，言悲翁虽能御寇，以全我妇女，但我思悲翁家中妇女，自悲翁出征，必首如飞蓬也，此悲翁之所以可悲也。　「狗逐狡兔食交君」，言翁之御寇，如狗逐兔，不食必交其主；翁获贼，亦必献之于君也。「枭子五，枭母六，拉沓高飞暮安宿」，言寇既败，则巢穴不得保，子母不能全，如穴蚁欲何逃之意。　此言悲翁功成，乃可安居也。　通篇分两断看。

【校记】

［一］以上各句，《乐府诗集》卷十六标点为：「思悲翁，唐思，夺我美人侵以遇。悲翁也，但我思。蓬首狗，逐狡兔，食交君。」

淮南王篇乐府拂舞歌诗［一］

无名氏

淮南王，自言尊，百尺高楼与天连。后园凿井银作床，金瓶素绠汲寒浆。汲寒浆，饮少年，少年窈窕何能贤。扬声悲歌音绝天。我欲渡河河无梁，愿化黄鹄还故乡［二］。还故乡，入故里，徘徊故乡，苦身不已。繁舞奇声无不泰［三］，徘徊桑梓游天外。

此曲所以警诫列国之辞，当以淮南王为鉴也，前言其尊大，次言其僭侈，次言其与八公徒为乱可悲。自「我欲渡河」以下，意义似不相属，齐拂舞第五曲用之而删其下半。淮南王因欲为乱，事败出逃，故后半言王虽悔而欲返，已不可得，因想此时即繁杂之舞、奇零之声，皆足自乐，与其徘徊故乡，不若游天外之适然。解亦可通。

【校记】

［一］诗题后，《乐府诗集》卷五四引崔豹《古今注》曰：「《淮南王》，淮南小山之所作也。淮南王服食求仙，遍礼方士，遂与八公相携俱去，莫知所往。小山之徒，思恋不已，乃作《淮南王曲》焉。」又引《汉武帝故事》：淮南王安好神仙，招方术之士，能为云雨，百姓传云：「淮南王得天子，喜无极。」帝心恶之，使觇王，云：「能致仙人，与共游处，变

化无常，又能隐形飞行，服气不食。」帝闻而喜，欲受其道，王不肯传。帝怒，将诛焉。王知之，与群臣出，不知所之。

［二］化黄鹄　化，同上书注一作「作」。

有所思 乐府铙歌曲

无名氏

有所思，乃在大海南。何用问遗君？双珠玳瑁簪，用玉绍缭之。闻君有他心，拉杂摧烧之。摧烧之，当风扬其灰。从今已往，勿复相思。相思与君绝，鸡鸣狗吠。兄嫂当知之。妃呼豨！秋风肃肃晨风飔，东方须臾高知之。

遗，赠也。问，即「杂佩以问之」之「问」。此重字助句之法，如唐诗之「舟船」、「忆念」之类。绍，绕也。缭，绕也，谓装饰其簪也。拉，拆。摧，败也。言君有异心，我则将所欲遗者拆毁而烧之，且扬其灰也。相思因此而绝矣。若要再来，则鸡狗鸣吠，兄嫂知之不便。「妃呼豨」三字，疑是叹辞。「秋风」二句，言秋风当将旦之候，有严肃之气，且日将高矣，有所行动，皆在照临之下，岂有不知者乎？此盖始而相亲，中道相弃而拒绝之词。

上邪 鼓吹曲辞

无名氏

上邪，我欲与君相知，长命无绝衰。山无陵，江水为竭，冬雷震震夏雨雪，天地合，乃敢与君绝。

上，谓主上。邪，语未定之辞，盖呼君而告之也。邪，音耶，篇中另叶。「山无陵」下共五事，重叠言之，而不见其排，何笔力之横也。

东门行乐府瑟调曲[一]

无名氏

出东门，不顾归。来入门，怅欲悲。盎中无斗储，还视桁上无悬衣一解。拔剑出门去，儿母牵衣啼[二]。他家但愿富贵，贱妾与君共餔糜二解[三]。共餔糜，上用沧浪天故，下为黄口小儿[四]。今时清廉，难犯教言，君复自爱莫为非。今时请廉，难犯教言，君复自爱莫为非。三解。行[五]吾去为迟，平慎行，望君归四解。

首四句言已出复归，一入门，而心已悲。「盎中」二句，正悲其无衣无食也。「拔剑出门去」，言发愤而之四方，将有所为也。「儿女牵衣啼」当作「儿母」，妻也。以下皆妻言。「他家」二句，言当安贫也。下嘱语，皆有安贫意。「上用沧浪天故」，言青天不可欺。「下如黄口儿」指其儿女而言。「今时清廉，难犯教言」，言法令不可犯也。「君复自爱莫为非」，言当以礼持身，不可为非，不欺其天，以为我儿女也，又重言以谆属之。「行，吾去为迟」，迟迟其行。恋恋不舍也。「平慎行，望君归」，纯是劝勉属望之意，与「鸡鸣昧旦」相同。通首分四解。乐府有「解」者，自是歌调中节奏，如竹之有节，统之则为一竿，分之则有数节，合之实为一竹。　盎，盆也。凡男女始生为「黄」。二十一为「丁」，至今造人丁黄册，本此。　一本首句五字，次句七字，亦通，然不如分作四句之句适而韵叶也。

【校记】

［一］诗题后，《乐府诗集》卷三七《乐府解题》曰：「言士有贫不安其居者，拔剑将去，妻子牵衣留之，愿共餔糜，不求富贵，且曰今时清，不可为非也。」

［二］儿母　母，他本均作「女」。

［三］「二解」二字原置「黄口小儿」下，据《乐府诗集》移动。

［四］「故」字，同上书属上句。

西门行乐府瑟调曲［一］

无名氏

出西门，步念之。今日不作乐，当待何时一解？夫为乐，为乐当及时。何能坐怫郁，当复待来兹二解。饮醇酒，炙肥牛，请呼心所欢，可用解愁忧［二］三解。人生不满百，常怀千岁忧。昼短而夜长［三］，何不秉烛游［四］四解！自非仙人王子乔，计会寿命难与期。自非仙人王子乔，计会寿命难与期五解。人寿非金石，年命安可期。贪财爱惜费，但为后世嗤六解。

因出西门而见夕阳将没，以自伤其日暮途穷也。五言《陌上桑》、《羽林郎》及瑟调之《东门行》、《西门行》等诗，有情有致，使学者有径路可入，的是诗家正宗，才人鼻祖，最宜熟玩。通首分六解。「步念之」，步步想念之。盖心有愁忧也，故欲借酒以宽解之。

【校记】

［一］本诗，《乐府诗集》卷三七注此曲「晋乐所奏」。

［二］愁忧　《诗纪》卷六作「忧愁」。

［三］而夜长　而，同上书作「苦」。

［四］此句下《宋书・乐志》注云：一本「烛游」后作「去之如云除，弊车羸马为自推」，无「自非」下四十八字。

悲歌［一］

无名氏

悲歌可以当泣，远望可以当归。思念故乡，郁郁累累。欲归家无人，欲渡河无船。心思不能言，肠中车轮转。

起最矫健，李太白诗或有之。

【校记】

［一］此诗，《乐府诗集》卷六二列入「杂曲歌辞」题作《悲歌行》。

箜篌引 乐府相和曲［一］

无名氏

公无渡河，公竟渡河。堕河而死［二］，当奈公何！

只四语，千回百转，万古绝调。四言断句，当推此为第一。　此为妇人语夫之辞。　后人之用乐府题为题者，直当代其人而措辞，若与古辞本意不合，便为失体。　朝鲜津卒霍子高，见狂夫渡河，妻止之不及，遂溺死。子高归，告妻丽玉。丽玉遂引箜篌以写其声，因以其曲传邻女丽容，名曰「箜篌引」［三］

【校记】

［一］诗题，《文苑英华》诗卷二一〇作《公无渡河》。

［二］堕河　堕，《文选补遗》卷三四作「坠」。

［三］此段摘自《乐府诗集》卷二六引崔豹《古今注》。

薤露 相和曲［一］

无名氏

薤上露［二］，何易晞［三］。露晞明朝更复落［四］，人死一去何时归［五］！

《古今注》：《薤露》、《蒿里》二诗，本出田横门人，横自杀，门人伤之，为作悲歌二章。孝武时，李延年分为二曲，《薤露》送王公贵人，《蒿里》送士大夫庶人，使挽柩者歌之，亦谓之挽歌［六］。

【校记】

[一]诗题，《汉诗》卷九注一作《泰山吟行》。

[二]露 《初学记》卷十四引作「朝露」。

[三]何易 《白帖》卷一作「朝日」。

[四]露晞 《太平御览》卷九七七引无此二字。

[五]一去 同上书引无此二字。

[六]此段出自《乐府诗集》卷二七引崔豹《古今注》。

蒿里曲相和曲

无名氏

蒿里谁家地，聚敛魂魄无贤愚。鬼伯一何相催促，人命不得少踟蹰。

《十九首》云：「圣贤莫能度。」此言「聚敛魂魄无贤愚」，读至此，使人意气都尽。要是汉人作诗，语皆断绝千古，不使后人更有可加。「聚敛」字，亦用得险峻。

短歌行乐府[一]

曹操

对酒当歌，人生几何？譬如朝露，去日苦多一解。慨当以慷，忧思难忘。何以解忧？唯有杜康二解。青青子衿，悠悠我心。但为君故，沉吟至今三解。呦呦鹿鸣，食野之苹。我有嘉宾，鼓瑟吹笙四解。明明如月，何时可掇？忧从中来，不可断绝五解。越陌度阡，枉用相存。契阔谈讌，心念旧恩六解。月明星稀，乌鹊南飞，绕树三匝，无枝可依[二]七解。山不厌高，水不厌深[六]。周公吐哺，天下归心八解。

《长歌行》、《短歌行》，是言人寿命长短，不是篇章之长短也。起句四字侧下。通首分八解。《乐府》去「青青子衿」四句，「越陌」四句，作六解。谓四句为一解则可，谓一解为一首则不可。曹公有大志，而功业未建，意欲延揽英雄，以图天下。首二解，忧事之不能及身而成。次二解，思得人以相助，沉吟，有不敢遽取之意。次二解，又申言心中之忧。掇，拾取也，言欲取之而未当其时，心中却未断绝也。「越陌度阡」，犹言思前想后。枉，曲也，曲以存之也。身虽与友人谈讌，而心实念天下，因有旧恩，不可即取也。末二解，言不取不可，欲取不能，唯有广收人才，以冀天下之归心耳。托周公以自比，正其所以欺世也。

【校记】

[一]诗题《乐府诗集》卷三〇引《乐府解题》曰：「《短歌行》，魏武帝『对酒当歌，人生几何』，晋陆机『置酒高堂，悲歌临觞』，皆言当及时为乐也。」

[二]无枝可依　同上书作「何枝可栖」。

短歌行乐府。此思亲之作[一]　曹丕

仰瞻帷幕，俯察几筵，其物如故，其人不存一解[二]。神灵倏忽，弃我遐迁。靡瞻靡恃，泣涕涟涟二解。呦呦游鹿，衔草鸣麑。翩翩飞鸟，挟子巢栖三解。我独孤茕，怀此百离，忧心孔疚，莫我能知四解。人亦有言，忧令人老，嗟我白发，生一何早五解！长吟永叹，怀我圣考。曰仁者寿，胡不是保六解！

【校记】

[一]题下注，他本无。诗题《乐府诗集》卷三〇引《古今乐录》注曰：王僧虔《技录》云：《短歌行》「仰瞻」一曲，魏氏遗令，使节朔奏乐，魏文制此辞，自抚筝而歌。歌者云「贵官弹筝」，贵官即魏文也。此曲声制最美，辞不可入宴乐。

[二]一解　原无，据《乐府诗集》卷三〇补。以下二、三、四、五、六解同。

善哉行乐府[一]　曹丕

上山采薇，薄暮苦饥。溪谷多风[二]，霜露沾衣[三]一解[四]。野雉群雊，猿猴相追。还望故乡，郁何垒垒二解！高山有崖[五]，林木有枝[六]。忧来无方，人莫之知[七]三解。人生如寄，[八]多忧何为。今我不乐，岁月如驰[九]四解。汤汤川流，中有行舟。随波转薄[十]，

有似客游五解。策我良马，被我轻裘。载驰载驱，聊以忘忧六解。

此诗客游之感，忧来无方，写忧剧深。末指客游似行舟，反以行舟似客游言之，措语既工复活。转薄，疑即回薄意，旋转之貌。

【校记】

[一]诗题，《艺文类聚》卷四一作《苦哉行》。此题共二首，此为其一。

[二]多风 《文选》卷二七作「多悲风」。

[三]沾衣 同上书作「沾我衣」。

[四]一解 原无，据《乐府诗集》卷三六补。下二、三、四、五、六解同。

[五]有崖 崖，《艺文类聚》作「林」。

[六]林木 林，上书作「崖」。

[七]之知 上书作「知之」。

[八]如寄 如，《宋书·乐志》引作「若」。

[九]如驰 如，同上书及《乐府诗集》作「其」。

[十]转薄 《文选》作「回转」，《艺文类聚》作「转泊」。

燕歌行乐府《广题》曰：燕，地名。言良人从役于燕，而为此曲。　曹　丕

秋风萧瑟天气凉，草木摇落露为霜［二］一解［三］。群燕辞归雁南翔［四］，念君客游思断肠［五］二解。慊慊思归恋故乡，君何淹留寄他方［六］三解？贱妾茕茕守空房，忧来思君不敢忘［七］四解。不觉泪下沾衣裳，援琴鸣弦发清商［八］五解。短歌微吟不能长，明月皎皎照我床六解。星汉西流夜未央，牵牛织女遥相望，尔独何辜限河梁七解？

和柔巽顺之意，读之油然相感。节奏之妙，不可思议。　句句用韵，掩抑徘徊。「短歌微吟不能长」，恰是□□其诗。

【校记】

［一］本诗，《乐府诗集》卷三二引《乐府解题》曰：「晋乐奏魏文帝『秋风』、『别日』二曲，言时序迁换，行役不归，妇人怨旷无所诉也。」

［二］摇落　摇《初学记》卷三引作「零」。

［三］一解　原无，据《乐府诗集》补；下二、三、四、五、六、七解同。

［四］辞归　辞，《艺文类聚》卷四二引作「争」。

［五］念君客游思断肠　念君，《乐府诗集》作「念吾」。「客游」，《艺文类聚》作「远游」；「思断肠」，《文选》卷二七作「多思肠」。

［六］君何　《文选》作「何为」。

［七］不敢　《玉台新咏》卷九作「不可」。

［八］援琴　琴，《乐府诗集》作「瑟」。

饮马长城窟乐府

陈　琳

饮马长城窟，水寒伤马骨。往谓长城吏，慎莫稽留太原卒。官作自有程，举筑谐汝声。男儿宁当格斗死，何能怫郁筑长城。长城何连连，连连三千里。城边多健少［一］，内舍多寡妇。作书与内舍：「便嫁莫留住。善事新姑嫜，时时念我故夫子。」［二］报书与边地［三］：「君今出语一何鄙！身在祸难中，何为稽留他家子。生男慎莫举，生女哺用脯。君独不见长城下，死人骸骨相撑拄。结发行事君，慊慊心意关［四］。明知边地苦［五］，贱妾何能久自全。」

前半叙边地之苦，虑其妻不能自全，故作书令嫁。后半是报书边地。「君今」数句，报书中语也。「结发」二句，自明本意。末云「明知边地苦，贱妾何能久自全」，所以便嫁莫留住耶？总举来书中语作答，其不肯嫁之意在言外，从「鄙」字内看出，以意逆志，自知其妙。　格，击也。

【校记】

［一］城边　《乐府诗集》卷三八作「边城」。

［二］此句，《草堂诗笺》卷十三《新婚别》注引至「故」字断句。

［三］与　《乐府诗集》作「往」。
［四］关　《诗纪》卷十六注一作「间」。
［五］明知　《乐府诗集》原无。

妾薄命乐府　二首选一［一］

曹植

日月既逝西藏［二］，更会兰室洞房。华灯步障舒光［三］，皎若日出扶桑。促樽合坐行觞［四］，主人起舞娑盘，能者冗触别端［五］。腾觚飞爵阑干，同量等色齐颜「腾」「飞」连用，「同」「等」逆用，句法俱妙。任意交属所欢，朱颜发外形兰。袖随礼容极情，妙舞仙仙体轻［六］。裳解履遗绝缨［七］，俯仰笑喧无呈［八］婉媚入微。览持佳人玉颜，齐举金爵翠盘［九］。手形罗袖良难，腕弱不胜珠环。坐者叹息舒颜，御巾裛粉君傍。中有霍纳都梁［十］，鸡舌五味杂香。进者何人齐姜三者字各有其妙，恩重爱深难忘。召延亲好宴私，但歌杯来何迟。客赋既醉言归，主人称露未晞。

自伤不遇，而托为美人之词。　行幕曰「步障」。　盘舞，汉曲也。　能者冗触，言善舞者冗而相触也。　别端，犹言各立门户。　呈，限也。　爵，钗头施爵也。　都梁，香名。　「冗」字，诸本作「穴」，疑有误，今从唐氏本。

【校记】

［一］诗题后，《乐府诗集》卷六二引《乐府解题》曰：「《妾薄命》，曹植云『日月既逝西藏』，盖恨燕私之欢不久。」又《艺文类聚》卷四一引题作「妾薄命行」，将二首合为一首，前云：「携玉手，喜同车，比上云阁飞除。钓台蹇产清虚，池塘灵沼可娱。仰泛龙舟渌波，俯擢神草枝柯。想彼宓妃洛河，退咏汉女湘娥。」

［二］日月既逝　《艺文类聚》作「日既逝矣」。《玉台新咏》卷九作「日月既是」。

［三］步障　上书作「先置」。

［四］促樽　樽，上书作「酒」。

［五］冗　《乐府诗集》作「穴」。

［六］妙舞　妙，《艺文类聚》作「屡」。

［七］裳解　上书作「解裳」。

［八］呈　《乐府诗集》注「当作程」。

［九］齐举　举，《玉台新咏》卷九作「接」。

［十］霍纳　霍，《太平御览》卷七一九作「藿」。

胡笳十八拍[一]

蔡　琰

我生之初尚无为，我生之后汉祚衰。天不仁兮降乱离，地不仁兮使我逢此时。干戈日寻兮道路危，民卒流亡兮共哀悲。烟尘蔽野兮胡虏盛，志意乖兮节义亏。对殊俗兮非我宜，遭恶辱兮当告谁！笳一会兮琴一拍，心愤怨兮无人知[二]。

首章总述被虏之由，言汉祚中衰，天降丧乱，胡虏得以逞志于中国。斯时也，尚能顾此节义乎，故我被执而遭辱，是以番笳之音，作此琴调耳。

戎羯逼我兮为室家，将我行兮向天涯。云山万重兮归路遐，疾风千里兮扬尘沙[三]。人多暴猛兮如虺蛇，控弦被甲兮为骄奢。两拍张弦兮弦欲绝，志摧心折兮自悲嗟！

此言既被左贤迫以为妻，于是涉历穷边，越险蒙秽，绝归望矣，况夷性凶暴，安忍阻兵，岂吾人所可依托乎？是以二拍既张，心志为之摧折也。

越汉国兮入胡城，亡家失身兮不如无生。毡裘为裳兮骨肉震惊，羯羶为味兮枉遏我情。鞞鼓喧兮从夜达明，胡风浩浩兮塞昏营[四]。伤今感昔兮三拍成，含悲蓄恨兮何时平？

上篇述道路所历，此则至其处也，衣服饮食，既与华殊，军声胡风，又极愁惨。所遇如此，又岂琴能消怨乎！

无日无夜兮不思我乡土，禀气含生兮莫过我最苦。天灾国乱兮人无主，唯我薄命兮没戎虏。

殊俗心异兮身难处［五］，嗜俗不同兮谁可与语？寻思涉历兮多艰阻，四拍成兮益凄楚。

既居胡地，怀乡益切，因思有生之伦，莫苦于己也。况国家之乱，被其祸者良多，我独没此戎虏，且殊俗异心，良难于处；嗜俗又别，更难语人。是以寻思所历之艰阻，愈觉琴声之凄楚耳。

雁南征兮欲寄边声［六］，雁北归兮为得汉音。雁飞高兮邈难寻，空断肠兮思愔愔。攒眉向月兮抚雅琴，五拍泠泠兮意弥深。

汉虏为敌，绝使臣之往来矣，所藉以通音息者非雁耶？寻声而肠断，其言亦足悯也。托辞于雁，以写无可奈何之情。愔愔，思之远也、

冰霜凛凛兮身苦寒，饥对肉酪兮不能餐。夜闻陇水兮声呜咽，朝见长城兮路杳漫。追思往日兮行李难，六拍悲来兮欲罢弹。

寒既难堪，餐犹不习。所闻所见，罔非乡愁；况此陇水长城，曩昔所历，来犹难行，敢有望于返期乎！

日暮风悲兮边声四起，不知愁心兮说向谁是。原野萧条兮烽戍万里，俗贱老弱兮少壮为美。逐有水草兮安家葺垒。牛羊满野兮聚如蜂蚁［七］。草尽水竭兮羊马皆徙，七拍流恨兮恶居于此。

边愁满腔，靡所告诉，况又对此烽戍乎。且胡俗骠悍少恩，居逐水草，畜牧不耕，迁徙无定，我安得不恨此所居乎？

为天有眼兮何不见我独漂流？为神有灵兮何事处我天南海北头？我不负天兮天何配我殊匹？我不负神兮神何殛我越荒州？制兹八拍兮拟俳优[八]，何知曲成兮心转愁[九]。

怨天与神，妇人常态，在文姬，又不得不怨者也。作曲本以遣恨，奈曲成而转愁乎！杜子美云：「愁极本凭诗遣兴，诗成吟咏转凄凉。」[十]与此意合。

天无涯兮地无边，我心愁兮亦复然。人生倏忽兮如白驹之过隙然，不得欢乐兮当我之盛年。怨兮欲问天，天苍苍兮上无缘。举头仰望兮空云烟，九拍怀情兮谁与传[十一]？

《庄子》：「人生天地间，如白驹之过隙。」[十二]隙，壁际空也。抑郁无聊，托之吟咏，非无病而呻吟也。上章怨天。此章问天，咸为夷人无控而发。

城头烽火不曾灭，疆场争战何时歇？杀气朝朝冲塞门，胡风夜夜吹边月。故乡隔兮音尘绝，哭无声兮气将咽。一生辛苦兮缘离别[十三]，十拍悲深兮泪成血[十四]。

烽不罢举，战争未休，岂复有故乡音尘之望乎！是以泪尽而继之以血也。首四句绝类盛唐，疑非文姬之笔者以此。

我非贪生而恶死，不能捐身兮心有以。生仍冀得兮归桑梓，死当埋骨兮长已矣。日居月诸兮在戎垒[十五]，胡人宠我兮有二子。鞠之育之兮不羞耻，悯之念之兮生长边鄙。十有一拍兮因兹起，哀响缠绵兮彻心髓[十六]。

文姬被掳，永无还期，孟德之赎，出自望外，冀归之言，文饰之词也。朱子以文姬为知耻，数语之述，耻几丧尽，以宠称胡，丑亦甚矣。

东方应律兮暖气多，知是汉家天子兮布阳和〔十七〕。羌胡踏舞兮共讴歌〔十八〕，两国交欢兮罢兵戈。忽遇汉使兮称近诏〔十九〕，遣千金兮赎妾身。喜得生还兮逢圣君，嗟别稚子兮会无因〔二〇〕。十有二拍兮哀乐均，去住两情兮难具陈〔二一〕。

前十章，皆述被掳居胡之愁苦，上章则述见赎之由，而钟情于别子也。言东风应律，春风逼人，皆由汉天子布德施惠，是以羌胡悦服而兵戈罢也。圣泽所及，无物不沾，如妾之贱，且有千金之赎矣。生还虽乐，别儿堪悲，哀乐交集，去住在心，所难陈说者也。文姬之赎，惠出曹公，称「汉天子」，犹有「尊王」之意在，贤于邕之哭董卓矣。

不谓残生兮却得旋归，抚抱胡儿兮泣下沾衣。汉使迎我兮四牡骓骓，号失声兮谁得知〔二二〕。与我生死兮逢此时，愁为子兮日无光辉。焉得羽翼兮将汝归，一步一远兮足难移。魂消影绝兮恩爱遗，十有三拍兮弦急调悲，肝肠搅刺兮人莫我知。

得归虽幸，抱儿宜泣，徒以汉使不能久留，己无计以将儿归也。此章词愈浅而情愈深，非真母子不能道，可决其为文姬笔矣。

身归国兮儿莫之随〔二三〕，心悬悬兮长如饥。四时万物兮有盛衰，唯我愁苦兮不暂移

［二四］。山高地阔兮见汝无期，更深夜阑兮梦汝来斯。梦中执手兮一喜一悲，觉后痛我心兮无休歇时。十有四拍兮涕泪交垂，河水东流兮心是思。

此章备述归国思儿之情，始则系心如饥，寻复牵思入梦，哀切动人，亦艺林所不宜删者也。

十五拍兮节调促，气填胸兮谁识曲。处穹庐兮偶殊俗，愿得归来兮天从欲［二五］，再还汉国兮欢心足。［二六］。心有怀兮愁转深［二七］，日月无私兮曾不照临。子母分离兮意难任，同天隔越兮如商参，生死不相知兮何处寻？

拍至十三，弦急调悲矣；至十五而节调更促，况气填胸臆，安辩曲之合节乎！我之居胡非类，天佑生还，欢心已足，其奈母子参商，生死永相捐也。穹庐，毡帐也。

十六拍兮思茫茫，我与儿兮各一方。日东月西兮徒相望，不得相随兮空断肠。对萱草兮忧不忘［二八］，弹鸣琴兮情何伤。今别子兮归故乡，旧怨平兮新怨长。泣血仰头兮诉苍苍，胡为我生兮独罹此殃［二九］？

此章念儿亦深，牵情反复。盖被掳之怨方平，别儿之怨弥长也。泣血诉天，何罹殃之独酷耶？

十七拍兮心鼻酸，关山阻修兮行路难。去时怀土兮心无绪［三〇］，来时别儿兮思漫漫。塞上黄蒿兮枝枯叶干，沙场白骨兮刀痕箭瘢。风霜凛凛兮春夏寒，人马饥尪兮筋骨单［三一］，岂知重得兮入长安，叹息欲绝兮泪阑干。

前四章，盖初与儿别，以见行之日远，此章则去胡入汉，不见塞上之风景矣，然犹冰霜凛冽，入夏犹寒，其在胡可知，于是深以得归为幸，叹而且泣也。盖即「喜心翻倒极，呜咽泪沾巾」意[三二]。　阑干，泪流貌。

胡笳本是出胡中，缘琴翻出音律同[三三]。十八拍兮曲虽终，响有馀兮思无穷[三四]。是知丝竹微妙兮均造化之功，哀乐各随人心兮有变则通。胡与汉兮异域殊风，天与地隔兮子西母东。苦我怨气兮浩于长空，六合虽广兮受之应不容[三五]

文姬十八章，盖取笳之音节而翻入于琴者，故于卒章推源其声，而言丝竹之妙如此，真深于音律者也。因言哀乐在人，变通无定，若我之哀，念子为多，举我生平之怨气，而布于长空，则六合不能容，又岂丝竹所能陶写哉。　唐云：此乃归汉后追序始末以成 文，非在胡有作者归而续成之也。与「别传」春日登胡殿而作之说不同，今概从唐解。　王弇州因「杀气朝朝冲塞门」二语遂谓非出文姬手。此论非也，如「觏闵既多，受侮不少」[三六]，对待似六朝，将疑非《三百篇》，可乎？盖后人文字，数百年前，必露其机，所谓有开必先也。起首二句七言，第十拍四句七言，十八拍二句七言。盖「兮」字是曲音中停过处，此诗起处、收处及第十拍，偶作急促音，汉人所谓「趋」也。试以二处加「兮」字读之，即与上下文法同耳。汉人七言诗，其实一句是两句，深于汉者自能知之。「今有人山之阿」，皆删落「兮」字者于此可信。　将身之所遭，历历写出，真挚之极，感动人心，所以诗贵真也。　文姬初适卫仲道，夫亡后，遭乱，没匈奴左贤王部伍十二年，生二子。曹操素与邕善，痛其无嗣，遣使以金璧赎之，重嫁于陈留董祀。

【校记】

［一］诗题后，《乐府诗集》卷五九引《蔡琰别传》曰："汉末大乱，琰为胡骑所获，在左贤王部伍中。春月登胡殿，感笳之音，作诗言志。"又引唐刘商《胡笳曲序》曰："蔡文姬善琴，能为《离鸾别鹤之操》。胡虏犯中原，为胡人所掠，入番为王后，王甚重之。武帝与邕有旧，敕大将军赎以归汉。胡人思慕文姬，乃卷芦叶为吹笳，奏哀怨之音。后董生以琴写胡笳声为十八拍。"按，本诗或谓为后人假托拟作。详见近人逯钦立辑校汉诗于此诗后之按语。

［二］愤怨　《乐府诗集》作"溃死"。

［三］扬尘沙　《楚辞后语》作"风扬沙"。

［四］塞昏营　同上书无"营"字。

［五］殊俗　《乐府诗集》作"俗殊"。

［六］边声　同上书作"边心"。

［七］满野　同上书作"满地"。

［八］俳优　同上书作"排忧"。

［九］心转愁　同上书作"转悲愁"。

［十］此见杜甫诗《至后》。

［十一］谁与传　与，《乐府诗集》作"为"。

［十二］此见《庄子·知北游》。

[十三]离别　《乐府诗集》作「别离」。

[十四]成血　成,同上书作「代」。

[十五]日居月诸　同上书注一作「日月居诸」。

[十六]哀响缠绵　同上书无「缠绵」二字。

[十七]知是汉家　同上书无「知是」二字。

[十八]踏舞　踏,同上书注一作「蹈」。

[十九]忽遇　遇,同上书作「逢」。

[二〇]稚子　同上书作「二子」。

[二一]难具陈　难,同上书作「谁」。

[二二]号失声兮　同上书作「胡儿号兮」。

[二三]之随　同上书作「知随」。

[二四]唯我　同上书作「唯有」。

[二五]得归来　得,同上书作「愿」。

[二六]欢心足　同上书无「足」字。

[二七]心有怀　怀,同上书作「忆」。

[二八]忧不忘　同上书作「徒想忧忘」。

[二九]胡为我生兮　同上书作「生我兮」。

[三〇]「去时怀土」以下三句,同上书只概括为「去时怀土兮枝枯叶干」一句。

［三一］筋骨　同上书作「骨肉」。
［三二］此见杜甫诗《喜达行在所》。
［三三］缘琴　《乐府诗集》作「绿琴」。
［三四］无穷　同上书作「未穷」。
［三五］虽广兮　同上书作「离兮」。
［三六］此见《诗·邶风·柏舟》。

唐诗增评

吴智临选评

程鸿绪序

诗家选本，向推黄白山先生《唐诗摘抄》独约而精。自朱君闲园更取吴修坞先生集录汉魏唐诗增删订入，于是体无不备，行之久远矣。顾于各类中标举章法句法，要皆就诗论诗，犹未穷流溯源，而统论其旨趣也。偶检家藏黄先生手定一木堂外稿《诗麈》一册，则囊括古今，无不原原本本，诗家三昧，和盘托出，乃叹先生嘉惠后来，心亦良苦。盖初学为诗，不读《摘抄》，不明诗律所由细；不读《诗麈》，莫知诗学所从入。是二书固不可偏废也。第增订摘抄，旧板颇多残缺失次。所选排律，备数太简，爰加校订，益以长排；另选唐人试帖纂注，分编重灾枣梨，并附刻《诗麈》于后，合成完璧，俾后学便于流览，未必非词林之一助云。

嘉庆己未岁嘉平月休阳程鸿绪书于湖边浣月斋

唐诗增评卷一

五言排律

五言排律与五言律诗，句法虽同，篇法实异，其要有四：一贵铺叙得体，先后不乱；二贵队仗整肃，情景分明；三贵过度明白，不令人沉思回顾；四贵气象宽大，从容不迫。至长篇讲段落，严结束，须有次第本末，方为合格。卷内集注，悉采诸名家选本，集隘故不尽标姓氏，非掠美也。

早度蒲关[一]

唐明皇

钟鼓严更曙早，山河野望通。鸣銮下蒲坂度，飞旆入秦中。地险关逾壮蒲关，天平镇尚雄。春来津树合度关早景[二]，月落戍楼空。马色分朝景，鸡声逐晓风。所希常道泰，非复弃繻同[三]。

首四句，起虚笼，承正写入秦中，已过蒲关矣。中四句赋蒲关所见。后以马色、鸡声作转，意在希「道泰」，用终军弃繻事，言今关门无阻，宁复侯裂繻为信而后行哉。收到「度」字，结构谨严。　排律用三解六韵，此正局也。前一解，起承四句，与五律同；中一解，乃从起承之后，转合之前，从中插入，与承转不相干犯，又要一气无痕；后一解，亦与五律同。此诗无中间一解，已是绝妙一首律诗，今插入四句，亦不为赘，排律之法见矣。

【校记】

［一］蒲关　《全唐诗》卷三作「蒲津关」。

［二］春来　来，同上书注一作「深」。

［三］非复　复，同上书作「候」，并注一作「侯」。

送刘校书从军

杨　炯

天将下三宫指主将，星门召五戎［一］。坐谋资庙略开。飞檄伫文雄合。赤土流星剑正写从军，乌号明月弓。秋阴生蜀道，杀气绕湟中。风雨何年别入送意，琴尊此日同。离亭不可望，沟水自西东。

起写军中。承二句，乃是写「刘校书从」四个字。中用闲笔，以军中情事排入。后四句，仍按律法以送别为转合，触境增愁，悠然意远。

【校记】

［一］召　《全唐诗》卷五〇注一作「启」。

西使兼送孟学士南游

卢照邻

地道巴陵北孟南游天山弱水东己西使。相看万馀里，共倚一征蓬［一］零雨悲王粲自比，清尊别孔融比孟。徘徊闻夜鹤伤离，怅望待秋鸿冀传信。骨肉胡尘外弃骨肉，风尘关塞中冒风尘。正写西使。唯馀剑锋在以功名自许，耿耿气成虹。

起语雄阔。通篇一气承接，不平实，不板滞。上洗六朝堆垛之习，下开盛唐清健之风，后太白每有此种格法。沈长洲云：「零雨被秋草」本孙楚诗［二］，王粲无零雨句也，岂沈约有「仲宣灞岸之篇，子荆零雨之章」，故偶误用耶？

【校记】

［一］共倚　倚，《全唐诗》卷四二注一作「以」。

［二］此句出自孙楚《征西官属送于陟阳候作诗》，见《全晋诗》卷二。

晚泊蒲类[一]

骆宾王

二庭归晚断泊蒲类，万里客心愁。山路犹南属，河源自北流。晚风连朔气实疏晚字，新月照边愁。灶火通军壁，烽烟上戍楼。龙庭但苦战开，燕颔会封侯合。莫作兰山下地名点缀。映照蒲类，空令汉国羞。

首四句，言不得归，关塞已极。中四句，叙边庭之景。后四句，言当苦战成功，效燕颔封侯，不可如李陵败于兰山下而降，以贻羞也。　二庭，即南庭、北庭。复用「龙庭」，亦病。

【校记】

[一]诗题，《全唐诗》卷七九、《文苑英华》诗卷二八九均作《夕次蒲类津》。

白帝怀古[一]

陈子昂

日落沧江晚见时见地，停桡问土风开下。城临巴子国，台没汉王宫。荒服仍周甸，深山尚禹功。岩悬青壁断，地险碧流通。古木生云际写景[二]，归帆出雾中[三]。川途去无限，客思坐何穷见意。

伯玉，蜀人也，将之楚，舟由三峡，晚泊白帝城，故有此作。「问土风」，乃怀古之由，是一篇主意。「城临」四句，实事虚拟。「岩悬」四句，写目前之景，而九、十二句，又从「青壁」「碧流」中，抽出分写，总见古人已往，徒留故迹，临眺之下，客思能不与川途共长耶？　「归帆」字，缴上「停桡」，剔下「客思」。「坐」字又与「停」字应。

【校记】

［一］「白帝」下，《文苑英华》诗卷三〇八有「城」字。

［二］古木　木，同上书作「树」。

［三］归帆　归，同上书作「孤」。

岘山怀古

陈子昂

秣马临荒甸，登高览旧都。犹悲堕泪碣，尚想卧龙图。城邑遥分楚承首联，山川半入吴。丘陵徒自出承次联，贤圣几凋枯。野树苍烟断承三联，津楼晚气孤。谁知万里客承四联，怀古正踟蹰。

山为羊公品题，地与隆中相接，故因秣马登之，以吊古也。碑在犹为堕泪，图存非复卧龙，徒增想望耳。中四句，见吴楚丘陵空在，圣贤不存。末四句，言人在苍烟晚气间，踟蹰览古，弥不胜情，然无可为俗人言者，观「谁知」二字可见。　所见者景，所伤者情，通首相间，分承到底。「断」、「孤」二字炼得老。

酬苏员外味道夏晚寓直省中见赠[一]

沈佺期

并命登仙阁己与苏，通宵直礼闱指苏。领下[二]。大官供宿膳，侍史护朝衣寓直之遇。卷幔天河入四句寓直之景，切夏晚，开窗月露微[三]。小池残暑退，高树早凉归[四]。冠剑无时释表其勤，轩车待漏飞。明朝题汉柱颂美，三署有光辉转合自己。

起承一解，是员外寓直省中事。中一解，将夏晚之景，寓直之夜，写作过文。转合一解，所以表扬员外，以见酬赠之意。前人评此诗事不旁引，情无牵合，深得其旨。

【校记】

[一]味道　底本误作「味元」，据《全唐诗》卷九七改。

[二]通宵　《国秀集》卷上作「分宵」，《全唐诗》作「分曹」。

[三]开窗　《文苑英华》诗卷一九〇作「当阶」，又注一作「披庭」。

[四]早凉　早，同上书注一作「晚」。

奉和晦日幸昆明池应制

宋之问

春预灵池会[一]，沧波帐殿开。舟凌石鲸度[二]，槎拂斗牛回[三]。节晦蓂全落合下句看是正月晦日，春迟柳暗催。象溟看浴景[四]，烧劫辨沉灰。镐饮周文乐[五]，汾歌汉武才[六]。不愁明月尽巧思，自有夜珠来[七]。

开首四句，点出幸昆明池，而舟凌槎拂，即用昆明池故实。「节晦」句，点晦日；「春迟」句，补出正月。「象溟」二句，赋池；而「烧劫」更切昆明。「镐饮」二句，赋幸；而「汾歌」即比帝制。末二句，从晦日翻出；而夜珠又从昆明池之月尽翻出，一意具三层巧妙，直是匪夷所思。　汉武于昆明池放带索衔钩之鱼，后得明珠一双，帝曰：岂昔鱼之报耶？

【校记】

［一］会　《文苑英华》诗卷一七五作「近」。

［二］舟凌　凌，同上书作「陵」。

［三］槎　同上书作「楂」。

［四］「象溟」句　同上书作「象湞看浩景」。

［五］镐饮　同上书注一作「在镐」。

［六］汾歌　同上书注一作「横汾」。

［七］结尾二句后，《全唐诗》卷五三有注曰：「纪事」曰：中宗正月晦日，幸昆明池献诗，群臣应制百馀篇。帐殿前结彩楼，命上官昭容选一首为新翻御制曲，从臣悉集其下，须臾，纸落如飞，唯沈、宋二首不下；又移时，一纸飞坠，乃沈诗也。及闻其评曰：二诗工力悉敌，沈诗落句云：「微臣虽朽质，羞睹豫章才。」盖词气已竭；宋诗云：「不愁明

月尽，自有夜珠来。」犹陡健骞举。沈乃伏，不敢复争。点校者按，查《唐诗纪事》未记此事。此事乃出自宋尤袤《全唐诗话》（见《历代诗话》卷上）。

同饯杨将军兼原州都督御史中丞　　苏　颋

右地接龟沙，中朝任虎牙。然明方改俗，去病不为家。将礼登坛盛，军容出塞华。朔风摇汉鼓振也，边月思胡笳二句开［一］。旗合无邀正［二］，冠危有触邪二句合。当看劳旋日［三］，及此御沟花。

首句原州，次句都督，三、四句言其志同古人，足当一面；五、六写宠行之礼，军容之壮。「朔风」四句，笔意开合，言纵使风月凄其，笳鼓振动，终难摇我旌旗，犯我危冠矣。末联用《出车》诗末章意［四］，言不久留边庭也。

【校记】

［一］边月　月，《全唐诗》卷七四作「马」。

［二］邀正　正，同上书注一作「整」。

［三］劳旋　劳，同上书注一作「荣」。

［四］此见《诗·小雅·出车》「春日迟迟，卉木萋萋，仓庚喈喈，采蘩祁祁。执讯获丑，薄言还归。赫赫南仲，玁狁于夷。」

晓行巴峡

王维

际晓投巴峡，馀春忆帝京。晴江一女浣，朝日众禽鸣[一]。水国舟中市，山桥树杪行陆即栈道。登高万井出，眺迥二流分成都有二江双流。人作殊方语，莺为旧国声[二]。赖多山水趣[三]，稍解别离情。

起承写晓行之寂寞，右丞盖自京而投峡也。「忆帝京」，伏「别离情」。下写巴峡之景，伏「山水趣」、「殊方语」，最足感情。「故国」即帝京。末联总收，局法有照应。「水国」一联，写得峡江栈道景物如睹。摩诘诗中有画，于此窥见一斑。

【校记】

[一]众禽　禽，《全唐诗》卷一二七、《文苑英华》诗卷二九一均作「鸡」。

[二]旧国　旧，同上二书均作「故」。

[三]多　同上二书注一作「谙」。

送秘书晁监还日本

王维

积水不可极四句虚写「还」字，安知沧海东。九州何处远，万里若乘空此句开下。向国唯看日四句实写途中，归帆但信风［三］。鳌声映天黑，鱼眼射波红［四］。乡树扶桑外四句已还国，主人孤岛中。别离方异域，音信若为通［五］？

首联甚言日本之远，起得突兀。次联言九州虽远，若见此「万里若乘空」之沧海，则九州不足为远矣，解得曲折。三、四联，紧贴还日本，语不泛没。五联到日本。末联写送，言如此异域，谁为通音信哉？「若为」，犹言谁为。

【校记】

［一］还日本　还，《文苑英华》诗卷二六八作「归」。

［二］远　《全唐诗》卷一二七作「所」。

［三］归帆　帆，同上书注一作「途」。

［四］鱼眼　鱼，同上书注一作「蜃」。

［五］末联后，同上书有注曰：「姚合称此诗及《送丘为下第》、《观猎》三首为诗家射雕手，而以此篇压卷」。

早秋与诸子登虢州西亭观眺

岑　参

亭高出鸟外，客到与云齐。树点千家小，天围万岭低。残虹挂陕北写景雄阔［一］，急雨过关西。酒榼缘青壁，瓜田傍绿溪。微官何足道，爱客且相携。唯有乡园处，依依望不迷。

题义以登亭为主，首句点出亭，次句客到，点出诸子，以下分承到底。「树点」四句承「亭高」来，点缀早秋。「酒槛」四句承「客到」来，并有观眺在内。结语随笔收足。　起手贵突兀，少陵有「开筵对鸟巢」句，此同一落想。

【校记】

［一］残虹　虹，原作「红」，据《全唐诗》卷二〇一改。

送储邕之武昌

李　白

黄鹤西楼月飘然不群，长江万里情。春风三十度，空忆武昌城。送尔难为别，衔杯惜未倾。湖连张乐地，山逐泛舟行。诺谓楚人重，诗传谢朓情［一］。沧浪吾有曲，寄入棹歌声。

一、二两联，言我久神游于武昌矣。三联，言此行虽不忍别，然四联途行之景如此，五联土风之美又如此，末联是以美其往而赠以诗也。　一起古风入律，旷逸不可当，具此天才，才许脱略绳检。

【校记】

［一］情　《李太白全集》卷十八、《文苑英华》诗卷二六九均作「清」。

送友人寻越中山水

李 白

闻道稽山去，偏宜谢客才。千岩泉洒落，万壑树萦回。东海横秦望，西陵绕越台。湖清霜镜晓写景清切[一]，涛白雪山来。八月枚乘笔，三吴张翰杯。此中多逸兴，早晚向天台。

首句以稽山笼起越中山水。次句以谢客比友人。第二联承稽山，山水交互。三联越中山，四联越中水，五联，合到友人，应「偏宜」句，末联「此中」二字，遥接稽山，以天台为越中最胜处作收。越中山水，独数会稽山。此时杭州属吴。

【校记】

[一]霜镜　霜，《文苑英华》诗卷二六九作「双」。

重经昭陵

杜 甫

草昧英雄起精卓典重，讴歌历数归。风尘三尺剑，社稷一戎衣藏头缩脉。翼亮贞文德，丕承戢武威。圣图天广大，宗祀日光辉。陵寝盘空曲，熊罴守翠微。再窥松柏路，还见五云飞寓望中兴意[一]。

首句，叙隋末群雄，次句，落到太宗，三、四美其得天下之正，由此偃武修文，尊富饷保，大快平生。第五韵，正写昭陵。「再窥」句，正写「重经」。结句当肃宗复国后，有望治之意。　扫风尘，但提三尺剑；定社稷，惟事一戎衣。二语本出庾信诗「终封三尺剑，长卷一戎衣」[二]，然人手成金矣。　此诗与《行次昭陵》二作，酌经史之精，协风雅之则，孔硕肆好，清风穆如，诚足压三唐而冠百代矣。

【校记】

[一]还见　见，《杜诗详注》卷五作「有」。

[二]此二句出自庾信《郊庙歌辞·皇夏》见《庾子山集注》卷六。

王阆州筵奉酬十一舅惜别之作

杜　甫

万壑树声满要争此起手，千崖秋气高。浮舟出郡郭[一]，别酒寄江涛。良会不复久，此生何太劳！穷愁但有骨[二]，群盗尚如毛。吾舅惜分手，使君寒赠袍。沙头暮黄鹄[三]，失侣亦哀号[四]。

起二句，先写岸上秋色。次二句，补出饯筵在舟中。五、六言时时有行役之劳，所以良会不复久也。七、八句，因想起我之穷愁，而惟存气骨，群盗尚如毛而不得还乡。后四句，言吾舅亦分手为惜；使君悯予寒而赠袍，意虽惓惓，终于散去。彼黄鹄失侣，尚不胜哀，而况于人乎？　起调激厉，收句正尔适称。「寄」字炼得工，「亦」字举物以见人。「但有骨」、「尚如毛」，亦炼得老。

【校记】

[一]舟　《杜诗详注》卷十二注一作「云」。

[二]但有　但，同上书注一作「只」

[三]鹄　同上书作「鹤」。

[四]亦　同上书作「自」。

春归

杜甫

苔径临江竹四句草堂之景。茅檐覆地花初到。别来频甲子，归到忽春华[一]。倚杖看孤石，倾壶就浅沙到后。远鸥浮水静，轻燕受风斜四句草堂外花溪之景。世路虽多梗所以归之故，吾生亦有涯。此身醒复醉[二]，乘兴即为家。

子美构草堂于成都，已而去之；闻严武复镇蜀，因地主有人，故以复归草堂为乐；然此究非本意也，观末句意自见。「轻燕」句，久为宋人所称，以其工在「受」字耳，然上句「静」字亦工，而总以「远」字、「轻」字助发之。鸥去人远，故久浮不动。此句用字较浑。又沈长洲云：鸥燕性情形态，以「静」字「斜」字传出。

【校记】

［一］「归到」句 《杜诗详注》卷十三注一作「倏忽又春华」。

［二］此身 同上书注一作「且应」。

栖霞寺东峰寻南齐明征君故宅

刘长卿

山人今不见，山鸟自相从。长啸辞明主明僧绍字休烈，舍宅为寺，齐帝征之不出，终身卧此峰。泉源通石径，涧户掩尘容。古墓依寒草，前朝寄老松。片云生半壁，万壑遍疏钟。惆怅长空去［一］，犹疑林下逢。

突起超逸似太白。「长啸」四句，写其当日之隐遁。「古墓」四句，写此日故居之凄凉。末联「林下逢」字［二］，叫转首句。

【校记】

［一］长空去 《全唐诗》卷一四八作「空恨去」。

［二］林下逢 原作「足寻」，据南屏本改。

题玉山村叟壁

钱起

谷口好泉石，居人能陆沉人中隐者如无水而沉。牛羊下山小，烟火隔云深。一径入溪色，数家连竹阴。藏虹辞晚雨，惊隼落残禽。涉趣皆流目，将归羡在林。却思黄绶事，孤负紫芝心。

首联笼题。「牛羊」六句写景。「涉趣」句束上，「将归」句述怀，羡叟归隐；末写悔已仕宦，有负初心之意。

从军行

卢纶

二十事边城[一]，军中得勇名。卷旗收败马[二]，占碛拥残兵[三]。覆阵乌鸢起，烧山草木鸣[四]。塞闲思远猎，师老戒分营[五]。雪岭无人迹，冰河有雁声[六]。李陵甘此没，惆怅汉公卿。

此疑当时有败军之将，收其残兵，啸聚边地。允言述其意曰：吾少而事边，勇声夙著，因战不利，而收其败马残兵，燔山以猎，又恐众之疑心，而以分营为戒也。虽雪岭冰河，地极寒苦，而我誓不还朝，甘没于此，汉之公卿将奈我何？　孙武子云：鸟起者，伏也。「覆」同伏。「覆阵」一联，描写入妙。

【校记】

[一]事　《全唐诗》卷二七八、《乐府诗集》卷三三均作「在」。

［二］收　《全唐诗》注一作「争」。

［三］占　《乐府诗集》作「断」。又「拥」《全唐诗》作「护」。

［四］鸣　同上二书均作「明」。

［五］戒　同上二书均作「厌」。

［六］有　《乐府诗集》作「足」。

逢南中使因寄岭外故人

卢　纶

见说南来路［一］，苍梧接桂林。过秋天更暖，边海日长阴。巴路缘云出，蛮乡入洞深。信回人自老，梦到月应沉信回二句苦心得之。碧水通春色，青山寄远心。炎方难作客，为尔一沾襟［二］。

一、二句，因南来，思岭外；三、四写风景之异；五、六写形势之险；七、八写道里之远；第九句比使者，第十句谓寄诗；末联以劝其归作结。

【校记】

［一］路　《全唐诗》卷二七八作「处」。

［二］「为尔」句　同上书注一作「莫使鬓毛侵」。

送郑尚书赴南海

韩　愈

番禺军府盛，欲说暂停杯。盖海旗幢出，连天观阁开。衙时龙户集，上日马人来。风静鶢鶋去，官廉蚌蛤回。货通师子国，乐奏武王台。事事皆殊异，无嫌屈大才。

龙户，采珠户也。马人，因马援留南蛮去后，有不去者十三户，隋末衍至三百户，皆姓马，俗以为「马留人」。　起句「军府盛」。为通篇之意。「盖海」八句俱说出番禺军府之盛。末以一句总收，一句拍到赴南海，格矫变而不失其正，此为善于布局也。

戏赠张书记

李商隐

别馆君孤枕，空庭我闭关。池光不受月，野气欲沉山写景即亦寓兴。星汉秋方会，关河梦几还。危弦伤远道，明镜惜红颜。古木含风久，平芜尽日闲。心知两愁绝，不断若连环[一]。

入手以张与己对起。次联根「闭关」，状沉冥之致。「星汉」句，承上衬下。「关河」句，根「孤枕」，谓张思家之情。「明镜」句，含戏意。「古木」句，根「别馆」；「平芜」句，根「空庭」。末联写己与张皆含愁无限。细针密缕，篇法谨严。

【校记】

［一］连环　连，《全唐诗》卷五四一作「寻」。

题安崇西平王宅太尉愬院六韵［一］

杜　牧

天下无双将，关西第一雄。授符黄石老，学剑白猿翁。矫矫云长勇，恂恂郤縠风。家呼小太尉，国号大梁公此谓清真［二］。半夜龙骧去，中原虎穴空。陇山兵十万，嗣子握雕弓［三］。

通首追颂李愬。首联总领，次联写其材艺，三联写其气概，四联写其爵秩，五联谓雪夜入蔡，吴元济就擒，末联愬已殁而题其院，故并美其子。

【校记】

［一］安崇　安，《全唐诗》卷五二二作「永」。

［二］「大梁公」下，　同上书有注曰「太尉季弟司徒德，亦封梁国公」。

［三］「嗣子」句下　同上书有注曰「今凤翔李尚书，太尉长子」。

左丞相说右丞相璟太子少傅乾曜同日上官命宴东堂赐诗

唐明皇

赤帝收三杰，黄轩举二臣。由来丞相重，分掌国之钧庄重［一］。我有握中璧，双飞席上珍。子房推道要张说，仲子讶风神宋璟；复辍台衡老，将为调护人乾曜。鹓鸾同拜日，车骑拥行尘。乐聚南宫宴，觞连北斗醇。俾余成百揆总收，垂拱问彝伦［二］。

一起总领。「由来」六句，左右丞相；「复辍」二句，太子少傅。「鹓鸾」二句，同日上官。「乐聚」二句，命宴东堂。末以望勉总结。　二臣：黄帝得风后以为相，得力牧以为将。

【校记】

［一］钧　《全唐诗》卷三注一作「均」。

［二］垂　同上书注一作「端」。

赠苏味道

杜审言

北地寒应苦，南庭戍不归［一］。边声乱羌笛，朔气卷戎衣。雨雪关山暗，风霜草木稀。胡兵战欲尽，汉卒尚重围［二］。云净妖星落雄健一气［三］，秋高塞马肥［四］。据鞍雄剑动，摇笔羽书飞［五］。舆驾还京邑，朋游满帝畿。方期来献凯［六］，歌舞共春晖。

《苏味道传》：调咸阳尉，吏部侍郎裴行俭才之，会征突厥，引管书记［七］。「边声」四句，写边庭苦寒之景，作开；「胡兵」四句，写戍军方立功，作合。「据鞍」二句，苏在戍之况。「舆驾」二句，时上自东都还，朋旧皆集。末以期其奏凯来归作收。

【校记】

［一］不归　不，《全唐诗》卷六二、《文苑英华》诗卷二四九均作「未」。

［二］「汉卒」句　同上二书均作「虏骑猎犹肥」。

［三］「云净」句　同上二书均作「塞雁何时入」。又「云净」《文苑英华》作「云静」。

［四］「秋高」句　《全唐诗》作「龙城几度围」。又「秋高」《文苑英华》作「秋深」。

［五］摇笔　摇，同上二书均作「插」。

［六］来　《文苑英华》作「乘」。

［七］此见《新唐书·苏味道传》。

奉和御制璟与张说源乾曜同日上官命宴都堂赐诗一首应制

宋　璟

丞相邦之重［一］，非贤谅不居笺疏语入诗，何等庄重。老臣庸且忝［二］，何德以当诸？厚秩先为忝，崇班复此除。太常陈礼乐，中掖降簪裾。圣酒江河润，仙文象纬舒。冒恩怀宠锡，陈力省空虚。郭隗惭无骏，冯谖愧有鱼。不知周勃者，荣幸定何如？

一起朴质，有古人风。二韵长律中散行一联，倍见力量。「厚秩」写旧职，「崇班」写新阶。「太常」三句命宴」，「仙文」写赐诗。「冒恩」以下，感恩自谦。末以厚重少文自况。

【校记】

［一］丞　原误刻作「承」，径改。

［二］庸　《全唐诗》卷四四作「慵」。

过沈居士山居哭之

王　维

杨朱来此哭，桑扈返于真。独自成千古，依然旧四邻。闲檐喧鸟雀，故榻满埃尘。曙月孤莺啭，空山五柳春。野花愁对客，泉水咽迎人。善卷明时隐，黔娄在日贫。逝川嗟尔命，丘井叹吾身。前后徒言隔，相思讵几晨［一］？

首二联，总叙来哭之意。次三联，对景而伤悼之；次一联，纪居士之行末；末二联，因伤居士而起忧生之嗟。　《高士传》：舜以天下让善卷，卷曰：吾何以天下为哉！「丘井」，用佛语，犹言空井。

【校记】

［一］思，《全唐诗》卷一二七作「悲」。

秋日登扬州西灵塔

李　白

宝塔凌苍苍，登攀览四荒长律入手须如此高超。顶高元气合，标出海云长。万象分空界雄壮，三天接画梁。水摇金刹影，日动火珠光。鸟拂琼帘度[一]，霞连绣栱张。目随征路断，心逐去帆扬。露浩梧楸白，霜催橘柚黄[二]。玉毫如可见，于此照迷方。

起句宝塔，次句登攀，屹如山立。以下「顶高」八句，顶「宝塔」写，「目随」六句，顶「登攀」写，步武井然。　起势能以古笔为律体，此谪仙独占之长。

【校记】

[一] 帘　《李太白全集》卷二一作「檐」。

[二] 霜　同上书注一作「风」。

中丞宋公以吴兵赴河南军次寻阳脱余之囚参谋幕府因赠之[一]

李　白

独坐清天下，专征出海隅。九江皆渡虎，三郡尽还珠。组练明秋浦，楼船入郢都。风高初选将，月满欲平胡言平胡之速。杀气横千里，军声动九区。白猿惭剑术，黄石借兵符。戎虏行当剪，鲸鲵立可诛。自怜非剧孟，何以佐良图？

首句写中丞，次句写领兵。「九江」句，写赴河南入浔阳，并切宋姓。三郡亦在南方，写宋公清廉以足前意，而题之要领尽挈，有振衣千仞之概。以下极写军容兵法，至末点出参讲幕府，自谦作结。诗中不多感谢脱囚，第言己非剧孟，立言有体。《史记》：吴楚反，时条侯至河南，得剧孟，喜曰：吴楚不求孟，知其无能为矣[二]。

【校记】

[一]「吴兵」下，《李太白全集》卷一一有「三千」二字。

[二]剧孟事见《史记·游侠列传》。条侯指周亚夫。

东村月夜

杜　甫

抱疾漂萍老，防边旧谷屯。春农亲异俗，岁月在衡门。青女霜枫重，黄牛峡水喧。泥留虎斗迹，月挂客愁村俊句。乔木澄稀影，轻云倚细根。数惊闻雀啄，暂睡想猿蹲。日转东方白，风来北斗昏。天寒不成寝[一]，无梦寄归魂[二]。

此因月夜不寝而作。首句冒起通篇，次句点明东村，三、四承东村笼月夜。「青如」四句写节侯，点出月夜。「乔木」四句，正写月夜。「日转」四句，写月夜将明，就题后结。首尾见羁旅之意，妙在先安首五字，觉全篇字字写景，字字写情。

【校记】

［一］寝 《杜诗详注》卷二〇作「寐」。

［二］寄 同上书注一作「有」。

将赴朔方军应制

张说

礼乐逢明主庄重，韬钤用老臣。恭凭神武策，远静鬼方人［一］。供帐恩荣饯，山川喜诏巡。天文日月丽，朝赋管弦新。幼志传三略，衰材谢六钧。胆犹忠作屏［二］，心故道为邻［三］。汉保河南地，胡清塞北尘。连年大军后，不日小康辰。剑舞轻离别，歌酣忘苦辛。从来思博望以张骞自比，立言有体，许国不谋身。

「礼乐」四句，归美得体。「供帐」四句，正叙将赴时蒙恩之盛。「幼志」四句，因受任自省。「汉保」四句，以立功自期。「剑舞」四句，收转到将赴。神旺理完，篇法井井。

【校记】

［一］静 《全唐诗》卷八八作「御」。

[二]胆犹忠作屏　犹，同上书作「由」；又「屏」作「伴」。
[三]故　同上书作「固」。

奉和圣制送尚书燕国公说赴朔方军

张九龄

宗臣事有征耸拔，庙算在休兵。天与三台座，人当万里城。朔南方偃革，河内暂扬旌[一]。宠锡从仙禁，光华出汉京。山川勤远略，原湿轸皇情。为奏薰琴倡，仍题宝剑名。闻风六郡勇[二]，计日五戎平西方之戎有五。山甫归应疾，留侯功复成。歌钟旋可望[三]，枕席岂难行。四牡何时入收束好，吾君听履声[四]。

开首提燕公直起，格调高亮。「朔南」二句写赴，「宠锡」二句写送；「山川」句足赴字，「原湿」句足送字，开下「为奏」二句。圣制「闻风」以下根「休兵」意，望其功成早归。

【校记】
[一]河内　内，《全唐诗》卷四九作「右」，并注一作「北」。
[二]勇　同上书作「伏」。
[三]旋　原误刻作「旅」，径改。
[四]听　同上书作「忆」。

敬赠郑谏议十韵

杜　甫

谏官非不达，诗义早知名。破的由来事下皆称其诗，先锋孰敢争。思飘云物外[一]，律动鬼神惊。毫发无遗憾，波澜独老成。野人宁得所自叙沦落，天意薄浮生。多病休儒服，冥搜信客旌。筑居仙漂渺，旅食岁峥嵘句中藏字。使者求颜阖时以荐召试不遇，诸公厌弥衡。将期一诺重，欲使寸心倾。君见途穷哭，宜忧阮步兵望郑荐引。

此章分两段，前段四韵，美郑诗才，后段六句，自叙穷困，以祈济于郑也。「仙缥渺」，藏一「楼」字；「岁峥嵘」，藏一「暮」字。《庄子》：鲁君使人以币聘颜阖，颜曰：「恐听者谬。」使者还审之，复来求之，则不得已[二]。此借喻当时有司复试落第，如使者之于颜阖，觌面失之也。

【校记】

[一]去物外　外，《杜诗详注》卷二注一作「动」。

[二]颜阖事见《庄子·让王》。

奉送严公入朝十韵

杜　甫

鼎湖瞻望远，象阙宪章新。四海犹多难，中原忆旧臣。与时安反侧，自昔有经纶。感激张天步，从容静塞尘。南图回羽翮，北极捧星辰。漏鼓还思昼应「鼎湖」句，宫莺罢啭春。空留玉帐术，愁杀锦城人言严公入朝而蜀人失望。阁道通丹地，江潭隐白苹。此身那老蜀自语，不死会归秦。公若登台辅，临危莫爱身。

起四句，入朝之由；「与时」四句，颂旧绩；「与国」四句，入朝正面；「空留」二句，入朝后；「阁道」句严去，「江潭」句己留；收句谆勉，见古谊。《汉书·郊祀志》：黄帝采铜铸鼎，既成，龙垂胡须下迎，后世因名曰「鼎湖」。按时肃宗晏驾。

奉观严郑公厅事岷山沱江画图十韵

杜 甫

沱水流中座〔一〕，岷山到北堂〔二〕竟以为真，题画要得此法。白波吹粉壁〔三〕水，青嶂插雕梁山。直讶松杉冷山，兼疑菱荇香水。雪云虚点缀山上，沙草得微茫水边。岭雁随毫末山，川霓饮练光水。霏红洲蕊乱水，拂黛石萝长山。暗谷非关雨水之源〔四〕，丹枫不为霜山之色〔五〕。秋城玄圃外地近于山〔六〕，景物洞庭旁地近于水。绘事功殊绝总上文，幽襟兴激昂起末句。从来谢太傅，归重郑公，丘壑道难忘。

沱水、岷山明说，白波、青嶂暗说，衬足二语。后五联分写江山景物，一边一句。「雪云」二句，尤是题画三昧。结归主人，律诗定矩。诸句眼字，俱用得生动。

【校记】

〔一〕流　《杜诗详注》卷十四作「临」。
〔二〕到北堂　同上书注一作「对此堂」。
〔三〕吹　同上书注一作「侵」。
〔四〕暗谷　同上书作「谷暗」。
〔五〕丹枫　同上书作「枫丹」。
〔六〕秋城　城，同上书注一作「成」。

奉和圣制巡省途次上党旧宫〔一〕

苏　颋

潞国临淄邸，天王别驾舆语语是帝王旧宫点化。出潜离隐际，小往大来初经言冠冕正大。东陆行春典，南阳即旧居。约川星罕驻，扶道日旆舒。云覆连行在，风回助扫除。太行城邑望〔二〕，皋落土田疏〔三〕。昔试邦兴后，今过俗徯予。示威宁校猎，崇让不陈渔。府吏趋宸扆，乡耆捧帝车。帐倾三饮处，闲整六飞馀。盛业铭汾鼎，昌期应洛书。愿陪歌赋末，留此蜀相如。

四语总冒。「东陆」句巡省，「南阳」句旧宫。「约川」四句，顶「东陆」句写。「太行」二句上党，顶「南阳」句。「昔试」二句，开合领下「示威」六句，写次旧宫。「盛业」二句颂。收述奉和意。

【校记】

［一］诗题，《全唐诗》卷七四作《奉和圣制途次旧居应制》。

［二］太　同上书作「木」。

［三］皋　同上书作「泉」。

行次昭陵

杜　甫

旧俗疲庸主，群雄问独夫隋帝昏庸，群雄割据。谶归龙凤质，威定虎狼都唐宗受命，以四语了之。天属尊尧典以高祖禅位言，神功协《禹谟》。风云随绝足［一］云从龙，风从虎意。绝足，马名也，日月继高衢［二］。文物多师古，朝廷半老儒。直词宁戮辱以受谏言，贤路不崎岖。往者灾犹降，苍生喘未苏言天宝之乱同于隋末。指麾安率土，荡涤抚洪炉。壮士悲陵邑，幽人拜鼎湖。玉衣晨自举，铁马汗常趋［三］二语犹《骚》所云「神之来兮夹两旗」，言神灵陟降也。松柏瞻虚殿［四］，尘沙立暝途［五］。寂寥开国日，流恨满山隅。

此章分两段，前六韵，言太宗创业垂统之事；后六韵，言目前天下未安，因有太宗不作之恨耳。昭陵武功文德，只六韵述尽，可谓巨笔如杠。「尧典」、「禹谟」之句，叙继统事，尤见大力斡旋。唐仲言云：明皇任杨、李乱政，故有「灾犹降」、「喘未苏」之叹，因思向者之安抚而不可得，是以向隅流恨。旧解作隋末之辞者非。按此说甚是，盖从「文物」四句读下，便见今日之朝廷，事事与之相反，前者开元之治，媲美贞观者，今已扫地。有志之士，皆为当路阻抑而不得进，安得不望昭陵而兴悲乎［六］！

【校记】

［一］绝足　绝，《文苑英华》诗卷三〇六作「逸」。

［二］继　《杜诗详注》卷五注一作「亨」。

［三］铁马　铁，《文苑英华》作「石」。又「常趋」作「尝驱」。

［四］虚殿　虚，《杜诗详注》注一作「灵」。

［五］立暝途　《文苑英华》作「暗指途」。

［六］本篇评语均系吴氏摘自黄生《杜诗说》。

冬日洛城北谒玄元皇帝庙

杜　甫

配极玄都閟，凭高禁籞长［一］。守祧严具礼，掌节镇非常。碧瓦初寒外，金茎一气傍形其壮丽。山河扶绣户，日月近雕梁形其高耸。二联写大景。仙李盘根大，猗兰奕叶光。世家遗旧史微词［二］，道德付今王。画手看前辈，吴生远擅场。森罗移地轴，妙绝动宫墙。五圣联龙衮高祖、太宗、高宗、中宗、睿宗为五圣，千官列雁行［三］。冕旒俱秀发，旌旆尽飞扬。翠柏深留影，红梨迥得霜二联写小景。风筝吹玉柱，露井冻银床[四]。身退卑周室，经传拱汉皇河上公授汉文道德经奥旨。谷神如不死，养拙更何乡[五]？

此章分三段：首段四韵，叙尊崇之盛，及轮奂之美；次六韵，叙本朝推所自出于老子，故为立庙，而东都则吴生画壁，五圣俨然夹侍，其尊严至矣；终四韵，则叙谒庙时之景，因即老子之言以寓己意云。「移」字，「动」字，「秀发」字，「飞扬」字，皆不作画看，极形容之妙；「移地轴」三字，气势尤相称。「碧瓦」、「翠柏」四联写景。排律得景，始有开合、有波澜　末四句，借《老子》结归自己。公时正困厄，故托辞以见意。

【校记】

［一］凭高　高，《杜诗详注》卷一注一作「虚」。

［二］遗　同上书注一作「贻」。

［三］列　同上书注一作「引」。

［四］冻　同上书注一作「动」。

［五］乡　同上书注一作「方」。

谒先主庙

杜　甫

惨澹风云会，乘时各有人谓三分也。力侔分社稷，志屈偃经纶。复汉留长策，中原仗老臣指武侯。杂耕心未已，呕血事酸辛。霸气西南歇言天命去蜀，雄图历数屯。锦江元过楚，剑阁复通秦二字交互伤蜀入秦。旧俗存祠庙，空山泣鬼神[一]。虚檐交鸟道[二]，枯木半龙鳞；竹送清溪月[三]，苔移玉座春祠庙历年之久却于写景中见之。闾阎儿女换，歌舞岁时新。绝域归舟远，荒城系马频。如何对摇落，况乃久风尘。孰与关张并[四]，功临耿邓亲以耿邓比关张。应天才不小[五]，得士契无邻[六]。迟暮堪帏幄，飘零且钓缗。向来忧国泪，寂寞洒衣巾。

此诗分三段：首六韵，叙霸蜀之事；中四韵，写祠庙之景；末六韵，叙己因谒庙而生身世之感。唐仲言云：亮无呕血事，子美盖沿习《魏书》「亮粮尽势穷，忧恚呕血」语用之耳。「锦江元过楚」，今复过楚矣；「剑阁复通秦」，今复通秦矣；二语影掠蜀亡，似嗟似恨，烟波无际。「孰与」四语，颠倒相应，全取本传事实，镕铸入诗，归重先主能用孔明，暗寓今日有臣无君之意，以起下文迟暮飘零之叹也。帏幄，用子房事；钓缗，用太公事。堪，岂堪也。且，聊且也。二语开阖顿挫，自悲自笑。末联言向来忧国之泪，今日又洒衣巾，以迟暮飘零如此，感先主、武侯之事，悲不自抑耳。

【校记】

[一]泣　《杜诗详注》卷十五作「立」。

〔二〕交鸟道　同上书注一作「扶鸟过」。
〔三〕清　同上书注一作「青」。
〔四〕埶　同上书注一作「势」。
〔五〕应　同上书注一作「继」。
〔六〕士　同上书注一作「土」。

投赠哥舒开府翰二十韵

杜　甫

今代麒麟阁入手要领得起，何人第一功？君王自神武，驾御必英雄。开府当朝杰，论兵迈古风。先锋百胜在〔一〕，略地两隅空〔二〕言陇右战功。青海无传箭〔三〕言息兵也，天山早挂弓。廉颇仍走敌，魏绛已和戎。每惜河湟弃恢复河西，新兼节制通。智谋垂睿想〔四〕，出入冠诸公。日月低秦树帝业光昌，乾坤绕汉宫皇舆广大。胡人愁逐北，宛马又从东威名远服。受命边沙远〔五〕，归来御席同。轩墀曾宠鹤指禄山，畋猎旧非熊指翰。茅土加名数户籍也，山河誓始终见《汉书》。策行遗战伐以计用兵〔六〕，契合动昭融不假战伐。勋业青冥上二语转换圆健，交亲气概中。未为朱履客〔七〕，已见白头翁〔八〕叙入自己。此投赠体也。壮节初题柱，生涯独转蓬。几年春草歇，今日暮途穷。军事留孙楚〔九〕，行间识吕蒙〔十〕希进意。有身分。防身一长剑〔十一〕，将欲倚崆峒切陇右[十二]。

首四句领起；「开府」八句，叙旧绩；「每惜」八句，叙新功，为河西节度时；「受命」八句，叙锡命；「勋业」二句，结上起下；以下自叙，收得有身分。通首有气象，有神力，开合变化，自中规矩。初唐长律，只六韵、八韵，广至十馀韵而上，高、杜诸公，始创为二十韵以外，而达夫长篇，犹但事铺排，未臻变化，《即信安王幕府三十韵》可证也。独少陵气盛节赡，才大心细，天风海涛，鱼龙出没，所谓多多益善，凌跨百代，莫之能偶。中晚以降，若元、白以流易为宗，温李惟堆垛是尚，其于老杜钩心斗角、神动天机之妙，实未窥见。故是集大篇，多采杜集，以标宗主；其他慎为别裁，不使黄钟瓦釜共鸣，致淆观听也。发凡于此。

【校记】

[一]胜　《杜诗详注》卷三作「战」。
[二]略地　同上书作「妙略」。
[三]无传箭　《文苑英华》诗卷三〇〇作「飞传箭」。
[四]睿想　睿，《全唐诗》卷二二四注一作「眷」。
[五]边沙　《全唐诗》注一作「军麾」。。
[六]遗　《全唐诗》、《杜诗详注》均注一作「宜」。
[七]朱履　朱，《全唐诗》、《文苑英华》均作「珠」。

〔八〕己见　见，《文苑英华》作「是」。

〔九〕「军事」句　《全唐诗》注一作「乡曲轻周处」。

〔十〕「行间」句　同上书注一作「将军拔吕蒙」，又注曰：「严武、高适辈皆共军事，鲁灵、曲环辈皆其部将」。

〔十一〕「防身」句　《杜诗详注》注一作「腰间有长剑」。

〔十二〕将　《文苑英华》作「聊」。

上韦左相二十韵〔一〕《玄宗纪》：天宝十三载，文部侍郎韦见素同平章事〔二〕

杜　甫

凤历轩辕纪，龙飞四十春起笔与投赠哥舒篇同是高屋建瓴之势。八荒开寿域，一气转洪钧。零雨思贤佐〔三〕，丹青忆旧臣〔四〕。应图求骏马，惊代得麒麟〔五〕。沙汰江河浊〔六〕，调和鼎鼐新。韦贤初相汉，范叔已归秦。盛业今如此，传经固绝伦。豫章深出地〔八〕沧海阔无津。北斗司喉舌，东方领缙绅〔八〕。持衡留藻鉴，听履上星辰。独步才超古，馀波德照邻〔九〕。聪明过管辂，尺牍倒陈遵。岂是池中物，由来席上珍。庙堂知至理，风俗尽还淳。才杰俱登用，愚蒙但隐沦。长卿多病久，子夏索居频〔十〕。回首驱流俗为流俗所驱，生涯似众人。巫咸不可问，邹鲁莫容身。感激时将晚，苍茫兴有神。为公歌此曲〔十一〕，涕泪在衣巾。

开手从盛朝择相妙选世臣说入。「沙汰」一联，叙相业简老。「韦贤」句，谓其父凑已能荐贤；「盛业」指见素，「传经」应「韦贤」句。「豫章」句比世胄，束上；「沧海」句比襟量，开下。「北斗」以下十二句，颂其才望，从宏奖风流处言之。干请意，对面着笔，于下段作弯弓背射势。「尺牍」句，下文意。「岂是」二句，言凡士类本当登用。「庙堂」二句，惟上急所贤，斯下息奔竞。「才杰」二句，接入自己，每用承上起下法。结有兴会，不作乞怜语，以意已在前段也。

【校记】

［一］诗题，《文苑英华》诗卷二五一作《投赠韦左相》，又注曰：「时兼兵部尚书，故云听履上星辰」。

［二］此见《新唐书·玄宗纪》。

［三］零雨　零，《杜诗详注》卷三及《文苑英华》均作「霖」。

［四］旧臣　旧，《文苑英华》注一作「老」，又注：「公之先人遗风馀烈，至今称之」。

［五］惊代　代，《文苑英华》作「世」。

［六］江河　河，《文苑英华》作「湖」。

［七］章　《杜诗详注》作「樟」。

［八］搢　同上书作「缙」。

［九］「馀波」句　《杜诗详注》注一作「馀阴照北邻」。

［十］频　同上书注一作「贫」。

〔十一〕公 《文苑英华》作「君」。

寄李十二白二十韵

杜 甫

昔年有狂客贺知章，号尔谪仙人。笔落惊风雨〔一〕，诗成泣鬼神。声名从此大，汨没一朝伸。文彩承殊渥指见知于明皇，流传必绝伦。龙舟移棹晚，兽锦夺袍新。白日来深殿直入禁院，青云满后尘群英却步。乞归优诏许，遇我宿心亲〔二〕。未负幽栖志〔三〕，兼全宠辱身。剧谈怜野逸〔四〕，嗜酒见天真。醉舞梁园夜，行歌泗水春。才高心不展，道屈善无邻。处士弥衡俊，诸生原宪贫。稻粱求未足，薏苡谤何频暗指永王璘事。五岭炎蒸地，三危放逐臣夜郎在南诏故以五岭三危为比。几年遭鵩鸟，独泣向麒麟〔五〕。苏武先还汉〔六〕，黄公岂事秦。楚筵辞醴日用穆生事，梁狱上书辰。已用当时法，谁将此义陈〔七〕太史公报任安书中意？老吟秋月下，病起暮江滨。莫怪恩波隔，乘槎与问津〔八〕。

起四句，先美其才。「声名」八句，次溯其遇。「乞归」八句，次叙其辞归后两人交与之情。「未负」二句，反伏后半篇。「才高」以下，折到今之被放。笔如屈铁。「处士」一联，言才俊家贫，素本安分。「稻粱」一联，非缘逐利而已蒙垢。「五岭」四句，叙长流夜郎。「几年」句濒于死；「独泣」句，嗟道穷。「苏武」一联，极言其未污伪名。「楚筵」句，足上，开；「梁狱」句，受枉下狱，合。「已用」一联，慷慨沉着。

「老吟」以下，白在夜郎之况。收句欲上诉于天。太白一生具见于此。

【校记】

［一］惊 《文苑英华》诗卷二五一作「闻」。
［二］宿 同上书作「夙」。
［三］负 《杜诗详注》卷八注一作「遂」。
［四］剧 《文苑英华》及《全唐诗》卷二二五均作「戏」。
［五］「独泣」句 同上二书均注一作「不独泣麒麟」。「泣」，《杜诗详注》注一作「立」。
［六］先 同上数书均作「元」。
［七］义 《杜诗详注》作「议」。
［八］与 同上书注一作「得」。

赠特进汝阳王二十二韵宁王长子。［一］

杜甫

特进群公表，天人夙德升。霜蹄千里骏，风翮九霄鹏两联冒。服礼求毫发，惟忠忘寝兴［一］。圣情常有眷，朝退若无凭四联以忠谨而荷主眷。仙醴来浮蚁［二］，奇毛或赐鹰。清关尘不离［三］，中使日相乘。晚节嬉游简，平居孝义称。自多亲棣萼，谁敢问山陵两联内行之醇［四］。学业醇儒富，词华哲匠能[五]两联才华之美。笔飞鸾耸立，章罢凤骞腾以上颂扬汝阳。精理通谈笑，忘形向友朋。寸长堪缱绻[六]，一诺岂骄矜四语搭上起下，减尽承接痕迹，此长律要诀。已忝归曹植以下自叙，何如对李膺[七]。招要恩屡至虚写领下，崇重力难胜。披雾初欢夕，高秋爽气澄。樽罍临极浦，凫雁宿张灯四联礼遇之厚。花月穷游宴，炎天避郁蒸。砚寒金井水如入清凉界意。渲染法，檐动玉壶冰。瓢饮惟三径，岩栖在百层[八]，且持蠡测海[九]，况挹酒如渑言以野处之人得相亲近，庶几仙梯可接。皆感佩语。鸿宝宁全秘，丹梯庶可凌。淮王门有客[十]，终不愧孙登。

宁王薨，谥「让皇帝」，葬地名惠陵，子上表辞。淮南王有枕中鸿宝。嵇康有愧孙登，以所遇非时，见已逢贤王，不同康之有愧也。《杜臆》云：韵用十蒸颇难。此篇收取殆尽，须看其落韵之巧。

【校记】

[一]惟　《全唐诗》卷二二四、《杜诗详注》卷一均注一作「推」。

[二]醴来　同上二书均注一作「醽求」。

[三]离　同上二书均作「杂」。

[四]「问山陵」下，《全唐诗》有注曰：「宁王宪薨，谥让皇帝，墓号惠陵，子表辞，不许」。

[五]词华　词，《杜诗详注》注一作「才」。

[六]长　同上书注一作「肠」。

[七]如　同上书注一作「知」。

［八］在百层　同上书注一作「异一塍」。

［九］且　《杜诗详注》作「谬」。

［十］有　同上书注一作「下」。

偶题二十二韵

杜甫

文章千古事，得失寸心知立言心印。作者皆殊列总领，名声岂浪垂。骚人嗟不见该前，汉道盛于斯统后。前辈飞腾入承骚汉二句写，馀波绮丽为。后贤兼旧例［一］，历代各清规以上泛言学诗之准。法自儒家有以下实言一生从事之业，心从弱岁疲。永怀江左逸晋后诸家，多谢邺中奇建安诸子。騄骥皆良马因邺中句，麒麟带好儿形出在己，必作而传。车轮徒已斫，堂构肯忍亏［二］所谓寸心千古、自信无愧者在此。漫作《潜夫论》，虚传幼妇碑［三］。缘情慰漂荡蒙上起下［四］，抱疾屡迁移。经济惭长策括入蜀历年事，飞栖假一枝点在夔。尘沙傍蜂虿以下承漂荡，江峡绕蛟螭说峡中恶况。萧瑟唐虞远，联翩楚汉危寇扰连年。圣朝兼盗贼项「萧瑟」一联，异俗更喧卑项「尘沙」一联。郁郁星辰剑，苍苍云雨池兵锋森列，战气蒸腾。两都开幕府，万寓插军麾。南海残铜柱，东风避月支举一二以例馀寇。音书恨乌鹊以下束言久客厌乱，聊且谋食谋居，而此心则终念家山，惟托之赋诗伤别而已，号怒怪熊罴。稼穑分诗兴，柴荆学土宜。故山迷白阁，秋水忆皇陂［五］。不敢要佳句，愁来赋别离与慰字应，又与前幅应。

如此巨篇，中间只用「缘情慰漂荡」一语，为全幅绾结。前二十句，极论诗学，虽或继体失传，而毅然必以自任，所谓缘情之具也。后二十句，言寓夔厌乱，靖寇难期，还乡无日，所谓飘荡之迹也。仍以佳句赋诗作结，则诗篇陶冶，正所用以自慰也。其中幅四句，乃前后转枢。

【校记】

［一］例　《杜诗详注》卷十八作「制」。

［二］肯　同上书作「惜」。

［三］碑　同上书注一作「词」。

［四］慰　同上书注一作「苦」。

［五］秋水忆皇陂，　皇同上书作「黄」。又注「忆」一作「隐」。

寄彭州高三十五使君适虢州岑二十七长史参三十韵［一］

杜　甫

故人何寂寞，今我独凄凉（二句宾主并提）。老去才难尽（顶次句［二］），秋来兴甚长。物情尤可见（承上句泛说），辞客未能忘（笼高岑起下）。海内知名士，云端各异方。高岑殊缓步（此段应「故人何寂寞」，四句称其文章，沈鲍同得行［三］。意惬关飞动，篇终接混茫。举天悲富骆六句称其官职，近代惜卢王。似尔官仍贵，前贤命可伤。诸侯非弃掷使君，半刺已翱翔长史［四］。诗好几时见，书成无信将［五］。男儿行处是此段应「今我独凄凉」，客子斗身强［六］。羁旅推贤圣顶「行处是」，沉绵抵咎殃顶「斗身强」。三年犹疟疾自叙在秦病疟，言多病而凄凉，一鬼不销亡［七］。隔日搜脂髓，增寒抱雪霜。徒然潜隙地，有靦屡鲜妆［八］。何太龙钟极又粘上领下于今出处妨。无钱居帝里此言远客而凄凉，尽室在边疆。刘表虽遗恨无计相依，庞公至死藏没身僻处。心微傍鱼鸟，肉瘦怯豺狼。陇草萧萧白泰州景。引下，洮云片片黄。天彭剑阁外彭州［九］，虢略鼎湖旁虢州。荆玉簪头冷四句一彭一虢分写，巴笺染翰光。乌麻蒸续晒［一〇］，丹橘露应尝。岂异神仙宅四句合写，俱兼山水乡以上应前「云端」句。竹斋烧药灶，花屿读书床末段应前「词客」句。更得清新否挽到文章，遥知对属忙。旧官宁改汉［一一］挽到官职，淳俗本归唐［一二］。济世宜公等叙彼此云泥，冀得太平聚首，寄诗本意，安贫亦士常。蚩尤终戮辱，胡羯漫猖狂。会待妖氛静［一三］，论文暂裹粮应转「诗好」二句。

篇法宜玩旁批。浦二田曰：识得「意惬关飞动，篇终接混茫」二语，方许读杜［一四］。　黄山谷曰：「凡始学诗，每作一篇，先立大意；若长篇须曲折三致意，乃为成章。」仇沧柱曰：「排律多在首联扼题，若作长排，必在首段总挈。如此篇，用四语标眼，而后用四段分应。寄贾严五十韵用两语提纲，后用两层对承。细心体玩，方见杜诗脉络之精密。」［一五］

【校记】

［一］诗题下，《杜诗详注》卷八有注曰「原注：时患疟疾」。

［二］难　同上书作「虽」。

［三］得行　得，《全唐诗》卷二二五注一作「周」。

［四］「半刺」句下，同上书有注曰：「别驾任居刺史之半，长史即别驾」。

［五］无信　信，同上书注一作「使」。

［六］斗身强　斗，同上书注一作「问」。《杜诗详注》同。

［七］不消亡　不，同上二书均注一作「未」。

［八］「徒然」「有觍」二句下，《全唐诗》注曰：「二语皆时俗避疟事」。

［九］天彭　《杜诗详注》、《全唐诗》均作「彭门」。

［一〇］「乌麻」下，《全唐诗》有注曰「即胡麻」。

［一一］「旧官宁改汉」句下，同上书有注曰「刺史本汉官」。

［一二］本归　同上书注一作「不离」。

［一三］静　同上书注一作「灭」。

［一四］此见《读杜心解》。

［一五］此见《杜诗详注》。

寄岳州贾司马六丈巴州严八使君两阁老五十韵《贾至传》：「坐小法贬岳州司马。」《严武传》：「坐房琯事，贬巴州刺史。」[一]

杜　甫

衡岳猿啼里，巴州鸟道边，故人俱不利[二]，谪宦两悠然首即从两人谪宦起[三]。开辟乾坤正开[四]，荣枯雨露偏合。长沙才子远贾，钓濑客星悬严。忆昨趋行殿此段追述帝在凤翔时事，殷忧捧御筵。讨胡愁李广哥舒败绩，奉使待张骞征兵回纥。无复云台仗明皇出奔，虚修水战船西京失守。苍茫城七十，流落剑三千河北皆陷，军士溃散。画角吹秦晋西京[五]，旄头俯涧瀍东都。小儒轻董卓四句指安史，有识笑苻坚。浪作禽填海，那将血射天[六]以上叙遭劫，下叙克服。万方思助顺，一鼓气无前。阴散陈仓北，晴熏太白巅[七]。乱麻尸积卫庆绪败，范阳复，破竹势临燕。法驾还双阙，王师下八川此段追叙反正后事，所谓「开辟乾坤正」也。此时沾奉引，佳气拂周旋。貔虎开金甲[八]，麒麟受玉鞭。待臣谙入仗，厩马解登仙。花动朱楼雪，城凝碧树烟。衣冠心惨怆，故老泪潺湲。哭庙悲风急，朝正霁景鲜上写主上还京之喜，下叙同朝共事之乐，反激下段之迁逐。月分梁汉米，春给水衡钱[九]。内蕊繁于缬，宫莎软胜绵[一〇]。恩荣同拜手，出入最随肩[一一]。晚着华堂醉，寒重绣被眠。辔齐兼秉烛，书枉满怀笺。每觉升元辅，深期列大贤四句转轴，谓房琯一败，诸贤并斥，所谓「荣枯雨露偏」也。秉钧方咫尺，锻翮再联翩[一二]。禁掖朋从改[一三]，微班性命全接入自叙。青蒲甘受戮[一四]，白发竟谁怜！弟子贫原宪，诸生老伏虔[一五]。师资谦未达，乡党敬何先［一六］。旧好肠堪断四句寄概贾严，新愁眼欲穿［一七］。翠干危栈竹巴州，红腻小湖莲岳州［一八］。贾笔论孤愤八句以诗文之祸为戒，严诗赋几篇［一九］。定知深意苦［二〇］，莫使众人传。贝锦无停织，朱丝有断弦。浦鸥防碎首，霜鹘不空拳。地僻昏炎瘴，山稠隘石泉。且将棋度日，应用酒为年。典郡终微渺严贬刺史，治中实弃捐贾贬司马［二一］。安排求傲吏，比兴展归田虽为吏，而实比家居。去去才难得，苍苍理又玄搔首苍茫，笔墨飞舞。以上为两人致惜。古人称逝矣，吾道卜终焉。陇外翻投迹身在秦州，渔阳复控弦史思明继反。笑为妻子累，甘与岁时迁。亲故行稀少，兵戈动接连。他乡饶梦寐以上述自己忧时，失侣自迍邅。多病加淹泊［二二］，长吟阻静便「陇外」八句，顺带遥接「地僻」十二句逆缴。如公尽雄俊，志在必腾骞［二三］。

此等题，以清出眼目为标头，以世故更历为缘起，以旧时同事为烘托，以异地相勖为归宿，而其间错综变化不拘一方。此篇细玩旁批，极有间架，长律正宗。梁桥《冰川诗式》曰：「作大篇，当布置首尾停匀，腰腹肥满。每见人前面有馀，后面不足；前面极工，后面草草，不可不知。」又曰：「作大篇，须有开阖，乃妙。」又曰：「长律妙在铺叙时，将一联挑转，又平平说去。如此转换数匝，却将数语收拾，乃妙。」按梁氏三说，皆长律大篇秘要，足与此诗印合，读者详之。

【校记】

［一］题下注，他本无。

［二］不利　《全唐诗》卷二二五、《杜诗详注》卷八均注一作「作别」。

［三］悠然　同上二书注一作「茫然」。

［四］正　同上二书注一作「大」。

［五］吹秦晋　同上二书注一作「畝秦塞」。

［六］血　同上二书注一作「矢」。

［七］熏　同上二书作「曛」。

［八］开金甲　同上二书注一作「闲金匣」。

［九］给　同上二书注一作「得」。

［一〇］莎　同上二书注一作「花」。

［一一］出入　入，同上二书注一作「处」。

［一二］翮　同上二书注一作「羽」。

［一三］改　同上二书注一作「换」。

［一四］受　同上二书注一作「就」。

［一五］伏　同上二书作「服」。

［一六］何先　何，同上二书注一作「推」。

［一七］新愁　愁，《杜诗详注》注一作「秋」。

［一八］湖　同上二书注一作「池」。

[一九]严诗　诗，《杜诗详注》注一作「君」。
[二〇]苦　同上二书注一作「好」。
[二一]「治中」下《全唐诗》有注曰「高宗初改治中为司马」。
[二二]加　同上二书注一作「成」。
[二三]「如公」二句　同上二书注一作「公如尽忧患，何事负陶甄」。

秋日夔府咏怀奉寄郑监审李宾客之芳一百韵按郑审为秘书少监，李之芳拜礼部尚书改太子宾客，时两人俱在峡外也[一]

杜　甫

绝塞乌蛮北，孤城白帝边首段领在夔咏怀大意。一诗总冒。飘零仍百里，消渴已三年稽夔岁月，伏下峡之脉。雄剑鸣开匣，群书满系船[二]。乱离心不展[三]，衰谢日萧然约举近况，见乱阻身衰，北归无望。筋力妻孥问[四]，菁华岁月迁。登临多物色，陶冶赖诗篇聊资遣兴，领下。峡束沧江起[五]，岩排古树圆[六]次段夔州风景泛述。拂云霾楚气顶岩树，朝海蹴吴天顶峡江[七]。煮井为盐速，烧畬度地偏。有时惊叠嶂，何处觅平川？鸂鶒双双舞，猕猴垒垒悬。碧萝长似带，锦石小如钱。春草何曾歇，寒花亦可怜。猎人吹戍火，野店引山泉以上所谓登临多物色也。唤起搔头急，扶行几屐穿二句引起，先叙客夔之由与居夔大概，尚未贴到瀼西，是排场宽势。两京犹薄产，四海绝随肩。幕府初交辟，郎官幸备员。瓜时拘旅寓次述在夔情事［八］，萍泛苦贫缘［九］。药饵虚狼籍写衰病，应前「消渴」，秋风洒静便。开襟驱瘴疠［一〇］，明目扫云烟承上秋风［一一］。高宴诸侯礼顶上幕府说到接宴，佳人上客前。哀筝伤老大，华屋艳神仙。南内开元曲，常时弟子传［一二］。法歌声变转，满座涕潺湲［一三］借当筵听曲忽然回首京华，暗度下段，此种少陵所独。吊影夔州僻承上，回肠杜曲煎领下。即今龙厩水，莫带犬戎羶［一四］四段想长安经乱图治之事，是荡开一步。耿贾扶王室，萧曹拱御筵忆灵武将相。乘威灭蜂虿［一五］，戮力效鹰鹯［一六］。旧物森犹在，凶徒恶未悛指叛将犹在。国须行战伐，人忆止戈铤。奴仆何知礼谓宦竖典兵，恩荣错与权。明星一慧孛吐蕃入寇［一七］，黔首遂拘挛［一八］。哀痛丝纶切次言图治中兴，指罪己、大赦等事，烦苛法令蠲［一九］。业成陈始王，兆喜出于畋［二〇］。宫禁经纶密，台阶翌戴全并从人才看笔，又为暗渡下段郑里地。熊罴载吕望，鸿雁美周宣。侧听中兴主承上，长吟不世贤领下。音徽一柱数，道理下牢千［二一］五段才搭上郑李，是虚拢一步。郑李光时论，文章并我先八句称其诗才。阴何尚清省，沈宋欻联翩。律比昆仑竹，音知燥湿弦。风流俱善价，惬当久忘筌。置驿常如此，登龙盖有焉八句称其交谊，预伏第九段出峡往晤意。虽云隔礼数，不敢坠周旋。高视收人表爱士，虚心味道玄好道。马来皆汗血人才乐归，鹤唳必青田。羽翼商山起，蓬莱汉阁连八句称其宦迹。管宁纱帽净［二二］，江令锦袍鲜。东郡诗题壁［二三］，南湖日扣舷为二公冗散惋惜，预伏第八段望其入朝意，引起来翰。远游凌绝境，佳句染华笺。每欲孤飞去，徒为百虑牵包下八联。生涯已寥落，国步乃迍邅［二四］六段故里难归，是急脉缓受法。衾枕成芜没，池塘作弃捐无家可问。别离忧怛怛悲弟妹，伏腊涕涟涟思祖父。露菊斑丰镐念东西二京，秋菰影涧瀍［二五］。共谁论昔事，几处有新阡故交凋谢。富贵空回首，喧争懒着鞭己亦懒于进取。兵戈尘漠漠遥想归途阻绝，江汉月娟娟。局促看秋燕，萧疏听晚蝉在夔之况激下联。雕虫蒙记忆，烹鲤问沉绵兜转郑李遗书，开下段答述。卜羡君平杖七段备述居夔秋况，以答二公之问，偷存子敬毡。囊虚把钗钏，米尽拆花钿以上饮食。甘子阴凉叶，茅斋八九椽。阵图沙北岸，市暨瀼西颠以上居处［二六］。羁绊心常折八句申饮食，栖迟病即痊。紫收岷岭芋［二七］，白种陆池莲［二八］。色好梨胜颊，穰多栗过拳。敕厨惟一味，求饱或三鳣。儿去看鱼笱八句申居室［二九］，朋来坐马鞯［三〇］此七段于前夔景为逼近一层，于后出峡为预详其故。缚柴门窄窄，通竹溜涓涓。堑抵公畦棱［三十一］，村依野庙堧。缺篱将棘拒，倒石赖藤缠。借问频朝谒八段因辞宦望二公入朝佐主，以上自述，何如稳醉眠［三二］。谁云行不逮［三十三］，自觉坐能坚。雾雨银章涩自己，馨香粉署妍二公。紫鸾无近远二公，黄雀任翩翾自己。困学违从众顶雀，明公各勉旃顶鸾。声华夹宸极十句勖郑李，早晚到星躔此八句再转出期望二公功名等语，与就访意反远，是欲合故离法。恳谏留匡鼎，诸儒引服虔。不过输鲠直［三四］，会是正陶甄。宵旰忧虞轸，黎元疾苦骈。云台终日画，青简为谁编？行路难何有九段欲出峡求禅，与二公相晤乃是本旨，招寻兴已专。由来具飞楫，暂拟控鸣弦承行路。身许双峰寺四句承招寻，门求七祖禅为下段张本。落帆追宿昔，衣褐向真诠。安石名高晋

［三五］四句欲访二公，亦承招寻，昭王客赴燕［三六］。途中非阮籍，查上似张骞。披豁云宁在［三七］四句自夔之荆，亦承行路，淹留景不延。风期终破浪，水怪莫飞涎。他日辞神女，伤春怯杜鹃溯昔日由荆之夔。淡交随聚散，泽国绕回旋将来去夔留荆，寄诗意已尽。本自依迦叶末段中上身许求禅，以终咏怀之意，是为煞拍尾声，何曾藉偓佺。炉峰生顾盼，橘井尚高褰。东走穷归鹤，南征尽跕鸢以上四句言遍求佛地。晚闻多妙教以下八句言栖心佛地决定归依，卒践塞前愆。顾恺丹青列，头陀琬琰镌。众香深黯黯，几地肃芊芊。勇猛为心极，清羸任体孱。金篦空刮眼，镜象未离铨［三八］结到摄象归空，将眼前身世交游一齐刊落。

浦二田曰：久稽夔府，空想京华，喜郑、李侨居峡外，故于阻归坐困之馀，思与共游。虽祝彼登朝，而仍约就访，因以投老空门为此生归宿。此通首大旨也。其制局运机之妙，在于独往独来，乍离乍合，使人不可端倪。如篇首数语，层层伏案，此十面之埋伏也。如因当筵听曲，驀入长安，借明主怀贤，搭上郑、李，此陈仓之暗度也。如以怀贤搭郑、李，却只写其诗才，将功名按住，既就郑、李写诗才，忽接自身北望，将两人截住，此栈道之烧绝也。如以答书问之语，详述瀼西贫况，使实处皆虚，以勖登朝之语，隔开就访本怀，使连处反断，此临晋之疑兵也。直到明言离峡，而后若夔、若荆，若己、若郑、李，一齐合拢，此诸侯之皆会也。乃于出峡就访处，夹入求禅，其实只因便道带出篇尾之根，主意却专在访友，此又云梦之伪游也。至若束尾处，归到「刮眼」、「离佺」，前尘影事，一切扫空，此直鸟尽而弓藏矣。故知善用「多多」，尤在善能「将将」。千古惟龙门有此笔阵，杜老以排偶律切之体，与之分道扬镳，不亦异乎[三九]！　王嗣奭曰：题属咏怀，故篇中详于自叙；而转换穿插，妙合自然。唐人百韵诗，杜公首倡，句句精微，字字峭拔，真千古独擅之长[四〇]。　仇沧柱曰：短章诗，断处多用突接；长体则须用钩挑之法，每段出落处，回顾上文者为「钩」，逗起下文者为「挑」，必层层联络，各有关合照应，否则散漫不属矣。玩此诗，逐段钩挽挑逗，俱见作法之巧[四一]。

【校记】

[一]此段注语，他本无。

[二]「雄剑」、「群书」二句　《杜诗详注》卷十九注一作「所向皆穷辙，馀生且系船」。《全唐诗》卷二三〇注同，只「且」作「日」。

[三]不展　展，同上二书均注一作「转」。

[四]问　《杜诗详注》注一作「觉」。

[五]沧江　沧，同上二书均注一作「苍」。

[六]古树　《全唐诗》作「石树」，并注「石楠也」。

[七]朝海　朝，同上二书均注一作「潮」，又注「蹴」一作「衬」。

[八]拘　《全唐诗》作「犹」，又注一作「仍」。

[九]苦　《杜诗详注》作若。

[一〇]驱　同上二书均注一作「祛」。

［一一］扫　同上二书均注一作「拂」。
［一二］常时　常，《杜诗详注》作「当」。
［一三］「法歌」二句下《全唐诗》有注曰：「原注：都督柏中丞筵间梨园弟子李仙奴歌」。
［一四］「龙厩水」二句下，《全唐诗》有注曰：「原注：西京龙厩门，苑马门也，渭水流苑马门内」。
［一五］乘　同上二书均注一作「秉」。
［一六］效　同上二书均注一作「教」。
［一七］孛　同上二书均注一作「阍」。
［一八］黔首　同上二书均注一作「首恶」。
［一九］烦苛　《杜诗详注》注一作「频烦」。
［二〇］「兆喜」句下《全唐诗》有注曰：「谓代宗践位」。
［二一］「道里下牢千」句下《全唐诗》有注曰：「原注：郑在江陵，李在夷陵。」
［二二］净　《杜诗详注》注一作「静」。
［二三］诗　同上二书均作「时」。
［二四］乃　《杜诗详注》作「尚」。
［二五］菰　同上二书均作「蔬」。
［二六］「市暨」句下，《全唐诗》有注曰：「原注：峡人目市井处曰市暨」。
［二七］「紫收」句　同上二书均注一作「紫秧岭下芋」。
［二八］池莲　池，同上二书均注一作「家」。

［二九］「儿去」句　《杜诗详注》作「俗异邻鲛室」。

［三〇］朋来　朋，《全唐诗》作「人」。

［三一］「公畦棱」句下，《全唐诗》有注曰：「原注：京师农人指田远近多云畦棱。棱音去声」。

［三二］醉眠　醉，《杜诗详注》注一作「昼」。

［三三］不逮　逮，同上二书均注一作「达」。

［三四］不过　过，《全唐诗》作「逢」。

［三五］「安石」句下，《全唐诗》有注曰：「原注：郑高简得谢太傅之风」。

［三六］「昭王」句下，《全唐诗》有注曰：「原注：李宗亲有燕昭之美。燕，周之裔」。

［三七］披豁　同上二书均作「披拂」，又注一作「晤」。

［三八］「镜象」句　同上二书均注一作「平等未难铨」。

［三九］以上一段见浦起龙《读杜心解》大历二年卷。

［四〇］以上一段见王嗣奭《杜臆》卷七。

［四一］以上一段见《杜诗详注》。

唐诗增评卷二

七言排律

体格悉如五言，但五言语短，须遒炼不促。七言语长，须流逸有势；起法须宏厂，接法须警醒，中须凝炼整齐，又必推宕尽致，语意相生，一气贯串；结法须陡绝而住，使滴水不漏，或拖曳不尽，使馀韵悠然，篇法乃称完善。至若八韵以外长篇，仍讲段落，须有关锁，有开展，一如五律体制。　是体局长易散，句长易弱，调易复，词易靡，每不易得佳什。　古人亦不常为，具体而已。

清明二首其一　大历四年后在湖南诗[一]　杜　甫

朝来新火起新烟，湖色春光净客船。　绣羽冲花他自得[二]，红颜骑竹我无缘。　吴童结束还难有[三]，楚女腰肢亦可怜。　不是定王城旧处[四]，长怀贾傅井依然。　虚沾周举为寒食[五]，实藉君平卖卜钱[六]。　钟鼎山林各天性，浊醪粗饭任吾年。

此就清明感兴。　一点时，二点地。　三、四流水对，谓身老而倦游，此处一顿；吴童楚女，本地游人，定王、贾傅，本地古迹，四语时地双关，又一顿。虚沾、实藉，带节侯而述贫况，因以任运意作结。盖前后着身写，中四不着身写，此离合相间格。　浑浩流转，是少陵本色。七排实惟此公创始。少陵以前，惟见张说《偃松》一首，律体微有未谐，故不录。

【校记】

［一］题下注，他本无。
［二］冲花　冲，《杜诗详注》卷二三、《全唐诗》卷二三三均作「衔」。
［三］吴童　吴，同上二书均作「胡」。
［四］不是　是，同上二书均作「见」。「定王」下，《全唐诗》引原注：「汉长沙定王发封此」。
［五］周举　周，《全唐诗》作「焦」。
［六］君平　《全唐诗》作「严君」。

题郑十八著作丈

郑虔贬台州司户。朱注：郑以陷贼得罪，公题此诗以浣雪之也。《杜臆》云：丈下疑脱「故居」二字。［一］

杜　甫

台州地阔海冥冥［二］，云水长和岛屿青。乱后故人双别泪［三］，春深逐客一浮萍［四］。酒酣懒舞谁相拽，诗罢能吟不复听。第五桥东流恨水［五］，皇陂岸北结愁亭。贾生对鹏伤王传，苏武看羊陷贼庭。可念此翁怀直道〔六〕，也沾新国用轻刑。祢衡实恐遭江夏，方朔虚传是岁星。穷巷悄然车马绝〔七〕，案头干死读书萤。

起四，遥想而惜别；次四，忆旧而生感；又次四，叙其得罪而伤之；末四，忧其贬死而悯之。

【校记】

〔一〕题下注，他本无。
〔二〕地阔　阔，《杜诗详注》卷六注一作「僻」。
〔三〕乱后　同上书注一作「缱绻」。
〔四〕春深　同上书注一作「飘摇」。
〔五〕桥东　东，同上书注一作「边」。
〔六〕翁　同上书注一作「心」，又「怀」一作「常」。
〔七〕悄然　同上书注一作「一朝」。

寒雨朝行视园树大历四年秋冬之交瀼西作〔一〕

杜　甫

柴门拥树向千株〔二〕，丹橘黄甘此地无〔三〕。江上今朝寒雨歇，篱边新色画屏舒〔四〕。桃蹊李径年虽古〔五〕，栀子红椒艳复殊〔六〕。锁石藤梢元自落，倚天松骨见来枯〔七〕。林香出实垂将尽，叶蒂辞枝不重苏[八]。爱日恩光蒙借贷，清霜杀气得忧虞。衰颜动觅藜床坐[九]，缓步仍须竹杖扶。散骑未知云阁处，啼猿僻在楚山隅。

首句杂树是一项，次句甘橘是一项，三、四得雨晓色，此四句为开局。中段前四，叙杂树，应首句；后四，言橘甘，应次句，此八句为中腹布景。藜床，竹杖，以坐衬行。结联乃行时自慨。此四句为收局。

「桃蹊」六句，一样住脚，不可学。　少陵诗冠绝千古，七排非其造极之作，缘此体所自始，谨录三篇，以见梗概。

【校记】

[一]题下注，他本无。
[二]拥树　拥，《杜诗详注》卷二〇注一作「杂」。
[三]此地　此，同上书注一作「北」。
[四]新色　新，同上书作「秀」。
[五]古　同上书注一作「故」。
[六]复殊　复，同上书注一作「色」。
[七]倚天　倚，同上书注一作「到」。
[八]辞枝　同上书注一作「离柯」。
[九]动　同上书注一作「更」。

微之整集旧诗及文笔为百轴以七言长句寄乐天乐天次韵酬之馀思未尽加为六韵重寄[一]

白居易

海内声华并在身，箧中文字绝无伦。遥知独对封章草，忽忆同为献纳臣。走笔往来盈卷轴，除官递互掌丝纶。制从长庆辞高古，诗到元和体变新。各有文姬才稚齿，俱无通子继馀尘。琴书何必求王粲，与女犹胜与外人。

香山自注[二]：「予与微之前后寄和诗数百篇，近代无如此多有也。予除中书舍人，微之撰制词；微之除翰林学士，予撰制词。微之长庆初知制诰，文格高古，始变俗体，继者效之也。众称元白为千字律诗，或号元和格。」蔡邕无子，有女琰，字文姬。陶潜小儿名通子。　职同官，诗同格，身后同感。言词真切，情绪缠绵。

【校记】

［一］诗题，《白居易集》卷二三、《全唐诗》卷四四六均作《馀思未尽加为六韵重寄微之》。点校者按，《白居易集》此首之前一首为《酬微之》。

［二］香山自注，同上二书分别置于第五、六、七、八、九、十句之后。

泛太湖书事寄微之

白居易

烟渚云帆处处通，飘然舟似入虚空。玉杯浅酌巡初匝[一]，金管徐吹曲未终。黄夹缬林寒有叶，碧琉璃水净无风。避旗飞鹭翩翻白，惊鼓跳鱼跋刺红[二]。涧雪压多松偃蹇，岩泉滴久石玲珑。书为故事留江上[三]，吟作新诗寄浙东。军府威容从道盛，江山气色定知同。报君一事君应羡：五宿澄波皓月中。

句法变幻，莫备于此作。第三联为折腰句，第四联为硬装句，第五联为倒因句，第六联为流水句，长律用之，使气格生动，最宜取法。　七言长律必须讲究句法，而古来七排流传甚少，仍可于七律中求之。大抵得流水句，则气自疏；得浑成句，则神自旺；外此则前人所谓折腰、硬装、顺因、倒因、层折诸法，俱可运用。若错对、借对、隔句对诸法，究非正法眼藏，不宜乱用。　前解以泛湖起，以后俱书事寄微之。

【校记】

[一]浅酌　浅，原作「残」，据《白居易集》卷二四及《全唐诗》卷四四三改。

[二]跋　《全唐诗》作「拨」。

[三]「留江上」句后　《全唐诗》引原注「所见胜景，多记在湖中石上」。

秘书监有贺知章草题诗因成此作[一]

温庭筠

越溪渔客贺知章，任达怜才爱酒狂。鸂鶒苇花随钓艇，蛤蜊菰叶梦横塘[二]。几年凉月拘华省，一宿秋风返故乡[三]。荣路脱身终自得，福庭回首莫相忘。出笼鸾鹤归辽海[四]，落笔龙蛇满坏墙。李白死来无醉客，可堪形影吊残阳[五]。

七排体格，宜尊西昆而避江西，惜温、李两集，此体绝少，存此一首，特吉光片羽耳。西昆派词旨工丽，句法端严，且善于用典，但不可过于组织，致入小家。若江西派，粗硬杈枒，咏怀酬赠之作，用以见奇则可，以之应制应试，恐非当行。太抵七言律诗，不能追响盛唐，宁步武大历，不能步武大历，宁取则西昆。大历十子格，最为温雅，惜检各集，绝无此体。盖七言长律，少陵开其端，至元白始盛，故晚唐特多。

【校记】

[一]诗题，《唐诗品汇》卷九一、《全唐诗》卷五七八均作《秘书省有贺监知章草题诗笔力遒健风尚高远拂尘寻玩因有此作》。《全唐诗》又注一作「过贺监旧宅」。

[二]菰叶　叶，《全唐诗》作「菜」。

[三]返故乡　返，同上书作「忆」。

[四]出笼　笼，同上书注一作「群」，又注「归」一作「辞」。

［五］可堪　堪，同上二书均作「怜」。

边上看猎赠元戎

韩　偓

绣帘临晓觉新霜，便遣移厨校猎场。燕卒铁衣围汉相，鲁儒戎服从梁王。搜山闪闪旗头远，出树斑斑豹尾长。赞获一声连朔漠，贺杯环骑舞优倡。军回野静秋天白，角怨城遥晚照黄。红袖拥门持烛炬，解劳今夜宴华堂。

韩致光诗，工丽圆警，实唐人后劲。

投翰长赵侍御

黄　滔

禹门西面逐飘蓬，忽喜仙都得人踪。贾氏许频趋季虎，荀家因敢谒头龙。手扶日月重轮起，数是乾坤正气钟。五彩笔驱神出没，八花砖接帝从容。诗酬御制风骚古，论似人情鼎鼐浓。岂有地能先凤掖，别无山更胜鳌峰。攀鸿日浅魂飞越，为鲤年深势崄喁。泽国雨荒三径草，秦关雪折一枝筇。吹成暖景犹葭律，引上纤萝在岳松。愿向明朝荐幽滞，免教号泣触登庸。

文江以律赋擅名当时，而律诗亦复工妙乃尔，洵称穿杨好手。　格律亦从西昆化出，加以隽爽，殊觉神情飞动。　七言长排，只讲起承转合，及推宕陪衬之法，即可成篇。其要紧处，尤在熟玩句法，而以灏气行之，则重沓平弱之病，庶几可免；至其运用典实，因题制胜之处，仍与五言排律无异，前人讲究甚悉，兹不复赘。

唐诗增评卷三

唐人试帖

试律昉于唐。制题有法，押韵有法，开承转合、颔颈腹尾有法，使因类选词，心思不得妄骋。所谓试律也，其体凡六韵，首联点题，颔联写题意，不用说尽，颈联、腹联正写，发挥明透，后联题毂。当时才士，每细心揣摩，降格为之。唐人中佳者寥寥，兹取气骨近高，辞章近雅，而祈请不至卑屈者录之，以便讽诵。至增加多韵，法与六韵无异，唯中间加以展拓，神明变化，存乎其人。卷内集注，参订西河毛氏，苺山徐氏，晴山谈氏，及各家选本。

御射连中双兔

苏　颋

宸游经上苑首联，羽猎向闲田苑猎引起。狡兔初迷窟颔联点兔字，纤骊讵着鞭。三驱仍百步，一发遂双连颈联、写「中双」典切。影谢含霜草〔一〕，魂离向月弦〔二〕腹联。写既中之兔。欢声动寒木，喜气满晴天后联从扈从写。那似陈王意尾联借衬作颂扬，空垂乐府篇〔三〕。

《国策》：「狡兔有三窟」，又「乘纤骊之马」[四]。《易》：「王用三驱」[五]。《国策》：「养由基善射，去柳叶百步，百发百中」[六]。《诗》：「一发五豝」[七]。陈思王乐府《名都篇》：「狡兔过我前」，又「一纵两禽连」[八]。　首句破「御」字，次句从「羽猎」引「箭」字，第三句赋兔，第四句暗透「连中」，第五句用数目字陪起「连中」，第六句用「一发」落出「双连」。句法有针线，押韵极工稳。第七、八句，写得既中之兔，骇影惊魂，跳跃纸上。第九、十句，从题后收缴，结句以古事反托，翻笔亦自清切。

通首操纵有神，承接有势，可云完善。

【校记】

[一]影谢　谢，《文苑英华》诗卷一八〇、《全唐诗》卷七四均作「射」。

[二]魂离　离，同上二书均作「消」。

[三]空垂　垂，《全唐诗》作「随」。

[四]「狡兔」、「纤骊」语并见《战国策·齐策四》。

[五]「王用三驱」见《易·比》。

[六]「养由基」事见《战国策·西周策》。

[七]此见《诗·召南·驺虞》。

[八]此见《全魏诗》卷六。「狡兔」应作「双兔」。

长安早春[一]

张子容

开国移东井[二]，方城启北辰[三]。咸歌太平日，共乐建寅春。雪净黄山树[四]，冰开黑水津[五]破承合举，此用合擒。草迎金埒马妍丽，花待玉楼人[六]。鸿渐看无数，莺迁听转频[七]。何当桂枝擢[八]结合试体，还及柳条新。

汉地理志：秦地为东井、舆鬼之分野[九]。《汉书》：右扶风槐里有黄山宫[十]。《尔雅》：封道曰埒[十一]。《世说》：王武子好马射，买地作埒，编钱竟埒，人号为「金埒」[十二]。东井为长安分野，北辰乃长安帝居。首联暗破对排，乃古人制题之法。次联明破早春完题。三、四联两层并写，调虽复而词甚丽。五联亦切合长安，即起下有怀「利见」之意[十三]，通体对排。紧贴长安，逐层清出早春景物，无语可移。结法自然。试场金科玉律。

【校记】

[一] 题下，《全唐诗》卷七四注一作「孟浩然诗」。

[二] 移　同上书作「维」。

[三] 方城启北辰　方城，《全唐诗》及《文苑英华》诗卷一八一均作「城池」。又「启」，《全唐诗》作「起」，《文苑英华》作「对」。

[四] 雪净黄山树　净，《文苑英华》作「尽」。「黄山」，《全唐诗》作「青山」。

［五］津　《全唐诗》作「滨」。

［六］待　同上二书均作「伴」。

［七］「莺迁」句，《全唐诗》作「莺歌听欲频」。

［八］擢　《文苑英华》作「濯」。

［九］「东井」见《汉书·地理志下》。

［十］「黄山宫」见《汉书·地理志上》：「有黄山宫，孝惠二年起。」

［十一］此见《尔雅·释丘》。

［十二］「金埒」事见《世说新语·汰侈》。

［十三］「利见」语出《易·乾》：「飞龙在天，利见大人。」此指登科入朝。

赋得秋日悬清光江淹《望荆山》句［一］　王　维

寥廓凉天净虚摹，晶明白日秋题面。圆光含万象点「光」字即笼「悬」字，碎影入闲流。迥与青冥合拈「青」字写，遥同江甸浮。昼阴殊众木拈「光」字写，斜影下危楼。宋玉登高怨，张衡望远愁。馀晖如可托，云路岂悠悠结束深婉。

《楚辞》：「上寥廓而无天」又「摛青冥而摅虹」。注：天也［二］。　破题二句，先破秋日，一题前，一题后，用笔高浑。次联承出清光，两远两近，曰「合」曰「浮」，曰「殊」曰「下」，总为「悬」字摹写，又无一语可移向月去。五联补足「秋」字，起下结意。张衡以美人比君，而言路远莫致；此又以馀晖结秋日，生出「云路」一层，亦翻案法。前后总括，中三联逐字分疏，是以意不复而局整。 细意挨讲，明代王、唐诸公家数，早兆于此，宜唐人俎豆不祧也。

【校记】

[一]题下注，他本无。

[二]此见《楚辞·九章·悲回风》。

尚书都堂瓦松

李华

《通典》：尚书省都堂居中，左右分司。《酉阳杂俎》：土木气泄，则瓦生松。[一]

华省秘仙踪破题上二字，高堂露瓦松破题下四字。叶因春后长承瓦松，花为雨来浓。影混鸳鸯色，光含翡翠容。 近天忻所寄[二]，拔地叹无从[三]精确刻露。 接栋凌双阙[四]，连甍盖九重[五]。宁知深涧底，霜雪岁兼封进规意，得风雅遗音。

潘岳赋：「独展转于华省」[六]。仙踪者，仙班也。《续韵府》：铜雀台上皆鸳鸯瓦。《东京赋》：「树翠羽之高盖。」[七] 应劭曰：雄曰翡，雌曰翠，亦瓦名，孝成皇后居昭阳，明珠翠羽饰之。 萧何治未央宫，立东阙、北阙。左思《蜀都赋》：「比屋连甍。」[八] 左思诗：「郁郁涧底松。」[九] 分点题面，串承「松」字，三联以松字夹合「瓦」字，确切不移。四、五联并切尚书都堂，起下结语。语语雄丽，不愧作家。后四韵，极意雕搜，不落纤巧，视他手之借衬「松」字者，其高下相去，何啻天壤。

结句脱祈请卑格。

【校记】

[一] 题后注他本无。

[二] 近天析 《文苑英华》诗卷一八九、《全唐诗》卷一五三均作「天然斯」。

[三] 拔地叹 同上二书均作「地势太」。

[四] 凌 同上二书均作「临」。

[五] 盖 同上二书均作「近」。

[六] 「华省」语见潘岳《秋兴赋》。

[七] 张衡《东都赋》，见《文选》卷三。

[八] 此赋见《文选》卷四。

[九] 此出左思《咏史诗八首》之二。见《全晋诗》卷七。

海上生明月[一]

李 华

皎皎秋中月，团团海上生。分破明点，爽绝[二]。影开金镜满，轮抱玉壶清。工丽。渐出三山上

[三]，将凌一汉横。素娥尝药去，乌鹊绕枝惊。照水光偏白，浮云色最明。此时尧砌下，蓂荚正敷荣[四]。

《史记》：蓬莱、瀛洲、方丈三神山在渤海中[五]。首二句笼起全题，三、四正赋明月，五、六贴海上，「渐出」、「将凌」，写「生」字静细。七、八用故实，以烘染明月。九、十赋足明月。末二句从「月」「生」二字上生情，颂扬极雅。毛初晴赏其制题之中，尚存灏气。初唐之殊于后来如此。

【校记】

[一]诗题下，《全唐诗》卷一五三注明「科试」。
[二]团团《文苑英华》诗卷一八七作「团圆」。
[三]三山上　上，同上二书均作「出」。
[四]正敷荣　同上二书均作「自将荣」。
[五]此见《史记·秦始皇本纪》。

湘灵鼓瑟[一]

钱　起

善鼓云和瑟[二]，常闻帝子灵。冯夷空自舞[三]，楚客不堪听。逸韵谐金石[四]写瑟声带定湘灵，清音发杳冥[五]。苍梧来怨慕[六]写鼓瑟情绪，白芷动芳馨。《流水》传湘浦[七]，《悲风》过洞庭曲与人与地胶粘入妙。曲终人不见，江上数峰青远神不尽。

《楚辞》：「使湘灵鼓瑟兮，令海若舞冯夷。」［八］又：「杳冥兮羌昼晦。」［九］流水、悲风，皆曲调名。《山海经》：洞庭山，帝之二女居之。首二句，直点全题。三、四从湘灵旁面呼起一笔。五、六实赋鼓瑟。七、八「苍梧」、「白芷」写湘灵怨慕，「芳馨」写鼓瑟。九、十「流水」、「悲风」写鼓瑟，「湘浦」、「洞庭」写湘灵。末二句「曲中」结鼓瑟，「人不见」结湘灵，江上峰青四字，又分顶湘浦、洞庭作结。风致超脱，体格稳密。此诗结句，试官李玮称为绝唱［十］。然同榜庄诗有「悲风丝上断，流水曲中长」［十一］，陈、魏诗俱有「曲里暮山青」、「数曲暮山青」句［十二］。毛西河云：诗贵调度，钱诗调度佳，原不止以江上数峰见缥缈也，善观者自晓耳。别裁集云［十三］：「落句谓得自鬼语，盖谤之耳。」

【校记】

［一］诗题，「湘灵」上，《全唐诗》卷二三八有「省试」二字。

［二］善鼓　鼓，《文苑英华》诗卷一八四作「抚」。

［三］空　《全唐诗》及《唐诗纪事》卷三十均作「徒」。

［四］逸韵谐　同上二书均作「苦调凄」。

［五］发　同上二书均作「入」。

［六］来　《文苑英华》作「成」。

［七］湘　同上书作「潇」。

［八］此见《楚辞·远游》。点校者按，此句原在句下作注，移此。

［九］此见《楚辞·九歌·山鬼》。

［十］此见《唐才子传》卷四：「主文李暐深嘉美，击节吟味久之，曰：是必有神助之耳！遂擢置高第。」

［十一］此指庄若讷同题诗。见《文苑英华》诗卷一八四。

［十二］此指陈季、魏璀同题诗。见同上书。

［十三］此指《唐诗别裁》。

骊珠［一］

耿　沣

是日重渊下，言探径寸珠。龙鳞原不逆［二］，鱼目也应殊。掌上星初满，盘中月正孤。酬恩光莫及，照乘色难逾。欲问投人否，先论按剑无。倘怜希代价，敢对此冰壶同一仰希，此却昂藏有气。

《庄子》：千金之珠，必于九重之渊骊龙颔下［三］。《韩非子》：龙喉下有逆鳞径尺，批之则杀人［四］。《尚书·考灵曜》：鱼目入珠。「酬恩」即隋珠事。《搜神记》：隋侯行见大蛇伤，救而治之，其后蛇衔珠以报之［五］。《史记》：魏王有径寸珠，照车十二乘［六］。邹阳狱中书：「明月之珠，夜光之璧，以暗投人于道路，人莫不按剑相眄［七］。从探珠说入，第三句暗还「骊」字，第四句暗还「珠」

字。五、六正写「珠」字，七、八比拟衬法，九、十流水对法，而对句又开下结语，自负兼颂主司。　音节豪宕，纤弱砭针。

【校记】

［一］题上，《全唐诗》卷二六九有「省试」二字。

［二］原　同上书作「今」。

［三］此见《庄子·列御寇》。按原置题后，移此。

［四］此见《韩非子·说难》。

［五］灵蛇衔珠事最早见于《淮南子·览冥训》。

［六］此见《史记·田敬仲完世家》。

［七］此见《史记·邹阳列传》。

玉壶冰

王季友

玉壶知素洁［一］，止水复中澄。坚白能虚受玉壶，清寒将自凝冰。分形同晓镜，照物掩宵灯。璧映圆光彻［二］，人惊爽气凌。金罍何足贵尊题法，瑶席几回升。正值求珪瓒，提携共饮冰。

《开元遗事》：杨氏子弟伏中取大冰凿成山，周围宴席，坐客皆有寒色［三］。《庄子》：「沈诸梁曰：

朝受命而夕饮冰，我其内热欤！」[四] 白乐天诗：「三年为刺史，饮冰复食蘖。」 首二句分破题面，次韵出句承首句写玉壶，对句承次句写「冰」字。三、四韵总赋玉壶冰。五韵上句衬收玉壶，下句衬收冰字。末句借「玉」「冰」二字关合试事，思致灵隽。 颔联二语，不啻自为写照。

【校记】

[一] 洁 《全唐诗》卷二五九、《文苑英华》诗卷一八七作「结」。

[二] 彻 《全唐诗》作「入」，《文苑英华》作「出」。

[三] 此指五代王仁裕《开元天宝遗事》。

[四] 此见《庄子·人间世》。

古镜 府试

李益

旧是秦时镜完题，今藏古匣中补出镜匣。龙盘初挂月，凤舞欲生风。砚滴方诸水[一]，庭悬轩帝铜[二]。应祥知道泰，鉴物觉神通。肝胆诚难隐，妍媸信易穷写其明亮起下。幸留君子室[三]，长愿免尘蒙借题自达。

《西京杂记》：秦始皇有方镜，照见心胆[四]。《类苑》：唐天宝三载，扬州进水镜，背有盘龙。又何都巡古镜，以莲叶承之，左右仙人弹琴，凤凰对舞。《周礼》司烜氏有方诸镜取水[五]。《类载》：轩辕氏作古镜十二枚。　首联「秦时」字，即暗破法。次联写其形状，「砚滴」句写镜，映合试士；「庭悬」句写古，映合主司。语意新奇，最为创格。以下写镜之功用，而语多自况，咏物诗正当如此。　学赡思巧，妙有关会。

【校记】

［一］「砚滴」句　《全唐诗》卷二八三作「石黛曾留殿」。

［二］「庭悬」句　同上书作「朱光适在宫」。

［三］留　同上书作「居」。

［四］此见《西京杂记》卷三。

［五］此见《周礼·秋官·司烜氏》。

清明日赐百僚新火

《辇下记》：清明取榆柳之火赐近臣，顺阳气也。

韩　濬

朱骑传红烛［一］，天厨赐近臣。火随黄道见，烟绕白榆新不脱清明。荣耀分他室［二］，恩光共此辰［三］。更调金鼎味庄雅［四］，还暖玉堂人。灼灼千门晓，辉辉万井春。应怜萤聚夜以车胤自况［五］，瞻望及东邻［六］。

后汉礼仪志：清明骑士传火［七］。《抱朴子》：刘安升仙，谪守天厨［八］。　用本句各自为对法起，首句新火，次句近臣。第二韵申清明新火，第三韵正还「赐」字，而「荣耀」、「恩光」俱映新火；「分」字、「共」字，又暗剔百僚。第四韵流水对句，贯串全题，极其耸拔。五韵以赞美作收笔，即拗起聚萤自况之意。「荣耀」「恩光」极常语，施于是题映「火」字，妙甚。

【校记】

［一］朱　《文苑英华》诗卷一八〇作「玉」。

［二］室　同上书及《全唐诗》卷二八一均作「日」。

［三］共此辰　《文苑英华》作「拱紫宸」。

［四］味　同上二书均作「膳」。

［五］夜　《全唐诗》注一作「者」。

［六］及东邻　同上书注一作「独无邻」。

［七］此见《后汉书·礼仪志上》。

［八］此见《抱朴子·论仙》。

清如玉壶冰礼部试。出鲍照《白头吟》［一］

卢　纶

玉壶冰始结，循吏政初成便有「清如」二字在。既有虚心鉴，还如照胆清点「清」。瑶池惭洞彻，金镜让澄明。气若朝霜肃[二]，形随夜月盈双关语，总不放空「如」字。临人能不蔽，待物本无情是玉壶冰，是人，如字融洽。恰对圆光里，妍媸自此呈自喻[三]。

《洞冥记》：望蟾阁上，有清金镜，广四尺，元光中波祇国所献，百鬼不能隐形。《唐书》：太宗赐吏侍高冯金镜，以表其清鉴[四]。　首句直点玉壶冰，次句透起「清如」二字，第三句赋「清」字，第四句还足「清如」，仍不脱冰壶之意。「瑶池」二句，实赋「清如」，以人为主，极得「如」字神理。下二句，是人是物，语语双关。结句自谦以誉主司。通体圆彻。毛西河谓鲍诗原以比人明洁，若王摩诘作[五]，逊此多矣，然王作于结句点正题面，乃出奇制胜之法。此则笔笔用正锋也。「清如」二字，直是洗石见骨，必合王作观之，始见良工心苦。

【校记】

[一]题下注，他本无。

[二]肃　《全唐诗》卷二八〇、《文苑英华》诗卷一八六均作「幼」。

[三]呈　《全唐诗》注一作「生」。

[四]此见《旧唐书·高凭传》。

[五]王维《清如玉壶冰》省试诗如下：「玉壶何用好，偏许素冰居。未共销丹日，还同照绮疏。抱明中不隐，含净外疑虚。气似庭霜积，光言砌月馀。晓凌飞鹊镜，宵映聚萤书。若向贪夫比，清心定不如。」见《全唐诗》卷一二七。

南至日太史登台书云物

于尹躬

至日行时令，登台约礼文。官称伯赵氏，色辨五方云点清。昼漏听初发，阳光望渐分。司天为岁备，持简出人群切太史登台。惠爱周微物，生灵荷圣君衍足题义。长当有嘉瑞，郁郁复纷纷天官书中语。

《左传·僖公五年》：「日南至，公登台以望而书。」又「凡分至，启、闭必书云物。」[一]《左传》：「少皞挚之立也，为鸟师而鸟名……伯赵氏，司至者也。」[二]《周礼·保章氏》注：「至分观云色，青为虫，白为丧，赤为兵荒，黑为水，黄为丰。」[三]　首句破南至，次句破登台，三句太史，四句书云物。五、六实写南至日；七、八实写太史登台，持简出群，极指登台境象；九、十申明书云物之旨。颂扬作结，馀韵悠然。　前半必拆字分写，题面乃清；后半必融题合写，题义乃透，此长句题一定之法。

【校记】

[一]此见《春秋左传正义》卷十二。此段由题后移来。

[二]此出《左传·昭公十七年》，见同上书卷四八。

[三]此出《周礼·春官·保章氏》「以五云之物辨吉凶」郑注。见《周礼注疏》卷二六。

沉珠于渊

独孤绶

至道归淳朴，明珠被弃捐。失真来照乘，成性却沉泉。不是灵蛇吐，犹疑合浦旋[一]。岸傍随日落[二]，波底共星悬。致远终无胫，怀贪岂比肩[三]。欲知恭俭德结意正大，所宝在惟贤。

《新语》：虞舜沉珠五湖之渊，以塞淫邪之路[四]。《白虎通》：德至渊泉，即江出大贝，海出明珠[五]。原题而起，点出「珠」字。次韵敷衍沉渊，三、四实赋沉渊，用衬撇法；五、六旁写沉渊，用形容法。七、八自况，结应首句。庄雅可诵。同题，独孤良器作中二联云：「风折璿成浪，空涵影似浮；深看星并入，静对月同孤。」[六]可谓描写尽致，特于题中一「沉」字，未若此作爬梳警透也。

【校记】

[一]犹疑　《全唐诗》卷二八一作「非缘」。

[二]日　同上书作「月」。

[三]岂比　同上书作「遂息」，《文苑英华》诗卷一八六作「遂比」。

[四]此见《新语・术事》，原文为：「故舜弃黄金于崭岩之山，禹捐珠玉于五湖之渊，将以杜淫邪之欲。」

[五]此语《初学记》卷二十七引为出《易坤灵图》。

[六]此同题作，见《文苑英华》诗卷一八六。

花发上林

王表

御苑春何早呼［一］，繁花已绣林［二］点。笑迎明主仗承明「上林」，香拂美人簪。地接楼台近，天垂雨露深。晴光来戏蝶，夕影动栖禽。欲托凌云势借喻，先开捧日心。方知桃李树，从此别成阴［三］。

魏崔昱传：少时梦上太山，两手捧日［四］。《唐书》：狄仁杰尝荐姚元崇数十人，或曰：天下桃李，悉在公门矣［五］。　首韵先破「上林」，次破「花发」。二韵紧切上林，承写花发。三韵赋写上林，虚映花发。四韵旁面搜剔，极绘「发」字之神。五韵欲作收势，先即以花自比，递到结句，又以花颂美主司，处己对人，均为得体。　题境甚宽，靠定上林刻写「发」字，便寻出仄径来。三、四一联，颇会此窍。又题易为藻绘语，诗偏以清爽胜，遂尔不穷于趣。

【校记】

［一］御苑　《文苑英华》诗卷一八八作「上苑」，《全唐诗》卷二八一注一作「上院」。

［二］绣　同上书作「满」。

［三］别　同上书作「必」。

［四］此见《魏书·崔勖传》。

［五］此见《新唐书·狄仁杰传》。

观淬龙泉剑

裴夷直

欧冶将成剑破明「观」字根原，风胡喜见逢[一]。发硎思切玉是淬[二]，投水化为龙。不复藏深匣紧绕题之前后[三]，终期用劀钟[四]。莲花生宝锷，秋日励霜锋。练影才三尺[五]，吹毛过万重[六]。砻磨如不倦[七]，提握敢辞从[八]。

《越绝书》：风胡子观欧冶作剑，一名「龙泉」，盖以龙泉之水淬剑，故名之[九]。《说苑》：干将莫邪，劀钟不铮。《越绝书》：王取纯钩，薛烛望之，晬如芙蓉始出[十]。太宗诗：霜雪韬莲锷[十一]。《列子》：卫孔周之剑曰宵练，方夜则见光而不见影[十二]。杜诗：骑突剑吹毛。用本事破题，次韵承写宝剑，即关合「淬」字。三韵述所以观淬之意。四韵正是淬剑。五韵从题后铺张。「观淬」二字酣足。结寓干请。句对排。无一笔呆疏，题面只从四旁渍墨，托显本题，气韵自尔生动。

【校记】

[一]喜　《全唐诗》卷五一三作「幸」。

[二]切　同上书作「刌」。

[三]不复　同上书作「讵肯」。

[四]期　同上书作「朝」。

[五]练影　同上书及《文苑英华》诗卷一八九均作「炼质」。

［六］万　同上二书均作「百」。

［七］砻磨如不倦　上二书均注一作「决云今得便」。砻，《文苑英华》作「声」。

［八］敢辞　《全唐诗》作「愿长」。又「提握」句，上二书均注一作「提出剪奸凶」。

［九］此见汉袁康《越绝书・外传记・宝剑》。

［十］同［九］。

［十一］此句出唐太宗《执契静三边》诗，原句为「霜野韬莲剑」，见《全唐诗》卷一。

［十二］此见《列子・汤问》。

初日照凤楼 府试

李虞卿［一］

旭景开宸极［二］，朝阳烛帝居。断霞生峻宇，通阁丽晴虚。流彩连朱槛，腾辉照绮疏。寅宾趋陛后［三］，羲驾奉东初。初日凤楼并见。黄道龙光合，丹翚鸟翼舒。倘蒙回一顾，愿上十烨书。

《天台赋》：「皦日炯晃于绮疏。」［四］疏，窗也，刻为绮文。《周礼・春官》：掌十烨之法，以察云物［五］。　对起点题。三句从初日顺说到凤楼，四句从凤楼逆说到初日，系用交股对法。下六句，初日凤楼，每句两层，系合写法。结句「一顾」、「十烨」，以比试士，用祈请法。毛西河云：一起六句调不甚变，犹是六朝遗习。

【校记】

［一］作者，《全唐诗》卷四七九作「李虞仲」。

［二］「旭日」句　同上书作「旭日烟云殿」。

［三］「寅宾」以下六句　同上书作「曈昽晨景里，明灭晓光初。户牖仙山近，轩楹凤翼舒。还如王母过，遥度五云车」。

［四］此见晋孙绰《天台赋》。

［五］此见《周礼・春官・眡祲》。

玄元皇帝应见贺圣祚无疆官限八韵［一］

殷　寅

应历生周日，修祠表汉年。复兹秦岭上，殊似霍山前［二］。昔赞神功起武德年，今符圣祚延天宝年。已题金简字，仍访玉堂仙。睿祖光元始，曾孙体又玄。言因六梦接，庆叶九龄传［三］。北阙心超矣，南山寿固然。无由同拜祝［四］，窃抃贺陶甄。

《封演见闻录》：唐以李氏出自老君，故崇道教。高宗乾封元年，诣老君庙，追封为玄元皇帝。《通鉴》：开元间，上因梦中告语，遣人得之于盩厔，迎至兴庆宫。天宝七载，降于朝元阁。后因灵应屡见其形，改为「降圣阁」［五］。《道德经序》：周时李母剖左腋而生，生即皓然，因名老子。《后汉书》：桓帝遣中常侍祠老子［六］。按《三秦记》，长安正南秦岭。《见闻记》：高祖武德三年，立庙晋州［七］。《地理志》：晋州霍邑有霍山祠。《唐书》：天宝九载，因田同秀上言，遣使就函谷关尹喜台西，发得告锡灵符，又闻空中语云：「圣祚延长。」《史记》：武帝作建章宫，南有玉堂[八]。《周礼》：占六梦之吉凶[九]。《礼记》：武王曰：梦帝与我九龄[十]。　题面凡四层，诗亦两截分发：前四韵写「应见」，后四韵写「圣祚无疆」，体格一变。上截言老子生于周，祠于汉，降神于天宝，似降于武德之年，昔欲助高祖，今欲延圣祚也。此是专赋「应见」一层。下截言既告以灵符，又表贺圣祚，盖圣祚无疆，曾孙心契，故梦中相接，而予以九龄之庆，南山之寿也。我亦惟抒兹贺悃而已。此是专赋圣祚一层。前后用流水对仗，绝不排写，已开后人八股截做之法，并可悟长题之法。

【校记】

[一]题下注，他本无。
[二]殊　《文苑英华》诗卷一八〇、《全唐诗》卷二五七均作「更」。
[三]九龄　龄，《文苑英华》作「灵」。
[四]祝　同上书均作「庆」。
[五]以上一段自题后移此。
[六]此见《后汉书·桓帝纪》。
[七]此见唐封演《封氏闻见记·道教》。
[八]此见《史记·汉武帝本纪》。
[九]此见《周礼·春官·占梦》。

［十］此见《礼记·文王世子》。

禁中春松

陆　贽

阴阴清禁里，苍翠满春松。雨露恩偏近［一］暗示恩近，阳和色更浓［二］承「清禁」，「色浓」承「苍翠」，并承「阴阴」，「阳和」承「春」字。无苟下者。高枝分晓日［三］，虚吹杂宵钟［四］。香助炉烟远，形疑盖影重。愿符千载寿［五］咏松自宜归颂，不羡五株松。倘得回天眷［六］，全胜老碧峰。

《三辅黄图》：汉宫中谓之禁门，非侍卫之臣不得妄入［七］。《东京赋》：树翠羽之高盖。《述异记》：千年之松，香闻十里。《汉官仪》：始皇封太山，避雨松下，因封松以秦爵第九级，曰「五大夫」。非五株也，唐人误认者多［八］。　禁松明点分承，语极高华。以下禁松夹写，一联正面，一联旁衬，一联就题颂美，用流水对法。结带干请，亦就禁中着笔关合。　穷情尽态，而出以春容，自是垂绅搢笏之度。此诗结句，真有月尽珠来劲力。

【校记】

［一］偏　底本误作「遍」，据《全唐诗》卷二八八改。

［二］更　同上书作「正」。

［三］日　同上书注一作「月」。

［四］虚吹　同上书作「灵韵」。
［五］千载　载，同上书注一作「岁」。
［六］倘　同上书注一作「亏」，一作「幸」。
［七］此见《三辅黄图·杂录》。
［八］此见汉应劭《汉官仪》，可参阅宋袁文《瓮牖闲评》卷五。

西戎献马

周　存

天马从东道，皇威被远戎。来参八骏列，不假贰师功，破承四语，气色峥嵘。影别流沙路接写「献」字，嘶生上苑风［一］赞语宏亮。望云时蹀足，向月每开骢［二］。地异才难敌［三］，标奇志未同［四］。驰驱如见许，千里一朝通结复骁腾。

《唐书》：贞观中，回纥骨利干遣使献良马十匹，太宗号为「十骥」［五］。天宝中，大宛进汗血马十匹。汉《天马歌》：「天马来，历无草，径千里，循东道。」［六］《汉书》：李广利为贰师将军，伐大宛，求善马。《赭白马赋》：望朔云而蹀足［七］。《春秋说题辞》：地精为马，十二月而生，月度疾，故马善走。　原题法起第三句承首句，第四句承次句。五、六一句西戎，一句献马，下俱向题后推进一步为自己写照，处处稳妥。　一起便已得势，故能建瓴疾下，字字皆圆珠走盘。此与《天骥呈材》郑作［八］，机局略同，彼暗写天骥，含「材」字；此明点天马，含「献」字，后来俱用赞词。盖闭门造而出门合，工力无歧用也，宜参看，声光势格俱高。

【校记】

［一］嘶生　生，《全唐诗》卷二八八作「流」。
［二］开骢　同上书作「争雄」。
［三］「地异句」　同上书作「禀异才难状」。
［四］未　同上书作「岂」。
［五］此见《新唐书·回纥传下》。
［六］此见《乐府诗集》卷一《郊庙歌辞一》。
［七］颜延年《赭白马赋》见《文选》卷十四。
［八］此指郑蕡《天骥呈才》，全诗曰：「毛骨合天经，拳奇步骤轻。曾邀于阗驾，新出贰师营。喷勒金铃响，追风汗血生。酒亭留去迹，吴坂认嘶声。力可通衢试，材堪圣代呈。王良如愿盼，垂耳欲长鸣」。

闰月定四时尧典

罗　让

月闰随寒暑，畴咨定职司［一］。馀分将考日闰月，积算自成时定时。律侯行宜表，阴阳运不欺。气熏灰管验［二］，数扐卦辞推。六历文明序，三年步暗移［三］。当知岁功立，唯是奉无私。

汉律历志所记有黄帝、颛顼、夏、殷、周及鲁历。又曰：颛顼历比于六历，疏阔中最为微近。又曰：刘向总六历，列是非，作《五纪篇》〔四〕 首韵分破，二韵承明置闰以定时，三韵言时定则岁成，四韵写置闰之法，五、六韵明暗属对，巧连结句，隐照试事。 此题但敷衍律历志、尚书考，虽累牍不能尽。 镕其液而铸为词，乃可与风雅之选。

【校记】

〔一〕畤咨 咨，《全唐诗》卷三一三作「人」。

〔二〕灰管 管，同上书作「琯」。

〔三〕步 同上书作「理」。

〔四〕以上见《汉书·律历志上》。

南至日隔霜仗望含元殿炉烟〔一〕李白诗：「霜仗悬秋月」。 裴次元

冕旒初负扆庄雅，卉服尽朝天。旸谷初移日〔二〕，金炉渐起烟〔三〕。芬香萦篆兽〔四〕，散漫入貂蝉。霜仗凝逾白，朱旗映转鲜〔五〕。始看浮阙在，稍见逐风迁。为沐皇家庆，来瞻羽卫前。

《禹贡》「岛夷卉服」孔疏：南海岛夷，草服葛越。《香谱》：香兽，以涂金为狻猊之状，空其中以然香，使香自口出。《汉官仪》：侍中冠武弁大冠，亦曰「惠文冠」。加金珰附蝉为文，貂尾以饰，谓之「貂蝉」；侍中服之则左貂，常侍服之则右貂。唐百官志：左右羽林卫，掌统北衙禁兵，督摄左右厢飞骑仪仗，大朝会，则周卫阶陛；巡幸则驰道为内仗。首二句，影射含元殿说起。三句承出日南至，四句转出炉烟，五、六句实写炉烟，七、八句写隔霜仗，九、十句写「望」字，末以所以得望意作结。逐层透写，有笔不停缀之妙。同题王作，用逐字分疏法［六］。此篇更以浑雅胜之。又崔作一联云：「圣日开如捧，卿云近欲浑。」［七］亦煞具工巧。

【校记】

［一］炉烟　《全唐诗》卷四六六作「炉香」。

［二］初移日　同上书注一作「移时日」。

［三］渐起烟　同上书注一作「出御烟」。

［四］萦篆兽　同上书作「流远近」。

［五］朱旗　旗，同上书作「栏」。

［六］此指王士良同题诗，云：「抗殿疏龙首，高楼接上玄。节当南至日，星是北辰天。霜戟罗仙仗，金炉引御烟。霏微双阙近，溶曳九门连。拂树祥光满，分晴曙色鲜。一阳今在历，生植愿陶甄。」见《文苑英华》诗卷一八〇。

［七］此指崔立之同题诗。见同上书。

中和节诏赐公卿尺[一]

裴度

阳和行庆赐，尺度为臣工[二]。宠赉乘佳节[三]，倾心立大中。短长思合制，远近贵攸同。共荷裁成德[四]巧切而雅重，将酬分寸功。作程施有用[五]，垂范播无穷。愿续延洪寿[六]，千春奉圣功。

唐李泌传：泌请废正月晦日，以二月朔日为中和节。因赐大臣戚里尺，谓之「裁度」[七]。《尚书》：「天降割于我家不少，延洪，惟我幼冲人」。孔传：「以延洪作句」[八]。释云：延，长也，洪，大也。借尺意以祝圣寿，最有关合。后人改「南山」，遂成套语。　首联笼起，三句承首句，四句承次句；五、六顶「大中」句写；七、八句感诏赐关合尺；九、十句颂诏赐，末联借尺意祝圣寿。　骨峻风清，颂扬得体。

【校记】

［一］诗题下，《全唐诗》卷三三五注「贞元八年宏词」。

［二］为臣工　同上书作「及群公」。

［三］宠赉　同上书作「荷宠」。

［四］荷裁成　同上书作「仰财成」。

［五］有用　用，同上书作「政」。

［六］延洪　同上书作「南山」。

［七］此指《新唐书·李泌传》。此段原置题后。

［八］此见《书·大诰》。

窗中列远岫 宣州试。谢朓《宣城郡斋诗》。

白居易

天静秋山好举手即极工妙，窗开晓翠通。遥怜峰窈窕，有隔竹蒙茏一句「远」岫，一句「列」，承极清楚。万点当虚室，千重叠远空二语分写。到檐攒秀气，缘隙助清风二语合写。碧爱开帘后［一］，明宜返照中并写岫色，是窗中列岫。宣城郡斋在点明来历，望与古时同［二］。

孙绰赋：「披荒榛之蒙茏。」［三］茏字今入二东。　起句排对，故次韵用流水句，衍出「列」字，倍觉生动。第五句括尽全题，对虽欠完，而气力已敌。以下实赋窗中之景，一联幽细，一联奇杰。醉吟先生［四］，色色擅场。　各试帖至后联意义多竭，此犹能作「碧爱开帘后」五字，使全题字字精神迸露，又不稍溢题外，具见力量。帖括至此，乃可目之为工，亦可悬之为律。

【校记】

［一］开帘　《文苑英华》诗卷一八七作「新晴」。

［二］时　同上书作「诗」。

［三］此指《游天台山赋》。见《文选》卷十一。

［四］白居易曾作《醉吟先生传》，因以指作者。

数蓂［一］

元稹

将课司天历，先观近砌蓂。一旬开应月，五日数从星承出。桂满丛初合实写，蟾亏影渐零。辨时长有素，数闰或馀青补写。坠叶推前事从题后写，新芽察未形。尧年始今岁就题颂扬，方欲瑞千龄。

《帝王世纪》：尧时有草夹阶而生，每月朔日一荚生，至十五日而足；十六日一荚落，至晦日而尽。若月小馀一荚厌而不落，名曰蓂荚［二］。《洪范》：月之从星，则以风雨［三］。首韵点蓂，次韵承出数蓂；三韵实写数蓂；四韵补写月小馀一荚之意；五韵写足每月更生之意；末韵以颂扬结之。六十字中，觉题之本位，及题之前后，均畅发无剩义者，总由无一闲字阑入耳。

【校记】

［一］诗题，《全唐诗》卷四〇九前有「赋得」二字，后注「元和中作」。

［二］此见《竹书纪年》卷上。原置题下。

［三］此见《书·洪范》。

玉卮无当[一]

元　稹

共惜连城宝，翻为无当卮[二]。讵惭君子贵承玉卮，深讶拙工隳承「无当」。泛蚁功全少[三]，如虹色不移一抑一扬，且惜且赞。可珍殊砾石[四]，何计辨糟醨。江海诚难满，盘筵莫妄施。纵乖斟酌意结意愈宽愈紧，犹得奉光仪[五]。

《韩子》：堂溪公谓韩昭侯曰：「今有玉卮无当，瓦卮有当，将何取？」曰：「取瓦卮。」[六]左思：「玉卮无当，虽宝弗贵。」注：「当，底也。」[七]《尔雅》：酒有泛蛴，浮蚁[八]。《楚辞》：何不餔其糟而啜其醨[九]。《汎论》：江河不能实漏卮。《盐铁论》：川原不能实，漏卮不能满。谁云相去远，脉脉阻光仪。　题乃美中不足语，故起语即作回护，归罪拙工，落实「无当」二字。第三韵出句「无当」，对句「玉卮」，第四韵出句「玉卮」，对句「无当」，用笔俱极流利。五韵总括，结仍以护笔应前。语语是惜无当，语语是赞玉卮。若据题面拦入嗟伤语话头，不特意味索然，志趣亦邻衰飒矣。凡此等题，当解用此法。

【校记】

[一]诗题，《全唐诗》卷四〇九前有「赋得」二字，下有注「韵取卮字」。

[二]为　同上书作「成」。

[三]少　同上书作「小」。

［四］可珍　珍，同上书作「怜」。
［五］奉　同上书作「对」。
［六］此语出自《韩非子·外储说右上》。此段原置题下。
［七］此语出自左思《三都赋序》。见《文选》卷四。此段原置题下。
［八］此见《尔雅·释诂》。
［九］此见《楚辞·渔父》。
［十］此见《淮南子·汜论训》。

河鲤登龙门［一］

元　稹

鱼贯终何益起势开展，龙门在此登［二］。有成当作雨［三］，无用耻为鹏登字往复尽致。激浪诚难溯用笔开合，雄心自可凭［四］。风雷潜会合［五］。摹写气势，鬐鬣忽腾凌。溟滓辞河浊［六］，烟霄见海澄。回瞻顺流辈对面作结，笔情闲恣，谁敢望同升？

《水经》：鳣鲤出巩穴，三月则上度龙门，得度则为龙，否则点额而退［七］。《三秦记》：河津，一名龙门，两旁有山，龟鱼莫能上，江海大鱼薄集其下，上则为龙［八］。《尔雅》：逆流而上曰溯洄，顺流而下曰溯游［九］。《江赋》「扬鬐掉尾」注：举其鬐鬣［十］。溟滓，混茫貌。首韵用问答法，一反一正，落到「登」字，已寓自命之意。二、三韵连用流水合句，从题前摹写登之心。四韵实赋「登」字，五韵赋足登龙门。末二句，用翻笔作结，抬高自己身分，绝不肯摇尾乞怜。从首至末愈说愈深，一气盘旋，直觉活泼泼地。通首凝重，三、四作一顿，以后一气奔赴，亦有鬐鬣腾凌之势。如此气体，宁得概以「元轻」嗤之？

【校记】

［一］诗题，《全唐诗》卷三九九前有「赋得」，后注「用登字」。
［二］此登　此，同上书作「苦」。
［三］有成当　同上书注一作「有时常」。
［四］自可凭　同上书作「亦自凭」，又注一作「庶亦」。
［五］风雷　雷，同上书作「云」。
［六］溟滓　溟，同上书作「泥」。
［七］此见《水经注·河水》。此段原置题下。
［八］此见《艺文类聚》卷九六引辛氏《三秦记》。此段原置题下。
［九］此见《尔雅·释诂》。
［十］此见《文选》卷十二郭璞《江赋》李善注。

青云干吕

令狐楚

郁郁复纷纷，青霄干吕云。色令天下见高括，候向管中分，远覆无人境，遥彰有道君叙事详而简。瑞容惊有散，冥感信希闻笔有抟挠。湛露羞依草，南风耻带熏。恭惟汉皇帝［一］，馀烈尚氛氲。

东方朔《十洲记》：「天汉三年，月氏国献神香，曰：东风入律，十旬不休，青云干吕，连月不散，意中国有好道之君乎。」［二］班固诗：「宝鼎见兮色氛氲。」［三］　两语破完全题。三、四上句「青云」，下句「干吕」。五、六补出题旨，七、八还清题面。九、十撇笔衬托，以起下结句叙事之意。　结语不假双关寓意，直作颂词，此另一体式。

【校记】

［一］汉皇帝　《全唐诗》卷三三四作「汉武帝」。

［二］此自《初学记》卷一（云）引来。此段原置于题下。

［三］此见《文选》卷一班固《东都赋》附《宝鼎诗》。

谢真人仙驾还旧山[一]

范传正

麾盖来仙府[二]，笙歌入旧山破老。水流丹灶缺从出旧山后追摹景色，正为「还」字生势，风起草堂关[三]。白鹿行为卫，青鸾舞自闲。种松鳞未老[四]，移石藓仍斑写还后景物，与颔联相应。望路烟云外[五]，回舆岭岫间「还」字正面。笑他辽海上[六]，空见羽衣还[七]结处宕开，其来愈紧。

《一统志》：万载县谢仲初，修炼于阁皂山，得道而归，过县西，拔剑刺地，得水；又以竹叶渡江，后登县北谢山，冉冉飞去[八]。古乐府：王子乔，参驾白鹿云中游。《唐史》：明皇与申天师，八月十五夜游月宫，见素娥乘鸾，舞于桂下。首句破「仙驾」，次句破「还旧山」。三、四正写旧山。五、六承首联，正写「还」字。七、八承次联，衬写旧山。九、十回顾仙驾，收足「还」字。结用衬撇法，收足谢真人。

是题不少杰构，都只做得「谢真人还山」，漏却一「旧」字，唯此篇灶缺堂关，松未老，藓仍斑，前后关照，未尝抛荒也。

【校记】

[一] 还　底本作「过」，据《全唐诗》卷三四七改。

[二] 来　同上书作「从」。

[三] 风　同上书作「云」。

[四] 老　同上书作「立」。

〔五〕云　同上书作「霞」。
〔六〕笑他辽海上　笑他，同上书作「岂惟」。又「上」作「鹤」。
〔七〕「空见」句　同上书作「空叹令威还」。
〔八〕此段原置于题下。

白云起封中〔一〕

吕　温

封开白云起，汉帝坐斋宫。望在泥金上，疑生秘玉中。攒柯初缭绕，布叶渐朦胧。日观珠光合〔二〕，天门练影通历泰山写「白」字〔三〕。无心还出岫〔四〕，有势欲凌风。倘遣成膏泽，从兹傍太空〔五〕。

《史记》：汉武东封泰山，有白云起自封中〔六〕。《白虎通》：金泥银线，封之以金印〔七〕。应劭曰：王者告成功，有石函玉检之封。《古今注》：黄帝战蚩尤，有五色云，金枝玉叶止于帝上〔八〕。日观，以鸡鸣见日。天门，从穴中视天，俱在泰山。　首句颠倒破法，次句补笔原题法。三句领「封中」，四句补「白云」，转捩在「望在」、「疑生」四活字。以下云起一联，封中一联，又流走法一联。毛西河曰：诗已及格，惜不曾赋「白」字。张南士改腹联原句「日观祥光合，天门瑞气通」为「日观珠光合，天门练影通」，闻者皆鼓掌称善。始知诗境，本无尽处也。　点接缨带，御成法而动天机，是以有应弦之巧。

【校记】

［一］题下《全唐诗》卷三七〇有注曰「题中用韵，六十字成」。
［二］珠　同上书作「祥」。
［三］练影　同上书作「瑞气」。
［四］还　同上书作「已」。
［五］傍　同上书作「遍」。
［六］此见《史记·汉武帝本纪》。此段原置题下。
［七］此见《初学记》卷五《泰山》引《白虎通》。
［八］此见晋崔豹《古今注》卷二。

缑山鹤

张仲素

羽客骖仙鹤，将飞驻碧山原题。映松残雪在，度岭片云还四句题面。清唳因风远，高姿对水闲［一］。笙歌忆天上［二］，城郭叹人间二句题意。几变霜毛洁，方殊藻质斑。蓬瀛如可到［三］，逸翮讵能攀［四］。

《列仙传》：王子乔好吹笙，上嵩山三十馀年，告桓良曰：「告我家，七月七日待我于缑氏山头。」至期果乘白鹤驻山顶，举手谢时人而去。缑音钩[五]。《尔雅》：鹤一名仙子，一名蓬莱羽士[六]。《述异记》：荀环尝憩江夏黄鹤楼，见驾鹤之宾。白居易诗：晒羽常疑白雪消[七]。《搜神记》：辽东城门有华表柱，一白鹤自歌曰：「有鸟有鸟丁令威，去家千年今来归，城郭如故人民非，何不学仙冢累累。」[八]又《列仙传》：苏仙公化鹤，爪书「城郭是，人民非」[九]句。《相鹤经》：鹤百六十年，不食生物，大毛落，氄毛生，洁白如雪[十]。《古今注》：千载变苍，又千载变黑。鲍照《舞鹤赋》：「叠霜毛而弄影」又「钟浮旷之藻质」[十一]。　直从本事起，落出「山」字。二韵「残雪」、「片云」，俱指鹤之色泽，只四语题面已足。三韵实赋鹤，衬带缑山。四韵置身题上，发出题情，确是缑山之鹤。五韵赞美催下自况，亦不涉牵强。　此题试帖，清句多，健句少，张作清在风神，健在骨力，所以制胜。

【校记】

[一]对水　对，《文苑英华》卷一八五作「间」。

[二]忆　同上书作「应」。

[三]「蓬瀛」句　《全唐诗》卷三六七作「迢迢烟路逸」。

[四]逸翮　逸，同上书作「奋」。

[五]此见汉刘向《列仙传·王子乔》。此段原置于题下。

[六]此见《尔雅·释鸟》。

［七］此见白居易《池鹤》二首其一，原文为「低头乍恐丹砂落，晒翅常疑白雪销」。
［八］此见《搜神后记》卷一。
［九］此见《列仙传·苏仙公》。
［十］《相鹤经》见《初学记》卷三十《鹤》引。
［十一］见《鲍参军集》卷一。

精卫衔石填海学诸进士作

韩　愈

鸟有偿冤者高呼起势，终年抱寸诚。口衔山石细，心望海波平。渺渺功难见，区区命已轻。人皆讥造次，我独赏专精。岂讶休无日［一］，惟应尽此生。何惭《刺客传》，不着报仇名应「者」字结，云破月来。

《山海经》：发鸠之山，有鸟名精卫，是炎帝之女，溺于东海，故常取西山石以填之［二］。《史记·刺客传》：聂政姐荣，于邑悲衰，而死政之旁。　一、二句点清精卫，三点清衔石，四点清填海，逐句以议论清题，迥异他手呆点。五句申填海，六句申衔石，七、八句宕开，蹴起波澜，转落后联。九句照「功难见」，十句照「命已轻」。收二句应「者」字结，作通篇归宿。　按是诗，命意在结二语，为通篇归宿，以前逐句虚描一刺客影子，至末点出其发端，「鸟有偿冤者」，便与结语「何惭刺客」遥相呼应。其中「抱诚」「专精」，「功难见」、「命已轻」、「休无日」、「尽此生」，处处关照着笔，层层意义环生，觉风起涛涌中，仍复细针密缕。公所称「想当施手时，巨刃磨天扬」，盖自道也。徐荩山所论如是，具有见解，故略诸说而录此。　清空挥洒，本非试场作，自然脱去卑靡。

【校记】

［一］讶　《全唐诗》卷三四三作「计」。

［二］此见《山海经·北山经》。此段原置于题下。

反舌无声 徐洲试

张　籍

夏木多调鸟［一］，偏知反舌名。林幽仍旧宿［二］，时过即无声［三］。竹外天空晓，溪头雨自晴。居人疑寂寞［四］，深院益凄清。入雾暗相失，当风间易惊。来年上林苑，知尔最先鸣。

《月令》：「小暑至，反舌无声」［五］。沈约《反舌赋》：「既含意于将晓。」　首二句，从有声引起，明点反舌，分承起二句，明点无声；三、四韵实赋无声。每句妙在所下虚字，令人咀味。盖天晓雨晴，人静院深，正反舌作声之侯；今既无之，则是晓者空晓，晴者自晴，人疑寂而院益凄也。于此可悟化板为活之法。第五韵衬写「无声」，更为刻画。末韵反以有声作结，想见自命不凡，又开后人翻案之例。凡无去路题，正当如此。　写声难，摹无声更难。妙从有声翻出无声，又将时、地、人托写，题意益显。

【校记】

［一］调 《全唐诗》卷三八四作「好」。

［二］仍旧 旧，同上书作「共」。

［三］即 同上书作「已」。

［四］疑 同上书作「宜」。

［五］此指《礼记·月令》。此段原置于题下。

浊水求珠

王损之

积水非澄彻，明珠不易求。依稀沉极浦，想象在中流。瞪目思清鉴［一］，褰裳恨暗投。徒看川色媚，空爱夜光浮。月入疑龙吐，星归似蚌游。终希识珍者，采掇在冥搜［二］。

《抱朴子》：识珍者，必舍浊水之明珠［三］。《埤雅》：龙珠在颔，鲛珠在皮，蛇珠在口，鳖珠在足，鱼珠在眼，蚌珠在腹［四］。　首句唱起浊水，次句反出求珠，三、四句虚衍「求」字，五、六句实写「求」字，七、八、九、十极写「求」之情状，总见求之之难，为浊水「浊」字还他真面目，足见匠心独运。末二句，缴合题原天然干请。　此诗见求之不以道也，不正写浊水，却处处有浊水在。

【校记】

［一］清鉴　鉴，《文苑英华》诗卷一八六，《全唐诗》卷四六四均作「浅」。
［二］在　同上二书均作「冀」。
［三］、［四］均见《初学记》卷二七引。

越裳献白雉［一］

王若岩

素翟宛昭彰，遥遥自越裳。冰晴朝映日净彻，玉羽夜含霜。岁月三年远，山川九译长［二］。来从碧海路，入见白云乡写「献」字，全题皆到。　作瑞兴周后，登歌美汉皇。　朝天资孝理，惠化且无疆。

《孝经·援神契》曰：「周成王时，越裳献白雉，去京师三万里」［三］。《贾捐之传》：「越裳九重译而献」［四］。《东都赋》：「启灵篇兮披瑞图，获白雉兮效素乌。」注：光武时，日南献白雉。赋中及之，此诗所谓「登歌瑞应图」［五］。文王时见苍乌，王者孝悌则至，治化旁流四表，则白雉见。　首破白雉，次破越裳，第二韵写白雉，第三韵写越裳。第四韵流水对句，实赋「献」字，不脱「越裳」。第五韵叙本事，一主一宾，「献」字收足。　末韵归美圣代，极得颂祝之体。　平醇风格，穆然典册之文。

【校记】

［一］献　《全唐诗》卷七八二作「贡」，又「越」前有「试」字。

〔二〕译　同上书作「泽」。

〔三〕此见《艺文类聚》卷九十九《祥瑞部下》引。此段原置于题下。

〔四〕此见《汉书》卷六四下。

〔五〕此见《文选》卷一《东都赋》附《白雉诗》。

白云向空尽李百药《雨后》诗。「白」原作「薄」。

焦　郁〔一〕

白云生远岫〔二〕，摇曳入晴空。乘化随舒卷，无心任始终气脉紧，理致深，先虚摹「向空尽」三字。欲销仍带日〔三〕，将断不因风〔四〕实写「尽」字。势薄飞难见〔五〕，天高色易穷才是向空之尽。影收元气表，光灭太虚中抉摘刻露。倘若从龙去〔六〕结亦非泛语，还施润物功〔七〕。

《后汉书·明帝纪》：「升灵台，望元气。」《纂要》：天地元气之所生。《庄子》：道不游太虚〔八〕。

乘化无心，又着一「随」字、「任」字，而「尽」字之意已透。以下逐层虚写，一气呵成，题无剩义，最佳在「难见」、「易穷」、「影收」、「光灭」，「尽」字中有「白」字，又有「空」字，可谓通身具琐子骨。玩一「向」字，须从「生岫」写起。玩一「尽」字，须就「从龙」缴收。此皆探取虚字消息，非泛泛起结语也。其章法，自「生」而「入」，至欲销，将断、难见、易穷、影收、光灭，层次一丝不乱。初学诵此千过，挥毫时，能使管化嫩篁。　刻画无痕，试帖中名作。

【校记】

［一］作者《文苑英华》诗卷一八二作「周存」。《全唐诗》卷五〇五注：「一作周成诗」。

［二］生　《全唐诗》作「升」。

［三］带日　带，《文苑英华》作「向」。

［四］不因　不，《全唐诗》作「更」，《文苑英华》作「或」。

［五］难见　见，同上二书均作「定」。

［六］倘若　《文苑英华》作「况若」，又注「去」一作「出」。

［七］润物　《全唐诗》作「济物」。

［八］此见《庄子·知北游》。

莲花峰监试　《华山记》：「北上有莲花峰。」

刘得仁

太华万馀重起势耸然，岧峣只此峰。当秋倚寥泬，入望似芙蓉娟娟韶秀。翠拔千寻直，青危一朵秾琢句精警。气分毛女秀，灵有羽人踪。倒影侵关路［一］确是华山莲峰，流香激庙松。藕如船十丈［二］，望里豁心胸［三］。

《山海经》：华山名太华，其西为少华［四］。李白诗：「太华三芙蓉，明星玉女峰。」《列仙传》：华阳山有毛女，体生毛，自言始皇宫人［五］。《楚辞》：仍羽人于丹丘兮［六］。　缘起点出「峰」字，以芙蓉暗出莲花，最有风韵。五、六莲峰夹写，转笔宽衍一联，仍用夹写完局。贴切华山，以「倒影」、「流香」，关照本题，略无琢态。结语浑切，总无懈笔。　峰孤撑而杰出，诗格亦与之俱高。

【校记】

[一]关路　关，《全唐诗》卷五四五作「官」。

[二]「藕如」句　同上书作「尘埃终不及」。

[三]「望里」句　同上书作「车马自憧憧」。

[四]此见《山海经·西山经》。

[五]见刘向《列仙传下·毛人》。

[六]见《楚辞·远游》，下句为「留不死之旧乡」。

亚父碎玉斗用仄韵[一]　裴次元

雄谋竟不决来龙，宝玉将何爱。倏尔霜刃挥，雾若春冰碎点明[二]。飞光动旌旗[三]，杂响震环佩[四]。霜摧绣帐前实写[五]，星流锦筵内。霸主业已虚[六]，为虏语空悔[七]。独有青史中，英风冠千载。

《史记》：沛公鸿门宴后，以玉斗双献范增，增拔剑撞玉斗碎之[八]。范增，号「亚父」。《后汉书·吴祐传》：「杀青简以写书」。　首联破绕题前，次联承托题面。盖典故题，决宜补明题义也。三联写「碎」字，声光俱出；四联再接「碎」字，以厚其气。五联申明其故，引起末联，一气旋折，有刀挥不断之妙。　是题若呆写玉斗，则笨伯矣；竭力刻画一「碎」字，遂尔有声有光。中间旌旗、环佩、绣帐、锦筵，俱就军中点染。用仄韵，非正体也，录此以备一格。

【校记】

［一］题前《全唐诗》卷四六六有「赋得」二字，题下无注。

［二］霎若　同上书作「飒然」。

［三］旌旗　同上书作「旌帜」。

［四］杂响震　同上书作「散响惊」。

［五］霜摧　摧，同上书作「浓」。

［六］霸主　同上书作「图王」，又「虚」作「失」。

［七］语　同上书作「言」。

［八］此故事见《史记·项羽本纪》。

莺出谷翰林院试官限「春」字〔一〕

钱可复

玉律阳和变，时禽羽翮新暗破莺。载飞初出谷明承出谷，一啭已惊人。拂柳宜烟暖写「出」字神旺，冲花觉路春〔二〕。迎风翻翰疾〔三〕，向日弄吭频。求友心何切，迁乔幸有因。华林饶玉树寄情浑雅〔四〕，栖托及芳晨。

《蜀都赋》：「云飞水宿，弄吭清渠。」〔五〕《汉武故事》：上起神屋，前庭植玉树。　四语完题，首句从题前引出题情，第四句从题后落住题位。「拂柳」、「冲花」，写「出」字极其神来。「迎风」句，应前「载飞」；「向日」句，应前「一啭」，调虽复而意自密。「求友」句，又申写「弄吭」；「乔迁」句，又申写「翻翰」，法至此，几于暗度金针矣。末四句，俱带自负，佳在「饶」字属君相，「及」字属自身，有道则仕，既不徇人，亦不失己，而和平温和，逼真黄钟大吕之音。钱仲文有是文孙，端不负「江上峰青」〔六〕，早树诗坛一帜。　出必有声，出必有情，补笔皆题所本有。

【校记】

〔一〕题下注他本无。

〔二〕路　《全唐诗》卷五四六作「露」。

〔三〕迎风　迎，同上书作「搏」。

〔四〕饶　同上书作「高」。

［五］左思《蜀都赋》，见《文选》卷三。

［六］此指钱起《湘灵鼓瑟》名句「曲终人不见，江上数峰青」。点校者按，钱起号仲文，乃钱可复之祖父。

风不鸣条《春秋繁露》：「太平之世，风不鸣条，开甲破萌而已。」　卢　肇

习习和风至，柔条有自鸣［一］。暗通青律起［二］，远傍绿萍生［三］。拂树花仍发妙于运笔［四］，经林鸟不惊［五］。几牵萝影动［六］，潜惹柳条轻［七］。入谷迷松响［八］，开窗失竹声［九］。风雷交感后［十］，应识昊天情［十一］。

《释文》：在木为女萝，在草为兔丝［十二］。《淮南子》：九天，西方曰昊天［十三］。首二句笼起全题。次联承「风」字，透「不鸣条」。第三、四、五联，刻画不鸣，以萝影，柳烟烘染「条」字，「松响」、「竹声」烘染「鸣」字，句句是风，句句是不鸣。末二句以周公本事作结，补题仍兼颂法。「不鸣」字，有衬法，无染法也，子发可谓知用法者［十四］。

【校记】

［一］柔条　柔，《文苑英华》诗卷一八三，《全唐诗》卷五五一均作「过」。

［二］起　同上二书均注一作「暖」。

［三］远傍绿萍生　绿，同上二书均作「白」。又「傍」，《文苑英华》作「望」。

［四］发　同上二书均作「落」。

［五］不惊　不，同上二书均作「自」，又注一作「讵」。

［六］萝影　影，同上二书均作「蔓」。

［七］柳条　条，同上二书均作「丝」。

［八］「入谷」句　同上二书均注一作「幽涧迷松韵」。

［九］开　同上二书均注一作「闲」。

［十］「风雷」句　同上二书均作「薰弦方在御」。

［十一］「应识」句　同上二书均作「万国仰皇情」。

［十二］此见《释名·释草木》。

［十三］此最早应见《尔雅·释天》。

［十四］卢肇号「子发」。

百官乘月早朝听残漏唐元和中置百官待漏院［一］

莫宣卿

建礼俨朝官［二］，重门耿夜阑。碧空蟾影度［三］，清禁漏声残衍题，具大手法。候晓车舆合，凌霜剑珮寒。星河犹耿耿［四］，银箭尚珊珊。杳霭祥光合［五］，霏微瑞气攒听中有观。欣逢圣明代结应归颂妙，仍顾题首，长愿接鸳鸾［六］。

《汉书》职典：尚书主作文书起草，昼夜更直五日于建礼门内[七]。　首句百官朝，次句早，三句月，四句残漏，此层递完题法。五、六赋百官早朝。七、八一句乘月，一句听残漏。九、十总括，寓颂于结，并收到题首百官。诗贵响贵活，此诗所用实字何其响，用虚字何其活也。宏雅端肃，朝阳鸣凤之音。

【校记】

[一]题下注，他本无。

[二]官　《文苑英华》诗卷一八四、《全唐诗》卷五六六均作「冠」。

[三]蟾影　影，同上二书均作「魄」。

[四]耿耿　《全唐诗》作「皎皎」。

[五]合　同上书作「起」。

[六]鸳　同上书作「鹓」。

[七]此见《汉书·百官公卿表上》。

月中桂华州试[一]

张　乔

与月转洪濛，扶疏万古同。根非生下土剔醒「月中」二字，叶不坠秋风。结蕊圆时足[二]，低枝缺未种丹霄日开笔起下，应虚白兔宫处空［三］二语刻画。影超群木外［四］，香满一轮中二语自然。如何同片玉［五］。散植在堂东［六］［七］。

「顾兔在腹。」《酉阳杂俎》：月中有桂，高五百丈［八］《庄子》：「云将东游，适遭洪濛。」注：气也。《天问》：「顾兔在腹。」《晋书》：武帝于东堂送郄诜，诜曰：「臣对策第一，犹桂林一枝，昆山片玉。」［八］　首联起突兀，以下月、桂夹写，愈出愈奇，圆、足、缺空、影超、香满，巧夺天工，直是不经人道。后尾二联，一气旋折，寓意处位置颇高。「未种」云者，言己之未出也。「应虚」云者，言至高之所，虚以对之也。「如何」二句，言安肯仅同若辈，对策取上第，博取人间富贵已耶？语意浑然无迹，最宜取法。　工描曲绘，以不设色为高。

【校记】

［一］「月」前，《全唐诗》卷六三九有「试」字，题后无注。

［二］结蕊　同上书作「每以」。

［三］低枝　同上书作「还随」。

［四］超　同上书作「高」。

［五］白兔　白，同上书作「玉」。

［六］「如何」句　同上书作「何当因羽化」。

［七］「散值」句　同上书作「细得问玄功」。

［八］见该书卷一《天咫》。
［九］见《晋书·郗诜传》。

春草碧色出江淹《别赋》

郑 谷

苌弘血染新，含露满江滨句中是草。想得寻花径，应迷拾翠人便自轻盈。窗纱横映砌，袍袖半遮茵。天借新晴色思入无际，云饶落日春。岚光垂处合愈刻愈妍，眉黛看时颦。愿与仙桃比，无令惹路尘。

此作非试帖也。是年榜放，谷览试帖，无一当意者，故赋比。《庄子》：苌弘死于蜀，藏其血，三年化为碧［一］。《洛神赋》：「或拾翠羽」。［二］古诗：青袍似春草［三］。开首擒「碧」字，而「草」字亦经暗注。次句即暗落「草」字。三、四用开合句法，上句笼春草，下句笼碧色。以下俱用旁衬比照法。「窗纱」、「袍袖」是「碧」，「映砌」、「遮茵」是「草」，天以新晴而碧，云以日落而碧，曰「借」曰「饶」，则碧皆属草矣，而题中「色」字、「春」字，亦趁便于此点明。岚光甚碧，垂诸草而合，眉黛甚碧，以看草而颦。此等灵巧，毛西河谓其可泣鬼神，实非粗工所可领略也。结亦用意映合，绝无懈笔。起句破碧草，天然巧妙，但非祥和语，试场宜避。

【校记】

[一]此见《庄子·外物》。

[二]《洛神赋》，曹植作，见《文选》卷十九。

[三]此古诗见《玉台新咏》卷一，前后句为：「穆穆清风至，吹我罗衣裾。青袍似春草，长条随风舒。」

李太尉重阳日得苏属国书[一]

白行简

降虏意何如纯以气调制题，穷荒九月居[二]。三秋异乡节，一纸故人书。对酒情无极，开缄思有馀。感时空寂寞，怀旧几踟蹰[三]。雁尽平沙迥，烟消大漠虚。回头南向望[四]，掩泪对双鱼。单用虚笔，不粘一字。

《汉书》：天汉二年，陵率五千人出塞，与单于战，力屈乃降[五]。异域有流沙，随风流走。程大昌《北边备对》言「沙碛广漠，望之漠漠然也」。古诗：「客从远方来，遗我双鲤鱼」。[六]　首韵一起得势。二韵制题有奇气。五、六分承三、四。七、八又中顶「情无极」、「思有馀」说下。九、十句意见重阳边景，无限羁愁，况重以故人之书方在把耶。落句「掩泪」，早已挑动。　囫囵还题，绝无一字判断李陵，便见相题有识，若入他手，必多着议论，从节外生枝矣。结四句，仍含蓄当年许多情事。

【校记】

[一]太尉　《全唐诗》卷四六六作「都尉」。

[二]居　同上书作「初」。
[三]踟躇　踟，同上书作「踌」。
[四]「回头」句　同上书作「登台南望处」。
[五]此见《汉书·李陵传》。
[六]此见《古诗十九首》。

金在镕

白行简

巨橐方镕物，洪炉欲范金。紫光看渐发，赤气望逾深。焰热晴云变，烟浮昼景阴。坚刚由我性，鼓铸任君心。踊跃徒标异，沉潜自可钦。何当得成器成器二字兜裹全篇作结，待叩向知音。

董仲舒《贤良策》：「上之化下，下之从上，犹金之在镕，惟冶者之所铸。」[一]魏文帝《典论》：「五色骇炉，巨橐自鼓。」《庄子》：子黎曰：「今一以天地为大炉，造化为大冶，恶乎往而不可哉？」又「大冶铸金，金踊跃曰：『我必且为镆铘。』大冶必以为不祥之金。」[二]　首韵笼起全题。二、三韵实赋在镕，正是题面。四韵用流水句，出句金，对句镕，申写题意。五韵亦用开合法，呼起结意。「成器」、「知音」，自况中有干请，极有身分。　此等诗，真由千锤百炼而成。「焰热」、「烟浮」一联，尤见虎气腾上。微有可议者，除此联外，不免均犯「蜂腰」，然亦夷光之瘕，姿殊矣，奚用索。

【校记】

［一］《贤良策》见《汉书·董仲舒传》。此段原置于题后。

［二］此见《庄子·大宗师》。

黄鹄下太液池

贾　岛

高飞空外鹄，下向禁中池。岸印行踪浅，波摇立影危便不犹人。来从千里岛，舞拂万年枝。踉跄山风起申「来从」句［一］，徘徊水沫移申「舞拂」句。幽音清露滴，野性白云随是黄鹄，是贾岛之赋黄鹄。太液无弹射，灵禽翅不垂结高。

《韩诗外传》：田饶曰：黄鹄一举千里，君犹贵之，以其所从来远也［二］。《汉书》：始元元年，春二月，黄鹄下建章宫太液池中，公卿上寿［三］。《通鉴》：光武劳冯异曰：始虽垂翅回溪，终能奋翼渑池。　点题后，承写「下」字，语已峭刻。第三韵，一句黄鹄，一句太液，用笔若行云流水。四韵即从三韵生出，分承衍局。五韵申写下太液池后，飞鸣自得，起下得所之意，自况中即寓颂扬。　鹄与池，双起双收，颔、颈、腹三联，逆折而入，后联以「幽音」、「野性」跌起「无弹射」，故下来格律谨严。　昔称阆仙诗多苦吟，或逢公卿贵人亦不知觉，所固然也。

【校记】

［一］山风　山，《全唐诗》卷五七四作「孤」。

［二］此见该书卷三。此语亦见《史记·留侯世家》：「鸿鹄高飞，一举千里。」
［三］此见《汉书·昭帝记》

原隰荑绿柳 谢灵运诗。 荑，柔枝也［一］ 温庭筠

迴野韶光早，晴川柳满堤［二］。拂尘生嫩绿，披雪见柔荑飘逸。碧玉芽犹短，黄金缕未齐。腰支弄寒吹纤倩，眉意入春闺。预恐狂夫折，迎牵逸客迷。新莺将出谷，应借一枝栖。

贺知章柳诗：「碧玉妆成一树高。」［三］李白诗：「柳色黄金嫩。」［四］杜甫诗：「隔户垂帘弱袅袅，恰如十五女儿腰。」［五］古诗：「愁眉柳叶颦。」《诗》：「折柳樊圃，狂夫瞿瞿。」［六］　从早春说入。下三句，每句各点一字，虚实不淆。三、四韵，刻画「荑」字，一字一珠。五韵衬句稍弱。结最健。柳腰、柳眉，谁不解用，一经飞卿牙慧，绝不似食烟火人语。此心灵腕妙，固相须为用也。

【校记】

［一］题语出自谢灵运《从游京口北固应诏诗》，见《文选》卷十二。题下注他本无。
［二］柳满　《全唐诗》卷五八三作「映柳」。
［三］此见贺知章《咏柳》诗。
［四］此见李白《宫中行乐诗》。

［五］此见杜甫《绝句漫兴九首》之九。

［六］此见《诗·齐风·东方未明》。

御沟新柳［一］

杜荀鹤

律到九重春［二］，沟边柳色新。细笼穿禁水清切，轻拂入朝人。日近韶光早，天低圣泽匀。谷莺栖未稳，宫女画难真。楚国空摇浪，隋堤暗惹尘。何如帝城里［三］不假题寓意高，先得覆龙津。

《古今注》：「长安御沟，谓之阳沟，亦曰羊沟，又曰禁沟，引终南水从宫中过。」［四］《荆洲记》：「缘城堤边，悉植细柳。」又「章台亦在楚」［五］。《开河记》：「炀帝开汴渠，两堤植柳。」首句标出「御」字，次句点全题。第二韵从御沟描写「新」字，造语轻倩。第三韵实赋御沟笼新柳。四韵赋新柳，不脱御沟。但应试俱属臣子，「宫女」字未便入试帖中，想非当时所忌耳。末联又用开笔作衬，至结句方合。有总摄，有分写，有开头，有结束，有点染，有气机。释皎然论诗，有所谓「二要」「六至」者［五］，此真窥其堂奥。

【校记】

［一］诗题《全唐诗》卷六九一无「新」字。

［二］九重　同上书作「御沟」。

［三］何如　同上书作「如何」。

［四］见五代马缟《中华古今注·长安御沟》。原文为「长安御沟，谓之『杨沟』，植高杨于其上也。一曰『羊沟』，谓羊喜牴触垣墙，故为沟以隔之，故曰羊沟。」

［五］见《艺文类聚》卷八九引盛弘之《开河记》。

［六］韩偓《开河记》见《旧小说》乙集三。

［七］皎然《诗式》论诗「二要」为：「要力全而不苦涩，要气足而不怒张。」「六至」为：「至险而不僻，至奇而不差，至丽而自然，至苦而无迹，至近而意远，至放而不迂。」校点者按，「六至」原误作「七至」，径改。

越台怀古广州试

黄　滔

南越千年事，兴怀一旦来。歌钟非旧俗，烟月有层台韵。北望人何在，东流水不回。吹窗风杂瘴，沾槛雨经梅。壮气曾难抑［一］，空名信可哀。不堪登览处，花落与花开。

《明一统志》：广州府城南越秀山，有越王台故址，昔赵佗因山为之。《左传》：歌钟二肆［二］。《番禺杂编》：岭外二三月谓之「青草瘴」。四五月为「黄梅瘴」，六七月「新水瘴」，八九月「黄芽瘴」。《埤雅》：自江以南，三月雨谓之「迎梅」，五月雨谓之「送梅」。　首句点「越」字，即注「古」字。次句点「怀」字，即生起以下数联，一气舒展，有高屋建瓴之势。「歌钟」句，引出「层台」，此虚实对仗法。「北望」一联，正写怀古，而「杂瘴」、「经梅」，极切越台风景。毛西河云：结处不露干请，只自伤沉滞，亦是一法。然在试场内遇此等题，又不合叹老嗟悲，或当用翻案作收为妥。

【校记】

［一］抑　《全唐诗》卷七〇六作「揖」。

［二］此见《左传·襄公十二年》

秋夕闻新雁 河南府试

黄　滔

湘南飞去日，蓟北乍惊秋。叫出陇云夜，闻为客子愁。一声初触梦，半白已侵头。旅馆移欹枕，江城起倚楼。馀灯依古壁，片月下沧洲。寂听良宵彻，踌躇感岁流。

《吴越备史》：钱镠王在军，未尝睡，末年用圆木作枕，至熟睡则欹［一］。首韵破秋雁，而「新」字已夹在「南」、「北」两字之中。次韵承「出」「夕闻」，以下俱抱第四句发挥，不写雁，亦不写闻，只写闻之情绪，却句句切合「秋夕」，句句切合「闻新雁」，是谓摹神之作。

【校记】

［一］此事亦见《资治通鉴·后梁均王贞明五年》。校点者按，圆木作枕号「警枕」。

内出白鹿宣示百官[一]

黄　滔

上瑞何曾乏，毛群表色难。推于五灵少，宣示百僚观。形夺场驹洁，光交月兔寒典雅。以白驹、白兔作衬。已驯瑶草别，孤立雪花团精警。戴豸惭端士，抽毫跃史官。贵臣歌咏日，皆作白麟看结寓规于颂。

《瑞应图》：王者敦孝道，则白鹿现[二]。《述异记》：鹿千岁而苍，又百年而白，又五百年而玄。《左传序》：「麟凤五灵。」张衡《灵宪》：「月者阴精之宗，精而成兽，象兔蛤。」《舆服志》：獬豸，神羊也，廌见不直者触之，故君子以解廌为冠[三]。汉终军有《白麟奇木颂》。　首韵虚按白鹿，起「宣示」意。次句承明「宣示百官」。三、四韵实写鹿色之白，五韵实写宣示百官。结语，一句关合百官，一句关合白鹿，亦寓自况之意。　人即能工，亦仅工于「白鹿」二字，几忘题目有「内出宣示」矣，于此见黄君心手之细密。

【校记】

[一]题前《全唐诗》卷七〇六有「省试」二字，题后注「乾宁二年」。

[二]此见《初学记》卷二九《鹿》引。

[三]此见《后汉书·舆服志下》。

昆明池织女石

童汉卿[一]

一片昆明石，千秋织女名。象星何皎皎[二]，临水更盈盈一气抒写，绝有机法。苔掩湔裙色[三]，波为促杼声极意关合，却极自然。岸云连鬓湿，沙月对眉生。有脸莲同笑，无心鸟不惊精思出以慧舌。还如朝镜里，形影自分明[四]。

汉武凿昆明池，旁作二石人，象牵牛、织女。《玉烛宝典》：正月元日至晦日，人并为酺食度水，士女悉湔裳酹酒于水湄，以为度厄[五]。《通鉴》：或谓昌宗曰：「六郎貌似莲花。」杨再思曰：「乃莲花似六郎耳。」[六]　首二句先点全题。三、四承出织女，递到昆明池。以下俱以织女为干，笔笔侧串，笔笔夹写，其关合处复从容流丽，绝不费力；而「无心」句，又能关合「石」字，直是无义不搜。结处更关合祈祷主司，笔墨几于浑化。毛初晴云：试体必如此，方是完作。　刻画处，尽态极妍，仍觉浑成大雅，所谓真意足，真气流也。　咏物以贴体为工者，当三复此种。

【校记】

[一]作者，《全唐诗》卷六〇七注：「一作司马复诗」。

[二]「象星」句同上书作「见人虚脉脉」。

[三]「苔掩」句同上书作「苔作轻衣色」。

[四]自　同上书作「两」。

［五］此见《艺文类聚》卷四《岁时部中》引。

［六］此事最早应见《旧唐书·杨再思传》。

龙池春草拟省试

李　洞

龙池春禁里，芳草傍池春。旋长方遮岸剔池字，全生不染尘。和风轻动色，湛露静流津是春池。浅得承天步，深宜绕御轮恰是龙池春草。鱼寻倒影没，花带湿光新妙想。肯学长河畔，绵绵思远人。

《古诗》：「青青河畔草，绵绵思远道。」　池、草分破，即落「春」字完题。第二韵承写「草」字，仍带「池」字在内。三韵「和风」、「湛露」，剔出「春」字。四韵「天步」、「御轮」，恰切「龙池」。五韵旁衬恰是池边之草。此十字，毛西河谓真生剔之极，试帖中诚不多见也。结句亦反照龙池，不是寻常收煞；又此结无干请颂扬诸习套。　题中四字，无一字轻描。诗中六十字，无一字泛设。思苦而无迹，其笔自高。

日暖万年枝

郭　求

旭日升溟海，芳枝散曙烟双起法。温和临树久［一］，煦妪在条偏。阳德符君惠，嘉名表圣年工稳。若承恩渥厚，常属栋梁贤。生植虽依地，光华只信天高壮。不才惭弱植［二］，徒望向荣先。《西京杂记》：「上林苑有万年长生树，即冬青树也。」《乐记》：「煦妪覆育万物。」「日」字、「枝」字，二句分破，而「暖」字意已藏在内。三、四句承足「暖」字。五句实写「日暖」，六句实赋「万年」。七、八句，上句日，下句枝，所用虚字，正从日暖卸到枝上。九、十句，上句枝，下句日，所用虚字，正从枝字合到日上。收用撇法，亦以谦言寓干请。　笔写题中，神游题外。《金针诗格》云：「诗有内外意，外意欲尽其象，内意欲尽其理。」此诗可云内外兼尽。

【校记】

［一］温和　和，《全唐诗》卷七七九作「仁」。

［二］惭弱植　同上书作「堪仄陋」。

秋山极天净　何逊《暮秋答朱记室》诗［一］

朱延年

雨洗高秋净，天临大野闲音调响亮。葱茏清万象，缭绕出层山。日落千峰上，云销万壑间语语含有「净」字。绿萝霜后翠，红叶雨来殷点染倍见其净。散彩辉吴甸，分形压楚关。欲寻霄汉路，翘首愿登攀意到题随［三］。

柳宗元诗：「积雪表明秀，寒风助葱茏。」［三］《左传》：「左轮朱殷。」杜注：「赤黑色为殷。」［四］

「高秋净」三字，明破，又将「山」字暗破。次韵暗承「极」字，明点「山」字。五、六正赋「山净」，而云销、日落，带定「极天」。七、八衬写「山」字，而红叶绿萝，因霜后雨来，而始归于净，此以点染之不净，而转形其净，「极」字最为酣足。九、十句，吴甸楚关，则概言极地，而天在其中矣。结句撒手自行，得以题就我之法，以语虽干进，而意更注题也。　此等题，总发固难形容，分疏又落边际，须悟前后合、中间分之一法。

【校记】

［一］题下注他本无。

［二］翘首　翘，《全唐诗》卷七七九作「延」。

［三］此见柳宗元《酬贾鹏山人郡内新栽松寓兴见赠二首》诗其一。见《全唐诗》卷三五二。

［四］此见《左传·成公二年》。

赋得郎官上应列宿

公乘亿

北极伫文昌逆笼，南宫早拜郎［一］。紫泥乘帝泽，银印佩天光。纬结三台侧，钩连四辅旁写列宿亦双关郎官。佐商依傅说，仕汉笑冯唐列宿，郎官。委佩摇秋色，峨冠带晓霜［二］。自然符列象，千古耀岩廊。

《汉书》：馆陶公主为子求郎，明帝谓群臣曰：郎官上应列宿，非其人，则民受其殃［三］。《汉书·

天文志》：「斗魁戴筐六星，曰文昌宫。」杜田正谬：汉建尚书百官府曰南宫，盖取《天官书》南宫朱雀之象。南宫，犹言南省。《天官书》[四]：太微后聚一十五星曰郎位。汉旧仪：天子六玺皆以武都紫泥封之。又二千石以上，皆银印青绶。《庄子》：「泰宇定者，发乎天光。」[五]《天官书》：魁下六星两两相比者曰三台。《天文志》：杓北极四星曰四辅。按纬，星有经纬也。钩，星行有钩已之象。《庄子》：傅说骑箕尾而比于列星[六]。史：冯唐白首，屈于郎署[七]。首句笼列星，次句笼郎官，三、四实写郎官，五、六实写应列宿，「纬结」、「钩连」，俱本星象说。第七句，古之应列宿者；第八句，古之为郎官者。九、十以冠佩咏叹郎官，末以颂扬作结。毛初晴赏其起四句，不似笼题，而但以清气行之。中四句，关合甚密，而依然大雅。至「秋霜」字，沈长洲曰：唐制郎官，每兼御史也。骨重神寒，天庙器。

【校记】

[一]早 《全唐诗》卷六〇〇作「晓」。

[二]晓 同上书作「晚」。

[三]此见《明帝纪》。

[四]此见《史记·天官书》。下同。

[五]此见《庄子·庚桑楚》。

[六]此见《庄子·大宗师》。

［七］此见《汉书·冯唐传》。

秋菊有佳色陶渊明句［一］

公乘亿

陶令篱边菊，秋来色更佳［二］。翠攒千片叶，金剪一枝花。蕊逐蜂须乱，英随蝶翅斜。带香飘绿绮秀韵，和酒上乌纱。散漫摇霜彩，娇妍漏日华。芳菲彭泽见，更称在谁家。

《晋书》：陶元亮为彭泽令，常蓄无弦琴［三］。傅玄序：蔡邕有绿绮琴［四］。又陶元亮曾以葛巾漉菊花酒［五］。　从本诗原题而起，两句破明。次韵承写佳色。三韵实赋菊花，调与上复，而意自添；蜂蝶一层，亦不相犯。四韵旁写菊花，而绿绮乌纱，切合陶诗本事。五韵收足秋菊，以赏花意作结，遥应起处。

【校记】

［一］诗题取陶渊明《饮酒》诗中句。

［二］更　《全唐诗》卷六〇〇作「转」。

［三］此见《晋书·隐逸传·陶潜》。

［四］此处释文有误。晋傅玄《琴赋序》原文为：「司马相为如有琴曰绿绮，蔡邕有琴曰焦尾。」

［五］同［三］

河上荣光

段成式

符命自陶唐，吾君应会昌。千年清德水，九折满荣光。极岸浮佳气，微波照夕阳。澄辉明贝阙，散彩入龙堂彩色宏丽。近带关云紫，遥连日道黄。冯夷惊海若，汉武贵宣房。渐没孤槎影，仍分一苇杭[一]。抚躬悲未济，作颂喜时康。

《尚书中侯》：帝尧即政七十载，荣光出河，休气四塞。五色曰荣[二]。周《五声歌》：「圣人千年始一生，黄河千年始一清。」《史记》：秦灭六国，自以获水德之瑞，更名曰德水。[三]《淮南子》：「河水九折，注海而不绝者，有昆仑之输也。」[四]《楚辞》：「鱼鳞屋兮龙堂，紫贝阙兮朱宫。」又「令海若舞冯夷」[五]。《汉书》：武帝元光二年，塞瓠子河，筑宫其上，名「宣房宫」。[六] 原题说入。三、四点清全题，五、六、七、八实疏题意；九、十衬写「荣光」，切合「河出」。十一、二虚衍「河」字，以蓄题气。十三、四河与光合写一笔作收势。末乃以干进结之。 颂起颂收，贴定「河」字，重发「荣光」，词昌明而气博大。后联援古有法，不失正轨元音。

【校记】

[一]分 《全唐诗》卷五八四作「呈」。

[二]此见《艺文类聚·祥瑞上》引。

[三]此见《史记·秦始皇本纪》。

[四]此见《淮南子·道基训》。
[五]此见《楚辞·九歌·河伯》。
[六]此见《汉书·武帝本纪》。

都堂试贡士日庆春雪

李景

密雪分天路，群才坐粉廊一起全意已见。霭空迷昼景，临宇借寒光。似暖花融地[一]，无声玉满堂字字巧合。洒词偏误出[二]，留砚不因方二句从试士用意。几处《曹风》比，何人谢赋长[三]。春晖早相照，莫滞九衢旁[四]。

《曹风》「麻衣如雪。」[五]唐试士服麻衣。《楚辞》：靡萍九衢，枲华安居。首二句，笼起全题，气象高朗。三、四承都堂试日春雪，写试场风景如画。五、六从春雪关合都堂，七、八从贡士关合春雪，九、十又从春雪关合贡士。层层夹写，曲尽其妙，结寓干请，不寒乞。

【校记】

[一]融　《全唐诗》卷五四二作「消」。
[二]词　同上书作「池」。
[三]「谢赋」指谢惠连《雪赋》，见《文选》卷十三。

［四］旁　同上书作「芳」。
［五］此见《诗·曹风·蜉蝣》
［六］此见《楚辞·天问》。

白露为霜秦风［一］

颜粲

悲秋将岁晚，繁露已成霜点题。遍渚芦先白，沾篱菊自黄近写。应钟鸣远寺，拥雁度三湘远写。
气逼襦衣薄，寒侵宵梦长就人写。满庭添月色，拂水敛荷香。独念蓬门下，穷年在一方。

钟会《菊赋》：「独华茂乎凝霜。」［二］《山海经》：「丰山九钟，知霜降而鸣。」［三］《谈苑》：「北方有小白雁，秋深至则霜降」。［四］　首韵点题。次韵首句点「白」字，次句衬足「为霜」。以下三韵，俱赋霜时景象，自芦、菊而钟、雁，由近及远；自钟雁而衣梦，由物及人。月色之「添」，刻画「白」字；荷香之「敛」，形容霜威。即用本章诗句寓意作结，［五］亦切题旨，纪律森严。　如闻霜天晓角，令人冷然凄然。　同题徐作腹联云：「色冒沙滩白，威加草木黄」。［六］颇有雄概，在此等题，尤不易得。

【校记】

［一］诗题句出自《诗·秦风·蒹葭》。
［二］三国魏钟会《菊花赋》，见《初学记》卷二七《菊》引。

［三］此见《山海经·中山经》。
［四］此见宋孔平仲《孔氏谈苑·白雁为霜信》。
［五］此指《蒹葭》诗「所谓伊人，在水一方」句。
［六］此指徐敞同题诗。见《文苑英华》诗卷一八二。

履春冰《书·君牙》：若蹈虎尾，涉于春冰。

张萧远

一步一凝神笼题韵绝［一］，轻轻恐陷人。薄光全透日恰是春冰，残色半销春［二］。蝉想行时翼，鱼惊踏处鳞「履」字入骨。底虚难动足［三］，岸阔怯回身状履冰如画。岂暇踌躇久［四］，宁容顾盼频［五］。愿将矜慎意，从此越通津［六］。

王凝之诗：「驾言兴游吋，逍遥映通津。」［七］　暗擒「履」字，虚虚笼起。次联正写春冰。三联写春冰都藏有「履」字在内。四、五联单描「履」字，引起「矜慎」之意，言有守而后有为也。　剥尽一片春冰，笺疏独从「履」字描神，惟击虚乃可以涤陈也。

【校记】
［一］凝神　《全唐诗》卷四九一作「愁新」。
［二］色　同上书作「影」。

［三］动　同上书作「驻」。
［四］踌躇　同上书作「踟蹰」。
［五］顾盼　顾，同上书作「辞」。
［六］越　同上书作「赴」。
［七］此指晋王凝之《兰亭诗》，见《诗纪》卷二三。

春雨如膏

喻凫

羃羃敛轻尘，濛濛湿野春破「春雨」，便尔轻盈。细光添柳重，幽点溅花匀点「如膏」之意。惨淡游丝景，阴沉落絮辰。回低飞蝶翅，寒滴语禽身。洒岳摧馀雪，吹江叠远苹推开。东城与西陌，晴后趣何新以晴衬雨妙。

《左传》：「如百穀之仰膏雨。」［一］卢玉川诗：「君身为云兮羃羃。」［二］沈约诗：「游丝映空转。」［三］唐万齐融诗：「落絮红尘拥路飞。」［四］　首二句，暗笼「雨」字，明点「春」字。二韵「细光」、「幽香」，描写「如膏」。三韵宽衍。四韵旁衬「如膏」，态色可想。后联逼出结语，一气呵成。而「晴后」「何新」，着一赞词，几于三毫活现。　「如膏」是题义吃紧处，篇中游丝、落絮、飞蝶、语禽，确是从花柳想出，用意不棼，措语一串。

【校记】

[一]此见《左传·襄公十九年》。

[二]此出自卢仝《思君吟寄某生》，见《全唐诗》卷三八九。

[三]此出自沈约《三月三日率尔成诗》，见《文选》卷三。

[四]此出自万齐融《上已绿潭篇》见《全唐诗》卷一一七。

天门街西观荥王娶妃京兆试[一]

梁　铉

帝子乘龙夜，三星照户前。两行宫出火[二]，十里道铺筵。罗绮明中识，箫韶暗里传。灯攒九华扇，帐撒五铢钱雅韵。交翼文鸳合[三]和鸣彩凤连起下。欲知来日美，双拜紫微天王与妃双收结，丽而韵。

玄宗第六子琬，徙封荥王，风格秀整而有素望，中外倚之。《拾遗记》：汉桓帝有九华扇[三]。《汉书》：武帝罢半两钱，行五铢钱[四]。武帝初，迎李夫人入帐中，饮卺后，令宫人撒五色同心花果，帝与夫人以裾盛之，云得多者得子多。此撒帐之始。　首句暗破荥王娶妃，次句暗挑「观」字，三、四实写「天门街西」；五、六、七、八实写「观荥王娶妃」，自远而近，自外而内。九、十铺叙题后，引起结语，说到来日，冠冕称题。　艳丽风流，题分非此不副。

【校记】

［一］娶 《全唐诗》卷五〇五作「聘」。题下注他本无。

［二］翼 同上书作「颈」。

［三］此见晋王嘉《拾遗记》卷六。按，三国魏曹植已有《九华扇赋》。

［四］此见《史记·平准书》。

东风解冻省试。《月令·孟春》

徐 寅

暖气发苹末，冻痕销水中。扇冰初觉泮，吹海渐成空［一］奇句。入律三春变［二］，朝宗万里通雄健雅切。岸分天影阔，色照日光融。波起轻摇绿，鳞游下跃红［三］。殷勤拂弱羽［四］，飞翥趁和风。

鲍照《野鹅赋》：「升弱羽于丹庭。」 首句东风解冻分起，二韵合写，三韵又分写。四、六两语虚写题情，雄奇出色。四、五两韵，浑写解冻后景，尽力搜罗。以自寓作结。 前半六句，气发、痕销，初泮、旋空，时变、水通，俱用流水对。后半由天而日，由波而鳞，由鳞而羽，俱用鱼鳞格，此处正须着眼，领取化板为活之法。

【校记】

[一]浙　《全唐诗》卷七一一作「旋」。
[二]变　同上书作「照」。
[三]下　同上书作「乍」。
[四]拂　同上书作「排」。

天骥呈材

郑　蕡

毛骨合天经，权奇步骤轻。曾邀于阗驾，新出贰师营。喷勒金铃响，追风汗血生。酒亭留去迹，吴坂认新声[一]。力可通衢试，材堪圣代呈。王良如顾盼，垂耳欲长鸣。

宋颜延之《赭白马赋》：「汉道亨而天骥呈材。」[二]《相马经》：毛束皮，皮束筋，筋束肉，肉束骨，天下之骏马也[三]。《天马歌》：「志俶傥，精权奇。」《大宛传》：张骞曰：大宛多善马，汗血其先天马子也。北则康居，东则于阗。[四]《史记》：大宛善马匿贰师城，不肯与汉，武帝因拜李广利为贰师将军，取马[五]。王褒《谢马启》：黄金作勒，足渡西河。《大宛传》：乌孙使使献马，汉始筑令居以西，初置酒泉郡以通西北，国王恢，数使，为楼兰所苦，天子会击破之。后于敦煌置酒泉都尉，西至盐水，往往有亭。《楚辞》：骥垂两耳，服盐车兮[六]。　首韵破明「天骥」，笼到「材」字。次韵写骥之来历，敲动足字。三韵实赋天骥之材，四韵实赋呈才，五韵以「力」陪「材」，点足「呈」字。末韵上句以王良比主司，下句以天骥自况。　通首暗写「骥」字，自生质、出产、雄姿、健足，极力铺张，句句含有

「材」字意，至后联点出，此又一机局也。

【校记】

[一]新声　新，《全唐诗》卷七八〇作「嘶」。

[二]此见《文选》卷十四。

[三]此见《初学记》卷二九《马》引。

[四]此见《史记·大宛列传》。

[五]此见《史记·李广利传》。

[六]此见贾谊《吊屈原文》。

天际识归舟[一]

薛　能

斜日满江楼，江天无尽流[二]凌空而起，意在笔先，乃觉题字题情落纸有声，玩味不尽。同人在何处，远目认孤舟。帆省当时席，歌闻旧日讴[三]「识」字。人从津济晚[四]写归舟，濯泛泬寥秋[五]。情阔冀全见[六]曲折心苦，归迟怪久游。离居意无限，贪此望难收[七]。

谢朓《之宣城》诗：「天际识归舟，云中辨江树。」[八]谢灵运诗：「扬帆采石华，挂席拾海月。」[九]　首韵破「天际」，次韵承「识归舟」，三韵实赋「识」字。歌，谓榜歌也，语皆切合归舟。四韵申写归舟，五韵申写「识」字，曲折玲珑，良工心苦。末以望远之情作结，仍复纳到「归」字内。此诗神韵，一起四句，已得骊珠，以下描写虽工，要皆鳞爪。

【校记】

［一］归舟　归，《文苑英华》诗卷一八三作「孤」。
［二］「江天」句　同上书及《全唐诗》卷五九均作「天涯照背流」。
［三］闻　《全唐诗》作「声」。
［四］从　同上二书均作「浮」。
［五］泛　《全唐诗》作「倚」。
［六］情　同上二书均作「晴」，又「冀」均作「祈」。
［七］收　同上二书均作「休」。
［八］此指《之宣城郡出新林浦向板桥诗》。见《文选》卷二七。
［九］此指《游赤石进帆海诗》。见《文选》卷二二。

出笼鹘

濮阳瓘

玉镞分花袖衬起，金铃出彩笼点题。遥心长捧日［一］写方出之势，逸翮镇生风［二］。一点青霄里，千声碧落中；星眸随狡兔，霜爪落飞鸿两联写出笼后生鹘，字字英爽。每念提携力，常怀搏击功。以君能惠好趋下自况作结，亦慨慷，亦深厚，不敢没遥空。

鹘有义性。《广韵》：鹰属，即隼也。《禽经》：鹰不击伏，鹘不击妊。刘孝标诗：「星眸未放瞥秋毫，欲掣金铃试雪毛。」[三]韩愈诗：「红翎白镞随倾斜。」晋傅玄《鹰赋》：「钩爪悬芒」，「目颖星明」[四]。《晋书·孙盛传》：「退无鹰隼搏击之用。」 以射猎衬起。「捧日」句寓颂扬，「生风」句带自负。斯为咏物正格。「青霄」、「碧落」，写「出」字入神。以下题后一联犀利，题前一联温厚。「每」字「常」字，即挹起结句之意，国士遇而国士报之，始终豪杰自命。毛西河谓六朝《游猎篇》逊此劲爽，遂为三唐绝作。信然。 写势，写形，写声，写状，拈是题者结想略同，惟写及出笼后之志念，直匪夷所思。 得势得神，直是剑仙呈技也。

【校记】

[一]遥 《全唐诗》卷七八二作「摇」。

[二]翮 同上书及《文苑英华》诗卷一八五均作「翰」。

[三]《梁诗》刘峻（孝标）无此诗。

[四]此见《艺文类聚》卷九一《鸟部中》引。

迎春东郊《月令》[一]　　张　濯

颛顼时初谢，勾芒令复陈破得争上流法。飞灰将应节，宾日已知春领比衍题有局。考历明三统，迎祥与万人[二]。衣冠宵执玉，坛墠晓清尘写「迎」字，锦簇花攒。肃穆来东道，回环拱北辰二语御法巧而密。仗前花待发，旗处柳凝新[三]迎字春字加色。云敛黄山际，冰开素浐滨。圣朝多庆赏，煦妪及沉沦[四]。

《物理论》：立春日，取宏农宜阳金门山竹为管，河内葭草为灰，以候阳气。唐仪卫志：朝会之仗，三卫番上，分为五仗。《三辅黄图》：黄山在京兆兴平县西，武帝微行至此。《水经》：浐水出京兆蓝田谷。《西征赋》：西有元灞素浐[五]。　以冬令衬出春序。至第三韵方点「迎」字。第四韵实写「迎」字，庄雅不佻。第五韵递到东郊，略作宽衍，至第六韵仗花旗柳，旁写近春之具。第七韵云敛冰开，切定「东郊」，写春已到。结语一句颂扬，一句祈请。　冠冕正大题，措词自宜凝重，复饶流利，方免镂冰画脂之诮。

【校记】

[一] 此指《礼记，月令》诗题语出处。

[二] 与　《全唐诗》卷二六二作「受」。

[三] 凝　同上书作「疑」。

［四］「煦妪」句　同上书作「希为荐沉沦」。

［五］潘岳《西征赋》，见《文选》卷十。

水始冰府试

马　戴

南池寒色动，北陆岁阴生。薄薄流澌聚，漓漓翠潋平［一］。暗沾霜稍厚，回照日还轻是始冰。乳窦悬残滴，湘流减恨声巧句。那堪金井贮［二］，会映玉壶清。洁白心谁识［三］，空期饮此明。

李白诗：「玉床金井冰峥嵘。」［四］《庄子》：朝受命而夕饮冰［五］。　首联原题，二联浑写题义，三联工描「始」字，四联曲状「始冰」，有叩寂求音之妙；五、六转收，寓意自高。通首不点题面一字，却无处不觑定「始」字，虚描题神，此亦一法。　「湘流减恨声」五字，得未曾有；以「减」字炼作诗眼，确是始冰，可云刻画入神。

【校记】

［一］漓漓　《全唐诗》卷五五六注作「微微」。

［二］那　同上书作「即」。

［三］谁　同上书作「虽」。

[四] 此句出自《答王十二寒夜独酌有怀》。见《李太白全集》卷十九。

[五] 此见《庄子·人间世》。

玉水记方流[一]

杜元颖

重泉生美玉，积水异常流。如见清堪赏[二]，因知宝在幽[三]。斗回虹气见，磬折紫光浮正写方流。中矩谐明德，同方叶至柔写方折意。类圭才有角[四]，写月让成钩[五]用反衬法。异宝虽无胫[六]，逢时愿俯收[七]。

《淮南子》：水之方折者有玉，圆折者有珠[八]。题出颜延年诗[九]。《礼》：气如白虹，天也；精神见于山川，地也；圭璋特达，礼也[十]。　首韵因玉见流，次韵因流知玉，三韵正赋「方流」，兼透「记」字，用同类衬托，自不枯泛。末韵寓见用意。　「方流」二字，钩画之精，非用意镌入者，何能使题字形影毕现。

【校记】

[一] 题上，《全唐诗》卷四六四有「赋得」二字。

[二] 如见　同上书作「始玩」。

[三] 在幽　同上书作「可求」；《文苑英华》诗卷一八六作「可幽」。

［四］「类圭」句　同上书作「月华偏共映」；《文苑英华》作「月生偏共映」。

［五］「写月」句　同上二书均作「风暖伫将游」。

［六］「异宝」句　《全唐诗》作「遇鉴终无暗」。

［七］俯收　俯，《全唐诗》作「见」。

［八］此见《淮南子·墬形训》。

［九］此出颜延之《赠王太常僧达诗》。见《文选》卷二六。

［十］此见《礼记·聘义》。

霜隼下晴皋

阙名

九皋霜气劲，翔隼下初晴。风动云闲卷伏「下」字，星驰白草平。棱棱方厉疾，肃肃自纵横；抢地秋毫迥，投身逸翮轻二联正写「下」字。高墉全失影，逐雀乍飞声。薄暮寒郊外，悠悠万里情意浑雅而有地步。

《诗》：「鴥彼飞隼。」疏：鹞也［一］。《易》：「公用射隼于高墉之上。」［二］　首韵点破全题，次韵承衍「下」字。「云卷」，贴「青」字。「草平」，贴「霜」字；「风动」、「星驰」，言隼之自上而下也。三韵写将下之势，「棱棱」、「肃肃」，亦带霜气。四韵写既下之形。五韵衬写「下」字。末韵以干请作结，却能自占地步。　试场遇赋景物题，须先从题外摹拟一番，审定是何境象，然后奋笔追取。如此诗，字句之外，觉霜空寒霁，鸷鸟盘旋境象，宛然在目。若徒冥搜枯肠，灵乞柔颖，那得现此神通。

【校记】

［一］此见《诗·小雅·采芑》。

［二］此见《易·解》。

（皖）新登字 05 号

责任编辑・杨应芹
装帧设计・班　古
责任校对・何　苗

安徽古籍丛书（第二十二辑）

唐诗评三种

[清]黄　生等　撰　　何庆善　点校　　贾文昭　审订
安徽省古籍整理出版规划委员会
安 徽 古 籍 丛 书 编 审 委 员 会　编
黄山书社出版（合肥市金寨路 381 号）　新华书店经销
中国科技大学印刷厂照排　中国技术大学印刷厂印刷
开本:850×1168　1/32　印张:28.5　字数:560,000
1995 年 12 月第 1 版　　1995 年 12 月第 1 次印刷
印数:0001—2000

ISBN 7-80535-974-1/I・167　　定价:46.00 元

《安徽古籍叢書萃編》書目

定本莊子故
康輶紀行　東槎紀略
北山樓集
疑庵詩
方望溪遺集
識小録　寸陰叢録
東萊詩詞集
明太祖集
王侍郎奏議
朱楓林集
敬孚類稿
施愚山集（全四册）
吴敬梓吴烺詩文合集
張孝祥詞箋校
竇山公家議校注
翠微南征録北征録合集
阮大鋮戲曲四種
老子注三種

杜詩説
朱書集
論語解注合編
郭祥正集
皖人詩話八種
續學堂詩文鈔
唐詩評三種（上下）
鈍齋詩選
老子注譯
莊子詮詁
説文假借義證（全五册）
劉銘傳文集
包世臣全集（全三册）
田間易學
莊屈合詁
田間詩集
田間文集
古事比（上下）
安徽出土金文訂補

道聽途説
蘭茗館外史
青泥蓮花記
秋崖詩詞校注
舌華録
明語林
夜雨秋燈録（上下）
包拯集校注
毛詩後箋（上中下）
壹齋集（上下）
孟子講義
楊仁山全集
不得已（附二種）
歙事閒譚（上下）
惜抱軒詩集訓纂
張孝祥詩文集
吴汝綸全集（全六册）
青溪集
藏山閣集

田間詩學（上下）
俞正燮全集（全三册）
皖人戲曲選刊　鄭之珍卷
詠懷堂詩集
所知録
文選箋證（上下）
七頌堂集
程瑶田全集（全四册）